李賀哑謎诗歌新揭

巨亚明题

陈苍麟 著

上海书店出版社

陈苍麟，又名陈立民（1909-1995），汉族，祖籍湖北沔阳县，毕业于中华大学教育系，先后在河南荥阳中学、南京钟英中学、上海第六十二中学任教，评为模范教师，《汉语大词典》编纂者之一。

陈苍麟先生

陈苍麟先生（右一）与友人

陈苍麟先生与女儿陈淑文

一定要使真相大白。
引鲁迅用反语刺
讽说明李贺用
反语刺讽，最钐
使读者心服。

周谷城推读
并题。

1982年5月8日

周谷城先生题词

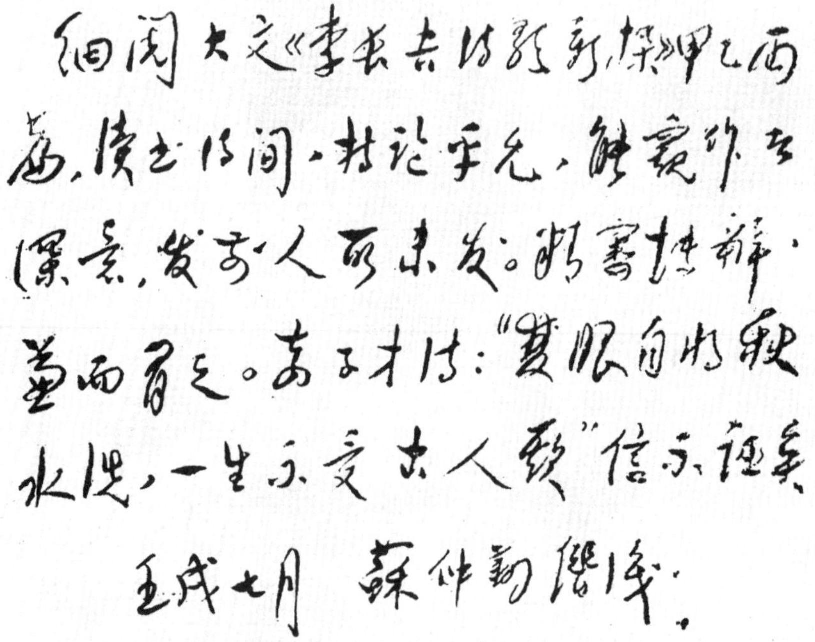

细阅大文《李长吉诗歌新探》甲乙两篇，读之诗间，持论平允，触发作者深意，发前人所未发。精密博辨，兼而有之。袁子才诗："双眼自将秋水洗，一生不受古人欺"，信不诬矣。

壬戌七月　苏仲翔识。

苏仲翔先生题词

目　录

第二辑　李贺诗注释

第三辑　李贺诗注译

前言　千古奇案简说

　　唐李贺是位血气方刚、富有正义感的青年诗人。他横遭朝廷无理压制,永远不得举进士;他目睹朝廷破落腐败,百姓灾难深重;他在死前的那些年月里,患有慢性肺病,自知不得永年;他更没有妻室儿女生存保育的后顾之忧。于是他异于一切诗人,具有条件创作许多非议、讽刺、甚或诅咒现实帝王,从而发泄心中愤慨,暴露昏庸丑恶,激励百姓情感的诗歌。由于在封建社会里,这种诗歌是根本不容公开露面的,李贺也不敢明目张胆地去自取灭亡。所以他在表现方法上,都是采用哑谜形式出现的。或表面说桑,实际指槐;或表面引古,实际讽今;或表面面目模糊,实际触目惊心;或表面怪诞不经,实际恩怨分明;或表面错误百出,实际利剑穿心;更或用祸祝福,用死祝寿,双关含混,化整为零,金蝉脱壳,移花接木,褒贬反常,不一而足。在全集二百一十九首诗歌中,已经发现这类诗歌约占 1/4 以上。揭开表面掩盖,即可看到简单易懂、形象鲜明、现实生动、感情愤激的内在谜底真相,称之曰哑谜诗歌,原属名副其实。这几十篇哑谜诗歌,都有谜面掩盖和谜底真相两重意思。尤其有个毋庸置疑的惊人特点:一色是以非议、讽诅唐代现实昏庸帝王为其写作意图的。这就问题非常清楚,不容有所回避了。它之所以能在封建社会未遭禁绝,流传下来,是因掩盖未揭、真相未露所致。这与唐杜牧、李商隐的维护用心,宋刘辰翁、清陈式的维护表态,也是分不开的。

　　清王琦出注李贺歌诗,是从宣扬封建教育的需要出发的。他一律不揭谜底真相,遇有抵触帝王尊严之处,概行设法回避干净。或推托未详,或借口错字,或评为杂乱不堪、不可理解,或故装马虎、视而不见,更或曲作解说、颠倒真相。以致伍子胥引兵入郢掘楚平王墓的故事也被认为未详。《苛政猛于虎》的事例,也说是猛虎食人与苛政绝不相干。甚至引用《尚书·武成》的"倒戈"一词,也说成是效忠战死前线而让戈去自倒于地……这些都是李贺故意流露的马脚,作为后代有心的读者窥探真相时的门径。经过王琦这样一注,使得篇篇哑谜诗歌都成了不能通释全文的芜杂之作,形象模糊,意图不明,永成悬案,不了了之。这种封锁谜底真相的做法,既是害苦后代读者走入死胡同不得出来的根源,更是大大颠倒了哑谜诗歌本身的是非感情。其注把憎恨说成了热爱,非议说成了拥护,讽刺说成了赞扬,诅咒说成了歌颂。从王琦在封建社会的处境来说,他这是不得不然的。否则秉笔直言,非但注释不得通行,连李贺原书也要遭到禁绝。

岂非徒劳笔墨,还要自冒风险!因此,王琦所走的道路,我们是能理解的。他也同样未使李贺哑谜诗歌遭到禁绝的恶果,只是他封闭了哑谜诗篇流露的马脚,加固了谜底真相的沉埋,是一种极端取消主义的表现,显然是与李贺的创作愿望正相违背的。

王琦具有封建习惯传统一定的权威性,他对后人影响极大。关于李贺哑谜诗歌的研究,即使我国已经进入了社会主义时代的今天,也未完全摆脱他的影响,以致以讹传讹,触目惊心。李贺哑谜诗歌的谜底真相,在封建社会内始终只能埋藏地下,这是理所当然的。在社会主义社会的今天还未及时大白于世,这就不能不算千古奇案了。封建习惯传统有其糟粕或欺骗的一面,原是众所周知的。社会主义社会对于古代人民和昏庸帝王之间的矛盾斗争,是可以用非封建的观点,公平合理地来观察论列它的是非曲直的。所有过去那些:君要臣死,不敢不死;只许州官放火,不许百姓点灯;皇帝的意旨是金口玉言,人民的苦难是命中注定;天尊地卑,贵贱悬殊,子不言父过,臣不道君恶……吃人的说教,已经完全失去它的骗人作用了。鲁迅先生的反封建精神,正是大家素所崇敬的。所以说,今天如果还用封建习惯传统的说教观点来对待李贺哑谜诗歌,那要算是千古奇案的(具体的有关问题很多,另详见第一辑《涉论》《散论》等)。

李贺迫于封建社会的情势,创作哑谜形式的诗歌,既可以对御用文人扰乱耳目,又可以对有心的读者倾吐肺腑。他在埋藏、掩盖内在真相的同时,丝毫也未忽视、放松谜底马脚的透露。经过一千多年流传实践的证明,李贺这种设计打算,是成功的。哑谜诗歌既未遭到禁绝,也自唐杜牧和李商隐、宋刘辰翁、清陈式和陈沆,直至今人赵朴初等,并非无人识破(详见第一辑《涉论·李贺哑谜诗歌千年所走的曲折道路》)。尤以赵朴初在《片石集·读李贺诗》内所说"《秦王饮酒》行,意亦指唐廷,李贺作此诗,刺李非美嬴"为最明快。因他身逢社会主义社会,已与前列诸人有所不同了。当然,社会主义社会的出现,决不是李贺所能想象得到的。李贺充其量不过是私泄愤慨,暗刺丑恶,激励人们某些直觉的情感而已。他的诗作本身,并不是没有封建思想,无须加以批判的。只是他在非议讽诅现实昏庸帝王的一面,有他绝无仅有的精神。他愤激异常,尖锐无情,并且众篇一致,铁证俱在。无论其是非褒贬如何,总是应当实事求是地原样发掘出来再行处理,不可让它横遭曲解,永远不见天日,使得后代读者,也永远堕入困惑深渊而不能自拔。

李贺这类哑谜诗歌,贬斥起来,可以说它是"罪孽深重";褒扬起来,也有说是世界文库最珍贵的文学遗产,可以媲美外国莎士比亚的作品,因它反映古代人民和昏庸帝王之间的现实矛盾,不为俗儒说教所愚弄束缚。凡此,并非笔者目前所要置论的主要目的。笔者所期期不已的:(一)从现象上说,这样一个铁证如山、震古烁今滑尽天下之大稽的千年埋藏,并非世界各国文坛都可巧有的雷同,应当及早使它大白于世,让它去经受世界不同制度国家的人民的普遍检验,这将是一个极其有趣的历史、文艺课题;(二)从实质上说,王琦所作各种曲解、误解及其对于今人以讹传讹的严重影响,必须一一辨正过来,不让它去继续贻误、困惑国内的广大读者,消迷雾于千载,还庐山于真貌,早正视听,早新耳目——只有这样,才是解决这一诗案的当务之急。这也正是笔者不避简陋,写此《新揭》拙书的主要原因。一俟满天疑云归于消逝,国内外有更多的研究李贺诗作的议论陆续产生,然后再由大家按照一分为二的原则,深入分析批判,重新评价李贺,是非曲直,高低抑扬,自有公议可以乐从。笔者限于水平,除掘示李贺哑谜诗歌的"谜底"真相(写作意图),拨正王琦以来所流行的曲解误解,从而实事求是地用"新揭"标题,来体现本书"清理注家抵牾,恢复李贺原意"的唯一动机外,并不拟在褒贬评论方面更有何种坚持。千年奇案,但求大白。本愿在此,他非所及。

第一辑
李贺诗揭论

引论:李长吉诗案新探

是赞扬歌颂还是讽刺诅咒

——读李贺诗《相劝酒》并评王琦注

李贺所写的诗歌,很大一部分是具有双重含意的。它的表面现象与内在真相,不但两不一致,性质各异,而且互不相容,正反对立。究竟是热爱还是憎恨？是拥护还是非议？是赞扬还是讽刺？是歌颂还是诅咒？……使人读后如陷迷宫,深感困惑。李贺之所以要这样写诗,是因他有苦衷存在,不得不然,容后究明。

李贺为了预防人们只看表面现象,不去深钻内在真相,特地采用了一个拦路绊脚办法——在这类诗歌的句子组织和词语运用上,故意设置障碍,使只从表面看问题的读者,无法读通。既感不合情理,未能自圆其说,又觉似是而非,意趣不明,成了无的放矢、语无伦次、凌乱不堪、眉目不清的芜杂文字。这正是李贺希望读者能从疑难莫释当中,尽可能去触及和寻思内在真相的用心所在。然而,这也正是后人纷纷认为怪诞不经、百读不通,不得不深感头痛,责怪少理的根本原因。

我们如果揭开了它的表面掩盖,看到了它的内在真相,这类诗歌却都是简单易懂、形象鲜明、现实生动、感情愤激的惊人诗作。从而所谓适相颠倒的爱憎色彩,截然相反的是非分辨,也就根本不存在了。兹举李贺《相劝酒》篇为例,原文如下:

> 羲和骋六辔,昼夕不曾闲。弹乌崦嵫竹,抶马蟠桃鞭。蓐收既断翠柳,青帝又造红兰。尧舜至今万万岁,数子将为倾盖间。青钱白璧买无端,丈夫快意方为欢。臞蟝臞熊何足云？会须钟饮北海,箕踞南山。歌淫淫,管愔愔,横波好送雕题金。人之得意且如此,何用强知元化心？相劝酒,终无辍。伏愿陛下鸿名终不歇,子孙绵如石上葛。来长安,车骈骈,中有梁冀旧宅,石崇故园。

一 疑 问

清王琦在《李长吉歌诗汇解》内,除对"万岁""臞熊""雕题",有些较为枝节性的误解外(详见第二辑本诗注释),还对"伏愿陛下"句作注说:"惟愿者天子圣明,国祚久远,天下得享太平无事之福,使我辈快意欢饮终无止矣。"王琦的这几句话,显然认为本诗的感情色彩,属于赞扬歌颂的类型一面。笔者觉得这是从表面假象看问题,单就原诗末尾两句来说,也是无法通释过去,碰到了墙壁的。因为既然是对天子进行良好祝愿,就不能用结局悲惨不堪的梁冀、石崇来作结语。这究竟是在祝福还是在咒祸?使人不能无疑。

二、真　相

"羲和(日御)"四句,表现日光每天运行,不曾休歇。晚上这象征日光的三足乌被西方竹制的弹弓从西方崦嵫山击落下去,早上却用东方生长的蟠桃树枝策动马足又从东方跃了起来。"蓐收(神名)"四句,表现秋天凋了翠柳,春天又发红兰。人间从尧舜到现在,即使是有万万年,在羲和、蓐收、青帝这些永恒存在、运行不息的神人看来,也不过像路上相遇谈话的片刻而已。因为他们循环运行的客观存在,要比万万岁悠久得难以言喻了。这起首八句,写每日每年光阴的不断流逝,为引起下文作个根据和前导。同时借"尧舜至今万万岁,数子将为倾盖间"这个"双关含混"句子,表现人间帝王岂是什么真的万岁万万岁。细数他的(数读 shǔ,动词;子为指代词,犹言你)生命,不过是很短暂就要消灭的,从而着意讽刺了下面主文所要描画的那位具有这种特殊身份的对象。这当然与赞颂精神是背道而驰的。

"青钱"两句说飞逝的光阴,用青钱白璧也无处买得来的。有才能的男儿,应当抓紧时间逞心快意,图欢取乐。这种语调,不以敦品立行为忧心,而以寻欢作乐为快意。把虚掷光阴的荒唐行径,说成是无愧男儿的自豪气概。它是在进行诚意相劝,还是在运用"反语讽刺"?值得我们充分加以注意。再就"快意方为欢"的具体内容是些什么来看:"臞蠩"三句说吃的是清烹大龟、清烹熊肉熊掌,这何足说。还要用酒钟(注:酒器)畅饮像北海那样无穷无尽的酒,更当箕踞终南山头,指天画地,为所欲为。表现了一个大吃大喝、挥霍浪费、傲慢自大、无所忌惮的形象。"歌淫淫"三句说歌声充满耳鼓,管乐靡靡动听,对美女送来的眼波,随意赏以雕了分量或其他字样的金铤。表现了一个沉湎声色之中,腐化堕落,挥金如土,醉生梦死的形象。此外,"人之"两句还说人生得意,是应当暂且这样享乐的,何必认真地去考虑什么大自然事物发展变化的因果规律("元化心"的实质指此,如说善报恶报,就接近迷信了)?换句话说,得快乐时且快乐,不管它的后果是怎样的。这种故意站在荒唐立场,进行自我暴露的一大套语言:有理论想法,有具体内容,有冷眼激情,有段落首尾,可算是反语讽刺的典范表现。何况内中还特意指明了这拥有酒如北海的被劝对象,乃是终南山前可以目空一切、傲视天下的箕踞者!(长安是在终南山头的,这箕踞者为谁在下句要表明的)我们如果把这看成是赞颂文字的组成部分,未免恰恰颠倒了语言感情。

"伏愿"两句表面说:但愿陛下伟大名气终不衰歇,子孙如同葛藤绵延不绝!其实也是反语,尤其"石"字是个飞白。葛是生长在水土上面的,这里使用"偷梁换柱"手法,轻悄地偷换为"石"上了。石上是不易使葛生存的。岂非正是在表现葛要很快枯死,不得连绵的形象!当然,这是上面"傲慢自大、醉生梦死"行为的必然后果,应是不难理解的。所奇妙的是本诗由"丈夫"说到"陛下",是在大耍"藏头露尾"手法。实际"丈夫"就是在指"陛下",所谓《相劝酒》,劝皇帝大吃大喝,花天酒地,傲慢胡为,不问后果,是利用反语讽刺口吻,自我暴露皇帝腐朽罪过的客观现实。祝愿原是假幌子,揭露才是真手法。为了愚弄视线起见,先以"丈夫"虚拟,后以"陛下"落实,终于冒险犯难地明确表达了非议现实封建帝王唐宪宗李纯的写作意图,实为千古诗篇中之所仅见!"来长安"四句说后人来此,只剩有满门抄斩的梁冀旧宅和全家被杀的石崇故园。这是继上面"石上葛"更进一步的无情诅咒:表面似说壮丽住宅,豪华庭园,然而这与天子的禁院皇宫相提并论,无疑是不伦不类的。再说,祝愿天子像梁冀、石崇一样的富贵,岂非天子在开倒车?这是不合逻辑的。因此这里实际只能是说腐朽透顶,罪过深重的现实帝王,一定会子孙不得绵延,换句话说一定会灭子绝孙,像梁冀、石崇的下场一样!这种幽默冷语,饱含嘲讪激情,它所犯的风险是很大的,可说是在"瞒天过海"!我们如说这是在热爱天子,祝愿天子,势必成了用满门杀尽的悲惨下场,去对自己热爱的人进行真诚祝愿,显然也是不合逻辑常识的。再说这种"用祸祝福"的讽咒办法,与另篇《章和二年中》的"用死祝寿",恰恰是一母所生。它们同一构思,同一手段,同一意图,同一真相,大足发人深省。王琦面对这种"祝福用祸,祝寿用死"的离奇语言,并非真的毫无察觉和认识,问题正是他另有不得不故作回避的苦衷存在。

三、分　辨

本诗的结构组织,可分三段:"羲和"八句表现光阴飞逝,兼刺唐宪宗李纯不是什么真的万万岁;"青钱"十句暴露李纯的罪恶生活;"相劝"八句论断李纯的后果下场。始终对准李纯进行讽刺诅咒,根本没有写什么我辈饮酒,更与赞扬歌颂无关。不难想象:李贺有哪位友人可以傲踞终南山头,过着这样豪奢无比的生活?再说,这种腐朽罪过的生活,也不是要用文字赞扬歌颂的内容。王琦所说的我辈饮酒,显然只是本诗的表面假象,它存有无法解释得通的语言障碍。我们如果把它揭掉去了,再看本诗内在真相,那种对李纯进行讽刺诅咒的冷眼激情,倒是简单易懂、形象鲜明、现实生动、感情愤激的。这正是李贺诗歌创作规律的一种体现,他身处李纯威力压制之下,要写这种讽刺诅咒李纯的诗歌,不采用这种特殊手法,是不行的。因此,李贺在这里,是有他不得不然的苦衷的。

古今评议李贺诗风的人,总以怪诞不经、晦涩难懂、标新立异、搜奇猎艳为大遗憾。这实际是对李贺诗歌这种双重含意的创作手法未及理解所致。作品的思想性与艺术性是有连带关系的,在一定的环境里、一定的条件下,使用怎样的艺术手法,表现怎样的思想感情,不是没有内在原因的。可否容许笔者不大恰当地说:鲁迅反语讽刺投枪匕首的杂文,是适应鲁迅处境、鲁迅思想的战斗需要的。李贺五光十色、怪诞不经的诗歌,是适应李贺处境、李贺感情的发泄需要的。这与标新立异、搜奇猎艳,是根本不能混为一谈的。只是我们过去由于无意中受了封建传统的蒙蔽影响,不曾着意究明李贺诗歌的思想内容,从而感到怪诞不经、晦涩难懂,这才是问题的真正症结!

本诗在艺术手法上,运用有"双关含混""藏头露尾""偷梁换柱""瞒天过海"……其中要以贯串全文的"反语讽刺"为其最大特色。从藐视万岁、暴露罪过,到诅咒灭绝,它所表现的冷眼,流露的激情,该是何等的幽默!何等的尖锐!——使人不禁要联想到千秋运用这种手法的其他文学作家,他们时代不同,觉悟大异,而在使用反语讽刺方面,却有其相似之处。岂是彼此之间的斗争处境,原自存有某些共同原因?看来,本诗题目就是一个反语讽刺:不是在相劝酒,而是在揭罪过,咒灭绝。

应当说,本诗还有一个特点:就是这里的"陛下"一词,没有可能被误解曲解为李纯以外的任何已死帝王,换句话说,它无异指名道姓地在说李纯,它比《出城别张又新酬李汉》篇内的"十千岁"还要露骨得多。即使惯作回避的王琦,也无法曲解到这个上面来。这对李贺诗歌思想性的发掘,是个减少分歧的重大根据。有了讽刺诅咒李纯的本篇,再看其他深刻讥刺李纯的篇章,就可不致感到过分惊诧,而能实事求是地进行客观究明。其实,李贺充其量不过是个只有思想牢骚没有反抗行动的落拓书生,他并不是什么黄巢一类的人物。他只能在暗中偷偷地进行哑谜式的讽刺诅咒,并不敢明目张胆地直接有所发泄。他的这类诗歌,都在表面上施有一层烟幕,原因就在这里。鲁迅曾在《豪语的折扣》一文里,讽刺李贺说:"想学刺客,到底并没有去。"这是一针见了血的。

至于李贺为什么会对李纯不满并且会到如此激烈程度的？他敢于为其他诗人之所不敢为的具体因素在哪里？中唐末年的藩镇、宦官、战争、兵役、税制、农户……灾祸背景更是怎样的？（李贺死在淮西将平之前，连中唐末年的一点回光返照也未看见。李纯是中唐末年的最后一个帝王。转眼就是农民大起义的晚唐了）这些已有拙文另行论述（详见本辑《涉论》）。本文但求分辨客观文字"是赞扬歌颂还是讽刺诅咒"一事而已。

总括一句：本诗无论从题材内容、语言安排、表现手法、感情色彩以及形象思维等各方面来看，这里存在的是非分辨，是有客观文字不容违背的。单就诗篇能被发现"表面现象"与"内在真相"两不一致、正反对立，并有几十篇之多的情况来说，已足以表明这一诗案的特殊手法、特殊意图，本身就是一个呕心沥血的客观存在，无可置疑了。笔者曾就历代其他诗人的诗作，着力进行检验，始终未能发现还有这类情况。即使李贺《外集》，也不见有。足见这一客观存在，绝对没有穿凿出来的可能。事实上，李贺的"用祸祝福""用死祝寿"，已经无比明确地说明了诗案所有一切的道理。我们只有正视现实，找出他创作上的特殊因素（参见第一辑《李贺哑谜诗歌的诞生和其异于一切诗人的因素》），才能兴奋愉快地揭穿他的哑谜谜底。王琦并非真的全不理解，他由于身处封建社会之内，离开了封建宣教的要求，即使注释得再正确、再真实，也是要遭到焚禁、遇到不测的。所以，他也正自存有不得已的苦衷的。我们今天时代先进，社会进步，立场观点，两不相同，自应实事求是地剖析疑难，究明真相。不让世界最珍贵的文学遗产枉遭埋没！不让我国最可爱的后代读者永无休止地深陷困惑！

试行辨析清王琦《李长吉歌诗汇解》的差误所在和影响所及

李贺杂藏在自己诗集里面的怪诞、晦涩、迹近哑谜的诗篇，为数是很多的。揭去它们的"表面掩盖"，检验它们的"内在真相"，原来都是非议封建社会所不容侵犯的对象的。换句话说：它们的庐山真貌，在封建社会内是绝对不能容许公开露面的。因为这与封建制度的宣传教育，存有抵触。清王琦所写的《李长吉歌诗汇解》，正是站在这一立场来作解说的。他对这类诗篇的处理，除少量属于无意误解的以外，绝大多数都不得不作了有意曲解，或者故装马虎推说"未详"，更或标明"必有讹误""杂乱不堪，不可理解"……列为悬案，不了了之。这非但与原诗全能通释明白的实际情况大相径庭，也使广大读者于一篇复一篇碰壁之余，久堕困惑深渊不能自拔。千秋疑团，亟须辨析。特别是王琦对于今人的影响，非常之大。现在单就叶葱奇疏注的《李贺诗集》来对照王琦注释，举例辨析，借以窥见问题的一斑，引起大家的探究。

一、《奉和二兄罢使遣马归延州》篇的"入郢莫凄凄"，王琦注说："入郢事未详。"以王琦硕学而不知伍子胥引兵入郢掘楚平王墓鞭尸三百的史事，应属违心之言。他显然是在嫌恶伍子胥忤逆君上的性格。叶葱奇也就未敢列举《史记·伍子胥列传》的"五战……入郢"证明是有。这一情况，使人至感困惑。当然，伍子胥及李贺都不是不需分析批判的人物，问题要在实事求是地恢复原诗语言本来面目的基础上进行，不便随意按照主观爱憎诳称"未详"了事。因为这不是研究学术的正常态度，会引读者走入迷途的——特别是这必然不能按照作者原意释通全诗。

二、《平城下》篇的"惟愁裹尸归，不惜倒戈死"。联系前句"饥寒平城下……海风断鬓发……风吹枯蓬起，城中嘶瘦马，借问筑城吏，去关几千里"来看，显然是表现士兵在饥寒不堪当中的极端愤恨心情。这正反映了腐朽王朝只知自己享乐腐化，全置士兵饥寒痛苦于不顾的必然恶果。王琦反过来作注说："倒戈者谓战死而戈倒于地，与《武成》篇中前徒倒戈之解不同。"为什么会不同的，丝毫理由也未说明。这从维护封建帝王的统治尊严来说，固属有其必要。但从语言实质的研究来说，未免缺乏根据，显得武断。它把"倒戈死"变成了"死戈倒"，把士兵"不惜倒戈死"的誓言，变成了"甘愿为王朝战死前线而让戈去自倒于地"的粉饰。这与语言原意存有多大差误！不意叶葱奇听其违背《尚书》典实，误加抄用，这颇使人茫然！关于"惟愁裹尸归，不惜倒戈死"的语言感情是怎样的,应请读者共同加以检验。依照王琦的看法:士兵在前线效忠作战,是可叫作"倒戈"的。纵观古今,似乎无人这样用过。看来这个问题,并不简单。第一,王琦毕生著书,他的文化水平,没有可能疏忽到如此地步。何况这个诗句,照《尚书·武成》去作理解,本来顺理成章,毫无困难。从反《尚书·武成》去作理解,纵然费尽心思,仍然不成话说。第二,类似这样适相颠倒的差误情况,正还普遍存在。究竟是怎么一回事,王琦不会没有原因的。因此,我们必须理解王琦在封建社会内实际生活的立场和苦衷,他只能这样地为封建帝王进行宣教,否则非但书遭禁绝,自己还要身遭不测。很难设想,我们如非身逢社会主义社会,怎敢用非封建的立场观点,来辨析这个封建时代的颠倒解说。当然,这也不是说王琦完全没有责任,他可以像宋刘须溪、清陈式一样:知而不敢明言,言而不敢尽意(见《李贺诗歌集注》第6页、第370—371页)。不必为了效力宣教,故创颠倒注释。

三、《梁台古意》篇的"撞钟饮酒行射天"句,是在引用殷帝武乙无道射天被雷击毙的故事,从而借古刺今。王琦自己也说"梁孝王未尝有射天事",但他为了要回避对于帝王的非议,还是不得不勉强地说"盖指(梁孝王)不得为嗣"而言。叶葱奇也照样地说:"射天,大致即指(梁孝王)刺杀袁盎等事。"——颇难想象,这是可以叫作"射天"的。殷帝武乙的"射天",是有明确根据的,《史记·殷本纪》:"武乙无道……为革囊盛血仰而射之,命曰射天……暴雷,武乙震死。"关于梁孝王的派人刺杀袁盎,《史记·袁盎列传》只是这样说的:"刺杀盎安陵郭门外。"并非"射杀",更无"射天"字样。上古刺客,据《史记·刺客列传》所载:多是使用匕首或宝剑,不是使用弓箭的(弓箭不易化装裹藏)。因此,行刺和射天之间,原无必然联系。从来既无把行刺说成是射天的,也无用射天代表行刺的。武乙射天是个古今共晓的历史典故,笔者儿时背诵《史鉴节要》一书,就有"武乙射天,震于雷霆"句子。我们难有理由舍弃客观、现成的确切内容于不用,而去大费气力地另凭主观估计创为"盖指""大致"之说来相代替。王、叶两位把一个已经了解为没有射天行为的藩臣,仍然拉着不放,设法说成连自己也不十分相信的"射天",其中是有碍难和苦衷的。因为离开了这个藩臣,就成了讥刺帝王。揭穿来说,凡是非议、损害帝王尊严的矛头所向,一律必须尽量回避。非仅前面所说的"梁冀、石崇""入郢""倒戈"是这样的,以下还多着。这样一条原则,在以帝王为中心的封建社会内,是有其宣传教育上的需要的。显然,这是含有欺骗、不实的性质的。因为作品的真相,是要遵循作者的意图,不可削足适履的。特别李贺这类哑谜诗歌,篇篇都是打着掩护,非议唐宪宗的。这就使作者的目的与注家的原则正相矛盾：一方目的明确；另一方原则清楚。这有待于大家来作辨析。下面《猛虎行》的例子，更为鲜明。

四、《猛虎行》篇的"泰山之下，妇人哭声。官家有程，吏不敢听"，本来从诗题到诗句都是在表现"苛政猛于虎"的内容，王琦为了回避封建帝王的罪责，注说："长吉用此，不过言虎之伤人累累，与苛政绝不相干。"叶疏立言，也就恪守这一原则，另谋转移。由于王、叶两位对于"苛政"这一基本精神，作了不举理由的绝对否定（与《平城下》篇中"不惜倒戈死"句凭空违反《尚书》典实事例正同），以致把篇内其他有关诗句，也都连带解说得眉目错乱，意趣不明了。最明显的是王琦把天子掌管山林鸟兽的武装猎官——驺虞，当作仁兽来讲（驺虞在《毛诗》和《韩诗》内本有这两种歧义。王琦在这里作了不够恰当的选择①），说是："言驺虞仁兽不食生物，牛哀（兽虎）见之而心为之不平，以其具虎之形，冒虎之名，而无虎食人之暴也。"依理：不平之情，应是发自心有委曲。今驺虞不食生物，牛哀有什么委屈？既无委屈，何来不平？因此这种逻辑上呈现病态、不便成立的注释，应是读者有目共睹（不妨试作译述加以检验）、无从合理说明它的确切含义的。这当然是无法联系上下语句通释全诗的。

事实上，诗文"道逢驺虞，牛哀不平。何用尺刀，壁上雷鸣"，是说牛哀这个吃人的兽虎（以牛哀代兽虎，使得通篇无一虎字，是作者的有意安排），路逢猎官，心中很感不平：你们猎官，总是对我们兽虎食肉寝皮，非常严厉。其实你们何必配备那些亮晃晃的挂满壁上的尺刀，动辄雷霆怒吼似的来对付我们兽虎！你们要晓得，我们兽虎充其量能够残害几个百姓呀？言外可见：只有凶恶地推行苛政、压榨百姓的帝王人虎，才是残害无数百姓的重大罪魁。你们猎官为什么不把武器拿去收拾这种帝王人虎呀！你们放着大的人虎不管，来斤斤计较我们兽虎，恰恰成了窃钩者诛，窃国者王。我们对此，实是深感不平的！所有这些，是使用半明半昧、一鳞半爪式的含蓄手法表达出来的。这是否符合诗题和前后诗文的内容？读者不妨来看原诗起首八句，运用指桑骂槐手法，极力刻画出来的"人虎"两字明证："长戈莫舂，强弩莫抨。乳孙哺子，教得生狞。举头为城，掉尾为旌。东海黄公，愁见夜行。"表面根据诗题好像在写兽虎，实际根本没有

_____

① 　驺虞在汉毛亨的《毛诗》内释作"义兽"，在汉韩婴的《韩诗》内却是释作"天子掌鸟兽官"的（见《周礼·春官·钟师》贾公彦疏所引。《韩诗》是宋朝南渡时才失传的）。根据《诗经》原文来看，毛说不过是无稽诳言，韩说却为社会现实。无怪今人高亨的《诗经今注》也弃毛取韩的。

"兽虎"字样而是在另有表现。就长戈强弩都不是用来对(他)进行捣射的一点来看,(他)当然不是兽虎(如是兽虎,正好捣射)。就子孙横暴,城墙、旌旗的威势来看,也不像在表现兽虎而像在表现人。更就擅长制服兽虎之术的黄公,在(他)面前技术无用,威风扫地,只能诚惶诚恐地不敢冒犯来看,(他)根本不是兽虎(如是兽虎,正好用术)。在本《猛虎行》的题目和题材之下,(他)只能是"苛政猛于虎"中的祸根"人虎"——李贺这段刻画人虎特性的文字,可算双关巧妙了。

王、叶两位说与苛政绝对无关,极力回避原文的锋芒所向。须知李贺另还安排有个明证:结尾的"官家有程,吏不敢听",正是在说明"帝王对数量、时期都有具体程限,规定要求,催租官吏是不敢违背命令而去听从妇人哭声,任意减免田租"的。足见本诗内容,确是在写苛政的。天子称官家,早已见于《晋书·石季龙载记上》"官家难称"①。李贺这样造句,是在"有意排除官吏罪责,集中突出帝王人虎的罪过重大,从而紧密呼应起首八句的帝王人虎描画,体现诗题苛政猛于虎的鲜明内容"的。这样揭开真相来看,本诗内容可算简单明白,并非不知所云。

五、《章和二年中》篇的"七星贯断姮娥死"句,显然是天空星斗陨落,最大的月光也被搞死了,因而呈现一片落花流水、悲惨不堪的景象。王琦认为这是在祝愿天子长寿无疆。叶疏也照样采用其说。笔者觉得,死字在祝寿当中,是应避忌不用的。古今从未见过用悲惨不堪的景象特别是"死",来对人进行真诚祝寿的,当然,这是由于原诗起首八句的反复表现农民深受封建田租压榨,以及尾部"拜神得寿献天子"这个天衣无缝的双关妙句掩盖着真相才产生的颠倒说法。不妨试一进行辨析:"拜神"句表面上好像在祝寿天子,但这既是毫不现实的,也与起首八句诗意有根本抵触的。其实它的内在真相是在呼应前文所说的田里的物质生产要纳重租外,连精神活动方面拜神所得的寿,也被无孔不入地压榨到了,要去全盘献给天子。因此,喘不过气来的农民,才有尾句闹翻天空的形象出现——它显然是在咒死,并不是在祝寿。必须指明,原诗起首的两个四句,都不是在写秋收而是在写春种。可见李贺不是真的要庆丰收。换句话说,都是在用写春种景象,巧妙表现田租压榨。不难想象,天子压榨农民,农民怎能热爱天子? 这一铁的事实,王琦避不明言。叶葱奇竟把"云萧索田风拂拂,麦芒如篝黍如粟。关中父老百领襦,关东吏人乏诟租"中的"关中"一句,说成是"农父野老每人都有上百

---

① 宋胡三省对《资治通鉴·晋成帝咸康三年》此处曾作注说:"称天子为官家,始见于此。"

件短袄"。试想:这里的"关中父老"不是在指长安的老爷们吗("父老"为掩盖语)？襦亦通繻,为古彩色的缯①,这里实指绸料衣服,显示将来秋收的劳动果实,终归关中的大地主老爷所享有。农民要百件之多的短袄何用？只有长安的大地主老爷们,才需要添置无数的绸衣去存箱笼。况且当时的真正农民,其实是在广大的关东。关中由于在大地主庄田制的就近兼并之下,农民大都变成了地主的佃客。佃客是根本连"诟租""交租"的问题,都不能存在了的。所以李贺表现农民时,特地指明关东。而在表现地主老爷时,却特地指明关中。这里的关东、关中,李贺是有原则性的区别(关东为广大农民所在,关中为最大地主所在),不可随意混淆的(参阅范文澜《中国通史》第三编第二章第四节之二"庄田")。再说,这里的"关东吏人乏诟租"句,自然是指每年听惯催租吏人骂声的农民无疑的。如果本诗真的是在表现农民畅想幸福生活,不会使用消极不堪的"少听几句骂声"来做内容的。这分明是在发牢骚嘛! 凡此可见,本诗首四句的实际真相,是在这样地说:"春间田里的庄稼虽然长势很好,将来秋收的劳动果实还不是全归长安老爷所有？我们农民,最多不过少听几句催租骂声罢了。"这种现实真切的感情,显然是体现了中唐末年的搜刮加重、农户流散的社会现实的。

次四句的"健犊春耕土膏黑,菖蒲丛丛沿水脉。殷勤为我下田租,百钱携偿丝桐客",也是在说:"春耕景象虽然不错,农民殷切希望的是到了秋收时候能够交下田租(万一发生歉收,那可不得了)。如果还能多余下区区的百钱,去欣赏一次文娱演唱,那该是多幸福呀!"这里农民不想丰衣足食,却只有芝麻大的听一次演唱的希望,并且连这点希望也还只是一个属于将来的渺茫的奢想,这在反映什么？ 显然,这是在巧妙表现深受田租压榨的农民,终年辛苦劳动,连像欣赏一次文娱演唱的少量的钱也是不让轻易留下的。可见尾两句表现农民强烈愤慨,特别是"七星贯断姮娥死"的语言,不是无缘无故突如其来的。

就结构剖析来说:(一)首四句写农民虽然在春夏庄稼的大好长势中,却感到将来的劳动果实,还不是归地主老爷所有。次四句写春耕景象虽然很好,却感到秋后连看一次文娱演唱的钱都是不让留下来的。两个四句的核心精神,都在表现田租(有"诟租""田租"两语为其明证),联合成为一大段,就是反复表现田租的压榨。(二)尾四句

---

①　清陈瑑《说文引经互异说》:"繻,缯采色……《周礼》注:襦读为'繻有衣絮'之繻,是襦,繻亦同字矣。"笔者按:《周礼》注见《夏官·罗氏》。

"游春漫光坞花白,野林散香神降席。拜神得寿献天子,七星贯断姮娥死",写农民无处诉说,只得烧香求神,但拜神所得的寿,还是要献给天子,于是走投无路,产生了"七星"这个发泄愤慨的尾句。可见本诗的结构层次是非常简明的。看来诗题就已含蓄示意着:农民在汉章和年代何其幸福,对照之下,在唐元和年代却何其痛苦。至于掩盖手法:"七星贯断姮娥死"的用死祝寿,与《相劝酒》《来长安……中有梁冀旧宅,石崇故园"的用祸祝福,实是同一类型的孪生兄弟,它既显示了表面现象上语言逻辑的绝对障碍,又显示了内在真相上露骨诅咒的原有意图。这与一般正常诗作的表里一致,是截然存有区别的。应当说,李贺的哑谜诗歌,能够表现出双重含意并且正反对立,其秘诀所在,这里词语的矛盾配备,要算一个典型技巧。这种技巧的重复出现,足证李贺的诅咒用心,确凿无疑。

六、《堂堂》篇的"华清源中礜石汤,徘徊白凤随君王"句,王琦由于无法避开上文对帝王朝廷腐朽没落的大量描画和指责,只得干脆地说:"白凤事未详。"叶疏也就索性决定把原文改为"百凤"了。这是大大的误解,难怪不能窥见诗句的真意的。这个出典来自《西京杂记》梦吐凤凰的记载。应参证唐李群玉《感兴诗》:"子云吞白凤,遂吐太玄书。"白居易《赋赋》:"掩黄绢之丽藻,吐白凤之奇姿。"罗隐《酬友人》诗:"烦君更枉骚人句,白凤灵蛇满袖中。"这些诗句,确信白凤无误,从而揭开李贺这里对帝王朝廷腐朽不堪的谴责意图。这里的"白凤"是象征御用高级文人的。"徘徊"是表示犹豫不前,不愿追随的意思的。这只要把原诗以上七句表现唐王朝腐朽衰落的景象查看一遍便可了然。原诗起首用堂唐谐音写出"堂堂复堂堂"句。应译为"唐王朝啊!唐王朝啊!"接着用"红脱梅灰香"句,说王朝已经过时变质了。更用"十年粉蠹生画梁,饥虫不食摧碎黄"句,说王朝已经腐朽透顶了。更用"蕙花已老桃叶长"句,说王朝已经衰老不堪了。更用"禁院悬帘隔御光"句,指明帝王深居禁院,看不见摇摇欲坠的客观现实。更用"华清源中礜石汤"句,谴责帝王只知搞春寒赐浴华清池式的腐化堕落生活,毒害政治(礜石兼有毒性,《淮南子·说林训》:"人食礜石而死。"),最后用"徘徊白凤随君王"句,表现日常亲近的御用文人也都徘徊不前,不愿追随这个腐朽没落的昏庸家伙了(李白正是"春寒赐浴华清池"的年月里,离开唐玄宗的)。看来,这个非议腐朽没落、众叛亲离的内容,本很简明,并没有真正"未详"的问题存在。改为"百凤"以后,倒反而淹没了作者的写作意图,无从体现出诗篇的内在真相了。

七、《秦宫诗》篇的整个内容,没有一句是写汉梁冀嬖奴和冀妻孙寿通奸的丑事,却又没有一句不是彰明皎著、确切无疑地在写帝王深居皇宫里面享乐腐化的特种罪过生活的。李贺为了掩盖起见，就在诗前故意加了一个似通非通的假托序言，扰乱耳目。它显然是在利用"秦宫"这一双关词语，明指梁冀嬖奴，实指唐宫主人（如同白居易《长恨歌》"汉皇"重色思倾国，实为"唐皇"一样）。不难看出，这是指桑骂槐类型的手法。只要把原诗查看一遍，通过（一）荒"饮"无度（如"楼头曲宴仙人语，帐底吹笙香雾浓。……飞窗复道传筹饮，十夜铜盘腻烛黄"），（二）奇装异服（如"秃襟小袖调鹦鹉，紫绣麻鞋踏哮虎"），（三）大吃大喝（如"斫桂烧金待晓筵，白鹿清酥夜半煮"），（四）起居享受（如"桐英永巷骑新马，内屋深屏生色画"），（五）用钱如水（如"开门烂用水衡钱，卷起黄河向身泻"）等五项行为，揭露出享乐腐化、挥霍浪费、醉生梦死、为所欲为的罪过，便可了然。特别是从帝王服色（如"玉刻麒麟腰带红"）及曲宴（只有皇宫才称曲宴）、永巷（内宫名）、水衡（内宫掌财务的府名，犹金库）三个限定确切了皇宫里面的活动和皇宫里面的地点来看，更不能说是在写梁冀嬖奴和孙寿私通的丑事。诗尾"鸾篦夺得不还人"句，是个唯一能算涉及嫌疑的掩盖语，然而，它非但不能等于嬖奴和孙寿的丑事，倒是体现了皇宫选夺民间美女深闭宫中充当宫女，不让回家结婚的又一重大罪行的。所有这些指嬖奴之桑、骂帝王之槐的情况，应是不待争辩而后明白的。这里既无孙寿出场，又无私通活动，并不存在什么真正值得争议的复杂问题。王琦出于别有苦衷，故作回避。叶疏过多地师承了王说，难免误受了许多影响。

例如叶葱奇注释本诗序言"予抚旧而作长辞，辞以冯子都之事相为对望"句说：指《羽林郎》而言，指《汉书》"及显寡居，与子都乱"而言，指把嬖奴、孙寿的丑事和子都、霍显的丑事相对照而言。笔者觉得，《羽林郎》诗内可以提及的，只有"调笑酒家胡"一句，并无子都、霍显的丑事。这在两相对照上，无法能够成立，是很明显的。至于李贺为什么要这样写序？这是可以分析明白的。李贺不是由于文笔不通，才产生这种不伦不类、似是而非的语言的。而是因为诗文内容全是非议帝王在皇宫里面的罪过生活，如不加上一个假托序言，借作掩盖，就赤裸裸地拿不出去了。更因序文如不写得似通非通，横生障碍，就怕有心的读者一览无余，以假当真，不花时间去多方进行思考，触及作者的写作意图。我们要想辨清这一真相，方法很为简单。只要把这个假托序言忘掉干净，就可行了。本诗离开了序文干扰以后，便只呈现诗文内容了。由于诗文根本没有嬖奴和孙寿的出场，无从牵涉他们的丑事。更由于全诗表现宫内的帝王活动，显然在揭露帝王的罪过生活，自然容易按照文字看出李贺的矛头所向，只能是与《相劝酒》篇的精神相同。这与李贺写诗的目的和意图是正相符合的。李贺这类讽刺谴责帝王的哑谜诗篇是很多的。我们只应实事求是地观察真相，不宜故作回避地倒置是非，否则必然无法讲通原诗，篇篇感到"未详""错字""不可理解"一类问题，最终不了了之。每个热爱文学遗产的读者，怎能对此无动于衷！李贺诗有8篇序言，大多数是属于假托性质，存有明显漏洞的。只要揭开表面掩盖，就可看到真相。

八、《绿章封事》篇，写一个道士上天质问天帝：为什么天上社会这样美好安乐，而人间的长安大街却那样乌烟瘴气，统治集团的马蹄随意践踏小百姓，豪门权贵车马盈门，穷苦书生门可罗雀？建议今后超度鬼魂，要着重超度穷苦书生，不要教他永远含恨九泉。这本是篇简单明白、发泄愤慨的滑稽诗作，而王琦对于道士上天所看见的表现美好景象的"石榴花发满溪津，溪女洗花染白云"句，故装马虎地作注说"二句未详"。如果王琦忘记所读《桃花源记》，不能理解李贺这里所用的移花接木掩盖手法，也不要紧，还是可以通过天上人间两个社会的鲜明对比，看出诗篇的写作意图的。何忍一干二净、不了了之！叶疏由于为王琦所惑，更说"这首诗义理既不融贯，而词句又非常晦涩"。这个问题，似太误会。请看原诗首四句"青霓（道士服色）扣额（叩头）呼宫神，鸿龙玉狗（指云气）开天门。石榴花发满溪津，溪女洗花染白云"，这显然是在表现道士上得天去，看见了天上社会美好安乐的景象。再看接着的"绿章封事（奏章）咨元父（天帝），六街（长安大街）马蹄浩无主。虚空风气不清冷，短衣小冠作尘土。金家（统治集团）香街千轮鸣，扬雄秋室（书生陋室）无俗声（冷落）"，这显然是在写人间长安社会乌烟瘴气，统治集团马蹄横行，小百姓遭受蹂躏；权贵车马盈门，书生穷苦冷落。接着的尾句"愿携汉戟（书生扬雄曾当过小小的执戟郎，如同李贺当过奉礼郎一样）招书鬼，休令恨骨填蒿里（坟地）"，这显然是在建议天帝重视超度书生穷鬼，发泄自己不平愤慨。所有这些用两个社会的对照，用不同生活的对照，再也简明不过了。如果不移桃花为榴花，借以扰乱御用文人的视线，未免太无掩盖了。

九、《出城别张又新酬李汉》篇，王琦就"讥笑断冬夜"句作注说："首联已用'春'字，至此又用'冬夜'，下联又用'秋月'，杂乱至此，殊不可解。"叶疏于是评此诗"晦涩、凌乱，是相当差的一篇"。本诗是李贺辞职离开长安的一篇回顾总结，是用"乔装打扮"手法表达出来的非常完整明确的诗作。王、叶两位把它所有诗句的基本精神，作了大量的异样理解，以致反觉原文是不通的，未免出入太大。先就这个"春""冬""秋月"问题来说吧，李贺是在回顾展望，象征设譬。不是在拍摄现景，描画实物。换句话说，"李子别上国,南山崆峒春"句,是说长安是个鬼世界,未见有过美好新生温暖人心的春天(参阅《感讽五首》的其三,便可了然。终南山头是长安的所在地。这里的崆峒是空洞的谐声假借),丝毫也不值得留恋的。"讥笑断冬夜,家庭疏筱穿"句,是回顾过去彼此经常在一起无比愤慨地议论朝政,虽至寒夜深宵,犹不休歇。朝廷(家庭为掩盖语)腐朽不堪,真是千疮百孔!"曙风起四方,秋月当东悬"句,是表现晨风从四面八方飞荡起来的时候,光明就要出现的。显而易见,象征和体现"美好""寒宵""光明"的春、冬、秋月,绝对不是在说今天的告别,既是春天,又是冬夜,又有秋月。王琦不能领会其表现手法,反怪诗篇殊不可解。这问题很为典型,李贺所遭不白,应是读者所能共鉴。

王琦还对本诗"华实自苍老,流来长倾盆"句,也作注说:"必有讹字,未可强解。"这个刻画"树大根深,洪流一来,连根拔掉"的形象,并非难晓。何况它的上句还有"十千岁""帝道",下句还有"醋舌""涕血"等词语,王琦不敢去联系起来说明问题,推说"必有错字",不了了之,未免加重了今天读者的困难。

此外,王琦对本诗另一句"吾将噪礼乐,声调摩清新",更作注说:"谓作为雅颂以歌咏休明之德。噪者,不惮多言之意。"虽然没有再说不可理解,但值得究辨的是:这里的"礼乐",究竟是象征朝廷"施政制度"的,还是表示个人"创作颂歌"的? 休明不休明,由于原句并无这种字样,是个外加的和全文情调两不相容的说法,不妨暂缓置议。最关键的是动词"噪"的褒贬色彩,必须首先弄清。"噪"为嘈杂、叫骂,不可相反地释为"歌颂"的。李贺不说"颂礼乐",而说"噪礼乐",显然不是要用礼乐发抒歌颂,而是要对礼乐进行鼓噪。所谓"声调摩清新",正是厌弃了腐朽旧一套的表现。如再对照一下上文的"李子别上国,南山崆峒春……乡书何所报? 紫蕨(乡民吃的野菜)生石云……小人如死灰,心切生秋榛(排挤打击,如不让李贺举进士之类)",更对照一下下文的"欲使十千岁(侮慢语),帝道如飞神(飞烟的掩盖语)。华实自苍老,流来长倾盆。没没暗醋舌,涕血不敢论……讥笑断冬夜,家庭疏筱穿。曙风起四方,秋月当东悬",足见全文都是非议指责的情调,并无赞扬歌颂的实感。特别是尾段结语的"赋诗面投掷,悲哉不遇人"句,总算是赤裸裸的核心语言了。这种怀才不遇其人的悲愤感情,与歌颂休明之德,无任何相同之处。与鼓噪昏庸帝道,无任何相异之处。

王琦从对其表现手法的理解,到语言形象、语言感情的辨识,既有如许重大的差误,无怪要误认本诗是杂乱不堪了!

十一、《秦王饮酒》一篇,有说是歌颂唐太宗的,有说是赞扬秦始皇的。王琦、叶葱奇说是表现唐德宗并无赞颂讽刺的。赵朴初说是讥刺唐廷的。兹就"羲和敲日玻璃声,劫灰飞尽古今平"句来看,王琦注说:"二句言日月顺行,天下安平之意……羲和为日之御,敲日者,策之而使之行也。"按羲和是日的驾车仆人,在正常情况下,似无可能把主人日当马来打;日是坐车的,坐在羲和的后面,羲和要车前进,只能打前面拉车的马或龙,怎好回过头来打坐车的日?这是不能使车前进的。再说用鞭打马策马,鞭是软的不能换用"敲"字的。可见羲和此刻手中所拿的并不是鞭,而是抨击人或玻璃的武器。羲和这个奴仆,他所要敲击的对象是谁,这个句中的宾语已经交代明白了(这要实事求是,不能像王琦一样故作回避。否则,自然是无法解通全文的)。"玻璃声"一语,是古今难于理解的焦点。笔者在探索过程中,走过千辛万苦的漫长弯路。其实远在天边,近在咫尺。请想,玻璃砰然发声,不是敲得粉碎了吗?原来它是李贺故意创造的一个貌似怪诞不经而实为非常确切的表现"粉碎"意思的形象语言——羲和敲日成为粉碎,这是要演变成战斗行动才能实现的。所以下文紧接着说:只有大飞一场战争劫灰,天下才能得到太平("古今平"不及"天下平"来得确切,但因"劫灰"已太露骨,有必要稍施含糊,冲淡视线)。这显然是在表现奴仆羲和的反抗行动,与王琦所说的"日月顺行,天下安平之意",非但毫无相似之处,而且正反适相对立。不难分辨这个情况,是李贺自己用"羲和"两句直接描画出来的,不是笔者另外加了什么东西才构成的。这篇诗作,不是出于心血来潮、无病呻吟的,它是具有生活斗争和现实矛盾的。我们如果联系起《相劝酒》等篇来看,正是一个写作意图的孪生子女。

语言的前后连贯,原有脉络相通。羲和为什么敲日?是有因果可寻的。首联的"秦王骑虎游八极,剑光照空天自碧"句,李贺一反习惯传统,不说帝王乘龙,却说骑跨猛虎,并且手持锋芒万丈的宝剑,满天沾染碧血(碧表示血,出自《庄子·外物》"苌弘死于蜀,藏其血,三年化为碧"。李贺《秋来》篇内也有"恨血千年土中碧"句,事更明显)。可见这里不是在歌颂威武,而是在谴责残暴。正因这样,下面才产生不堪奴役、表现反抗的"羲和""劫灰"两句,它们之间的前因后果,可算非常清楚现实了。

以上四句,实为本诗主题形象。以下所写,才是通过饮酒活动,继续有所表达。"龙头泻酒邀酒星,金槽琵琶夜枨枨,洞庭雨脚来吹笙"三句,表现秦王花天酒地,不但酒客很多,并且演奏音乐。特别根据后文来看,显然有些是歌女舞女。"酒酣喝月使倒行,银云栉栉瑶殿明,宫门掌事报一更"三句,表现秦王彻夜荒"饮"无度,月白云寒,门楼上报了一更又一更,要以"酒酣"句所刻画的凶恶、愚蠢和倒行逆施形象,为最淋漓活现。这种显示深夜不眠的语言，是为下面尾五句的重点抒发准备根据的。"花楼玉凤声娇狞，海绡红文香浅清，黄鹅跌舞千年觥。仙人烛树蜡烟轻，清琴醉眼泪泓泓"五句，表现彻夜侍酒、不得休歇的侍女们：娇歌当中偶尔夹带某些切齿狞恶之声；懒洋洋地像黄鹅一样拖也拖不动的舞步，连手上祝寿千秋的酒杯，都要跌到地下了（丑化讽刺）；像喝醉了酒似的夜深难睁的眼皮，滚出满腹委屈的汪汪泪水。所有这些，都是在反映侍女们深闭宫中的切齿怨恨。与其说这是在描写秦王饮酒，不如说这是在表现侍女们"不堪奴役"。这与首四句羲和男仆所启示的道路，正是前后关联、前后呼应的。是否含有效法和看齐的倾向，应靠大家来作论断。

郭石山在《社会科学战线》1978 年第 4 期《李贺诗三议》内，说本诗首四句是歌颂唐太宗的，但又觉得下面饮酒活动的形象，前后不相一致，认为主题不够统一。这是反映出了问题的一个明证！不是原诗不通，实是首四句并非歌颂。无怪赵朴初在《片石集·读李贺诗》内要说："秦王饮酒行，意亦指唐廷。李贺作此诗，刺李非美嬴"的。这很明显："羲和敲日玻璃声""清琴醉眼泪泓泓"是男女奴仆愤慨怨恨的语言形象，怎好说是歌颂赞扬秦始皇、唐太宗的？也不好说是无所赞颂讽刺的。赵朴初非是轻下论断者可比。他的这一说法，无疑是符合客观写作意图的。至于所要讽刺的究竟是哪一位李姓皇帝？这很易辨，因为唐德宗是李贺写诗时的已死之人，根本不存在要对他进行反抗的逻辑了。可见本诗矛头所向，只能是与《相劝酒》一样，指着同时存在的唐宪宗了。

单就"羲和敲日玻璃声""七星贯断姮娥死"这类句子来看，正是一母所生的孪生兄弟。它在反映农民和奴仆侍女的什么？应当说是足以引人深思的。

结　　语

从上面所举王琦十篇注疏的例子来看：士兵在前线效忠作战，是可叫作"倒戈"的。汉梁孝王派人刺死袁盎，是能叫作"射天"的。苛政猛于虎的诗题和内容，是与"苛政"绝不相干的。揭露帝王宫内罪过生活的内容，是在表现梁冀嬖奴和孙寿通奸的。回顾展望的春、冬、秋月象征性语言，是在说今天送别既是春天，又是冬夜，又有秋月的。"七星贯断姮娥死"，是为天子祝寿的。"敲日劫灰"，是表现天下安平的。"入郢""白凤"，都是来历不明的词语。凡此，无比清楚地体现了王琦的一个原则：只要是李贺非议昏庸帝王的内容，一律回避干净。即使说不出理由来，或所说理由是欠合逻辑的病句,均非所惜。逼不得已时,宁可推说"未详""错字""不可理解"……最终不了了之。否则,如果实事求是地注出了李贺哑谜诗歌的真相,也是不为封建礼乐所容的,要遭禁绝,等于白费的。

中国自秦汉以下,帝王集权,益趋严密。封建宣教,更加完备。直至进入社会主义时代前夕,关于战国年代孟轲所说"时日曷丧,予及汝偕亡""闻诛一夫纣矣,未闻弑君也""民为贵,君为轻,社稷次之"一类的抵触帝王尊严的言论,是不易获睹的。有之,亦不容它流传。李贺诗歌之所以能够保存至今,首先应归功于他自己的哑谜掩盖;其次是历代读者的知而不敢明言,言而不敢尽意;最后是王琦的有意回避(王琦在这一点上,客观上起了保存李贺诗歌的作用)。今天已是社会主义时代,帝制早被取消,社会已由人民当家作主。这种非议昏庸帝王的诗歌,应是可以理直气壮,另眼看待的。鲁迅的反封建精神,正是我们后人深所崇敬的。尽管封建习惯传统的消极影响,不是一时可以肃清的,但一步一步地认真辨析起来,总是有利于促进文明的。笔者对于王琦的不实宣教,觉得设身处地,自己如在封建社会内,也不见得敢于把李贺非议帝王的真相注明出来。现在看来,王琦如果生活在社会主义的今天,他是可能不会作那些不实注释的。因为那些不实的注释,除一味为了宣教外,根本未能说出任何理由来。由此可见,我们对于王琦的注释,要发挥独立思考,不要轻易盲从。否则王琦的在天之灵,也将不以为然的。

李贺这类哑谜诗歌,贬斥起来,可说是罪孽深重的;褒扬起来,也有说是世界文库别具一格,堪与莎士比亚作品相媲美的珍贵艺术的。这些,都非笔者所要置论的目的。笔者限于水平,但求此千年埋藏,早日大白于世,按照实事求是的精神,恢复它语言上的本来面目。然后再由大家根据一分为二的原则,深入分析批判,重新进行评价。高低抑扬,诸从公议。我们只要避免唯心无据地空下论断,坚决走"逐字逐句摆清事实,通释全文"的有效途径,相信这一诗坛奇案,是会愈辨愈明的。笔者力不从心,讹误难免,希望读者批评指正。

涉论:李贺哑谜诗歌的产生和遭遇

李贺所处的中唐末期背景

——朝廷长期破落腐朽,民众日益灾难深重

唐自天宝十四年(公元 755 年)的安史大乱开始,历玄宗、肃宗、代宗、德宗、顺宗到宪宗当政,至李贺逝世的元和十一年(公元 816 年)止,计有六十一年。这一期间,属于中唐时期(宪宗为中唐末年最后一个帝王),唐王朝破落不堪,腐朽透顶,一直处在兵连祸结、民生凋敝之中。单就首都长安来说,就三次遭到沦陷,一为玄宗时的安史叛乱;二为代宗时的吐蕃入侵;三为德宗时的泾原兵变,朱泚称帝。长安皇帝外逃,市民遭受烧杀,灾祸情况,可以想见。

李贺死后的第一年(公元 817 年 10 月),宪宗虽有淮西之平,但只属于一时的回光返照,再过三年又两个月,宪宗便被宦官杀死,唐王朝也就进入农民大起义的晚唐了。兹将李贺亲身所能感触到的唐王朝政治情况,略举三点,分述于下:

一、藩镇割据 德宗初年(公元 781 年),魏博镇的田悦、成德镇的李惟岳、淄青镇的李纳,为争取地方势力传子世袭,联合起来,进行叛乱。朝廷举兵讨伐,一度取得战事上的某些胜利。可是后来由于处置失宜,反而连某些讨叛将领也搞起割据来了。于是田悦称魏王,王武俊称赵王,李纳称齐王,朱滔称冀王,李希烈称天下都元帅,随后的朱泚,竟称大秦皇帝了。割据带给人民的灾难,应是可以想见的。

元和四年(公元 809 年),成德节度使王士真死,子王承宗自为留后。唐宪宗为了扭转积习,不予任命,并派宦官吐突承璀统兵进行讨伐。结果大耗财用,战败无功(李贺为此写有《雁门太守行》)。元和五年(公元 810 年),宪宗只得忍受屈辱,最终任命王承宗为成德节度使了。

元和九年(公元 814 年),淮西节度使吴少诚死,子元济自立。宪宗发十六道兵讨之。首任严绶为申、光、蔡三州的招抚使,逾年无功。元和十年(公元 815 年),改派韩泓为淮西诸军行营都统,韩泓是个半割据者,观望不前,仍然经年没有进展。

元和十一年(公元 816 年),宪宗再度轻举妄动,派六道兵讨伐王承宗。由于军费浩繁,无力支持,结果仍然无法避免屈辱。

元和十二年(公元 817 年),宪宗任用裴度为相以后,始有中唐末年回光返照式的淮西胜利,但李贺已于先一年死去,未曾看见。

二、宦官弄权　安史乱后，唐王朝一向猜忌功臣，宁可授权宦官。原因不外害怕朝臣功高震主，宦官容易随意使唤。其实并不尽然，宦官得权之后，同样可以左右朝政，操纵帝王的生死废立。如公元762年，宦官李辅国、程元振竟然杀死张皇后良娣，拥立太子李豫，肃宗受惊而死。又如公元805年，宦官俱文珍等举行政变，反王伾、王叔文，迫顺宗退位称太上皇，拥立宪宗。这些都是非常明显的事例。

李贺逝世后四年的公元820年，宦官梁守谦、王守澄等居然敢于杀死宪宗，改立穆宗，而朝臣也竟不敢过问，相安无事。这岂是一朝一夕的偶然事件？可见唐王朝的宦官乱政，到了何等程度！

三、捐税繁重　安史大乱后，户口耗减，租税上原有的"租庸调法"难以继续施行。公元780年，德宗改行"两税法"，按田收租，分夏秋两季按货币定额计算。初行之际，好像对于百姓也有一些方便。但自次年藩镇田悦叛乱起，军费浩繁，就马上暴露了它欺骗性的一面，变成了残害民众的乱收税。"两税法"有九条规定，兹略举两个情况于下，以见一斑。

（一）所谓"量出制入"，成了随意加税的一个借口。如：1.公元782年，淮南节度使陈少游请在本道两税钱中每千加二百文案的被核准并通饬各道都加。2.后来剑南西川节度使韦皋的奏准加税十分之二。3.各道有事，得用权宜名义加税，事毕，权宜就成了永久照加。4.各地还有用"税外方圆""用度羡余"等名义进行加税，分一部分供奉天子，号为月进或进奉的。

（二）所谓"两税按钱计算"，就是租税按钱定额后，由于农民所产的都是实物，官府就特别压低实物价格，来按钱数多收粟帛。如初定两税时，定三匹绢的价钱为一万钱，到后来六匹绢才抵得一万钱。

凡此，民众由于负担过重，不能不相率逃亡。朝廷税收减少，怎么办呢？德宗于是规定责由逃亡户的四邻摊派。宪宗时的李渤上书说：长源乡旧有四百户，现在只剩一百余户。阌乡县旧有三千户，现在只剩一千户。其他州县大抵相似。查考原因，都是由于官府将逃亡户的税摊派给四邻，结果四邻也只好逃亡。可见户口的流散逃亡，也为军事动乱一个因素。

依照上述藩镇跋扈、宦官凶暴、捐税沉重三种情况来看，唐王朝的破落腐朽，到了何等严重的程度？究其原因，都是由于帝王昏庸不堪，措施颠倒所致。例如：

玄宗晚年的宠杨贵妃，用杨国忠，信安禄山，听信谗言杀死宿将封长清、高仙芝，迫哥舒翰轻于出战,惨败潼关。

肃宗轻信李辅国、张良娣谗言,杀死皇子李倓;不采用李泌正确的军事计划;庸懦无比地被李辅国、程元振所惊死。

代宗猜忌郭子仪、李光弼等良将,用鱼朝恩监军;委派安史残余为藩镇,后来到处出现半独立的割据者;引起吐蕃侵入长安,大烧大掠。

德宗取消郭子仪兵权,信任坏人李怀光;无罪杀死理财功臣刘晏;引起藩镇称王称帝,自己出奔奉天;任窦文埸、霍仙鸣为左、右神策护军中尉,开宦官掌管军政的恶例;更贪进奉,兴宫市。

宪宗杀王叔文、逐柳宗元等,敌视善政;偏信偏任吐突承璀,讨王承宗终遭失败;用李吉甫奸佞为相,贬斥杨于陵、牛僧孺等;派半割据者韩泓攻淮西;元和十一年(公元816年)他一意孤行地再向成德用兵,财用不济,终遭屈辱。

所有这些,都是新旧唐书,特别是《中国通史》所明白记载的。这种破落腐朽、昏暗不堪的政治情况,该给广大民众带来了多少灾难痛苦? 户口方面居然减少到75%左右,这是何等触目惊心的事! 这也正是李贺非议不已、愤慨无比的根本原因。

李贺怀才不遇的生平

李贺字长吉,生于唐德宗贞元六年(公元 790 年),死于唐宪宗元和十一年(公元 816 年)。河南福昌县(本隋宜阳县)昌谷人。远祖籍贯,与唐李渊的祖先同出陇西。唐书说李贺是郑王之后,但查欧阳修所整理的《新唐书·宗室世系表》所列李渊从父大郑王亮及李渊儿子小郑王元懿的历代子孙,名字官职,非常详明,独无李贺父子在内。何因致此,应另探究。

昌谷是个山村地区,李贺父亲晋肃的职业,又只《唐摭言》明载为"边上从事",可以想见,李贺是一个经过战乱影响比较清寒的知识分子家庭的子弟。有人说李晋肃当过一任县令,这也不必绝对排斥,反正经历了长期反复的社会动乱,住在山乡,家境稍偏清寒一面,总是客观事实。

李贺少有才名,惊动过文坛巨公韩愈、皇甫湜,专程走访,面试诗才。李贺所写《高轩过》一篇,现存集内,显然有被人当作神童看待的迹象。可是李贺自青少年的十七岁起,直至二十七岁病逝时止,整个处在昏庸腐朽的唐宪宗元和元年到十一年的支配之下。当他锐气十足地竞考进士准备跨入仕途之际,却遭到了捣乱势力的无理摧残。因父名晋肃,晋进同音,避讳忌嫌,阻举"进"士。捣乱势力虽是有其相当权位的,但为李贺张目的韩愈,也不是毫无地位之人,特别是他在文坛上号召多力,他所写的《讳辩》一文,铿铿发响,谁能推翻? 这场斗争,要不是捣乱势力取得了皇帝李纯的点头支持,李贺何至最终未举进士! 元和初年,唐宪宗干了许多颠倒是非的事。他除对王叔文、柳宗元等一度维新政治的良臣一概进行贬逐或杀害外,更用奸佞李吉甫为相,在考取进士方面,曾经有过这样的情况:元和三年(公元 808 年)他举行特试,要应试人直言极谏。应试人牛僧孺、李宗闵等指陈时政,无所避忌,考试官杨于陵等认为合格,列在上等,唐宪宗也已承认杨于陵等的评定了。宰相李吉甫却对宪宗哭道:考试官作弊不公。昏君便忽然又不查是非真假,把阅卷有关的大小官员一概贬窜出京。牛僧孺等也被斥退。由此可见,唐宪宗自始就是亲自处理进士考试问题的。韩愈为李贺所写的《讳辩》,尽管是何等的理直气壮,但在这颠倒是非的昏君面前,又有何用呢? 考取进士为唐代仕进的必由之路,李贺横被剥夺,他在这里所受的沉重打击,自是完全可以理解的。刘瑞莲在所写《李贺》一书内推定这是元和五年的事,这是大致相符的(贺诗:"十二门前融冷光"——《李凭箜篌引》,"世上英雄本无主。买丝绣作平原君,有酒唯浇赵州土。……二十男儿那刺促!"——《浩歌》,这类诗篇很多,应是这一期间或其随后所写)。

元和六年至十一年,是李贺发抒诗歌的重要期间。李贺的具体行踪又是怎样的呢? 由于他大量哑谜诗篇的本来面目尚未为人理解,他又故意错乱所写诗篇的年时顺序(如把《高轩过》列在卷四),所以目前暂时不易置辞。不过,他有一大部分时间是在长安工作生活,曾几度往返于长安、洛阳、昌谷之间,他离开长安工作后更写过极为重要的大量哑谜诗篇,他还到过潞州(山西上党)。这些都是客观事实,可理线索的。

李贺自元和六年(时年二十二岁)起,因人之力,充任宫廷间的奉礼郎、协律郎一类小职,暂得栖身长安。但他怀才莫展,大非所愿。加以岁月不居,人事多感,所与交游的权璩、杨敬之、李汉、张又新、沈亚之……都先后成了进士,独有李贺永远被排除在进士门外。尤其是唐宪宗当政初年,政治昏暗,措施多乖,国家破落不堪,民众水深火热。李贺感到前途无望,加之抱病在身,就愤然辞去了长安职务,返回家乡。《出城别张又新酬李汉》《金铜仙人辞汉歌》《还自会稽歌》等篇,都是此时所写。应当说,李贺大量的哑谜诗歌,都是这之后直到死前所写,这是极关重要的。刘瑞莲说:李贺随后到过潞州(山西上党)一次,这是有诗可证的。最后,李贺逝世是在昌谷。他所患的病,大有可能是肺病。他的潦倒一生,就这样短短地结束了。他没有妻室子女遗留下来,只有老母一人,是他所顾念未释的。当然,他所遗留下来的哑谜诗歌,引起了后人各种各样的猜测指责……至今成了一个冤哉枉也的千古奇案!

李贺哑谜诗歌的诞生和其异于一切诗人的因素

李贺怀才不遇,饮恨终天,正如他所说的:

"悲哉不遇人"——《出城别张又新酬李汉》

"陇西长吉摧颓客,酒阑感觉中区窄"——《酒罢,张大彻索赠诗。时张初效潞幕》

"休令恨骨埋蒿里"——《绿章封事》

"恨血千年土中碧"——《秋来》

李贺所处的时代,又适逢唐王朝长期破落腐朽,唐民众日益灾难深重的当口。农户大量减少,税收无限加重。他自幼生长在昌谷山村,一向接触农民的痛苦生活,长大以后,却又潦倒长安,目睹统治集团的许多罪恶行径。正因这样,他对现时社会的实质,不可能没有比较深刻的观察和认识。不难想象,他最感到痛心疾首、要用大量诗歌来发泄胸中愤慨的,应当是些什么?

同一时代背景,诗人本来很多,何以李贺笔下,独与别人不同? 看来这个问题,并非其他诗人对于当时的政治形势,没有类似李贺的某些感受,而是由于李贺具有其他诗人所不能比拟的三个特点,才出现的。

一、李贺涉世太浅,逝世太早。他没有久经炉火,老于世故,隐忍苟全,随俗浮沉的处世修养。他所具有的只是些血气方刚,正义至上,愤慨不平,疾恶如仇的天真性格。当然,在封建皇帝的现实统治之下,一切诗人都是没有触犯尊严的言论自由的,李贺也自不能例外。但隐忍不言,不等于胸无非议。在已有处世修养的人来看,就饮恨吞声了事。在富有天真性格的人来看,就也有可能去另想办法,发泄愤慨。

二、李贺患有慢性严重而又并不影响头脑清楚的肺结核一类病症,自知不得永年。

"病客眠清晓,……旅酒侵愁肺,离歌绕懦弦。诗封两条泪,露折一枝兰。"——《潞州张大宅病,酒遇江使寄上十四兄》

"咽咽学楚吟,病骨伤幽素。秋姿白发生,木叶啼风雨。灯青兰膏歇,落照飞娥舞。"——《伤心行》

可见李贺对于自己的疾病,是悲观绝望,感到兰要折,叶要落,不能免于油干灯熄的结果的。因为这种疾病,与仕进上的潦倒影响也是分不开的。他对疾病的绝望,也是对于仕进的绝望。只是他并不立刻就死,他还能从容排遣情怀,特别是他还能继续创作很多重要诗篇,并对所有诗稿加以整理安排。

三、李贺没有妻室子女遗留生存的问题。这很重要,使他能有勇气创作哑谜诗歌,不存后顾之忧。他只有一个老母,应是他所顾念未释的。但她天年有限,可以另想办法,求得解决。

总之,李贺一身兼有生命短促,富于天真性格;抱病深沉,自知行将作古;没有妻室子女遗留生存的后顾之忧三个特点。正是这些交织在一起的特殊处境,使他有可能与其他诗人不同。李贺并不甘心于默默无声地委屈死去,但他力所能及的,也仅限于创作诗歌而已。于是他创造性地运用各种各样的掩盖手法,写出了大量的哑谜诗歌。既非明目张胆地公开侵犯帝王尊严,也表达了自己非议、谴责,甚或诅咒的愤慨心情。为求安全起见,特与若干一般诗歌混杂一起,并且错乱年时顺序,托交好友沈子明留待自己逝世经过一定长久的年月,特别是母亲逝世之后,再行酌情拿出设法问世(杜牧作叙时,宪宗早死,经过穆宗、敬宗,到了文宗太和五年——计有一十五载)。这样一来,即使他的哑谜掩盖被揭开了,由于事过境迁,他与老母都早成了已死之人,也就无所畏惧了。李贺这样的措施,恰好说明了他《伤心行》篇尾句飞蛾扑火似的挣扎举动,既是他必然应有的现象,也是我们容易理解的事实。

李贺留下的诗歌,只有二百一十九首(外集多伪,暂不计入),约可分为三类:一、一般诗歌;二、怀才不遇诗歌;三、哑谜诗歌。一、二两类,都是其他诗人所能共有或所可貌似的。三类诗篇,却是由于李贺身世兼有上述三个特殊因素,才得产生,不是其他诗人所能平白办到的。这是李贺诗歌异于其他诗人诗作的根本所在。

这类哑谜诗篇,是李贺诗歌中最居主要最具特色的部分。从题材来说,他有计划地把农民、役夫、奴仆、侍女、织妇、渔民、养蚕和采菱人、卖卜和种瓜人、城市小市民、贫苦知识分子、士兵、道士……都写遍了。甚至为了需要,连将军、刺客也写到了①。从写

---

① 鲁迅读了李贺"见买若耶溪水剑,明朝归去事猿公"(《南园十三首》之七)后,在自己所写的《豪语的折扣》一文内说:"李贺毫不自量,想学刺客了。"按李贺"直是荆轲一片心"(《春坊正字剑子歌》),"重围如燕尾,宝剑似鱼肠"(《马诗》之二十),"虎鞲先蒙马,鱼肠且断犀"(《送秦光禄北征》),这些句子,事更明显。足见鲁迅的评论,是针头见了血的。

作意图来说,几十篇性质一致,都是对当政帝王唐宪宗李纯进行非议、谴责甚或诅咒,从而发泄满腔愤慨的。这是封建社会所不容流传的文字,李贺是用怎样的掩盖手法,埋藏千年,及至进入今天的社会主义社会仍未真相大白的? 这里,李贺呕心沥血的表现形式,极其复杂,应当说他驱遣文字的能力,也确是不同寻常的。应俟另篇专作详细论述。

当然,这种哑谜诗歌,并非千秋绝对无人识破。客观上存在的各种各样原因,使它若明若暗地混出了封建社会,这是耐人寻味值得探索的有趣问题。

李贺哑谜诗歌千年所走的曲折道路

一、 唐人的维护用心

李贺交给沈子明的诗稿,离为四编,既未按年序先后排列,也未照内容性质分类,只是一个混杂不清的面貌。这里有无避免过早暴露哑谜诗歌写作思想的考虑在内,应是值得注意的。沈子明的收存诗稿,必俟人过境迁(由宪宗李纯经穆宗李恒、敬宗李湛、而至文宗李昂),迟达十五年之久,事成往迹,才寻找借口拿出付印,并且自不写序,一定要勉请皇亲国戚家庭中的杜牧作叙,这些应非无因而然。特别是《幽闲鼓吹》所载:李贺表兄为李贺遗稿事答复李藩侍郎的"某与贺中外自小同处,恨其傲忽,尝思报之,所得兼旧有者(指李贺诗稿),一时投于溷中矣"的说法,显然是宁可冒犯李藩不愿流传招祸的一个"托辞"。

唐杜牧为李贺诗歌作叙,始则说被动得很,推辞不掉(约占全文九分之五)。再则说李贺有些少理之处。三则说有好些地方不懂。对于少理的地方,不曾举例。少怎样的理或对什么少理,应是大有文章的。对于不懂的地方,却是列举两篇比较好懂的,只不过非议锋芒至不显露,貌似流俗吊古之作的篇名为例。未敢把真正难懂的《秦王饮酒》《章和二年中》《苦昼短》《上之回》……列了出来。凡此情况,杜牧是否存有故意保留退步、免遭连累的思想? 自可说,这是大有可能的。事实上,杜牧对李贺诗歌的九种称道,更是根本不敢引句举例的。因李贺具有代表性的精妙诗句,大都是与非议君上分不开的。如"酒酣喝月使倒行""七星贯断姮娥死""地无惊烟海千里""一泓海水杯中泻""石榴花发满溪津""桃花乱落如红雨""几回天上葬神仙""绿眼将军会天意"……以及"吾将斩龙足,嚼龙肉""羿弯弓属矢,那不中足""奈尔铄石,胡为销人""男儿屈穷心不穷,枯荣不等嗔天公"……如果说李贺这类举不胜举的诗句,杜牧全无一处是懂的,这是不大可能的。因此,杜牧的这样写叙,应是用心良苦。笔者原觉杜牧既然自谓有些不懂,怎好评定李贺"少理"? 后始悟及叙文有异。然而后人动辄指责李贺少理,实以此为根源。这与杜牧叙言的真谛,恰恰是有违离的。杜牧对李贺非议君上的写作思想,不是真的没有理解的。他用屈原《离骚》比譬李贺诗歌,自然不是从语言形式上着眼,因为两家诗歌的语言句式大不相同,稍一对照,便可了然。有人在这里难免存有怀疑,这只要拿杜牧自己在叙文夹缝内所说的:"《骚》有感怨刺怼,言及君臣理乱,时有以激发人意。乃贺所为,得无有是?"来加复按,便可窥见屈原之所"感怨刺怼"的,也是李贺之所非议不已的。所谓"君臣理乱",是在辨析政治是非。

唐李商隐为李贺写传,只字不提李贺的诗句成果,应是存有顾虑的。传内却说:"每旦日出与诸公游,未尝得题然后为诗……恒从小奚奴,骑距驴,背一古破锦囊,遇有所得,即书投囊中。及暮归,……研墨叠纸足成之……过亦不复省。"按这描画,不外表明"李贺写诗,从不抱有任何成见或处心积虑地以抨击某种人物为其目的"而已。实际李商隐非同一般愚昧之辈,作诗应否有其题意,他岂不知! 特别是所谓"过亦不复省",显然是在为李贺散布空气,麻痹御用文人。很难想象李贺的诗,都是产生自无的放矢、毫不经意之中的! 遍查李贺哑谜诗歌,如《出城别张又新酬李汉》《送秦光禄北征》《公莫舞歌》《平城下》《苦昼短》《秦宫诗》《金铜仙人辞汉歌》《猛虎行》《相劝酒》《还自会稽歌》《拂舞歌辞》……不下好几十篇,没有一篇可以证明是从驴子背上驮回来的。再说李贺既是"过即不复省"的,最后何凭整理诗稿,送交沈子明的?

后人不察,非但未理解李商隐散布"原无诗题,滥寻诗材"的用心所在,反而把他所假托的搜集材料的活动过程,当作文学艺术内在的写作方法,来加渲染。事实上写作方法是指"连缀文字,构造篇章"说的,它与骑驴、挟囊、带着奚奴……活动过程,是有区别的。不难设想,这种活动形式,即使是缺乏文化的人们也能立即办到,如果把它和写作方法等同起来,岂非大家都可立即等同于诗人李贺。何况李贺自己所写的哑谜诗歌,都是来自博览书籍,呕心沥血,不是真的都是从驴子背上驮回来的!

李商隐假托这个活动的真正目的,是在掩护李贺诗歌非议君上的写作思想,而不是在发扬李贺行之有效的写作方法。如上所述,这根本不是一个文学艺术的具体方法。李商隐在《李贺小传》内,未敢列举李贺精妙诗句进行称道,怎好凭空谈起写作方法来了? 当然,李商隐并未说这就是写作方法,这只是后人由于不曾理解李贺诗歌的写作思想因而产生的一种误会。

李商隐所写的《李贺小传》,另还说了一些天帝召去李贺等类的荒唐神话,这都是转移御用文人视线,避免轻易暴露李贺写作思想的一种烟幕,是不可置信的。只有隐约其辞的结语,才是同情李贺怀才不遇,深为不平的真话。他是这样说的:"位不过奉礼太常……又岂才而奇者,帝(天帝)独重之,而人反不重耶?"这人间的用人大权,当时由谁在主宰? 应是不言而喻的。

二、 并非从来无人识破

千年以来的评注家,是否对李贺这种哑谜诗歌,绝无理解一些的人? 看来不然。只不过封建社会内忌讳非议君上,不敢明白说出而已。试看,宋刘辰翁《须溪集·评李长吉诗》所说:"旧看长吉诗固喜其才,亦厌其涩。落笔细读,方知作者用心。料他人观不到此也,是千年长吉犹无知己也。……千年长吉,余甫知之耳! 诗之难读如此,而作者尝呕心,何也?"又说:"(杜牧)独惜理不及《骚》,不知贺所长正在理外……此长吉所以自成一家欤!"清陈式《重刻昌谷集注序》更说:"昌谷之诗,唐无此诗,而前乎唐与后乎唐亦无此诗……人人乐传其诗以有待。……大约人之作诗,必先有作诗之题,题定而后用意,意足而后成诗。义山称昌谷与诸公游,未尝得题为诗,遇有所得,辄投破锦囊中。及归,研墨叠纸足成之。天下抑有无题之诗耶? ……贺之为诗,无有不题定而觅意,却又意定而觅题。多是题所应讳,则借他题以晦之。"刘、陈两人,为什么都不敢举出具体诗句来作说明呢? 足见这些封建社会的人,他们是知而不敢明言,言而不敢尽意的。因为一经直言说明以后,李贺诗集就要连同说明遭到焚禁。说明的人,也因有损帝王无上尊严,或将蒙受不利影响。特别是这种能作说明的人,对于李贺非议昏庸帝王的文字,是有是非之心、同情之感的。刘辰翁所说"贺所长正在理外,此长吉所以自成一家欤?"陈式所说"人人乐传其诗以有待",都是明证。他们既无仇视李贺之心,自然也无促使李贺诗歌遭到焚禁之理。这种言而不敢尽意的态度,正是在封建社会内维护李贺诗歌继续存在的必然应有的现象。这正说明了封建社会内是没有可能让李贺哑谜诗歌的内在真相公开露面的。

三、 清王琦的曲解和影响

清王琦注释李贺哑谜诗歌,摆在他面前的问题:是按照李贺本意,如实地揭开掩盖,说明真相? 还是反过来,把非议、诅咒的内容,说成是效忠、赞扬的粉饰? 王琦深知前者的做法,其结果必然是徒劳有损,连李贺原书也要遭到禁绝的。后者的做法,却是符合封建时代宣传教育的精神,可以为维护帝王尊严威信效劳的。

因此,王琦无可选择地只能采取后者的途径。虽然说王琦是在为李贺诗歌进行注释,但也可说王琦更在为封建统治进行宣教,而这是要抵触李贺原意,无法释通诗文的。于是王琦尽量推说"未详""错字""少理""杂乱至此,必有讹误,不可强作理解"……更或不惜费尽曲解，颠倒典实，故装马虎，违离常识（具体例证已另详引论《李长吉诗案新探》中的《试行辨析清王琦〈李长吉歌诗汇解〉的差误所在和影响所及》，兹不重复）。这样一来，除了《老夫采玉歌》一篇以外，其余的好几十篇哑谜诗歌，全都成了文思混乱、不可理解的千古疑案，这是不好成立的。必须提明：为什么一经揭开诗文掩盖，去看真相，却又篇篇都是简单易懂、形象鲜明、现实生动、感情愤激的？特别是这种哑谜诗歌，是以几十篇之多，来体现彼此相同的一个写作意图的。这就佐证似山，非同偶然。既不容有所回避，更不宜含糊了事。

王琦在封建社会内注释诗歌，客观上使得李贺诗歌未遭禁绝，这是有功的。不过王琦粉饰不实的封建说教，对于后人的蒙蔽影响，实在太大。在已经结束了封建制度，进入了社会主义时代的今天，竟然还未使李贺哑谜诗歌的真相及早大白于世，这又不能不说是受王琦阻碍所致的。

当然，"四人帮"在十年动乱中，利用王琦的某些不实注释，把李贺吹捧为什么法家人物，使李贺染上一种毫不相干的色彩，人多见而恶之。这是李贺诗歌更大的不幸。实际上，我们现在所辨析的数十篇李贺哑谜诗歌，都是王琦把诗文真相作了颠倒注释的。"四人帮"以讹传讹，根本无一发现。事实俱在，可供复按。赵朴初在 1974 年 7 月所写的《读李贺诗》内说："秦王饮酒行，意亦指唐廷，李贺作此诗，刺李非美嬴。"这显然就是针对"四人帮"的谬误进行驳论的一个明证。因此，我们应当实事求是地恢复李贺诗歌的本来面目，一切不必要的干扰，应予划清。

本论:李贺哑谜诗歌的写作意图和掩盖艺术

五光十色的艺术手法

李贺诗集中的大量哑谜诗歌,是李贺感于唐王朝长期破落腐朽,唐民众日益灾难深重的社会现实,结合自身竞考进士,横遭排挤,最终怀才不遇,潦倒一生的悲愤心情,而对当时现实帝王唐宪宗李纯所作的各种非议、讽刺、甚或诅咒。李贺由于身世上异于其他一切诗人,同时交织着三个特点,即:一、短命早死,血气方刚;二、自知肺病深沉不能久于人世,但还头脑清醒可以驱遣笔墨;三、没有妻室子女遗留生存的后顾之忧。因此,他才有可能勇翻浪花,不惜呕心沥血地倾吐肺肝,隐约其辞地发泄愤懑。

当然,这种抵触帝王尊严的诗歌,在封建社会内,如果直言无隐,是要立即遭到焚禁的。为此,李贺不得不在内容真相的上面,运用千奇百怪的艺术手法,施加掩盖,尽量不让御用文人轻易看出。但如始终掩盖得周密无间,没有显露真相的可能,势必不能达到泄愤目的,就失去了写诗原意。因此,他又必须在表面掩盖的方面制造某些漏洞,设置语言障碍,极力不让有合情合理地、形象鲜明地释通全诗的可能。更就某些尖锐特甚的内容真相来说,尽管风险已大,但还要设些机关,露些马脚,为后代有心探索的读者开辟方便之门。凡此情况,交互制约,就形成了李贺哑谜诗歌的特种风格。

我们如果仅从掩盖一面去理解这种诗文,必然是讲不圆满,说不确切,看不鲜明的。因为这是李贺的有意安排。其所以被古今读者认为难懂,也就在此。王琦要算专从掩盖一面解说李贺哑谜诗歌的典型代表,其结果使得到处出现所谓"错字""未详""不可理解""必有讹误"等情况,以致篇篇无法通释到底,成了不可梳理的芜杂文字。面目既是模糊一团的,感情更是违离常识的。我们如果运用"一面扬弃掩盖,一面显露真相"的方法去作观察,不难发现王琦大量的所谓"错字""未详"……全非事实;即王琦认为讹误杂乱,不可强作理解的老大难篇,如《出城别张又新酬李汉》《送秦光禄北征》……也是简单易懂、形象鲜明、现实生动、感情愤激之作,并不存在何种不可理解之处。

总之,凡属李贺哑谜诗歌,都是具有双重含意的。如果读者没有揭开其表面掩盖的现象,那就说明根本还未接触到真相。因此,理解李贺这种哑谜诗歌,既要看透它的掩盖面,更要看清它的真相面。只有两面都看到了,才可迎刃解决一切困难,并且顺风满帆地通释全篇诗文。

一、飞　白　类

"飞白"是一种修辞上从来就有的手法,李贺利用它在哑谜诗歌内,大大发挥了作用。即故意把字、词、语、句写错,回避锋芒,掩盖真相。一方面暗示不是真的在谈典故或本事;另一方面引起读者狐疑不安,反复地去考虑真正写作意图的所在。这种手法,李贺运用得非常普遍。由于飞白精神的扩大运用,可以派生为各种类型。如"一般飞白""辗转飞白""偷梁换柱""张冠李戴""故装拙劣"……有的是直接飞白,有的是曲折飞白,有的是大飞白,有的是半飞白。

(一)一般飞白

1. 捏造性的:如《金铜仙人辞汉歌》的"青龙九年",王琦根据所谓今本改为"青龙元年"了。原因是青龙根本只有五年,没有九年的。须知史实是景初元年的事(见《三国志·魏志·景初元年》裴松之注引《魏略》所载),改"九"为"元"后,尚有"青龙"未改"景初",仍未解决问题! 其实这是对李贺写作意图缺乏理解所致。此诗谈古是假,讽刺唐李纯为亡国之君,难逃悲惨下场是真。清陈沆在《诗比兴笺》内说得好:"自来说此诗者,不为咏古之恒词,则谓求仙之泛刺。徒使诗词嚼蜡,意兴不存。试问《魏略》言明帝景初元年……而此故谬其词曰青龙元(九)年何耶? 既序其事足矣,而又特标曰唐诸王孙云云何耶?"可见这是李贺故意使用的飞白手法,不应改动。这类飞白尚多,它是体现了李贺特殊创作规律的。

又如《上云乐》的"天江",王琦引曾谦甫吴正子注,都说是"天河",但不知写成"天江"的所以然是在有意飞白。因为全诗写作意图,是在表现劳动妇女和封建帝王的矛盾,如用"天河",则极易暴露织女形象。改为"天江",可以转移视线,分散注意。

又如《野歌》的"麻衣黑肥冲北风",林同济在 1978 年 12 月 12 日《光明日报》发表的《李贺诗歌需要校勘》内说:"肥"是"䄡"字之误,这是非常可信的。因为"麻衣黑䄡",都是唐时举子的装束。不过这是李贺故意的飞白掩盖,不可作为错字改掉。试想:全诗的写作意图是在表现射天骂天,如果改肥为䄡,岂非毫无掩盖地露出了李贺自己! 所以校勘也要首先究明写作意图。

又如《春坊正字剑子歌》的"麗嶷","麗"为鱼罟,"嶷"是无中生有的捏造之字。从剑柄上所饰垂的丝须来说,只有"籭簁"二字。但李贺写作意图所需要的是盛提人头的网络,于是他摹仿"籭簁"写成"麗嶷"。似是而非,似非而是,这作为诗尾提出血淋淋的人头的伏笔来说,是飞白掩盖得非常隐蔽的。

又如《开愁歌》的"莫受俗物相填豗",豗也是个无中生有的字,它的含义是怎样的?根据诗中"临岐击剑生铜吼"的怀才不遇的强烈愤慨来看,这"俗物"指的就是讲愚忠说教条的"俗儒"。"豗"为形声字,意义为蠢猪喧扰不休的声音。这是完全可以看出潦倒不堪的李贺,厌恶俗儒说教,要冲破束缚,对现实帝王进行非议、诅咒的用心的。这种捏造字词的彻底飞白,自是不易抓着他的掩盖辫子的。

又如《李凭箜篌引》的"吴质不眠倚桂树",古今评注家们都说"吴质"是"吴刚",但说不出写成"吴质"的原因。如果根据李贺一贯不真谈故事,促使读者从狐疑困惑当中反复地去探索真正写作意图的创作规律来看,这显然是飞白手法的体现。本诗不是在侧重正面刻画箜篌的声音(评注家存有误解),而是在侧面表现天地鬼神为之高度震惊。独有人间的现实昏庸帝王是充耳不闻,熟视无睹,颠倒贤愚,糟蹋人才的!(这实是李贺怀才不遇的愤慨之作)

…………

2. 谐声性的:如《出城别张又新酬李汉》的"南山崆峒春",就是谴责李纯统治的首都长安,是没有温暖人心的春天的。"崆峒"即"空洞",这在古人谐声假借的习惯中,并不足奇。但它的掩盖作用,却是很强的。

又如《公莫舞歌》的"横楣粗锦生红帏",根据全诗题材为起义军审判最大唐俘来看,是"横眉粗颈"的飞白,表现起义军在唐宫内的声色俱厉。

又如《送秦光禄北征》的"钱唐阶凤羽",根据全诗勉励刺死帝王的题材来看,这是"全唐皆凤羽"的飞白,表现帝王子女在帝王遭受刺除之后,像被摧毁了的鸟羽一样,散落满地。

又如《秦王饮酒》的"清琴醉眼泪泓泓","清"是"青"的飞白,因诗文题材内容在表现宫女不堪奴役,青琴为古神女,象征宫女。变"青"为"清",显示不是真要写典故,读者应在疑难莫释的面前,去认真考虑本诗的写作意图。

…………

(二) 辗转飞白

如《安乐宫》的"未盥邵陵瓜",是"东陵瓜"的飞白。召平为秦东陵侯,秦破为布衣。贫种瓜,瓜美,俗称东陵瓜(见《史记·萧相国世家》)。今李贺不说"东陵瓜",也不说"召平瓜",是因这里需要突出布衣平民劳动耐久的形象,而东陵是个侯爵的名称,必须把它避免开来。所以故意改变一字,既能表现布衣平民的一面,又能抹掉侯爵色彩的一面。从而便于对比突出帝王享乐腐化的所谓"安乐",是脆弱得很,转眼可悲,远远不及劳动生活安静耐久的!至于换"召"为"邵",是多增了一层转折的飞白,把隐蔽工作做得更深一些了的。当然,这种飞白,也是体现了李贺诗歌辄非真谈故事、引人深思的规律的。

又如《上云乐》的"天江碎碎银沙路,嬴女机中断烟素",王琦注说:"嬴女谓织妇,借天河织女以比之,然谓之嬴女殊不可晓。"其实根据本诗表现现实帝王穷奢极欲,而广大织妇却断了生活炊烟(这是"断烟素"双关语的本意),即从揭露李纯把自己的快乐建筑在广大织妇痛苦之上的写作意图来看,是在用嬴女表示秦女,秦女表示唐女,唐女表示广大受压榨的织女,辗转飞白,并非难晓。

(三)偷梁换柱

如《日出行》的"白日下昆仑",昆仑是我国西部最高的山,日从东方升起,向西运行,只有说走上昆仑的。这个"上"字一经换为"下"字,就表现了日在向东运行的倒行逆施形象,为以下各句谴责帝王的思想、行动、感觉,安放好了灵魂。试看下面句子"徒照葵藿心,不照游子悲",这不是说"日光只知醉心阿谀奉承者的吹捧,全不理睬我磊落正直的游子悲愤"吗?照其所不应照,不照其所应当照,显然是颠倒了是非的!更看"折折黄河曲,日从中央转",这不是说"黄河曲曲弯弯地东流入海,日从中央鸟道运行过去,比它简捷"吗?须知和东流的黄河比速度,显然是日在倒着向东走!更看"旸谷耳曾闻,若木眼不见",这不是说"对东方的旸谷是耳闻目见的,对西方的若木是耳不闻、目不见的"吗?原来背着轨道面向东方运行,所以只能接触东方的旸谷,不能感觉西方的若木。总起来看,"下"字是个偷梁换柱的飞白。它率领着下面三组诗句,从思想认识、行动方向、耳目感觉三个方面,谴责现实帝王都是倒行逆施的。

又如《相劝酒》的"伏愿陛下鸿名终不歇,子孙绵如石上葛",根据本诗运用反语讽刺手法,谴责李纯花天酒地、醉生梦死的题材来看,更根据《诗·国风》"绵绵葛藟,在河之浒"来作观察:葛是长在水土上面的,一经偷换为"石"字,就成了葛要很快枯死、不得绵延的形象。证之以尾句梁冀、石崇满门遭杀的下场,显然是在讽诅帝王灭子绝孙!一字飞白,性质大异。

(四)张冠李戴

如《苦昼短》中的"谁是任公子,云中骑白驴",王琦注说:"任公子是古仙人骑驴上升者,然其事无考。旧注引投竿东海之任公子解,上句引以纸为白驴之张果解,下句牵扯无当。"其实"任公子"这个主语,根据《庄子》寓言来看,是体现了主张"大处着手"的精神的。"云中骑白驴"这句,是表现任公子改变了"海上钓大鱼"的活动方向的。这种把张果的活动塞在任公子下面的张冠李戴手法,在本诗这里是完全有其必要的。1.李贺的写作意图是在谴责现实帝王,表现手法上必须如此深深隐蔽;2.原诗上面有"吾将斩龙足,嚼龙肉,使之朝不得迴,夜不得伏。自然老者不死,少者不哭。何为服黄金,吞白玉"八句。前六句是说:只要搞死了现实帝王,被压榨的人民自然都可解除痛苦。后两句是说:为什么妄想搞个人长生的活动? 显然这是主张从大处着手,挖掉现实帝王这个祸根的。任公子的反诘句,就是这个主张的大声呼叫。但任公子是在海上钓大鱼的,所以必须改变方向,骑驴上云中。因为本诗自始就把现实帝王隐喻成"日的运行"了的,所谓《苦昼短》即"苦于现实帝王罪行"的意思。因此,必须骑驴上白云,才能从天上搞掉现实帝王。

又如《吕将军歌》的"赤山秀铤御时英,绿眼将军会天意",王琦注说:"若溪之铜可以言铤,赤山之锡不可以言铤。今曰赤山秀铤,亦是语疵。"按这问题,非常有趣,也正是李贺千年被评少理的最好例证之一。王琦细心认真,确未说错。李贺如用"若溪"秀铤,岂非大好? 但这不行:1.不能显示出少理现象,体现李贺不是真在表现史事真相,从而启发读者在遭遇疑难之下,反复地去转而思考李贺埋藏的机关所在(这种张冠李戴手法,是李贺飞白手段的扩大运用。它所起的掩盖作用,不易轻被识破);2.表现本诗真正写作意图的主要关键,是这末尾两句。这里如果不用"赤山秀铤",那就"赤"字不能出现,句内同时具备的另一重要手法"双星隔河"的妙用,也就被取消了。关于讽劝将军对现实帝王采取"顺天意"行动的原有意图,岂非无法表达出来,失掉了写诗本意? 因此,王琦的注释既是对的,又是不对的。李贺的少理,似是不对的,却实是对而又对的。

(五) 故装拙劣

如《上之回》的"悬红云,挞凤尾",表面似说悬扬红旗,风吹旗杆头上的羽毛装饰。试想:为什么一定要用"挞"字,而不用"飘""拂"等这类更漂亮而又准确的字? 这是必须抓紧穷追的关键所在,也是李贺故意辟设的方便之门。由此类比到前面"悬"字,乍看,似无任何破绽或痕迹可寻。其实红云本是自由飘动,不曾悬挂的。今被悬了起来,就是已被戳破得凌乱不堪了。挞为打伤意,对美好凤凰进行打伤,自是凶恶残忍的形象。因此,句意是说:现实帝王回来经过的地方,骚扰不堪:戳悬红云,挞伤好鸟,作威作福,凶残万分。把天空闹得大不安宁! 证之地面的"蚩尤死,鼓逢逢",特别是"地无惊烟海千里",可见由天空到地面,现实帝王所造成的灾难,何等深重! 本诗总的开关,是安放在"挞"字上面的。这种故装拙劣的作用,显然在某些表达上是有其心要的。

又如《秦王饮酒》的"劫灰飞尽古今平",本应写作"天下平"才算准确。但因"劫灰"已很露骨,不得不在句尾故装拙劣地稍设歧义,以便分散注意,有所掩盖。即如应属"怪诞不经"类型的"羲和敲日玻璃声"句,也是多少兼含"不避拙劣"的掩盖意图在内的。因此这种手法,可算是半怪诞半飞白性质的。

二、双 关 类

即表面意识和内在意图截然相反。如果单从表面着眼,就要误入歧途。不是文气前后不通,就是眉目模糊不清。如果揭开表面掩盖,露出内在真相,却又光辉照人,锐利无比,突梯滑稽,旷绝古今。

李贺精妙奇特的双关警句,既是非议、讽刺现实帝王的有力武器,更是独步千秋的卓越艺术。他在诗集中极普遍而最大量地作了运用,都是有上下诗文为其明证的。

(一) 双关含混

如《章和二年中》的"拜神得寿献天子,七星贯断姮娥死",王琦从表面看去,认为时和年丰,人民多么热爱天子! 实际当时是兵连祸结的年代,从前面诗句反复表现农民被田租压榨得喘不过气来看,拜神句的内在含义是说"除物质生产方面受尽现实帝王的压榨外,连精神活动方面的拜神所得也被无孔不入地压榨到了,要去全盘献给天子"! 证之下面"七星"句大闹天空、摧毁统治的悲剧形象,这个反压榨的写作意图和双关妙句,难道不是千古奇笔吗? 王琦把仇恨颠倒成爱戴,显然是个大是大非问题。本诗不写秋收而写春种,不写农民丰衣足食而写备受田租压榨,不祝永年而咒死亡,铁证俱在,究将何以解答?

又如《五粒小松歌》的"细束龙髯铰刀剪",表面似在描写松针的整齐,根据全诗题材表现蛇子蛇孙祭奠已被杀死的帝王来看,结束句所刻画的帝王被剪杀头颅的形象,再鲜明也没有了。可算妙语双关!

又如《送秦光禄北征》的"虎鞹先蒙马,鱼肠且断犀",兽皮之有毛无毛者都可叫鞹,王琦从表面去作观察说:"左传:胥臣蒙马以虎皮。……鞹安用蒙马,此是才人疏处。"

这是王琦天真地认为在马上蒙以虎皮的理解。须知李贺与此相反,是说要在虎鞹上蒙以马皮,进行伪装,以便行刺。旧社会的所谓命相家有个术语"父在母先亡",既可释为"父存在,母先去世了",又可释为"父在母前头去世了"。李贺正是早就使用这个双关两可的办法,来对御用文人进行掩盖,并对有心的读者留下机关的。证之以"鱼肠"句(鱼肠是专诸刺王僚用的剑名)对现实帝王的行刺诅咒,意很显明。一语双关,妙用堪惊!

又如《长歌续短歌》的"长歌破衣襟,短歌断白发。秦王不可见,旦夕成内热。渴饮壶中酒,饥拔陇头粟。凄凉四月阑,千里一时绿",其中的"秦王不可见",是个不着痕迹的双关妙句。既可理解为"我追求亲近秦王不可得见,非常遗憾",又可理解为"秦王看不见我的处境,不理睬我的死活"。这两个含意的感情,是截然相反,必须分清的。所谓"破衣襟""断白发",是在表现高声喊叫(长歌)低声呻吟(短歌)者的穷困潦倒。由于帝王的高高在上、醉生梦死,看不见和不理睬自己是怎样在痛苦挣扎中过生活,因而诉说:我早晚将要病倒下去(内热为病名,《左传·昭九年》:"生内热惑蛊之疾。")临到绝境了。我饥渴已甚,迫切希望壶中有酒来止渴,陇头有粟来充饥。真伤心啊!每年春夏之交大地草木都能重新郁郁葱葱,独有我穷困潦倒却是永无扬眉吐气之日的。这与李贺其他哑谜诗歌非议帝王的写作意图,正相一致。否则原诗尚有下半段六句,就无法通释到底了。再说,"旦夕成内热"句,如被解说成内心发热,热衷追求,不论其诗风高卑如何,其本身就是加不上"旦夕成"三字的。因为所谓追求亲近,是个已经存在的活动,不好说成更去俟之旦夕的。由此可见,"秦王不可见"的含意,只能是对帝王进行责怪,不好说成是热衷追求帝王的。

又如《公莫舞歌》的"座上真人赤龙子",表面看去是指刘邦而说的。根据全诗题材审判最大唐俘来看,"座上真人"指的是目前主持审判的起义军领袖,"龙子"指的是现实帝王,"赤"为要使流血意(是使动词性质),表现起义军领袖今天要叫现实帝王流血(恶言诅咒,丑化泄愤)。骑墙双关,妙语天成。

又如《苦昼短》的"自然老者不死,少者不哭",表面似说:日光停止了转动以后,就没有年月光阴了,自然老者可以不至老死,少者也可以不因老者的死而感悲哀。实际是说:搞死了现实帝王以后,自然老者不至因压榨不堪而死,少者不至因压榨不堪而哭!一语双关,恰到好处。

又如《还自会稽歌》的"台城应教人,秋衾梦铜辇",王琦从表面看去,认为南朝梁都当年与皇子唱和文字的人叫"应教人"（是名词性词语）。根据全诗题材表现李贺感到长安唐王朝濒于腐朽衰亡，废然归故乡来看，"应教人"三字，应作"只能使人"讲（动词性词语），联系前面"野粉椒壁黄，湿萤满梁殿"的描画，意为"腐朽衰亡的唐王朝：你只能使人从破落愁苦的心情中，回想你兴旺发达的当初。你现在是完全过了时的啊"！双关妙用，了无痕迹。

又如《堂堂》的"华清源中礜石汤，徘徊白凤随君王"，表面似说：在华清池沐浴温泉，许多华丽的侍从人员跟从君王。赞美而已，并无讥刺。实际："礜石"是毒石（见《说文》），"徘徊"是徬徨无主，不愿跟随的形象，不好曲作相反解释的。联系起来看，两句是说：可是醉生梦死的现实帝王，还只知道荒淫享乐，沉溺于像唐玄宗宠爱杨贵妃春寒赐浴华清池一类勾当之中，这对王朝的前途是有莫大毒害的。许多侍从人员，都不愿跟随他了。用古代语言来说，就是"宴安鸩毒，众叛亲离"。

又如《日出行》的"羿弯弓属矢，那不中足"，是根据尧时派羿射十日，中其九日，日中九乌皆死的神话故事来立言的。王琦注说："此一日何不射中其足。"这是偷换了概念把"足"当"乌脚"讲的歪曲说法，其实原诗是根据上文大量谴责了日的倒行逆施之后，才更感喟地说："羿当年已射中九日，此一日何不也射落呀！"意谓不曾十射十中，打了九折，未免遗憾？因此"那不中足"句，虽是有其双关妙用的，但不应作"乌脚"讲，应作"十足"解的情况，还是极其明显的。这是对现实帝王的切齿诅咒，李贺大胆使用，迹近瞒天过海、赤膊上阵了。

这类双关性质的词语句子，在李贺诗作中，是不胜枚举的。特别是大多数诗题都是双关假托的。另详后文"特征"部分。

（二）借代含混

为了避免露骨太甚，往往有使用借代手法冲淡锋芒的必要。

如《猛虎行》内的"官家有程"，若说成皇帝有程或李纯有程，未免刺目。处此既要指明又不能明指的情况之下，改用"官家"，却含混多了。因官家一词，原有看成包括皇帝和广大官吏在内的色彩，目标不显（其实《名义考》引《广记》云："五帝官天下，三王家天下，称官家，犹言帝王也。"这是并不包括官吏在内的）。

又如《安乐宫》的"左悺提壶使"，左悺是东汉的宦官，由于写作意图要谴责现实帝王，但又不便露骨指明，更因能够设置宦官供其使唤的只有皇帝，于是不直说皇帝而说宦官。不直说宦官而说左悺。换句话说，借左悺代出宦官，借宦官代出皇帝。掩盖相当转折,可算巧妙呕心!

又如《相劝酒》的"丈夫快意方为欢",全诗是用反语讽刺、藏头露尾手法谴责现实帝王的。为了回避锋芒,就把专有名词"李纯"变为普通名词"丈夫"(所谓才能过人的男子汉)了。《安乐宫》内曾变普通名词"宦官"为专有名词"左悺",各因其需要而不同,李贺手法是多样的。

再如《马诗·其二十一》的"须鞭玉勒吏,何事谪高州",其中"玉勒吏"表面指的是现实帝王身边控马的吏人,其实是在使用借代含混手法指明现实帝王本人的。因为这里的句法是因果倒置的。把人贬高州的并不是玉勒吏,为什么要鞭他呢? 再说能够在身边设置玉勒吏的,不是帝王统治者吗? 显然这是借代掩盖!

(三) 指桑骂槐

如《老夫采玉歌》中的"蓝溪之水厌生人,身死千年恨溪水",是从役夫角度,来控诉以帝王为首的统治集团,为了好色,驱使役夫身入绝境,非但饥饿不堪,更是家破人亡的罪恶压迫的。死亡累累的役夫们,对此是有深仇大恨的。但他们为什么恨"水"而不恨"现实帝王"? 这分明是李贺在使用"指桑骂槐"手法,掩盖笔锋。两句中的"水"字,就是"现实帝王"的代词。

又如《秦宫诗》,以东汉梁冀嬖奴为题为序,而内容则根本未写嬖奴,全在暴露现实帝王的罪行。如"玉刻麒麟腰带红""楼头曲宴""白鹿清酥""桐英永巷""开门烂用水衡钱,卷起黄河向身泻"……既是刻画帝王服饰,点明宫内活动、宫内地点的,更是表现宫内帝王特有的花天酒地、挥霍浪费罪行的。显然借指东汉嬖奴之"桑",大斥唐宫现实帝王之"槐"。所谓"秦宫",实即"唐宫""唐宫主人"之意。

又如《猛虎行》的"长戈莫舂,强弩莫抨。乳孙哺子,教得生狞。举头为城,掉尾为旌。东海黄公,愁见夜行",表面上根据诗题是在描写野兽猛虎,实际是在非议现实帝王人虎(从诗题起就是这样双关两指的)。不是吗? 唐室武装的长戈强弩,都不是捣射现实帝王人虎的。现实帝王乳孙哺子,让他们凶恶无比地骑在人民头上。他们威势很大:举起头来,可以连为城墙;翘起尾巴来,就是旗杆如林了。即使具有制服野兽猛虎之术的黄公,在这帝王人虎的面前,自然也要特别害怕呀! 这种指虎骂人的手法,为何古今评注家视而不见?

(四) 似是而非

如《公莫舞歌》的内在题材,是在表现起义军队攻入唐宫,俘虏现实帝王进行审判,根本未写鸿门宴事。诗序里面也明白交代"会中壮士,灼灼于人,故无复书",但为进行掩盖起见,诗内却牵引了许多与鸿门宴似是而非的相关词语,极力扰乱御用文人的耳目。果真按照鸿门宴故事去作理解,则又设置有种种脱节现象,使人百讲不通。只有扬弃了它的外表掩盖,显露出它的内在面目,才能消失这个疑团。其中"横楣粗锦生红纬,日炙锦媽王未醉"是"横眉粗颈生红帷,日炙锦蔫"的谐声假借。"王未醉"似指项羽,实际是指现实帝王被俘后吓得周身发软,好像喝醉了酒的。"腰下三看宝玦光"似指范增,实际是指主持审判会的起义领袖。"项庄掉箭拦前起"似指项庄,实际项庄舞的是剑,这里表现的是两旁动刑人员拿着竹板。"汉王今日须秦印"似指刘邦要当汉中王,实是起义领袖今天要结束唐王朝的统治权。"绝膑刳肠臣不论"似指樊哙,实际是动刑人员对现实帝王说:对你斩腿剁肠,是丝毫不加顾惜的("臣"字是奚落敌人的挖苦语)。这些双关两可的语言,似项羽而非项羽,似范增而非范增,似项庄而非项庄,似刘邦而非刘邦,似樊哙而非樊哙,可算极尽了"似是而非"掩盖真相之能事。

又如《将进酒》的"琉璃钟,琥珀浓,小槽酒滴真珠红",王琦从表面看去,认为杯中盛的是"红酒"。根据题材其本意是表现现实帝王被解杀了,后妃哭泣,不堪奴役的宫女们却击鼓歌舞,发泄深闭宫中、误尽青春的心头之恨,互相劝喝杯中之物,这杯中之物应是现实帝王的"血"。尾句"酒不到刘伶坟上土",不就是在故意说:"杯中不是盛的刘伶爱饮的酒"吗? 似是而非,令人绝倒!

(五) 乔装打扮

如《出城别张又新酬李汉》的"乡书何所报,紫蕨生石云",表面看去,多么美观,实际是说乡民困苦不堪,在吃野菜度日。"皇图跨四海,百姓施长绅",表面似说百姓富有,宽衣长带,实际是说对人民施加残酷束缚。"吾将噪礼乐,声调摩清新。欲使十千岁,帝道如飞神",表面似很文雅尊崇,实际是说自己要掀掉唐王朝的一套黑暗统治,采取起义行动,使它像飞烟一样消失得无影无踪。"华实自苍老,流来长倾盆",表面似说花果非常繁茂可爱,实际是说现实帝王继承的祖业虽是树大根深的,但起义洪流一来,就要被连根翻掉。"曙风起四方,秋月当东悬",表面的景象很美,实际是说起义风暴四面八方起来之后,光明就可出现了……这些句子尖锐锋利、致命无情。经过乔装打扮后,却又在外表上显得非常美丽温善。

(六) 托古刺今

如《梁台古意》的"撞钟饮酒行射天",究竟在刻画谁人? 性格怎样? 王琦是作汉梁孝王解说的。但他自己也说"梁孝王未尝有射天事"。尽管如此,他还是硬作梁孝王解说到底,何其执一不化至于此极! 根据殷帝武乙无道,射天被雷击死的故事(见《史记·殷本纪》)来看,这是李贺在假托古代无道帝王的下场,来诅咒唐代现实帝王醉生梦死定遭诛灭的必然后果的。本诗的写作意图原在表现曾经盛极一时的唐王朝,出了无道昏君,转眼即将消亡得荒凉不堪,如同尾句所说"芦洲客雁报春来,寥落野湟秋漫白"。实与《金铜仙人辞汉歌》同一类型,是在托古刺今。

笼统地说,李贺托古刺今的诗题、诗序、题材……是普遍存在的,但都同时具有各种更为具体的艺术手法,应各从其具体属性去进行分析,这里不再笼统举例。

(七) 蒙混过关

如《秦王饮酒》的"花楼玉凤声娇狞……黄鹅跌舞千年觥。仙人烛树蜡烟轻,清琴醉眼泪泓泓",表面上好像所谈不外唱歌、跳舞、敬酒、饮酒等活动而已,其实故意混夹有"狞""跌""轻""泪"几个伏兵在内。是根据原诗中间现实帝王彻夜荒淫无度,侍女们不堪奴役,从而作出的反应。"狞"是在外表上歌音娇啭之中,偶尔夹些切齿恶声在内,以泄心头之恨的形象。"跌"是埋藏在像黄鹅样的、拖也拖不动的舞步之中的。这形象非但不是兴高采烈、精神百倍的表现,倒是可以看出那种懒洋洋的不情不愿的神态来的。在举起酒杯祝寿千秋的行动当中,安有一个"跌"字在上,这酒是否跌翻了呢? 这难道不是故意安放的丑化和故意埋藏的讥刺吗?"轻"字初看上去,顶多表示饮酒的时间太久,蜡烛烧尽而已。但帝王宫中的蜡烛多得很,随用随换,是不会出现这种现象的。李贺故费笔墨,是否同时含有打杀风景,显示帝王的荒淫无度,将有蜡尽烟消的末日到来呢?"泪泓泓"是不堪奴役、满腹怨恨的形象总结。作者怕太露骨了,就在上面安排了"醉眼"两字,故作混淆,进行掩盖。其实真能醉眼的,应是许多邀来的所谓"酒星"客人,不是侍女。这个结句形象,正是与前面羲和不堪奴役的主题形象,一脉相承地紧相呼应的。这种蒙混过关的手法,不是完全依靠双关作用的,只能算是半带双关性能的。

三、言 外 类

即所要表达的意图,只在诗句内作些暗示,读者必须在言外去作想见。这自然是有利于掩盖的较好办法之一。

(一) 言外见意

如《钓鱼诗》的"楚女泪沾裾",是通过生活对比(阶级生活)来见意的。原诗于前面表现了帝王荒唐不经的钓鱼和官僚们卑污狗贱的钓鱼之后,结尾突然提出渔民楚女迫于生活的弄鱼苦脸,这言外显然是故意在用帝王集团和劳动渔民进行阶级生活的对比,引人深思。又如《上之回》的"蚩尤死,鼓逢逢",则是通过史事对比来见意的。因为蚩尤是黄帝轩辕的敌人,既已死了几千年,现在怎么还能向他拼命地擂鼓进军呢? 可见是在说:"把人民当敌人看待!"诗题是"上之回",其为非议现实帝王所过之地,作威作福,骚扰不堪,人民灾难深重,至为明显。又如《官街鼓》的"几回天上葬神仙",则是通过神话对比来见意的。句意是说:天上的神仙也要死的,你这昏庸帝王妄想求仙长生,可算痴人说梦,荒谬透顶! 又如《猛虎行》的"官家有程,吏不敢听",则是通过逻辑排除来见意的。因为苛政猛于虎,究竟是帝王的罪恶,还是收租官吏的罪恶? 不无含混。这里说明现实帝王对数量、日期都有规定要求,收租官吏是不敢违抗命令而去听从妇人哭声,任意减免农民租税的。这就于排除官吏罪责之外,集中谴责了现实帝王这个人虎。

再如《春坊正字剑子歌》结尾的"提出西方白帝惊,嗷嗷鬼母秋郊哭",则是通过形象对照来见意的。如果根据刘邦提三尺剑斩大蛇起义的故事情节来看,是赤帝提剑斩了白帝的。现在的形象,是白帝吃惊,并未被斩。提出的东西,也未说明是剑。惯于似是而非地涉及典故,散布疑云,引人深思的李贺,在赤帝、白帝之间,是言外有个不便说明的鲜明形象的。这首先要把原诗上句的"直是荆轲一片心,莫教照见春坊字。挼丝团金悬麗繫,神光欲截蓝田玉"弄个明白。荆轲的一片心是"行刺",宝剑不应放在春坊文人手中,剑柄上的丝须装饰还悬着一个缨络,锋利的剑刃终于连帝王宫墙的蓝田玉砌,都要被砍裂了。试想这下面:刺客用缨络"提出"的东西,应是什么("提出西方",总不成话。然而,也体现了死人观点的。俗谓人死是归西天了)? 难道不是"赤帝"吗?所谓"赤帝",不就是血淋淋的帝王头颅的简称吗? 这是由"白帝吃惊"这个形象,言外照射出来的。由此可见,李贺并不是在真谈故事。下面的"鬼母"假如照故事用了"老妪",那是不行的。因为老妪哭的是白帝,现在被刺死的是赤帝。改用"鬼母",既是情节的必要,更是对现实帝王的愤慨诅咒!

(二) 对比惊心

李贺使用这个手法,往往是以阶级贵贱两相对照为其内容的。《安乐宫》内的"深井桐乌起,尚复牵清水。未盥邵陵瓜,瓶中弄长翠",表现了井水长清,纯洁可爱;劳动生产,安静耐久的形象。"新成安乐宫,宫如凤凰翅。歌回蜡板鸣,左悺提壶使",表现了帝王所谓安乐窝奢侈浪费、享乐偷安的形象。两相对比,泾渭分明。《绿章封事》内的"石榴花发满溪津,溪女洗花染白云",是用天上无压榨社会和人间有压榨社会来作惊心对比的。"六街马蹄浩无主……短衣小冠作尘土",是用统治集团和小市民来作惊心对比的。"金家香街千轮鸣,扬雄秋室无俗声",是用豪门权贵和穷苦知识分子来作惊心对比的。李贺身处阶级社会内,对阶级关系的自发认识,可算比较清楚的! 他如《钓鱼诗》内用渔民泪下沾衣和统治集团无聊无耻的钓鱼对比,《平城下》内用士兵饥寒不堪和帝王醉生梦死对比,都是非常惊心的。

(三)反语讽刺

李贺运用这种手法谴责李纯,要以《相劝酒》为最突出。如"青钱白璧买无端,丈夫快意方为欢。腥蟷腥熊何足云? 会须钟饮北海,箕踞南山。歌淫淫,管悁悁,横波好送雕题金。人之得意且如此,何用强知元化心","青钱"句指光阴。"丈夫"句不以做一番事业为忧心,而以寻欢作乐为快意,显然是个愚蠢庸俗的形象,却还夸之为大有作为的男儿。"腥蟷"三句表现一个大吃大喝、挥霍浪费、傲慢自大、发颠发狂的形象。"歌淫淫"三句表现一个沉溺声色当中、腐化堕落、挥金如土、醉生梦死的形象。"人之"二句表示得快乐时且快乐,不管它的后果是怎样的。所有这些站在荒唐立场,进行自我暴露的语言,显然是反语讽刺的典范。本诗与鲁迅杂文何其相似! 千秋笔墨,不谋而合。

四、诡 异 类

即使用奇离古怪的语言,构造不伦不类的形象,在使人难于理解的空隙当中,隐藏自己所要表达的特殊意图。这自然也是有利于掩盖的手法。

(一)怪诞不经

《秦王饮酒》的"羲和敲日玻璃声",是李贺千年埋藏的一个表现被奴役人民起来反抗昏庸暴虐帝王的关键句子。意思是说:羲和虽是日的奴仆,但他是有力量的。他被压迫得喘不过气来的时候,他可以起来反抗帝王,戳穿帝王的纸糊外壳;帝王不过像玻璃做成的东西一样,一敲就要粉碎的。玻璃本来是没有什么声音的。一经敲破发声,就是粉碎崩溃。李贺要说这句话而又不敢明说,所以不惜在字面上使用怪诞不经的手法,不让御用文人轻易看出。然而证之以下句"劫灰飞尽古今平",形象还是非常鲜明的。这不但可使后面"花楼玉凤声娇狞"句的"娇狞"两字,迎刃解决不相协调的矛盾;即起首"秦王骑虎游八极,剑光照空天自碧"两句,也可确知它的真正含义;不是在赞美秦始皇的威武,而是在非议唐帝王的暴虐。今人赵朴初诗有:"秦王饮酒行,意亦指唐廷。李贺作此诗,刺李非美赢。"

《章和二年中》的"拜神得寿献天子,七星贯断姮娥死":"拜神"句表现帝王无孔不入地压榨人民,已见双关含混条内。"七星"句语意云何? 未免怪诞不经,使人纳闷。实际这是在用形象代替直说。七星之贯绳既断,岂非众星陨落! 姮娥被弄死了,岂非最大的统治者生命完结! 谁在捣毁天宫? 原诗题材所表现的是农民备受田租压榨。七星象征什么? 显然是指帝王的各种高级统治机构(《史记·天官书》:"北斗七星……以齐七政")。这个形象,究为悲剧喜剧,一看即明。王琦说这是农民在热爱天子、祝寿天子,岂非颠倒歪曲? 李贺这个表现农民大闹天空的写作意图,实与"羲和敲日玻璃声,劫灰飞尽古今平",表现被奴役人民起来反抗帝王,一母所生。这也足证写法的怪诞不经,原是为了真相的有所掩盖。

(二) 移花接木

《绿章封事》内有"石榴花发满溪津,溪女洗花染白云",王琦说:"二句未详。"其实这是在运用诡异手法点明《桃花源记》的风貌。换桃为榴,免太露骨。句意为"呀! 天上的世界真美好得羡煞人啊! 看,榴花溪畔的许多普通妇女,正怡然自乐地冲洗榴花颜色,匀染天上白云呢"。这个形象是为引起下面人间世界"六街马蹄浩无主""短衣小冠作尘土"的阶级压迫而服务的。在天上人间对比惊心的章法下,对帝王为首的统治集团进行谴责! 从桃花变为榴花来看,既是加深了掩护的,也是便于从天上落笔、有别于人间桃源的说法的。

(三) 重岩叠嶂

《送秦光禄北征》篇:王琦从外表把它看成真人真事去作解说,自然困难重重,百讲不通。于是责怪为"意多重复,又难通解。或系章句舛错,兼之字误鱼豕",实际从内在题材来看,并无重复难解之处。如"屡断呼韩颈,曾燃董卓脐",根据匈奴呼韩邪单于在位28年,早即称臣入朝于汉,至死未曾叛乱(见《汉书》)来看,屡断其颈,显非事实! 这种无中生有的飞白,联系起下面"曾燃"句来作理解,显然东扯西拉,怪诞不经。其实不然,这是在说:光禄可以居外诳报战功,引诱现实帝王外出劳军,然后发扬吕布刺死假父董卓的倒戈精神,刺除现实帝王。

又如"太常犹旧宠,光禄是新阼",与上面"屡断"两句,外表上不好承接。实际这已不是在继续描写光禄,而是在另行表现帝王。因为能以太常这样高级官员为其旧宠,并使光禄新近得到擢用的,只有现实帝王的身份、权力才是这样的。证之以下面八句表现帝王劳军边外、骚扰人民,显然李贺是在使用暗换主语的手法,掩盖真相。

接着的"虎鞹先蒙马,鱼肠且断犀",表现光禄派人伪装行踪,蒙虎以马皮,从而体现专诸刺死吴王僚的活动。这是写作意图的中心所在。证之以下面六句犬鹰守卫失职的侧写和帝王不能免于黄龙青塚的结果,正是一目了然的。这个"虎鞹"句的双关手法,用蒙马以虎皮作为掩盖,实是理解全诗的主要关键。

更接着的"周处长桥役,侯调短弄哀。钱唐阶凤羽,正室劈鸾钗","周处"句表现光禄诛刺除害。"侯调"句表现唐宫惊哀情调。"钱唐"句表面怪诞难解:实际错字虽有,却是在玩弄谐声假借手法进行掩盖,即"全唐皆凤羽"之谓。象征帝王死后,子孙遭受摧毁。"正室"句表现帝王和皇后也生死永别了。

尾四句为另成一段的结尾文字:"内子攀琪树,羌儿奏落梅。今朝擎剑去,何日刺蛟回?""内子"两句表现光禄夫人在光禄出征之后的应有盼念。作用亦为暗换主语,貌似"正室""内子"意有重复,淆乱层次,加强掩盖。"今朝"两句表现作者对光禄的这个希望和叮嘱。

这种怪诞飞白,暗换主语,双关两可,侧写谐声的错综杂乱、重岩叠嶂写法,正是李贺特殊创作规律的又一体现。光禄是于先一年秋天出征,帝王是于次年三月劳军。王琦把帝王的大段活动都说成光禄活动,认为春秋互见,这自然无法讲通全文。必须明了,光禄是文官,并非武职,诗题就含有不伦不类的假托性质的。

(四)一鳞半爪

《猛虎行》内:"道逢驺虞,牛哀不平。何用尺刀?壁上雷鸣!"由于话未说全,只是一鳞半爪的形象点染,以致诡异怪诞,难于捉摸。王琦说:"言驺虞仁兽不食生物,牛哀见之而心为之不平,以其具虎之形,冒虎之名,而无虎食人之暴也。"按不平之气,应是出自感情上受有委曲。今驺虞不食生物,牛哀有什么委曲?岂非牵扯无当,不合逻辑!实际根据上下文内容通释来看,"驺虞"应作"猎官"解(此词原有两讲,一为"仁兽",一为天子掌鸟兽的"猎官"。见《周礼·春官·钟师》贾疏)。句意应补充翻译为:"野兽猛虎道逢猎官,深感不平:为什么你们总是欺压我们,我们能残害几个人呀?那帝王人虎才是残害无数人民的凶恶罪魁,你们为什么长期把武器挂在壁上,不去用它除掉这个比我们远远凶恶的帝王人虎呀?"

五、分散类

即为了掩盖,把一个语意或一个篇章结构,或一个写作意图,分散在两个句子或两篇诗歌或多篇诗歌内来体现。这自然也是一种巧妙的隐蔽方法。

(一) 化整为零

《马诗》第二十到二十三共四首,是体现刺死帝王的一个诗篇,以化整为零的方法进行掩护的。其二十"重围如燕尾,宝剑似鱼肠。欲求千里脚,先采眼中光",写要前往首都宫廷重帷内用专诸刺吴王僚的鱼肠剑刺死帝王的动机。其二十一"暂系腾黄马,仙人上彩楼。须鞭玉勒吏,何事谪高州",写跃上宫楼,怒喝帝王的行动。其二十二"汗血到王家,随鸾撼玉珂。少君骑海上,人见是青骡",写使帝王流血后,带着青发(螺骡形音俱近)人头远离首都的行动。其二十三"武帝爱神仙,烧金得紫烟。厩中皆肉马,不解上青天",写对帝王一贯求仙长生,落得颈冒红烟的嘲讽——从行刺动机,经过怒喝行动、流血行动,转到嘲讽。总的形象思维,非常完整。

(二) 剑拔弩张

《开愁歌》和《野歌》,是把一个对现实帝王剑拔弩张的愤慨意图,分散在两篇落实的。它们的纽带特征之一是割裂成语。《开愁歌》为剑拔篇,核心诗句为:"衣如飞鹑马如狗,临岐击剑生铜吼……壶中唤天云不开,白昼万里闲凄迷。"《野歌》为弩张篇,核心诗句为:"鸦翎羽箭山桑弓,仰天射落衔芦鸿……男儿屈穷心不穷,枯荣不等嗔天公。"纽带特征之二,是割裂了结构呼应的。《开愁歌》起首的"秋风吹地百草干,华容碧影生晚寒",象征广大人民遭受统治阶级的压榨蹂躏濒于绝境,统治阶级由于占有民脂民膏虽至寒冬天气也能红花绿叶地神气活现。多么不平呀! 可是以下诗句,却全是个人怀才不遇的愤慨语言,未再呼应首两句被压榨人民和统治阶级的矛盾,成了有头无尾、结构不完整的诗作。相反的,《野歌》开始就写个人怀才不遇,结尾忽有"寒风又变为春柳,条条看即烟蒙蒙"句,表现广大被压榨人民一旦有了气候、有了觉醒,还会蓬蓬勃勃起来,势不可当的,显然成了无头有尾、结构不清的诗作。但是合拢两篇来看:则既有头又有尾,结构呼应,两均完好。证之以《马诗》的化整为零,并不足怪。

(三) 双星隔河

《吕将军歌》的"赤山秀铤御时英,绿眼将军会天意",是与《平城下》士兵们的"惟愁裹尸归,不惜倒戈死"具有相同性质的句子。本诗以一般将军为对象,于陈明现实帝王冷落良将、重用太监、待遇不公、是非颠倒等人事黑暗，激起将军愤恨不平之后，提出这个结尾两句来："奉劝将军不如做一个率领时代、主宰时代的英雄，革起命来。按照天意把腐朽黑暗的现实王朝，及时推翻！"这个意图，自是李贺所不敢露骨说出的。于是他在表达上埋藏机关，除"赤山秀铤"内使用的飞白手法已见"张冠李戴"条外，这里同时还具备有更较主要的分散性的"双星隔河"手法："御时英"指率领时代、主宰时代的英雄。"会天意"即杜牧《感怀》诗所说"高文会隋季，提剑徇天意"，表现唐高祖、唐太宗当隋朝末年，起义顺从天意、取得天下之意。"赤"和"绿"，指起义革命。赤是赤眉，绿是绿林。同为西汉末年农民起义的两支强大的革命队伍。因此，"赤山秀铤"和"绿眼将军"正是象征革命起义的形象。李贺把"赤""绿"两字分散开来，隔句相照。加之又有张冠李戴的双重掩护在内，使人深陷迷宫，难窥门径，可算呕尽心血！

六、呼 应 类

即把不可明言的写作意图，埋藏在篇章结构，前后呼应的问题里面，也要算是一种比较巧妙的掩盖手法。

（一）金蝉脱壳

这是就章法上说，在结尾的时候，突然转变方向，把以上所写全都背离或予推翻。表示以上所写，均属表面敷衍的掩护文字，只有结尾句子，才是真正的写作意图。如《拂舞歌辞》的"背有八卦称神仙，邪鳞顽甲滑腥涎"，这个形象是在表现并谴责现实帝王的求仙学道，不过像个下等动物乌龟而已。但原诗以上所写，全为一般事物发展变化的认识论，正是两不相干的。貌似文气少理，实具掩盖妙用。又如《唐儿歌》的尾句"眼大心雄知所以，莫忘作歌人姓李"，是在原诗以上大量写了唐儿相貌堂堂、自负不凡之后才提出的。句意是说：唐儿目空一切的原因，不外自负是皇家外甥，将来一定前途远大。但是我请唐儿不要忘记：我这不只是异姓外甥而根本就是同姓子孙的人，不是一样怀才不遇、潦倒不堪吗——言外之意，在今天现实帝王的黑暗统治之下，成长得再好的青年，也是没有前途的。这才是真要表达的谴责现实帝王的写作意图。

（二）藏头露尾

《相劝酒》的"丈夫快意方为欢。腥蠨腥熊何足云？会须钟饮北海，箕踞南山。歌淫淫，管愔愔，横波好送雕题金。人之得意且如此，何用强知元化心？相劝酒，终无辍。伏愿陛下鸿名终不歇，子孙绵如石上葛。来长安，车骈骈，中有梁冀旧宅，石崇故园"，前面劝一个所谓"大丈夫"大吃大喝、花天酒地，发癫发狂，醉生梦死，说是人生得意，且应如此。这劝饮的对象究竟是谁呢？后面终于在祝愿的幌子下点明了"陛下"两字。原来前面的"丈夫"，就是后面"陛下"的代词。由于前面不敢明白提出陛下，才不得不使用"藏头"手法留待后面来"露尾"的。李贺诗尾是在祝愿帝王像梁冀、石崇一样。不难分辨，梁冀、石崇只有两个特点：一是富而且贵；二是满门被抄斩。我们如说祝愿帝王达到像梁冀、石崇一样的富贵地位，这是违反逻辑不能成立的。因此，这里显然是在诅咒灭子绝孙。证之以"子孙绵如石上葛"句（不是绵如"土上葛"或"浒上葛"），这不正是在谈子孙后果的问题吗？更证之以全诗花天酒地、醉生梦死的罪过生活，就不辩自明了。王琦所说"惟愿天子圣明，国祚永久"是要把诅咒变成歌颂的说法，这非但是断章取义，不能通释全诗的；也与《平城下》等篇一样，王琦是别存苦衷，不得不然的。

七、象 征 类

即用形象代替直说，让写作意图蕴藏不露。

（一）象征影射

如《梦天》的"老兔寒蟾泣天色，云楼半开壁斜白。玉轮轧露湿团光，鸾佩相逢桂香陌"，这里的"老兔""玉轮"两句，是借月亮象征被奴役人们的。"云楼""鸾佩"两句，是用高楼和妇装影射唐宫帝王生活的。四句是说：1.饱受折磨，不堪奴役的老兔、寒蟾，含着眼泪，为帝王打扮天色；2.从傍晚月亮的初升开始，月亮就得向唐宫高楼平射或斜射了进去，照在壁上，为帝王的花天酒地、享乐腐化服务；3.直到深夜，月光在寒露下面，转行到了正空，周身又冷又潮，片刻不得休息。兔、蟾不堪奴役，无处诉苦。泪水汪汪，泪眼模糊；4.表面好像说作者在月球桂树田陌上遇见了仙女，情景安静，并无什么讽刺锋芒。实际是说帝王却正拥着妃嫔，在香巢皇宫，过着醉生梦死、荒淫无度的生活——可见现实帝王是把自己的享乐腐化生活，建筑在被奴役人们的痛苦上面的！这与《秦王饮酒》篇的侍女们不堪奴役，正是同一形象，同一精神的。

又如《上之回》的"剑匣破，舞蛟龙。蚩尤死，鼓逢逢。天高庆雷齐堕地，地无惊烟海千里"，根据原诗上文现实帝王从外面回来，他所经过的地方，闹得天空不得安宁来看（已见"故装拙劣"条），这"剑匣破"两句，是象征他又对地面上挥舞屠刀的。"蚩尤死"两句，是象征他把人民当敌人看待，向人民进攻的（因为蚩尤已经死了几千年，怎好向他击鼓进攻呢？可见言外蚩尤是象征敌人，敌人是象征人民的）。"天高庆雷"句象征现实帝王的残暴手段、凶恶威风。"地无惊烟"象征鸡犬不留、人烟无存。"海千里"象征大地陆沉了。这当然是非议帝王罪恶、不废夸张的手法！

又如《出城别张又新酬李汉》的"李子别上国，南山崆峒春……讥笑断冬夜，家庭疏筱穿。曙风起四方，秋月当东悬"，王琦注说："首联已用'春'字，至此又用'冬夜'，下联又用秋月，杂乱至此，殊不可解。'冬夜'或是'永夜'之讹。"其实诗意并非在说送别的今天既是春天，又是冬夜，更是秋月，而是在运用象征手法说：1.现实帝王统治的长安是没有明媚可喜、温暖人心的春天的（"崆峒"即"空洞"的同音词）；2.回顾时常议论指斥现实朝廷的百孔千疮（"家庭"为"朝廷"的掩盖语），虽在寒冬深夜，还不休歇；3.当革命风暴四面八方起来后，光明就会出现了（"秋月"象征"光明"）。王琦把象征手法误看成季节写实，也是受世界观的局限性影响所致。

又如《开愁歌》的"秋风吹地百草干，华容碧影生晚寒"，林同济在 1978 年 12 月 12 日《光明日报》发表的《李贺诗歌集需要校勘》中说："深秋如何会有花的可能？'华容'二字在此甚费解，几经思考，断定'容'必是'岩'的形讹。"其实这是误解，因为这两句诗不是在现景写实，而是在象征设譬。"秋风"句象征广大被压榨的人民骨髓敲尽，难以为活。"华容"句象征以现实帝王为首的统治集团占有民脂民膏，享乐腐化，醉生梦死，虽至晚寒天气，犹能生活得神气活现，从而发泄心中不平之气，引起下文"临岐击剑生铜吼"的强烈愤慨。"华容"句并不费解，虞世南《史略》："北齐卢士深妻崔氏有才学，春日以桃花醮儿面，咒曰：取雪白，取花红与儿洗面作华容。"林同济之所以认为费解，是因为主观上要把它改为"华岩"来讲。其实如果把"华容"改为"华岩"了，还有"碧影"两字怎么办呢？

又如《将进酒》的"烹龙炮凤玉脂泣"，表面好像在烹羊炮羔，红烧白煮。实际通过龙凤，是在象征并诅咒现实帝王新被解杀了。因此，上句的"琉璃钟，琥珀浓，小槽酒滴真珠红"，杯内盛的并不是"红酒"，而是"人血"。更如本诗的"况是青春日将暮，桃花乱落如红雨"，表面好像在写暮春风光，实际是在象征被奴役的宫女们深闭宫中，误尽青春。她们恨透了现实帝王，简直要喝他的血！证之以她们看到现实帝王被解杀后，就笛鼓歌舞起来，相互欢饮杯中之物。尾上"酒不到刘伶坟上土"句又特地说明了杯中之物不是刘伶爱饮的酒。那么杯中盛的红色液体究竟是什么？岂非不言可喻了！

（二）浮光掠影

《雁门太守行》解说上的分歧不少，要以"塞外胭脂凝夜紫"句为其焦点。王琦说是暮色,方扶南说是草色,也有说是朝霞融夜色的。实际根据上句"角声满天秋色里"来看,两句是说:冲锋军号漫山遍野地吹响了,真是杀声震天! 边城战场上白天所流鲜血,像胭脂一样的鲜红,凝聚到夜晚,就变成暗红的紫色血块了。这是表现了战斗发生和血流成河的形象的。这种不直接说血,仅从血的颜色变化上来做文章,使人不易捉摸,只得叫它是浮光掠影写法。联系下面诗句"半卷红旗临易水,霜重鼓寒声不起"来看,打了败仗的狼狈形象,至为鲜明完整。这与清陈沆在《诗比兴笺》内所说"宪宗元和四年,成德军节度使王承宗自立,吐突承璀为招讨使讨之。逾年无功,故诗刺诸将不力战,无报国死绥之志也"是正相符合的。王琦把"半卷红旗"说成急进军,把"鼓声提不起士气来"说成寒天鼓打不响(实际冬天的鼓还是打得震响的)。在这鲜血已变紫血的面前,说还没有开战,正向前面进军,岂非颠倒(也与唐史相背)!

（三）比喻拟人

这本是通常讲求鲜明生动的手法,不意李贺用来,竟有造成千年误解者在。如《金铜仙人辞汉歌》的"秋风客",王琦注说:"吴正子谓汉武尝作《秋风辞》,故云尔者,非也。然以古之帝王而渺称之曰刘郎,又曰秋风客,亦是长吉欠理处。"叶葱奇说:"这里秋风二字,当然是指《秋风辞》,而意思则指他身如秋风中的草木,忽焉衰落。"吴、王、叶三人之间,不论意见如何出入,其在认定"秋风客表现汉武帝"一点上,则是共同一致的。笔者觉得,这不可能。因为原句"茂陵刘郎秋风客"是由三个词语组成的。既有"茂陵、刘郎"表现汉武帝在上,如说"秋风客"还是在表现汉武帝,那就成了"汉武帝＋汉武帝＋汉武帝"的公式,未免叠床架屋,太不成话。特别是这里如果不是金铜仙人在开门见山出场,怎么以下始终没有金铜仙人露面,势必使本诗成了《汉武帝辞汉歌》,显然文不对题。再说如果秋风客不被认为是金铜仙人,那么以下所有的诗句:是谁夜闻? 是谁环顾栏、桂、三十六宫? 是谁被风射眸子? 是谁出宫门? 是谁忆君? 是谁携盘独出渭城? 是谁听波声小? 便无法作出合理的解说,章法脉络,大呈混乱。特别是"酸风射眸子"一语,要不是以首句出场的主人公金铜仙人为其根据,就要说成酸风射汉武的眸子了。后面"衰兰送客咸阳道"的"客"字,也要说成是送汉武帝而不是送金铜仙人了。这自是违离常识,大家所无法同意的。都因比喻拟人的象征性手法,未被深入理解所致。

（四）提纲挈领

《雁门太守行》的"黑云压城城欲摧,甲光向月金鳞开"是对叛乱、讨伐两方面的提纲挈领写法。明杨升庵《外集》有:"《摭言》谓贺以诗谒韩退之,韩暑卧方倦,欲使阍人辞之。开其诗卷,首乃《雁门太守行》,读而奇之。乃束带出见。宋王介甫云:'此儿误矣!方黑云压城时,岂有向日之甲光也?'或问此诗韩王二公去取不同,谁是?予曰:宋老头巾不知诗。凡兵围城,必有怪云变气……"这种观点,未免迹近迷信。须知:1."黑云"一句,可以是"现景写实",也可是"象征设譬"。李贺在后方运笔写诗,并非在前线参战写景。韩因接触李贺生活,只有象征欣赏;王因远离李贺年月,致有"现景"误解。2."黑云"句无疑是指发生叛乱的地点而言,"甲光"句却是另指唐中央讨伐军队的调派出发:金甲耀光,鱼鳞照眼而说(以下各句也都是指讨伐军队作战不力的)。地点既不相同,时日又各有异,王安石的指责,自然不能成立。

又如《出城别张又新酬李汉》的"长安玉桂国,戟带披侯门",前句是象征被压榨人民生活困苦的,后句是象征统治阶级作威作福的。提纲挈领,对比鲜明。

八、尖 锐 类

即重点语句,非常露骨,非常严重。在一定的条件下或一定的掩护下,终于冒险作了表达。

(一) 瞒天过海

如《相劝酒》的"梁冀旧宅、石崇故园",两人都是满门被杀了的,李贺以此祝愿皇帝李纯,用心可知,宁非严重!又如《上之回》的"天高庆雷齐堕地,地无惊烟海千里",原诗于以上表达了现实帝王经过之地,骚扰不堪,人民深受灾难之后,提出这个精心刻画的尾句。王琦说:"谓海外千里之远,无烽火之警也。"按这只能作为李贺模糊人们视线的表面掩护。与此相反,他实际是说现实帝王为所欲为,乱逞威风,不管人民死活,把大量雷火倾泻下来,凶猛异常。"地无惊烟",原来千里生灵无存,成了陆沉大海。这是一个罪恶滔天的形象!李贺不废夸张,深刻有力地表达出来。他的勇气和决心,是可想象得到的。

再如《春坊正字剑子歌》的"直是荆轲一片心",《马诗》其二十的"重围如燕尾,宝剑似鱼肠",前者是指荆轲刺秦王的一片心,后者是指专诸刺吴王僚的有效行动。这样对现实帝王的高度仇视,要不是措辞稍带隐瞒色彩,几乎成为赤膊上阵了。

(二) 赤膊上阵

《平城下》的"惟愁裹尸归,不惜倒戈死",是从士兵角度,表现不愿为现实帝王卖命。不以所谓"裹尸归"为光荣，要反转矛头来，和现实帝王拼个你死我活。即使牺牲了生命，也是在所不惜的。这与奴仆们的"羲和敲日玻璃声"和农民们的"七星贯断姮娥死"，是同等激烈更较明白的愤慨誓言。李贺之所以敢于冒险写出：1.因为本诗前面提到帝王皇宫的关键性词语（青帐、画龙），埋藏得非常之深，极不容易为人看出；2.因为被人误看成士兵和将校矛盾的可能性较多。这是毫无掩盖、赤膊上阵的语言，可是深感忌讳的注家王琦，却解释得适得其反。且不说依照王琦的逻辑来看，成了"士兵愈饥寒不堪，迫近死亡，就愈能拼死战斗"。更奇妙的是，王琦竟把"不惜倒戈死"说成是不惜为王朝战死前线而让戈去自倒于地，也就是把"倒戈死"说成是"死戈倒"了。王琦并阻人按照《尚书·武成》的典实解说"倒戈"。这种硬把"敌视"变成"效忠"的说法，岂非武断歪曲到了不可思议的地步！

又如《苦昼短》的"吾将斩龙足，嚼龙肉，使之朝不得回，夜不得伏"，《日出行》的"奈尔铄石，胡为销人？羿弯弓属矢，那不中足"，都是在谴责帝王上表现得刻骨仇恨，直言无隐的。比起"瞒天过海"来，在瞒字上做的功夫，要更少些。

九、回　避　类

即回避锋芒，把话说得委婉一些，隐晦一些。

（一）重话轻说

《绿章封事》的"六街马蹄浩无主，虚空风气不清冷，短衣小冠作尘土"和《章和二年中》的"关中父老百领襦，关东吏人乏诟租"都是严重的阶级矛盾，但语气之间未露感情，特别是把乌烟瘴气说成是"不清冷"，把统治集团的凶恶老爷们说成是"父老"，可算是竭尽了回避锋芒和愚弄视听之能事的！

（二）深藏不露

《平城下》尾句的"惟愁裹尸归，不惜倒戈死"，是"赤膊上阵"的。原诗前面点明唐皇宫现实帝王的地方，如不隐蔽得特别深晦，是不合照应条件的。试看"青帐吹短笛，烟雾湿画龙"：要把"青帐"像王琦一样误解为其他唐军的帐篷是很现成的。要把"青帐"按照李贺写作意图理解为唐宫和现实帝王，就困难很大了！此典实是出自晋孙盛所撰《晋阳秋》，而此书久已失传，仅从清黄奭《黄氏逸书考·子史钩沉·晋阳秋》中所辑，得到查证。内容为"中宗性俭简，有司奏太极殿广室施绛帐，帝曰汉文集上书皂囊为帷，遂令冬施青布，夏施青练帷帐"。由于出典较僻，字面又与皇宫不类，所以联系为难。关于"画龙"一词,表面容易看成是画了龙的旗帜,实际是借"龙"点明现实帝王,挖苦他不是什么真龙。所有这些,隐蔽都深。这对本诗赤膊上阵地提出尾句,应是起有一部分壮胆作用的。

李贺丰富多彩的艺术手法,不是一时可以列举齐全的。这里标列的九类三十二个手法,也不过是就现有认识,特别是为了便于说明特点,才随手取义的,并不表示一成不变的规律性。有些派生情况的差异,轻重程度的区别,以及多种性能的划分取舍,应是可以说各不同的。

李贺运用这些艺术手法,是为了非议、诅咒现实帝王的需要不得不然的。换句话说,是为他愤慨腐朽、发泄隐恨的思想服务的(如同鲁迅的杂文一样,是体现了斗争需要的),不是从标新立异、好奇猎艳出发的,也没有什么真正少理的地方。是否李贺诗集只有这样一种内容风格? 当然不是。这只是其中最居多数、最有特色、最能代表李贺精神的主要部分。

四个侧面特征及其思想实质

为什么说李贺诗歌是具有非议、诅咒现实帝王的特性的？这并不是出自主观唯心、惊世骇俗的随意想象，而是迫于好几十篇具体内容无可回避的必然结果。它的发现，是经过了无意触及、由少到多的过程的。是经由"羲和敲日玻璃声"这个句子的突破而到《秦王饮酒》全篇，而到《章和二年中》《相劝酒》《苦昼短》《绿章封事》《平城下》《秦宫诗》……等几十篇的，并且是在逐字逐句逐篇得到通释的基础上才不能不如实提出的（这个问题，无论是提出或怀疑都必须以解答这几十篇的疑难杂症为其前提。否则，只是想当然，是不具有任何说服力的）。它是有许多特征可资验证的。我们只要以实事求是精神正视客观存在，应是不难辨清是非的。兹试略举几个侧面特征于下：

一、广泛的假托诗题

诗题为诗文的根脚所寄，倾向所系。题原有其意图，文应对题而发。正常的诗题有其正常的诗文，变态的诗文却将有其变态的诗题。两者之间，相互作用，抑扬取舍，步趋一致。充当诗篇灵魂的先决前题，实为作者的写作意图。李贺非议、诅咒现实帝王的诗题，绝大多数是属于变态性质的，要以双关假托为数最多。兹试分别列举如下：

《秦宫诗》：表面似为东汉梁冀嬖奴秦宫的诗，实际写的是唐帝王在宫内享乐腐化、挥霍人民血汗的诗。应当译为"唐宫诗""唐宫主人诗""唐宫主人李纯的诗"。

《章和二年中》：表面似为东汉章帝丰收之年中，实际写的是唐帝王的压榨人民情况，应当通过对照反射，译为"元和年代中"（显示章和何其幸福，元和何其灾难）。

《秦王饮酒》：表面好像是秦始皇饮酒，实际写的是唐代现实帝王的横暴享乐，奴仆侍女不堪奴役。应当译为"唐王饮酒""唐王李纯饮酒"。

《苦昼短》：表面似以白昼嫌短，光阴过得太快为苦。实际所写是把"昼"当日光象征现实帝王，"短"为缺点、罪行。应当译为"人民苦于现实帝王的罪行"。

《上之回》：表面是乐府古题，实际所写是现实帝王经过的地方，人民被骚扰得赤地千里。应当译为"请看现实帝王回来所经过的地方"。

《上云乐》：实际所写是现实帝王把自己的所谓快乐建筑在广大织妇的痛苦身上，应当译为"请看现实帝王的所谓快乐"。

《日出行》：表面似为日光出来的歌行，实际所写为现实帝王在思想、行动、感觉上的三种倒行逆施。应当译为"请看现实帝王的倒行逆施"！

《猛虎行》：表面为野兽猛虎的行动，实际是现实帝王人虎的残酷压榨，应当译为"请看现实帝王的压榨罪行"！

《将进酒》：实际所写为宫女遭受奴役，误尽青春，要喝现实帝王的血。应当译为"争喝血"。

《堂堂》：表面为古乐曲名，实际所写为唐王朝腐朽过时、众叛亲离的内容，"堂"与"唐"谐音，应当译为"唐啊！唐啊"！

又如《梁台古意》应为《唐台今意》，《春昼》应为《劳动人民是没有春天的》，《长歌续短歌》应为《高声喊叫低声呻吟歌》，《金铜仙人辞汉歌》应为《铜人辞唐歌》，《还自会稽歌》应为《还自长安歌》，《安乐宫》应为《安乐窝不安乐歌》，《五粒松子歌》应为《祭奠新被剪杀的帝王哀歌》，《开愁歌》应为《拔剑泄愤开愁歌》，《野歌》应为《弯弓大发野性歌》……意图都在扣准现实帝王进行诅咒，不更详举。

千秋诗人，不谓不多。谁有如此大量的如此诗题？性质怎样？岂待穿凿！清陈式在《重刻昌谷集注序》内说："义山称昌谷与诸公游，未尝得题为诗。遇有所得，辄投之破锦囊中，及归，研墨叠纸足成之。天下抑有无题之诗耶？……贺之为诗，无有不题定而觅意，却又意定而觅题。多是题所应讳，则借他题以晦之。"足证陈式对于李贺哑谜诗歌的真相，确是早就有所发现的。

二、大量的伪加诗序

由于讽刺现实帝王的题材，有时嫌太显露，就加上一个假序，转移视线，增强掩盖。这种假序，大都半真半假，似是而非。留有漏洞，以便有心的读者得有识破门径的可能。例如：

《秦宫诗·序》：由于诗内完全是在暴露现实帝王的宫中罪过生活，拿不出去，只得加上梁冀嬖奴秦宫的序言来转移视线。但又故意保留漏洞，不让讲通。即"辞以冯子都之事相为对望，又云昔有之诗"句，语意何解？引人入歧。实际霍光嬖奴冯子都和主妇霍显私通的丑事，古并无诗。所谓"昔有之诗"不外汉辛延年《羽林郎》内有"昔有霍家奴，姓冯名子都，依倚将军势，调笑酒家胡"，与秦宫孙寿的丑事并不相对。这正是李贺哑谜诗歌特殊手法的故意表现。他正是要促使读者在百搞不通的当中，多去探索、考虑真正的写作意图。

《公莫舞歌·序》：诗中所写的是起义军举行亡唐会议，审判唐宫帝王。李贺只得加序转移视线。既声言是咏刘沛公事的，又相反地声明"会中壮士，灼灼于人，故无复书"，这岂非前后矛盾？究竟是"咏"，还是"无复书"？看来都是对的。前者可理解为引人入岐，加强掩盖；后者可理解为有言在先（指说过"故无复书"的），责任何在（指读者按鸿门宴理解不通时的责任）！这仍是李贺哑谜诗歌特殊创作手法的故意表现，目的与前例相同。

《还自会稽歌·序》：诗内表现唐王朝腐朽衰败，即将灭亡。李贺离职还乡，准备沦为亡国之人。嫌无掩盖，加个半真半假的序言，借以转移读者视线。实际序中庾肩吾"后始还家"之说，并无其事。根据《梁书·庾肩吾传》"方得赴江陵，未几卒"来看，肩吾没有从会稽回到建康家中，是很明白的。更根据《南史·庾肩吾传》"仍间道奔江陵，历江州刺史，领义阳太守，卒"来看，与诗句"脉脉辞金鱼，羁臣守迍贱"毫无相似之处，也是非常显然的。这种不符史事的诗序，正是李贺故意流露的马脚。

《金铜仙人辞汉歌·序》：诗内诅咒现实帝王定遭亡国之祸，为他大撞丧钟。序内"王孙"一词是为反射现实帝王并且帮助诗文增强诅咒力量才故意标出的。序内"青龙九年"本是"景初元年"的出入。由于青龙是只有五年的，王琦改为"青龙元年"后，但这还有"景初"二字，未符史事。其实还是应当改还为"青龙九年"的。因为这是李贺半真半假、托古兴刺的特殊诗作。李贺迫处现实帝王的权势之下，他所使用的"飞白"掩盖手法，是非常普遍的。如予改动，反非原意，反损作用（详见前面"一般飞白"内）。本序的目的性质，原是与以上三序正相等同的。

《五粒小松歌·序》：此诗如果不加序言，将会被人看成一首怎样的诗？即使加了此序，清方扶南《李长吉诗集批注》内还是要说"'细束龙髯铰刀剪'，咏松止此，以下不复照应"，可见以下四句是没有写松的。但前四句又何曾在写松呢？这个被方扶南认为唯一写松的句子，究竟含混着一个怎样的形象？显然是在表面形容松针，实际表现剪除帝王的头颅（龙象征帝王）。不管方扶南是否故装糊涂，知而不敢明言，全诗围绕这个首先获得的双关警句，凑成了一首蛇子蛇孙哭祭新近埋葬的帝王坟墓的诗篇，则文字俱在。由于怕经推敲，只得加序转移耳目。因此之故，谢秀才等是否真有其人，只能付之存疑。而本诗不属应命写松之作，序出假托掩盖,则很了然。

这种现象,就体现李贺诗歌非议、诅咒的真相来说,应是比较突出的。虽想排除它的客观存在,也将无法遣辞。

三、 一色的牵涉帝王

有是正面称呼的,有是侧面表现的;有的是直接称谓,有的是借代影射;有的是词语简单体现,有的是句子综合反映。但总而言之,这种哑谜诗歌没有一篇离开过现实帝王,大足发人深省! 现在举例分述于下:

1. 正面直接称谓的,如:"伏愿'陛下'鸿名终不歇"(《相劝酒》),"拜神得寿献'天子'"(《章和二年中》),"徘徊白凤随'君王'"(《堂堂》),"欲使'十千岁'"(《出城别张又新酬李汉》),"八月一日'君'前舞"(《上云乐》),"'官家'有程"(《猛虎行》),"报'君'黄金台上意"(《雁门太守行》)……

2. 侧面借代影射的,如:"白'日'下昆仑……奈尔铄石,胡为销人?"(《日出行》),"'飞光''飞光',劝'尔'一杯酒……吾将斩'龙'足,嚼'龙'肉"(《苦昼短》),"细束'龙'髯'铰刀剪"(《五粒小松歌》),"'青帐'吹短笛,烟雾湿'画龙'"(《平城下》),"烹'龙'炮凤玉脂泣"(《将进酒》),"荣枯不等嗔'天公'"(《野歌》),"'皇图'跨四海……'光明'霭不发……华实自苍老,流来长倾盆"(《出城别张又新酬李汉》),"七星贯断姮娥死"(《章和二年中》),"背有八卦称'神仙'"(《拂舞歌辞》),"'仙人'待素书"(《钓鱼诗》),"'秦王'骑虎游八极……羲和敲'日'玻璃声……酒酣喝月使倒行"(《秦王饮酒》),"'秦王'不可见"(《长歌续短歌》),"卷衣'秦帝'"(《春昼》),"'秦皇''汉武'听不得"(《官街鼓》),"'武帝'爱神仙"(《马诗其二十三》),"'汉皇'十二帝"(《感讽·五之二》),"玉刻麒麟腰带红……楼头'曲宴'……桐英'永巷'……开门烂用'水衡'钱……'秦宫'一生花底活"(《秦宫诗》),"野粉'椒壁'黄,湿萤满'梁殿'"(《还自会稽歌》),"'禁院'悬帘隔'御光'"(《堂堂》),"左悙提壶使"(《安乐宫》),"提出西方'白帝'惊"(《春坊正字剑子歌》),"须鞭'玉勒吏',何事谪高州"(《马诗·其二十一》),"人见是'青骡'"(《马诗·其二十二》),"身死千年恨'溪水'"(《老夫采玉歌》),"老兔寒蟾泣天色……鸾佩相逢桂香陌"(《梦天》),"天高庆雷齐堕地"(《上之回》),"无德无能得此管,此管沉埋虞舜祠"(《苦篁调啸引》),"眼大心雄知所以,莫忘作歌人姓李"(《唐儿歌》),"屈平沉湘不足慕,徐衍入海诚为愚"(《箜篌引》),"太常犹旧宠,光禄是新陟……虎鞹先蒙马,鱼肠且断犀……钱唐阶凤羽,正室劈鸾钗"(《送秦光禄北征》),"唐诸王孙李长吉"(《金铜仙人辞汉歌·序》),"撞钟饮酒行'射天'"(《梁台古意》),"秋风吹地百草干,华容碧影生晚寒"(《开愁歌》),"横楣粗锦生红纬,日炙锦嫣王未醉"(《公莫舞歌》)……

四、反常的抑扬史料

李贺一反传统诗人之常,大量宣扬忤逆史料,并且贬斥愚忠行为。他对现实帝王从无吹捧诗句。所有这些思想感情,与其说是受有上古圣贤孟轲所说"时日曷丧,予及汝偕亡""闻诛一夫纣矣,未闻弑君也""君之视臣如土芥,则臣视君如寇仇"……的影响所致,毋宁说是体现了李贺自己的身世遭遇,特别是异于一切诗人的三个具体因素的真实反映。

例如(一)《奉和二兄遭罢使马归延州》中的"入郢莫凄凄",就是不要排斥伍子胥报复楚平王的精神的。(二)《马诗》内的"宝剑似鱼肠"和《送秦光禄北征》内的"鱼肠且断犀",都是标榜专诸刺吴王僚的非常行动的。(三)《吕将军歌》内的"吕将军,骑赤兔"和《送秦光禄北征》内的"曾燃董卓脐"都是顺便点染了吕布忤逆假父董卓的颜色的。(四)《吕将军歌》内的"独携大胆出秦门"是点染了姜维降将出身和谋抗魏军的倒戈气氛的。(五)《平城下》的"不惜倒戈死"是正视古代奴隶反对暴君商纣王的倒戈行动的。(六)《春坊正字剑子歌》的"直是荆轲一片心"也是表现了放下拥戴归顺面貌,进行突然袭击的变天行径的。

相反的,李贺却绝无真心实意地吹捧、赞颂、效忠、祝愿现实帝王的一言半语。这是他与古今一切封建诗人极大的差别!李白不是有"遭逢圣明主"(《赠蔡舍人雄》)的诗句吗?杜甫不是有"致君尧舜上"(《赠韦左丞丈》)、"生逢尧舜君"(《自京赴奉先》)的诗句吗?白居易不是有"蹈舞呼万岁"(《贺雨诗》)的诗句吗?陆游不是有"圣主不忘初政美"(《新夏感事》)的诗句吗?……更特别的是,李贺还进一步对封建愚忠作了彰明较著的否定。他在《箜篌引》内说:"屈平沉湘不足慕,徐衍入海诚为愚。"不特如此,他对提倡愚忠的腐儒们也有反感。他在《开愁歌》内说:"莫受俗物相填豗(猪声喧闹)",又在《杨生青花紫石砚歌》内说:"孔砚宽顽何足云。"这些都是李贺哑谜诗歌的激情流露,思想自白。难怪他与古今一切练达世故、堪称温柔敦厚的诗人,文字上是大异其趋的。

五、思 想 实 质

以上所举李贺诗的四个特征是李贺哑谜诗歌非议、诅咒昏庸腐朽现实帝王李纯的有机体现,不是一些孤立偶然的事件。它们共同一致地说明了什么? 如说它们是李贺把自己怀才不遇的强烈愤慨和广大被压榨人民的灾难痛苦结合起来的具体发泄,可能要算符合事实的吧! 如说千年以来某些评注家严重滋生误解,长期倒置黑白:把仇恨说成爱戴,把敌视说成赞扬,把诅咒说成歌颂,把抨击说成忠顺,把反抗说成祝福,把灾祸说成太平,把唯物说成迷信,把败退说成前进,把确凿说成未详,把掩护说成实质……显然成了千秋一大公案,迫切需要解决。也可能不算不符事实的吧!

关于李贺思想的实际本质究应怎样进行评价的问题,这自应等候李贺诗歌的本来面目大白于世以后再从公议(有人拿李贺与唐代其他诗人作思想性的比较,不知李贺诗歌的本来面目,尚未出现)。笔者除愿献力于哑谜诗歌的发掘真相,澄清误解之外,原无其他何种成见。孔丘所说的"君君臣臣""孝、悌、忠、信",孟轲所说的"民为贵,君为轻,社稷次之""闻诛一夫纣矣,未闻弑君也"等,它们都是儒家学说,究竟何者何时为是,何者何时为非? 在封建社会里,特别是帝王集权益趋严格的时代里,自然是不惜粉饰不实,有它进行宣教的原则的。在今天社会主义社会中,人民当家作主,又应当用怎样公正的观点来衡量彼此之间的是非黑白? 笔者对此,颇有不愿多生枝节之感。因为哑谜诗歌的非议讽诅的内容,是个客观存在,不是任何评论所能增减损益的。而千年奇案的问题所在,也只是内容上的非议讽诅受了歪曲颠倒,成为不可理解的芜杂文字,必须早日大白于世。笔者生逢新旧两种时代,深受古今贤达的教育启发,得有可能揭开这个症结,已感以狗拉车,勉尽绵力了。至于如何评论李贺性格,原属另一问题,只要不抹杀非议讽诅,通释全诗的客观存在,那么为龙为蛇,大可言人人殊。三人同行,必有我师,愿择善者而从之!

阶级社会内的矛盾对立,从来就是客观存在没有间断过的。以周武王的贤明伐纣,犹有伯夷、叔齐的扣马反对。何况后代绝大多数深宫长大的昏庸之君,只知把自己的享乐得意建筑在广大民众的痛苦之上,岂能绝无对立之人! 实际这种对立人的露骨言论,不过是被帝王统治集团所排斥扼杀,不容流传罢了。孔子删诗书,秦始皇焚书坑儒……都是明证。李贺的非议、诅咒诗歌,要加上掩盖手法,才能埋藏到今,更是明证之尤。李贺不同于其他一切传统诗人,并非其他一切传统诗人绝对没有李贺的思想感情。最主要的区别,在于未具备李贺"(一)短命早死,血气方刚;(二)自知沉疴不能久于人世,但还可以写诗;(三)没有妻室子女遗留生存的后顾之忧"三个同时交织着的身世特点。李贺的发泄愤慨,只不过是偷偷地在意识形态上写些哑谜诗歌,留待死后发表而已。这非但不能与前古的伯夷、叔齐或陈胜、吴广相提并论,也不能与后代的唐黄巢、明李岩、清石达开……同日而语。换句话说,李贺只是个血气方刚、有些正义感并无实际忤逆行动的人。鲁迅把李贺幻想行刺的诗句,列在《豪语的折扣》一文内,评他徒托空言,毕竟没有行刺的行动。这是符合实际的。

李贺从未表现法治主张,也未歌颂过法家典型人物。他自幼读过儒家的书,身上不可能全无儒家影响。但他非议诅咒现实昏庸帝王,否定愚忠,深深地厌弃腐儒思想,也是事实。因此,他既不是什么法家,也不是什么儒家。或者说他不是孔丘的儒家,却是孟轲的儒家。话说转来,生长在封建时代的李贺,尽管在创作诗歌的思想性上,他非议、诅咒了现实昏庸帝王,但他自己并非完全不落封建窠臼的。例如《崇义里滞雨》的"忧眠枕剑匣,客帐梦封侯",《赠陈商》的"臣妾气态间,惟欲承箕帚。天眼何时开?古剑庸一吼",单就"封侯"与"箕帚"两个词语来说,他的封建贵贱观点,显然不是无可訾议的。时代给人的局限性,本是人所难免的。只要辩证地进行对待,就可符合实际地辨清本质。

散论:清理李贺诗案的某些有关问题

李贺思想的客观存在和王孙问题的具体辨析

李贺有无非议、讽刺、甚或咒诅现实昏庸帝王的思想？这在他辞职离开长安时所写的迹近思想总结的《出城别张又新酬李汉》篇内，自己已经说得非常清楚，大可加以检验。何况更有《相劝酒》《章和二年中》《苦昼短》《平城下》《日出行》《猛虎行》《上之回》《秦宫诗》《将进酒》《绿章封事》《送秦光禄北征》……大量无可置疑的诗篇存在！这也说明这个问题是基于几十篇共同一致的写作意图，才不得不实事求是地提出来的。单就几十篇表现一个写作意图来看，就绝无可能是穿凿附会所能办得到的。现在李贺哑谜诗歌的"双重含意正反对立"的写作手法，各种各样的掩盖艺术，非议讽诅现实昏庸帝王的四个侧面特征，以及李贺诗歌的产生背景和李贺身世异于一切诗人的三个因素……都已初步现出端倪，我们面对这些客观存在，怎好视若无睹！

关于李贺的出身，本是不成问题的。因为不管他是唐李宗室的近亲或是远支，他写了这种诗歌，总是事实。理解诗歌，应以诗歌语言本身的思想艺术为准，其他只能作为辅助说明。李贺是近亲也好，远支也好，都不能据以否定他诗歌中大量非议、讽诅现实昏庸帝王的客观存在。不然的话，《相劝酒》中的"陛下"，《出城别张又新酬李汉》内的"十千岁"……不是指当时的现实帝王又是在指谁？这是无法可以推到其他已死帝王头上去的。如果说李贺是宗室近亲，不可能有忤视现实帝王的思想，这是违背事实，不符历史的。历史上的统治集团，往往愈是宗室近亲愈是互相残杀的例子，不胜枚举。否则，楚太子商臣逼死楚成王的事件应当否定，晋室也无八王之乱，唐太宗与建成、元吉的争位之举，唐肃宗与永王璘的武装冲突，都应视为不可置信的事。当然，李贺把自己的怀才不遇结合广大被压榨人民的灾难痛苦来对帝王进行非议讽诅，是种正义性的举动，远与统治集团内部的权位之争，本质不同。这是应加区别的。

这里顺便提供一个参考资料，一凭读者自去取决。新旧唐书都说李贺是宗室郑王之后，但欧阳修整理的《新唐书·宗室世系表》所列大小两郑王的后代子孙极为详明（排行系统、名字官职，历历在目），却独无李贺父子在内。这个情况，很关重要。李贺究竟宗室远支到怎样程度，尚成疑问。如果历来原是根据李贺自己《金铜仙人辞汉歌》诗序中所称"王孙"而来，那是大有误会的。因为那个诗序，根本就是假托讽刺之辞。再说，从李贺家庭比较清寒的情况来看，似乎不可能是小郑王元懿之后。元懿为高祖李渊之子，支系较近。历代子孙，遍居显职（宰相、刺史……）。如说是大郑王亮之后，就要比较疏远一些。因郑王亮是唐李渊的从父，是唐李尚未取得天下以前的支派。问题在于李贺是否即为大郑王亮之后，也因《新唐书·宗室世系表》内所列郑王亮的子孙中没有李贺父子成了疑问。关于这个问题的肯定与否定，都是来自唐书，而《金铜仙人辞汉歌》的诗序，又确是假托讽刺之辞（参见第一辑《四个侧面特征及其思想实质》及第二辑注释），所以都应考虑进去。还有，李贺虽未说过自己是郑王之后，但却在《昌谷诗》内曾说是陇西"成纪"人，这是相符的。因《新唐书·宗室世系表》前，曾叙明唐李是出自陇西成纪李广之后。这也可以列入考虑之内。

　　总之，客观存在，实事求是。既不宜掩耳盗铃地掩盖李贺诗篇真相，也无必要故意讳言李贺与李唐的某些宗室关系。近亲也好，远支也罢，都不能抹杀李贺诗歌和李贺思想的客观存在。

是艺术手法还是黄色思想

应当怎样评价李贺诗风，目前为时尚早。因为哑谜诗歌的本来面目尚未大白于世，一切评论难有可能符合李贺的实际精神。那些讽诅深刻、早被王琦等人倒置了形象的诗篇，且不置论，即就内容轻松、曾被不少今人指责为有黄色思想的《美人梳头歌》来看，笔者认为还是大有商酌余地的。当然，李贺决不是个完美无瑕的人。不过这首《美人梳头歌》，乃是李贺怀才不遇的精妙之作，不能轻指为宫体艳情。因为它表现写作意图的关键警句，端在尾上"背人不语向何处，下阶自折樱桃花"。它象征美好无人赏识，青春即将过去。前面所有的起床梳头等一大串诗句，都是为衬托表现这尾上两句而服务的。全篇的题材结构，等于在象征自己身世地说：我一向辛勤修养的优异才能，却在昏暗朝廷里，不被赏识，落得个冷落不堪，没有去处。由此可见，这是为表现怀才不遇而使用的象征艺术，与为表现醉生梦死而使用的黄色描画，大相悬殊。事实上，全诗并无什么轻薄淫乱之处，我们不能说只要提到了女性正常生活如睡觉起来梳头之类，就完全等于淫晦不堪。这是欠合逻辑的。诗贵象征，自古已然！唐朱庆馀的《近试上张水部》诗"洞房昨夜停红烛，待晓堂前拜舅姑。妆罢低声问夫婿，画眉深浅入时无？"及唐张籍的《酬朱庆馀》诗"越女新妆出镜心，自知明艳更沉吟。齐纨未是人间贵，一曲菱歌敌万金"并非真的在写洞房画眉，越女唱歌，托喻言事，正相等同。李贺《美人梳头歌》实与另篇《李凭箜篌引》同一情调，他的这种诗歌是大量存在的。如果我们把怀才不遇表现手法上的"象征设譬"，看成是腐化低级生活作风上的"现景写实"，那么，诗歌创作上，就难有艺术手法可言了。

我们应当怎样对待李贺诗歌

李贺诗歌写在千年以前,无论后人对它怎样歪曲颠倒,甚或故意加以利用,使它蒙上种种毫不相干的色彩(不管说他是忠爱现实昏庸帝王的,或说他是法家的),这都只能由后人负其责任,应与李贺本身区别开来,不能影响对于李贺诗歌的客观研究。

我们探究李贺诗歌只能按照客观诗句,来作如实认识;不能依照主观意图,来作随意解说。封建时代的封建注家,原是有其偏见曲解和处境苦衷的一面,不足为怪的。我们社会主义社会的新型文坛,自无盲目宗奉、以讹传讹的必要。不管李贺哑谜诗歌存有何种歧异难解之处,只要我们实事求是地摆出事实、虚心讲道理,便可水落石出,不为前人所愚!

揭开李贺哑谜诗歌非议、讽诅昏庸帝王的本来面目,实质上是体现了我们社会主义社会的优越性的。因为这是封建社会所始终办不到的。历史上不乏抵触封建秩序的人物,特别是鲁迅的反封建精神,不是受到我们一致的敬重吗?李贺虽然只是一个中古时期自发性的诗人,但他基于身世上的三个特点,能在正义感的支配之下,一反庸俗虚伪,隐约其词地为世界文学史埋藏这种个性鲜明的哑谜诗歌下来,不论其价值的高低怎样,总是应当协力发掘出来,进行公开审议的。

第二辑
李贺诗注释

注 释 弁 言

　　笔者究辨李贺诗歌，原是无意中从《金铜仙人辞汉歌》开始的。当时只觉某些词语的注释上存有抵牾，并未立即发现李贺深刻的写作灵魂。第二篇究辨的是《秦王饮酒》，也是不期而遇的。在"羲和敲日玻璃声"这个怪诞不经句子的困惑下，走尽了千辛万苦的弯路，约有八个月之久，被搅扰得神思不宁、寝食不安。明知并无秀丽、华美可赏，但玻璃能发什么声音？羲和怎可敲日？总不便不懂装懂，自欺欺人！朋辈中都深有同感，莫测究竟，只得相互作为谈话笑料看待。合肥科技大学的孔繁鳌老师就曾引用这个句子作为对坐围棋，嘲笑苦思的口头禅。当笔者最后于一个张目无眠浮想联翩的午夜，终于触及它的哑谜作用，起床进行检验，始知它的真相不是远在天边，乃是近在眼前。这连笔者自己也不禁大吃一惊！因为这个句子的实质，是在无情地讽谴帝王，极尽尖锐，决非偶然。显而易见，这个写作意图，是体现了李贺诗歌最为突出的思想内容的。正由于这个迹近哑谜的句子真相的出现，既解决了原诗后面"声娇狞"造句上的疑难，通释了全篇的诗文，更引起了笔者展开大面积李贺哑谜诗歌的辨析。连续出现的是表现农民的《章和二年中》，表现士兵的《平城下》……好几十篇，它们都是无可回避地属于非议现实帝王同一意图的。诗证似山，原因何在？笔者于是不得不转而究辨中唐末年的时代背景和李贺异于一切诗人的特殊身世，根源分明，势所必然。详见第一辑《涉论》。

　　李贺这种哑谜诗歌，只是其诗集当中较为重要的一个部分。要辨析它的内在真相，一定要先识破它的表面掩盖。笔者深觉掌握好下面两点情况，应是极其要紧的：一、辨析词语的含义，一定要以联系上下句子通释全文为其前提。如果支离破碎地去进行各种随心所欲的猜测，竟置全文不能自圆其说的矛盾于不顾，这是无从窥见诗作意图的；二、王琦所选用的版本，原是经过他精心选择，经得起后人考验的。他又有个可贵精神，不肯改变字样，有意见时在注解中注了出来。笔者在究辨李贺哑谜谜底，获睹真相的一连串道路上，对于王琦这一性格，深有谢天谢地之感！当然，王琦也曾改变过《金铜仙人辞汉歌》的一个"九"字为"元"字的，因为它不符史事的情况太明显了。现在看来，那是李贺的飞白手法，还是应当恢复为"九"字的。详见第一辑《本论》——当前有的注家，由于尚未发现李贺哑谜诗歌的谜底真相，往往轻易改变诗文版本的原来字样。叶葱奇注的《李贺诗集》,要算改字最多的了。原貌不存,误会滋生。这对后人的继续探究,大为不利,应当吁请特别慎重(只要查阅《堂堂》篇的改"白凤"为"百凤"一例,便可了然)!

关于注释体例方面,基本上是按句组注释词语,随即将句意翻译出来。如遇句组太长词语太多,就分别注释词语,以利查检;但仍于词语注毕之后,进行句组翻译,目的在反复揭示李贺谜底,消除不必要的传统误会。此外,每篇于注解、译说之后,都有笔者《附识》在尾。除梳理全文结构大意外,各依其特点志所管见。但求抛砖,未敢藏拙。凡王琦、姚文燮、方扶南的说法,都是出自《李贺诗歌集注》。叶葱奇的说法,都是出自《李贺诗集》。为了节约文字,概不重复标出书名。此外的人,则把书名一律标了出来。

出城别张又新酬李汉①

李子别上国,南山崆峒春②。不闻今夕鼓,差慰煎情人③。赵壹赋命薄,马卿家业贫④。乡书何所报?紫藄生石云⑤。长安玉桂国,戟带披侯门⑥。惨阴地自光,宝马踏晓昏⑦。腊春戏草苑,玉鞅鸣辚辚⑧。绿网缒金铃,霞卷清地滑⑨。开贯泻蚨母,买冰防夏蝇⑩。时宜裂大被,剑客车盘菌⑪。小人如死灰,心切生秋榛⑫。皇图跨四海,百姓施长绅⑬。光明霭不发,腰龟徒甃银⑭。吾将噪礼乐,声调摩清新⑮。欲使十千岁,帝道如飞神⑯。华实自苍老,流来长倾盆⑰。没没暗蠪舌,涕血不敢论⑱。今将下东道,祭酒而别秦⑲。六郡无剿儿,长刀谁拭尘⑳?地理阳无正,快马逐服辕㉑。二子美少年,调道讲清浑㉒。讥笑断冬夜,家庭疏筱穿㉓。曙风起四方,秋月当东悬㉔。赋诗面投掷,悲哉不遇人㉕。此别定沾臆,越布先裁巾㉖。

① 张又新、李汉都是唐元和年代进士。李汉少师韩愈,为愈子婿。根据诗文内容来看,这是李贺最后辞职离开长安时,两人为之饯别,李贺抱着怀才不遇的悲愤心情,写了这首回顾长安几年政治生活的总结性诗篇。

② "李子",李贺自称。"上国",指首都。"南山",终南山,亦即秦岭,主峰在长安县。这里借指长安。"崆峒春",王琦说:"崆峒山在原州平原县西一百里,与京师相去

辽远,未必指此。恐所谓崆峒,是终南山中峰岭岩洞之名耳。"按崆峒为空洞的谐音假借。李贺由于旅居长安的迷梦已破,感到朝廷昏天黑地,自己怀才不遇,愤慨满腹。所谓空洞春,即谴责长安是个鬼世界(参见《感讽五首》其三),从来没有温暖人心的春天的。因此,春在这里,是个表现美好的象征性词,是对过去几年政治生活实感的概括判断。以下直至"悲哉不遇人"止,都是这个观点的具体内容。为免露骨太甚,特用谐音假借手法,借作掩盖。它的表达目的,并非在说告别的今天,正是春季。否则,这个句子不会没有下文的。因照王琦所猜测的解释下去,"南山崆峒春"只是个名词性短语,没有谓语,语意没有完成的。余详下面注释㉓。

③"不闻今夕鼓",唐长安天晓和入夜,都要全城击鼓的。唐刘肃《大唐新语》十:"旧制,京城内金吾晓暝传呼,以戒行者,马周献封章,始置街鼓……公私便焉。"《新唐书·百官志》四:"日暮,鼓八百声而门闭……五更二点,鼓自内发,诸街鼓承振,坊市门皆启,鼓三千挝,辨色而止。"句谓今将离开长安,可以不听见这种声音了。"差慰煎情人",谓可以稍慰自己在长安昏暗世界煎熬了几年的苦痛心情。

④"赵壹"两句,喻李贺自己不为世用,潦倒落拓,命薄如赵壹;归得家去,也是贫困如司马长卿的。《后汉书·赵壹传》:"恃才倨傲,为乡党所摈……作《刺世疾邪赋》……哀哉复哀哉,此是命矣夫。"《汉书·司马相如传》:"会梁孝王薨,相如归而家贫无以自业。"

⑤"乡书"与家书有别,谈的乡民情况。"蕨"为一种山菜,见三国吴陆玑《毛诗草木鱼虫疏》。嫩叶可食,这里实指乡民吃野菜度日。"生石云",谓生长在石云之间,为乔装打扮的美化掩盖语。

⑥"玉桂",《战国策·楚策三》:"楚国之食贵于玉,薪贵于桂,谒者难得见如鬼,王难得见如天帝。今令臣食玉炊桂,因鬼见帝,不亦难乎!"按居长安而感这种困难的,自是潦倒之辈。用以引起昏暗面的下文。"戟门"指显贵之家。戟为武器,古宫门皆立戟。唐制按官阶勋的不同等级,得设立多寡不同的戟于其门(见《新唐书·百官志》)。王琦说:"带,幡也。"或即飘带之意。总之,侯门立戟,气氛森严,大与普通百姓不同。两句笔锋,离开乡间情况来谈长安情况了。

⑦ 戟带侯门,从受压榨的百姓来看,这是惨阴之地。从显贵自己来看,却认为很有威风,很有光彩(此"地自光"与《秦王饮酒》篇中的"天自碧"同出一个讽刺铸炉)。"宝马",名贵的马。《史记·李斯列传》引秦公子高上书曰:"中厩之宝马,臣得赐

之。"唐王维《同比部杨员外十五夜游有怀静者季》诗:"香车宝马共喧阗。""踏晓昏",谓车水马龙,早晚不停。

⑧ "腊春",谓腊尽春来时。唐杜甫《白帝楼》诗:"腊破思端绮,春归待一金。"唐元稹《酬复言长庆四年元日》诗:"腊尽残销春又归,逢新别故欲沾衣。""戏草苑",游赏花木苑囿。"玉鞔",指拉车的马是以玉饰辔的。"轞轞",即轞轞辚辚。又作隐隐辚辚,象声词,指众多的车马声。《文选·张衡〈东京赋〉》:"隐隐辚辚。"吕延济注:"皆车马声。"

⑨ "网"为捕取禽兽或鱼鳖的工具。"缒"谓网的边沿有物下垂。从"绿网""金铃"来看,王琦所说"掩取禽兽之网,缒铃于其上,铃动有声,则知有物入其中而获取之也"应是对的。叶葱奇说"捕鱼的网",非。"霞卷",犹风卷、云卷、席卷,谓所捕获很多。"清地",谓对地上所有获取无遗。叶葱奇改"地"为"池",意在网鱼。实际渔网只有悬铁,未有悬铃的。悬铃水底也是不会有声音让岸上听见的(最好,有意见作出注明,不要改字)。"湄",水边,亦指临水的山崖。《尔雅·释丘》:"夷上洒下(不)湄。"郭璞注:"涯上平坦而下水深者为湄。"两句寓有设网罗进行搜刮之意,续看下句便明。

⑩ 古时钱有孔,用绳索把成百上千的钱串连起来叫贯。"开贯",即解开绳索进行使用意。"蚨母",喻诈钱有术,钱多无算,使用不尽。《太平御览·干宝〈搜神记〉》:"南方有虫,其形若蝉而大。其子着草叶,如蚕种。得子以归,则母飞来就之。若杀其母以涂钱,以其子涂贯,用钱货市,旋则自还。故《淮南子》术以之还钱,名曰青蚨。""买冰防夏蝇",谓朱门酒肉太多,蝇性恶寒,见冰远引。《吕氏春秋·功名》:"以冰致蝇,虽工不能。"两句喻诈钱有术,酒肉发臭。

⑪ "裂大被",裁布制作大被。《三国志·吴志·孙皓传》"司空孟仁卒"注引《吴录》曰:"本名宗,避皓字易焉。少从南阳李肃学,其母为作厚褥大被。或问其故,母曰:小儿无德致客,学者多贫,故为广被,庶可得与气类接也。""剑客车盘茵",指战国齐孟尝君对待困顿风尘之中、唱长铗归来乎、食无鱼、出无车歌的冯驩故事。两句意谓:显贵们值此有钱有势之时,应当特别礼贤下士,珍爱人才。对才能之士,要推心置腹,呼吸与共,使他们展其所长,共同把国事搞好。

⑫ "死灰",已熄灭的冷灰。《庄子·齐物论》:"形固可使如槁木,而心固可使如死灰。"注:"死灰槁木,取其寂寞无情耳。"意犹没有灵魂的行尸走肉。"榛",木丛生貌。此指荆榛,亦即荆丛。唐李白《古风五十九首》之一:"王风委蔓草,战国多荆榛。"按荆

榛秋日刺老,最能伤人。两句意谓:可是这些权贵的本质,却都是些卑劣的小人。心眼中只知嫉贤妒能,排挤打击,阴谋诡计,摧残人才(如不让李贺举进士,是其典型一例)。

⑬"皇图"句,谓皇家事业是很大的。"施长绅",为乔装打扮的双关语。绅是长带,表面似说百姓自己在衣着上饰有长带,实际是说朝廷对百姓施加种种束缚。为什么会是这样的? 联系下句来看便可了然。这里应当注意的是作者笔锋,清楚地由显贵转到帝王朝廷来了,并且是用皇家和普通百姓来作对比点明的。

⑭"靄"为云气聚集貌。"光明"句承上"皇图",表现帝王昏暗得发不出光辉来。古印章以龟为钮(即印鼻),故亦称龟为印。"腰龟"即腰间佩带的印。又古天子及王公大臣的印,是用玉及金、银制成。这里为了押韵,泛用银来体现,意在表现握有权力的人。"甃"是用砖砌井,夹在这里,意含"井底之蛙"的讽刺。

⑮"噪",嘈杂、叫骂意。这里根据上下文来看,应释作鼓噪。"礼乐",指朝廷施政制度。王琦说:"谓作为雅颂以歌颂休明之德。噪者,不惮多言之意。"按这与上句"光明靄不发,腰龟徒甃银"的贬斥语意,直接发生了矛盾。也与上半篇诗文的"南山崆峒春……赵壹赋命薄……紫蕨生石云……惨阴地自光……开贯泻蚨母……小人如死灰……"所含谴责情调发生了抵触。单就"吾将噪礼乐"的句子本身来说,句内并无"休明"字样,显然是个外加上去的两不相容的内容。李贺不说颂礼乐而说噪礼乐,足见不是要用礼乐发抒歌颂,而是要对礼乐进行鼓噪。下句所说的"声调摩清新",正是厌弃了腐朽旧一套的表现。至于下半段诗文更为明朗地直至结出"赋诗面投掷,悲哉不遇人"为止,可算赤裸裸的核心语言了。这种怀才不遇的悲愤感情,与歌颂休明之德,无任何相同之处。与鼓噪昏庸帝道,倒是确切无疑的。

⑯"十千岁",侮慢语。指现实万岁李纯,为本诗主要矛头所在。逐层写来,到了顶峰。它可以照亮通篇语言的脉络,不会另有其他的曲解。"帝道",指李纯的权势。"飞神",双关含混语。表面上像是值得尊敬的,实际上却是并不存在的。因此它只能是"飞烟"的乔装打扮语,将会消散得无影无踪的(下面两句就是这个消散情况的具体说明)。

⑰"华实"两句,王琦注说:"此二句必有讹字,未可强解。若如诸说(指曾谦甫、姚仙期、姚经三、钱饮光等离开诗文前后线索所作的盲目猜测),则晦涩僻隐,几不成语,岂止牛鬼蛇神而已哉!"按王琦批判四人所说,是正确的。但认为"必有讹字,未可强解"是大误会。根据上下诗文来看,它们是非常好懂的形象语言。"华实自苍

老",为树大根深的形象。它象征李纯继承的家业,确是不小的。"流来长倾盆",为洪流冲来就要连根拔掉(倾盆即连根翻出意)的形象。它是上文使得帝道如飞烟的具体描画。它与《秦王饮酒》篇的"羲和敲日玻璃声",《章和二年中》篇的"七星贯断姮娥死",同一写作意图,但要好懂多了,可算是不解就懂的。王琦说不可理解,或是推辞。因为他理解了也是不能说的。

⑱ "没没",指洪流的滔滔。"齰舌",即咋舌,形容不敢说话或说不出话来。"涕血",犹泣血、洒血。"不敢论",不愿继续说下去了。

⑲ "下东道",起程东归。"祭酒",古人起程前要祭路神,叫作祖道。后亦称饯别活动为祖道。《汉书·刘屈氂传》:"丞相为祖道,送至渭桥。"祭饯必设酒食,因叫祭酒。"秦",这里指长安。因长安为古秦地,与古秦都咸阳,夹着渭水隔岸相望。李贺作诗,惯求掩盖,许多该用唐字的都改用秦字。除本诗的不作"祭酒而别唐"外,其他如《秦王饮酒》《秦宫诗》……不胜列举。

⑳ "六郡",指汉陇西、天水、安定、北地、上郡、西河。《汉书·地理志下》:"汉兴,六郡良家子,选给羽林、期门;以材力为官,名将多出焉。"这里引喻现实朝廷的兵力所在。"剿儿",指乐于用命的战斗力。"谁拭尘",即无人拭尘。表示无人愿意卖力。句意谓腐朽朝廷军心涣散,武备不振。

㉑ "地理",指山河。"阳无正",谓没有真主了。"快马",象征英雄。"逐",追逐。"服辕",马拉着车奔跑。句意谓秦失天下,英雄逐鹿,捷足者先登。

㉒ "调道",议论政治道理。"讲清浑",分辨清明、浑浊。意谓过去彼此在一起时,常常议论朝廷政事。

㉓ "讥笑",指评议抑扬。"断冬夜",犹彻寒夜。谓过去经常在一起对时政评议指责,有时激动很大,虽属寒冬亦彻夜不休。王琦注说:"首联已用'春'字,至此又用'冬夜',下联又用'秋月',杂乱至此,殊不可解。"按这可能是王琦偶不经意闹的一个真正误会。一、一篇诗内,用了冬字,就不能再用春、秋字样,用了就是杂乱,似乎诗坛从来没有这条约束。否则,千秋任何高明诗人,都要难免大量犯规了。二、诗句有过去式、现在式、将来式的不同。李贺所说"南山崆峒春",是回顾过去几年政治生活,感到长安是从来没有温暖人心的春天的。所说的"讥笑断冬夜",也是回顾过去彼此在一起评议指责时政的。所说的"秋月当东悬",是设想将来要出现光明的。这两个表现过去式,一个表现将来式的词语,都不是以表现眼前季节为目的的。显然

不能认为李贺在说:"今天的饯别,既是冬天,又是春天,又有秋月。"参见第一辑《引论》第二篇第九点。"家庭",为掩盖语,实指朝廷。"疏筱穿",是破漏不堪的形象。筱为细竹,竹篱已难挡风,何况疏而且穿。意谓朝廷百孔千疮。《南史·王俭传》:"白门三重门,竹篱穿不完。"

㉔"曙风",即晓风、晨风。四方起与一方起大不相同。句意表面乔装打扮,似很温善,实际在说黑夜将要天亮时四面八方卷起的恶风暴。"秋月",象征光明。句谓光明就要出现了。

㉕"赋诗"句,谓写此诗当面交给两人。"悲哉不遇人"句,是支配全诗感情的核心语言,它毫无掩盖地表达了李贺怀才不遇的强烈愤慨。

㉖"臆",指胸。"沾",浸湿意。唐李白《君子有所思行》:"无作牛山悲,恻怆泪沾臆。"句谓此别之后,一定要发生大的足以流泪的事件的。"越布",越地所产有名的布。《后汉书·陆续传》:"(陆闳)喜着越布单衣,光武见而好之,自是常敕会稽郡献越布。"又王琦说:"秦嘉妇(汉徐淑)与嘉书云:今奉越布手巾一枚。"句谓请先准备好拭泪的手巾。寓有与长安永相决绝的愤慨。

附　识

本诗的结构层次为:一、首八句写告别长安,潦倒失意,及对都中和乡下的总的感受:都中是空洞春,乡下是吃野菜。二、"长安"以下十四句写权贵吃喝玩乐,搜刮欺诈,既有钱,又有势。非但不礼贤下士,还一味嫉贤妒能。三、"皇图"以下十二句写帝王昏庸不堪,百姓深受束缚,反感强烈,情同水火。四、"今将"以下十二句写朝廷武备不振,百孔千疮,只要风暴一起,黑夜就要天亮了。五、尾四句写自己怀才不遇的悲愤决绝心情。显然这是一首对长安几年政治生活回顾总结性的诗篇。概括地说:首为总的感想,次为朝廷黑暗腐朽的具体情况,尾为个人怀才不遇的悲愤心情。结构极其清楚,意图非常明朗。

写作上,本诗除使用一般修辞手法如:"崆峒""家庭"为飞白,"玉桂国""秋榛""倾盆""疏筱穿"……是比喻,"腰龟""礼乐"是借代,"长绅""飞神"是双关……外,其总的语言特点,则为乔装打扮,绵里藏针。试就"紫蕨石云""声调清新""帝道飞神""华实苍老""快马服辕""曙风四方""秋月东悬"……来看,外表上何等美丽温善,骨子里却是严重沉痛的。

本诗并无不可理解之处。辨析疑难，要联系上下诗句以能通释全篇诗文为主，不宜断章取义，孤立地进行猜测臆断。因语言原有象征、写实的不同，又有过去式、现在式、将来式的区别。离开了上下句和诗文整体的脉络，是难于窥见或符合作者意图的。甚至反使容易理解的内容，变成了不可理解的障碍。本诗的"华实自苍老，流来长倾盆"句，王琦引曾谦甫等四人所作各种各样的猜测，加上他自己未曾猜出，认为必有错字。今人叶葱奇还另有一种猜测。其实，联系下句、上句及全文来看，是个不需猜测、不待解说已极清楚的形象（见上注文）。当然，王琦也可能是看出来了，但又不得不故作回避，免遭禁绝的。至于王琦所注："首联已用'春'字，至此又用'冬夜'，下联又用'秋月'。杂乱至此，殊不可解。"这也是离开了诗文脉络所生的波浪。一篇诗内，原不限定只用一个季节性词语的。唐李白《古风五十九首》之二十二："昔视秋蛾飞，今见春蚕生。"唐杜甫《壮游》诗："春歌丛台上，冬猎青丘旁。"……不胜列举。应是王琦偶然的误会。其他如王琦把"吾将噪礼乐"说成"歌颂休明之德"，则是显然与上下诗句及诗文整体两相违离的。凡此等类，还它本来面目，就不至于再有疑难存在或枉怪李贺杂乱晦涩，写得太差了。

王琦所采用的版本，是比较可靠而又经得起考验的。他本人更有一个优点：不轻易改字，有意见注释出来。因此，我们研究李贺诗歌，不妨即以王琦版本和其方法作为准则，免得考虑未周，影响后人。叶葱奇所注《李贺诗集》，改字较多，单是本诗就改动了四个字（地、施、噪、来，改为池、拖、谍、采）。所作释义，在识破李贺诗句的表面掩盖透视内在真相的过程上，都是不便采用的。赖有王琦的版本，保存了原诗的本来面目，足资窥探，可算极大幸事——理解李贺哑谜诗歌，须从识破掩盖、看到真相入手。这一客观要求，是要依靠正确的版本来做温室，才能开放花朵的。反过来说，每看到一篇真相，都是证明了这篇版本的正确性的。这个理解方法，是从大量哑谜诗歌中归纳出来的。它对版本问题来说，无异成了一个试金石。笔者曾就李贺《外集》进行探索，尚未发现一篇是备具这种性质、符合这种情况的。真伪如何？应可发人深省。

章和二年中①

云萧索田风拂拂，麦芒如篝黍如粟②。关中父老百领襦，关东吏人乏诟租③。健犊春耕土膏黑，菖蒲丛丛沿水脉④。殷勤为我下田租，百钱携偿丝桐客⑤。游春漫光坞花白，野林散香神降席⑥。拜神得寿献天子，七星贯断姮娥死⑦。

①"章和"，汉章帝年号。章和二年，是丰收之年。因而产生了古代农民迎神赛会庆祝丰收的歌曲篇名《章和二年中》。《晋书·乐志》："《章和二年中》，乃古鼙舞曲第二章，魏改为《太和有圣帝》，晋改为《天命》。"李贺借用此题，另有其他作用，容俟后面究明。

②"云萧索"，云气飘动貌。《史记·天官书》："若烟非烟，若云非云，郁郁纷纷，萧索轮囷，是谓卿云。""风拂拂"，风不断吹动貌，意谓云飘田亩，风吹庄稼。"麦芒"，指麦穗，"箒"，扫帚。"黍"，指高粱，结实较疏。"粟"，指小米，结实较密。意谓高粱结得实像小米一样繁密。两句表现春夏之际，田里庄稼长势很好。

③"关中"，此指函谷关以西的唐都长安地区。"父老"，根据以下诗文来看，是"官绅老爷们"的掩盖语。"百领"，百件衣。"襦"，通缟，为丝织品衣料。清陈瑑《说文引经互异说》"缟"，缯采色……《周礼》注："襦读为'缟有衣絮'之缟，是襦，缟亦同字矣。"（笔者按《周礼》注，见《夏官·罗氏》）意谓长安大地主老爷们可以添制百件绸衣了。"关东"，指函谷关以东的广大地区的农民。这与关中地主老爷是相对举的。李贺不直说"农民"而用"听惯催租吏人骂声的"来作表现，这是他避免刺目、巧妙掩盖的一个方面。尤其是当时的真正农民确实是在广大的关东，关中由于在大地主庄田制的就近兼并之下，农民大都变成了地主的佃客。佃客是根本连诉租交租的问题都不存在的。所以李贺在表现农民时，特地指明关东，因关东是广大农民的所在地。而在表现地主老爷时，却特地指明关中，因关中是最大地主所在地。这里的关中关东，李贺是有原则性的区别，不宜混淆起来看待的（参阅范文澜《中国通史》第三编第二章第四节之二庄田）。"诉租"，骂租，指催租官吏惯有的骂声。两句谓地主老爷又可添制百件绸衣，农民最多不过少听几句催租骂声罢了。足见这里不是真的在表现农民畅想幸福生活，否则不会用消极不堪的"少听几句骂声"来做内容的。这显然是在发牢骚！王琦从表面现象看问题，认为农民可给老辈添一百件短衣。这是把"关中"误成"关东"的说法，违离了两个句子根本的对比构造。再说，农民的当务之急也还不在这里。按照当时农户流散、农村凋敝的情况来看，农民有了粮食，首先是争取缓和全家的饥肠。衣着方面，也是应有全家观点的，如果单是去给老辈缝制百件短衣，反是不切实用的无理浪费，农民从来没有这种豪情。只有长安的大地主老爷们，才需要添置无数的绸衣去存箱笼，这倒是个事实。

④"犊"，小牛。《说文》："牛子也。""土膏"，肥沃的土地。《汉书·东方朔传》："故

丰镐之间,号为土膏。其贾亩一金。""黑",土肥就色黑。意谓年轻健壮的牛春天耕在肥土上面。"菖蒲",草名。"沿水脉",沿着水边生长。两句谓春季耕种景象很好。

⑤"殷勤",情意恳切。这里犹殷切盼望。"下田租",谓到了秋收的时候能够交得清田租。"百钱",指极少地才够看一次文娱演唱的钱。"丝桐客",指演唱人员。两句说:首先希望的是秋收时不发生歉收情况,能够顺利地交得下田租。否则是不得了的。如果还能多余下极少地去看一次文娱演唱的钱,那就非常幸福了。这里农民不想丰衣足食,却只有芝麻大的听一次文娱演唱的希望,并且连这点希望也还只是一个属于将来的渺茫的奢想,这在反映什么? 显然,这是在巧妙表现深受田租压榨的农民,终年辛苦劳动,连欣赏一次文娱演唱的少量的钱,也是不让轻易留下的。

⑥"游春漫光",谓游赏满眼遍布的春光。"坞花白",山坞里开有小白花。"野林散香",谓四处去烧香烛,香烟散布。"神降席",假设性的滑稽语。为引出下句所作的准备。两句表面上好像迎神赛会,游览春光,没有什么非议讽刺,实际是继上面"诟租""田租"之后,表现农民无路可走,只得到处烧香求神。

⑦"拜神得寿献天子",为天衣无缝的双关妙句。表面上好像在热爱天子,实际是说除了首八句所说田里的物质生产要纳重租外,现在连精神活动方面所得的寿,也被无孔不入地压榨到了,要去全盘献给天子。因此,喘不过气来的农民,才有下句形象的出现。"七星",指北斗星。《史记·天官书》:"北斗七星……以齐七政。""贯断",谓北斗七星的部位布置,像用绳索贯连在那里一样。现在贯连的绳索断了,可见七星也陨落了。"姮娥",即嫦娥。《后汉书·天文志上》"以显天戒明王事焉",刘昭注:"羿请无死之药于西王母,姮娥窃之以奔月。"后人用她代表月神,象征月亮,相沿已久。现在说她继七星之后同样被弄死了,显然是在表现天空一片落花流水,悲惨不堪的景象。王琦说:"七星之贯无断理,姮娥之寿亦无死期。以此为祝,则其寿尚何终尽哉?"这种反过来祝愿天子长寿无疆的说法,显然与李贺全诗内在真相正相抵触。应当说明,死字在祝寿当中,是从来就避忌使用的。要想找个例外,实非力所能及。何况即如王琦所解,也将无法自圆其说:既是出于热爱的真诚祝词,为何不说"七星贯不断,姮娥长不死",而一定要说"又断又死"? 这种以死祝寿的用心,原无丝毫真诚的热爱可言。

附　识

就本诗结构剖析来说：一、反复表现田租的压榨：首四句写农民在春夏庄稼的大好长势中，感到将来的劳动果实，还不是归地主老爷所有！自己顶多少听几句骂声罢了。次四句写春耕景象虽然很好，感到秋后连看一次文娱演唱的钱也是不让留下来的。两个四句的核心精神，都在表现田租（有"诟租""田租"可证）。二、走投无路发泄愤慨：尾四句写农民无处诉说，只得烧香求神，但拜神所得的寿，还是要献给天子。于是不能免于大闹天空了。结构非常简明。看来诗题就已含蓄示意着农民在汉章和年代何其幸福！对照之下，在唐元和年代何其痛苦！王琦却说："时和年丰，百姓安乐，皆天子圣德所致。故愿献无疆之寿于天子，使得长享天位，而我民蒙其利乐，亦得长享无疆之泽。"按唐代当时藩镇叛乱，宦官用事，兵连祸结，农户流散，与丰年安乐景象毫不沾边。本诗借丰收古题为掩护，内容根本不写秋收，更未表现农民如何吃饱穿暖。相反地反复强调田租压榨。所谓愿献无疆之寿，长享无疆之泽，显然缺乏根据，不符现实。再说，星月的"不断不死"与"又断又死"，其性质是正相对立的。李贺既是写的"又断又死"，那就不是"不断不死"。其为"咒死"，不是"祝寿"，已可无疑。何况就田租压榨的前文来看，农民对于天子是不会产生热爱感情的。更就李贺写作意图来说，他根本避开秋收不写，却通过春耕夏种的描画，巧妙表达对秋收的伤情失望。足见他的真正目的，原不是要庆贺丰收。

李贺哑谜诗歌内，使用的艺术掩盖手法很多。本诗的"拜神得寿献天子"句，是属于"双关含混"类的。它巧妙自然，含意深厚，要算所有双关句子中，最为出色的典型。关于"七星贯断姮娥死"句，是属于"怪诞不经"类的。它与《秦王饮酒》篇的"羲和敲日玻璃声"句，同以怪诞惊人。联系起"拜神得寿献天子"句来看，它是在用死祝寿，与《相劝酒》篇的"伏愿陛下鸿名终不歇……来长安……中有梁冀旧宅、石崇故园"的用祸祝福，恰是一母所生的孪生兄弟。它既显示了表面现象上语言逻辑的绝对障碍，又显示了内在真相上露骨诅咒的原有意图。这与一般正常诗作的表里一致，截然存有区别。应当说，李贺的哑谜诗歌，之所以能够表现出双重含意，并且正反对立，这里词语的矛盾配备（祝福祝寿本应用吉祥物，这里却用死和祸）要算一个典型技巧。这种技巧的重复出现，足证李贺的诅咒用心，并非偶然现象。

平 城 下①

　　饥寒平城下,夜夜守明月。别剑无玉花,海风断鬓发②。塞长连白空,遥见汉旗红。青帐吹短笛,烟雾湿画龙③。日晚在城上,依稀望城下。风吹枯蓬起,城中嘶瘦马④。借问筑城吏:"去关几千里?"惟愁裹尸归,不惜倒戈死⑤!

　　①"平城",旧县名。故城在今山西大同市东。《史记·高祖本纪》:"七年……匈奴围我平城七日而后罢去。"按为北方要塞,常有重兵驻守。李贺引以为题,借以表现当时唐代士兵方面的生活感情是怎样的。

　　②"饥寒",借代语。即饥寒的士兵。"明月",唐李白《静夜思》诗:"举头望明月,低头思故乡。""别剑",别离故乡出征时所带的宝剑。"玉花",洁白放光的样子。"海风",瀚海大风。北方大沙漠,古称瀚海。唐陶翰《出萧关怀古》:"孤城当瀚海,落日照祁连。""鬓发",指头发。四句意思是说:我们士兵在边远的平城下,吃既不饱,穿也不暖。我们别无所有,夜夜只能空对明月,翻腾愁思。离别家乡出征时所带的宝剑,懒去擦它,已生锈了。这猛烈的沙漠大风,把我们的头发都要吹断,多么苦啊! 刻画了士兵生活艰苦,态度消极的形象;反映了朝廷措施乖舛,全置士兵饥寒痛苦于不顾的现象。

　　③"塞长"谓紫塞很长。晋崔豹《古今注·都邑》:"秦筑长城,土色皆紫……故称紫塞焉。"此指北方万里长城是很长的。"连白空",谓绵延到远处尽头,简直像连到天空上去了。"汉旗红",即唐旗红。唐高适《燕歌行》:"汉家烟尘在东北。"唐白居易《长恨歌》:"汉皇重色思倾国。"正是唐家唐皇的飞白。"青帐",可以是宫室帷帐,也可是军营帐幕。这里为双关语:表面指青色的军队帐篷,但联系上下诗句和诗篇全文来看,实际是指唐宫帷帐的。典实出自晋孙盛所撰《晋阳秋》,原书久已失传,幸从清黄奭《黄氏逸书考·子史钩沉·晋阳秋》中所辑得到查证。内容为:"中宗性俭简,有司尝奏太极殿广室绛帐,帝曰:汉文集上书皂囊为帷,遂令冬施青布,夏施青練帷帐。"可见李贺用"青帐"指代皇宫是有所根据的。"吹短笛",谓奏音乐,寻欢乐。"烟雾",犹乌烟瘴气。"湿画龙",讽刺龙不是真的而是画成的,又被水所浸湿,可见形象不堪入目。四句意思是说:长城绵延很长,沿着它的远处望去,简直要与天空相连了。唐王朝的红旗飘荡,仿佛可以看见。遥想皇宫乌烟瘴气,皇帝花天酒地,该成什么样子!

　　④"依稀",隐约不清貌。南朝宋谢灵运《行田登海口盘屿山》:"依稀采菱歌,仿佛含嚬容。""蓬",草名。秋枯根断,随风起飞,因叫飞蓬。"嘶",鸣叫。谓马无青草,饿得发叫。用以衬托人的饥寒,到了难以言喻的程度。四句意思是说:在上文举头望过了皇宫帝王享乐腐化的生活之后,回过头来,我们士兵日晚来到城上,前景一派黑暗,隐约不清地看这平城下面,只有狂风猛吹枯草,瘦马饿得发叫,可见我们该是何等苦寒。通过生活对比,体现不平心情。

　　⑤"借问",犹请问。三国魏曹植《七哀》诗:"借问叹者谁? 言是宕子妻。""筑城吏",此为假设性的谈话对象(长城是早就筑好了的。如果说成"借问守边将",又怕读者误认本诗矛头是对守边将校的)。"去关",双关含混语。表面指与关中的"道路距离",实际指与唐宫的"生活距离"。"裹尸归",争取战死沙场的报国豪语。《后汉书·马援传》:"男儿要当死于边野,以马革裹尸还葬耳。何能卧床上,在儿女子手中耶!""倒戈死",谓倒转武器向自方攻击,从而自己也作了牺牲。《尚书·武成》:"前徒倒戈,攻于后以北。"也叫"倒兵",《史记·周本纪》:"纣师虽众,皆无战之心,心欲武王亟入,纣师皆倒兵以战,以开武王。"四句意思是说:士兵非常气愤,因问筑城官吏:我们的饥寒痛苦,和皇宫帝王的享乐腐化,相隔有几千里之远呀? 我们不愿为他卖命,不以什么"裹尸归"为光荣。我们要不顾一切地反转矛头,和皇宫帝王拼个你死我活。即使是牺牲了生命,也是在所不惜! 这样明朗的语言,无异是在赤膊上阵,李贺怎敢写出来的? 因为诗中点明皇宫和帝王的地方,表现得非常隐晦,不易为人所发现。更因"青帐"这个词语,容易被人误看成将校不恤士卒的问题。所以,终于冒险使用了尾上两句。这是腐朽王朝只知自己享乐腐化,全置士兵饥寒痛苦于不顾的必然恶果。王琦却说:"倒戈者,谓战死而戈倒于地。与《武成》篇中前徒倒戈之解不同。"它把"倒戈死"变成了"死戈倒",把士兵"不惜倒戈死"的誓言,变成了"甘愿为腐朽王朝战死前线而让戈去自倒于地"的粉饰。依照这个说法,士兵在前线效忠作战是可叫作倒戈的。古今似乎无人这样用过。王琦还说:"死于饥寒与死于战斗等死耳。然死于战斗者,英魂毅魄,犹足以称国殇而为鬼雄,较之饥饿而死者,不大胜乎?"这好像是王琦存有苦衷而又不得不作的勉强辩解。依照这个逻辑,练兵养兵的思想方法,大可极其简单:皇宫帝王愈享乐腐化,士兵就愈有可能饥寒痛苦。士兵愈饥寒痛苦,作战就愈能效忠拼命。因而也可以说:商纣王的战败,是由于士兵饥寒得不够。周武王的战胜,是由于士兵大大受了饥寒。这是显然不符事实,难于成立的。再说,李贺这两句诗,按照《后汉书》《尚

书》去作理解,本来顺理成章,毫无困难。从反《后汉书》《尚书》去作理解,纵然费尽心思,把饥寒说成是"作战动力",还是无济于事的。王琦所以要舍易就难,搬石打脚,是因他处在封建社会之内,如果据实揭露了李贺哑谜诗句的内在真相,非但注释和原诗都要遭到焚禁,可能还要身逢不测。易地而处,我们如果生在封建社会之内,也不一定敢于这样做的。因此,我们对于王琦的处境,必须深深有所理解。

附　识

本诗首四句写士兵的艰苦消极,次八句写皇宫帝王和士兵的生活距离,尾四句写士兵的愤慨心情。组织非常单纯,意图极其明朗。它与《章和二年中》的农民群众,《秦王饮酒》的奴仆宫女,《绿章封事》的城市小市民及贫苦知识分子,《老夫采玉歌》的采矿役夫,《钓鱼诗》的渔民……共同从各个不同方面,非议了现实腐朽王朝的摇摇欲坠,危机四伏。关于"惟愁裹尸归,不惜倒戈死"句,是个赤膊上阵的句子。比另篇"怪诞不经"的"七星贯断妲娥死""羲和敲日玻璃声"……要更露骨得多。王琦总论本诗,不得不极尽回避。他说:"此章以守边之将,不恤其士卒之饥寒,其下苦之,代作此辞以刺。然通首竟不作一怨尤之语,洵为高妙。"这是故意把矛头转向将校的说法,抵触很多。兹再分析数点如下,以见一斑:

一、"烟雾湿画龙"句,用来讽刺帝王则非常确切,如用来点明将校则毫不相似(只有以龙象征帝王,没有以龙象征将校的)。

二、宁可假托地说"借问筑城吏",不肯顺便地说"借问守边将",正是李贺预防读者误看成"将帅不恤士卒"问题的细心处。

三、诗中并未表现将帅对士兵的任何具体虐待,王琦自己也说:"无一怨尤之语。"既然如此,就无凭断定本诗是在讥刺边将了。

四、李贺并未到过平城,凭空写诗,不会没有目的的。他是在反对哪一个边将?还是在反对所有的边将?他自己既不肯说"借问守边将",王琦又指不出具体的人来,这就太无根据了。我们说李贺是在非议现实帝王,这非但合乎常情,并且根据极多:上面所引农民的、奴仆宫女的、城市平民的、采矿的、渔民的,以及《相劝酒》《日出行》等,凡属李贺哑谜诗歌,都是同一写作意图,这是最足发人深省的!

五、"惟愁裹尸归,不惜倒戈死",显然是对现实帝王的极大怨尤语,王琦不会真的没有看见。清姚文燮也是身处封建社会要把矛头转向将帅的人。但他在《昌谷集注》

内说:"谁乐为用?虽效命疆场,徒死无益,遂不惜倒戈以致乱矣。"这个"倒戈致乱"得到率直承认,足证王琦"死戈倒"的说法,是无法能够成立的。

秦王饮酒①

秦王骑虎游八极,剑光照空天自碧②。羲和敲日玻璃声,劫灰飞尽古今平③。龙头泻酒邀酒星,金槽琵琶夜枨枨,洞庭雨脚来吹笙。酒酣喝月使倒行,银云栉栉瑶殿明,宫门掌事报一更④。花楼玉凤声娇狞,海绡红文香浅清,黄鹅跌舞千年觥。仙人烛树蜡烟轻,清琴醉眼泪泓泓⑤。

① 诗题何指,说法很多。清姚文燮《昌谷集注》说是讥诮唐德宗李适的。清王琦《李长吉歌诗汇解》说是表现唐德宗并无讥诮的。清陈沆《诗比兴笺》说是讽刺唐宪宗的。中国社会科学院文学研究所《唐诗选》《唐诗选注》等说是赞扬秦始皇威武,歌颂秦始皇功绩的。郭石山《李贺诗三议》说是歌颂唐太宗功业的。陈允吉《李贺〈秦王饮酒〉辨析》说是表现秦始皇感慨人生短促,既非歌颂又非讽刺,并体现了李贺怀念豪华生活的。赵朴初《片石集·读李贺诗》说是"刺李非美嬴"的。……这里既有赞颂、讥刺及非赞非刺三种性质的分歧,更有秦始皇、唐太宗、唐德宗、唐宪宗四个对象的抵触。笔者回顾探索此诗的漫长过程,特别是"羲和敲日玻璃声"这个怪诞不经的句子,终于得到识破,并联系上下句释通全诗以后,深感陈沆和赵朴初在指人兴刺这一点上所作的论断,是个一针见血的精辟见解。本诗的写作意图,正是通过皇家奴仆和宫女们的感情表现,来对唐代现实帝王唐宪宗进行非议的。

② "秦王",根据全诗内容来看,是"唐王"的飞白,实指现实帝王唐宪宗。这与唐白居易《长恨歌》把"唐皇重色思倾国"写成"汉皇",是同一手法。清陈沆《诗比兴笺·秦王饮酒》,"长吉诗中秦王皆指宪宗"(按陈沆在这一点上确是经得起检验的,其他并非全无出入之处)。"骑虎",不用乘龙,显示残暴食人的形象。"八极",八方极远的地方。《荀子·解蔽》:"明参日月,大满八极。"这里表示整个天下。"剑光照空",宝剑的光芒冲上了天空。"天自碧",双关语,表面指天的颜色如碧,实际说满天都是碧血。碧表示血,见《庄子·外物》:"苌弘死于蜀,藏其血,三年化为碧。"李贺曾三用此典,以《秋来》篇内"恨血千年土中碧"为最明朗。

两句运用双关含混手法,表面好像形象威武,并无芒刺。实际是说昏庸帝王骑着凶恶食人的猛虎,非常暴虐地统治着整个天下。他所仗以对人进行压迫的是利刃,真是锋芒万丈,天为之碧。正因这样,才有下面核心句子的产生。上下之间的因果关系,原是极其明白的。

③"羲和",神话传说中替太阳赶车的仆人。屈原《离骚》:"吾令羲和弭节兮,望崦嵫而勿迫。"注:"羲和,日御也。""敲",显示不是在使用柔性的赶马鞭子,而是在使用硬性的击人武器。"日",宾语。"玻璃声",玻璃平时是没有什么声音的,当它发出惊人的声音时,就是被粉碎了。因此,这个词组,是表示粉碎意思的形象语言(笔者为了探索它的含义,曾走过千辛万苦的漫长道路,后才悟及它是近在眼前的。它不仅使笔者大吃一惊,并且开阔了笔者深入辨析李贺哑谜诗歌的宽广门径)。"劫灰",劫火的余灰。南朝梁慧皎《高僧传·竺法兰》:"昔汉武穿昆明池底,得黑灰,以问东方朔。朔云不委,可问西域人。后法兰既至,众人追以问之。兰云:世界终尽,劫火洞烧,此灰是也。"按佛家原指经过大的水、火、风灾彻底毁灭之后的余烬,此指经过大的战争战火彻底破坏之后的余烬(因本句是紧接敲日玻璃声的行动而来的,这是不能免于战火浩劫的)。"古今平",即天下平。这里把"天下"说成"古今",是因"劫灰"已很露骨,不得不在句尾稍设歧义,制造含糊,以便有所掩护。但句意还是容易识出的。

"羲和"句字面上故意怪诞不经,不嫌违理,不避拙劣。其实是说羲和虽是日的奴仆,但他是具有力量的。他被压迫得喘不过气来的时候,可以起来反抗昏庸帝王,戳穿昏庸帝王的外壳,只不过像玻璃做成的老虎一样,一敲就要粉碎的。玻璃本来是没有可供欣赏的声音的,一经敲破发声,就是粉碎崩溃。李贺要说这句话而又不敢明说,所以把它弄得拙劣不合常理一些,以俟后代有心的读者去作摸索。我们这样揭开掩盖来看,形象正是非常清楚的。不但后面的"娇狞"两字,可以迎刃解决矛盾,即起首的"秦王"两句,也可确知它的真正含意:不是在赞美昏庸帝王的威武,而是在非议昏庸帝王的暴虐。"劫灰"句字面上好像突如其来,含糊不明,其实是承接上面"羲和"句在说:敲碎玻璃,是要演成战斗行动的。只有不惜牺牲战斗,大飞一次战火劫灰,天下才能暂得太平。

王琦注说:"二句言日月顺行,天下安平之意……敲日者,策日而使之行也。"当前的评注家,除赵朴初外,大都是因袭王琦所说来作理解的。例如有的注释说:"在这里作者的想象却是羲和鞭策太阳走,所以敲击有声,好像鞭打在马身上似的。因为太阳明亮,作者便想象敲日之声如敲玻璃。"按神话故事也应有其一定规律。羲和既是日的驾车仆人，在正常情况下面，是没有可能把主人日当马打的。日是乘车的，坐在羲和的后面，羲和要车前进，只能打前面拉车的马或龙，怎么回过头来打坐车的日？再说，用鞭打马策马，鞭是软的，没有换用敲字的可能。一换了敲，就不再是鞭而是兵器了。由此可见，这里并无什么"日月顺行，天下安平之意"。何况用玻璃比喻日，是从它一敲就要粉碎的"实质"来说，不是从"明亮"取义，"明亮"并不表现声音的。玻璃发声，就是粉碎，这是李贺创造的一个非常确切的形象语言。

以上四句，目的在表现奴仆羲和的愤慨心情。

④"龙头泻酒"，谓制有龙头形状的储酒器物，能从龙口放出酒来。《乐府诗集·三洲歌》："湘东酃酴酒，广州龙头铛。"《北堂书钞·西征记》："太极殿前有铜龙，长二丈，铜尊容四十斛。正旦大会，龙从腹内受酒，口吐之于尊内。""酒星"，即酒旗星。《晋书·天文志》上："轩辕右角南三星曰酒旗，酒官之旗也，主宴飨饮食。"《后汉书·孔融传》："天垂酒星之耀，地列酒泉之郡。"这里用来代指陪饮的酒客。"金槽琵琶"，琵琶乐器上端架弦的地方，嵌用檀木的叫檀槽，嵌用金属的叫金槽。王琦引古诗："栿影听金槽。"唐王建《宫词》："黄金捍拨紫檀槽。""枨枨"，琵琶弦声。"洞庭"，湖名：一指湖南北部的湖；二指江苏太湖。"雨脚"，指雨落到地面或水面时的音响状况。唐杜甫《茅屋为秋风所破歌》："雨脚如麻未断绝。""笙"，乐器，声音清幽。"酒酣"，酒兴正浓，饮酒正乐。"喝月"，怒斥月亮，嫌把夜色转成深宵了。"使倒行"，要求月亮退回去恢复初夜，以免抵触饮酒活动的兴致。"银云"，月光照云成银白色。"栉栉"，排比繁密貌。"瑶殿"，像玉石筑成的华美宫殿。杜甫《铜瓶》诗："乱后碧井废，时清瑶殿深。""宫门掌事"，掌管宫门启闭的人。"报一更"，非指初更，谓报了一更又一更，已有几更了（清吕种玉《言鲭》引此句作"宫中掌事报六更"，经王琦遍考诸本，没有作六更的。只好存疑，否则是个较为有力的夸张讽刺语。因更鼓制度，从来是没有六更的）。

六句表现秦王饮酒活动，表面似说：储酒器内从龙头口上泻出的美酒，取饮不尽。邀来陪饮的酒客，也不在少。还有助兴的琵琶，它在这夜宴里，从金槽弦丝上拨出枨枨震耳的声音；更有笙管吹奏起来，好像洞庭湖上阵阵雨点接触到水面时候的轻微音响。酒喝到了高兴快乐的时候，不禁要对月亮张目怒吼，替我倒退转去，不要下落！这寒夜的月光，透过银白的云气，把排比繁密的宫殿，照耀得如同白昼。掌管宫门的人，已经报明夜晚的一更又一更了。所有这些，似乎只在描述活动与活动的时间，没有什么非议和讥刺。其实不然，且不说酒池肉林、男女音乐，是花天酒地的表现。单拿"酒酣喝月使倒行"一句来说,把一个昏庸帝王荒"饮"无度的凶暴形象,刻画得何等的淋漓尽致! 卓越无比的艺术手法,显然是无情暴露了昏庸帝王为所欲为倒行逆施的愚蠢行径的。关于"报一更"句,已经写了"喝月""倒行",何必还要加写"报更"? 这是对活动的时间,故意在加重笔墨。实际"银云"句也是在表明夜月通明,夜露已深。因此,这段描述活动的六个句子,就有三句是在表现时间。这一方面固然是在体现荒"饮"无度,另一方面是在为尾五句的重点描述宫女心情提供条件,打好基础,用意是很深的。

⑤ "花楼玉凤",指宫中的歌舞宫女。"声娇狞",谓宫女们由于夜深侍宴,疲苦万分,因在正常的娇音婉转之中,偶尔夹带一两句恶狠狠的切齿声音在内,以泄心头之恨。这是在表现不堪奴役的怨恨心情,与"玻璃声"的愤慨心情是遥相呼应的。这个语言,同样是故装怪诞的创新表现。只有理解了玻璃声的真相,才能迎刃解决这里的疑难。有些评注家改"狞"为"伫"了,这是因为未曾理解李贺哑谜诗歌的双重含意所致。应当恢复王琦的版本原样,才能得到合理理解。"海绡",即鲛绡。神话传说为海底鲛人织出的薄纱,价极贵重。《文选·左思〈吴都赋〉》"泉室潜织而卷绡",刘逵注:"俗传鲛人从水中出,曾寄寓人家,积日卖绡。""红文",红色而有花纹。"香浅清",香气不大强烈。"黄鹅",体不轻盈,行更迟缓。喻宫中舞女意兴毫无,拖步不动的懒洋洋情态——王琦说:"恐是舞名。"清方扶南《李长吉诗集批注·秦王饮酒》:"黄鹅,喻酒也。"按两说都未直接体现此间上下诗句的宫女感情。有些评注家还改"鹅"为"娥"了,最好恢复原貌,有意见在注释内说明。"跌",讽刺语,由不情不愿的感情所造成。正与"狞"字是一贯的。"千年觥",觥为酒器,犹用酒杯祝寿千年。"仙人蠟树",画有仙人在上的巨烛。"树"为夸张语。"清琴",即"青琴"的飞白使用。为古神女。《史记·司马相如列传》:"若夫青琴宓妃之徒。"这里借指宫女。现代评注家多已改"清"为"青",这是误会。李贺哑谜诗歌引用古事,往往故意飞白。表示不是真在谈古,促使读者在疑难莫释当中,有可能去触及诗作的内在真相。例如《李凭箜篌引》篇的"吴质不眠倚桂树",正是"吴刚"的飞白。这类例子,是大量存在的,详见第一辑《本论》。如果改变了字样,就大大不利于对诗作内在真相的揭示。"醉眼",由于夜深不得休息,眼皮疲劳得张不开了,好像喝醉了酒一样的。实际桌上陪饮进馔的是些酒星酒客,宫女只是在旁边伴歌伴舞,并不列席的,所以是谈不上醉眼的。"泪泓泓",即泪水汪汪貌。

这五句表面似说:花楼中许多玉凤,亦即花容月貌的许多宫女,她们有的放开嗓子唱歌;有的穿着和舞着南海出产的红色而有花纹的丝织品舞衣舞巾,表演舞蹈。她们散发阵阵香气,并表演祝天子圣寿千秋的节目……宫殿内燃烧着许多巨型蜡烛,宫女们个个都醉眼蒙眬。所有这些,好像不外唱歌、跳舞、祝寿而已。其实大大不然,这内中李贺故意含糊其辞地混夹有"狞""浅""跌""轻""泪"五个字埋伏在内,是根据中间六句荒"饮"无度而要作出的重点发挥。"狞"是在歌音娇啭之中,偶尔夹些切齿恶声在内,以泄心头之恨的表现。"浅"是浅薄得很,不愿发放强烈清香的意思。"跌"是隐藏在黄鹅样的拖也拖不动的舞步之中的。这形象非但不是兴高采烈,精神百倍的,倒是可以看出懒洋洋的不情不愿的情态来的。在高捧酒杯祝寿千年的活动当中,安有一个"跌"字在上,这酒是否跌翻了呢? 这显然是个故意安放的丑化,故意埋藏的讥刺。"轻"字初看上去,顶多表示饮酒的时间太长,蜡(蠟即蠟字)烛烧尽而已。但是皇宫里面的蜡烛多得很,随用随换,是不会发生这种现象的。李贺故费笔墨,是在大煞风景,显示帝王的荒"饮"无度,将有蜡尽烟消的时刻到来。"泪"水汪汪,是宫女们不堪奴役,满腹怨恨的形象总结。尽管利用"醉眼"作些双关掩护,但内在真相还是非常清楚的。

附　识

　　全诗十五句,首四句由表现帝王的残暴统治,引起奴仆羲和的强烈愤慨,是第一大段。以下十一句由帝王的荒"饮"无度,引起宫女们的深刻怨恨,是第二大段。其中"龙头"六句体现帝王饮酒活动,"花楼"五句体现宫女们怨恨心情。结构层次,原极简明。羲和是宫女们的先驱榜样,宫女们是羲和的呼吸与共者。双方同属奴仆行列,命运初无二致。由此可见,本诗的写作意图,是通过奴仆宫女的愤慨怨恨,非议帝王奴役的不得人心。本诗即是意存非议的,就不是赞扬歌颂和无所讽刺了。自然也与秦始皇、唐太宗都无关了。唐都长安,为古秦地,秦王即指唐王,为唐王的飞白运用。这非但陈沆早已看出,赵朴初《读李贺诗》"秦王饮酒行,意亦指唐廷。李贺作此诗,刺李非美嬴"也已指明了。笔者还可引李贺自己的确切书证来作印证。李贺《出城别张又新酬李汉》篇有"今将下东道,祭酒而别秦",即是"别唐"的飞白。因此这个问题是可以无疑了的。根据本诗羲和愤慨反抗的思想活动来看,具体的唐王只能是宪宗而不是德宗。一因李贺进入政治舞台,遭受排挤打击,感到怀才不遇,写些哑谜诗歌,发泄心头隐恨之时,德宗早已逝世,根本不存在羲和要对他进行反抗的逻辑了;二因李贺从 17 岁到 27 岁死去,正是宪宗元和元年到十一年的年月。他的现实矛盾,都在这一时期(其哑谜诗歌大都是辞职离开长安后所写的,更是他的晚年);三因李贺哑谜诗歌有一百多篇之多,都是以同一写作意图,非议一个写作对象的。例如《相劝酒》篇的"陛下",《出城别张又新酬李汉》篇的"十千岁",都是只能理解为现实帝王唐宪宗而无法说成为任何已死帝王如唐德宗之类的。即使是王琦,在这里也是无从进行回避的。清陈沆明白指为唐宪宗,自无含混。赵朴初事实上也有所指明的。他的《读李贺诗》还有前四句的。他极尽曲折,无比巧妙地作出了一个自注:"即今中国之天子。"这正是诗人为什么要写前四句的目的所在。这个自注,即是"现实帝王"的同义语,用以照射下面"刺李非美嬴"尾句的(此中情况,复杂难言,容俟另谋补充)。李贺的现实帝王非是别人,等于在说唐宪宗。因此这里的"刺李"二字,与陈沆所作的论断是完全一致的。

本诗形象极其丰富,除"宫门掌事报一更"外,其余都是在描画各种各样的形象。"骑虎""剑光"是残暴的形象,"敲日""劫灰"是战乱的形象,"龙头"六句是荒"饮"无度的形象,"花楼"五句是不堪奴役的形象。大凡诗人的塑造形象,总是力求鲜明生动,便于读者容易接受。李贺哑谜诗歌殊不尽然,他因非议的对象不同,不得不在塑造鲜明生动形象的同时,加塑一层幕布盖在上面,不让御用文人轻易看出。但也保留有让有心的读者得窥门径的可能。这种掩盖艺术是多式多样的,本诗有两个类型是值得反复玩味的:一是"敲日玻璃声"故装拙劣的怪诞不经形象;一是"花楼"五句的五个埋伏,以及"秦王"两句、"酒酣"句等,都是蒙混过关的双关含混形象。其中精彩动人的警句,自以"酒酣喝月使倒行"最堪叫绝。

秦 宫 诗[①]并序

汉秦宫,将军梁冀之嬖奴也。秦宫得宠内舍,故以骄名大噪于人。予抚旧而作长辞,辞以冯子都之事相为对望,又云昔有之诗[②]。

越罗衫袂迎春风,玉刻麒麟腰带红。楼头曲宴仙人语,帐底吹笙香雾浓[③]。人间酒暖春茫茫,花枝入帘白日长[④]。飞窗复道传筹饮,十夜铜盘腻烛黄[⑤]。秃襟小袖调鹦鹉,紫绣麻鞋踏哮虎[⑥]。斫桂烧金待晓筵,白鹿清酥夜半煮[⑦]。桐英永巷骑新马,内屋深屏生色画[⑧]。开门烂用水衡钱,卷起黄河向身泻[⑨]。皇天厄运犹曾裂,秦宫一生花底活。鸾篦夺得不还人,醉睡氍毹满堂月[⑩]。

① 诗题具有双重含意,既可指后汉大将军梁冀所宠监奴的姓名,也可指唐代皇宫或唐代皇宫的主人。这要根据诗文内容来作取舍,容俟后面究明。

② 清王琦《李长吉歌诗汇解》内说:"《后汉书》:梁冀爱监奴秦宫……得出入冀妻孙寿所,寿见宫辄屏御者,托以言事,因与私焉。……《汉书》:霍光幸监奴冯子都,常与计事,及显(霍光妻)寡居,与子都乱。长吉以古乐府《羽林郎》一首言冯子都事,而秦宫事古未有咏者,故作此诗与之作对。……"现代叶葱奇的《李贺诗集》疏注,也完全继承了王注。依照王、叶两位的看法,本诗写作意图,是在表现后汉大将军梁冀的监奴秦宫和孙寿私通的丑事,诗中的秦宫和前汉冯子都是两相对照的。但经细加究辨,并非如此。这里最少存有四个疑问:

一、诗中既无监奴、孙寿出场,又无私通丑事表现,这将怎么解说?

二、全诗所表现的,怎么都是限制明白了的帝王服色、帝王活动、帝王宫内的腐朽罪过生活?

三、诗题有没有双关作用:表面为梁冀监奴,实际为唐宫主人?

四、诗序是李贺写的,存有故作含混之处。从"得宠内舍……冯子都之事相为对望"来看,是示意男女私通之事的。王、叶都引《羽林郎》来作说明,原是事出有因的。但要晓得,《羽林郎》的冯子都,是在"调笑酒家胡",与他和霍显私通的事根本无关,怎么能和秦宫、孙寿的丑事来相对照呢? 李贺自己不曾提及《羽林郎》,如果另有所本,自应明白写出。现在写出这种似是而非的序言,还在序尾故意加上一个莫知所云的赘语,是否故布疑阵,另有原因?

凡此,应由诗文来作表明。

③ "越罗",越地所产的丝罗。"玉刻麒麟",指腰带上的刻饰物。古代所谓贵者,按职位的等级,腰带上的刻饰,有用金、银、铜、铁、角、石……的不同。带色也有差别的。最高贵的才用白玉和红色。清姚文燮《昌谷集注》说:"以监奴而冶装丽服。更窃朝廷名器:玉麟红鞓(带),诸王所服。竟尔侈僭(妄仿)若此!"这里说的玉带红色为诸王服饰,是对的。但认为这是监奴的侈僭行为,就不然了。一、监奴是根本没有这种侈僭可能的;二、这里正是在写帝王。以下诗文都表现帝王在皇宫内面的昏庸活动,是其明证。姚文燮责骂梁家监奴,是上了李贺掩盖序言的当的。李贺这种办法,是在指桑说槐。"曲宴",指宫中私宴。《三国志·魏志·明悼毛皇后传》:"景初元年,帝游后园,召才人以上曲宴极乐。"王琦说:"胡三省曰:'曲宴,禁中之宴,犹言私宴也。'又曰:'内宴

于宫中谓之曲宴。'"可见正是在写帝王,并非在写监奴。"仙人语",指美若天仙的妃嫔宫女,盈盈笑语在曲宴之间。四句表现帝王罗衫玉带,春风得意。并在宫中召集妃嫔举行曲宴,笙箫鼓乐,香雾朦胧。勾画了一个沉溺在后妃宫女群中的帝王昏庸总貌(这当然无法说成是梁家监奴的私通活动)。

④"茫茫",旷远模糊貌。"白日",指时光。两句承上启下地说:帝王在天堂享乐,可是人间广大被压榨的老百姓却大不一样。他们即使酿出了热酒,也不是自己随意能够喝进口的。快乐满意,对他们来说,是茫茫无缘的。纵然花枝长到伸入他们的窗内了,他们也是无心欣赏,让它白日空过的。因为他们迫于饥寒,无此闲情逸趣。简写了被压榨的广大百姓的痛苦,为下面列举昏庸帝王的各种具体罪过活动,作个反衬。

⑤"飞窗",指高楼的窗户。"复道",楼阁之间互相通连的架空道路,又叫阁道,《史记·秦始皇本纪》:"殿屋复道,周阁相属。""传筹",筹为计数物。此指传动酒筹,进行酣饮。唐白居易《同李十一醉忆元九》诗:"花时同醉破春愁,醉折花枝作酒筹。""十夜",指连续多日多夜不告停歇的意思。"铜盘",承蜡烛的铜器。"腻烛黄",谓烛油滴聚成堆。两句表现高楼飞窗上传筹饮酒,连日连夜地不知休止,是昏庸帝王的罪过生活之一。

⑥"秃襟",没有交衽的衣服。"小袖",谓不是通常的大袖子。"调鹦鹉",谓刺绣着鹦鹉花色,不是帝王常用的龙凤花色。"麻鞑",指便鞋。古麻衣有一义项为深服,即便服。《广韵》"鞑履跟后帖也",因亦指鞋。"踏哮虎",谓踏在脚上的便鞋,是绣着虎头形象的。两句表现帝王退朝后所穿的便服便鞋,都是违反常制的奇装怪服,是昏庸帝王的罪过生活之二。

⑦"斫桂烧金",砍桂为薪,用金作釜。"白鹿",白色的鹿。古以为祥瑞珍兽。《宋书·符瑞志中》:"白鹿,王者明惠及下则至。"王琦说:"《述异记》:鹿千五百年化为白,是不易得之物。而以充口腹之味,则余之山珍海错重叠罗列者,举一而具见矣。""清酥",牛、羊乳的精制品。两句表现极端奢侈浪费的大吃大喝,是昏庸帝王罪过生活之三。

⑧"桐英",王琦引吴正子注:"桐花也,永巷所植。"按也可作"桐阴"理解,因"英""阴"声音相近,易生假借。"永巷",皇宫中妃嫔住地。《史记·吕后纪》:"吕后最怨戚夫人及其子赵王,乃令永巷囚戚夫人。"《南史·后妃传下》论:"永巷贫空,有同素室。"王琦引王肃曰:"今后宫称永巷。""内屋深屏",指宫内的墙壁和屏风。"生色画",绘有

和挂有生动出色的名画。两句表现身处妃嫔内宫,所有起居设施,都属穷极富丽的高级享受,是昏庸帝王的罪过生活之四。

⑨"水衡钱",宫内的水衡府,为皇宫金库所在地,储藏天子的私用钱,不同于户部所管的政府钱。《汉书·宣帝纪》:"以水衡钱为平陵徙民起第宅。"颜师古注引应劭曰:"水衡与少府皆天子私藏耳。""黄河向身泻",喻大量地任性使用。两句表现大开皇宫金库之门,毫无顾惜地用钱如水。是昏庸帝王的罪过生活之五。

这里所列五项活动,都不是梁家监奴所能办得到的。监奴在梁家只不过"托以言事,因与私焉",并未敢公开胡闹。自无可能到皇宫来如此疯狂。何况孙寿并未出场,孙寿也不住在皇宫。特别是没有私通丑事的表现,怎能和冯子都、霍显的丑事去相对照?可见诗序是个伪加。无可讳言,就"永巷""水衡"这些指明皇宫地点的情况来看,其他的人都没有权力在宫内如此恣意享受,为所欲为。这显然是在刻画内宫主人封建帝王。

⑩"皇天厄运",谓老天也有倒霉的时候的。《淮南子·览冥》:"往古之时,四极废,九州裂……于是女娲炼五色石以补苍天。"王琦、叶葱奇两位都说:"《晋书》惠帝元康二年二月,天西北大裂。"按神话故事即有女娲补天之说,所以要补,就是有裂。《晋书》非比神话,所载反嫌不够科学。"花底活",谓享乐的生活。"鸾篦",妇女梳头用的篦子,刻有鸾鸟在上的。"氍毹",毛或毛麻混织的地毯之类。《三国志·魏志·乌丸鲜卑东夷传评》裴松之注引《魏略·西戎传》曰:"(大秦国)织成氍毹、毾㲪……之属皆好。""满堂",指大厅上面,不是卧室之内。

四句是个总结形式,应以上面所列的内容为其根据的。如果上面所写的是帝王,那么这里结出的"秦宫"句也就是指帝王的。再说"皇天"一词,用以体现天子,是极其恰当的,用以比喻监奴,就不恰当极了。至于帝王为什么要叫秦宫,这是李贺在诗题上惯用的双关手法:既可释为梁家监奴,又可释作唐宫主人。因为秦都长安,为古秦地。清陈沆《诗比兴笺》内说:"长吉诗中秦王,皆指宪宗。"这是经过检验,确切可信的。这种飞白用法,本很通常。如高适《燕歌行》的"汉家烟尘在东北",白居易《长恨歌》的"汉皇重色思倾国",都是指的唐家唐皇。本诗的"秦宫一生花底活",不仅承接着上面五项活动续指帝王,也呼应了起首四句的帝王总貌的。

"鸾篦"两句是唯一能算涉及嫌疑的模棱两可句子,王、叶两位都说是指监奴、孙寿丑事的。这不可能,因为"夺得"和"不还人",是种公开强占的举动,用以表现监奴和大将军之间的事,显然毫不确切。何况与本诗上面五项活动完全脱节,牵扯不上。如果作为继续指责宫内帝王来看,又便如何呢?众所周知,帝王宫中有种特殊制度:强选民间美女,充当宫女,服役宫内。"鸾篦"句正是在揭露帝王这种误尽宫女青春,不让回家结婚的严重罪行的。本诗由于以上没有一句一词是写监奴偷情活动的,为了多少布置一点疑云,乱人耳目,李贺就在这里使用了"鸾篦"两字。但接着写出"醉睡满堂月",又把上句所作的点滴疑云,彻底扫净了。因为《后汉书》分明写着"寿见宫辄屏御者,托以言事,因与私焉",可见寿宫是有所回避,不敢让人知道的。现在李贺所写的形象,是在大厅(不是内房)敞开门扇,月光照射之下的公开活动,自然不是寿宫私通的丑事,而是帝王荒"饮"无度的罪过行为。李贺在这里运笔非常精细,除故意用"氍毹""满堂"排除了私通行为外,更用"醉睡"一语,显示能在皇宫大厅放肆醉睡,无人敢来干涉的,正是帝王。

因此,这尾上四句是在这样地说:老天也有遭到破裂厄运的时候,你这昏庸帝王岂能一生享乐到底而不自食恶果?你抢夺民间美女充当宫女,不放她们及时回家结婚,老百姓该是多么地恨你入骨!你喝足了酒就毫无顾忌地睡在明月照射之下的大厅地毯上面,你看你这副肮脏形象,该是多么大的罪过!

附　识

本诗首写帝王总貌,次即通过对比,列举帝王五种罪过活动,尾再结出帝王更一重大罪过。从而获睹帝王享乐腐化,挥霍浪费,醉生梦死,为害百姓的种种实质。就玉刻红带、曲宴、永巷、水衡、夺篦等描画来看,无异指名道姓地在说帝王。至于这个帝王指的是谁?根据一、李贺自青少年时代至二十七岁逝世,一直处在唐宪宗的元和年代。他竟考进士,遭受无理排挤,韩愈力争不得,竟以失败而告终,以及他怀才莫展,潦倒长安,充当宫廷间的奉礼郎、协律郎小职,得以目睹现实帝王种种腐朽生活;二、李贺写的哑谜诗歌计有一百多篇,都是一个写作意图。其中如《相劝酒》的指明"陛下",《出城别张又新酬李汉》的指明"十千岁",都是无法说成其他任何已死帝王的……以此来作观察,显然是在非议现实帝王唐宪宗。参阅本注释《秦王饮酒》篇笔者附识。

诗文没有一句是写监奴、孙寿的丑事的,却又没有一句不是表现帝王罪过生活的。如果不伪加一个掩盖性的序言在上,赤裸裸地就无法拿出去了。李贺诗集计有八个诗序,最少有五个是伪加的。这种诗序,只是在起个烟幕弹的掩盖作用。一般说来,序内都设有语言障碍的。半真半假，似通非通。便于引起有心的读者疑难莫释，多有机会去触及真正的写作意图。就《还自会稽歌》《金铜仙人辞汉歌》《公莫舞歌》《五粒小松歌》等篇序言来看，大都相类（详见第一辑《四个侧面特征及其思想实质》）。只有《五粒小松歌》序，性虽伪加，未设障碍。要以本《秦宫诗》序，较为典型。如"相为对望，又云昔有之诗"，就是有意安排的含混不清语言，可算十足的似通非通。其实，古诗除了不相对照的《羽林郎》以外，李贺也另无什么冯子都、霍显丑事诗掌握在手。不过耍个花招，添点疑云罢了。总之，本诗序言，显然是配合诗题双关含意在作伪加：明指监奴秦宫，实指唐宫主人，是个指桑刺槐的办法。我们从辨析诗文的内在真相和写作意图当中，更能理解这种似通非通或讹误不实的序言，正是具有它的确切作用，不可稍加忽视的。特别是不可由于自己暂时理解未通，就去擅自改变原本字样。

上 之 回①

上之回，大旗喜。悬红云，挞凤尾②。剑匣破，舞蛟龙。

蚩尤死，鼓逢逢③。天高庆雷齐堕地，地无惊烟海千里④。

①　诗题具有双关含意：明指汉乐府《铙歌》名，因首句为"上之回"而得名。唐吴兢《乐府古题要解上》："汉武帝元封初，因至雍，遂通回中道，后数游幸焉。"按"回中"为地名，在今陕西陇县西北。《史记·秦始皇本纪》："二十七年……过回中焉。"张守节引《括地志》云："回中在雍州西四十里。"实际看来，李贺是在指唐代现实帝王。谓皇帝从外面回来时所经过的地方的情况。这一点，王琦、叶葱奇两位和笔者的看法都是一致的。只是经过地方的情况，是个怎样的性质，有些大不相同。李贺是在表示赞美，还是在表示非议？应由诗文来作表明。

②　"悬红云，挞凤尾"，王琦注说："红云，大旗之色。曾谦甫注：'挞'，往来翻击如挞。'凤尾'，析羽而置于旗之首者。"按这解说，是有其对的一面的。不过，这只是李贺哑谜诗歌的表面现象，不是体现写作意图的内在真相。不妨试加推敲：李贺何故要用生硬笨拙的"挞"字，而不选用漂亮准确的"飘""拂"等类字样？看来这是应当抓紧穷追的关键所在，也是李贺故意辟设的一个方便之门。我们可由此类比到上面的"悬"字，初看上去，大与"挞"字不同。没有任何破绽或痕迹可寻，然而还是可以发现它的深藏奥秘的。原来红云本是自由飘荡，不曾悬挂的。今被悬了起来，就是表示已被戳破得

零乱不堪了。再看,"挞"为打伤意,对美好的凤凰进行打伤,正是体现了凶恶残忍的形象的。

四句表面上说:皇帝由外地回来,大旗喜洋洋(注意:不是百姓在喜洋洋)地悬在空中像红云一样,还不时翻击旗竿上头的羽毛哩,这好像并无什么讥刺。其实不然,它的内在真相是在这样地说:皇帝从外地回来,得意洋洋,所过之地,戳悬红云,挞伤好鸟,作威作福,凶残不堪,把天空闹得大不安宁。我们这样理解,虽也是一种说法,有无轻下判断之嫌? 应俟以下所有诗句来作印证。

③"剑匣破,舞蛟龙",王琦说:"谓剑飞出匣,腾舞空中,有若蛟龙之状。破者,谓剑破匣而出。"按这解释,基本上是对的。但还应看到剑即兵器,为帝王仗以残害百姓的工具,与《秦王饮酒》篇的"剑光照空"同一实质。所谓"舞蛟龙"的说法,既是借生动形象在转移视线,也是对残暴帝王在进行讽刺。"蚩尤死,鼓逢逢":蚩尤是古九黎部落的酋长,为黄帝轩辕的敌人。《史记·五帝本纪》:"黄帝乃征师诸侯,与蚩尤战于涿鹿之野,遂擒杀蚩尤。"这里引用这个古人,李贺是在何所取义? 联系诗题和上下诗文的脉络感情来看,原来是说蚩尤早已死了几千年,没有现实敌人存在在眼前,而鼓声逢逢,正在拼命地擂鼓进攻,这是在把谁当敌人看待? 如果回顾一下"上之回……挞凤尾……剑匣破,舞蛟龙",显然是在把老百姓当敌人看待!

四句表面似说:匣破剑出,飞舞如龙。蚩尤死了,鼓声隆隆。有些莫知所云的假象。其实是说:皇帝经过之地,挥舞屠刀,苛责供应。蚩尤早死,拿老百姓当敌人看待。擂鼓进攻,残暴已极。

④"庆雷",注家都无恰当解说。王琦则谓:"疑是庆云之讹。"并说:"齐堕地,谓云下垂至地也。"叶葱奇因将雷字改为云字了。这与上下句意的脉络感情截然脱节,显然不能解决问题。幸而王琦注尾还有一段附记:"吴正子曰:此篇后卷有《白门前》一曲与此同。云:'白门前,大旗喜。悬红云,挞凤尾。剑匣破,鼓蛟龙。蚩尤死,鼓逢逢。天齐庆,雷堕地。无惊飞,海千里。'"按这很好。从"天齐庆,雷堕地"来看,足证"庆雷"两字,原非复合词儿。王琦连成庆云一词,显与李贺本意大相抵触。帝王高高在上,喜怒无常,惯于把自己的快乐享受建筑在老百姓的灾难痛苦之上,霹雳交加,雷厉风行,原是不足为奇的。所谓雷火大量堕地,意即在此。再看尾句,更可了然。

"海千里",王琦说:"谓海外千里之远,无烽火之警也。《尔雅》:九夷、八狄、七戎、六蛮,谓之四海。孙炎注:海之言晦,晦闇于礼义也。此诗'海'字应作此解。曾注以海晏为释者,非是。"按这作为李贺哑谜诗歌模糊读者视线的表面现象解说,是可以的。如作为内在真相来看,那就适得其反了。海,就是海洋。不必因为唐都长安,乃是广大内陆,没有海洋,就去作些其他设想。这里是李贺精心制作的一个深刻有力的警句:指陆为海,古叫陆沉。表示人事不臧非由洪水为患。《史记·滑稽列传·附东方朔》"陆沉于俗",司马贞引司马彪云:"谓无水而沉之。"本诗所说的"海千里",是表现在雷火大量倾泻之下,地面却无惊烟升起,好像沉没了的大海一样。这实际是说没有人声惊叫。原来帝王所过之地,骚扰不堪,成了赤地千里,老百姓都被残害光了。这虽不废夸张,但却深刻有力。王琦所说"海外无烽火之警",乃属赞美之辞,自与李贺诗题、诗文、写作意图适相对立。这个矛盾,还是可以辨析明白的。且拿上述李贺《白门前》内的"无惊飞,海千里"来看:原为"飞"字,根本不是"烟"字。千里连飞鸟也没有一个了,正是摧残不堪的惨象。但不如直接关联到人,较更沉痛。所以改"飞"为"烟"。烟是人烟,王琦却说是烽烟烽火,显然违背了李贺原意。

两句意思是说:皇帝高高在上,惯于把自己的快乐享受,建筑在老百姓的灾难痛苦之上。所过之地,鸡犬不宁。滥逞威风,滥施雷火,终于造成了赤地千里,绝无人烟。当雷火继续大量堕地之时,地上已无反应,如同陆沉了大海的一样。这是一个罪恶滔天的形象,与"七星贯断姮娥死"(见《章和二年中》)、"羲和敲日玻璃声"(见《秦王饮酒》),同属非议现实帝王的写作意图。

附　识

首四句就"旗竿"写上之回,闹得天空残破不堪。次四句就"剑和鼓"写上之回,简直拿老百姓当敌人看待。尾两句就"雷和海"写上之回,竟使大地陆沉下去了。表示从天空到地下,都被摧毁得没有了遗了。这种没有用任何帝王称号做修饰语的皇帝,加之就李贺大量哑谜诗歌的同一写作意图来看,显然是在非议现实帝王唐宪宗。

本诗的掩盖手法,主要是双关含混。诗题明指古乐府题,实指皇帝从外地回来。"悬红云,挞凤尾"明指旗帜的颜色和装饰,实指戳悬红云,挞伤好鸟,闹得天空不得安宁。"剑匣破,舞蛟龙"明指剑光舞态,实指威慑百姓。"蚩尤死,鼓逢逢"明指不知所云的鼓声,实指拿老百姓当敌人看待。"天高"句明指放庆祝爆竹,实指滥逞威风,大量倾泻雷火下来。"地无"句明指没有烽火之警,实指陆沉似海,摧残殆尽,简直没有人烟了。既是双关,何凭取舍?幸有李贺《白门前》原稿的"天齐庆,雷堕地"和"无警飞,海千里"两处语言的存在,足证李贺本意原是"雷火堕地,地无人烟"的。其他如李贺这类哑谜诗歌很多,都是非议现实帝王的一个写作意图……不再赘举。

清姚文燮《昌谷集注》:"元和十二年十月李愬擒吴元济,上御门受俘,贺拟此曲以称也。"须知李贺死在元和十一年,这是根据杜牧叙言并按照《历代建元表》比照出来的(今人刘瑞莲所著《李贺》一书和笔者的推算正是一致的)。即使退一万步说:假定李贺死在元和十二年,又假定死在冬季的十月以后,更假定很快得到淮西消息、很快写诗、很快逝世了,这也不行。因为本诗是根据好久以前的《白门前》旧稿改写而来的,并不是元和十二年十月以后的作品。因此,姚文燮的说法,是以己意为之,未可信从的。再说,李贺的哑谜诗歌,一贯非议现实帝王,绝无颂扬之作,这是有案可稽的。

绿 章 封 事①
——为吴道士夜醮作

　　青霓扣额呼宫神,鸿龙玉狗开天门。石榴花发满溪津,溪女洗花染白云②。绿章封事谙元父③,六街马蹄浩无主。虚空风气不清冷,短衣小冠作尘土④。金家香衖千轮鸣,扬雄秋室无俗声⑤。愿携汉戟招书鬼,休令恨骨填蒿里⑥!

　　①"绿章",指青词。为道士斋醮上奏天神的绿色表章。唐李肇《翰林志》:"凡太清宫道观荐告词文,用青藤纸朱字,谓之青词。""封事",密封的奏章。古奏章皆开封,言机密事则用皂囊重封以进。也叫封章。《汉书·宣帝纪》:"地节二年……令群臣得奏封事,以知下情。"题意为道士上给天帝的一封密章。实际是在借题发挥,妙趣横生。王琦似乎全未察觉,可能是在故装马虎。叶葱奇说:"这首诗义理既不融贯,而辞句又非常晦涩。"这是误会。

　　②"青霓",指道士所穿的道袍,上有花色,如同《楚辞·九歌·东君》:"青云衣兮白霓裳。""扣额",叩头。"宫神",假设的天宫神祇。"鸿龙玉狗",指时而像巨龙,时而变白狗的天上云气。"津",渡口。"溪女",假设的天上仙女。"洗花",这里指冲放石榴花的颜色。四句说:道士叩头,喊叫天神。浓云散处,天门开了。道士上得天去,看见榴花开满溪津,真是别有天地! 还有许多普通妇女,正怡然自乐地在溪水旁边冲放石榴

花的颜色,她们要匀染满天的白云哩。表现了天上社会美好安乐的景象,使人感到惊奇羡慕。王琦说:"石榴二句未详。"这种超出现实人间的社会,是对现实人间很大的不满和讽刺。晋宋之际的文人,用花溪表现世外一种美好安乐社会的,有个众所周知的名篇,看来王琦不可能不联想到的。问题是这种非议朝政的作品,与王琦的封建宣教原则,存有抵触。特别是下面"六街马蹄"以后的句子太尖锐了,王琦不得不在这里故装马虎,推说"未详"。以利于避开前后对比,好作其他歧异解说。至于李贺所用的花色石榴,为什么会和古人名篇两不相同的? 这可叫作什么手法? 应请读者先作鉴定,容俟在《附识》内提供证验。

③ "谘",询问。"元父",犹元后。此指假设的天帝。《尚书·泰誓》:"元后作民父母。"句谓道士在惊羡天上美好安乐景象之下,拿出奏章,质问天帝,为什么人间社会景象,却是如下所列?

④ "六街",指长安城中左右六条大街。《资治通鉴·唐景云元年》"中书舍人韦元徼巡六街",胡三省注:"长安城中左右六街。""马蹄浩无主",马蹄任意横行貌。谓像无主的野马一样,横冲直撞,肆意践踏。"虚空",指长安上空。"风气不清冷",乍看表面,措辞从容。实际是说灰尘蔽空,乌烟瘴气。"短衣小冠",指寻常百姓。亦即长安小市民。"作尘土",即惨遭马蹄蹂躏的意思。

三句说:长安市上权贵们的马蹄横行,闹得乌烟瘴气。一般穷苦小市民,生活在铁蹄之下,惨遭蹂躏,都要化作尘土了。这是大不同于天上美好安乐的景象之一。

这里写有两种不同身份的人:一是马蹄横行的;二是化为尘土的。有了前者的马蹄,才有后者的尘土。后者既已标明是"短衣小冠"的小百姓,那么前者应当是谁? 谁是具有现实人间任意横行马蹄这种特殊权力的人? 这里的逻辑,应是非常清楚的。王琦却说:"马蹄相逐而行,浩然甚众,无有主名。因风气炎蒸,不堪暑热,人多暍死。"叶葱奇疏也与王注基本一致。按这里骑马人的身份,已经由短衣小冠的苦难遭遇,表明为皇家权贵集团了。如果我们还以不知具体姓名为辞,那就把问题滋蔓到节外去了。李贺所说的"马蹄无主",并不是在表现马蹄没有主人(事实上长安大街的马蹄,都不会没有主人的),或不知骑马人的姓名(已经在三句间巧妙地表明了骑马人的身份,自然没有姓名问题存在了)。而是在显示像野马一样地横冲直撞,肆意践踏。这里的"无主"一语,实即野马之意。因为它所要表达的目的,在于体现践踏百姓作尘土的横暴方式,与知不知道姓名毫无关系。这虽只是分歧之一,但也影响全诗理解。应请读者共同辨析。王、叶两位还把"不清冷"三字和"炎蒸""酷热"画起了等号,非但逻辑上说不过去,也显然抵触了"短衣小冠作尘土"的本意。因为"作尘土"是由于马蹄践踏的结果,并不是由于风气不清冷的缘故。"风气不清冷"是不能使短衣小冠变成尘土的。

⑤"金家",指勋戚豪门。汉金日磾家,自武帝至平帝七世为内侍。当时的金、张、许、史,为著名的四大勋戚。《文选·左思〈咏史诗〉》之二:"金张藉旧业,七叶珥汉貂。""香衖",犹豪华的里巷,指豪门的门前。"千轮鸣",大量的车马喧闹。"扬雄",汉代文人。"秋室",简陋萧条的房间。"无俗声",实为冷落无声意。

两句说:勋戚豪门车马盈门。穷苦书生冷落不堪。这个对比,表现了不平之情。是大不同于天上美好安乐的景象之二。

⑥"汉戟",汉扬雄曾充任宫廷间的执戟郎小官。俗谓道士招魂必用其生平所亲之物,呼其名而招之。现用汉戟,就是此意。按扬雄毕生读书著书,大有名气,但在官场,是地位很小的。李贺这里用来象征自己也是一个当过奉礼郎小官的,深有怀才不遇之恨。实际他的笔锋已在转写自己。不过借用扬雄的汉戟作个幌子罢了。"招书鬼",指打醮招魂,应当着重安抚这种穷愁潦倒的书生鬼魂。"恨骨",含有刻骨深恨的尸骨。"填蒿里",沉埋在坟地。两句说:建议天帝,今后超度亡魂,应特别侧重那些没有赫赫官位的穷苦书鬼,不要教他们永远含恨九泉。这里已经不是在写扬雄,是在借汉戟作幌子,来发泄自己怀才不遇的愤慨。这自然是与天上美好安乐的景象更不相同的。

附　识

这种写"一个道士怀着奏章,呼开天门,上得天去,看见天上社会美好安乐,于是拿出奏章,质问天帝:为什么人间的长安大街,却是那样乌烟瘴气,皇家统治集团马蹄横行,小百姓随意遭受践踏? 权贵豪门车马盈门,穷苦书生门可罗雀? 希望今后超度鬼魂,要侧重超度穷苦书生,不要教他永远含恨九泉"的诗作,显然是借道士打醮为题,大作自己怀才不遇、抱恨无穷的文章。既是非常滑稽的,也是非常激动的。他隐约其词地反映了朝廷的昏暗,表达了内心的痛恨——这是本诗无比清楚的写作意图,也是体现了李贺的身世遭遇的。

本诗是用"对比惊心"手法表达出来的。全诗可分两个大段:前四句写天上社会何等美好安乐,是第一段。后八句写人间社会何等黑暗糟糕,是第二段。本来上奏封事的内容是在第二段内,其所以要写第一段文字,是为了体现天上、人间两种社会的惊心对比。换句话说：第一段文字是为了陪衬对比第二段内容而设置的。第二段内容可分三层：一是用皇家统治集团的马蹄横行和小百姓的遭受践踏来作对比；二是用权贵的声势浩大和书生的穷苦冷落来作对比；三是结语，表达自己处此情势之下的怀才不遇的刻骨之恨。这一极其简单的结构安排，通俗明白的词语运用，并不存在"义理既不融贯，词句又非常晦涩"的毛病。

关于"石榴"两句的"未详"问题，即使王琦忘记了所读《桃花源记》，不及理解李贺这里所用的"移花接木"掩盖手法（李贺这类诗歌，是与朝廷存有抵触的。因此他不便公开直说，都施有各种各样的掩盖在上），也应通过天上、人间两个社会的对比，长安人们两种生活的对比，看出诗篇无比鲜明的写作意图，何至回避得一干二净，不了了之。本诗的结构语言，如此简单明白，若不在表现美好安乐的社会上，运用移花接木手法，把桃花溪津变为榴花溪津，未免过分露骨，拿不出去。王琦毕生读书，不可能在这里不联想到晋陶潜所写的《桃花源记》的。问题是他身处封建社会之内，只有可能为维护帝王尊严去作宣教。否则非但书遭禁绝，还要身逢不测。因此，王琦即使明知是从《桃花源记》脱胎而来，也为苦衷所限，要去故装马虎，回避干净的。

"虚空"句是在马蹄横行之下产生的，"短衣"句也正是马蹄横行的结果。并无烈日、酷暑、热死人这类的凭空外加情况（李贺把"灰尘蔽天，乌烟瘴气"说成"虚空风气不清冷"，是配合上下诗句，运用"重话轻说"避免刺目的手法表达出来的）。能够在长安六街上任意马蹄横行，并使得短衣小冠化作尘土的，只有可能是帝王统治集团。这是有其严重意义的。王琦显然为了回避这个，才不得不离开义理，故把矛头指向烈日酷热的。

总之，本诗非但不是晦涩难懂、不可理解的杂乱篇章，恰恰相反，乃是一篇怀才不遇、发泄愤慨的极其简明、极其滑稽的刺世之作。

堂　堂①

堂堂复堂堂②，红脱梅灰香③。十年粉蠹生画梁，饥虫不食攂碎黄④。蕙花已老桃叶长⑤，禁院悬帘隔御光⑥。华清源中磬石汤，徘徊白凤随君王⑦。

① 诗题具有双关含意。表面为乐府曲名，传本南朝陈后主所作，唐为法曲。见《乐

府诗集·近代曲辞·堂堂》解题。按法曲为道观所奏之曲,唐玄宗梨园子弟所习即是。曲名有《破阵乐》《长生乐》《堂堂》《霓裳羽衣》……总之,李贺是借旧有曲名为题,进行掩护。实际是"堂""唐"同音,另有含意,详见下条。

②"堂堂复堂堂",堂堂本巨大、高显貌。重叠起来造句,可以是激情赞美的语气,也可以是伤情叹息的语气。这要由全诗的形象内容来作决定。根据以下所有诗句的形象来看,这里根本是在使用"同音双关"手法。揭穿来说,"唐唐复唐唐",即"唐王朝啊唐王朝啊",是种伤情叹息的语气。下面紧接着的四句描画,就是这种情调显而易见的证明。

③"红脱梅灰香",谓梅花脱落,梅香消歇。这是一个春光过时的形象,表现唐王朝的美妙青春已经过时,可为叹息之一。

④"十年",谓近十年以来。据此可以估计本诗为元和十年之作,时李贺年二十六岁,已在辞职离开长安之后(又过一年就逝世了)。根据李贺大量非议现实帝王的哑谜诗歌来看,意在表示唐宪宗即位十年,把唐王朝弄得更加糟糕了。"粉蠹",啮木蛀书的蠹鱼,身有白色细鳞。《商君书·修权》:"谚曰:蠹众而木折,隙大而墙坏。""画梁",即雕梁画栋。"饥虫",指蠹鱼和白蚂蚁一类的蛀木之虫。"摧",毁坏。叶本改作"堆",不必。"碎黄",指蛀出的黄色木屑。

两句说:"画栋雕梁生了蠹鱼,它们和白蚂蚁之类的蛀虫,虽然吃不进多少木料,却把壮丽非凡的屋梁摧毁成了一团又一团的黄色木屑。刻画了一个腐朽透顶的形象,表现了现实王朝的腐败不堪,可为叹息之二。

⑤"蕙花",香草名,暮春开花。"桃",春日先开花后长叶,叶愈长则花愈无。句谓暮春开放的蕙花已经衰残了,先花后叶的桃树也叶子长得很长,根本看不见花了。这个颓废龙钟的形象,表现了唐王朝的衰老不堪,可为叹息之三。

无论就美妙青春已经过时来看,或是就腐朽透顶来看,或是就衰老不堪来看,它们都是首句"唐王朝啊唐王朝啊"的直接谓语,反复表现唐王朝当前的没落景象,这总是个事实。除本诗尾上三句对此还有紧密呼应可资加强证明外,足见本诗的写作对象,是首句就开门见山地用"唐唐复唐唐"提明为"唐王朝"了,不便故作回避、多费周折地把矛头转嫁给其他任何并不现实的假象方面去的。

⑥"禁院",指皇宫禁垣,为帝王所居,一般人是被禁止入内的。"御光",帝王的目光,是封建社会的尊称。

　　此句为本诗承上启下的枢纽所在，极关重要。它一方面承接首五句的内容，另一方面明确原因，开展尾两句的深入批判。只是这个句子，是使用双关含混手法表达出来的，必须全面理解确切：一、表面上辞气从容，彬彬有礼，好像在说悬着一个帘子，妨碍着现实帝王看不见另外一边的东西。至于究竟是什么地方悬着帘子（是已经写明的禁院皇宫，还是另指不知其名的其他地方）？帝王经常立足在什么地方（是从外面看不见帘内的东西，还是从内面看不见帘外的东西）？这所谓的东西又究竟指的是什么（是上文的"红脱"四句所描画的内容，还是其他的什么）？……凡此，颇嫌含混不清。然而，这正是李贺所要达到的"掩盖"目的。因为"红脱"四句已很露骨，如不有所模棱两可，引人入歧，本诗就不好拿出去了；二、实际上"悬帘隔御光"一语，是不宜作为具体的"挂有帘子"来作理解的。他是在说现实帝王昏庸享乐，闭着或瞎着眼睛看不见外面唐王朝的没落危机。由于帝王具有尊严，不便说他闭眼或瞎眼，所以有必要借用"悬帘"来作象征比譬，曲折缓冲。不难明了，帘子是可撤除的设备，如果撤除了帘子，岂非就可马上不隔御光了！可见问题不在这里。即使没有帘子，或拿开了帘子，昏庸帝王还是看不见或不去看见危机的。因此，"悬帘隔御光"这个语句，只是"帝王闭眼或瞎眼不去正视危机"的兼具双关含混作用的掩盖性语言。

　　王琦却说："花木虽好，无人玩赏；悬帘不改，而御光隔绝，见君王久不行幸至此。""此诗当是有离宫久不行幸，渐见弊坏，长吉见之而作。"可以看出，凡是非议君上的诗句，不管李贺说得如何现实真切，王琦都因别有苦衷，必定设法另找异说，来相转移。至于所作假设，能否成立？则首以帝王宣教原则为重，其他非所顾惜。本诗这里表现具体危机（过时、腐朽、老大）的"红脱"四句，并非花木虽好，乃是花朵已无或已凋残。特别是其中描写腐朽的"十年"两句，全与花木风马牛不相及，漏洞显然。"御光"句明定帝王住在皇宫内悬着帘子看不见外面危机，王琦则说成为帝王从外面看不见里面，所谓"悬帘不改，而御光隔绝，见君王久不行幸至此"。照此看来，本诗的写作动机势必成了嫌怨帝王的游乐活动，犹有未足、未周之处。但是"十年"两句的刻画腐朽，总是一个不可逾越的重大障碍。凡此王琦设想，显与李贺意图是在分道扬镳。

　　⑦"华清"，陕西临潼县骊山有温泉，唐玄宗改建为华清宫。白居易《长恨歌》有"春寒赐浴华清池"句，可见这里当年流传过玄宗赐浴杨贵妃的荒淫享乐故事的。"礜石"，毒石，但性能温泉。《山海经·西山经》："皋涂之山，……有白石焉，其名曰礜，可以毒鼠。"《淮南子·说林》："人食礜石而死，蚕食之而不饥。"王琦引《渔隐丛话》："汤泉多作

硫黄气,浴之则袭人肌肤,惟骊山是礜石泉。"这里应注意礜石是有毒的相关含意。"徘徊",即俳佪,来回行走,不向前进的样子。《汉书·高后纪》"俳佪往来",颜师古注:"俳佪,犹傍偟,不进之意也。"这是尾两句中起有重要作用的一个词儿,王琦、叶葱奇都把它当成"侍从络绎之盛"看待。王琦说:"结处见华清之地,尚有君王巡幸侍从络绎之盛,以反形此地之寂寞。"按"徘徊"非同于"连绵""迤逦",没有表现络绎的可能。这种把"止步不前"变成"乐意追随"的说法,是与"徘徊"一词的本意恰恰相反的。可算是个具有关键性的分歧,无疑是含糊不得的。当然,这与王琦对下面"白凤"一语的看法也是分不开的。"白凤",王琦说:"白凤事未详。"叶葱奇索性把它改为"百凤"了。按白凤出自《西京杂记》:"扬雄著太玄经,梦吐凤凰。"后因用以象征具有高级文才的人。白居易《赋赋》有"掩黄绢之丽藻,吐白凤之奇姿"。李群玉《感兴》诗有"子云吞白凤,遂吐太玄书"。罗隐《酬友人》诗有"烦君更枉骚人句,白凤灵蛇满箧中"。曹唐《游仙诗》有"不知今夜游何处,侍从皆骑白凤凰"。由此可见,白凤事并非"未详",尤其是不便改为"百凤"的。事实上这里的"白凤"与上面的"华清"句,是一个前车之鉴历史事件的两端。它既反映了唐玄宗腐化误国的活动,也表明了高级文人李白辞职离开长安的愤慨行动。这与李贺辞职离开长安的处境和心情更是一致的。与其说是在写李白,不如说是在写自己。

这"华清"两句,也是双关含混式的句子。表面上好像在说:在华清池沐浴温泉,许多华丽的侍从人员跟从帝王。赞美而已,并无讥刺。但这与前面六句所表现的现实帝王闭眼不看唐王朝过时、腐朽、衰老的危机,是无法联贯的。何况"徘徊"一词,是彷徨无主,不愿跟随的形象,不好曲作相反解释的。因此,我们不妨联系"毒石"来看一看,并更追问一下:帝王既不去看危机,一味在搞什么?应可恍然。"华清"两句,实际是这样说的:"可是醉生梦死的帝王,还只知道荒淫享乐,沉溺于像唐玄宗宠爱杨贵妃春寒赐浴华清池一类的勾当之中,这对唐王朝的前途是有莫大毒害的。卓有识见的侍从文人如李白之流,处此腐朽不堪、危机四伏的情况之下,自然徘徊犹豫,不愿追随昏庸之主了。"这种结果,用一句老话来说,就是"昏庸无道,众叛亲离"。

附 识

本诗首六句写现实帝王不去正视唐王朝触目惊心的腐朽没落,尾两句写现实帝王荒淫享乐,势必众叛亲离,结构极为简单。其为"非议现实帝王在位十年昏庸误国"的写作意图,自更明白。这样的题材内容,本是不能公然说明的。李贺只得依靠"双关含混"手法来作掩护性的表达。这从诗题实质应为"唐唐",首句实质应为"唐唐复唐唐",以及"禁院"以下三句的实际所指来看,正是非常清楚的。李贺诗集内这类相同的情况,确是大量地存在着。

王琦与李贺同处封建社会之内,李贺所不能公然明说,必须借用掩护手法来作表达的内容,王琦自然也无挺身而出代人受过的可能。否则非但书遭禁绝,还要身逢不测。因此,王琦对于这类诗歌,均采转移锋芒、曲作回避的态度,当然,这是不可能符合李贺原有的写作意图的。例如本诗根据人、物、地、时、活动等因素来看,它的写作对象究竟是人还是物? 是现实君王,还是一个无中生有、无名可说的离宫(事实上凡是唐代离宫,决不会没有名称的)? 是泛指现实君王日常处在禁院皇宫之内荒淫误国,看不见唐王朝的没落现实,还是特指李贺偶有一次心血来潮,走到一个异地离宫面前,感到君王不到这里来欣赏里面的美好花木,深表遗憾? 毋庸讳言,后者的说法是难于成立的:一、这所谓的离宫内面,并未开放什么美好花木,特别是"十年"两句着力刻画的腐朽形象,根本不是在表现美好花木;二、把"徘徊"句当"侍从络绎之盛"来理解,无疑颠倒了"犹像不前"的"徘徊"词义;三、李贺如果是看见离宫有感而作,不会连宫名、地点以及往来行动的起讫痕迹,丝毫也不交代的。否则成为无头无尾、不明不白的作品了。其他可举之处尚多,如思想境界、写作章法……暂不多赘。总归一句,这种凭空假设的说法,显然与诗文已经指明的地点"禁院"(实即皇宫)和已经指明的人物"御光""君王"(实即现实帝王),正相抵触。因此,这是难于成立的。

现将本诗逐句简译于下:

唐王朝啊唐王朝啊!
你的美妙青春已经完全过时了,
你的骨子里面近十年来更加腐朽透顶了,
你的奄奄气息简直衰老不堪了。
昏庸帝王啊! 你深处皇宫内看不见外面这些危机。
你还一味地过着像唐玄宗沉醉杨贵妃春寒赐浴华清池一类的享乐腐化、毒害朝政的生活。
卓有识见、富有正义的高级文人如李白之流,都已不愿继续追随你这昏庸帝王,让你去众叛亲离、自食恶果啊!

日 出 行^①

　　白日下昆仑,发光如舒丝^②。徒照葵藿心,不照游子悲^③。折折黄河曲,日从中央转^④。旸谷耳曾闻,若木眼不见^⑤。奈尔铄石,胡为销人^⑥? 羿弯弓属矢,那不中足,令久不得奔? 讵教晨光夕昏^⑦!

　　① "日出",古诗《击壤歌》:"日出而作"。"行",为乐府和古诗的体裁名。如乐府有《长歌行》《从军行》。诗题具有双关含意:表面为太阳出来的歌行,实际是说请看太阳出来的行为表现。

　　② "白日",太阳。《文选·宋玉〈神女赋〉·序》:"白日初出照屋梁。""昆仑",为我国西部最大最高的名山。"舒丝",谓舒散出来的光像细丝一样,嫌非大放光明。李贺《洛姝真珠》"日丝繁散嚝罗洞",王琦注:"但见日色透窗罗之细洞而入,舒散如丝。"两句说:太阳走下昆仑山来,发出的光线,如同舒散繁丝一样。好像并无什么重大讥刺,其实"下"字是个飞白,为本诗的一个主要埋伏。因为日从东方升起,向西运行,只有走上昆仑的。李贺是否在刻意表现日的倒行逆施? 有下面就思想、行动、感觉方面分别描画的三组具体诗句,可供证验。

　　③ "葵藿",本为葵和豆,这里偏义指葵花。喻下对上赤心倾向之意。《三国志·魏志·陈思王植传》:"若葵藿之倾叶。"唐杜甫《自京赴奉先县咏怀五百字》诗:"葵藿倾太阳,物性固莫夺。""游子",离乡远游的人。《文选·古诗十九首》之一:"浮云蔽白日,游子不顾返。"两句说:日光仅仅照射葵藿的心,沉醉在吹捧者的吹捧之中,全不理解我磊落正直的游子悲愤。照其所不应照,不照其所应当照,显然是倒置是非,表现了"思想认识"上的倒行逆施的。

　　④ "折折",犹来回转折。"中央转",谓走鸟道直接过去。王琦引钱饮光曰:"河流最急,犹九曲以逝。岂如日从中央取道甚直,更急于河,言去之速也。"按如能进一步联系本诗写作意图,说明实质上的具体作用,更所心折。两句说:黄河曲曲弯弯地东流入海,日从鸟道运行过去,比它简捷。问题在于日和东流入海的黄河比速度,显然日在倒着向东走,表现了行动方向上的倒行逆施的。

　　⑤ "旸谷",日所出处。《尚书·尧典》"分命羲仲宅嵎夷,曰旸谷"传:"日出于谷而天下明,故称旸谷。"也叫"汤谷"。《楚辞·天问》"出自汤谷,次于蒙汜",注:"言日出东

方汤谷之中,暮入西极蒙水之涯也。""若木",神话传说为长在日入处的一种树木。《山海经·大荒北经》"青叶赤华,名曰若木",注:"生昆仑西。"《楚辞·离骚》:"折若木以拂日兮。""耳闻眼见",分在两句,是互相借代,举一代二的。说耳闻就兼有眼见,说眼见就兼有耳闻的。两句说:对东方旸谷是耳闻眼见的,对西方若木是耳不闻、眼不见的。实际是说:日背着轨道向东进行,自然耳闻眼见到东方的旸谷;日不顺着轨道向西进行,自然耳不闻、眼不见西方的若木。表现了"耳眼感觉"上的倒行逆施的。

至此,这起首八句,通过思想认识、行动方向、耳眼感觉三个环节,表现了日的倒行逆施。以"下"字的飞白手法为其关键。这与《堂堂》篇的通过青春过时、腐朽透顶、衰老不堪三个环节,表现唐王朝的没落危机。以"堂""唐"的假借手法为其枢纽。彼此之间,何其相似! 它们可算脉络一致,格局一致,办法一致,意图一致的。

⑥"奈尔",奈何你。《国语·晋语二》:"伯氏不出,奈吾君何!"《战国策·秦策二》:"无奈秦何矣。"李贺这里用第二人称,且非敬词,为质问、斥责的口气。"铄石",极言天气酷热,可以熔化石头。《楚辞·招魂》"十日代出,流金铄石些",王逸注:"铄,销也。""胡为",何故。"销",熔毁。两句说:奈何你酷热得熔化了石头! 更其是残酷地连人也销毁起来了? 表现了一意孤行,罪过严重,令人感到无比愤慨,从而产生下面四句的遗憾结语——这里没有使用掩盖手法,露骨得很,可算是在瞒天过海。

⑦"羿弯弓属矢":羿为古传说中的善射之人。神话故事说:尧时十日并出,草木枯焦。尧令羿仰射十日,中其九日,日中九乌皆死,堕其羽翼。见《淮南子·本经训》。王琦说:"诗意谓羿已射中九日,此一日何不射中其足,令不得奔驰,可以长在天上。"按这似乎是在偷换概念。羿的射日目的,原在求其射落射死,不在求其长存天上。否则尧又何必令羿射它。王琦这一推论,是把"足"字当乌脚理解的。未免与全诗的现实感情远有违离。根据本诗非议日倒行逆施,谴责日残酷害人来看,更根据《淮南子》"九乌皆死"来看,只应作出"羿射中九日,此一日何不也射落呀"的反诘,才符文意。因为前面所说,"九乌皆死,堕其羽翼",比照起来,没有理由说这最后一乌是不求其死,不堕其羽翼,而只求伤其脚的。神话故事,也应有其神话逻辑:所谓射中九日,只是反映羿有一乌不曾射中。并不是说羿对最后一乌特别优待,只想射中其足而没有达到目的。显然,这是王琦按照自己的注释原则凭空加上去的一层与李贺意图相反的意思。总之,李贺这个"足"字,是故意设置的一个混淆耳目的双关

词儿:表面既有使人误看成乌脚的可能,实际却说十射九中是可惜的,要十射十中那就好了。打了九折,未免遗憾。因此,"足"在这里的真正含义,应是"十足",不是"乌脚"。"属矢",把矢附着在弓上。"讵",岂。反诘句的反诘词。"久不得奔",是根据前面双关词"足"而继续安放的一个引起歧义的双关语:既可看成是乌伤了脚,早跑不动了;也可看成是日被射落,早已跑不起来了。要解决这个歧义,应以解决"足"字为其前提。"足"应怎样理解,这里也就怎样解释。此外,还可观察下文的表达是怎样的?"晨光夕昏",意为早晨放光,出现白昼;晚上日落,变成昏暗。如果乌被射死了,不能继续这样活动来说,是完全合乎情理,丝毫不难解释的。如一乌被伤脚,跑不动了,长停在天上,因而不能这样活动来说,这就大有问题了。因为日长在天,就成了白昼长存,永无黑夜。比起晨光夕昏来,岂非光明更多!加上"讵教"这一反诘词语,等于说:"怎么不把最后那个日射伤它的乌脚,使它早就奔跑不起来,停在天上,光明长存。岂教它至今还能早晨发光、晚上昏暗,闹个不休吗?"这里"晨光夕昏"比"光明长存"的景况,只较差些,并非好些。用"岂教"词语来作反诘,语句不通。由此可见,乌脚说法,不能成立。

四句实际是说:当年弈弯弓附箭在上,怎么不十射十中,使你这个"日"早已无命,奔跑不起来。岂教你至今还能早晨发光,晚上昏暗,闹个不休吗?表现了对倒行逆施、残酷害人的"日"的高度憎恨。

附　识

首八句写"日"的倒行逆施,自"下"字的飞白以后,虽脉络分明,但隐蔽较深。中间"奈尔"两句非议"日"的残酷害人,露骨已甚,可算在瞒天过海。尾四句遗憾羿当初怎不射落此最后之"日",语调转入双关两可,含糊其词的当中去了。由此可见中间的露骨语言,是在前有飞白,后有双关的大量文字掩护之下,造成读者晕头转向,深堕五里雾中,才敢表达出来的。然而,所冒的风险,应当说,还是很大的。儒家大师孟轲曾经引述过奴隶社会奴隶们一句誓言:"时日曷丧,予及汝偕亡。"显然,李贺本诗,是在对唐代现实帝王进行非议。

王琦的"乌脚"说法,是把原有的整体观念、整体形象,更换为局部观念、局部形象的。因此分析比较到最后,还是无法通释过去的。

钓　鱼　诗①

秋水钓红渠，仙人待素书。菱丝萦独茧，菰米蛰双鱼②。

斜竹垂青沼，长纶贯碧虚。饵悬春蜥蜴，钩坠小蟾蜍③，

詹子情无限，龙阳恨有余④。为看烟浦上，楚女泪沾裾⑤。

① 题无他异，只是诗文写了三个形象，思想感情，各不相同，意在让读者自去对比辨析。

② "秋水"，秋日清澈的水。唐王勃《滕王阁序》："秋水共长天一色。""红渠"，长有红莲的人工开凿的水渠。"素书"，指用白绢写的信。汉蔡邕《饮马长城窟行》："客从远方来，遗我双鲤鱼。呼儿烹鲤鱼，中有尺素书。"《列仙传》："陵阳子明者，铚乡人也。好钓鱼，于旋溪钓得白龙，子明惧，解钩拜而放之。后得白鱼，腹中有书，教子明服食之法。子明遂上黄山采五石脂，沸水而服之。""菱丝"，指渠中开花结菱的水草。"独茧"，由独蚕吐丝而成的茧。凡二蚕以上共同吐丝而成的茧叫"同功茧"。《列子》："詹何以独茧丝为纶，芒针为钩，荆条为竿，剖粒为饵，引盈车之鱼于百仞之川，汩流之中，纶不绝，钩不伸，竿不挠。""菰米"，水生植物茭白的上端颖果，又叫凋胡米。唐杜甫《杜工部草堂诗笺·秋兴》之五"波漂菰米沉云黑"注："菰之有米者，长安人谓之凋胡。""蛰"，伏藏不动。《易·系辞下》："龙蛇之蛰，以存身也。"

四句说：有的人为了追求长生成仙，在红渠上面钓鱼，期待仙人给他来信。他模仿詹何使用独茧钓丝在水上水下萦绕不已。那水生植物菰米的下面，好象伏有一双腹藏素书的鲤鱼未动呢。这是什么人的思想感情，应当怎样评价？容后究辨。

③ "斜竹"，指钓竿斜横。"清沼"，清澈的池沼。"长纶"，指钓鱼的长丝线。"碧虚"，指天空。唐杜甫《秋野》诗之一："秋野日疏芜，寒光动碧虚。"唐李端《巫山高》诗："巫山十二重，皆在碧虚中。"李贺这里根据上句"清沼"二字，可以照见碧空，才作这样造句，显示从水底看见天空的。"饵"，指引鱼上钩的细小食物。"蜥蜴"，四脚蛇，又叫守宫。"蟾蜍"，癞虾蟆。这里用四脚蛇、癞虾蟆来作钓饵，是这第二种钓鱼人的主要特点。它除了形状丑恶外，特别不是一般的小鱼、中鱼所能吞得进去的。显示追求的目的，乃是特大的鱼（《庄子·外物》有任公子钓鱼，以 50 头牛为钓饵，那自然是更大的夸张语）。王琦说："钓鱼于水，而得陆地之蟾蜍，此句似因趁韵之误。"按这里的蜥蜴、蟾

蜍,是在反复强调钓饵之大,要钓大鱼,并不是说从水内钓出一个陆地蟾蜍来了。这是说不出什么意义来的。因此李贺并无笔误,是王琦自有误会。当然,这里的大饵钓鱼,只不过是追求官位利禄在手段上面的一个比喻罢了,并非真的钓鱼(上述任公子寓言结尾曾说:拿着短竿细索向浅水池塘去觅鱼,是绝对不会得到大鱼的。因此写些小文章去向小小县长干求职位,也是绝对不会得到高官厚禄的。足见都是比譬干求的说法)。

四句说:有的人为了有所追求或有所保持(根据下面"龙阳"句来看,无疑是"官位利禄"),在清沼上面钓鱼。他斜垂钓竿,深抛钓纶,值得特别注意的是用蜥蜴或蟾蜍在做钓饵,欲望之大,不言可喻。这是什么人的思想感情?容俟下面"龙阳"句再行究明。

④"詹子",指詹何,战国人。他的钓鱼故事已见上述,自然只是一种神话假设。"情何限",谓追求长生成仙的心情,到了无比殷切的程度。句意是对首四句进行小结的。这位垂钓在人工开凿并且种有莲花的渠水上面的人,看来从容不迫,非耕非耘。虽然幻想重重,迷信特甚,却又没有旧时代对于富贵功名的追逐表现,令人有些费解。原来他是富贵功名登峰造极,无可再求,才进而追求长生成仙的。历史上的秦皇、汉武……就是这样的,李贺当时的现实帝王唐宪宗也是这样的。李贺在《拂舞歌辞》内曾讽刺地说:"背有八卦称神仙,邪鳞顽甲滑腥涎。"就是明证之一。

"龙阳",指战国魏宠臣实为魏王男妾的龙阳君。故事谓魏王与龙阳君共船而钓,龙阳君得十余鱼而涕下。王问故,对曰:臣始得鱼甚喜,后又得益大,直欲弃前所得矣。今臣得拂枕席,而四海之内美人甚多,闻臣得幸,必褰裳而趋王,臣亦犹臣前所得之鱼也,臣亦将弃矣,安能无涕乎!王乃布令四海之内,有敢言美人者,族。见《战国策·魏策四》。

"恨有余",谓内心之中,充满了失去官位的忧愁。句意是对次四句进行小结的。这位用巨大钓饵垂钓在清沼碧虚上面的人,看来患得患失,用心良苦。只要获得和保住官位利禄,就不管人间任何卑鄙无耻的事,都做得出。

两句各有不同,一指求仙帝王,一指贪位官僚。无可置疑,都是被李贺作为批判对象来看待的。

⑤"烟浦",指荒云野雾下面的水浜。与前面的"红渠""清沼",是正相对照的。"楚女",指正在捕鱼谋生的渔女。楚地多水泽,渔民很多,故用作例。这个人物的出场,是与上面帝王、官僚正相对照的。楚女所追求的自然不是成仙做官,但她是要解决饥寒

谋生问题的。这一特点,显然不是帝王、官僚所都共有的。正因这样,本诗所描述的三个人物,原是各有特点,彼此之间截然不相混淆的。从而也就有了进一步比较特性,辨析关系,理解作者写作意图的可能。我们就楚女泪下沾襟的形象来看,她的饥寒谋生问题,是没有得到很好的解决的。李贺于深刻地讽刺、挖苦了帝王、大臣的腐朽统治之后,还要写出这位劳动人民的愁苦面容来作对比,正是在进一步有所非议指责。楚女和腐朽的帝王、大臣之间有些什么关系,是否受有压榨? 这个言外之意,应是读者所能共同理解的:当时藩镇跋扈,战乱相续,丁壮被征,税捐大增(参见第一辑《李贺所处的中唐末期背景》)。李贺在表现楚地渔民的遣词命笔上,只提楚女,不及楚男,并且形象困苦,泪下沾襟(实际是说只剩楚女,没有楚男,生产力弱,生活困苦),原是有他真实的现实根据的。

　　王琦却说:"楚女非伤遇人之不淑,即悲身世之无聊。"按这有些难圆其说之处。一、本诗是在围绕一个"鱼"字,表现三个人物的不同特性。从而对照出不同思想,体现出不同感情。王琦所说的男女关系,是三个人物都可具有的共同问题,不是专属渔民独有的特点。因此之故,这是违离了本诗形象对比的根本精神的。二、结构上前十句非议帝王荒唐求仙和斥骂官僚卑污贪位,层次小结,非常清楚完好。尾两句如不认为是阶级生活的对比,阶级关系的存在,而被认为是另外加上去的与前文没有直接关联的婚姻问题,未免画蛇添足,前后脱节,不成其为篇章构造了。三、楚女就是渔女,是与诗题存有关联的。如照王琦所说,完全离开了诗题,楚女不是劳动渔女,不过是个不明来历的妇女而已。至于妇女为什么要加个"楚"字在上? 又为什么来到烟浦上面? 她与前文的帝王、大臣有些什么关系才被写到一篇诗内来了? ……凡此,可见难圆其说之一斑。

　　这尾两句是这样在说:请看另外还有一种人——楚女为生活所迫,在烟雾弥漫的荒浦之上,冒着寒暑风雨而在捕鱼。她饥饿困苦,泪下沾襟。这与前两种人的思想感情,大相悬殊。抑扬对照,不言可喻。

附　　识

　　全诗表现了三种人的觅鱼形象,首四句是求仙的,次四句是为官的,这两种人都是属于统治集团的。前者反映现实帝王唐宪宗的昏庸迷信,后者反映朝廷官僚的贪位自私。他们有权有势,在红渠与清沼上面垂钓,多么享乐! 但他们的思想感情,是各有不同的。这只要看"詹子""龙阳"两句所做的小结,便可了然——"詹子"句是呼应首四句的,"龙阳"句是呼应次四句的。显而易见,这种求仙,是荒谬绝伦的!这种为官,是卑污狗贱的!都是应予彻底否定的。李贺也正是借此对当时的黑暗统治进行无情讽刺,有力抨击的。最后两句,却更写出了第三种觅鱼形象——劳动人民迫于生活在烟浦上忍饥挨饿,泪落衣襟。李贺这样地用被压榨人民的痛苦,来和统治集团的昏暗相对照,是有他自发的一定的阶级认识的。他不是只在本诗偶有这种表现,而是在所有哑谜诗歌内随处可见的。例如:

"关中父老(指长安老爷)百领襦,关东吏人乏诟租(指关东农民少听几句骂声)。"见表现农民的《章和二年中》。

"六街马蹄(指统治集团)浩无主……短衣小冠(指小市民)作尘土。金家香街千轮鸣,扬雄秋室无俗声。"见表现小市民和穷苦书生的《绿章封事》。

"天江(天河的飞白)碎碎银沙路,嬴女(指唐女,即织绢妇女)机中断烟素(谓断炊烟)。"见帝王把享乐建筑在百姓痛苦之上的《上云乐》。

"乡书何所报,紫蕨生石云(指乡民吃野菜)。长安玉桂国,戟带披侯门(喻权贵威风神气)。"见表现怀才不遇,潦倒愤慨的《出城别张又新酬李汉》。

"秋风吹地百草干(喻百姓困苦),华容碧影生晚寒(喻统治集团的神气)。"见表现潦倒愤慨的《开愁歌》。

凡此,不胜列举。李贺这类哑谜诗歌,有意识地把农民、采玉夫、士兵、奴仆宫女、小市民、织妇、采菱者、书生寒士以及各种受压榨侮辱的人,都写遍了。这是一个无可回避的客观存在,足见本诗的表现渔民,原是毫不奇怪的事。再说,从本诗讽刺现实帝王,并毒骂当政官僚是龙阳君的憎恨感情来看,李贺相应地同情和引用一些被压榨百姓的苦难,来加深对腐朽政治的揭露,也是势所必然,合情合理的。

苦 昼 短①

飞光飞光,劝尔一杯酒。吾不识青天高,黄地厚,惟见月寒日暖,来煎人寿②。食熊则肥,食蛙则瘦。神君何在,太一安有③?天东有若木,下置衔烛龙。吾将斩龙足,嚼龙肉,使之朝不得回,夜不得伏。自然老者不死,少者不哭④。何为服黄金,吞白玉⑤?谁是任公子,云中骑白驴⑥?刘彻茂陵多滞骨,嬴政梓棺费鲍鱼⑦。

① 诗题具有双关含意：既可释为"感慨时光过得很快"，又可释为"苦于日光的短处、过失"。这要根据诗文内容来作取舍。王琦说："此诗大旨虽以苦昼短为名，其意则言仙道渺茫，求之无益。"叶葱奇也说："这是讥刺唐宪宗好神仙方士的诗。"这虽就"短处"来说，是略相近似的。但就"苦于……过失"来说，是存有不小差距的。李贺讽刺唐宪宗好仙的诗确是有的，本诗的写作目的是否也在这里，殊不尽然。看来本诗的表面假象是在讽刺帝王迷信求仙，内在真相却是在愤慨帝王为害百姓。区别两者之间的优劣长短，应以能否通释全诗为其根本准则。假使只是一些断章取义的理解，还有周身脉络欠通的现象，那就可以知所选择了。王、叶两位自谓尚有两句未曾理解，只可从阙。这就不妨且让客观诗文来作说明。

② "飞光"，可以是指日光的，也可以是指日月光的。《文选·南朝梁沈约〈宿东园诗〉》"飞光忽我遒，岂止岁云暮"，张铣注："飞光，日月光也。"李贺这里根据诗题诗文来看，却是单指日光说的。因为诗题是苦昼短，不是苦夜短或苦昼夜短。一般说来，月光是不能代表白昼的。特别是这日光的首先标出，是在开门见山地呼应诗题中的白昼，并起着象征帝王的作用的。它成了贯串全文的一根主线，如果离开了它，就没有解决疑难，通释全诗的可能了。引用日光象征帝王，这是从古就有的。是褒是贬，各不一定。《礼记·昏义》："故天子之与后，犹日之与月。"属于褒性。《尚书·汤誓》："时日曷丧，予及汝偕亡。"属于贬性。李贺的《日出行》及本《苦昼短》内，都是作为否定对象来引用的。

"尔"，你。这里非但不是对上敬称，反含斥责语气。换句话说，不是在善意相劝，而是在无上无下地侵犯尊严。"一杯酒"，《世说新语·雅量》："太元末，长星见。孝武（司马昌明）心甚恶之。夜华林园中饮酒，举酒祝星云：长星，劝尔一杯酒，自古何时有万岁天子！""天高地厚"，《荀子·劝学》："故不登高山，不知天之高也；不临深渊，不知地之厚也。"这里喻帝王的尊严、神秘，表现了对现实帝王大胆露骨的对立反感。"月寒日暖"，月寒指夜晚，日暖指白昼。谓日光夜隐昼现，往来不已。"煎人寿"，双关语。表面为光阴消逝人们的寿命，实际是帝王摧残百姓的生命。

六句说：飞逝的日光啊！我来劝你一杯酒吧。我是不懂天高地厚的，管你有什么了不起的尊严和神秘，我只知道你黑夜白昼不停地干尽了损害百姓的事，使得他们水深火热，无法生存下去了。这既是本诗的核心谴责，也是所有哑谜诗歌的惯见内容。

③ "熊"，指熊掌熊肉，所谓富贵人家的肥美食物。"蛙"没有脂肪的浅水小动物，养

不胖人的。"神君",对神灵的敬称。《史记·封禅书》:"是时上求神君,舍之上林中蹄氏观。""太一",也作"泰一",神名。《史记·天官书》:"中宫天极星,其一明者,太一常居也。"张守节正义:"泰一,天帝之别名也。刘伯庄云:泰一,天神之最尊贵者也。"

四句愤慨地说:吃得好,吃得饱,就自然长得胖,来得神气。吃得差,吃不饱,就自然长得骨瘦如柴,活不下去。百姓的不幸生活,并不是什么神君、太一等类的神所安排的,也不是什么命中注定的。言外之意,无疑是代表昏暗朝廷的"日"所造成的。显然是种大发牢骚的语调,因而才有下面赤膊上阵句子的产生。

④ "天东",是天西的飞白。因所修饰的若木是生长在天西的。其所以要飞白,是由于下面将有露骨诅咒的句子产生。有必要先散疑云,扰乱视线。"若木",神话中谓长在日入处的一种树木。《山海经·大荒北经》:"有衡石山、九阴山、洞野之山,上有赤树,青叶赤华,名曰若木。"郭璞注:"生昆仑西,坿西极。其华光赤下照地。"这赤光显示日落西山后,夜晚还在继续运行。"烛龙",神名。《山海经·大荒北经》:"西北海之外,赤水之北,有章尾山,有神人面蛇身而赤,直目正乘,其瞑乃晦,其视乃明……是烛九阴,是谓烛龙。"《楚辞·天问》:"日安不到,烛龙何照?"王逸注:"天之西北,有幽冥无日之国,有龙衔烛而留照之。"这烛光也显示"日"到夜里还在地球的另一面继续运行。"斩龙足,嚼龙肉",为赤膊上阵的泄愤语。巧含双关用意:表面好像在痛恨神话传说中的龙,实际是在切齿现实朝廷中的"日"。因为龙就是"日","日"就是龙,它们都是象征帝王的。这种无比露骨的切齿诅咒,是依靠神话传说在做幌子,才敢表达出来的。换句话说,天东若木和衔烛龙的提出,主要是为了要写出"斩龙足,嚼龙肉"两句而事先散布的浮云迷雾。"朝不得回,夜不得伏",表现"日"的生命告了结束,无从昼夜再搞活动了。这是斩龙嚼龙所要达到的目的。"老者不哭,少者不死",也是双关语。既可说是"日"长在天,不运行了。人就没有春秋年岁的增长,可以不死不哭了。又可说是"日"这祸根,昏庸不堪,使他结束生命之后,广大过着不幸生活的百姓,自然老者可享天年,少者没有痛苦。两者应当怎样取舍,根据诗题和斩足嚼肉的语言来看,显然"日"是只有"结束生命",没有"长存在天"的逻辑存在的。

八句说:天西若木树间,日光落下去后,尚有含烛龙代替"日"继续在夜间运行。由于"日"这样昼夜不停地为害我们百姓,使得我们百姓无法生存,我要斩他的足,嚼他的肉,使他结束生命,不能早晨再从东方升了起来,夜间再向西方伏了下去。这样,我们自然老者可享天年,少者没有痛苦。意谓这是从根本上解除大家痛苦的最好方法,从而作出下面批判。

⑤"服黄金，吞白玉"，道家观点认为餐金服玉可以延年。《抱朴子·内篇·仙药》："《玉经》曰：服金者寿如金，服玉者寿如玉也。"句承上文说：只要昏暗的"日"结束了生命，大家的苦难，就都得到了解除。何必离开这一根本有效的途径，而另去觅求什么个人长生的办法？那非但是不能达到目的，并且是不能解决大家问题的。因此，那样做法是非常错误的。我们一定要大声疾呼，实行扼要以图的下面决策。

⑥"谁是任公子，云中骑白驴"，任公子以五十牛为饵，钓得大鱼。见《庄子·外物》。张果老白驴休则叠之如纸，置巾箱中。以水喷之，复成驴矣。见《续仙传》。清姚文燮《昌谷集注》："任公子钓大鱼海上，张果以纸为白驴"，原是对的。王琦却说："据文义，任公子是古仙人骑驴上升者，然其事无考。旧注引投竿东海之任公子解，上句引以纸为驴之张果解，下句牵扯无当。"叶葱奇也说："王说很是。两句分明一意贯下，哪能牵扯两事来强解，这种只可从阙。"这要辨析，殊费周折。但不理清这个分歧，是无法窥见全诗真相的。兹试辨析如下：

一、王琦所说的"据文义"，令人有些困惑。例如《猛虎行》篇的"苛政猛于虎"内容，无论是典故或诗文，含义都是非常明白的。王琦却注说："长吉用此，不过言虎之伤人累累，与苛政绝不相干。"并且未能说明任何理由。这好像迹近于在"据己意"。本诗无论是任公子、张果老的典故，或百姓愤慨帝王的诗文情节，也都是非常明白的，王琦认为牵扯无当，要排掉两个典故，另外换个实无其事的所谓故事，这好像也是迹近于在"据己意"。

二、如果理解上遇有困难，就另外假设第二位古代任公子出来！作为代替，未免无根无据，难近情理。

三、如果短短的诗作，就有两句未曾理解，认为只可从阙，那就对于全诗的写作意图，无从作出确切论断了。否则势必不能通释全文，陷入断章取义的境地。事实上主张排掉张果老，换个任公子，本身就是在体现"讽刺唐宪宗好仙"的说法，不能通释全诗。

四、讽刺唐宪宗好仙，与愤慨唐宪宗为害百姓，虽然写作对象是相同的，但讽刺可以出于善意，愤慨只能来自切齿，性质上是大有差异的。这从词语语气的运用上，和扣准诗题用"日"象征帝王通释到底的脉络上，都可鉴别出本诗真相的所在。

五、"谁是"两句是把张果老的骑驴行动塞在任公子的身上的，也就是把任公子的钓鱼活动套在张果老的头上的。这是张冠李戴手法的巧妙运用,既可使人难于理解,体现表面掩盖,又可贯彻"日"的象征主线,表达内在真相。意思是继承上句批判个人延年的错误想法,从而大声疾呼:要从大处着手,发扬任公子主张钓大鱼的精神,搞掉昏庸的"日"这个为害百姓的祸根! 由于"日"不是生活在海里,而是运行在天空的,所以任公子应当放下钓竿,改乘张果老的驴子到天空上面去收拾日光。这与前文"尔""天高地厚""食熊食蛙"的反感语气,和"斩足嚼肉"及尾两句让帝王去抛骨烂尸的愤慨感情,是始终一致,通释无阻的。

因此之故,姚文燮所说的任公子、张果老两个典故,并无错误。所谓一意贯下的两句,正是以此两事为根据的。这种张冠李戴的手法,在李贺哑谜诗歌内随处可见。这在愤慨帝王为害百姓的主题内,原是通释无阻,没有疑意的。在讽刺帝王好仙的说法内,才产生了困难,难于自圆其说,要更换为第二个古代任公子,并排斥掉张果老。可见讽刺求仙的说法,是与诗文内在真相大有违离的。

两句应当这样翻译:谁是主张大处着手的任公子? 骑驴上天去收拾昏庸日光李纯吧! 原是非常简明的。

⑦"刘彻",汉武帝姓名。"茂陵",地名。汉武帝坟墓所在地。"滞",积久而不流动意。此指堆积。"嬴政",秦始皇姓名。"梓棺",古帝后棺材是用梓木做的,通称梓宫。《汉书·霍光传》:"梓宫、便房、皆如乘舆制度。""鲍鱼",指臭气很浓的盐渍鱼。《史记·秦始皇纪》:"丞相斯为上崩在外,恐诸公子及天下有变,乃秘之,不发丧……上辒车臭,乃诏从官令车载一石鲍鱼,以乱其臭。"

两句说:让昏庸的"日"像刘彻一样去抛残骨,像嬴政一样去烂臭尸!

附　识

由此看来,诗题本意是在表示"苦于日光的短处、过失"。全文自始至终用"日光"这一象征性的线索,扣紧诗题进行发挥。首十句写"日光"不分昼夜,来煎人寿。实指为害百姓的严重罪过。次"天东"八句,写只有搞掉昏庸"日光",百姓才能生活下去。"斩足嚼肉,使之朝不得回,夜不得伏"再也明白不过了。尾"何为"六句,写反对幻想,呼吁大处着手,让"日"所象征的帝王去抛骨烂尸。诗中的"尔""天高地厚""煎人寿""斩龙足,嚼龙肉,使之朝不得回,夜不得伏""刘彻滞骨,嬴政鲍鱼",都是表现高度愤慨、疾恨的感情的。

　　"谁是任公子,云中骑白驴"这个句子,放在以"日光"象征帝王为全篇线索的《苦昼短》里,放在搞掉"日光"使之朝不得回,夜不得伏的后面,放在反对追求个人延年这一错误幻想的下面,已经不是什么新奇的内容了。不过跟踪"何为"句继续对上面"不死不哭"的论断,作一补充呼吁而已。它主张从大处着手,扼要以图,搞掉昏庸害人的"日光",松缓大家目前的苦难,并没有什么不可理解之处。李贺这类哑谜诗歌,由于矛头都是指向封建社会的特殊对象的,他无法直言不讳,必须挖空心思,运用各种各样的手法,进行掩护。本诗双关两可之处很多,怪诞不经之处也有,正是他的有意安排。单就"谁是"两句一意贯下引用两个典故的例子来说,在《送秦光禄北征》篇内,就有"屡断呼韩颈,曾燃董卓脐"句正相类似。呼韩只有一颈,未可屡断。何况汉时匈奴呼韩邪单于根本未断过颈! 再说这与"曾燃董卓脐"句又怎能连通起来? 李贺未免欠通。其实,当对全诗写作意图作了究明之后,它是在表现"用诳报战功的办法引诱帝王劳军,从而效法吕布的反戈行动"。因此,如果把这种诗作的表面现象当作写作意图来看待,那是要误会成怪诞不经,疑有讹误的。

　　关于庄子这个寓言,有个情况,须加说明。《庄子·杂篇·外物》的原文如下:

　　　　任公子为大钩巨缁(绳),五十犗(牛)以为饵,蹲乎会稽,投竿东海,旦旦而钓,期年不得鱼。已而大鱼食之,牵巨钩错(音陷,意同)没而下骛(水内下游),扬而奋鬐,白波若山,海水震荡,声侔鬼神,惮赫千里。任公子得若鱼,离而腊之,自制河(即浙江)以东,苍梧以北,莫不厌(饱足)若鱼者。已而后世铨(量)才讽说之徒,皆惊而相告也。夫揭竿累(细索),趣(趋)灌渎(小水),守鲵鲋(都是小鱼),其于得大鱼难矣。饰小说以干县令,其于大达亦远矣。是以未闻任氏之风俗,其不可与经于世,亦远矣。

　　显然,"斩龙足,嚼龙肉……",是相当于任公子的钓大鱼的。"服黄金,吞白玉",是相当于"揭竿累,趣灌渎,守鲵鲋"的。从这个寓言的情节和结句来看,中心思想无疑是认为"小不如大",主张"大处着手"的。这与本诗强调要收拾日光这个总的祸根,正是两相一致的。清郭庆藩《庄子集释》说:"此言志趣不同,故经世之宜,大小各有所适也。"这种各有所适的说法,既与庄子原意相违背,也与李贺要"大处着手"的理解有出入。这只要把原寓言"夫揭竿"以下的评论语句,特别是最后两句的结论再读一遍,便可了然。张志岳在《文学上的庄子》一文内引《浦江清文录·逍遥游之话》说:"郭象说:'大小虽殊,逍遥一也',则是庄子之旨,在齐大小。问题是庄子在别篇里有齐大小的意思,在这一篇里没有。而且说小不如大。所以庄子的原意与郭象的解说,恰恰立于相反的地位。"可见郭象这个误解,已经有人在笔者之先作了否定。

猛 虎 行①

长戈莫舂,强弩莫抨②。乳孙哺子,教得生狞③。举头为城,掉尾为旌④。东海黄公,愁见夜行⑤。道逢驺虞,牛哀不平。何用尺刀? 壁上雷鸣⑥! 泰山之下,妇人哭声。官家有程,吏不敢听⑦。

① 本为乐府平调曲名。李贺用作诗题,表现孔子过泰山侧的内容,以刺时政。与《上之回》《堂堂》等的作用,正相等同。《礼记·檀弓》:"孔子过泰山侧,有妇人哭于墓者而哀。夫子式而听之,使子路问之曰:'子之哭也,一似重有忧者?'而曰:'然。昔者吾舅死于虎,吾夫又死焉,今吾子又死焉。'夫子曰:'何为不去也?'曰:'无苛政。'夫子曰:'小子识之,苛政猛于虎也!'"中唐末年的税捐繁重,农户流散情况,已见第一辑《李贺所处的中唐末期背景》内。王琦、叶葱奇两位一致认为是与国君苛政绝不相干的:王说是表现猛虎凶恶食人的,叶说是讥刺藩镇割据的。这应俟诗文来作说明。

② "长戈莫舂",戈为武器。舂亦作撶,捣击意。《左传·文公十一年》:"获长狄侨如,富父终甥撶其喉,以戈杀之。"《史记》作"舂其喉"。"强弩莫抨",弩是弓,抨是弹射。唐杜甫《自阆州领妻子却赴蜀山行》之三:"转石惊魑魅,抨弓落狖鼯。"句谓长戈强弩,都不是捣击和弹射(他)的。这里存有一系列的疑问:(他)是什么? 是兽虎还是人? 是叛逆藩镇,还是苛政国君? 如果是兽虎或叛逆藩镇其人,长戈强弩,就正好对(他)进行舂抨,不能说莫舂莫抨了。除非(他)是推行苛政的国君人虎,由于长戈强弩是受(他)所支配的,才对(他)是不能舂、不能抨的。这是李贺故作的双关含混,便于指桑说槐的手法。要联系以下六句的描画,才能明了整段文字的真相。

③ "乳孙哺子",繁殖抚养。"生狞",成长凶恶性格。这是在指兽虎、人虎,仍很含混。不过从"孙"字来看,习惯多指人的。

④ "举头为城,掉尾为旌",举头,扬起头来。掉尾,摇动尾巴。汉王充《论衡》:"鲧为诸侯……比兽之角,可以为城,举尾以为旌。"从"为城""为旌"来看,偏在说人。

　　⑤"东海黄公"，古代传说中具有制服兽虎之术的人。《西京杂记》："东海人黄公，少时为术，能制蛇御虎。""愁见夜行"，害怕得很。如是兽虎，正好用术，何怕之有？足见这个（他），并非兽虎，乃是人虎。至此完成了对于人虎的刻画。是用侧面反衬手法表达出来的。黄公在人虎面前，术无所用，而又贵贱悬殊，所以显得诚惶诚恐。上古用虎比喻苛政国君的，显然孔子过泰山一事，是有根有据的。若用猛虎比喻叛逆藩镇，非但缺乏明文根据，更与本诗尾上"泰山"四句，格格不入，无法成立（详见附识）。

　　这起首"长戈"八句的真相是这样说的："他是长戈所不应捣击，强弩所不应射击的。他生子育孙，教养成为凶恶的性格。他的子孙都是食毛践土的，举起头来可以连为城墙，翘起尾巴来就是旗杆如林了。他的威势之大，非同一般。操有制服兽虎之术的东海黄公，在他这个并非兽虎的人虎面前，术无所用，却又贵贱悬殊，所以非常小心害怕。"至此完成了影射国君的人虎描画。这是一段双关含混、指桑说槐的语言，表面上对题行文，好像是在描写兽虎，实际上根本没有一个虎字，只是在着力表现国君人虎的特性。从首两句来看，如果是对兽虎的，就正是长戈所应舂，强弩所应抨的。再说黄公所操的制服兽虎之术，也正好展其所长，不至"愁见夜行"了。可见诗文对于此点，是交代得非常完整明确的。至于就人虎方面来说，究竟是对苛政国君的，还是对叛逆藩镇的？这是李贺始料所未及的。这还是应拿首两句来作衡量。如果是对叛逆藩镇的，也就正是长戈之所应舂，强弩之所应抨的。事实上在元和年代间，朝廷一直是偏于用武的。不过李贺所能看见的，如吐突承璀对王承宗的大张讨伐，是以失败而告终的（李贺为此写了《雁门太守行》篇）。后来的淮西之战，兵连祸结，李贺又未及目睹胜利就病逝了。然而，这些对于叛逆藩镇的声讨，都只能说明戈弩之所要舂要抨，不是戈弩之所不应舂抨。何况引用东海黄公来反衬人虎，是种言外见意的含混掩盖。由于国君当朝，不得不作此回避。如果意在指责叛逆藩镇，原属名正言顺，应当公然开展口诛笔伐，没有运用掩盖手法的必要，用了反是大为不伦不类的。因此之故，根据全文所体现的苛政猛于虎的故事来看，只能是指主持苛政的国君而说的。仍用首两句一作检验，唐王朝的长戈强弩，都是不为舂抨国君而设的，这是确切的。更结合引用黄公事例来作言外反衬，正是把国君特点刻画得入木三分的。

　　⑥"道逢驺虞，牛哀不平"，驺虞，见《诗·召南》。在汉毛亨的《毛诗》内释作"义兽……有至性之德则应之"。在汉韩婴的《韩诗》内却是释作"天子掌鸟兽官"的（见《周

礼·春官·钟师》贾公彦疏所引。《韩诗》是宋朝南渡时才失传的）。根据《诗经》原文来看，毛说不过是无稽谀言，韩说却为社会现实。无怪今人高亨的《诗经今注》内也弃毛取韩的。上古谁曾见过驺虞兽形？仁义之心唯人能有。足见驺虞并非兽名，古所谓驺人、虞人，以及驺虞，都是人的职称。即此而论，韩诗确较毛诗为优。何况本诗不照韩诗理解，便无法通释全文，显然也是抵触了李贺原意的。牛哀，即公牛哀。《淮南子·俶真训》："昔公牛哀转病也，七日化为虎。"此指兽虎。李贺意在写人，不在写虎，为求诗文无一虎字，在此需要用兽虎出场说话之处，改用牛哀来作代替了。这是倒装句式，是牛哀遇见驺虞。

"何用尺刀，壁上雷鸣"，王琦说："刀之灵异者，风雨之夕往往能作啸声。"叶葱奇引《刀剑录》："南凉秃发乌孤……梦见一人披朱衣云：我太一神故看尔作此刀，有敌至，刀必鸣。"

四句说：牛哀（兽虎）路遇驺虞（猎官），心中很感不平。觉得你们猎官何必让壁上的尺刀空自鸣叫，不用它去发挥应有的重要作用呀？这是继前面对国君人虎描画之后，转过笔来从兽虎立场来发言的。它是一个暂把具体内容拎开放到尾四句去了的一鳞半爪式的空心勾画（等于画了鱼头，就画鱼尾，却把鱼身画到后面去了），目的在求扰乱视线，有所掩护。因此它的完整的发言内容是这样说的：你们猎官总是对我们兽虎食肉寝皮，非常严厉。其实我们兽虎充其量能够残害几个百姓？只有凶恶地推行苛政的国君人虎，才是无数百姓的最大残害者。你们放着大的国君人虎不管，却来斤斤计较我们兽虎，岂非成了窃钩者诛，窃国者王！我们对此，实是心感不平的。你们猎官为什么不把武器拿去收拾国君人虎呀？——必须说明，这里国君人虎推行苛政残害百姓的内容，并非笔者凭空外加的。下面的尾四句，就是这个情况的具体说明，不过是种倒装语言罢了。

王琦注说："言驺虞仁兽不食生物，牛哀见之而心为之不平，以其具虎之形，冒虎之名，而无虎食人之暴也。"叶葱奇也采用其说。按不平之情，应是发自心有委屈。今驺虞不食生物，牛哀有什么委屈？既无委屈，何来不平？这一语言逻辑上的病句，读者应是无法翻译出它的确切含义的，大可试作检验。其他这类情况还有，都是由于不曾联系上下语句通释全文，只是断章取义，孤立地进行猜测或坚持昔时社会的宣教原则所造成。

⑦ "泰山之下，妇人哭声"，即《礼记》孔子过泰山苛政猛于虎的故事。详见前注①，

意在讽刺时政。王琦注说："长吉用此,不过言虎之伤人累累,与苛政绝不相干。"叶疏也谨守此说。笔者觉得这是不能成立的。因为既与苛政不相干到了绝顶,怎么未能说出任何理由来,自然无从产生说服力。看来王琦是在维护国君的尊严和体面,并非真有理由而要故意保密。这样一来,无怪以上所有的诗句,都不能按照李贺原有意图进行解释,使得面目大为错乱的。

"官家",指帝王。《晋书·石季龙载记上》:"官家难称。"《资治通鉴·晋成帝咸康三年》胡三省注:"天子称官家,始见于此。"李贺在诗中既不便直接明指国君,又不能不予指明。因而选用"官家"一词,既可指明国君,又可包括官吏,起了双关含混的作用。"程",指要求上的规定,包括交租的日期、数量等。"吏不敢听",谓收租官吏不敢听从妇人哭声,擅自减免租税。王注、叶疏在这里作了各种假设和猜测,都因先有排除国君的成见,因而都未能揭示本诗语言的真相。

四句说:农妇害怕苛政超过害怕猛虎。国君对收租的要求,非常严格。不是收租官吏所敢同情哭声,擅自减免的。这种排除官吏罪责的措辞,是在呼应起首八句国君人虎的描画,集中对帝王在进行非议。

附　识

本诗结构可分为两段:一、前八句运用双关含混、指桑骂槐手法,表现国君人虎的特性;二、后八句从兽虎的口里说出国君苛政的为害之烈,质问猎官何不拿起武器去收拾国君人虎?"壁上尺刀,何用雷鸣"句,语序上如果放在结尾,就通顺明白,一目了然了。现经倒置起来,放在"泰山"句的前面,就有些难以理解了。这是李贺掩盖手法上,不得不然的表现。本诗自始至终围绕国君运笔,中心不能不算明确。因此之故,诗题《猛虎行》也是具有双关含混、指桑刺槐的性质的。明为猛虎行,实为人虎行,实为国君行。

苛政猛于虎的故事,是以苛政为主体,猛虎为比喻的。叶疏师承王琦"与苛政绝不相干"的说法,但又觉得王琦的表现兽虎之说很难成立,于是改采叛逆藩镇之说来相代替。其实这还是难于成立的。兹列述数点辨析如下:

一、用猛虎比喻苛政,说苛政猛如虎,读孔子过泰山一例,可算有根有据。用猛虎比喻叛逆藩镇,说叛逆藩镇猛如虎的,缺乏明文根据。

二、唐室武装,只有对于唐家天子是长戈莫舂、强弩莫抨的。若对兽虎或叛逆藩镇,却正是长戈所应舂,强弩所应掬的。

三、首八句的描写人虎,是用双关含混、指桑说槐的手法表现出来的。这对苛政国君来说,作者处在威力压制之下,自是有其必要的。历代讽刺国君的诗作,都是委婉曲折,不敢露骨明言的。如果本诗是在表现叛逆藩镇,那就恰恰相反,应当公开揭露罪行,口诛笔伐,绝无采用双关含混、指桑说槐的必要了。足证这在艺术手法上,也是不相符合的。

四、如说本诗不是在讽刺苛政,是在表现叛逆藩镇。那么,关于"道逢"四句,究将怎样通释? 怎样翻译? 怎样说明它在章法结构上的作用? 这就成了至关重要而又不能解决的问题。

五、自古只有苛政猛于虎的故事,没有叛逆藩镇猛于虎的故事。如说作者不是按照故事来写诗的,那也可行。但本诗为何不针对叛逆藩镇特点来选择题材,却偏偏要用表现苛政猛于虎故事的"泰山之下,妇人哭声"来做内容。这该怎说?

六、"官家有程,吏不敢听",是以"泰山"两句的苛政为根据,表现国君对田租的定额、期限,都有严格要求,收租官吏是不敢听从妇人哭声,擅自减免租税的。叶疏释说:"官家虽然限期捕虎,可是无勇无谋的寻常小吏,哪敢去冒险。"须知捕捉叛藩,应是将校士兵的事,不好突然牵涉寻常小吏身上来的。只有在推行苛政的当中,才是要由催租小吏经手的。足见这种排除国君苛政的注疏,确是值得商酌的。

总之,基于上述各点基本情况或疑问来看,本诗并无捕捉叛藩的意图。相反的,却有表现苛政故事的"泰山之下,妇人哭声"这个内容,无论对诗题,对首八句,对"道逢"四句,对"官家"两句,都有血肉相连,不可分割的呼应脉络。……

笔者这样地辨析李贺哑谜诗歌,是否显得解说离古了? 笔者觉得这应本着实事求是的精神,用唯物辩证的科学观点来作衡量。古有精华,也有糟粕。古有真理,也有欺骗。因此应离古的就是要离,不应离古的就是不可以离。何况李贺这种诗案,离古的究竟是谁? 非常难说。笔者离了王琦注释之古,却符合了李贺创作之古。单拿运用典故来说,王注、叶疏对李贺本诗引用《礼记》苛政猛于虎的故事,认为与苛政绝不相干。这是谁在离古,显然可见。当然应当离古的还是要离的。如范文澜写《中国通史》,说黄巢是农民起义首领,这是古书所无的提法。从历史长河总的观点来看,从社会主义人民的立场来看,并非不符事实的。因此,这个古就是应当离的。这里涉及了两种社会不同立场观点的矛盾。王琦身处封建社会之内,他对李贺这种不敢公然明说,运用掩盖手法表达出来的非议国君的哑谜诗歌，即使敢于显露真相，也不过书遭焚禁，还可能身逢不测。所以王琦的曲作回避，倒置是非，原是不得不然，可以理解的。我们今天之所以能够正视事实，不受欺骗，全是由于有社会主义人民民主的立场观点照亮道路的原因。如果我们在探究文学遗产方面，忘掉了这个时代精神，不去独立思考，那是难免要为前人非健康性的习惯传统所蒙蔽而不自觉的。

春　昼①

　　朱城报春更漏转，光风催兰吹小殿。草细堪梳，柳长如线。卷衣秦帝，扫粉赵燕。日含画幕，蜂上罗荐。平阳花坞，河阳花县②。越妇撘机，吴蚕作茧。菱汀系带，荷塘倚扇。江南有情，塞北无限③。

　　①"春昼"，春日风光，象征美好幸福。只是有的人可以恣情占有，有的人却无法沾边，甚或愁苦不堪。李贺有感于此，发而为诗。

　　②"朱城"，指帝王所居紫禁城。唐郑愔诗："晨跸凌高转翠旌，春楼望远背朱城。""更漏转"，古代用漏壶滴水计时，夜间视漏刻报更。此谓更尽漏转，天正初亮。唐李肇《国史补》："慧远以山中不知更漏，乃取铜叶制器。""卷衣"，古代帝王及公侯所穿绘有卷龙图像的礼服。《礼·杂记上》"公袭，卷衣一"注："卷音衮。"按即衮服。《周礼·春官·司服》"王之吉服，……享先王则衮冕"注："郑司农（众）云：衮，卷龙衣也。"正义："按卷龙者，谓画龙于衣，其形卷曲，其字《礼记》多作卷。"王琦引谓："秦王卷衣以赠所欢也。"是把"卷"当"捲"释，非。"秦帝"，表面指古秦帝，实际在指今唐帝。清陈沆《诗比兴笺·李贺秦王饮酒》笺："长吉诗中秦王，皆指宪宗。""扫粉"，指擦胭抹粉。"赵燕"，指汉成帝皇后赵飞燕，此间代指后妃。"画幕"，花色窗帷。"罗荐"，丝织品的床单垫褥。"平阳花坞"，王琦注："曾谦甫注：'汉平阳公主治花坞，号平阳坞。'然未详出何书。"按平阳公主为武帝姊，花坞为四周高起而中间凹下的花圃。北周庾信《对酒歌》有："筝鸣金谷园，笛韵平阳坞。"唐严维《酬刘员外见寄诗》："柳塘春水漫，花坞夕阳迟。""河阳花县"，晋潘岳为河阳令，多植桃李，号曰花县。见唐白居易《白帖》所引。唐李白《赠崔秋浦诗》："河阳花作县，秋浦玉为人。"

　　"朱城"十句说：紫禁城里春天的清晨，阳光照满禁院，东风吹遍小殿，催得兰花香气迎人，新生的草，如发可梳，新长的柳，条条似线。椒房之内，皇帝身穿盘龙衣服，后妃擦胭抹粉。太阳射入窗帘,蜜蜂飞上罗褥。百花开放,香雾成阵,简直赛过了古代著名的平阳花坞,河阳花县。帝王美好幸福,恣意享乐的生活,于此可见一斑。

③"揩机",机指织布机,揩本支撑、挂持意。此指把织布机支悬起来,表示暂时停用。一般说来,农妇是在冬冷春寒时候,以农暇进行纺织的。入夏就暂停织,去搞农忙,如蚕桑等类。"汀",指水中或水边平地。"系带",此指菱梗漂浮得像带子一样。"倚扇",指荷叶长得像大团扇一样。"江南有情",指吴越农妇,有想念丈夫之情。"塞北无限",指远征的丈夫抱有无穷的愁苦。

"越妇"六句说:吴越农妇在夏初把织布机揩悬起来,暂时停织。开始养蚕作茧。到了夏秋之交,菱梗长得像许多蔓衍的带子,荷叶长得像无数的芭蕉扇子,她们又要去采菱、采荷了。她们劳苦非凡,挣扎在饥饿线上。非但如此,她们还挂念远征的丈夫,梦寐难忘。她们在塞北服役的丈夫,也同样抱着无限的愁苦。这种情况,根本没有美好幸福、快乐高兴的可言。如与朱城帝王的生活一作对照,显然存有天渊之别!这正是李贺要告诉读者的讽刺帝王的写作意图。

附　识

诗题为春昼,上段表现朱城帝王时,都是用的春天美好幸福的景色,下段表现农村妇女时,却尽是用的夏秋农活。是否正如王琦所注:"蚕入夏而茧始成,荷入夏而叶始大,以二事写入春昼,似欠切?"实大不然,李贺不是文不对题之人。他又在使用"言外见意"手法,故意在春昼之下,写些蚕、茧、菱、荷等夏秋景物,表现广大农村劳动妇女,是根本没有美好幸福的春昼可言的。农村妇女终年辛勤劳动,备受压榨,不能免于饥寒,丈夫又远征未归,哪里能去涉想朱城帝王的所谓春昼。因此,这正是李贺"言外见意"手法在妙笔生花。李贺借春昼为题,引用两种不同生活的人来作对比,他在告诉读者以什么(讽刺谁,同情谁)? 应是读者所共理解的。

本诗与《钓鱼诗》的思想意图,对比手法,极其相似。正好相互说明,相互印证。

安　乐　宫①

深井桐乌起,尚复牵清水。未盥邵陵瓜,瓶中弄长翠②。新成安乐宫,宫如凤凰翅。歌回蜡板鸣,左悺提壶使。绿鬓悲水曲,茱萸别秋子③。

①　王琦说:"《太平寰宇记》:安乐宫在武昌县西北,水路二百四十里。吴黄武二年,筑宫于此……长吉此诗则为凭吊慨叹之作。姚经三曰:'此借梁陈旧宫名,以吊安乐公主。'按:安乐公主,中宗爱女。恃宠骄横,所营第宅及安乐佛庐,皆宪写宫省而工致过之……姚说或是。"似此,王、姚二人都不认为李贺是根据长安地区有个什么实际的安乐宫遗址来写诗的,不过是在托古借古以为题目。笔者对此,极表赞同。只是这个托借的真正目的,亦即写作意图,是在凭吊唐中宗的那样一个安乐公主?还是在讽刺现实帝王奢侈淫乐的安乐窝?这就难免有见仁见智的不同,有待读者来共同裁决了。

②　"桐乌",指井旁梧桐树上鸟巢内的乌鹊。"牵",引取。"尚复",寓有经过了长久年月还能照常一样的意思。盥,洗、灌。王琦释作洗瓜,方扶南释作灌园,都说得通。"邵陵瓜",王琦说:"即召平瓜也。《史记》:'召平者,故秦东陵侯。秦破,为布衣。贫,种瓜于长安城东,瓜美,故世俗谓之东陵瓜,从召平以为名也。'然不曰召平瓜,不曰东陵瓜,而曰邵陵瓜,盖字讹也。"按召平事见《史记·萧相国世家》,王琦所说良是。唯字讹之说,存有误会。根据诗文写作意图来看,李贺不是由于粗心写错了字,而是故意在运用"飞白"手法。因为按照主题需要,这里要突出"布衣平民"(亦即卖瓜小市民或瓜农)的形象,而东陵是个侯爵的名称,必须把它避免开来。所以故意改变一字,既能表现布衣平民的一面,又能抹掉侯爵色彩的一面。李贺这种故意讹字的飞白手法,在他的哑谜诗歌内,是比较普通的。如《金铜仙人辞汉歌·序》"魏明帝青龙元年(李贺原为九年,王琦改为元年,其实不当)",清陈沆在《诗比兴笺》内说:"《魏略》:'魏明帝景初元年,徙长安……铜人承露盘',而此故谬其词曰青龙元年。"这个"故谬其词",就是有意讹字。表示目的不是要真写古事。

"瓶",入井汲水器,犹桶。"长翠",谓水色长远是碧清的。这里"邵陵"和"长",都是具有关键性的词。

"深井"四句,表面好像在表现安乐宫只剩得一口井了,从而反衬宫室的败坏可惜。实际正如姚、王所说,并无安乐宫的遗址摆在眼前(安乐公主的主要第宅并不叫安乐宫),李贺只是针对布衣平民(卖瓜小市民或瓜农)进行描画。它是这样说的:布衣平民的卖瓜小市民或瓜农,每天起身很早,当桐乌初啼的时候,就到井内去提水。在未洗瓜或灌园以前,桶内取出的水,永远是碧清的。表现布衣平民的卖瓜小市民或瓜农,生活虽然清苦,却能安静耐久,没有什么恶风恶浪,大起大落。从而对比反衬下面另一种人的安乐无常,灾祸难逃。

③"新成",可以指古代新建,也可指现代新筑,这是李贺在故作含混。不仅这样,古有《新城安乐宫》歌词,只一字之差的似是而非,这也是种含混。由于本诗的写作意图是在讽刺一位特殊人物(见下面"左悺"句),所以不得不含糊其词,添些疑云,让读者去猜哑谜。"安乐宫",已见前注①,表面好像是宫殿名,本诗这里实质在指特殊人物的安乐窝。"凤凰翅",象征奢侈美丽。"歌回",歌音缭绕。"蜡板",上了蜡光的拍板。"左悺",东汉宦官,以诛梁冀功,封上蔡侯。见《后汉书·宦者传·单超传》。按不明说宦官,也是意存含混的。"提壶使",提水壶,听使唤。按能设置宦官供使唤的,只有皇帝。不直说皇帝而说宦官,不直说宦官而说左悺。即从左悺借代出宦官,从宦官反射出皇帝。实质上原是指名道姓地在说现实帝王。这一掩盖手法的运用,可算极尽了巧妙呕心之能事。"蘩",即白蒿,水生植物。《诗·召南·采蘩》"于以采蘩,于沼于沚"疏:"蘩,孙炎曰:白蒿也。""水曲",水湾子。"茱萸",植物名,秋日结实似椒。"别秋子",谓秋日一到,果子就要受到采摘,枝干就要归于枯萎,呈现一派悲惨凄凉的景象。

"新成"四句表面似说,安乐宫当初新建成时,多么繁华可羡。实际是说,现实帝王近年新建的荒淫统治,自以为是可保长治久安的安乐窝:它穷奢极侈、富丽堂皇得像凤凰翅膀一样,经常歌音缭绕,鼓板喧阗。还有宦官随侍左右,提水壶,供使唤……该是何等的享乐得意!殊不知这种腐朽生活,只能属于暂时现象,一旦到了末日,就要自食恶果,急转直下。变成秋天的野蒿在水塘里互相悲泣,秋天的茱萸在田土上零落哀号。

附　识

全诗可分两段:一、前四句表现布衣平民的卖瓜小市民或瓜农,生活虽然劳苦,但井水长清,能够安静耐久,不患大起大落;二、后六句表现现实帝王昏庸享乐,如果末日一到,就会悲惨不堪。前后对比一下,讽刺了现实帝王的所谓安乐是并不安乐的。此诗与《春昼》《钓鱼诗》《绿章封事》等,都是用不同生活的对比手法来说明问题的,可以相互印证。

用秋天的野蒿、茱萸来做结语,是由于他们非同松柏,荣枯时间很短,到时,农民要来割除,迫使它归于完结的。所以它呈现出了一种悲凉凄惨的气氛。这种气氛紧接在安乐窝享乐腐化的下面,无疑是在讽刺现实帝王迅将遭祸的。这和起首四句平民劳动、井水长清的形象一作对比,就可看出:谁是纯洁无愧,谁是罪过肮脏的?谁是风霜耐久,谁是祸迫眉睫的?从而显示了安乐是不可久恃的,荒淫是加速灭亡的。姚文燮、王琦都说是在凭吊唐安乐公主,虽属见仁见智,但有辨析余地。讽刺与凭吊,应是存有不小区别的:前者重在非议、指责,后者重在怀念、惋惜。本诗内容,如果释作怀念、惋惜唐代安乐公主,是有很多困难的:

一、安乐公主是唐中宗和韦皇后所生的幼女,深受宠爱,恃势骄横。先嫁武三思子崇训,后嫁武延秀。由于想拥韦后临朝,以己为皇太女,就合谋毒死了中宗。后为李隆基起兵杀死。像这样一个无德无功也无文才的历史渣滓,自然没有引人怀念、惋惜的可能。如果把汉贾谊对于爱国诗人屈原的凭吊,套在这里来说唐李贺对于安乐公主的凭吊,这是不能成立的。

二、全诗根本没有安乐公主出场,却通过借代手法"左悺提壶使",确有现实帝王出场。这种借代手法的使用,在李贺哑谜诗歌内并非偶然。例如《马诗》其二十一:"须鞭玉勒吏,何事谪高州。"这是"何事谪高州,须鞭玉勒吏"的倒置句式。其中的"玉勒吏",本是现实帝王身边控马的吏人。但把人贬往高州的并不是玉勒吏,为什么要鞭他?加之能够身边设置玉勒吏的,只有帝王。因此,这玉勒吏就是体现现实帝王的借代掩盖语。实与"左悺"同一作用。

三、章法语句都有矛盾,(一)材料组织上,"深井"四句和"绿鬓"两句,如果同属怀念、惋惜的性质,就不能分开来写了;(二)轻重分量上,"深井"四句多而不当;(三)情调色彩上,"未盟"两句成了离题之物,尤与"绿鬓"两句一乐一忧不能统一。

以上问题,如作讽刺现实帝王来理解,就都不存在了。反而显得本诗鲜明完整,恰到好处。因此姚、王两人的凭吊说法,应可排除。

金铜仙人辞汉歌①并序

魏明帝青龙元年②八月,诏宫官牵车西取汉孝武捧露盘仙人,欲立置前殿。宫官既拆盘,仙人临载乃潸③然泪下。唐诸王孙④李长吉遂作《金铜仙人辞汉歌》。

茂陵刘郎秋风客⑤,夜闻马嘶晓无迹。画栏桂树悬秋香,三十六宫土花碧⑥。魏官牵车指千里,东关酸风射眸子⑦。空将汉月出宫门,忆君清泪如铅水⑧。衰兰送客咸阳道,天若有情天亦老⑨!携盘独出月荒凉,渭城已远波声小⑩。

①《汉书·郊祀志上》"(汉武帝)其后又作柏梁、承露仙人掌之属矣"注引苏林曰："仙人以手掌擎盘承甘露。"又引《三辅故事》云："建章宫承露盘高二十丈,大七围,以铜为之。上有仙人掌承露,和玉屑饮之。"清吴景旭《历代诗话·唐诗》卷中引吴正子笺云："按徙铜仙事,陈寿正史不载,特附注《魏略》云:'明帝景初元年,徙长安铜人,重不可致,留霸城。'又引《汉晋春秋》云:'帝徙铜盘,盘拆,声闻数十里,金狄或泣,因留霸城。'其年月与长吉不合。……予按《三辅黄图》,则景初所徙者,始皇销锋镝所铸之金人。故《黄图》历载始皇所造之因,及董卓销毁之事。而复曰:尚余二人未毁。明帝欲徙之洛阳清明门,至灞垒,重不可致。其留灞垒之说,与《魏略》及《汉晋春秋》所载皆合。"笔者按吴正子虽还未识破李贺一贯虚引古题,并不真谈古事,意在讽刺现实帝王的手法,但所列举的"始皇金人"这一材料,是从无意中证明了李贺手法的具体真相的。史料上只有"承露铜仙人"和"始皇金人"的记载,原无"金铜仙人"这个名称的。李贺特意半真半假地混同起来使用,显与《秦宫诗》《公莫舞歌》《章和二年中》《安乐宫》……假托诗题同其类型。因此,本诗的写作意图,是在虚引古事表现亡国之哀,从而对于昏庸腐朽的现实帝王进行诅咒。

②"青龙元年",王琦注:"黄朝英谓:明帝纪,青龙五年三月改为景初元年,是岁徙长安铜人,重不可致,而贺以为青龙九年八月。夫明帝以青龙五年三月改为景初元年,至三年而崩,则无青龙九年明矣。此皆朝英所云也。仆谓贺所引青龙固失,然据今本《李贺诗集》云:'青龙元年',非九年也。朝英误认元年为九年耳。"笔者按王琦注书,素来有个优良习惯,从不轻易改变原版字样。遇有矛盾,只在注文内进行说明。这里由于青龙是根本没有九年的,他终于破例地把原文改为元年了。这是一个对李贺的大不理解。从现象上说,改"九"为"元"后,还有"青龙"未改"景初",还是未符事实的。从根源上说,用今本改变原文,这是因果倒置。特别是李贺哑谜诗歌,千年尚未为人理解。后人读它不通,就不断地改变原文。以致新近出版的书,改字越来越多。叶葱奇改字也殊不在少,但他在这里却作注说:"'九年'今本均作'元年',乃后人妄改,此从宋本。"他这一把今本改从宋本的行动,令人至感兴奋。宋黄朝英所提客观矛盾,是非常确切不可回避的。问题在于李贺要把"景初元年"写成"青龙九年"的原因,究竟在哪里?李贺身处朝廷破落腐朽,百姓灾难深重,而自己又怀才不遇,抱恨终天的岁月里(详见第一辑《引论》),他所写的几十篇哑谜诗歌,都是非议、讽刺、诅咒现实帝王的。他在使用语言方面,不能露骨太甚,只能借古讽今和运用各种各样的掩盖手法。其中有一较为

普遍的就是"飞白"。例如《安乐宫》内把"东陵瓜"写为"邵陵瓜",《上云乐》内把"天河"写为"天江","织女"写为"嬴女",《秦王饮酒》内把"青琴"写为"清琴",《马诗二十三首》内把"重帷"写为"重围",《吕将军歌》内把"若溪"写为"赤山",《李凭箜篌引》内把"吴刚"写为"吴质",《日出行》内把"上"写为"下",甚至本诗把"长安"写为"咸阳""渭城"……这些不胜枚举的飞白,都是别有作用的。它们的类型虽然不都一样,但最少有三点是可得而说的。一、表示不是真的在写古人古事,半真半假而已;二、散布迷雾,掩护真相;三、引起读者疑难莫释,多作观察思考,也就多有机会触及诗文的内在真相。对于本诗,清陈沆在《诗比兴笺》内说得好:"自来说此诗者,不为咏古之恒词,则谓求仙之泛刺。徒使诗词嚼蜡,意兴不存。试问《魏略》言魏明帝景初元年……而此故谬其词曰青龙九(元)年,何耶? 既序其事足矣,而又特标曰'唐诸王孙'云云,何耶?"

③"潸然",涕泪下流貌。《汉书·中山靖王传》:"潸然出涕。"

④"唐诸王孙",据上述陈沆评论和本诗表现亡国之哀的内容来看,显然在变汉为唐,表现子孙无所依托,从而对行将亡国的昏庸唐帝,加强诅咒。诗题诗序既为半真半假的假托之作,那么读者的任务就侧重在究辨写作意图上面了。至于李贺是否真的为唐王孙? 另有情况,详见第一辑《李贺思想的客观存在和王孙问题的具体辨析》。

⑤"茂陵",汉武帝坟墓所在地。"刘郎",具有双关作用。一面似指东汉采药以求长生的传说仙人刘晨。唐刘禹锡《游玄都观》诗:"玄都观里桃千树,尽是刘郎去后栽。"这比直接使用"刘彻"二字,更富于含蓄性,并能混淆耳目;另一面实际是说姓刘的郎君,为对茂陵汉武帝的藐视称呼(实是借以对本诗所要讽刺、诅咒的对象在进行藐视)。李贺《苦昼短》篇也有"刘彻茂陵多滞骨,嬴政梓棺费鲍鱼"句。"秋风客",指金铜仙人(以下一般简称铜人)。自西汉衰亡,国都早移,迄魏由许昌迁都洛阳,铜人在长安旧宫,一直是处在秋风冷落之中的。这里形容它为秋风客,更是把它拟人化了的。

"茂陵"句是依第一人称写法在说:"我这个汉刘彻的金铜仙人。"这是在针对诗题,体现诗中唯一主人公金铜仙人开门见山地走出场来了。他只是个主语(茂陵刘郎是他的修饰语),并不是个完全的句子。他将继续用第一人称表现以下的谓语活动。王琦注说:"吴正子谓汉武尝作《秋风辞》,故云尔者,非也。然以古之帝王而渺称之曰刘郎,又曰秋风客,亦是长吉欠理处。"叶葱奇说:"这里秋风二字,当然是指《秋风辞》,而意思则指他身如秋风中的草木,忽焉衰落。"三人间不论意见有何出入,但认为"秋风客是在表现汉武帝",却属相互一致。笔者觉得,这是不对的。因为句子是由三个词语组成的,已有茂陵、刘郎表现汉武帝在上,如说秋风客还是在表现汉武帝,那就成了"汉武帝+汉武帝+汉武帝"的公式,未免叠床架屋,太不精练。特别是这里如果不是铜人在开门见山的出场,怎么以下始终没有铜人露面?这个铜人的始终不曾露面,势必使本诗成了《汉武帝辞汉歌》,显然文不对题。再说,如果"秋风客"不被认为是铜人,那么以下所有的诗句:是谁夜闻?是谁环顾栏、桂、三十六宫?是谁被风射眸子?是谁出宫门?是谁忆君?是谁携盘独出渭城?是谁听波声小等?便无法作出确切合理的解说,势必陷章法脉络于混乱。特别是"酸风射眸子"一语,要不是以首句出场的主人公铜人为其根据,就要说成酸风射汉武帝的眸子了。这自然是大家都难同意的。

⑥"夜闻马嘶",谓铜人在天尚未亮的静夜里,就遥遥听见魏官要来搬它的马群叫声了。因为他的辞汉过程,是从思想活动先开始的。"晓无迹",谓天破晓后,尚未看见魏官车马的行踪到来。表现正当此际,才出现下面两句的心情活动的。"画栏",画有色彩的栏杆。"秋香",指桂树的花香。"三十六宫",西汉长安有宫殿三十六所。《文选·汉张衡〈西京赋〉》"离宫别馆,三十六所"李善注:"《三辅黄图》曰:上林有建章、承光等十一宫,平乐、茧馆二十五,凡三十六所。""土花",苔藓。

"夜闻"三句说:我在天尚未亮的静夜里,就遥遥听见魏官要来搬我的马叫声。天晓后,虽然还未看见人马的行踪到来,但我今天要被搬走的命运,是无法能够避免的。当此之际,我环顾多年朝夕相处的周围侣伴,如画栏、桂香、三十六宫及其一苔一藓,都将从此永别了。我的内心,该是多么地难过啊!三句是铜人出场后的直接谓语,表现铜人辞汉开始的时间和其内心活动。他听到了马声,感到要和同伴们永别了,心情非常难过。这在文章层次、思想观点以及语法逻辑上,都是非常自然,不难理解的。如果认为首句"秋风客"是汉武帝在出场,那就面目大变了。

王琦注说:"谓其魂魄之灵,或于晦夜巡游,仗马嘶鸣,宛然如在,至晓则隐匿不见矣,何能令人畏服如生时邪?"这里把魂魄描绘得这样活灵活现,迄为今人所普遍采用,中外宣扬。笔者总觉王琦绝未亲眼看见过这种现象,李贺也绝未告诉王琦有过这种现象(原诗根本没有魂魄字样),宇宙间也不可能客观存在过这种现象。显然只能是出自王琦自己的凭空臆造。这种说法,无疑把"几回天上葬神仙"的李贺,投入了呓语魂魄、迷信不堪的深渊。李贺虽还不是荀卿、范缜一流的无神论名家,但从他的诗集来看,远与王琦理解相反。因此,这里恰恰是在反映王琦的世界观。对于这个问题,进一步试作辨析于下:

一、如说这里是汉武帝在"夜闻"，势必马也存有魂魄，并且魂魄是有声音的。然而汉武帝听见了马的魂魄的叫声，并未能说明一个什么意思。因此是不能成立的。

二、如说这里是旁人对汉武帝魂魄活动的"夜闻"，这旁人指的是谁？是古今人民，还是李贺自己？这是必须究明的前提。尽管王琦描述得有马有鸣，历历在目，并有观者在旁。但这观者夜不睡觉，夜眼烛物，能够见鬼见神，读者实在无从取信。看来这是王琦自己所作的一种猜测假设，其他人和李贺都绝对没有可能目睹过这种现象。他们对于这种毫不现实的编造之辞，只能深感诬枉的。再说，既然认定首句是以汉武帝作主语的，怎么下面没有他的谓语就更换主语为"旁人"了？而这所谓"旁人"，又是诗中没有露面，经不起查询，说不出确切根据，违离章法语法，不曾自圆其说的凭空编造。因此，也是不能成立的。

王琦的症结，在于他把"秋风客"当作汉武帝看待后，下句无法进行通释，才不得不作出设想编造的。岂料连题意、情节、章法、语法全生抵触了。由此可见，"秋风客"只能是表现铜人的。"夜闻"也只能是铜人在夜闻。

另外还有一个问题，有人说："'画栏'两句，是在描写汉宫的荒凉景象。"这也应有辨析。就栏而有画，桂而有香来看，显然是不能这样说的。即如长有绿苔的三十六宫，虽是有其荒凉意味的一面的，但它和栏、桂并列在这里，主要还是与栏、桂另外具有相同的重要作用的。它们一致的相同作用，在于以朝夕相处的伴侣身份，衬托铜人在车马到来之前，环顾彼此将要永别，发生了非常难过的心情。这是扣紧辞汉题意，首先从心理活动上展开的极为自然的辞汉前奏。不好侧重到荒凉景象方面去的。

⑦"魏官"，指魏帝派来主持搬运的官员。"指千里"，指，向铜人指明。千里，稍有夸张（但也不能说成百里）。魏自文帝起建都洛阳。王琦注说："铜人既将移徙许都。"也有注家说是迁往河北邺城的。皆与《魏略》所载不符。"东关酸风"，因车向东行，指从东关射来的辛酸之风。

"魏官"两句：天亮好久之后，魏官所带的人马，终于来到了汉宫我铜人的面前，当即向我指明，要把我搬往千里之远的魏都去。于是我被装载上车，向东出发。我感到东来的辛酸之风，阵阵射进我的眼珠之中，无比伤心（警句）！这是继上面铜人不忍永别侣伴的辞汉心情，进一步展开的辞汉活动。如果说首四句不是在表现铜人而是在表现汉武帝，那就非但与诗题"辞汉"无关，造成铜人始终没有露面的漏洞，还将在这里使得魏官所面向和被酸风射眸子的，都只能说成是汉武帝了。而以下一脉相承的所有活动,也都难以说成不是汉武帝了。其为文不对题,文理大乱,可以想见。

⑧"汉月",谓天上的月亮还和汉时一样。"忆君",追忆故帝。"铅水",指化妆用的铅粉,经水溶解后,易生滞性,所以水的滴点较大。梁沈约《木兰诗》有"洗却铅粉装"句。

"空将"两句说:我孤单单地只由天上那个还和汉代一样的月亮,伴送出了宫门。回忆汉朝旧君,不禁大点泪水滚滚下落。两句都是主语承前铜人的。表现铜人永别了一切伴侣之后的出宫活动。

⑨"衰兰",对路旁衰草的美称爱称。"客",呼应"秋风客",即铜人,再一次证明秋风客不是表现汉武帝的。"咸阳",长安的飞白。地在渭水之北,与渭水之南的长安隔水相望。

"衰兰"两句说:衰败不堪的秋草,匍匐在长安道上的两旁,牵衣号泣,送我诀别。我的这种悲惨遭遇,要是上天有感情的话,也会愁苦得容颜变老的。表现铜人出宫之后,在长安道上的感伤。由于上句铜人已处泪如铅水之下,无法再从正面加深描画了,李贺才转而就道旁衰败不堪的秋草,采用侧面拟人手法,对铜人的思想感情更作无限深刻的反衬表现的。景象萧瑟,哀思沉重,如闻泣声,如睹牵衣,获得了诗坛千年的称道。

⑩"独出",谓唯一伴送出宫的月亮,终于在长安城门口彼此告别了(实际应是月要落了)。所以独自出城前进。"渭城",汉改咸阳为渭城,这里仍为长安的飞白。

"渭城"两句说:我带着铜盘,终于和汉月告别,独自走出了长安城。此后汉宫的月亮啊,更要显得荒凉了。我离长安渐远了,那渭水流动的波声,还始终在我耳朵里隐隐约约未停呢!这里的"携盘"句与前面的"空将"句,是情节各不相同,不可误看成彼此重复的。"空将"句是汉月在送铜人出汉宫,"携盘"句是铜人在告别汉月出长安城。李贺正是这样有意识地一步一步来作曲折连绵的表达的。关于"月荒凉"一语,王琦说:"所携而俱往者唯盘而已,所随行而见者唯月而已。因情绪之荒凉,而月色亦为之荒凉。"这里须加辨析:人之情绪,只有悲凉,未有荒凉。再说,铜人正处车马人群之中,根本不是什么荒凉。所荒凉的,倒是留在长安城内汉宫的月亮,由于铜人搬走了,却更显得大为荒凉。这从携盘独出的"独"字来看,是可证明铜人更进一层地和汉宫唯一伴送者亦即长安城上的月亮也终于告别了的。铜人去后,还眷念汉月的荒凉,这是符合本诗一贯到底的感情的。如果把月看成是一直伴随铜人前往洛阳的,非但月是有起有落,并且背道向西运行,无其可能的。尤其是抹杀了铜人辞汉中出城情节的安排,使得

"空将""携盘"两句在实质上成了毫无意义的重复,陷入累赘无力的境地了。"渭城"句是表现铜人眷念之情未稍休止的状态的。诗虽结束,铜人的意绪是非常深长,没有停止的。"小"字有隐隐约约之意,但可能波声已经听不到了而铜人还觉有声的。

<h2 align="center">附　识</h2>

本诗用"秋风客"体现铜人出场。从铜人搬运出发的前夜写起,经过事前的心情活动,到出汉宫,出长安,直至远去。选用栏、桂、宫殿、酸风、汉月、衰草、古道、天公、城门、波声……来表达沉重的悲哀之感。每一句都含有"铜人"在内(即使是"魏官牵车指千里"也是在面对铜人作指明),中心至为明确。并运用有拟人、飞白、侧面衬托等手法,应当说,艺术性还是非常完美的。写作意图方面,初看上去,好像在对求仙长生的活动进行讽劝,后始察觉是在诅咒现实昏庸帝王为亡国之君,难逃悲惨下场。无怪清陈沆要反对误认本诗为咏古求仙之作,强调是宗臣去国(实即李贺辞职离去长安)之思的。证之以李贺大量哑谜诗歌,意图正是彼此一致的。

<h2 align="center">还自会稽歌并序</h2>

庾肩吾于梁时,尝作宫体谣引,以应和皇子。及国势沦败,肩吾先潜难会稽,后始还家。仆意其必有遗文,今无得焉,故作《还自会稽歌》以补其悲①。

野粉椒壁黄,湿萤满梁殿②。台城应教人,秋衾梦铜辇③。吴霜点归鬓,身与塘蒲晚④。脉脉辞金鱼,羁臣守迍贱⑤。

① 梁简文帝萧纲,为梁武帝萧衍第三子。早年曾被封为晋安王。庾肩吾八岁能诗,素有文才,因得充纲常侍。纲后迁镇他处,肩吾亦随行。后纲立为皇太子,肩吾曾为东宫通事舍人、太子率更令等职。纲即位时,更以肩吾为度支尚书。因纲的即位,是侯景叛乱,以武力向建康逼死萧衍后,虚设的一个傀儡,所以上游的萧梁藩镇,都引兵抗侯。于是侯伪称纲意派肩吾西往江州劝降纲子当阳公萧大心,肩吾因乘隙东逃浙江。不料侯党宋子仙破会稽,生捉肩吾,逼令作诗,可免一死。肩吾操笔即成,辞采甚美。宋就释放肩吾为建昌令,肩吾仍逃往江陵萧绎(后为梁元帝)处,萧绎以为江州刺

史,领义阳太守、武康县侯,未几即卒。有文集行世。凡此情况,见《梁书》《南史》的《庾肩吾传》及《梁简文帝纪》《梁元帝纪》《梁敬帝纪》。

　　根据诗题、诗序来看,好像在写庾肩吾回到建康,感到梁朝破落可哀。其实,庾肩吾根本没有回过建康。李贺又在制造假象。清陈沆在《诗比兴笺》内说:"杜牧之叙长吉集,独举此篇及七言之《铜仙辞汉歌》。此深于知长吉,故举此二诗以明隅反也。考长吉咏古题而有自序者,唯此二章及《秦宫诗》。盖彼借古寄意,而此二诗则自喻也。其举进士不见容而归昌谷时所作欤? 昌谷在河南福昌县,故自京东还也,'秋凉梦铜辇','脉脉辞金鱼',孰谓长吉无志用世者? 不然,何取于庾肩吾之还家而必为补之!"这就是说,李贺不是真的在写庾肩吾从会稽回到建康,而是在写他自己从长安回到昌谷。这是很有见地的。笔者依据《梁书·庾肩吾传》"方得赴江陵,未几卒"来看,庾肩吾没有回过建康家中,是很明白的。更依据《南史·庾肩吾传》"仍间道奔江陵,历江州刺史,领义阳太守,卒"来看,非但庾肩吾未曾回过建康,也因未几就卒在江州任上,与诗句"脉脉辞金鱼,羁臣守迍贱"发生了根本抵触。再说,庾肩吾是有集行世的,他所写的宫体谣引,王琦及我们都未查出,不知李贺何从看见的? 可见这与《金铜仙人辞汉歌·序》的"青龙九年"《秦宫诗·序》的"辞以冯子都之事相为对望",同属掩护真相的假托之词。关于陈沆所说"其举进士不见容而归昌谷时所作欤"一点,似未尽然。就诗句"吴霜点归鬓……脉脉辞金鱼"加以辨析,应是李贺更在长安做了几年奉礼郎、协律郎,宦梦彻底破产,愤然辞职返乡之时所写。因此,它与《出城别张又新酬李汉》《金铜仙人辞汉歌》……大量哑谜诗歌,才是同其年时的。

　　②"野粉",谓宫殿如同荒野,灰粉剥落得满地都是。"椒壁",谓用椒和泥涂得十分香洁的宫墙。汉称皇后所居叫椒房。《汉书·车千秋传》:"转至未央椒房。""黄",谓有雨水漏痕,色呈斑黄。"湿萤",萤为腐草所化,生自潮湿之地。"梁殿",双关语。表面指梁代的宫殿,实际指唐朝的宫殿。因梁唐同属一韵,假借原不足怪。犹《堂堂》篇的"堂堂复堂堂",实即"唐唐复唐唐"之意。

　　"野粉"两句,表面似说建康梁朝的衰亡景象。实际是说:我感到长安唐宫遍地石灰碎粉,椒壁满眼黄色水痕,到处都是腐草萤虫,衰败不堪。表现唐王朝的腐朽破落,接近消亡,是对现实帝王的强烈讽诅。

　　③"台城",本指南朝梁建康皇宫的禁城,在今南京玄武湖侧鸡鸣寺旁。这里实际是指唐都长安而言。晋宋间谓朝廷禁省为台,故称禁城为台城。见宋洪迈《容斋随笔

续笔·台城少城》。"应教人",为巧妙双关语。表面似指当年与皇子唱和文字的庾肩吾——汉魏六朝太子诸王之令称教,应令而作的诗文常以"应教"为标题。《文选》有南朝梁沈约《钟山诗应西阳王教》一首,即是其例。实际本诗这里的"应教人"三字,乃为"只能使人"或"只使得人"之意,是感于首两句腐朽破落的景象,促使人要发生伤感的语气。"秋衾",表示衣被单薄,落拓苦寒。"梦",追想。"铜辇",太子的车。《文选·晋陆机赴洛诗》"抚剑遵铜辇"注:"铜辇,太子车饰。"按辇为人拉的车,装饰华丽,宫中所用。本诗这里有表现早年鼎盛时期的兴旺景物之意。

"台城"两句,表面似说庾肩吾回到建康,看到梁宫破落不堪,不胜今昔之感。实际是说:我李贺目睹长安唐朝的腐朽破落,只能使人从潦倒愤慨的心情中回想它兴旺发达的当初。如今它是快要完结了!

④ "吴霜",表面似指庾肩吾回到建康的风霜,实际是指李贺自己在长安几年的风霜。"点归鬓",指归家后感到头发有几点发白了。这与潦倒失意和身患肺病有关(见第一辑《李贺哑谜诗歌的诞生和其异于一切诗人的三个因素》)。"塘蒲晚",谓像晚秋池塘上的蒲草一样,枯萎不堪,不会长久了。

"吴霜"两句,表面似说庾肩吾回到建康,自叹自感;实际是说:我李贺经过了长安几年的潦倒风霜,现在回到昌谷家中,尽管还是壮年,鬓发却已有点发白了。我的身体病弱不堪,像晚秋池塘上枯萎了的蒲草一样,不会长久的。

⑤ "脉脉",饱含情思,默无一言貌。《文选·古诗十九首》之十:"盈盈一水间,脉脉不得语。""辞金鱼",谓辞去官职。古大臣服饰佩龟,唐始佩鱼,品有差别。《唐书·杜甫传》:"严武镇成都,奏为节度参谋检校尚书工部员外郎赐绯鱼袋。"又《唐书·舆服志》:"附马都尉从五品者假紫金鱼袋。"王琦说:"长吉咏梁事而用金鱼,恐……"按此正可证明本诗不是真的在咏梁庾肩吾,而是在写唐李长吉自己。因此,本诗是写在李贺辞职离开长安回到昌谷之后的。"羁臣",谓寄居别国作客的人。羁同羇,《左传·庄公二十二年》"羇旅之臣"注:"羇,寄也。旅,客也。"这里表现唐国将亡,自己将永作他国之人,亦即永作亡国之人,是个关键性的愤慨语。"迍贱",潦倒贫贱意。

"脉脉"两句,根本没有涉及梁庾肩吾的可能。它只是这样在说:我李贺脉脉无言地辞去职务,离京还家,我将死心塌地地做个潦倒贫贱的亡国之人! 愤慨朝廷腐朽,行将亡国。

附 识

本诗是用第一人称写出的。前四句表现自己目睹唐王朝的腐朽衰败,使人回想唐朝建国当初,何其兴盛,不胜今昔之感。次四句表现自己长安失意,怀才莫展,只得辞职还乡,候作亡国之人。显然在对腐朽朝廷,发泄胸中愤慨之情。所有诗题、诗序,与《秦宫诗》《金铜仙人辞汉歌》等篇事同一例,全属假托。正好相互印证,原非偶然。

本诗讽咒现实帝王为亡国之君,是运用"野粉椒壁黄,湿萤满梁殿"两句和"羁臣"一语来作表达的。"野粉"两句锋芒很露,通过假托诗题和伪加的诗序把矛头转向萧梁王朝去了。也就是说"指桑"方面有了萧梁去吸引注意,"骂槐"一面就隐蔽很深了。剩下的"羁臣"一语,为寄居别国领土上的人,性质虽极严重,但字面毫不刺目,不易为人注意。因此之故,本诗与《金铜仙人辞汉歌》虽属同一写作意图,而隐蔽却更过之。当然,在李贺数十篇哑谜诗歌当中,仍要以此两篇为最隐晦莫测。杜牧为李贺诗集写叙,独举此两篇名的原因应在这里。杜牧并非全不理解李贺哑谜诗歌的人,详情见第一辑。李贺所写另篇如《章和二年中》《平城下》《上之回》《苦昼短》《秦王饮酒》《出城别张又新酬李汉》《春坊正字剑子歌》《送秦光禄北征》《将进酒》……性质都要严重而锋利得多,杜牧决不敢于引用。陈沆对此,可能发觉犹有未周。

雁门太守行①

黑云压城城欲摧,甲光向月金鳞开②。角声满天秋色里,塞上燕脂凝夜紫③。半卷红旗临易水,霜重鼓寒声不起④。报君黄金台上意,提携玉龙为君死⑤。

① 宋郭茂倩所编《乐府诗集》,分历代乐府歌辞为十二类。《雁门太守行》一篇,列在《相和歌》内,内容为赞美后汉洛阳令王涣德政,并不涉及雁门太守。是否另有原始歌辞? 未见流传。南朝梁简文帝始用此题写过有关边城征战的内容。李贺此诗,是因唐宪宗元和四年,成德节度使(在今河北正定县)王士真死,子王承宗自为留后,宪宗不予任命,并派宠信宦官吐突承璀统兵讨伐。白居易极言宦官不可统率兵马,未被采纳。结果大耗财用,战败无功。元和五年,只得忍辱任命王承宗为成德节度使了。李贺鉴于朝廷腐败无能,宠信非人,才引《雁门太守行》为题,以记征战经过,而表讽刺之意。

②"黑云"，象征叛乱气氛。"摧"，毁坏意。"甲光"，指军队铠甲在夜月照射下的反光。"月"，他本多有作"日"的。但从星夜调动大军进行征讨来看，还是以"月"字为好。"金鳞"，本整齐美观的金色鱼鳞，比喻军队耀眼齐全的铠甲装备。

"黑云"两句说：嚣张叛乱的滚滚乌云，压得整座恒州城几乎要塌毁掉了。中央讨伐大军的调集出发，一派金甲耀月，鱼鳞照眼，多么地整齐威武！前句表现叛乱事件的发生，后句表现吐突承璀大军的出动。明杨慎《升庵外集》说："《摭言》谓贺以诗卷谒韩退之(唐韩愈)，韩暑卧方倦，欲使阍人辞之。开其诗卷，首乃《雁门太守行》，读而奇之，乃束带出见。宋王介甫(王安石)云：此儿误矣！方黑云压城时，岂有向日之甲光也？或问此诗韩、王二公去取不同，谁是？予曰：宋老头巾不知诗。凡兵围城，必有怪云变气。昔人赋鸿门，有'东龙白日西龙雨'之句，解此意矣。予在滇，值安凤之变，居围城中，见日晕两重，黑云如蛟在其侧。始信贺之诗善状物也。"笔者认为，这种唯心观点，根本未可信从。须知：一、"黑云"一语，可以是"现景写实"，也可以是"象征设譬"。李贺在后方运笔写诗，并非在前线参战写景。韩因接触李贺生活，只有"象征"欣赏；王因远离李贺年月，致有"现景"误解；二、"黑云压城城欲摧"，无疑是指恒州地方发生叛乱而说的。"甲光向月金鳞开"，却是另指中央调派大军，由吐突承璀充任统帅进行讨伐而言的(以下各句才是写讨伐军队作战不力的)。时日既有先后，地点又属两方。王安石误生指责，自然不能成立。

③"角"，乐器，后多用于军中。与今冲锋陷阵的号音作用相同。"秋色"，秋日风霜，草木零落，象征肃杀之意。汉荀悦《申鉴杂言上》："喜如春阳，怒如秋霜。"这里表现战斗发生，互相厮杀。"塞上"，指北方山城。"燕脂凝夜紫"，新旧注家对此大费周折。王琦说："旧注引《古今注》：'秦筑长城，土色皆紫，故曰紫塞'为解。琦按：当作暮色解乃是。犹王勃所谓'烟光凝而暮山色紫'也。又《隋书·长孙晟传》曰：'臣夜登城楼，望见碛北有赤气长百余里，皆如雨足，下垂被地。谨按兵书，此名洒血，其下之国，必且破亡。欲灭匈奴，正在今日。'引此为解似更确。"方扶南说："燕脂谓燕脂山所产之草，而黑云映日，有此光怪紫气。"《法家诗选》说："塞上的天空映出了像胭脂那样美丽的朝霞，朝霞和残余的夜色融为一体，使大地的景物染上了一层浓浓的紫色。"笔者觉得：暮色、草色、朝霞融夜色三说法，不能体现选词造句上的鲜明性和确切性。尤其不能显示出上下句子之间的连贯脉络。赤气洒血一说，迹近迷信，自不足据。依照"角声满天秋色里"来看，"燕脂"即胭脂口红，表明血初流出时的鲜红颜色。紫，表明血在地上经过

一定时刻变成了暗红颜色(见下释文)。

"角声"两句说:冲锋军号漫山遍野地吹响了,真是杀声震天。恒州城郊白天所流的鲜血,像胭脂一样的鲜红,凝聚到了夜晚,就变成暗红的紫色血块了。表现了战斗发生和血流成河的景象。

④ "半卷红旗",《法家诗选》说:"军队将红旗半卷,急速进军,开到了易水边上。"笔者觉得:一、果真要确切地表现"急速进军",常见的是用"星夜兼程",不曾见过用"红旗半卷"的。"红旗半卷"一语,用以表现偃旗息鼓、旗靡辙乱的形象,倒是非常合适的;二、上面的"角声"两句,已经血流成河了,并非战斗还未开始,显然存有抵触;三、恒州在石家庄附近,易水远在东北方向的易县。如说进军到了易水,无异在说距离恒州尚远,了无意义。因此这里实际是说军队败退到了易水。这与唐代当时藩镇叛乱,朝廷讨伐无功的历史情况是正相符合的。清陈沆在《诗比兴笺》内说得好:"宪宗元和四年,成德军节度使王承宗自立,吐突承璀为招讨使讨之。逾年无功。故诗刺诸将作战不力,无报国死绥之志也。"

"声不起",《法家诗选》说:"声音浊重、低沉……战斗开始,擂鼓前进,拂晓的严霜浸潮了战鼓,因此鼓声低沉。"王琦说:"《汉书·李陵传》:吾士气少衰,而鼓不起者何也? '不起'字虽本于此,然彼谓击鼓进士,而士气不起;此谓天冷霜浓,而鼓声低抑。同此数字,意则大异。"笔者觉得:一、这里如果是军队在锐意前进,准备积极开展战斗。也就是说,尚未开始作战,士气正很饱满。那么作者就不会在此紧要关头,抽出笔来写此脱离章句脉络,大杀风景的"鼓声低沉"一句了。这种表现士气低落的语言,写在这里,作用何在? 意义何在? 未免难圆其说;二、鼓因霜重而有寒感,这是可以理解的。但这正是适宜于表现士气低沉的,并不等于说鼓寒就是鼓击不大响,声变低沉了。事实上感到寒而低沉的是人,并不是鼓。寒天的鼓,也还是可以击得震响的。《李陵传》所说的"士气少衰而鼓不起"显然不是鼓声不响,而是鼓声提不高士气来了。王琦找出了"不起"的起源,承认了"不起"的本意,却又把它推翻掉。其原因或与《平城下》的"倒戈"解说,《猛虎行》的"苛政"解说,事同一例,未足多怪。当然,如果王琦对"塞上燕脂凝夜紫"句未存误解,不知又将何以处此?

"半卷"两句说:吐突承璀的讨伐军队红旗半卷,败退到了易水。霜重鼓寒,士气非常不振。如实记录了朝廷的腐败无能,宠信非人。

⑤ "黄金台",相传战国燕昭王于易水筑台,置千金在上,招求人才。《文选·南朝

宋鲍照放歌行》："岂伊白璧赐,将起黄金台。"这里实指吐突承璀所领左右神策军禄养素厚,异于他军。"玉龙",指剑。相传晋雷焕于丰城得龙泉、太阿两剑,将龙泉送与张华,留下太阿自佩。华死,剑失下落。焕死,子雷华持剑行经延平津,剑忽从腰间跃出堕水,使人入水取之,但见两龙各长数丈。见《晋书·张华传》。

"报君"两句说:你们这些所谓将领,怎么不报答朝廷平日给你们无比优厚的待遇,提起宝剑来,为朝廷拼死战斗呀! 这里既是对饭桶将领的责问,也是对昏庸帝王的讽刺。

附　识

本诗为纪事诗,首两句叙叛乱发生和朝廷调兵讨伐,次四句叙战斗流血以及败退易水、士气不振的所有经过情况,尾两句提出责问。情节结构还是非常完整的。如果认为本诗从叛乱开始,到调兵前进为止,始终尚未开战。那就与"角声"四句的内容尽相抵触,既无情节结果的下文,又无褒贬评议的抒发,将是不成其为诗作的。也与当时藩镇跋扈、宦官误国的时代特点欠相符合。

本诗应是写于元和五年前后的。其时李贺正举进士受阻,但在讽刺现实帝王方面,尚未臻于辛辣。因此在写成之时,即予公之社会。至于许多讽诅极为辛辣的诗作,却是辞去奉礼郎职务离京以后所写,都未敢向社会公开的。最后只是托交沈子明保存到李贺死后多年(特别是李贺母亲死后),才再设法拿出付印的。

开愁歌① 花下作②

秋风吹地百草干,华容碧影生晚寒③。我当二十不得意,一心愁谢如枯兰④。衣如飞鹑马如狗,临岐击剑生铜吼。旗亭下马解秋衣,请贳宜阳一壶酒。壶中唤天云不开,白昼万里闲凄迷⑤。主人劝我养心骨,莫受俗物相填豗⑥。

① 谓胸有愁闷,要想解开。

② "花下作",影射诗文"华容碧影"四字,确是在指花而说(预防另生歧义)。详见后面《附识》。

③ "干",枯了。"华容碧影",犹红花绿叶。"晚寒",指严冬。

"秋风"两句说:有的人到了秋天,就像野草一样被秋风刮得干枯不堪,生活不下去了。有的人即使到了严冬,也能照样保持花红叶绿,生活得神气活现。前者是象征被压迫被敲骨吸髓的普通百姓的,后者是象征搜刮成性、奢侈享乐的帝王集团的。因此从艺术手法上说属于象征设譬,不属现景写实。否则理解上将会发生重大矛盾的。

④"愁谢",谓因愁苦而凋萎。"枯兰",春兰秋枯了。

"我当"两句说:我壮年怀才不遇,衷心愁苦,如同春兰被秋风摧谢得成了枯草一样。表现自己是属于首句被摧残一面的人。足见首两句是就压榨和被压榨两类极端的人在作生活上的对比,是用"百草干"和"华容碧影"来作形象比譬。并非在说今天的景物,既已百草干枯,又是华容碧影。

⑤"鹑",鸟名。尾秃,羽多斑点。因被喻作衣服的破敝补绽。《荀子·大略》:"子夏贫,衣若悬鹑。"后代更有"鹑衣百结"的成语,形容衣服褴褛。"马如狗",借马的瘦小形容人的潦倒不堪。"临岐",谓摆在面前有两条道路:是甘受轻侮践踏,还是相反地去有所作为?"击剑生铜吼",铜当然不会吼的,是人在愤怒。表现怀才不遇,有剑拔弩张,别求作为的设想(是个警句)。"旗亭",指卖酒店。"秋衣",谓破旧的衣服。"壶中",指酒壶(也可理解为仙境。《后汉书·费长房传》:"有老翁卖药悬一壶于肆头,及市罢,辄跳入壶中……惟长房见之……旦日复诣翁,翁与俱入壶中,见玉堂严丽,旨酒甘肴,盈衍其中,共饮毕而出。"唐李白《下途归石门旧居》诗:"何当脱屣谢时去,壶中别有日月天。")。"唤天",呼叫上天。"云不开",谓云雾密集,愁闷不能消解。"白昼万里",犹朗朗乾坤。"闲",阻隔。"凄迷",昏暗貌。

"衣如"六句说:我身穿破衣,骑着瘦马,真是潦倒不堪。我的面前摆着两条道路,是忍受轻侮践踏,还是相反地去有所作为? 我要拔出宝剑来,瞋目怒吼,泄我心头之恨,才算称意。我来到路旁酒店,脱下破衣,押壶酒吃,求解愁闷。但这酒壶内面,我还是喊天不应,驱散不了我的愁云(或"但费长房所入的壶中仙境,呼叫不开"朗朗乾坤,却被昏庸现实帝王弄成了黑暗世界,无路可走)。表现了作者怀才不遇的强烈愤慨。

⑥"主人",酒店主人。"养心骨",保养精神和身体。"俗物",指俗儒的封建教条。例如君要臣死,不敢不死。父要子亡,不敢不亡。至于使人怀才不遇,那就根本不应芥蒂心上。做起诗来,一定要遵守怨而不乱的原则……"填狄",谓向耳鼓填塞蠢猪般的喧扰可厌声音。"狄"是李贺新创的一个字,应俟下面详作辨析。

"主人"两句说:酒店主人劝我不要过分激动,善自保养精神和身体,只要不听那些俗儒蠢猪般的片面说教，自己行其所安就是了。

关于“豗”字，王琦注说：“字书既无此字，则为讹写无疑。曾本、姚经三本俱作‘嗔欺’，愚意或是‘嗔诙’二字，谓受俗人之嗔怪诙笑。未知合否？”笔者觉得：讹写无疑之说，在分辨李贺哑谜诗歌当中，是个常要碰到的有趣问题。因为它既有对的一面，又有错的一面。例如《康熙字典》虽有“豗”字，但考所引，实是起源自李贺本诗的。正如《春坊正字剑子歌》中的“罽”字，《辞海》虽已有了，但来源是以李贺原诗为根据的。显而易见，这两个字都是李贺创造出来的新字。王琦认为讹写，自是有其一定的理由的。

不过，李贺为什么要创造新字？必要性是怎样的？作用何在？有无笔误？这是必须深究写作意图后，才能水落石出的。“罽”字另由原诗内去作辨析。本诗这个“豗”字，根据全诗意图来看，是个极为关键性的字眼。李贺是按形声规律，有意进行创造，并不存在笔误问题的。它的形音义，非常准确鲜明：形从豕，为蠢猪；音读灰；意义则为蠢猪喧扰不休、可厌已极的声音。象征俗儒的片面说教，琐琐束缚。不难看出，李贺对于自己的怀才不遇，是有很大反感，不甘听任摆布的。他血气方刚，充满剑拔弩张（临岐击剑生铜吼）的愤怒感情。他富有正义，痛恨昏庸误国的黑暗朝廷。他将采取怎样的倾向，来打开他的愁闷？看来这个尾句实质上是在这样说：莫被俗物填猪声，亦即不受那些俗儒蠢猪般的片面说教所束缚（突破办法见相互关联的《野歌》篇）。这种要求突破俗儒束缚的意图，自然是不能直言无隐的。在掩盖手法方面，偶尔根据需要，创造个别新字，不让任何人能抓辫子，并能确切表达含义，原是值得注意的高妙办法。我们如果把它改为别的字，势必隔靴搔痒，反失本意。再说李贺的飞白形式很多，假使把《日出行》内的“白日下昆仑”改正为“白日上昆仑”，《出城别张又新酬李汉》内的“南山崆峒春”改正为“南山空洞春”，《上云乐》内的“天江”改正为“天河”，《野歌》内的“黑肥”改正为“黑杷”，这将怎样影响写作意图的表达和掩盖？因此之故，王琦所说的“讹写无疑”，在这里又不能不认为有错了。这与《吕将军歌》内的“赤山秀铤”问题，王琦所注既有对的一面，又是根本错的，例正相同。

林同济在《李贺诗歌集需要校勘》一文内辨析这个“豗”字说：“可采《唐音统签》和《字汇补》之说，肯定即是‘豗’字。”笔者觉得：“豗”字出现较早，李贺的前辈如李白、杜甫、韩愈都用它做过诗了，李贺为什么舍此不用而要去另创一个新字？《唐音统签》和《字汇补》都是李贺以后的明人清人所写，他们是怎样理解李贺诗歌的？自然存有疑问。具体地说，《唐音统签》说：“豗，相击也。”李贺本诗的取义是“豗，猪的喧扰可厌声音"。这里的差别很大，显然不好混同起来。

附　识

一、本诗自首两句对比普通百姓与帝王集团的苦乐生活之后，以下转入作者个人怀才不遇的愁闷愤慨，未再呼应首两句的百姓问题，结构是不算完整的。这是因为本诗与《野歌》篇应属一篇诗作，经过化整为零的掩盖手法分割成为两篇所致。本诗只算一个上半截，查阅《野歌》篇便可了然。

二、本诗在错字问题上曾有辩论，兹将《图书评介》1980 年第 3 期所载拙文《为有疑云翻岱岳·且凭滴水验沧溟》，节录部分于下：

"1978 年 12 月 12 日《光明日报》发表的林同济先生所写《李贺诗歌集需要校勘》（以下简称《校勘》）一文内说：本诗题目下，现行本注有'花下作'三字，应是花字有错，深秋如何会有花的可能？笔者觉得，问题似乎不在这里。作者加出三字的用意何在？倒是先要弄清的。根据诗文首两句来看，这'花下作'三字，正是预防'华容碧影'紧处'秋风百草干'之下，容易被人否定是花，如同《校勘》一样去作别的设想了。所以才特意加出，强调是指花的。因此，这三个字是专为保持'华容碧影'的本来面目而服务的。

李贺刻画出'百草干'和'华容碧影'的对立形象，并无何种矛盾之处。例如《雁门太守行》内，王安石曾笑'黑云压城城欲摧，甲光照月金鳞开'的两不相容是不通的。《出城别张又新酬李汉》内，王琦曾说：'首联已用春字，至此又用冬夜，下联又用秋月，杂乱至此。'评它三不相容是不通的。事实上这些全是误解。他们把象征设譬的运用，看成了现景写实的进行（所有详细辨正情况已见各该诗篇，此从省略）。兹就本《开愁歌》首两句来说：秋风正吹，远与晚寒有别。寒而已晚，已即严寒，实是两个显然不同的季节。季节既不相同，自无现景写实可能。其为象征设譬，不待言而自明。

李贺生活在阶级社会里，根据他的大量诗篇来看，他富有正义感，同情广大受压榨的百姓；他怀才不遇，讽诅现实帝王。这是他的客观存在。'秋风''华容'两句，正是从这两个对立面来立言的。就广大遭受帝王集团敲骨吸髓的百姓来说，正是秋风吹地百草干的。就帝王集团占有民脂民膏、奢侈享乐、作威作福来说，也正是华容碧影，虽至晚寒天气，犹能照样生活得神气活现的。李贺这种提纲挈领、概括对照的手法，在他诗中是屡见不鲜的。由此可见，'花下作'三字的作用，不是在表现本诗作于花园里或花盆下,而是在对诗的内容'华容碧影'预防误解,加强保持。如果把它改成'华下作(华山下作)'了,倒真成了一个毫无意义的赘语。因为任何人的诗都有一个创作地点的,如非必要,是不须写出的。《校勘》说:司空图即有一诗是以'华下(即华山下)'为题的。无论司空图是李贺死后几十年才出世的人,即使比李贺前辈而又前辈的人,也不影响李贺在这里使用'花下'二字。与司空图同时的胡曾,就有'枇杷花下闭门居'的诗句。看来各为一事,互不相妨。

至于《校勘》所说'华容'二字在此甚费解,几经思考,断定'容'必是'岩'的形讹。笔者觉得:实际上'华容'二字并不难解。虞世南《史略》:'北齐卢士深妻崔氏有才学,春日以桃花靧(洗)儿面,咒曰:取雪白,取花红,与儿洗面作华容。'《校勘》之所以认为费解,是因为要把它作华山来讲。李贺并无此意,只是《校勘》自己一时的误会而已。再说把'华容'改成'华岩'了,还有'碧影'二字怎办? 等于《金铜仙人辞汉歌·序》把'青龙九年'改为'青龙元年'以后,还有'青龙'二字未改(事实上是景初元年的事),显然还是没有解决问题的。总之,问题在于深挖写作意图,不必轻从改字入手。"

野　　歌①

鸦翎羽箭山桑弓,仰天射落衔芦鸿②。麻衣黑肥冲北风,带酒日晚歌田中。男儿屈穷心不穷,枯荣不等嗔天公③。寒风又变为春柳,条条看即烟蒙蒙④。

① 表面为田野上的歌,实际是不受束缚要大发野性的歌。

② "鸦翎羽箭",尾端装有鸟羽的矢。"山桑弓",用山桑做的强而有力的弓。"衔芦鸿",谓衔着芦草自卫的高飞鸿雁。《尸子》下:"雁衔芦而捍网,牛结阵而却虎。"《淮南子·修务》"夫雁顺风以爱气力,衔芦而翔,以备矰弋"注:"衔芦,所以令缴不得截其翼也。"按矰缴为射鸟工具。

"鸦翎"两句表面似说自己要射落飞雁,实际这只是个掩盖性的幌子,它是在说:我要用飞矢强弓,射杀那个高高在上神圣不可侵犯的天公。这种"射天"行为,象征着什么? 应是非常严重的。从何看出的? 可由下面的诗句特别是"枯荣"句来作答复。

③ "麻衣",此指布衣,亦称白衣。唐宋举子皆着之。五代王定保《唐摭言·与恩地旧交》:"刘虚白与太平裴公早同砚席。及公主文,虚白犹是举子。试杂文日,帘前献一

绝句曰：'二十年前此夜中，一般灯烛一般风。不知岁月能多少，犹着麻衣待至公。'"
"黑肥"，林同济在《李贺诗歌集需要校勘》内说："肥是帕字之误。"这是可信可从的。帕
为头巾，麻衣黑帕，原是唐时举子的衣着装束。用来表现未举进士的李贺自己，正相符
合。若非林先生究明出来，我们是不易摆脱困惑的。只不过李贺这种飞白掩盖手法，
不宜作为错字改掉。因为本诗的写作意图是在射天骂天，如果改肥为帕，就毫无掩盖
地露出了李贺自己，这是不行的。这与《秦王饮酒》内把"唐王骑虎"写成"秦王骑虎"，
《公莫舞歌》内把"横眉粗颈"写成"横楣粗锦"，《堂堂》内把"唐唐"写成"堂堂"，《秦宫
诗》内把"唐宫"写成"秦宫"……同其类型，都非笔误所致，不便加以改正。"冲北风"，
显示甘冒风险的精神。"带酒歌田中"，表现横下心来，大发野性的情态。"屈穷"，委屈
困穷。"心不穷"，心不服屈，意要斗争。"枯荣不等"，谓世间的枯瘦潦倒和荣华享乐，
何其不平（兼有呼应《开愁歌》内"百草干枯、华容碧影"的一定意味）！

"麻衣"四句说：我这个遭受排挤，不让成为进士的举子，要甘冒风险，乘着酒兴（酒
从何来，见后附识），横下心来，大发野性地拿起弓矢干他一场。男儿身穷志不穷，在这
黑暗世界里，穷愁潦倒和奢侈享乐的情况，太不公平！因此我要铤而走险地怒骂这个
操纵主宰的所谓天公！可见首两句不是真的要射雁，而是在射天。而这个天，又是显
然在象征一个人的。这四个句子明白如话，如不变帕为肥，那就缺乏疑云，太无掩盖，
拿不出去了。

④"寒风变春柳"，严寒的气候，阻不住春天的到来。似与鲁迅"寒凝大地发春华"
句同一旨趣。"烟蒙蒙"，蓬蓬勃勃，声势浩大的样子。

"寒风"两句说：残酷的压榨统治，阻不住气候的春天到来。一旦气候成熟，广大百
姓齐心合力起来，就要蓬蓬勃勃，势不可当的！

附　识

本诗"鸦翎"两句写射天打算，"麻衣"四句写射天决心和射天原因，都是在写李贺
自己的心情。可是"寒风"两句却前后脱节，另写广大被压榨的百姓去了。结构脉络，
很欠一致。笔者根据《马诗》其二十到其二十三首的"化整为零"手法来看，《开愁歌》与
《野歌》也正是把对黑暗朝廷要剑拔弩张的意图，分散在两篇落实的。换句话说，它们
实际是一篇文章，篇名可叫《剑拔弩张》，为了掩盖，才分割开来的。它们之间，存在着
许多关联纽带。如：一、特征之一，就是割裂成语。《开愁歌》为剑拔篇，核心诗句为：

"衣如飞鹑马如狗,临岐击剑生铜吼……壶中唤天云不开,白昼万里闲凄迷。"《野歌》为弩张篇,核心诗句为:"鸦翎羽箭桑山弓,仰天射落衔芦鸿……男儿屈穷心不穷,枯荣不等嗔天公。"二、特征之二,是割裂了结构呼应。《开愁歌》起首的"秋风吹地百草干,华容碧影生晚寒",象征广大百姓遭受残酷压榨,帝王集团奢侈享乐。可是以下的诗句,却全是个人怀才不遇的愤慨语言,未再呼应首两句被压榨百姓和帝王集团的矛盾。成了有头无尾,结构不完的诗作。相反的,《野歌》篇开始就写个人怀才不遇,结尾忽有"寒风又变为春柳,条条看即烟蒙蒙"句,表现广大被压榨百姓,一旦有了气候,就会蓬蓬勃勃起来,势不可当的。显然成了无头有尾,结构脱节的现象。但是,合拢两篇来看:则既有头,又有尾,结构呼应,两均完好;三、特征之三,是两篇存有饮酒等类的呼应。《野歌》并无饮酒活动,却有"带酒日晚歌田中"句,这与《开愁歌》的"请贳宜阳一壶酒,壶中唤天云不开",恰恰正好呼应。再说《野歌》的"枯荣不等",也与《开愁歌》的"百草干枯,华容碧影"存有照应痕迹。凡此关联纽带,更证之以《马诗》尾四首的"化整为零"手法,显然《开愁歌》《野歌》两篇,只不过是这种手法的再现而已,并非过分奇特的事。

　　在《开愁歌》内,李贺临岐击剑,接受保养心骨的劝告,对俗儒说教,大生反感。于是在《野歌》内大张弓矢,怒骂不平,站在百姓一边,心情反较振奋,前途并不悲观。这一由渐而进的情节发展,也是妥恰合适的。这种写法,显然再一次证明了李贺把自己怀才不遇的强烈愤慨,结合广大百姓的灾难痛苦,发为诗歌,从而讽诅唐代现实帝王的创作特色。

　　为了纪念林先生究明"靶"字的功绩,特在悼念林先生逝世的拙词《大江东去》下阕内专咏其事。兹录原下阕于次:

　　飞白自有深情,千秋谁识,浓雾迷山岳?

　　被酒狂歌张弩失,嗔怪天公疏略。

　　掩鼻馨香,倾心浑沌,岐路增踟蹰。①

　　龙睛轻点,划然风起云作!②

　　① 清王琦释"黑肥"为"垢腻",淹没真相,扰乱思路,误人非浅。

　　② 林先生妙为画龙点睛,帮助读者履险如夷,起死回生,功在诗坛。

南园十三首其七

　　长卿牢落悲空舍,曼倩诙谐取自容①。见买若耶溪水剑,明朝归去事猿公②。

①"长卿",汉司马相如字长卿。"牢落",寥落、孤寂貌。《文选·晋左思〈魏都赋〉》:"崤函荒芜,临甾牢落。""空舍",谓贫困。《汉书·司马相如传》:"会梁孝王薨,相如归……家徒四壁立。""曼倩",汉东方朔字曼倩。"诙谐",戏谑有风趣,亦犹滑稽。《汉书·叙传下》:"东方赡辞,诙谐倡优。""取容",曲从讨好,取悦于人。《吕氏春秋·任数》:"人臣以不争持位,以听从取容。"《文选·晋夏侯湛〈东方朔画赞〉》:"明节不可以久安也。故诙谐以取容也。"

"长卿"两句说:以司马相如、东方朔的文才之高,也不过落得家徒四壁、曲己取容的下场而已。

②"若耶溪",在今浙江绍兴若耶山下,相传为春秋时欧冶子铸剑之所。见《云笈七签·七十二福地》。按冶工欧冶子应越王聘,铸有湛庐、巨阙、胜邪、鱼肠、纯钩五剑,后又与干将为楚王铸龙渊、太阿、工布三剑,都是精品。见《吴越春秋·阖闾内传》及《越绝书·越绝外传·记宝剑》。"猿公",相传欧冶子为越王取若耶之铤以铸剑。时越有处女善剑,越王聘之,道逢一翁称猿公,命之试剑。翁旋飞上树端化为白猿而去。见《吴越春秋·句践阴谋外传》。

"见买"两句说:我不如买把锋利宝剑,明朝回家拜猿公为师去。

附　识

这本可作弃文就武的怨恨心情来看。鲁迅在《鲁迅全集·豪语的折扣》一文内明白指出:"豪语的折扣,就是文学的折扣……仙才李太白的善作豪语,可以不必说了。连留了长指甲、骨瘦如柴的李长吉,也说'见买若耶溪水剑,明朝归去事猿公'起来,简直毫不自量,想学刺客了。这应该折成零,证据是他到底并没有去。"笔者认为:这是深深击中了李贺要害的。无论李贺在讽诅唐代现时帝王的题材内容上,要比本诗更较严重到了不知多少倍的程度,但它都只是些不顾实际、偷偷流露笔端的思想浮动。既有哑谜掩盖在上,不让人们轻易看懂;又在生前不予公开,托人久后才予付印。可见他是顾虑多端,空泄愤慨而已的。关于刺客这个内容,就另篇的"直是荆轲一片心"(《春坊正字剑子歌》)、"鱼肠且断犀"(《送秦光禄北征》)、"宝剑似鱼肠"(《马诗》)、"细束龙髯铰刀剪"(《五粒小松歌》)、"烹龙炮凤玉脂泣"(《将进酒》)……来看,足证鲁迅的指明,是一针见了血的。

春坊正字剑子歌①

先辈匣中三尺水，曾入吴潭斩龙子②。隙月斜明刮露寒，练带平铺吹不起。蛟胎皮老蒺藜刺，鸊鹈淬花白鹇尾③。直是荆轲一片心，莫教照见春坊字④。挼丝团金悬麗䍡，神光欲截蓝田玉⑤。提出西方白帝惊，嗷嗷鬼母秋郊哭⑥。

①"春坊"，自魏晋以下，太子宫称春坊。《北齐书·颜之推传》："遵春坊而原始。"唐置左右春坊。见《新唐书·百官志四上》。"正字"，官名。掌校雠典籍，刊正文章等事。始自北齐，唐宋沿用。唐孟浩然即有《寄赵正字》诗。"剑子"，即宝剑。题意似为春坊正字某人所藏宝剑作歌。从另篇《秋凉诗寄正字十二兄》来看，可能李贺有某亲戚是任春坊正字的。但根据诗文内容来看，也有可能是虚设的一个题目。因为利剑藏在搞文字工作的人员手中，自是不能展其所长的。不如运用它去发挥某种惊人的作用。这是李贺所想说而又不敢明言，要用远离笔墨畦径的文字，来作曲折隐晦的流露的。也就是说，李贺可以设定它来大打一个惊人哑谜。

②"先辈"，一指前人，即行辈在前的人。《三国志·吴志·阚泽传》："泽州里先辈丹阳唐固，亦修身积学。"一指科举时代同时考中进士的人互称先辈。唐李肇《国史补》下："得第谓之前进士，互相推敬，谓之先辈。"笔者认为，这里应指前者而言。作后者释义的注家虽较普遍，但属误会。因为李贺未曾举成进士，没有具备对别的进士使用"先辈"称呼的条件。犹如近代称同学为"学长"，自己也一定要是对方的同学才行。根据全诗内在真相来看，这个先辈，是指上古刺客专诸而言的。"匣"，此指盛剑之器。"三尺水"，喻剑的体态光泽。"吴潭"，此指苏州虎丘山的剑池，相传秦始皇东巡时在这里寻找过吴王阖闾的宝剑；一说阖闾葬在这里，曾用鱼肠剑等殉葬，故名。见唐陆广微《吴地记·虎丘山》及宋范成大《吴郡志·虎丘》。王琦说："吴潭斩龙子，暗用周处斩蛟事。"这虽似也说得过去，但与"荆轲一片心"精神颇不一致，也与全诗写作意图不尽配合。再说周处所斩的是"蛟"，与"龙子"的意义，多少有些差别；更与秦始皇求鱼肠剑于虎丘的故事，起了相消作用。

"先辈"两句为双关含混语，表面似说周处的事，实际在说古人专诸匣中所盛的光华如水的名剑，曾由产地越国来到吴都剑池，刺死过吴王徐昧的儿子吴王僚。暗指秦始皇未能寻得的鱼肠剑,曾创剑史上第一个刺死国王的惊人事迹。这是本诗透露写作意图的所在,与下文存有紧密呼应的。

③ "隙月斜明",门缝射进的斜长月光,有类剑形,因以相喻。"刮露寒",谓剑光如月,寒气逼人。"练带",白色的熟丝带。《淮南子·说林》"墨子见练丝而泣之,为其可以黄,可以黑"注:"练,白也。""蛟胎",指用鲨鱼皮制成的剑鞘。蛟通鲛,皮很坚,可制铠甲。《文选·晋左思〈吴都赋〉》"扈带鲛函",刘逵注:"鲛鱼甲可为铠。""蒺藜",植物。叶茎有细毛,果实有针刺,不是触手光滑的。"鹠鶒",亦作鹭鶒,水鸟。其膏涂抹刀剑,可以防锈。《后汉书·马融传》"鹭雁鹭鶒"注:"扬雄《方言》曰:野凫也……膏可以莹刀剑寝宿也。""淬",意本把铸件烧红,浸入水中,使之坚硬。这里有涂抹意。"花",指剑的锋芒四射,如放花光。"白鹇",鸟名。尾长三尺,似山鸡而白色。《西京杂记》卷四:"闽越王献高帝……白鹇、黑鹇各一双。"李贺就其尾以喻剑。

"隙月"四句说:目前的这把宝剑,它像门缝里射进来的带着寒露的一条月光。也像一条白色带子平铺在地,可是风是吹它不动的。它用蛟胎老皮作剑室,摸在手上,像蒺藜一样,很不平滑。它亮晃晃的锋刃上面,如果涂上一层鹠鶒膏脂,简直永远是一条长达三尺的白鹇鸟尾! 刻画今天这剑的形态,为开展下面的想法和活动做个基础。

④ "荆轲",战国末年卫人,燕太子丹欲令劫持秦王嬴政,荆轲请樊於期头及燕督亢地图以行。既至,以匕首刺秦王不中,被害。见《史记·刺客列传》。

"直是"两句说:剑蕴藏着荆轲对秦王的一片行刺之心,不要教它长久埋没在春坊文人手中,不得其用。表现行刺的思想。

⑤ "捋丝团金",揉丝成须,束以金线。"丽瞂",丝须子下垂貌,指丝线制成的流苏子。王琦说:"丽瞂字未详所本,考字书并无'瞂'字,李郢诗'钗垂篦簌抱香怀',则篦簌即丽瞂也。"按王琦说的这一面是正确的。不过李贺是另有用意的。如果用了篦簌,就要成为顺利通过,万事大吉。不能陪衬表现行刺活动的过程,也不能启发有心的读者去另外思考真正的写作意图。李贺造此生字,是飞白手法的又一表现(按今《辞海》已根据李贺本诗增加了瞂字。李贺另还创造了一个"狄"字,详见《开愁歌》注)。李贺用"四"字头作,实古网字之义。网除鱼网外,它如小型网络,是可用以盛物的。农村用以盛玉蜀黍或瓜类等,自是很合适的。当然,李贺这里的目的并不在此,下文另有用途。"神光",指宝剑的锋利无比,"蓝田玉",指宫殿墙壁,大柱是用蓝田玉石(陕西蓝田县以产此石著名)砌成的。

　　"捘丝"两句表面似说:剑柄上悬着流苏装饰,及神光蓝田不解何意。实际是说:剑柄上带着一个小的缨络,锋利的剑光连用蓝田玉石砌成的宫殿墙柱,都要被砍裂砍断了——表现行刺的行动。

　　⑥"西方"提出西方,总不成话,显然是在模糊某些读者的视线。然而也体现了一定的死人意义的,俗谓人死是归西天嘛!"白帝惊",《史记·高祖本纪》:"高祖醉曰:壮士行何畏,乃前拔剑击斩蛇……有一老妪夜哭……曰:吾子白帝子也,化为蛇当道,今为赤帝子斩之。"这个故事,是赤帝提剑斩了白帝的。本诗这里却是白帝吃惊,并未被斩。这个能使白帝大吃一惊的东西,就"提"字联系前面"猒"字所体现的小缨络,并处神光已截宫殿蓝田玉砌的情况之下,究竟应该或可能盛的是什么? 我们不妨作为一个哑谜来猜它一猜。当然,主要的还是逻辑推理。笔者认为:惯于似是而非、半真半假地涉及典故,制造疑云,引人深思的李贺,是言外有个不便明说的鲜明形象的。这里白帝既没有死,就不是真的在表现刘邦的故事。赤帝下落何在? 总在注意之中。即使赤帝不在这里真的表现刘邦,那么"赤帝"二字,还能有什么其他含义? 还能显示出一个怎样的惊人形象? 这是推论过程上的应有课题。就宝剑从宫殿内面砍了蓝田玉砌,按照荆轲的心,搞了行刺活动刚出来来看,这网络内所提的,自是行刺所得的结果。除了呼应首联"斩龙子"的血淋淋帝王人头,可以简称之为"赤帝"的形象,从而揭开与大量李贺哑谜诗歌相同的讽诅唐代现实帝王的真正"谜底"以外,实无另辞可措。这一辗转曲折的双关手法,显然是通过"白帝惊"三字,由言外反射出来的。它既不是与刘邦的故事完全无涉的,又根本不是表现刘邦的故事的,使得古今注家耗尽心血,难圆其说。李贺可算恶作剧了。当然,他也是不得已而要这样做的。笔者对于这个门径的窥探,曾有三点回顾:一、荆轲的一片行刺之心,无疑地始终起了照路灯光的作用;二、李贺这类不真谈故事,讽诅唐代现实帝王出发的哑谜诗作,已经被笔者发现了很多,心中有些底了;三、诗中的"惊"字,表现白帝未死,是个妙绝千秋的运用。说具体些,笔者辗转窥探赤帝的形象,是从这里的感触得识门径的。如果只有一、二两点的认识,而无这个惊字的触动,还是不能解决问题的。这与《上之回》篇的"挞"字,《日出行》篇的"下"字,同样是个极其奥妙的枢纽。

　　"鬼母",指唐现实帝王的母亲。如照《史记》故事用了"老妪",那是不行的。因为老妪哭的是白帝,现在被刺死的是赤帝——血淋淋的唐代现实帝王。因此改用"鬼母",既是情节的必要,也是对现实帝王的讽诅。

"提出"两句说:用缳络提出血淋淋的唐王朝现实帝王的头颅,让他的鬼母去放声痛哭罢!

附　　识

本诗用荆轲一片心来显示写作意图的倾向,更用"白帝惊"来反射赤帝的侧面踪影,从而在赤帝的双关含义上体现出血淋淋的帝王头颅。所有曲折隐晦的深度和愤慨怨恨的强度,都是可以想见的。后又陆续发现多篇,暂未征信于人。及读鲁迅《豪语的折扣》一文,始悉先生早已洞鉴及此,至感兴奋——详见《南园十三首》之七所注。

本诗"先辈"两句写古代名剑行刺的惊人事迹。"隙月"四句写目前宝剑的光辉、沉重和收藏保护。"直是"四句写宝剑的行刺作用和活动想象。"提出"两句写行刺的胜利幻想,并呼应首联前人的首创事迹。中心可算明确,结构也很完好。

送秦光禄北征①

北虏胶堪折,秋沙乱晓鞬。髯胡频犯塞,骄气似横霓②。灞水楼船渡,营门细柳开。将军驰白马,豪彦骋雄材。箭射槚枪落,旗悬日月低。榆稀山易见,甲重马频嘶,天远星光没,沙平草叶齐。风吹云路火,雪汙玉关泥③。屡断呼韩颈,曾燃董卓脐④。太常犹旧宠,光禄是新隮。宝玦麒麟起,银壶狒狖啼。桃花连马发,彩絮扑鞍来。呵臂悬金斗,当唇注玉罍。清苏和碎蚁,紫腻卷浮杯⑤。虎鞹先蒙马,鱼肠且断犀。趫趫西旅狗,蔑额北方奚。守帐然香暮,看鹰永夜栖。黄龙就别镜,青冢念阳台⑥。周处长桥役,侯调短弄哀。钱唐阶凤羽,正室劈鸾钗⑦。内子攀琪树,羌儿奏落梅。今朝掣剑去,何日刺蛟回⑧?

①"光禄",官名。古有光禄卿、光禄大夫……皆文职。掌管宫中总务等类事项。见《通典·职官》。北征应为武将的事,诗题寓有假托性质。古今注家对于本诗语言,疑问重重,莫测端倪。王琦注说:"今以太常而移光禄,是左迁也""首联言折胶秋沙,此联言桃花彩絮,春秋互见者""《左传》:胥臣蒙马以虎皮。改用'鞹'字以协音调,然虎皮而已。鞹安用蒙马,此是才人疏处""忽用周孝侯事,甚觉不伦""而上三字

（钱唐阶）殊不可解，恐有错谬""上文已用'正室'，此句复用'内子'，不应重复至此，亦恐有误""然此篇自'黄龙别镜'以下，意多重复，又难通解。或系章句舛错，兼之字误鱼豕，俱未可定，姑缺其疑可也。"叶葱奇所疏，大致相若。笔者认为：王、叶两位最主要的误会，是把全诗语言作为秦光禄一个人的活动表现来看待了。这自然要矛盾百出，无法通释的。其实本诗另还表现有一个极端重要的人物在内。应从辨析诗文当中来获睹他的真相。

②"胶堪折"，秋天空气干燥，"胶"劲而可折。借指宜于用兵之时。《汉书·晁错传》"欲立威者，始于折胶"，注引苏林："秋气至，胶可折……匈奴常以为候而出军。"后因以胶折指秋天。唐虞世南《从军行》之一："精骑乘胶折。""秋沙"，飒飒有声的秋日风沙。"鼛"，军鼓，一说骑鼓。《礼记·乐记》："君子听鼓鼛之声，则思将帅之臣。""髯胡"，面多须毛的边地种族。"横霓"，喻骄气冲天。

"北虏"四句说：秋天的北方民族，在风沙声杂着军鼓声的清晨里，一张张长满髯毛的面孔，忽来侵犯。骄横之气，简直要上冲九霄了。表现北方有警，叙明出征原因。

③"灞水"，陕西中部河流，亦即渭水支流。"楼船"，指古叠层战船。《史记·平准书》："越欲与汉用船战逐……治楼船，高十余丈。""细柳"，陕西长安西北地名，以汉名将周亚夫曾治兵此间著名。"白马"，出色良马。"豪彦"，英豪贤彦，此指部下人才。"欃枪"，彗星的别名。《尔雅·释天》："彗星为欃枪。"按即扫帚星，俗多以妖星视之。"日月低"，人从斜角看去，旗有比天高处。显示军旗高扬，军威大盛。"榆"，指北方塞上所栽的榆树。《汉书·韩安国传》："蒙恬为秦……累石为城，树榆为塞。""马频嘶"，马声连连吼叫。"云路火"，指高冲云霄的军事烽火。"污"，本污染意，此间意为掩盖。"玉关"，即玉门关，在甘肃敦煌县西北。《后汉书·班超传》："臣不敢望到酒泉郡，但愿生入玉门关。"

"灞水"十二句可分两层。前六句说：光禄率军用楼船渡水，宿营细柳；将军白马，校尉雄材；箭射星落，旗比天高。后六句说：光禄军到塞外，树少山见，甲重马嘶；天远星没，沙平草齐；风吹烽火，雪掩玉关。表现军队由长安出发的声威和抵达塞外的景象。这些都是根据假托的诗题，在作送行的设想，并非李贺也随军出发了。

④"屡断呼韩颈"，匈奴呼韩邪单于在位二十八年，早即称臣入朝于汉，至死未曾叛乱，以病卒。见《汉书·匈奴传下》。似此，断颈已非事实，何况一颈怎能屡断？李贺造此不通之句，难怪古今注家耗尽心血，不得其解的。笔者辨析了全篇语言的写作意图

之后,觉得这个句子的哑谜含义,还是非常确切的。它的谜底是"诳报战功"四字,是李贺对所送秦光禄在提建议,建议秦光禄到玉门之后,可以诳报战功。"燃董卓脐",《后汉书·董卓传》:"(吕)布应声持矛刺卓,趣兵斩之……卓素充肥,脂流于地,守尸吏燃火置卓脐中,光明达曙。"

"屡断"两句,各说一事。李贺怎好连起来的?连在一起的用意何在?也是一谜(这与《苦昼短》篇的"谁是任公子,云中骑白驴"例正相同)。笔者按照"诗句释义,应当避免断章取义,以能联系前后句子释通全诗为其依归"的原则,进行辨析,认为两句的意思是这样的:建议光禄到了玉门关后,诳报战功,从而骗取现实帝王外出劳军,因即发挥吕布的反戈精神,伺机刺杀独夫。以下诗句正是在写帝王劳军,光禄派人深夜行刺等活动。足见"屡断"两句是本诗主题思想的枢纽所在。不理解它,全诗就要陷入瘫痪境地。这与《苦昼短》的"谁是"两句,作用正同。理解了它,就是理解了写作意图。

⑤"太常"自汉景帝设太常,位为九卿之一,历代沿用。见《通典·职官七》。按太常品级在光禄上。"犹旧宠",谓照旧每日生活在帝王身边。根据下文来看,笔者认为,这里不是在真写太常,而是在借太常体现帝王。因为能以太常这样高级官员为其旧宠的,只有帝王。以下转入帝王活动,没有太常踪影。足见李贺要表现帝王,不敢明言,才不得不使用借代手法。与《安乐宫》篇的"左悺",《马诗》其二十一的"玉勒吏",同一类型。总之,这里是在暗换主语,不是在继续从正面描画光禄。这一误会,务须澄清。"光禄",指所谓秦光禄。"新隮",隮本升、登意。《尚书·顾命》"由宾阶隮",本诗这里为擢升意。握有擢升之权的,自然也是帝王。由于光禄北征边塞,不像太常仍在身边。加之光禄又是新近报有战功的,所以引出下文帝王劳军的活动。显然太常与光禄各为一人,王琦所说左迁问题,并不存在。"宝玦麒麟",玉雕的麒麟佩饰。李贺在《秦宫诗》内曾用以表现帝王,姚文燮注为"诸王所服",本诗这里仍是象征帝王的。"银壶",指帝王的饮器或宫漏。唐沈佺期诗:"仙人六膳调神鼎,玉女三浆捧帝壶。"《周礼·夏官·挈壶氏》"凡军事挈壶以序聚橰"注:"挈壶以为漏。"唐李白《乌栖曲》诗:"银箭金壶漏水多,起看秋月坠江波。""狒狨",谓银壶作猴类外形,或绘有猴类图象在上,总指帝王用具。"桃花连马发",谓帝王出发到边塞劳军,乃是次年三月桃开季节。按秋季出军,冬驻玉关,经过诳报战功,三月劳军,是合理的。王琦批评为同时"春秋互见",显然是用静止观点在看问题。"彩絮扑鞍",表现帝王所到之处,彩棚花束,劳民伤财。"呵臂",

攘臂怒喝貌。"悬金斗",金印斗大,象征高贵无比。"玉罍",盛酒器。酒坛或大杯。"清苏",王琦说:"清苏恐即清酥……以牛羊乳为之,和酒饮之,极佳。""碎蚁",王琦说:"酒初开时,面有浮花,状若蚁然。"按"清苏""碎蚁",似亦可指肴馔汤类的做法和形状。如"清苏"是纯粹的未掺杂菜的烹煎珍品,"碎蚁"是某种汤类的表面形象。因替帝王接风,除酒以外,更主要的是山珍海味,不必全都说酒。"紫腻",指肉类的精块肥块。"卷",用肴馔下酒意。"浮杯",指盛满了酒的酒杯。

"太常"十句说:对于太常素加宠信的现实帝王,感到秦光禄是新近擢升的,又据报立了战功,应即亲身(宝玦麒麟、银壶艴狄,均帝王用具,用以指明帝王)前往慰劳奖励一番。于是在桃花开放的春三月里,带着卫队跨马出发。所过之处,都有彩棚花束,热烈接驾。帝王高贵非凡,大饮接风之酒。席上各色肴馔汤类,精的肥的大块卷入口内,整杯整杯的美酒,尽情地开怀畅饮。表现帝王外出劳军,沿途作威作福,靡费供应,骚扰不堪。

⑥ "虎鞟蒙马",鞟为去毛兽皮。王琦说:"《左传》:胥臣蒙马以虎皮。改用'鞟'字以协音调,然虎皮而已。鞟安用蒙马,此是才人疏处。"这是王琦天真地认为在马身上蒙以虎皮的理解。笔者觉得李贺与此相反,是说在虎身上蒙以马皮,进行伪装,以便行刺。旧社会的命相家有个术语"父在母先亡",既可释为"父存在,母先去世了",也可释为"父在母前头去世了"。李贺正是早就使用这个双关两可的办法,来对御用文人进行掩盖,并对有心的读者留下机关的。"鱼肠",指专诸行刺吴王僚的鱼肠剑。这是体现本诗主题所在的一个标帜。它与《春坊正字剑子歌》的"荆轲一片心"的作用正相等同。"断犀",犀革很坚,剑能断犀,可见锋利。"趁趄",本随逐貌,这里是"惨淡"的谐声假借。意为惨暗失色貌。"西旅狗",西旅,指西方远国的人。《后汉书·马融传·广成颂》:"东邻浮巨海而入享,西旅越葱岭而来王。"狗,大者叫獒。《尚书·旅獒》"西旅底贡厥獒",孔安国传:"西戎之长,致贡其獒。""蹙额",愁苦貌。《孟子·梁惠王下》:"举疾首蹙额而相告。""北方奚",奚本东胡种,至隋始号曰奚。又奚奴,指北人之为奴仆的。唐李商隐《李贺小传》:"恒从小奚奴。""守帐",指狗的守夜。"然香"即"燃香",古时无钟,欲知夜分,常燃香以量。"暮",迟意。显示松懈。指守帐的夜犬言。"看鹰",王琦说:"养鹰者夜不令得睡,睡则生膘,而怠于搏击,故睡辄警之。""永夜栖",鹰长夜得睡,指奚奴的松懈失职。"黄龙",塞外辽宁地名,兼喻人中之龙的帝王。"就别镜",犹就别境,谓永远告别人间了。"青冢",汉王昭君墓,在内蒙古呼和浩特市南。相传壕上草色常青,故名。唐杜甫《咏

怀·古迹》诗之三:"独留青冢向黄昏。"本诗这里表面虽是在说王昭君墓,实际是在表现帝王被刺身死,进了坟墓。"阳台",宋玉《高唐赋·序》:"妾在巫山之阳,高丘之阻。且为朝云,暮为行雨。朝朝暮暮,阳台之下。"后世因称男女合欢之所为阳台。这里用来表现花天酒地的皇宫,显示帝王只能在坟墓里去作想念了。

"虎鞹"八句说:用马皮蒙在虎身上,进行伪装。然后用无比锋利、无坚不摧的鱼肠剑,突然地刺杀帝王,守帐的西旅狗因失职而感到惨淡,看鹰的北方奚因失职而感到愁苦。帝王在塞外永别人间了,帝王只能在坟墓内去想念花天酒地的皇宫了。表现刺死了现实帝王。这里就鹰犬着眼,组织语言。虽增加了理解上的极大困难,但也照亮了虎鞹、鱼肠、青冢、阳台的前后脉络。在帮助理解全诗总的意图方面,起了不小作用。笔者对于这里的疑难,曾经久作徘徊,最后是从"鹰犬"二字,领悟谜底的。

⑦"周处",晋人。曾射死南山虎,斩杀长桥蛟,为民除害。"侯调",指箜篌乐器的创制人。《宋书·乐志一》:"初名坎侯,汉武帝令乐人侯晖依琴作坎侯。"是侯晖为创制箜篌声调的人,因称侯调。"短弄",奏乐一曲叫一弄。《世说新语·任诞》"旧闻桓子野善吹笛",注引《续晋阳秋》:"帝令(桓)伊吹笛,伊神色无忤,既吹一弄,乃放笛。"这里所说的短弄,即箜篌所弹的短曲。"哀",指帝王亲属的悲惨号泣。"钱唐阶",为"前堂皆"或"全唐皆"的同音假借。"凤羽",凤毛。象征帝王的皇子、公主……如同被摧毁了的凤毛一样,散落满地。"正室劈鸾钗",指皇后和帝王永远生死分离了。

"周处"四句说:这一胜过周处长桥斩蛟的行动,替百姓除了大害。却引起了帝王集团的悲哀号泣:皇室子女像死了凤凰后散落满地的凤毛一样;皇后感到永远和帝王生死分别,不能再见面了。表现行刺除害的作用和帝王应有的下场。

⑧"内子",指秦光禄夫人。与上句"正室"各为一人,并无王琦所谓重复之处。"琪树",树名,亦寓神话中的玉树之意。《文选·晋孙绰〈游天台赋〉》:"琪树璀璨而垂珠。"隋卢师道诗:"庭前琪树已堪攀,塞外征人殊未还。""羌",我国西北古代少数民族。"落梅",羌族乐曲名,又名梅花落。唐李白《与史郎中钦听黄鹤楼上吹笛》诗:"黄鹤楼中吹玉笛,江城五月落梅花。""擎剑",举剑。"刺蛟",为民除害,实即行刺昏庸帝王。

"内子"四句说:秦光禄现在秋季出征,如果在外时间久了,你的夫人要盼念难安的。我现送你成行,希望你把我的建议牢记心上。不知你能何日完成任务,胜利归来!表现送别嘱望之殷。

附　识

　　本诗结构,可分三段:一、首四句写所谓秦光禄的出征之因;二、次三十六句写诗人的畅想:从光禄出征景象,经过帝王穷军扰民,直至行刺除害。是为主要内容;三、尾四句写送别属望,作为结语。写作意图,显然在行刺除害,殷殷见嘱。这个被刺除的目标应是谁人? 根据以"太常为旧宠"的身份来看,当然是指现实帝王的。如果更证之以《相劝酒》《章和二年中》《日出行》《春坊正字剑子歌》等数十篇共同一致的讽诅对象,那就不言可以恍然于李贺哑谜诗歌的庐山真貌了。

　　"屡断"句以前,都是常套语言,无何难解。自"呼韩"开始,实施障碍,堵截思路。更从"曾燃董卓脐"中,显示出吕布的倒戈形象,却是开展以下情节的重要伏笔。通过"太常旧宠",偷偷转换主语。"虎鞹"句为引导电流的主要开关,埋藏太深。幸有"鱼肠"这一全诗最为露骨的鲜明标帜,指明方向,终于打开了这个葫芦。经过鹰犬的侧面暴露,种种纷乱现象,因得理清头绪。"钱唐阶"谐音的困难,也就迎刃而解了。这种暗换主语,双关两可,侧面示意,谐音障眼……的写作方法,可算重岩叠嶂,寸步多艰!

　　回顾王琦所提的大量疑问,如"鞹安用蒙马""周孝侯事甚觉不伦"(钱唐阶)殊不可解""正室、内子,不应重复至此""黄龙……又难通解"……现已全不存在。可见离开了讽诅帝王这个核心意图,是无法通释本诗的。李贺对腐朽朝廷的愤慨感情,在他的大量诗歌中客观存在。他迫处形势之下,表现为这类半明半昧、半真半假的哑谜作品,这是丝毫不足为怪的。他的大量诗题,都是另寓假托,不能认为真人真事的。本诗也不例外,笔者认为:光禄在秦汉为掌官殿、掖庭门户之官,至北齐兼掌膳食帐幕。唐代则专主膳食帐幕,亦有掌议论及应对诏命的。总之,并非武将名称。李贺送他统兵出征,迹近故闹笑话。这与"屡断呼韩颈"的说法,同属子虚、乌有。可见托题兴刺,才是本意。

马　诗①

其二十

重围如燕尾,宝剑似鱼肠。欲求千里脚,先采眼中光②。

其二十一

暂系腾黄马,仙人上彩楼。须鞭玉勒吏,何事谪高州③?

其二十二

汗血到王家,随鸾撼玉珂。少君骑海上,人见是青骡④。

其二十三

武帝爱神仙,烧金得紫烟。厩中皆肉马,不解上青天⑤。

① 马诗共有二十三首,从内容看,其二十至二十三是一篇诗。李贺运用化整为零办法,分成四首,以便有所掩盖。这与杜甫一题数首的《秋野》五首,《江村》五首,貌有似处,质实不同。

② "重围如燕尾",重围是不能如燕尾的。这里围帷谐音,实指皇宫堂室,施有重重帷帐而言。帷幕开后,束悬两边,才是形同燕尾的。"鱼肠",古剑名。《越绝书·越绝外传·记宝剑》:"阖闾以鱼肠之剑刺吴王僚。""千里脚",指能日行千里的良马。《后汉书·郦炎传》:"作诗二篇……舒吾陵霄羽,奋此千里足。""眼中光",王琦转引:"《相马经》曰:'目成人者行千里。'注云:'成人者,视瞳子中人头足皆见。'"笔者觉得:这是个双关语,表面正如王琦所说。但按照前句"重帷""鱼肠"以及下面三首诗文来看,实际在指预先瞅定入宫行刺的眼线打算而说。

"重围"四句说:遥想宫殿内面的许多厅堂房间,应是非常深邃的。我行刺帝王的鱼肠宝剑已经准备好了。我将骑着快马向千里之远的长安出发,我已预先打算好了进入皇宫门径的具体办法——写赴京行刺的动机。

③ "腾黄",神马名,又名乘黄。《文选·汉张衡〈东京赋〉》:"扰泽马与腾。"《符瑞图》:"腾黄者,神马也。其色黄,亦名乘黄。""仙人",指武技神妙的人,实指刺客。"彩楼",指皇宫楼房。"玉勒吏",为帝王控马的吏人。这里为借代语,实指帝王本人。因为把人谪往高州的,并不是玉勒吏而是帝王,只不过不敢明言帝王而借玉勒吏来作体现。"高州",即高凉,唐武德四年改为高州,故城在今广东阳江县西。见《嘉庆一统志·肇庆府·阳江县》。以地处边远,唐代惯将认为有罪的官吏谪居此间一带。

"暂系"四句说:刺客到了长安之后,暂把腾黄马系了起来,运用神妙武技,像仙人一样地跃上了帝王的彩楼。于是怒鞭帝王,质问帝王为什么把许多贤良官吏,动辄谪贬到南方高州一类边远地区去了(如柳宗元等)?表现帝王昏暗不堪,迫害忠良。这里的句法,是因果倒置。谁做了坏事就鞭打谁,这是容易理解的。如果倒转来说,鞭打谁是因为他做了坏事,也是一样。玉勒吏未曾谪贬好人,当然不能鞭打他。身边能够设置玉勒史的,显然只有帝王。因此,玉勒史是帝王的"借代"词。说鞭打玉勒史,就是说鞭打帝王。因为实际谪贬好人的,也正是帝王本人。为了避免过分露骨,李贺才采用这样写法。

④"汗血",有两项含义:一为骏马之名。《汉书·武帝纪》"贰师将军……获汗血马来",注:"大宛旧有天马种……汗从前肩髆出,如血。"一为流汗流血。《后汉书·崔骃传》"汗血竞时"注:"汗血,谓劳力也。"李贺意在双关,表面指马名,实际指要使人流出惊汗和鲜血来。"鸾",鸾,通銮,意为铃。古人君所乘之车叫鸾车,行则铃声如鸾鸣。《礼·名堂位》:"鸾车,有虞氏之路也。""撼",动摇,此有震脱意。"玉珂",马勒,以贝饰之,色白似玉,振动则有声。《乐府诗集·晋张华〈轻薄篇〉》:"乘马鸣玉珂。""少君……青骡",李少君为汉武帝时的方士。王琦说:"《太平御览·神仙别传》曰:李少君死后百余日,人有见少君在河东蒲坂,乘青骡。"笔者认为:神话故事虽是如此,但本诗这里依据前面"宝剑似鱼肠""仙人上彩楼,须鞭玉勒史"以及震撼鸾车、流血皇家的行刺活动来看,是另有含义的:"青骡"与"青螺"形音都近。螺为螺髻,指结发为髻,形成螺壳。古时男子,也留长发。因此,这里实际是指刺客腰间用缨络挂有被刺人的青螺头颅,逍遥海上。

"汉血"四句说:流血的事件,终于临到了皇宫帝王的身上。怒马震脱了嚼口缰绳,把帝王的鸾驾冲了一个马仰人翻。刺客腰悬着被刺人的青发头颅,逍遥海外,正为人们所指手交耳!继鞭挞之后,完成了行刺活动。

⑤"武帝爱神仙",明指汉武帝追求神仙长生之事,实指现实帝王正是同样荒唐的。例如:《钓鱼诗》篇的"秋水钓红渠,仙人待素书",《拂舞歌辞》篇的"背有八卦称神仙,邪鳞顽甲滑腥涎",都是对唐宪宗这种荒唐的求仙活动进行深刻讽刺的。"烧金",即练丹。道家烧炼金石药物成丹,谓服之可以长生。南朝陈徐陵《答周处士书》:"烧丹辛苦,至老方成。""紫烟",红烟。此间意谓冒出红烟,流出鲜血。"肉马",指并不能升天成仙的凡马。

"武帝"四句说:现实帝王真好笑,一向像汉武帝一样追求长寿成仙,可是金丹并未烧成,却被刺流血身死。马房里平日所珍爱豢养的都是凡庸之流,一个也不真的懂得飞升成仙之术,因此很对不起,无人追随你帝王去九天云霄了啊!对一向追求长生成仙的现实帝王,却相反地落得颈冒红烟,短命而死。既是嘲讽,也是诅咒。

附　识

本诗"重围"四句,写行刺动机,"暂系"四句写行刺的前段行动,"汗血"四句写行刺的后段行动,"武帝"四句写对现实帝王悲惨下场的讽刺嘲笑。总的形象思维,一目了然。

结构安排上采用化整为零办法,与《开愁歌》《野歌》同一类型。手法上以"双关谐声""字形相混"为较突出。

五粒小松歌①并序

　　　　前谢秀才杜云卿命予作《五粒小松歌》,予以选书多事,不治曲辞;经十日,聊道八句,以当命意②。

　　蛇子蛇孙鳞蜿蜿,新香几粒洪崖饭。绿波浸叶满浓光,细束龙髯铰刀剪③。主人壁上铺州图,主人堂前多俗儒。月明白露秋泪滴,石笋溪云肯寄书④?

① 松的一种,即五鬣松,又名五须松。《太平御览·周景武庐山记》:"石门岩即松林也……又叶五粒者,名五粒松。"

② 根据诗文内容来看,此序乃掩盖写作意图的一个幌子。其作用与《秦宫诗·序》《还自会稽歌·序》相同。本诗表面伪装写松,实际表现皇子皇孙哭祭新被刺死的帝王,是对现实帝王的一种讽刺诅咒。

③ "蛇子蛇孙",王琦说:"诗人咏松,多以蛟龙为比。此则以蛇比,更以蛇子蛇孙为比,盖为小松写照。"按表面虽像写松,实际却大不然。李贺改龙为蛇,是在讽刺所谓人中之龙的帝王和其龙子龙孙,并没有什么了不起,只不过是危害人民的丑恶毒蛇。"鳞蜿蜿",也是双关语。状松是假,实指许多蛇子蛇孙弯曲爬行的丑态。"新香几粒",姚文燮说:"喻松子也。"王琦说:"小松未必即能生子。"按这是园艺技术问题,实际许多盆栽花木,经过能手加工,往往结果累累。因此,应以姚说为是。"洪崖饭",指松子为供神仙吃的饭。洪崖是上古传说的仙人,即黄帝之臣伶伦。帝尧时已 3 000 岁,仙号洪崖。《文选·汉蔡邕郭有道碑文》:"将蹈洪崖之遐迹。""绿波浸叶",即叶泛绿色。"满浓光",指绿色很浓。表面写松,实指那些穿着绿袍的所谓皇子皇孙。"细束龙髯",即

紧握龙须。这里不再称蛇了。这不但因为蛇是无须的,更重要的是全诗的关键形象,集中表现在这一句内。一定要指明是"龙",才能突出写作目的,体现帝王的下场。"铰刀",两刃相交,从而断物的工具。这里指园艺剪枝的大型剪刀。至此,形象已极清楚。外表好像是形容松叶如同剪齐,实际是束龙之须,剪龙之头。

"蛇子"四句运用双关手法,表面好像写松,实际是在这样地说:成群结队的蛇子蛇孙,新烧香烛,供着饭肴,进行祭奠。他们都是现实帝王的穿着绿色锦袍的皇子皇孙。因为现实帝王新近被刺殒命了,所以才有这次哭拜活动的举行。与《春坊正字剑子歌》《送秦光禄北征》《马诗·其二十至二十三》……同一旨趣。

④"主人",双关语。表面好像在指松树的主人,实际就下面词语来看,是指现实帝王的。"州图",指帝王拥有各州各县的广大领土,家业非小……王琦注说:"州邑地道之图系俗笔,与此松相对则不称。"笔者认为,王琦这是把壁上所挂地图和盆栽小松进行某种对比的说法。实际上地图是绘制出来不是培育出来的,小松是培育出来不是绘制出来的。两者之间,并不存在对比的基础和条件,本来就无从对比的。王琦由于未把"主人"作现实帝王看待,因此自己也感到不能相称。这是落了李贺双关手法的圈套的。"俗儒",指片面宣传封建教条,贻误国家政治的庸俗之人。表示帝王的杀身之祸,是由于不肯任贤使能所致。"秋泪滴",象征蛇子蛇孙祭奠流泪。"石笋溪云",为陵墓山地的景物。"肯寄书",能否通些音息。

"主人"四句说:帝王拥有天下江山,都因在朝廷内所用非人,误尽政事,只落得被刺葬身坟地。月露凄凉,子孙流泪,幻想石笋溪云之间,还能通些音息,以慰哀思。

附　识

本诗借松为题,运用双关含混手法,表现讽刺诅咒现实帝王的内容。实际是先从"细束龙髯铰刀剪"这个双关妙句入手的。其他上下各句(上句点染子孙祭饭,下句点染江山俗儒、墓地哀思),都只是随后围绕凑合而成。因此其他各句,只不过起些牵扯掩盖的作用而已。由于"细束龙髯铰刀剪"的讽诅形象太露骨了,所以再加上一个掩盖序言,进行迷惑(这与《秦宫诗》等的序言,实出一辙)。方扶南说:"'细束龙髯铰刀剪',咏松只此,以下不复照应,亦一格。"实际这一句也不是真在写松。方扶南既见及此,是否知而不敢明言它的讽诅形象?颇使人怀疑。

将　进　酒①

琉璃钟，琥珀浓，小槽酒滴真珠红。烹龙炮凤玉脂泣，罗帏绣幕围香风②。吹龙笛，击鼍鼓；皓齿歌，细腰舞。况是青春日将暮，桃花乱落如红雨③。劝君终日酩酊醉，酒不到刘伶坟上土④。

① 题本古歌曲名。原词有"将进酒，乘大白"句。后世内容大都写游乐饮宴。见《乐府诗集·汉铙歌·将进酒》题解。李贺借题写诗，却是另有讽诅寓意的。与《上之回》《堂堂》等篇，同其类型。

② "琉璃钟"，指透明体或半透明体的杯子。一作流离。《汉书·西域传》："罽宾国……出……璧流离。"唐代更叫玻璃。"琥珀"，此指红色。"浓"，指液体的稠度很大。此液体如果是酒，应是"清"的，不会成为浓稠状态的。换句话说：酒是可以透明的，这个液体是不能透明的。这是李贺暗示钟内并不是酒的标志之一。"槽"，表面为酿酒糟坊的注酒设备，《文选·晋刘伶〈酒德颂〉》："捧罂承槽。"实际指宰杀牲禽，流血流水的厨房沟道。"酒滴真珠红"，只有浓而具有凝固性的血，才能滴成大点真珠红。清而具有挥发性的酒，要想体现这个形象，起码是较欠典型的。根据全诗写作意图来看，诗文两个"酒"字，都是掩盖幌子，实是代表血的。因而题目也应作为《将进血》来看待。"烹龙炮凤"，不说烹羊炮羔，都缘不是真的在做菜请客。至于这被烹炮的龙凤，寓意何在？比照《苦昼短》的"吾将斩龙足，嚼龙肉"和《五粒小松歌》的"细束龙髯铰刀剪"来看，还是非常明白的（因为都是指的一个人物）。既是烹炮，就已宰杀流血，所以上句有"真珠红"的出现，原是相互呼应的。"玉脂泣"，指细皮白肉、玉貌花容的妃嫔们，由于龙被刺杀流血而在哭泣。"罗帏绣幕"，指皇宫椒房的华丽设施。"围香风"，讽刺围绕哭泣的妃嫔美人，身上犹带香风。

"琉璃"五句说：玻璃杯内盛满很浓的红色液体（是否为酒，应俟尾句来作交代），槽沟上面血正滴得像红珍珠一样。由于龙凤突然遭到了宰杀，许多妃嫔都在放声大哭着。豪华的皇宫椒房内面，这些哭泣着的美人，身上还阵阵散发香气呢（意含讽刺）！表现龙体被刺殒命，妃嫔正在哭泣的景象。

③ "龙笛"，雕画有龙形的笛子。"鼍鼓"，用鼍（扬子鳄，一说猪婆龙）皮蒙的鼓。《诗·大雅·灵台》："鼍鼓逢逢。""皓齿"，白齿，这里指被奴役的宫中歌女。《楚辞·大

招》:"朱唇皓齿。""细腰",指被奴役的宫中舞女。《墨子·兼爱中》:"昔者楚灵王好细要。"要,通腰。"桃花乱落如红雨",象征宫女们深闭宫中,不能回家结婚,误尽了自己青春的恼恨心情和痛苦身世。

"吹龙"六句说:被奴役的宫女们对于帝王的突遭刺杀,感到欢天喜地。她们吹笛击鼓,唱歌跳舞。长期以来,她们既是不堪折磨的,更由于深闭宫中,不让回家结婚,使得青春误尽,成了乱落如红雨的桃花(这是一个极其确切而又无比佳妙的警句)一般,何等可恨!

④"劝君",指宫女们互相之间的劝勉。"终日",指要尽量努力。"酩酊醉",表面是要把酒喝得大醉,实际是要把残暴帝王的血喝个干净。这里不可忘了:那琉璃杯中所盛的是"琥珀浓",那槽沟上面所滴的是"真珠红"。这种用残暴帝王的血代表的酒,不是嗜酒如命的刘伶所肯接受的,谁也不会送这种血去给刘伶喝的。让我们饱受迫害的宫女们努力喝干,以消心头之恨吧!

"劝君"两句呼应起首各句并点明诗题的掩盖作用说:让我们来喝干残暴帝王的血吧! 它并不是刘伶爱饮的酒,它是不能送到刘伶坟土上面去的。在篇章结构上交代得很完整。

本诗运用双关含混手法,围绕"烹龙炮凤"这一讽诅性的词语,组织诗句。表面写酒,实际写血。从而发泄被奴役的宫女们的心头之恨。与《秦王饮酒》篇的题材正相类似。

附　　识

本诗曾有拙文《恩怨杯中何物在·桃花无故误春光》详作辨析,现在择要节录如下:

一、疑问

王琦未谈本诗写作意图,有无故作回避之意,不得而知。叶葱奇疏解说:"围香风,指歌妓舞女左右围绕,况当花落春暮,更加深了时光易逝之感,奉劝人们还是长日醉饮,及时行乐吧!"笔者认为这里有些疑问:

(一)自夏仪狄开始造酒,酒本白色;后世始偶有加工变成红色的。古代酒人,无论是刘伶、陶潜、李白、杜甫、苏轼、陆游……一般所饮的酒,应当说,主要都属前者。当今善饮的酒客,也曾有过这样一句话:真正懂得饮酒的人,是专门要饮白酒的。查《礼记·内则》"酒清白"。郑注:"白,事酒、昔酒也。"孔疏:"白谓事酒昔酒,以二酒俱白,故以一白标之。"后人常说"浮白",并不曾说"浮红"。这里即使或有若干其他歧义,但《礼记》和古今人民的生活实际,总是具有代表性的。何况诗题是根据汉《鼓吹铙歌·将进酒》而来,它的古词分明为"将进酒,乘大白"。由此可见,一般是不说红酒的。李贺为什么舍古今普遍通用的白酒而不用,偏要说成"小槽酒滴真珠红"?他有无另外的用意?这琉璃钟内所装的究竟是什么东西?应当作为首要的问题来深入观察诗文。

(二)本诗是表现谁在向谁进酒?究竟有无男子出场?有何确切不移的根据?如果都是在描画女子之间的活动,那么她们是否为两种不同身份的人:有的在哭泣?有的在欢呼?哭泣的原因,欢呼的理由,来自何处?为了什么?

(三)"况是青春日将暮,桃花乱落如红雨"这一深刻有力、无比佳妙的句子,在表现男子或女子之间,谁要来得更较确切一些?叶疏所说歌妓舞女左右围绕,奉劝人们长日醉饮及时行乐的这个主人公,应是指的男子。如果就深闭宫中,不堪奴役,特别是误尽青春,不得回家结婚,因而心怀深刻怨恨的宫女来说,岂非刻画得入木三分,令人叫绝!这种灾难,由谁造成?谁应负责?当他们遇到非常场合,最能发泄自己心头之恨的语言,是"要喝血"?还是"要喝红酒"?

(四)尾句"酒不到刘伶坟上土",究竟是在说刘伶死了,不能喝酒?还是在呼应起首三句,点破琉璃钟内所装的并不是刘伶爱饮的用粮食酿成的酒而是血呢?……

二、实况

……揭穿来说,本诗琉璃钟内装的是血,这血从何而来?是谁的血?谁有这样大的怨恨?如果从宫女深闭宫中,误尽青春,不得回家成婚来说,是可关联到封建帝王的。但这究竟属于侧面反映,从何看出正面就是在表现帝王流血?这要另外究辨两个关键性的双关含混句子,才能窥见端倪。"烹龙"两句,可以看成是烹羊炮羔一类的厨房活动,和妇女们围着筵席散放香气的闺房情况。但也可以看成是宰杀刺杀了龙(帝王),引起那些嫩皮白肉(玉脂)的妇女(妃嫔之流)哭泣。她们在豪华的闺帏里面围绕着尸体惊哀不已,身上却还放着香风(讽刺)哩。两者应当怎样取舍?这还要联系下文"吹龙笛,击鼍鼓;皓齿歌,细腰舞"来作探索:显然,这是妇女欢欣鼓舞的形象,在同一场合之下的妇女们,为什么会有两种恰恰相反的情调?如按妃嫔和宫女的两种不同身份再一观察,这里的奴役和被奴役、损害和被损害两种情调,原是理所当然的。例如李贺《秦王饮酒》篇的"花楼玉凤声娇狞……黄鹅跌舞千年觥……青琴醉眼泪泓泓",就是表现宫女们不堪帝王奴役的典型句子。根据本诗"况是青春日将暮,桃花乱落如红雨"来说,她们非但不堪奴役,何况误尽青春("况"字有了确切着落)!这是极其现实真切的矛盾。她们恨之入骨,争相喝血,原是毫不足怪的……

三、比较

……本诗在表面现象的解说和内在真相的揭穿上,两有歧义。(一)写作意图为花天酒地的男子之间相劝及时行乐。除酒为什么要变古词"乘大白"为"真珠红",以致不同于古今一般常情,暂难明白作答外,其他如"况是"四句,是体现劝饮男子的感想的。其中桃花一物,也是表现男子光阴的象征语。(二)写作意图为讽诅帝王突遭刺杀,被奴役的宫女们为了误尽青春,要消心头之恨,相互劝饮帝王的血。诗题和诗文的三个"酒"字,都是掩盖语,可以换成"血"字去读的(不妨试作检验)。诗文改《将进酒》古词的白色为红色,原因就在这里。因为原意就是要说血的。"况是"两句,堪称天才诗人佳妙之笔(桃花象征青年女子,原是古今常见的事)。句意在表现宫女怀有心头之恨,并非在表现男子应当加紧醉生梦死。本诗根本没有男子出场活动,也不是什么真的开筵饮酒。尾句正是在呼应篇首表明琉璃锺内所装的是"血",并不是刘伶爱饮的"酒"……

双关句子,本来就有两种看法。何去何从,这就要依靠比较。试想:(一)哪一方对本诗写作意图的分析来得观点唯物,矛盾现实,立言合理,感情真切些?(二)哪一方说明了变《将进酒》古词白色酒为红色液的原因所在?(三)青春将暮、桃花乱落的佳妙之句,在表现无聊男子或未婚宫女方面,谁较确切?谁较深刻?我们应当怎样准确地欣赏艺术语言?(四)尾句呼应篇首体现红色,与尾句不呼应篇首,使篇首的红色变为多余之举,不起作用(成了篇首无论是红酒白酒都是一样。毫无影响,毫无差别)。这在结构呼应上,谁较巧妙紧凑,完美有力一些?(五)哪一种分析是符合李贺诗歌大量讽刺帝王的写作意图的(约有好几十篇,如写明"陛下"的《相劝酒》,讥为"十千岁"的《出城别张又新酬李汉》……)?(六)哪一种分析是符合李贺哑谜诗歌创作特点:既有表面掩盖可揭开,又有内在真相可获睹的?……

吕 将 军 歌①

吕将军,骑赤兔,独携大胆出秦门,金粟堆边哭陵树②。北方逆气汙青天,剑龙夜叫将军闲。将军振袖拂剑锷,玉阙朱城有门阁③。椑椑银龟摇白马,傅粉女郎火旗下。恒山铁骑请金枪,遥闻箙中花箭香④。西郊寒蓬叶如刺,皇天新栽养神骥。厩中高桁排寒蹄,饱食青刍饮白水⑤。圆苍低迷盖张地,九州人事皆如此⑥。赤山秀铤御时英,绿眼将军会天意⑦。

①.方扶南说:"此时人也,非咏吕布,不可以起句误之。"王琦说:"因将军是姓吕的,故以吕布比之。"笔者认为:李贺的哑谜诗歌,从农民、奴仆、渔民、役夫、织妇、小市民、刺客、士兵……各个角落,来对唐代昏庸现实帝王进行无情讽诅,这是客观存在。本篇根据诗文内容来看,同样是从"将军"这个角度来作启示的。既不是在咏古代的吕布(当然并不是与吕布绝不相干的),也不是在咏当时某一个具体的吕姓将军。除太监统兵者外,凡真有才能不受信任的骨干将军,泛指在内,较更确切。李贺这类题材,除借故假托、另有寓意以外,多是按照职业人群(如《章和二年中》的农民、《秦王饮酒》的奴仆、《老夫采玉歌》的役夫、《绿章封事》的小市民、《上云乐》的织妇、《春坊正字剑子歌》的刺客、《平城下》的士兵……),概括落笔,并不真写具体的张三李四和其琐碎细节的。由于写作意图是从围绕昏庸现实帝王进行讽诅出发的,所以既是具有现实精神的,又是不乏浪漫色彩的。

②"吕",指心膂、骨干意。见《说文》。"赤兔",骏马名。《三国志·魏志·吕布传》"吕布有良马曰赤兔"注:"时人语曰:人中有吕布,马中有赤兔。""大胆",《三国志·蜀志·姜维传》"维妻子皆伏诛",南朝宋裴松之注:"《世语》曰:维死时见剖,胆如斗大。""出秦门",指出长安城门,意谓不为朝廷重用。"金粟堆",即金粟山,为唐玄宗泰陵所在地。见《读史方舆纪要·西安府·蒲城县》。"陵树",帝王墓树。

"吕将军"四句说:你这国家的骨干将军,不为朝廷所重用。只得骑着骏马,怀着赤胆,出赴唐玄宗的金粟山坟地,放声痛哭。这里为什么要附带点染吕布、姜维两个反戈将军的色彩呢?这要俟辨析了诗文结尾两句以后,便可了然。

③"逆气",指唐代当时的藩镇叛乱,气焰嚣张。"剑龙",指宝剑。古代传说有剑化为龙或龙化为剑时作龙鸣的神话故事。见《晋书·张华传》及《太平御览》卷三四三引《世说》(逸文)。"剑锷",剑的锋刃。"玉阙朱城有门阁",谓帝王所居之处,有着重重的宫城和门楼,非属宠信,不得轻易觊见。

"北方"四句说:北方的叛逆气焰,闹翻了天。你的宝剑已经忍耐不住,夜间在发啸声。而你将军本身,却被冷落后方,不获重用。尽管你时常卷起衣袖,拂拭剑锋,要想为国家出力报效,但现实帝王深处皇宫禁城之中,你根本连面也休想见到,他哪里肯用你呢!

④"槛槛",象声词。"银龟",指银质的官印。《汉官仪》:"王公侯金印,二千石银印,皆龟纽。"按纽即印鼻。"摇白马",骑在白马上摇摇晃晃的。"傅粉女郎"讥笑统兵元帅原来是个无须宦官。元和四年,成德镇王承宗叛,朝廷派亲信宦官吐突承璀统兵讨伐。白居易极言宦官不可统领兵马,不听。结果屡遭挫败。参见《雁门太守行》注。"火旗",四边绘有火焰纹的旗帜。唐杜甫《奉送卿二翁统节度镇军还江陵》诗:"火旗邀锦缆,白马出江城。""恒山铁骑",指凶悍的叛军。恒州在今石家庄附近,即叛将王承宗所在地。"请金枪",要求比较枪法,即出来挑战意。"箙",盛箭器。"花箭香",犹花枝香,讥笑朝廷统帅为不堪一击的傅粉女郎(太监)。

"槛槛"四句说:正受朝廷重用的统帅,腰间悬挂累累银印,骑着白马摇摇晃晃。他在火旗耀眼的下面,好像有些威风。仔细一看,原来是个无须太监、傅粉女郎。承德出来挑战的悍将,不禁捧腹大笑。感到没有沙场争雄的枪法可以领教,只有女郎腰囊的花香可以遥闻。

⑤"寒蓬",蓬,草名。寒蓬,瘦草意。"皇天新栽",谓野生出来的。"神骥",最神奇的良马,此喻不受重用的骨干将军。"厩",此指朝廷的马房。"高桁",指系马的横木。"蹇蹄",跛马。此喻朝廷宠爱的无能太监等。"青刍",喂马的上等美草。

"西郊"四句说:长安西郊的瘦蓬,叶上有刺,马是感到非常难吃的,然而,这正是老天野生出来养活最神奇的良马的(因为这是太监统帅方面所不屑要的)!皇家马房中横木前排列满了的无用跛马,却可饱食美草,饱饮清水,享受最优厚的待遇。至此,朝廷对真有才能的骨干将军和不懂军事的无能太监之间,两种不公不平的态度,已经对比表达得非常明白,无何疑问。

⑥"圆苍",指圆形的上天。"低迷",谓不高朗。"盖张地",谓昏暗不堪,把地面都要盖黑了。"九州人事皆如此",谓朝廷对天下人事的安排,都是这样颠倒是非的。

"圆苍"两句说:老天低沉昏暗得像个伞盖,快要塌落到地面来了。有才能的将军废弃不用,无能力的宦官特别宠信。颠倒是非,不公不平。要晓得,整个国家的人事安排,都是这样。朝廷前途是无希望了的。你这国家的骨干将军,觉得我所说的是否事实? 愿你认真地考虑一番!

⑦"赤山秀铤御时英,绿眼将军会天意",此前的十八句诗文,除吕布、姜维的附带

色彩有待补充印证外，都是明白如话，无何难解的。然而这十八句还只是为了突出本诗写作意图的辅助成分，最主要的写作意图，却在这结尾的"赤山"两句里面。而"赤山"两句所有的含意，乃是类似吕布、姜维的特性（足见本诗虽不是写吕、姜的，但也不是与吕、姜绝不相干的），不是李贺所敢公然明说的。因此李贺在这里和其他哑谜诗篇一样，加强含混，竟然造成了双重掩盖极其难懂的句子。笔者虽对李贺哑谜诗歌已经有所窥探，但一时仍然难于辨识。初看上去，"会天意"，是最感刺目的。天意犹天命，是上天的意旨。《汉书·礼乐志》："王者承天意以从事。"唐杜牧《感怀》诗也有"高文会隋季，提剑徇天意"句，表现唐高祖、唐太宗当隋朝末年，起义顺从天意，取得天下之意。"御时英"，可以理解为率领时代的英雄。"绿眼将军"，有绿林首领的形象。但这些都还未能显示哑谜诗句具体的构造手法，难下定论。王琦又说"赤山秀铤"是个语疵，不无理由，致使问题益趋复杂。笔者经过久久反复，始有所窥：李贺为了掩盖"劝说骨干将军起义"的真实意图，特在这里使用了双峰插云、隔河相望的分散手法。"赤""绿"两字隔句相照，它们所象征的含义就是"起义"。"赤"是赤眉，"绿"是绿林，同为西汉末年农民反抗腐朽朝廷的两支强大的起义队伍。李贺在本诗中充分陈述了昏暗朝廷人事方面特别是对待将军方面的不公不平，目的在劝说骨干将军领会天意，起来起义，做个主宰时代的英雄。这与篇首所点染的吕布、姜维色彩是一致的，也与李贺其他哑谜诗篇的写作意图都相符合的。至于王琦所说的"赤山"问题，他是这样说的："《越绝书》：当造此剑之时，赤堇之山破而出锡，若耶之溪涸而出铜。《太平寰宇记》：赤堇山在会稽县南三十里……张景阳《七命》：耶溪之铤，赤山之精。《说文》：铤，铜铁璞也。据此，则若溪之铜可以言铤，赤山之锡不可以言铤。今曰赤山秀铤，亦是语疵。"笔者认为，这里的问题非常有趣。铤是未经冶铸的铜铁，王琦细心认真，确未说错。但李贺如果写成若溪秀铤或若耶秀铤，虽符史事，却不能行。一因本诗的写作意图是在劝说骨干将军起义，果真换"赤"为"若"，就不能标示赤眉的形象，也影响了照射绿林的表达。显然是与写诗目的相违背的；二因李贺的哑谜诗歌，为求掩盖真相，惯用飞白手法，并不真谈史实。例如《金铜仙人辞汉歌·序》把"景初元年"写成"青龙九年"，《李凭箜篌引》把"吴刚"写成"吴质"，《马诗》其二十把"重帷"写成"重围"，《苦昼短》把"谁是任公子"和"云中骑白驴"张冠李戴起来……都是李贺故意设置的少理难通的障碍。其主要的作用，在于引起读者疑难莫释，多有可能去反复思考和触及哑谜诗歌的内在真相。因此之故，本诗把"若溪"或"若耶"写成"赤山"，是在使用飞白手段（详见第一辑《本论·五光十色的艺术手法飞白类》），并非笔误所致。所以王琦的指疵，既是对的，又是不对的。李贺的少理虽是不对的，但又是对而又对的。本诗结尾两句，既有"分散"手法的运用，又有"飞白"手段的掩护，双重保险，自然不会被御用文人轻易识破。

"赤山"两句说：我劝你这位骨干将军，不如效法赤眉、绿林，起来起义，做个主宰时代的英雄。把天要消灭的腐朽朝廷，彻底推翻，才是符合天意的明智行动啊！

附　识

本诗首八句写将军冷落后方，不获重用。次八句写宦官统兵前线，是非颠倒。尾四句写朝廷人事黑暗，不如起来起义。所用"分散"手法，是《开愁歌》《野歌》《马诗》其二十至二十三都用过的。所用"飞白"手法，更是哑谜诗歌中普遍存在，不胜枚举的。

诗题除借反戈将军吕布的"吕"字，暗含应当起义起来的色彩外，实是对准当时一般心脊骨干将军进行启示的。李贺这类哑谜诗歌，除诗题一般都是双关假托之词外，诗句常要引用历史反戈事迹点染色彩、表明要求的。如《奉和二兄罢使遣马归延州》内的伍子胥入郢，《马诗》其二十内的专诸刺王僚，《送秦光录北征》内的"曾燃董卓脐"和"鱼肠且断犀"，本诗内的姜维大胆和赤眉绿林起义，都是明证。

公莫舞歌 并序

《公莫舞歌》者，咏项伯翼蔽刘沛公也。会中壮士，灼灼于人，故无复书。且《南北乐府》率有歌引。贺陋诸家，今重作《公莫舞歌》云①。

方花古础排九楹，刺豹淋血盛银罂②。华筵鼓吹无桐竹，长刀直立割鸣筝②。横楣粗锦生红纬，日炙锦嫣王未醉③。腰下三看宝玦光，项庄掉箭拦前起④。材官小臣公莫舞，座上真人赤龙子⑤。芒砀云瑞抱天回，咸阳王气清如水⑥。铁枢铁楗重束关，大旗五丈撞双镮⑦。汉王今日须秦印，绝膑刳肠臣不论⑧。

① 王琦说："沈约《宋书》：《公莫舞》，今之巾舞也。相传项庄剑舞，项伯以袖隔之，使不得伤汉高祖。且语庄云'公莫'。古人相呼曰公，云莫害汉王也。"笔者认为：李贺

讽诅唐代现实帝王的哑谜诗作,很多都是借古寓今,以求掩盖的。其诗文马脚太露,不易含混过关的,就加上一个半真半假、似通非通的假托序言,转移视线,增强迷惑。这种情况,已是屡见不鲜了。本序从"咏项伯翼蔽刘沛公也"来说,是要咏鸿门宴事的。但从"会中壮士,灼灼于人,故无复书"来说,又不是要写樊哙的。这无异在郑重声明:诗尾两句写的不是樊哙,休要误解。实际上诗文内不仅没有提及张良,连明白提及的项庄、汉王和隐约提及的项羽、项伯,都是似是而非的。这只有辨析了全诗内容,才能恍然于本序的真相,是与《秦宫诗·序》《还自会稽歌·序》同出一辙的。

②"方花古础",指会厅大柱下面琢了花纹的古老的方形础石。"排九楹",一楹一柱,今排九柱,体现会厅宏大。"刺豹",用最凶恶的猛兽比喻所要惩办的对象。"罂",缸。"华筵",丰盛的筵席。表面似乎在表现鸿门宴,实际根据诗文内容来看,是要举行军事审判大会。"鼓吹无桐竹",谓只有军中鼓角的森严非凡,没有桐丝竹笛的轻松消遣。"割鸣筝",筝为乐器,汉应劭《风俗通·声音》:"筝形如瑟,不知谁所改作也。或曰秦蒙恬所造。"叶葱奇引唐赵璘《因话录》:"秦人鼓瑟,兄弟争之,破而两,筝之名自此始。"足见秦时造筝之说,是有因的。本诗这里冠有"割"字,象征军事行动时期,旧有事物遇到摧毁的气氛。

"方花"四句说:大柱的方形雕花古老础石,每行排列有九座之多,宫殿会厅的壮丽宽敞,可以想见。宰杀凶猛的豹子的盛血银缸,已经准备好了。摆设席位的大厅两厢,只有无比森严的军中鼓角,并无轻松消遣的桐丝竹管。长刀直立如林,鸣筝割裂为二。表现了一个将要举行严峻非凡大会的会场,充满了斗争气氛。地点和事由是怎样的?根据下文来看,是在设想起义军队打破长安,入据唐宫,从而俘捉帝王,举行审判大会。

③"横楣粗锦生红纬",即横"眉"、粗"颈"、红"帷"的谐音假借。表现声势威猛的起义军的校尉(下文的"座上真人"才是主持审判的起义领袖)带兵冲进内宫捉拿帝王。"日炙",日光如同烧烤意。"锦嫣",花朵嫣萎意,嫣为蔫的同音假借,显示帝王衰亡景象。"王未醉",表面似乎在指鸿门宴上的项羽,但这和其他词语句子的色彩情调不尽相符,有的抵触很大,难圆其说。例如一经认定这里是指项羽,就无法据以合理解释下文要用"掉箭"不用"舞剑"的原因何在,更与"汉王"句存有根本矛盾,也使"绝膑"句成了语无伦次。单就"汉王今日须秦印"来说。一、鸿门宴上的刘邦还只是个"沛公",无从预料将来要做汉王的。序内特自标明为"刘沛公",而不写作"汉王刘邦",原因就在这里。这无异显示着诗中所写"汉王",是在暗指别人;二、今日要得秦印之说,是与鸿

门宴前刘邦所说"吾入关,秋毫不敢有所近,籍吏民、封府库、而待将军。所以遣将守关者,备他盗之出入与非常也。日夜望将军至,岂敢反乎"(见《史记·项羽本纪》)正相颠倒的。不难想象,此际刘邦但求保全生命,脱离虎口,怎敢火上加油,自寻死路地说"今天硬要当秦王"的? 即使是项伯、樊哙等人,当时也绝对不敢这样说的。何况使用了这种说法,要使"绝膑"句无法作出确切交代的。由此伸论,"汉王"既不是指刘邦,则"王未醉"也不可能是指项羽。因他两人都是鸿门宴上的主角,是相应成立的。否定了一个,另一个就不成其为鸿门宴了。这在逻辑推理上,显然在显示不是真写鸿门宴。事实上诗内的范增、项庄、项伯、樊哙都不真是本人,正是在写非鸿门宴。这位未醉的王,总是一个首领,他如不是项羽,究竟是何人? 有何根据? 这里可以提供一个辨析准则和大量客观左证,回答这个问题。辨析准则,就是我们辨析词语,要以能够通释全文为其前提。如果只是断章取义,不能通篇自圆其说,那就说明不能成立。因为我们难有理由放弃通释全文的释说,而去信从不能通释全文,不能自圆其说的断章取义;佐证方面,是李贺这类哑谜诗歌,我们已经揭注了以上数十篇之多。它们的写作意图都是一个,即讽诅唐代现实帝王的。对于这篇百读不通的《公莫舞歌》,要想读者不疑心到这个上面来,行吗? 问题的关键还在把未醉的王作为唐代现实帝王来看待后,能否通释全文? 如果能够的话,这恐要算佐证如山了! 最简单的办法,比照一下在借古讽今方面同出一辙,并且加有诗序的《秦宫诗》篇,便可水落石出,真相大白。全诗内容本来就是李贺出于讽刺诅咒的浪漫想象。这里的未醉之王,作为被横眉粗颈的起义军队俘虏的现实帝王看待,正是与百多篇哑谜诗歌精神一致,毫无奇异之处的。所谓"未醉",表明现实帝王的吓得发软,不是由于喝醉了酒,是个讽刺语调。

④ "腰下三看宝玦光",表面上似乎在表现鸿门宴上范增的活动。实际上,上句的"王未醉"既然不是指的项羽,而是指的现实帝王,那么本句自然不是在表现范增,而是在表现起义军的校尉从腰佩宝玦的发觉辨认中,终于证实找着了现实帝王的本身。"项庄",表面上似乎在表现鸿门宴上的项庄其人,实际是在表现目前俘人的起义军的校尉对最大唐俘的颈项上面要迫使其加上锁链。项是颈项,庄是严厉,即罪犯受审是要系颈的。这里腰下所作的辨认和颈上所加的要求,是对比组织的句子。余详见下面"掉箭"注。"掉箭",这是个极关重要,极其明显的哑谜词语。掉是摇动,箭是竹棒。项庄所舞的分明是剑,不能用掉箭来相代替的。代替了就与原意会有出入,不能再照原

样表示意图的。李贺这里为什么不用众所周知的舞剑,而要用众所茫然的掉箭?这里并没有平仄不同的影响。与其说掉箭是在代替舞剑,不如说掉箭是在否定项庄。因为掉箭的不是项庄,谁也不会相信项庄掉箭的。这才是李贺真正目的的所在。上注说明项庄不是在表现鸿门宴的人物,而是在对当前最大唐俘的颈项上迫使其套上锁链,其根据也有一部分是在这里。总之,李贺又在故意飞白。由于剑与鞘有同居关系,鞘与箭字形相近,诗句不用剑而用与同居鞘形相近的箭,是在辗转运用"似是而非"的手法,散布疑云。实际作用却在表示:不是真正在写鸿门宴。这是要把舞剑改为掉箭的根本原因。果真要写鸿门宴,使用"舞剑"二字,就可明白晓畅,皆大欢喜。正因这不是李贺的写作意图,所以要改用掉箭来设置障碍,引起有心的读者疑难莫释,多去从另外的角度思考本诗的哑谜谜底。再说,"掉箭"用在鸿门宴内,固然远远不如舞剑来得符合实况,但用在审判唐俘会上,却又偏偏能比舞剑来得最最符合实况。因为摇动竹棒,迫使服罪,这是审俘会上的应有活动。如果审俘会上表现舞剑为乐,倒是两不协调,难圆其说的。由此可见,李贺要把舞剑改为掉箭,是完全受写作意图的驱遣,必然应有的现象。掉箭虽给读者带来了极大的麻烦,但也有力地显示了写作意图的所在。"拦前起",指迫使帝王束手就缚。

"横楣"四句说:起义军的校尉带着士兵冲入内宫,在绣幕红帷里面,横眉粗颈、声势威猛地捉人拿人。正当日烈花萎之际,现实帝王吓得像喝醉了酒一样的周身发软。校尉在发觉、辨认了腰佩宝玦的帝王本人之后,立即挥动竹棒迫使其颈项上套起绳索或锁链——表现校尉入宫俘捉帝王的行动过程。以下转入校尉临时所作的一篇口头声明。

⑤ "材官小臣公莫舞",表面似乎在表现鸿门宴上项伯起来对项庄进行拦阻的口吻,实际是起义军的校尉于俘捉帝王之余,临时在发表一篇稳定人心的口头声明。他开始说:宫内其他的材官小臣们可无惊慌乱动。"座上真人",表面似乎在指刘邦,实际是指目前主持审判的起义领袖。"赤龙子",似指刘邦为所谓"赤帝子",实际"龙子"指现俘帝王,"赤"为要使他流血意(作使动词用)。这是一个天衣无缝的双关妙句,堪与《章和二年中》的"拜神得寿献天子",《将进酒》中的"桃花乱落如红雨"……相互颉颃。意谓今天主要是要惩办帝王。

⑥ "芒砀云瑞",芒山与砀山在今安徽砀山县东南。刘邦早年曾逃亡这里。《史记·高祖本纪》:"秦始皇帝常曰:东南有天子气。于是因东游以厌之。高祖即自疑,亡

匿,隐于芒砀山泽岩石之间。吕后与人俱求,常得之。高祖怪问之,吕后曰:季所居上常有云气……沛中子弟或闻之,多欲附者矣。"这是古人宣扬命定论的附会传说,这里用为革命起义的象征。"抱天回",绕天运转,亦即天(民众)厌弃了旧的腐朽王朝,又循环过来庇佑革命起义之意。总之,这一句是说起义革命正是顺天应人的。"咸阳王气",表面指秦二世等,实际指长安腐朽朝廷,即唐代现实统治的气数。"清如水",谓淡薄得像清水一样,消亡在即。

⑦"铁枢铁楔",体现坚固非常。枢为门户开阖之机,楔为限门之木。"重束关",谓重重封锁。"大旗五丈",《史记·秦始皇本纪》:"阿房……上可以坐万人,下可以建五丈旗。"显示宫殿之大。"撞双环",双环为巨门两扇上的大铜环。此指起义军攻入了唐宫。

⑧"汉王"表面似指鸿门宴上的刘邦,实际当时刘邦并不是汉王。根据校尉声明的内在精神来看,是指主持审判会的起义领袖座上真人而说的。"汉王"的含义,只是"起义领袖"的代词。由于这位起义领袖,是从李贺讽刺诅咒、浪漫假设中产生的,没有具体称号姓名的,所以只好用"汉王"来作表达。再说起义领袖这一不便公开提明的名词,在前面用"座上真人"来作表示,在尾上用"汉王"来作表示,实质上原是轻重相同、呼应一致的。不妨结合下半句提出一个反证:能够夺取天子印玺的,不是起义领袖是谁?"须秦印",表面似说刘邦要做关中王,实际是起义领袖要夺取唐朝的天子玺。这里"秦"即指唐,另见《秦王饮酒》篇注。"绝膑刳肠",指截断膝盖骨,挖出肠肚。"臣不论",表面似在表现鸿门宴上激昂慷慨的樊哙,实际根本没有樊哙饮酒,吃生彘肩,表示死且不避的内容,可算牵拉无当。诗序内面也已叙明"故无复书"的。按照全诗内在真相来看,这里是起义军的校尉在口头声明中继续作严正表示:对于现实帝王的绝膑刳肠,我们是要执行命令,毫不客气的。语中的臣字,是奚落帝王的挖苦语。

"材官"八句是起义军的校尉的口头声明。他说:宫中一般的服役小臣,休要惊慌乱动。起义领袖所要惩办的,主要是帝王首恶。我们的革命起义,是顺天应人的。长安腐朽的唐王朝气数已尽,他的铁桶江山,已被我们势如破竹地都踏平了。现在我们攻克唐宫,问罪帝王,目的是在取消罪恶政权,处分昏庸帝王。对昏庸帝王碎尸万段,我们将是毫不客气、毫不手软的!

附　识

本诗首四句写军事审俘会场的森严气氛。次四句写起义军的校尉俘捉现实帝王的行动过程。尾八句写起义军的校尉稳定人心的口头声明。总之,本诗是通过一个起义军校尉的言行来表现整个情节的,结构极其简单。我们如果按照鸿门宴人物去作辨析,那项羽的醉不醉问题就是毫无意义的;范增的举玦是促下决心不是看宝光的;项庄是在舞剑,绝对不是掉箭的;项伯斥呼项庄为材官小臣,是本无其事的;刘邦当时只是沛公,无从预知要成汉王的;樊哙是吃生彘肩,不好用绝膑刳肠相混的。凡此,不仅是十足的似是而非的幌子,也是互相牵制永无合理通释全文的障碍。李贺的主要动机,是在对唐代昏庸现实帝王发泄胸中愤慨。愤慨何在? 请查阅第一辑《涉论》。

关于写作手法上,除飞白、双关外,更大的特色可说是"似是而非"。诗内只有张良没有提到,其他都若明若暗地有了涉及。似项羽而实非项羽,似范增而实非范增,似项庄而实非项庄,似项伯而实非项伯,似刘邦而实非刘邦,似樊哙而实非樊哙。诸人都无确切鲜明的形象,略相近似而大相径庭,相互矛盾相互冲消。从"近似"方面的作用说,是在力求加强表面掩盖。从"冲消"方面的作用说,是在力求透露内在真相。这种引人疑难莫释,让人自去领悟不便明言的真相的办法,可算巧妙地呕尽了心血,但也是不得不然的。

辨析了诗文内容之后,再去对照诗序。足见"今重作公莫舞歌云"句,不是要于乐府鸿门宴内容之外去表现鸿门宴内容,而是要于鸿门宴内容之外去表现非鸿门宴内容(即讽诅唐代现实帝王的内容)。由于诗序不便这样明说,所以含糊其词地写成了一个似是而非、非非而是的序文。目的仍在引起读者疑难莫释,自去从逻辑思维中领悟真相。王注、叶疏都是只从表面现象理解李贺哑谜诗歌的,所以未曾揭示过谜底,显露过真相。难免到处要责怪李贺少理,怀疑版本错字……李贺诗作的序言,鲜有不是半真半假的。这里继《秦宫诗》《金铜仙人辞汉歌》《还自会稽歌》《五粒小松歌》诗序之后,又获得了一个例证。

"起义校尉"的提出,是根据诗文情节的逻辑推理而来。因为诗文另有起义领袖在主持军事审判会议。而执行捉俘任务,并能发表口头声明的这个诗中主人公,自然不是普通士兵而是一个中级军官。为释说方便起见,所以假定他为起义校尉。其实如称"起义军官"也是可行的。只要不与起义领袖混同起来,就身份相符了。李贺这种表达方法,显然兼有"言外见意"的性质的。

奉和二兄罢使遣马归延州①

空留三尺剑，不用一丸泥。马向沙场去，人归故国来②。
笛愁翻陇水，酒喜沥春灰。锦带休惊雁，罗衣向斗鸡③。
还吴巳渺渺，入郢莫凄凄。自是桃李树，何患不成蹊④？

①"延州"，即今陕西延安。

②"三尺剑"，古宝剑长约三尺。《史记·高祖本纪》："吾以布衣提三尺剑取天下。""一丸泥"，喻容易固守险要。《后汉书·隗嚣传》："元请以一丸泥为大王东封函谷关。""沙场"，指战场。

"空留"四句说：朝廷辜负你腰间所悬三尺宝剑，不用你在前线固保山河。你只得马回战场去，人退后方来。表现充当边将的二兄，遭到朝廷废弃，不能再回延安边区去展其所长，发挥作用。

③"笛愁翻陇水"，即笛翻陇水愁。谓二兄罢官后，对边地部下增添惆怅。《古诗源·汉杂歌谣辞·陇头歌》："陇头流水，流离四下。念我行役，飘然旷野……陇头流水，鸣声呜咽。遥望秦川，肝肠断绝。""酒喜沥春灰"，即酒滴春灰喜。谓罢官后正好安居饮酒(愤慨语)。王琦说："酒初熟时，下石灰水少许，易于澄清。"按唐陆龟蒙《和初冬偶作》诗"酒滴灰香似去年"句，也是此意。"锦带"，指袍外所围腰带(由于是硬性弯圆形的，远看可以误为操弓)。"惊雁"，象征高超武技。《战国策·楚策》："雁从东方来，更赢以弓虚发而下之。魏王曰：然则射可至此乎？更赢曰：……其飞徐而鸣悲。飞徐者，故创痛也；鸣悲者，久失群也……闻弦音引而高飞，故疮陨也。"(按：赢他本有引作赢者)"罗衣"，指丝织品的衣服。"斗鸡"，代指城市坊间各类斗鸡走狗的游戏。

"笛愁"四句说：笛吹《陇水》曲调，将动旧部愁思。清酒酌饮杯中，正好醉入梦乡。你的袍上锦带，休要再显神技，即使惊落天上的飞雁，也是无从去保卫国土的！最好你效法游闲少年，穿着罗衣，去到坊间搞些斗鸡走狗的征逐活动，聊以自娱。表现二兄罢官后的苦闷心情。

④"还吴"，指因朝廷祸将加剧，不往就官，还归吴江的晋人故事。《晋书·顾荣传》："(惠)帝西迁长安，征为散骑常侍，以世乱不应，遂还吴。""入郢"，指国破都亡的大祸。王琦说："入郢事未详。"这是无法令人相信的。春秋楚昭王时，伍子胥引吴王阖闾

伐楚，五战入郢（楚都），昭王出奔，乃掘平王墓，鞭尸三百。见《史记·楚世家》及《史记·伍子胥列传》。这是本诗借古刺今的露骨核心，王琦为了维护封建教条，厌恶伍子胥的忤逆性格，所以才故装聋哑，并非真不知道。“桃李……成蹊”，《史记·李将军列传》“桃李不言，下自成蹊”，司马贞注：“桃李本不能言，但以华实感物。故人不期而往，其下自成蹊径也。”

“还吴”四句说：晋顾荣对朝廷有官不就，虽已成为遥远往事，可以不去说它。但在今天，长安将有伍子胥引兵入郢一类的亡国大祸到来，希望你千万不要感到悲伤。你是桃李芳树，何患没有广大百姓来拥护你、热爱你！言外之意，是说二兄千万不要再去留恋那个腐朽不堪的现实帝王了，要想得更通一些，做一番更为伟大的事业才对。

附　识

本诗“空留”四句写罢使，“笛愁”四句写解闷，“还吴”四句写劝勉，是用第二人称表达的。内容与《吕将军歌》从失意写到起义，进行劝说，极相类似。语言方面，除稍嫌含糊不明外，并未设置重大障碍，无何难懂之处。王琦所说“入郢事未详”，显然是个不愿表明本诗讽诅意图的故意借口。

梁台古意[①]

梁王台沼空中立，天河之水夜飞入。台前斗玉作蛟龙，绿粉扫天愁露湿[②]。撞钟饮酒行射天[③]，金虎蹙裘喷血斑[④]。朝朝暮暮愁海翻，长绳系日乐当年[⑤]。芙蓉凝红得秋色，兰脸别春啼脉脉。芦洲客雁报春来，寥落野湟秋漫白[⑥]。

① “梁台”，王琦说：“《西京杂记》：梁孝王好营宫室苑囿之乐，作曜华之宫，筑兔园……延亘数十里。”笔者觉得：梁孝王是指汉文帝儿子刘武说的。关于刘武在河南的苑囿，《史记·梁孝王世家》叫“东苑”，《三辅黄图》卷三《西京杂记》卷二均叫“兔园”，后人也叫“梁园”，从未有称“梁台”的。台是可以指中央朝廷，用以区别于地方属性的。因此，这个“梁台”，是否确指汉梁孝王刘武的河南苑囿？根据诗文内容来看，大有未然。李贺是一贯好用似是而非、借古刺今的手法的，这只有从辨析诗文内容的当中，来求解答。

②"梁王",含混语。古代可称梁王的,如战国、汉代、南朝……为数很多。他们中间,有的是藩王,有的是帝王。李贺故意不把某一梁王的具体特点明确写出,是在存心引人入岐。即使从表面看去,似乎在指汉代的梁孝王,但诗内却有排除汉梁孝王的射天等活动存在,显然只是一个假的幌子。比照《还自会稽歌》篇的"湿萤满梁殿"就是"湿萤满唐殿"的叠韵谐音例子来看,应是指的唐王。再说唐李与西周有一梁国都出嬴姓,本是渊源一家。何况李贺哑谜诗歌内面的秦王都是指的唐王,已见《秦王饮酒》篇注。更重要的是根据诗文内容来看,正与李贺所有哑谜诗歌一样,是在讽刺诅咒唐代的现实帝王。"台沼",楼台池沼。"空中立",表面似在形容楼台高耸貌,实际沼是不宜用高耸来形容的。因此这里的"空中立",是在表现楼台不是与民同乐的,没有百姓拥护之意。"天河之水夜飞入",天河实际并不是水,这里是在表现文武百官寅夜入朝帝王。"台前",表面指楼台前面,实际指帝王座上,因台是可以象征朝廷中央的。"斗玉作蛟龙",斗为相遇相合意。凡木石镶榫合缝之处,俗谓之斗。这里表面指用白石雕塑而成的巨龙景物,实际是在表现和嘲讽帝王只是一条假龙,是个昏君。"绿粉扫天",表面似指绿竹蔽天,实际是指绿林武装气势冲天。"愁露湿",表面似指绿竹怕露浸湿(竹是需要吸露的,所以怕露浸湿的说法是不能成立的),实际是指假龙怕露浸坏,亦即害怕龙位坐不稳了。

"梁王"四句,表面似写汉刘武这个藩王在河南的园景,实际是指唐代现实帝王在长安寅夜朝会文武百官。它是这样在说:唐王宝座高高在上,天河众星清夜入聚。宝座上坐的是条假龙,由于绿林武装遍地都是,担忧假龙要被露水浸坏,宝座难保。表现帝王的朝会意图。

③"撞钟饮酒",指帝王钟鸣鼎食,养尊处优的生活。"行射天",谓行为方面却是逆天无道的(神权时代,射天有罪。是非如何,自当别论)。王琦说:"《史记·殷本纪》:帝武乙无道,为革囊盛血,仰而射之,命曰射天……梁孝王未尝有射天事……盖指其不得为嗣,阴使人刺杀汉臣袁盎等。"笔者觉得:王琦所说武乙射天和梁孝王并无射天之事,这是千真万确的。李贺正是引用身份相同的无道帝王来准确地讽诅唐代现实帝王,与汉代藩臣梁孝王根本无关的。但王琦由于别有苦衷,不能让李贺讽诅唐代现实帝王的哑谜诗歌内在真相出现,只得仍然用估计不定的"盖指"口吻,硬往梁孝王不得为嗣上面去作推托。实际把梁孝王的派人刺杀袁盎说成是"射天",是毫无根据、不能为读者共同理解的。殷帝武乙的"射天",是有明确根据的。《史记·殷本

纪》："武乙无道……为革囊盛血仰而射之,命曰射天……暴雷,武乙震死。"关于梁孝
王的派人刺杀袁盎,《史记·袁盎列传》只是这样说的:"刺杀盎安陵郭门外。"并非
"射杀",更无"射天"字样。据《史记·刺客列传》所载,上古刺客多是使用匕首或宝
剑,不是使用弓箭的(弓箭不易化装裹藏)。因此,行刺和射天之间,原无必然联系。
从来既无把行刺说成是射天的,也无用射天代表行刺的。武乙射天是个古今共晓的
历史典故,笔者儿时背诵《史鉴节要》一书,就有"武乙射天,震于雷霆"的句子。我们
没有理由舍弃客观现成的确切内容于不用,而去大费气力地另凭主观估计创为"盖
指"之说,来相代替。王琦把一个已经了解为没有射天行为的藩臣,仍然拉着不放,
设法说成连自己也不十分相信的"射天",其中是有难言的苦衷的。因为离开了这个
藩臣,就成了讥刺帝王。揭穿来说,凡是非议、损害帝王尊严的矛头所向,一律必须
尽量回避。注家这样一条原则,在以帝王为中心的封建社会内,是有其宣传教育上
的需要的。无可讳言,这是含有欺骗、不实的性质的。作品的真相,是要遵循作者的
意图,不可由注家来削足适履的。特别是李贺这类哑谜诗歌,篇篇都是打着掩护非
议唐代现实帝王的。这就使作者的目的与注家的原则正相矛盾:一方目的明确,一
方原则清楚。只有期待大家共同来作辨析!

④"金虎蹙裘喷血斑",表面似指用金线蹙绣成功的裘衣,由于直毛的毛色多样,如
同喷洒了许多血斑在上。王琦说:"《礼记》:君之右,虎裘。喷血斑,裘色鲜赤。"就是这
种理解。其实不然,"金虎"是象征作恶小人,"蹙裘"是表现迫绕身边,"喷血斑"是表现
血口喷人,残害贤能,血迹斑斑的。当然,王琦也有见及此,他继续注说:"张衡《东京
赋》:'周姬之末,政用多僻。始于官邻,卒于金虎。'李善注:'应劭《汉官仪》曰:不制之
臣,相与比周。比周者,宫邻金虎。言小人在位,比周相进,与君为邻。贪求之德坚若
金,谗谤之言恶若虎。'此用金虎喷血等字,虽指衣裘而言,意则指梁王亲近小人,听信
其谗谄阿谀之辞。"笔者认为:王琦所引确无讹误。只是尾上王琦断定为梁王亲近小
人,自是指汉藩臣梁孝王而说的。梁孝王没有射天之事,是王琦已经知道的。何况王
琦所引"君之右"的君,"周姬之末"的周,都是指的中央帝王。金虎蹙裘喷血斑,也正是
表现帝王亲近身边作恶小人的。引喻取譬,应求确切。怎好把一色的帝王史事,来不
伦不类地表现藩臣?总之,本诗作为表现汉藩臣梁孝王的河南兔园来理解,非但是没
有明文根据及切合实际的写作意义的,并且是无法通释全文的(已见上注"梁王""射
天"两个词语。这种不能通释全文的估计猜测,自属断章取义不能成立的)。这是李贺

似是而非、借古刺今的有意安排。王琦明知不是在表现梁孝王而还要硬作梁孝王讲到底,看似自相矛盾,实际是他处境上别有苦衷,不得不然。

⑤"愁海翻",喻害怕自所统治的江山变色。"长绳系日",希望能用长绳拉着日光,不让飞转。晋傅玄诗:"安得长绳系白日。""乐当年",谓抓紧当前岁月,尽情进行享乐。

"撞钟"四句说:帝王钟鸣鼎食,养尊处优,而行为却是逆天无道的。他宠信作恶小人,败坏政事,血债斑斑。他朝朝暮暮害怕江山不稳,被人推翻,恨不得用条长绳拉着日光不让运转,好由他抓紧时间,尽情享乐。表现帝王的日常行径和坐朝内容,不外倒行逆施,贪求享乐。

⑥"芙蓉凝红得秋色",芙蓉为荷花的别名。《楚辞·离骚》:"制芰荷以为衣兮,集芙蓉以为裳。"这里谓荷花虽能红艳一时,但秋日难逃凋败下场。"兰脸别春啼脉脉",谓兰草离开了春天后,将会走向枯萎,呈现毫无生气,啼泣愁苦的面貌。"芦洲",芦苇水洲。为雁所常栖之处。"客雁报春来",雁是春天北飞,秋天南飞,往来如客的。这里所说"报春来",就是表现作客期满,将要北去的时候。"寥落",荒凉冷落。"野湟",野水。野指一片废墟,湟谓低洼积水。"秋漫白",谓只剩得秋荒景象,除了一片白色水光以外,建筑全无了。

"芙蓉"四句说:气数已尽的唐代腐朽王朝,是与现实帝王长远享乐的愿望相反的。它如同凋败枯萎的荷花和兰草一样,终将难逃凄苦不堪的下场。当客雁应当归去即绿粉扫天的时候一到,这聚会文武百官的朝堂之地,除了白色野水之外,将是荒凉得触目惊心的——表现了唐代恣意享乐、昏庸误国的现实帝王气数已尽,即将惨遭绿林摧毁,使得朝堂之地,尽变废墟。

附　　识

本诗"梁王"四句写帝王举行朝会,忧心绿林变天。"撞钟"四句写帝王恣意享乐,昏庸误国。"芙蓉"四句写帝王气数已尽,朝堂即将沦为废墟。从而为昏庸现实帝王预撞了一曲丧钟。其中"撞钟""金虎"两句,体现倒行逆施,是本诗的讽诅核心。使人益觉李贺哑谜诗歌的写作过程,很多都是先得讽诅警句,然后再围绕起来运用双关含混手法,构造前面情节或前后情节,组织前面或前后语言的。如《五粒小松歌》的"细束龙髯铰刀剪"、《章和二年中》的"拜神得寿献天子,七星贯断妲娥死"等痕迹都很明显。应当说,这要算是李贺哑谜诗歌写作过程上的一种步骤。

实际说来,把本诗作为表现汉梁孝王的河南兔园来理解,并无任何文字根据。关于"绿粉扫天"的不能作为"竹林"看待,已有"愁露湿"三字作了明确交代。竹林正是需要露湿,不会相反地引以为愁的。再说竹林并非梁孝王之所独有,不能与梁孝王画上等号。梁孝王有竹林,其他的人也可有竹林。何况本诗的内在真相,根本不是在指说竹林,而是在另指政治事件!王琦注引唐白居易《白帖》说"梁孝王有修竹园",自是各为一事,两不相涉。这里的"愁露湿"一语,是个最好的分辨标准。当然,还有上下全部的诗句可供证实。

梦 天①

老兔寒蟾泣天色,云楼半开壁斜白。玉轮轧露湿团光,鸾佩相逢桂香陌②。黄尘清水三山下,更变千年如走马③。遥望齐州九点烟,一泓海水杯中泻④。

① 题意云何? 古今注家的说法和猜测很多。姚文燮说:"故托梦以诡世也。"这从哑谜形式上说,是很相符合的。惜他未能具体地揭露谜底,可能他身处封建社会之内,不得不有所回避。笔者根据诗文内在真相来看:题意表面似在梦见天上神仙的月宫,只是写作目的不明,实际是在梦见人间帝王的皇宫,写作目的是在讽诅现实帝王。这个情况,应从全部诗句的辨析中,来作归纳。

② "老兔寒蟾",兔、蟾都是神话传说中月亮里面的动物,因而都可成为月亮的代词。《文选·古诗十九首》之十七:"三五明月满,四五蟾兔缺。"《淮南子·精神训》:"日中有踆乌,而月中有蟾蜍。"晋傅玄《拟天问》:"月中何有? 玉兔捣药。"这里应当特别注意的是:为什么修饰语要用"老""寒"二字,而不用"白""碧"一类华美的词? 这是因为要表现兔、蟾消极被迫,痛苦不堪的情态,所以才故意要这样修饰的。"泣",表现生活在受压迫。有人说天下雨了,非是。写月景而说下雨,根本就无景可写了。"天色",天空的颜色,多指时间的早晚。晋陶潜《联句》诗:"远眺同天色。"俗亦谓"天色还早"或"天色很晚"。"云楼",高楼。此指皇宫。"壁斜白",反映初升的月亮低而横斜地射入门窗半开的高楼壁上。"玉轮",月亮。唐骆宾王《赠宋五之问》诗:"玉轮涵地开,剑匣连星起。""轧露",在夜深霜重时,还不停地转动着。"湿团光",泪眼模糊貌。谓运转到了正空的圆圆月光,被夜露把周身都打潮了。兔、蟾不堪奴役,因而泪眼模糊。"鸾

佩"，本为雕着鸾凤的玉佩，这里代指女子。但语意含有双关作用：表面似指月宫的仙女，实际是指唐宫帝王的妃嫔之流。"桂香陌"，表面似指月球里面的桂树田陌，实际是指现实帝王享乐腐化的禁苑皇宫。

起首四句的"老兔"句说：饱受折磨，不堪奴役的老兔、寒蟾，含着眼泪，为唐宫现实帝王值勤，表现天色早迟。"云楼"句说：从傍晚月亮的初升开始，月光就得对宫楼平射或斜射了进去，照在壁上，为帝王的花天酒地、享乐腐化而服役。"玉轮"句说：直到夜深，月光在寒露下面，运行到了正空，周身又冷又潮，片刻不得休息。兔、蟾不堪奴役，无处诉苦，泪水汪汪，泪眼模糊（这个形象，与《秦王饮酒》篇内不堪奴役的"清琴醉眼泪泓泓"句同一情调）。"鸾佩"句表面似说：在月球桂树田陌上遇见了仙女……实际是说：帝王却正拥着妃嫔，在皇宫过着醉生梦死、荒淫无度的生活——表现了奴役和被奴役之间的矛盾。

这起首四句，是古今注家分歧较多、艰于理解的地方。今人刘逸生在《唐诗小札》1978 年版本内认为：首三句都是诗人漫游天空所见景色，即变天下雨，黑云幻变了楼阁，月亮被露水点打湿了；第四句是诗人进入月宫碰上了仙女。笔者认为：这种说法，很有疑问：一、变天下雨的假设，似难成立。因为这里泣的原因，更真实的是因为有生活压迫。如被假设为下雨，怎么次句没有下雨的下文，也没有转晴的过程，就马上紧接着说"壁斜白"？可见并没有下雨。即使不近情理地再马上假设回来，天忽然晴了。那么这忽雨忽晴的无端假设，在表现写作目的的作用上，势必无从进行说明。再说，这里的"老""寒"二字是与表现主题思想有着极大关系的。正因老而且寒，被迫服役，所以才泣。这个泣字的苦痛嘴脸，是体现了被奴役者高度对立的愤慨感情的；二、云楼半开壁斜白，正是高大建筑的门窗半开，被老兔、寒蟾照得壁上发白，怎好作为黑云看待？黑云非同朝霞暮霭，从无幻变成为楼阁的说法；三、玉轮和蟾兔，都是指月亮的。这里在组材上分了开来，中间夹个云楼句，如无合理解说，岂非成为杂乱无章了；四、鸾佩确是表现女子的。但为什么一定是仙女？仙女能表现怎样的写作意图？……方扶南说："首两句月之初起，三、四句月正当空。"这是非常可贵的见解！笔者所有的疑团，正是由此才得解决的。这与刘逸生的解说，大不相同。可惜方把写作目的误解为"游仙"之作，以致徒有躯壳，未见灵魂。

③"黄尘"，指大陆，"清水"，指江海，"三山"，传说中的海中仙山。《汉书·郊祀志》："使人入海求蓬莱、方丈、瀛洲。此三神山者，其传在渤海中。"晋葛洪《神仙传》：

"麻姑自云：'接待以来，见东海三为桑田。向到蓬莱，水又浅于往日会时略半耳。岂将复为陵陆乎！'"即沧海变桑田，桑田变沧海的意思。这是需要人间无数年月才能实现的，不能用人间的所谓久远岁月来作衡量的。

"黄尘"两句说：大地的山、水、陆地是永远在转移变动之中的。从时间上来说，人间认为了不起的千年万载，在它们看来，还不敌霎那之间的马蹄跑过去了。其之短暂，可想而知。言外之意，现实帝王享乐腐化，作威作福，不过是个极其短暂的现象，很快就要归于消灭的。换句话说：看你昏庸帝王还能为恶几天吧！这是从时间观点上来对昏庸帝王进行贬斥和藐视，从而发泄作者心头之恨的。

④ "齐州"，指全国各州，《尔雅·释地》"距齐州以南"疏："齐，中也。中州，犹言中国也。""九点烟"，喻九州如同九点黑烟。极言其小。"泓"，深水。"泻"，倾泻。

"遥望"两句说：不可一世的现实帝王，他所统治的中国九州，在明眼人遥遥看去，只不过像九点烟尘而已。如同向汪洋大海之中，倾下一杯浅水，实在是渺小得非常可怜。极言九州帝业之小，是继上面"黄尘"两句从时间上藐视昏庸帝王之后，更从空间上来藐视昏庸帝王，发泄胸中愤慨的。

附　识

本诗首四句表现昏庸帝王恣意奴役，荒淫无度。次四句从时间、空间两个方面来贬斥昏庸帝王，从而发泄自己极端藐视、高度愤慨的思想感情。姚文燮所说"故托梦以诡世也"，正是相符的。由于寓意至不显露，又无锋芒彰著的词语启发关键，即使有所领悟，也难尽释狐疑。实际本诗首四句正与《秦王饮酒》篇的尾五句情调相同，如果拿《秦王饮酒》篇的写作倾向来比照本诗一下，也就容易释然了。

上　云　乐①

飞香走红满天春，花龙盘盘上紫云②。三千宫女列金屋，五十弦瑟海上闻③。天江碎碎银沙路，嬴女机中断烟素④。缝舞衣，八月一日君前舞⑤。

① 诗题具有双关含意。表面为乐府曲名。《乐府诗集·上云乐》引《古今乐录》："《上云乐》七曲，梁武帝制，以代西曲。"实际"上云乐"可译成"皇上的所谓快乐"，意含讽刺。这要从全部诗文中来作辨析归纳，才能获睹真相。

② "飞香走红",香雾飞腾,红装乱舞。"春",王琦说:"春者如春气之融和,无不周徧。下文有八月一日之词,不可实作春解。"笔者认为:不作春季讲是正确的,作春气之融和讲,似欠恰当(因春气还是属于春季的)。这里根据全文精神来看,是在表现酒色淫乐。姚文燮说得好:"舞女杂沓,春色盈空。""花龙盘盘",表面指龙,实在说蛇。因为用花修饰蛇是常见的,用花修饰龙是不常见的。特别是龙虽也可说盘,但与蛇的真正成为圆盘,大不相同。因此常见的只说一盘一盘的蛇,不说一盘一盘的龙。再说,讽刺人中之龙的帝王为蛇,在李贺哑谜诗歌中另有明证。如《五粒小松歌》中的"蛇子蛇孙鳞蜿蜿⋯⋯细束龙髯铰刀剪",详见该篇注释。"上紫云",谓上冲云霄。

"飞香"两句表面似说:香红满眼好春光,彩龙盘上紫云天(褒颂语调)。其实是说:花天酒地荒淫窟,巨蛇毒雾冒云间(讽诅语调)。刻画了帝王乌烟瘴气的形象。这种寓讽诅于褒颂之中的双关手法,是李贺哑谜诗歌中常常出现的惯用手段。

③ "金屋",汉武帝为太子时,长公主(即姑母馆陶公主)抱置膝上问曰:儿欲得妇否? ⋯⋯因指其女:阿娇好否? 汉武笑对曰:若得阿娇,当作金屋贮之。见汉班固《汉武故事》。就全句"三千宫女列金屋"来说,无异指名道姓地在讽刺唐代现实帝王。"五十弦瑟",乐器。古瑟有五十弦。《汉书·郊祀志》:"泰帝使素女鼓五十弦瑟。"

"三千"两句说:三千宫女,充列金屋。五十弦瑟等各种乐器的音响和歌女的歌声,能使遥远的海上也听得见(外表赞扬热闹,实是谴责腐化)。表现了帝王荒淫无度,享乐腐化的生活。

④ "天江",王琦说:"曾谦甫注:天江,天河也。吴正子注:'天江'一作'天河'。"笔者认为:这从哑谜诗歌外表上似指天河,有利于掩盖真相来说,是相符合的。但从实际上是指皇宫,以便有所非议来说,就又不相符合了。把天河写成天江,事虽滑稽,其目的正是要显示既不是天河而又有些近似天河的色彩。不然的话,李贺不会不直接写成天河的。"碎碎银沙",表面指天河秋夜,繁星无数,实际指唐宫奢侈,银沙满路。"嬴女",王琦说:"嬴女谓织妇,借天河织女以比之。然谓之嬴女,殊不可晓。"按王琦所理解的并无不合。只是这织妇具体的时代和情节怎样? 决不是王琦所敢和所肯继续进行表明的。这是王琦注释与李贺哑谜诗歌分道扬镳的根本所在。关于"不可晓"的问题,这很难说。根据王琦凡属抵触帝王尊严的内容,一律力求回避的注释原则来看,即使分明已晓的伍子胥引兵入郢的故事也说未详,这就只有王琦自己心中有数。问题的关键,在于可晓的本身就是非议、或讽刺帝王的说明。在本诗这里,正因为李贺构造了

这个不可晓,才有可能使本诗终于成为可晓的。嬴女就是唐女。因为嬴为秦姓,秦为唐朝长安首都所在地,所以嬴女就是秦女,秦女就是唐女。等于《秦王饮酒》篇就是唐王饮酒篇一样。也等于唐白居易《长恨歌》把"唐皇重色思倾国"写成"汉皇"一样。飞白手法,原不足怪。所要重视的是本诗这里既指唐代现实织妇,就有关联到现实帝王的可能存在。联系下半句非议现实帝王的内容来看,大可恍然于王琦的这个不可晓了。总之,把天上织女写成嬴女的真正作用,在于它能和人间的现实帝王明白地挂起钩来。"断烟素",外表似说:剪断机中所织有花的或素色的丝绸。实际是说:"烟"是炊烟,"素"是生活要素。断了这种炊烟要素,可见穷苦不堪! 其原因是受了帝王宫市的压榨掠夺所致。与李贺同时的白居易所写《卖炭翁》篇,反映宫市情况非常具体,已是大家所熟知的。

"天江"两句对比地说:唐皇宫挥金如土,银沙满路;而长年在机中织布的劳动妇女,却被压榨掠夺得灶里的火也举不起来了。表现了广大劳动妇女和封建帝王的矛盾。

⑤"缝舞衣",是对上句"断烟素"补充原因的。王琦说:"断素裁缝,以制舞人之服而备用。"部分是对的,只是"断素"大有出入。分明这里有个"烟"字的,并且"烟"字是主要的东西。王琦故装未曾看见,避而不谈,这是不能解决问题的。"八月一日",姚文燮说:"八月一日乃君王合仙方之日也,此时当献舞称寿。"

"缝舞衣"两句表面似说:赶缝舞衣,八月一日君前去舞。实际是说:遭受宫市掠夺,断了炊烟的原因,是为了君王要八月一日大搞彩舞,赶缝舞衣。

附　识

本诗由飞香走红、花龙盘盘、三千宫女、五十弦瑟、碎碎银沙,写到准备更大舞会,赶缝舞衣,一派华丽热闹景象。难怪注家多认为赞美颂扬之作。无奈嬴女、天江、断烟素,却都无可回避地是在反映生活压榨。再看"飞走""盘盘""金屋""海上""银沙",都是含有浓厚的讽刺意味的。即使缝舞衣,也是在反映宫女被奴役。所有这些,正好说明了题目《上云乐》的真正含义为现实帝王自己的所谓快乐,是建筑在广大百姓的痛苦上面的,正是广大百姓的深重灾难!

《安乐宫》篇内从左悺代出宦官,从宦官反射出皇帝,是一种辗转借代手法。本诗把天上的织女,通过嬴女、秦女、唐女转换为地面的广大劳动妇女,是一种辗转飞白的手法。这些用心所在,不外曲折隐晦地表达讽诅意图,亦属迫于形势,不得不然的艺术构思。在李贺哑谜诗歌内,这是随处可见的。例如《上之回》篇"拚凤尾"的"拚"字,《相劝酒》篇"子孙绵如石上葛"的"石"字,《日出行》篇"白日下昆仑"的"下"字,《安乐宫》篇"未盥邵陵瓜"的"邵"字……虽然都只有一个字的飞白,但由于是关键所在,它可使全篇改变颜色、显露真相的。因此,这种飞白手法,初看上去,似乎难懂。实际它是最能帮助揭示谜底,理解主题的。

长歌续短歌①

长歌破衣襟,短歌断白发。秦王不可见,旦夕成内热②。
渴饮壶中酒,饥拔陇头粟。凄凉四月阑,千里一时绿③。
夜峰何离离,明月落石底。徘徊沿石寻,照出高峰外。
不得与之游,歌成鬓先改④。

① 意为声嘶力竭地大声喊叫和气尽力微地低声呻吟。根据题材内容来看,是在表现被损害者挣扎愤慨的心情。

② "破衣襟",象征穷困愁苦。"断白发",体现潦倒不堪。"秦王不可见",是个双关警句。表面似说:得不到秦王的亲近,拍不上秦王的马屁,感到遗憾。实际是说:秦王不我见。即秦王高高在上,不看见或不理睬我的这些穷愁潦倒的情况,令人感到愤慨。秦王是指现实帝王唐宪宗的(详见《秦王饮酒》篇注)。王琦、姚文燮虽都主张这里的秦王是指唐宪宗的,但他们都把挣扎愤慨说成是追求亲近,不仅感情上大有差别,也与尾六句要生抵触的。"旦夕成内热",内热是疾病。《左传·昭公九年》:"淫则生内热惑蛊之疾。"《庄子·人间世》:"今吾朝受命而夕饮冰,我其内热欤!"本诗这里意念双关,表面似说内心发热,热衷追求(须知这是加不上"旦夕成"三字的。因为它是已经存在,不好说成更去俟之旦夕的)。实际是说:我旦夕将被折磨得病倒下去了!

"长歌"四句说:我穷愁喊叫,潦倒呻吟。破衣断发,行将病倒。可是高高在上的现实帝王,只顾自己享乐腐化,哪里肯来了解或理睬我们这些人的死活!

③ "陇头粟",指田垄里生长的小米庄稼。"四月阑",指四月底春夏之交的季节。"千里一时绿",大地草木生气蓬勃貌。

"渴饮"四句说:我饥渴已甚,迫切希望壶中有酒来止渴,陇头有粟来充饥。真伤心啊！每年的春夏之交,大地的草木都能重新郁郁葱葱起来,独有我的穷愁潦倒,却是永无扬眉吐气之日的。

④"夜峰",夜晚的山峰。象征昏庸帝王的黑暗统治。"离离",黑暗现象环列貌。"明月",象征光明。这与秦王的黑暗统治是两相对立的。正因痛恨黑暗,看不见光明,才注意寻找光明。历代注家都认为明月即指秦王,大属误会。李贺哑谜诗歌的光明象征什么?他用秋月代表光明,已经另有例证。详见《出城别张又新酬李汉》篇及其"秋月当东悬"句。"落石底",指明月(即光明)被夜峰压在底下,外面黑漆一团,看不出来了。所以才有下句"徘徊沿石寻"。"高峰外",指夜峰以外的另一天地、另一世界、另一人间。"之",指明月(即光明),非指秦王。至于李贺想到哪里去了?这在《出城别张又新酬李汉》篇内会有完整的答复的。

"夜峰"六句说:这夜晚的山峰何其黑暗,光明到哪里去了?压在这山石的底下吧!沿着这山脚来回寻找,总找不着。它却在这夜峰以外的另一天地大放光明。我这穷愁潦倒者不得在那光明世界里去过生活,而在这茫茫的夜峰统治之下,叫喊呻吟,气息奄奄,歌才写成,发已先白。真是心余力拙,遗憾无穷!

附　　识

本诗首八句写自己潦倒不堪,不为秦王所重。尾六句写憎恶黑暗,追求光明,所惜年华已逝。从而表达了非议现实帝王的写作意图。手法方面,一、运用有双关含混句子,如"秦王不可见",近似《章和二年中》的"拜神得寿献天子",极其自然,不易为人所识破。又如"旦夕成内热"句,也有骑墙含蓄妙用,容易引人入歧;二、运用有象征比喻词语,"夜峰"象征所要非议的黑暗统治。"明月"象征所要追求的光明出路。这样由个人潦倒说到朝廷黑暗另外去追求光明的歌声,非但体现了层次清楚,脉络贯通,也可窥见李贺不同一般的思想观点。对照一下《出城别张又新酬李汉》篇的内容,正好是该篇的一个小小缩影!

"秦王不可见"句,如作"我看不见秦王"来理解,秦王是没有什么责任的。如作"秦王看不见我"来理解,秦王显然是有过失的。最起码秦王是糟蹋人才,不是爱民如子的。拿不让李贺举进士一事(详见第一辑《涉论·李贺怀才不遇的生平》)来说,也是正相符合的。因此这无责任与有过失的不同理解,是本质上正反对立,存有黑暗与光明的差别,不可颠倒其说的。李贺巧妙地构造这个句子,其目的和作用,就在通过过失责任来非议现实帝王的。笔者在辨析本诗的过程当中，原是作为"我看不见秦王"来理解，认为本诗是热衷于追求帝王求而不得之作。只是感到有两点异样：一、诗风过于卑下庸俗，虽一般不像样的诗人，亦将不屑为此。二、与李贺非议现实帝王的大量哑谜诗歌精神上是适相违背的，只得惋惜这是李贺诗集中最不光彩、最伤气节的一篇特别诗作。后虽致力于多方观测，仍然久久不得要领，无从置辞。但当揭开"秦王不可见"这个双关妙句的掩盖露出真相以后，始悟上述两个疑问，都是根本不存在的！

相 劝 酒

羲和骋六辔，昼夕不曾闲。弹乌崦嵫竹，抶马蟠桃鞭。蓐收既断翠柳，青帝又造红兰①。尧舜至今万万岁，数子将为倾盖间②。青钱白璧买无端，丈夫快意方为欢③。朣朦胧熊何足云？会须钟饮北海，箕踞南山④。歌淫淫，管愔愔，横波好送雕题金⑤。人之得意且如此，何用强知元化心⑥？相劝酒，终无辍。伏愿陛下鸿名终不歇，子孙绵如石上葛⑦。来长安，车骈骈，中有梁冀旧宅、石崇故园⑧。

①"羲和"，指古神话传说替太阳驾车的人名。《楚辞·离骚》"吾令羲和弭节兮，望崦嵫而勿迫"注："羲和，日御也。""骋"，奔驰。"六辔"，辔为驾驭牲口的缰绳，六辔犹言六马。《诗·秦风·驷驖》："六辔在手。""弹"，用弹弓进行弹击。"乌"，指太阳。古神话传说，日中有乌，月中有兔。《文选·晋左思〈吴都赋〉》："笼乌兔于日月，穷飞走之栖宿。"南朝梁元帝《玄览赋》："乌兔蔽亏。"见《文苑英华》。"崦嵫"，山名，在甘肃天水县西。《山海经·西山经》："日没所入山也。""抶"，鞭打意。《左传·文公十年》："宋公违命，无畏抶其仆以徇。""蟠桃"，这里象征太阳升出处。汉卫宏《汉旧仪》："《山海经》称东海之中度索山，山上有大桃，屈蟠三千里。"王琦引《河图括地象》："桃都山有大桃树，盘屈三千里。上有金鸡，日照则鸣。""蓐收"，西方神名，司秋。《礼记·月令》："（孟秋之月）其帝少皥，其神蓐收。"这里显示秋季凋谢之意。"青帝"，神话传说为五天帝之一，主春令生长之神。《史记·封禅书》："秦宣公作密畤于渭南，祭青帝。"唐储光羲《秦中守岁》诗："青帝方行春。""红兰"，春兰花上无红点的叫素心兰，有许许多多红点的叫红兰。南朝梁江淹《别赋》："见红兰之受露。"

"羲和"六句说:羲和策动六马或六龙,拉着太阳所坐的车子向前飞奔,一直是日夜不曾片刻停歇的。就每天来说,晚上太阳运行到西边的崦嵫山被竹制的弹弓弹落下去,可次晨却用桃树鞭子催着马或龙又从东方很快地升起来了。就每年来说,秋天的秋神蓐收方才摧萎了翠柳,可是春天的春神青帝却又长出了红兰。表现每日每年的光阴,循环不已地飞逝得很快。为引起后文应当怎样生活作个根据和前导。

②"尧舜",既指"古代",又代指帝王。"万万岁",既指真的"万万年",又代指"万岁万万岁"祝语。王琦说:"自尧舜至唐元和中,未满三千岁,云万万岁,趁笔之误也。"按这是不解句意或故装马虎的说法,李贺岂能连这一点也不知?"数子",既指羲和、蓐收、青帝三位神人,又作"仔细数你"(数读(shǔ),动词。子为指代词,犹言你)理解。"倾盖间",时间短暂。《孔丛子》:"孔子与程子相遇于途,倾盖而语。"《史记·邹阳列传》:"谚曰:白头如新,倾盖如故。"

"尧舜"两句具有双层含意,主要是说:从尧舜古代到现在,即使是有万万年,在羲和、蓐收、青帝这些永恒存在、运行不息的神人看来,只不过像路上相遇谈话的片刻时间而已。因为他们循环运行的客观存在,要比万万岁更为悠久得难以言喻了。附带讽刺地说:帝王从来被呼为万岁万万岁,细数你帝王的生命,实际不过很短暂地就要消失的。

③"青钱",用青铜或各种金属配铸的钱。唐杜甫《北邻》诗:"青钱买野竹。""白璧",白玉,为古重要财宝。"买无端",即无从买得。"丈夫",本为成年男子的通称。这里有大丈夫、好男儿的豪壮意味,但语调属于反语。因为只有致力于道德学问、事业功绩的人,才足当此。如果用在做着与此相反的勾当的人身上,那就是在进行反语讽刺了。本诗这个"丈夫"指的是谁?李贺是有具体对象的。为了掩盖起见,暂用普通抽象名词,藏起头来,留待后面再去露尾。因此,这里是在使用藏头露尾手法。

"青钱"两句说:飞逝的光阴,用青钱白璧也无处买得回来的。有志气、有作为的男儿,应当抓紧时间,尽量寻欢作乐,才算痛快满意。按:不以敦品立行、做番事业为忧心,而以寻欢作乐为快意,显然是个不够正确的生活态度,却还称赞之为大有志气、大有作为的男儿,这就可以看出它的反语基调。实际这正是个故意暂不指名道姓的藏头手法的运用。且看下面寻欢作乐的具体内容是些什么?尾段所露的具体尾巴是怎样的?便可释然。换句话说,反语讽刺、藏头露尾的佐证,更见以下各句的描述,特别是"陛下"一词画龙点睛地出现。

④ "膗蠵膗熊"，即清烹大龟、清烹熊肉熊掌之意。王琦说："《楚辞》:露鸡臛
蠵……王逸注:有菜曰羹，无菜曰臛，蠵大龟也。刘勰《新论》:炮羔煎鸿，膗蠵臑
熊……袁孝政注:臑是蹯，即熊掌也……膗熊字未见所本，恐是臑熊之讹。"按是否有
讹，文字并非不通。臑作熊掌讲，倒似有误，臑同胹，煮烂意。《左传·宣二年》:"宰
夫臑熊蹯不熟。""钟饮"，钟为酒器，用钟饮酒，就叫钟饮。"箕踞"，古无椅凳，席地而
坐。坐则以膝着席，以臀着足后跟。若耸臀离足，膝行而前，是为跪行。足皆在后，
以是为敬。倘以臀着席，两足伸向前面，手可抚膝，是为箕状。箕状为傲慢放肆的不
敬之态，因叫箕踞。《庄子·至乐》:"庄子妻死，惠子吊之，庄子方箕踞鼓盆而歌。"踞
与倨通，亦作"箕倨"。《淮南子·齐俗》:"胡貉匈奴之国，纵体拖发，箕倨反言。"也简
作倨，为古领袖人物所宜避忌的丧失人心的傲慢态度。《史记·郦生列传》:"沛公
方倨床使两女子洗足……郦生曰:……诛无道秦，不宜倨见长者。""南山"，指终南
山。唐代的首都是在终南山头的。因此，能以终南山为凭借，高踞其上，无所忌惮
地傲视天下的这位人物，显然是至尊无上，不待指名道姓，大家就都明白的。这种
由南山代出首都，由箕踞首都显示出至尊的手法，与《安乐宫》篇的用左悺代出宦
官，用役使宦官反映出帝王的手法，分明出自同一构思。所以拿"左悺提壶使"与
"箕踞南山"一相对照，它们的掩盖技巧和讽刺对象是正相雷同的。问题的性质也
就昭然若揭了!

"膗蠵"三句说:烹龟烹熊何足说，还当用酒盅畅饮像北海那样无穷无尽的酒，更当
傲坐终南山上，指天画地，为所欲为。刻画了一个大吃大喝，挥霍浪费，傲慢自大，肆无
忌惮的形象。特别傲坐长安首都是在表现至尊无上的政治地位。既不是一般富人所
可比拟的，也不是李贺任何友人所能望其后尘的。

⑤ "淫淫"，泛滥貌。《楚辞·大招》:"雾雨淫淫。"王琦注为洋溢貌，是对本诗的讥
刺所在，存有分歧的。其实李贺这里使用此词，另还含有荒淫意义的。"愔愔"，《左
传·昭公十二年》:"祈招之愔愔。"本安闲、和悦貌，在本诗里含有靡靡之音的贬意在
内。"横波"，喻眼神流动，如水闪波。《文选·汉傅毅〈舞赋〉》:"目流涕而横波。"这里
指歌舞美女眉目传神而说。"雕题金"，王琦注说:"谓南蛮中所出之金也。《礼记》:'南
方曰蛮，雕题，交趾。'郑玄注:'雕题，谓刻其肌以丹青涅之。'孔颖达正义:'雕谓刻也，
题谓额也。谓以丹青雕刻其额。"笔者认为:上述经文及其注疏，见《礼记·王制》。它
们都是在释交趾民族在肌肤上雕题花纹的习俗，与唐代雕了文字的货币"雕题金"各为

一事。唐代是否有普遍流行、广泛使用交趾黄金的情况，经查并无佐证。自应直接释作刻了分量或其他吉祥字样的金铤，否则，江西景德镇雕了题的瓷器，将要说成交趾产品了，未免不符事实。

"歌淫淫"三句说：歌声泛滥耳鼓，管乐靡靡动听。对于美女送来的眼波，随意赏以雕了分量或其他字样的金铤。刻画了一个沉湎声色之中，腐化堕落，挥金如土，醉生梦死的形象。

⑥ "元化"，犹造化，即大自然的发展变化。唐陈子昂《感遇诗》之六："古之得仙道，信与元化并。"这里所说元化心，实即造化的发展趋势，亦即事物发展的因果规律：种什么因，得什么果（如说善有善报，恶有恶报，那就迹近迷信了）。

"人之"两句说：人生得意，是应当暂且这样享乐的，何必认真地去考虑什么事物发展的因果规律！也就是说：得快乐时且快乐，不管它的后果是怎样的。这种站在荒唐立场，进行自我暴露的语言，可算地道的反语讽刺了。

自"青钱"句起至"何用"句止，为一整段反语讽刺的语言结构：有理论想法，有具体内容，有冷眼激情，有段落首尾，可算反语讽刺的典范表现。何况内中还特意指明了这拥有酒如北海的被劝对象，乃是终南山头可以目空一切，傲视天下的箕踞者！

⑦ "辍"，停止。也是反语，因饮酒活动是没有永不散席的可能的。"陛下"，专对现实帝王的尊称，非对已死帝王的称谓。它是本诗对帝王无异指名道姓的一大特点。本诗从"丈夫"说到"陛下"，是在大耍藏头露尾手法。实际"丈夫"就是在指"陛下"，所谓《相劝酒》，劝皇帝大吃大喝，花天酒地，傲慢胡为，不问后果；是在利用反语讽刺口吻，自我暴露皇帝腐朽罪过的客观现实。祝愿原是假幌子，揭露才是真手法。为了愚弄人们视线，先以"丈夫"虚拟，后以"陛下"落实。终于巧妙无比地作了画龙点睛的点明。"鸿名"，伟大名气。"绵"，连续不断貌。《诗·王风·葛藟》"绵绵葛藟，在河之浒。"注："绵绵，长而不绝之貌。岸上曰浒。""石上葛"，葛是生长在河岸水土上的。石上不能使葛生存，只能使葛很快枯死。因此，石字是个飞白。这里轻轻偷换为石字的目的，是起反语讽刺的作用的。

"相劝"四句说：劝您加酒，永远不要停止，不要散席啊！祝愿您的伟大名气能够始终不告衰歇！子孙绵绵不绝的问题也像葛藟移植在石头上面将要发生的情况一样！这是另起一段的反语祝愿的开始，它将表明上段罪过生活的严重的后果和下场。

⑧ "骈骈"，两马并驾一车为骈。《尚书大传·唐传》："然后得乘饰车骈马。"迻用

"骈骈",形容车马众多貌。"梁冀",后汉人,以外戚封侯拜大将军。大造第宅,权倾天下。后以贪暴,全家被诛。见《后汉书·梁统传附梁冀》。"石崇",晋人,当过荆州刺史,因劫远来客商,富超王侯,曾以斗富著名,在河阳建筑有金谷园别墅,后全家为赵王伦所杀。

"来长安"四句,表面似说车马、第宅以及庭园。实际是说:后人来此,只剩有满门抄斩的梁冀旧宅,全家被杀的石崇故园(重在表现满门抄斩,全家被杀的政治祸殃。实际梁冀宅、石崇园都在河南,并非在长安)。因为这里是在继上面"石上葛"作更具体的无情讽诅,如果看成是祝愿天子拥有像梁冀、石崇一样的第宅庭园,富贵权势,岂非天子在开倒车? 显然是不合逻辑的。因此这里只能是说:腐朽透顶,罪过深重的现实帝王,一定会子孙不得绵延。换句话说,势必连子孙都遭祸殃,像梁冀、石崇的下场一样! 这种用祸祝福的办法,与另篇《章和二年中》"七星贯断姮娥死"的"用死祝寿",恰恰是一母所生。它们同一构思,同一手法,同一意图,同一真相,大足发人深省。王琦面对这种祝福用祸,祝寿用死的离奇语言,并非真的全无察觉,问题是他另有不得不故作回避的苦衷存在。

附　识

本诗从段落结构上说:"羲和"八句表现光阴飞逝,兼讽刺帝王不是真的万万岁;"青钱"十句暴露帝王罪过生活;"相劝"八句讽诅帝王的后果下场。从词语点染上说:羲和御日,崦嵫弹日,尧舜万岁,箕踞南山,陛下鸿名,长安子孙,也都是表现帝王的。尤以在祝愿幌子掩护下巧妙点明"陛下"一词,无异指名道姓地在讽刺唐代现实帝王。本诗根本没有真的写什么我辈饮酒(表面假象应当揭去),它用祸祝福,祝愿帝王像梁冀、石崇的下场一样,可算诗集当中较最大胆露骨的例证之一。

艺术手法上,本诗运用有双关飞白,藏头露尾……要以反语讽刺为其最大特色。

拂　舞　歌　辞①

吴娥声绝天,空云闲徘徊。门外满车马,亦须生绿苔②。樽有乌程酒,劝君千万寿。全胜汉武锦楼上,晓望晴寒饮花露③。东方日不破,天光无老时④。丹成作蛇乘白雾,千年重化玉井土。从蛇作土二千载,吴堤绿草年年在⑤。背有八卦称神仙,邪鳞顽甲滑腥涎⑥。

①"拂舞",古杂舞名。以拂子为舞器,起于江左,旧叫吴舞。《晋书·乐志下》载拂舞歌诗,有《白鸠》《济济》《独禄》《碣石》《淮南王》等五篇。李贺未立篇名,意在借古讽今,借拂尘以讽刺好道求仙,特别是尾句"背有八卦称神仙,邪鳞顽甲滑腥涎"的那位人物。

②"吴娥",指吴地歌女。"绝",有"极"和"彻"意。"空云闲徘徊",有响遏行云意。《列子·汤问》:"(秦青)抚节悲歌,声振林木,响遏行云。"

"吴娥"四句说:吴娥歌声,响彻天空。行云欣赏,徘徊不去。目前门外填满车马,争喧不已。将来也会冷落无人,地生绿苔的。因为事物总有发生、成长、老大、死亡的规律存在,不会静止起来长盛不衰的。即如吴娥的色艺,也是随着时间在不断变化的。

③"乌程酒",乌程出产的酒名。《文选·晋张协〈七命〉》:"乃有荆南乌程,豫北竹叶。""汉武·饮花露",《汉书·郊祀志上》:"(汉武帝)其后又作柏梁、承露仙人掌之属矣。"注引《三辅故事》云:"建章宫承露盘高二十丈,大七围,以铜为之。上有仙人掌承露,和玉屑饮之。"

"樽有"四句说:只要杯中常有好酒,劝你多多享受。这比妄想成仙的汉武帝,每天早晨在华丽的楼阁上对着冷暖不一的长空,拌玉屑、饮露水的荒唐行动要实惠得多啊!说明在事物没有长盛不衰的规律之下,我们不如选走实惠道路,饮酒乐天。求仙服药是毫无益处,反碍健康的。

④"日不破",指日落时先没下体,渐见全蔽。等于由圆到破,由破到无的现象而说。故不破,即日不运行,日不没落意。

"东方"两句说:如果每天太阳从东方升出后,不在西方破落,岂非天光静止不动,无分昼夜,万物都没有发生、成长、衰老的规律了?那是绝对不可能的。

⑤"丹成",古道家讲求炼丹成仙。汉魏伯阳性好道,与弟子三人入山作神丹,丹成仙去。见晋葛洪《神仙传》。"蛇、雾",魏武帝《龟虽寿》诗:"神龟虽寿,犹有竟时。腾蛇乘雾,终为土灰。"意谓龟蛇虽然寿长,终有老死之时。

"丹成"四句说:即使所谓延年益寿,神通广大的仙丹炼成了,算作一条乘雾的飞蛇!根据出生、发展、老大、死亡的规律来看,蛇的最终,还是要化为井旁的尘土的。然而,哪怕再过更久的两千年以上甚至无穷的时间,那吴堤上的极其平凡的绿草,年年总是照样存在的。原来事物的无限延续,是靠种子不断接班,不是靠自身不死成仙的。

⑥"八卦",指龟背的花纹,亦指道家所穿的八卦长袍。"邪鳞顽甲",对下等动物乌

龟的鄙视称谓。"滑腥涎",谓乌龟周身都是腥气和涎水。

"背有"两句说:那位身穿八卦道袍,自称神仙,(可能手中还有拂尘)的人物,不过是个身披邪鳞顽甲,口吐腥气涎水的下等动物乌龟罢了。除了可鄙可厌以外,并没有什么了不起的地方!

附　识

本诗从吴娥色艺的不能免于有盛有衰,汉武求仙服药的无益有损,说到天光运行不息,时间客观存在,出生、壮大、衰老的规律是没有违反可能的。在这自然规律的支配之下,只有隋堤上的绿草,才是无论千年万年都存在的。因为它的无限延续,是靠后代种子不断接班,不是靠本身不死成仙的。这一关于自然规律的认识论,述说得比较透彻全面,告了结束。可是尾上却离开这个认识论的脉络,另外加了两句表现可堪鄙视的形象和极端厌恶的感情。这是在对谁人进行讽咒? 为什么不继续谈认识论了? 我们必须把它探索明白。

王琦说:"大旨总言长生不可求,即求得长生,亦无可羡可贵之处,不如及时行乐为是之意。"按这所谓求长生的人,显然不是李贺自己。究竟是谁? 王琦存有顾虑,不肯明言了。姚文燮说得好:"宪宗求长生,贺作此诮之。"这就可以看出本诗的写作意图,是以讽刺唐代现实帝王为目的的。证之以诗文所引汉武帝这个陪衬,加上李贺哑谜诗歌一致的矛头所向,应是可免歧义的。

本诗共十六句,前十四句谈认识论的哲理,可算一大整段。尾两句离开这个哲理不谈,前后脉络脱节地突然对唐代现实帝王表示高度鄙视和极端憎恶。这从一般章法结构上讲:是说理抒情,未相协调;转折交代,不清不楚;既难属于第一段,也难据以成立第二段的。因此之故,它是存有毛病的。不过这在李贺哑谜诗歌方面,性质又当别论。因为我们如果发现李贺诗篇存有表面掩护和内在真相两层含义,那就非但不是真的少理欠通,而且正是巧妙非凡的障眼手法。例如就句子构造上说:《苦昼短》篇的"谁是任公子,云中骑白驴",《送秦光禄北征》篇的"屡断呼韩颈,曾燃董卓脐",它们在表面上都是少理欠通的。但当看到了诗文的内在真相之后,便可有所恍然:"谁是"两句是在使用张冠李戴手法,"屡断"两句是在使用怪诞不经手法(参见各该篇注)。本诗这个结构上说理、抒情的脱落现象,只要识破了全诗写作意图是讽诅唐代现实帝王的,就可确知尾两句是最关重要的核心语言。所有以上清谈哲理的大段文字,都不过是渲染色彩,分散注意,为尾两句的提出大打掩护的。这种写法,显然是属于金蝉脱壳方式,要把外壳全部脱去的。李贺运用这种方式写的诗歌是相当多的,如《唐儿歌》《美人梳头歌》……都是明证。

另外,本诗有个历来使人感到怀疑的问题,就是"时"字只有一韵,"土"不相叶。王琦说:"郭茂倩《乐府诗集》本作'千年重化玉井龟,从蛇作龟二千载'云云。按上文时字只一韵,今以龟字联上作二韵,似属可从。"方扶南亦有此意。笔者认为:如果改"土"为"龟",缺点将会更大。因古辞是"腾蛇乘雾,终为土灰",并无蛇变为龟的说法。李贺为一政治诗人,文字形式上需要不拘小节,别开生面的地方,他是在所不惜的。他有时故装拙劣少理,甚或无中生有地创字使用(如《开愁歌》的"秋"字)……原是屡见不鲜的。他并不是所谓唯美主义者,他一切是以服从写作目的为前提的。

官 街 鼓①

晓声隆隆催转日,暮声隆隆催月出。汉城黄柳映新帘,柏陵飞燕埋香骨。碾碎千年日长白,孝武秦皇听不得②。从君翠发芦花色,独共南山守中国。几回天上葬神仙? 漏声相将无断绝③。

① 指唐时长安城市早晚报时的鼓声。《新唐书·百官志》说:"左右金吾卫左右街使,掌分察六街徼巡。日暮鼓八百声而门闭。五更二点,鼓自内发,诸街鼓承振。坊市门皆启,鼓三千挝(敲)。"李贺借鼓为题,另有所刺。

② "汉城",即唐城。唐人作诗,不便直用"唐"字的,常用"汉"字代替。参见《平城下》"汉旗红"注。"柏陵",指长满柏树的帝王墓地。王琦引宋白曰:"唐诸陵皆栽柏环之。""飞燕",本汉皇后赵飞燕名,这里借指历代绝色宫嫔,即一代风华人物。"碾",敲击。"碎",有化整为零分散开来之意。"听不得",犹听不到、听不见意。

"晓声"六句说:早晨的鼓声隆隆,催日转动;晚上的鼓声隆隆,催月出来。这隆隆的鼓声,正是岁月漫无穷尽地流逝见证。唐城杨柳春风的年年荡漾新换窗帘,柏陵绝色宫嫔的永远沉埋香骨,正是在这鼓声所伴随的时光里作着演变。时光的确是没有穷尽的,鼓声却也能把成千上万的年光,分按一天一天地撞了过去。求仙长寿的秦皇汉武,都不过只活了几十年而已,他们哪里能够听到唐代这样漫长无尽的鼓声呀!

③ "从",任凭。"翠发芦花色",王琦说:"人少发色翠黑,老则白如芦花。""南山",

指终南山。《诗·小雅·节南山》:"节彼南山,维石岩岩。""漏",古代滴水计时的器具,有今钟表意。"相将",相携意。

"从今"四句说:任凭你黑发变成白发,独能延年得与南山比寿,守着这中国天下不肯放手;但要晓得,不死是不可能的! 即使渲染成所谓天上的神仙了,天上也还是时常要替神仙送葬的。告诉你,只有这报时的极其平凡的漏声和鼓声,才能长远地携手前进,没有穷尽啊!

附　识

王琦说:"此诗盖为求长生者讽。"姚文燮说:"此讥求仙之非也……其实秦皇死,汉武复死。"按秦皇、汉武均是帝王,可见本诗所嘲讽的对象是与《拂舞歌辞》相一致的。只是本诗所流露的感情,要算较为含蓄了。

老夫采玉歌①

采玉采玉须水碧,琢作步摇徒好色。老夫饥寒龙为愁,
蓝溪水气无清白②。夜雨冈头食蓁子,杜鹃口血老夫泪。
蓝溪之水厌生人,身死千年恨溪水③。斜山柏风雨如啸,
泉脚挂绳青袅袅。村寒白屋念娇婴,古台石磴悬肠草④。

① 比李贺约大五十岁的诗人韦应物,曾有《采玉行》说:"官府征白丁,言采蓝田玉。绝岭夜无人,深榛雨中宿。独妇饷粮还,哀哀舍南哭。"李贺本诗根据韦诗内容稍加扩充,其痕迹非常明显。"老夫"冠题,即是显示壮丁征尽,只剩独妇在家的情况的。当然,这正是李贺于农民、奴仆、渔民、织妇、士兵、城市小市民……之外,更从役夫角度来对昏庸帝王进行非议讽刺的。

② "采玉",采取玉石。姚文燮说:"德宗朝,遣内给事朱如玉之安西于阗求玉……复遣使四出采取。蓝田有川三十里,其水北流,产玉。山峡险隘,水窟深杳。""水碧",《山海经·东山经》"(耿山)无草木,多水碧"注:"亦水玉类。"王琦说:"水玉是今之水精,水碧是今之碧玉。""步摇",妇人首饰的一种,步则动摇。《玉台新咏·晋傅玄艳歌行》:"头安金步摇,耳系明月珰。""好色","好"既可读上声释作好的女色,又可读去声释作贪爱女色。根据诗文内容来看,应以登徒子好色的讽刺性为洽。"龙为愁",犹龙

为祟,借水中之龙以讽人中之龙。

"采玉"四句说:什么采玉采玉,还必须采取水中的碧玉!帝王拿去琢成步摇,不过是玩弄女性罢了。老夫饥寒交加,痛苦不堪,全是受了龙的祸害。那龙所盘踞的蓝溪水气,根本就是混浊不堪的。表现对昏暗朝廷的愤慨怨怼。

③"冈",山脊。"蓁子",野果。蓁通榛,棒子较栗圆而且小,可食。"杜鹃",鸟名。春夏之交日夜啼叫不已,相传口内流血。"厌生人",厌恶活人,专好把人害死。"恨溪水",双关语:表面恨水,实际是恨迫使自己充当役夫的朝廷和帝王。

"夜雨"四句说:夜雨荒岗,饥饿难熬,只得吃些野果榛子。杜鹃口中所啼的血,正是老夫眼内所滴的泪。溪水(帝王)厌恶活人,专好把人搞死。人死千年含冤,恨这溪水(帝王)不已。表现饥苦状况和生死仇恨。

④"泉脚",指山上悬泉注入溪水的接近水面处。"袅袅",飘动摇摆貌。"白屋",草屋。《汉书·吾丘寿王传》"三公有司,或由穷巷,起白屋,裂地而封"注:"白屋,以白茅覆屋也。""娇婴",婴儿。这里包括妇人在内,有举一带全之意。"石磴",山路的石级。"悬肠草",一名思子蔓,也叫离别草。见旧题南朝梁任昉《述异记》。

"斜山"四句说:悬崖老柏,风雨呼啸。役夫结绳于身,悬挂入水,有的由于绳子未能及时换新,以致绳断身死。绳因无用,委挂泉脚。日久生苔,条条飘摇。役夫处此生死莫测的情况之下,遥想寒村白屋里的家中婴儿和妇人:她们在那古台旁边,石磴级上,悬肠草旁,不也正伤心流泪地担忧着我的死活吗!表现全家灾难深重的悲哀境遇。

附　　识

本诗写役夫的愤慨怨怼,饥苦仇恨,以及全家的悲惨遭遇。借龙和水象征帝王朝廷,揭示残酷奴役。要算是李贺哑谜诗歌中唯一的纷争较少的诗篇。然而,王琦还是设法回避掉了帝王的罪过和责任的。他除把龙释作水内有条动物龙,不是象征帝王的以外;还对"身死千年恨溪水"句作注说:"夫不恨官吏,而恨溪水,微词也。"按:采玉是帝王要采的,官吏只是奉帝王命令行事的。诗中只提明了龙,没有提明官吏,何从见得役夫是在恨官吏,不是在恨帝王?显然,这是王琦在故作巧妙的回避。这与《猛虎行》篇"苛政猛于虎"的内容,王琦注说:"长吉用此,不过言虎之伤人累累,与苛政绝不相干。"同样是在回避帝王的责任。李贺用龙象征帝王的诗篇是很多的,如《苦昼短》《平城下》《五粒小松歌》……

尾两句不单理解为役夫念家,也兼理解为家念役夫。一因韦应物原诗是这样的。二因表达效果上也更深刻一些。唐杜甫《月夜》诗:"今夜鄜州月,闺中只独看……"王嗣奭注:"公本思家,偏想家人思己。"三因古台、石磴作为寒村白屋附近的地形,是很合适的;作为溪水乱山的景物,就很不相类了。

箜篌引①

公乎公乎,提壶将焉如?屈平沉湘不足慕,徐衍入海诚为愚②。公乎公乎,床有菅席盘有鱼。北里有贤兄,东邻有小姑。陇亩油油黍与葫,瓦甊浊醪蚁浮浮。黍可食,醪可饮,公乎公乎其奈居③!被发奔流竟何如?贤兄小姑哭呜呜④。

①"箜篌",乐器。"引",乐曲体裁之一。古乐曲有《箜篌引》,为乐府相和六引之一,也叫《公无渡河》。晋崔豹《古今注·音乐》:"'箜篌'引,朝鲜津卒霍里子高妻丽玉所作也。子高晨起,刺船而擢,有一白首狂夫,被发提壶,乱流而渡,其妻随呼止之,不及,遂堕河水死。于是援箜篌而鼓之,作《公无渡河》之歌,声甚凄怆。曲终,亦投河而死。霍里子高还,以其声语妻丽玉,玉伤之,乃引箜篌而写其声……名曰《箜篌引》焉。"李贺据以稍加扩充,不过借泄胸中愤慨,写作意图,并不在此。

②"壶",盛水盛酒,都可用壶。此人愤极自杀,所提之壶,可以理解为引酒浇愁的酒壶。"焉如",何往,即"往哪里去"?"屈平",即屈原。由于楚王任用奸邪,国势败坏,他忠愤填胸,自投湘水汨罗而死。"徐衍",古人名。《汉书·邹阳传》"乃从狱中上书曰……徐衍负石入海,不容于世,义不苟取比周于朝,以移主上之心"注:"服虔曰:周之末世人也。师古曰:负石者欲速沉也。"由此可见,徐衍也是一个抱有忠愤,蹈海自杀的人。

起首"公乎"四句说:公啊!公啊!你提着酒壶将往哪里去?屈原为了所谓忠义,投江而死,这是不足羡慕或夸奖的呀!徐衍为了所谓忠义,蹈海而死,这也是愚蠢不堪的行动呀!这是本诗核心写作意图的所在。换句话说,李贺正是为了要说这两句话而写此诗的。从李贺看来,对于昏庸残暴的国君,是用不着讲什么愚忠的。屈原、徐衍非但不应自杀,最好反其道而行之。李贺这种大胆反常的言论,可算公然无视封建礼教了。虽然早在战国年代里,孟轲曾经发表过这样的观点(如"闻诛一夫纣矣,未闻弑君也"……），但自秦汉以下直至隋唐，究竟少见。李贺异于一切诗人，从无一言半语随波逐流地颂扬过唐代现实帝王，这是与他一贯的思想感情有关，并非偶然的。无怪李贺所写大量哑谜诗歌，如《章和二年中》《平城下》《苦昼短》《出城别张又新酬李汉》《送秦光禄北征》《春坊正字剑子歌》《秦王饮酒》《吕将军歌》《相劝酒》《将进酒》……都是那样讽诅反常的。这些千真万确的客观存在，不是后代读者所能自己与言的。至于李贺这种思想观点是怎样形成的，另详见第一辑《涉论》。

③"菅席"，菅草编的席子。"瓦甒"，瓦制酒器。《礼·礼器》"君尊瓦甒"注："瓦甒，五斗。""浊醪"，浊酒。《文选·晋左思魏都赋》："清酤如济，浊醪如河。""蚁浮浮"，浮于酒上的泡沫。亦说酒滓，应以前者为洽。《文选·汉张衡南都赋》"胶敷径寸，浮蚁若萍，"唐刘良注："酒膏径寸，布于酒上，亦有浮蚁如水萍也。"

其次"公乎"九句说："公啊！公啊！床上有菅席可寝，盘内有鲜鱼可食。北里有贤兄，东邻有小姑，经常往来，不感寂苦。田亩内面还有长得绿油油的黍子和葫芦，瓦甒内面的酒可以浮起一些像蚂蚁样的酒花泡沫。黍子是可吃的，酒是可饮的，多么好呀！公啊，公啊！你耐着性子住下去，活下去罢！"

④"被发"，被通披，散发貌。《礼·王制》："东方曰夷，被发文身。"本诗指心情激愤，披散头发，形同疯狂。

"被发"两句说：你披发欲狂，奔赴急流，毕竟无如你何了！北里东邻的贤兄、小姑们，都将为你的牺牲而痛哭不止的，何况我的伤心欲死啊！这里实际是说：你披发奔流，究竟为了什么？造成悲剧，真不值得，真是愚蠢不堪！

附　识

本诗运用"借尸还魂"办法，进行掩护。主要意图，是在否定屈原、徐衍的所谓愚忠。这与李贺一贯非议讽诅现实帝王的诗作精神，是一致的。揭穿来说，表面是在否定屈原、徐衍的愚忠行动，实际却在发泄自己胸中的强烈愤慨。

苦篁调啸引①

请说轩辕在时事，伶伦采竹二十四。伶伦采之自昆邱，轩辕诏遣中分作十二。伶伦以之正音律，轩辕以之调元气②。当时黄帝上天时，二十三管咸相随。唯留一管人间吹，无德不能得此管，此管沉埋虞舜祠③。

①"苦篁",篁即竹,味苦。此指竹制的乐器。"调啸引",古乐曲名。王琦说:"吴正子注:乐府有《调笑引》,笑一作啸。"按题虽借古,意在刺今。

②"轩辕",传说中的上古帝王。《史记·五帝本纪》:"黄帝者,少典之子,名曰轩辕。""伶伦",轩辕时乐师。亦作泠纶或泠沦。"采竹·昆邱",《汉书·律历志上》:"黄帝使泠纶,自大夏之西,昆仑之阴,取竹之解谷生。其窍厚均者,断两节而吹之,以为黄钟之宫,制十二筒以听凤之鸣。""调元气",此指人们的精神、生气,通过音乐,得到调剂。

③ 祠堂庙宇很多,为什么要选用世所少见,人难想到的虞舜祠? 显然由于舜是一位帝王,并且是一位大举贤能(任用八恺、八元……),还创作过《韶》乐的有德帝王。在借古刺今的写法之下,表现能用此管的有德帝王早已死了,当前埋没才能,不用此管的帝王正是无德之人。这就体现了现实讽刺,发抒了怀才不遇的内心苦闷。

附　识

根据本诗"轩辕""虞舜"及"无德不能"等词语来看,其为讽刺帝王埋没才能,应可无疑。其中"无德"一语,实为核心所在,重话轻说,似轻实重。

更就诗题情调来看:苦篁苦笑,似笑还啸。聊遣幽怀,有谁知道!

唐 儿 歌①

头玉硗硗眉刷翠,杜郎生得真男子②。骨重神寒天庙器,一双瞳人剪秋水。竹马梢梢摇绿尾,银鸾睒光踏半臂③。东家娇娘求对值,浓笑书空作唐字④。眼大心雄知所以,莫忘作歌人姓李⑤。

① 姚文燮说:"唐宪宗李纯女岐阳公主嫁杜悰,生子叫唐儿,以出自天朝之意。"笔者认为:姚说虽是实际史事,但未道破本诗写作目的。李贺并非真为唐儿而写《唐儿歌》的,应俟诗文内容来作说明。

②"头玉硗硗",头面如同白玉而又额高鼻隆意。"眉刷翠",眉毛青翠得像画成的一样。"杜郎",指杜悰。方扶南说:"古人子婿称郎。""真",犹好。

"头玉"两句说:"头面高额隆鼻,如同白玉琢成。眉毛青秀,好似画出。杜驸马生的这个儿子太好了!"

③"骨重",举止稳重而不轻浮。"神寒",神情清朗。"天庙器",指皇家祖庙的贵重摆设,象征朝廷的伟大人物。"瞳人",眼珠。"剪",有取来意。"秋水",清澈貌。"竹马",儿童用竹竿当马骑,叫竹马。"梢梢",指树枝或竹竿的末端。南朝宋鲍照《野鹅赋》:"风梢梢而过树,月苍苍而照台。""银鸾",用银线绣成或银泥画成的鸾鸟。"睒光",即闪光。北周卫元嵩《元包经·仲阳》:"电炟炟,其光睒也。""半臂",短袖衣,即今背心。唐张泌《妆楼记·家法》:"房太尉家法,不着半臂。"

"骨重"四句说:厚重的举止和朗爽的神情,可成国家的栋梁。一双眼珠非常清澈,像剪取秋水做成的。他骑着竹马,竹竿的梢末上还连有一些竹叶,像条生动的绿尾巴在摇动。银色的鸾鸟闪闪发光地飞歇在他的背心衣上,多么好看!

④"东家",东邻家里。《孟子·告子下》:"逾东家墙而搂其处子。""娇娘",美好的小女孩。"对值",配对成双。"浓笑",深深含笑,带有自负不凡的神情。"书空",用手指向空中画字。"唐字",含有皇家外甥意。

"东家"两句说:东邻有好女,求能配对成双。唐儿含笑自负地向空中书写"唐"字。

⑤"眼大心雄",目空一切意。"知所以",知道原因。

"眼大"两句说:唐儿目空一切的原因,不外自负是皇家的高贵外甥,将来一定是前程万里,怎能和普通人民的女孩配对!但是,我请唐儿不要忘记:我这作歌的人还不止是皇家的异姓外甥,而根本是皇家的同姓子孙,我不是一样怀才不遇,穷愁潦倒吗?言外之意,在今天现实帝王的昏庸统治之下,生长得再好的青年,也是没有前途的。诗题的所谓"唐儿",至此亦可泛指唐代青年而说。

附　识

本诗不是真的在为小孩而写小孩,是在运用金蝉脱壳、弦外有音的写作方法,集中表现最后一句,从而发泄个人怀才不遇的愤慨心情。

李贺不是唐朝大郑王亮或小郑王元懿之后,已有宋欧阳修所整理的唐代《宗室世系表》可以作证(见《新唐书》)。但李贺的祖先同李渊的祖先都是出自陇西李广之后,这是有文可稽的。因此李贺遇有可以利用李姓原出一家的关系来对现实帝王进行讽刺、发泄愤慨之处,就故意加以利用。详见《金铜仙人辞汉歌·序》注和第一辑《李贺思想的客观存在和王孙问题的具体辨析》。

美人梳头歌

西施晓梦绡帐寒,香鬟堕髻半沉檀。辘轳咿哑转鸣玉,惊起芙蓉睡新足[①]。双鸾开镜秋水光,解鬟临镜立象床。一编香丝云撒地,玉钗落处无声腻。纤手却盘老鸦色,翠滑宝钗簪不得。春风烂漫恼娇慵,十八鬟多无气力。妆成鬌鬓欹不斜,云裾数步踏雁沙[②]。背人不语向何处?下阶自折樱桃花[③]。

①“西施”,春秋越苎萝人。传说越王句践败于会稽,命范蠡求得美女西施进于吴王夫差,夫差许和。句践生聚教训,终得灭吴。见《吴越春秋·句践阴谋外传》《越绝书》《吴地记》等。后多用西施泛指美人。《孟子·离娄下》:“西子蒙不洁,则人皆掩鼻而过之。”“绡”,生丝织成的薄纱、薄绢。《文选·三国魏曹植〈洛神赋〉》:“曳雾绡之轻裙。”“香鬟”,涂有香油的鬟形发髻。“堕髻”,谓发髻因睡了一夜的觉而松散脱落了,为下文起床梳头的张本。或谓指倭堕髻、堕髻、堕马髻非是。“沉檀”,均香木名。《梁书·盘盘国传》:“累遣使贡牙像髻塔,并献沉檀等香数十种。”本诗指枕头而说。南朝陈徐陵《乐府》:“带衫行幛口,觅钏枕檀边。”按古有玉枕、石枕、木枕……此谓檀香木枕。“辘轳”,井上汲水的起重装置。北魏贾思勰《齐民要术·种葵》:井,别作桔槔、辘轳”注:“井深用辘轳,井浅用桔槔。”《广韵》:“圆转木也。”“咿哑”,象声词。“鸣玉”,像玉器发出的清远而有节奏的声音。“芙蓉”,借指美人。

“西施”四句说:美人睡到天晓,纱帐略有寒意。鬟形发髻松脱了,覆盖了半个檀香木枕头。井架上转动的汲水声音,像玉器一样地清幽而有节奏。它使觉已睡足的这位美人,终于惊醒过来,起身下床了。

②“双鸾开镜”,谓打开饰有双鸾图案的妆镜。“秋水光”,喻清亮。唐鲍溶《古鉴》诗也有:“曾向春窗分绰约,误回秋水照蹉跎。”“象床”,谓用象牙装饰的床。《战国策·齐策三》:“孟尝君出行国,至楚献象床。”“香丝云撒地”,喻头发很长,古以长发为美。“玉钗”,王琦疑为玉镜之讹。按镜字,镜亦钗也,实质相同,无所取义。叶葱奇说:“镜即篦。”非是。这里玉钗与下面宝钗虽然同为一物,但这里是在用钗夸发之长之多,表现发云撒地,落去无声。后面是在用钗夸发之光而且滑,表现发已盘好,插簪不易。换句话说:前者就钗之落体现发之既长且多(肥壮),后者就钗之簪体现发之既光且滑。

发是描写的目的,钗却不然,只是用以达到目的的帮衬。如果当作独立的描写物来看待,因而嫌其事有重复,那就误会了。"无声腻",即腻无声的倒文,显示非常肥壮(多)、因而没有声响意。"盘",指盘发挽髻。"老鸦色",指发色乌黑。"簪不得",谓不易插稳,因发太光滑了。"春风烂漫",谓春光焕发满眼。"恼娇慵",引恼了娇惯和懒散方面的情绪。"无气力",感到太吃力了。"鬟髾",亦作"鬟髿"。唐顾况《宜城放琴客歌》:"头髻鬟髾手爪长,善抚琴瑟有文章。"按为发髻美好貌。古妇人发髻式样有"倭堕髻",晋崔豹《古今注·杂注》:"堕马髻今无复作者。倭堕髻,一云堕马髻之余形也。"这与本诗首联所说"堕髻"意义各殊,不可相混。"欹不斜",欹,倾侧貌。北周庾信《哀江南赋》:"人欹斜之小径。"本诗这里谓有时需要侧身,也尽量不让头髻倾斜。"踏雁沙",谓像雁足踏在沙上,其头眼端正向前。其行步匀而且缓。喻美人对头髻的慎重爱护,防止松脱变形。

"双鸾"十句说:打开绘有双鸾在上的梳妆台镜,镜子明亮得像秋水一样清澈。她站在镶有象牙装饰的卧床前面,面对镜子,解开鬟状发髻,一把香发像流云一样地撒在地上(可见其长),玉钗落到上面没有一点声响(可见其肥壮,实即发多),用她细皮嫩肉的手盘结成老鸦色的发髻(可见其颜色乌黑),翠滑的宝钗不易插稳(可见其光滑),在这春光大好的天气里,引恼了她娇生懒散的情绪,感到盘成十八鬟式的髻形真太吃力了(可见其费力之大,这是核心寓意)!梳妆成美好的发形之后,身体即使有时要倾侧,也不让头颈轻作歪斜(可见其爱护),穿着裙子走起路来,像雁头端正昂起雁足匀称地踏在沙地一样,从不摇头晃脑,乱蹈乱跃(可见其庄重,这是寓意人品的)。

③"樱桃花",暮春先叶后花,这里表示春光行将过去。

"背人"两句说:她满腹心事,孤独无言。深感自己虽有光华,但何处有人能欣赏自己?她只得无聊地走下阶去,折取那矮小的代表暮春的樱桃花枝,眼看着青春空空地飞逝过去。这是寓有怀才不遇的深意的。

附　识

"西施"四句写梳头前睡醒起床,"双鸾"十句写梳头过程,"背人"两句写梳头以后的感想:枉自费力,无人赏识,青春空过。这实际是个怀才不遇的比喻。与唐朱庆馀《近试上张水部》诗"洞房昨夜停红烛,待晓堂前拜舅姑。妆罢低声问夫婿,画眉深浅入时无"及唐张籍《酬朱庆馀》诗:"越女新妆出镜心,自知明艳更沉吟。齐纨未是人间贵,一曲菱歌敌万金"并非真写洞房画眉,越女唱歌,托喻言事,正相等同。诗歌的艺术价值,往往赖有这类双关妙用,味道才足,寓意才深。由此可见,李贺本诗写美人梳头是假,写自己怀才不遇才是真情。李贺基于自身遭遇,所写这类诗歌很多。有人认为写美人梳头,就是在表现黄色下流,这是一个不小的误解。参见第一辑《是艺术手法还是黄色思想》。

李凭箜篌引①

> 吴丝蜀桐张高秋,空山凝云颓不流。江娥啼竹素女愁,李凭中国弹箜篌②。昆山玉碎凤凰叫,芙蓉泣露香兰笑。十二门前融冷光,二十三丝动紫皇。女娲炼石补天处,石破天惊逗秋雨③。梦入神山教神妪,老鱼跳波瘦蛟舞④。吴质不眠倚桂树,露脚斜飞湿寒兔⑤。

① "李凭",唐代弹奏箜篌的名手。可能是梨园子弟之一。唐顾况有《听李供奉弹箜篌歌》,唐杨巨源更有《听李凭弹箜篌诗》。"箜篌引":箜篌为乐器名,种类不一,有竖箜篌、卧箜篌之别。《文献通考》:"箜篌,唐制似瑟而小,其弦有七……有大箜篌,小箜篌。"《通典》:"竖箜篌,胡乐也。汉灵帝好之,体曲而长,二十有三弦,竖抱于怀中。"本诗下面有"二十三丝动紫皇"句,足见李凭所弹的是竖箜篌。"箜篌引"为曲调名,详见李贺另篇《箜篌引》注首。李贺本诗不是在真为艺人而写艺人,而是如同《美人梳头歌》一样,另有自己怀才不遇的寓意的。

② "吴丝蜀桐",吴地所出的丝非常精美,常被用作乐器上的弦索。蜀地所出的桐,宜于制作琴瑟乐器的主体,素著声誉。故以"吴丝蜀桐"象征乐器。"张",拉紧弓弦开弓,此指弹奏起来。"高秋",秋高气爽之时,南朝齐谢朓《奉和隋王殿下》诗之二:"高秋夜方静,神居肃且深。""空山凝云",即空山集云。《列子·汤问》:"(秦青)抚节悲歌,声震林木,响遏行云。""颓不流",聚而不散貌。遣用"颓"字,寓有沉溺之意。"江娥啼竹",传说尧的二女即舜的二妃,名叫娥皇、女英。舜南巡死,二妃以涕挥竹,竹尽斑。见《初学记》卷二八所引晋张华《博物志》。按"江娥"也有叫作"湘娥"的。"素女愁",素女为传说中的女神名。《史记·封禅书》:"太帝使素女鼓五十弦瑟,悲,帝禁不止。故破其瑟为二十五弦。""中国",犹国之中央,实指朝廷。

"吴丝"四句说:用吴丝蜀桐制成的精美乐器,在秋高气爽的时节里,弹奏起来。使得天空集云,陶醉不散,大有秦青响遏行云之势。它所体现的声调感情,不外江娥啼竹的悲哀,素女鼓瑟的愁伤。这就是李凭箜篌能够博得朝廷欣赏和夸奖的由来。写出了箜篌音色表现缠绵悱恻儿女之情的一面效果。根据杨巨源诗:"听奏繁弦玉殿清,风传曲度禁林明。君王听乐梨园暖,翻到云门第几声"又"花咽娇莺玉嗽泉,名高半在御筵前。汉王欲助人间乐,从遣新声坠九天"来看,其所受朝廷帝王的宠嬖、溺爱,显非一般! 不过,李凭箜篌的音色,并不限于只有缠绵悱恻的一面。如果另弹其他大不相同的内容,它所得的反应,又将是怎样的呢?(试看下文)

③"昆山玉碎",出自"昆山片玉"。晋郤诜迁雍州刺使,武帝问诜:"卿自以为何如?"诜答:"臣举贤良对策,为天下第一,犹桂林之一枝,昆山之片玉。"见《晋书·郤诜传》。又北魏《张宁墓志》:"自以桂林一枝,昆山片玉。"见《汉魏南北朝墓志集释》。后来诗文中多用以赞美人才的难得和可贵。玉碎,喻坚贞不屈而死。《南史·王僧达传》:"僧达慨然曰:大丈夫宁当玉碎,安可以没没求活!"《北齐书·元景安传》:"景皓云:……大丈夫宁可玉碎,不能瓦全!"把这两种典事合起来说,就是优秀人才壮烈牺牲的声音——是与"缠绵悱恻"大不相同的"悲壮激烈"的声音。"凤凰叫",本喻贤才遇时而起。《诗·大雅·卷阿》:"凤凰鸣矣,于彼高冈。"这里根据"玉碎"而来,是对"玉碎"在发惊叫。"芙蓉泣露",谓芙蓉因悲愤而流泪。"香兰笑",谓香兰因崇敬而含笑。"十二门",指长安朝廷。《三辅黄图》:"长安城,面三门。四面十二门,皆通达九逵以相经纬。""融冷光",谓遭受冷眼看待,不获朝廷欣赏——由于这种优秀人才遭受牺牲的音色,是非常悲壮激烈的,与上面江娥、素女男女之间缠绵悱恻的情调两不相同。所以,它不是朝廷所肯重视,帝王所愿留意的。"二十三丝",指箜篌,已见首注。"动紫皇",犹天帝。王琦说:"《太平御览·秘要经》曰:太清九宫,皆有僚属。其最高者,称太皇、紫皇、玉皇。"这里玉碎的声调感情虽被朝廷冷眼看待,不加理睬,但它却能惊动天帝。"女娲炼石补天",神话传说古代出现天崩地裂,女娲乃炼五色石补天。见《淮南子·览冥》。"石破天惊",谓又被这声调感情的感染力量所震破了(是夸张语,以下各句均同)。"逗秋雨",逗犹招引,谓引起雨漏了。

④"神山、神姬、老鱼、瘦蛟",王琦说:"言其声之精妙,虽幽若神鬼,顽若异类,亦能见赏。《搜神记》:'永嘉中,有神见兖州,自称樊道基,有姬号成夫人。夫人好音乐,能弹箜篌,闻人弦歌,辄便起舞。'所谓神姬,疑用此事。《列子》:'瓠巴鼓琴而鸟舞鱼跃。'所谓'老鱼跳波瘦蛟舞',暗用此事。"按王说尚无重大出入,只是对"精妙"的看法,如能

按照全诗结构,对比出江娥素女男女之间缠绵悱恻的一般声调感情,能够获得朝廷的夸奖珍视;而昆山玉碎悲壮激烈的特种声调感情,却要遭到朝廷的极端冷漠。就能更确切地说明朝廷前后两种态度的不同,是以情节内容符不符合朝廷喜怒爱恶为其前提的。同一李凭箜篌,应当都是"精妙"的。是否昆山玉碎的声调感情特别粗劣不堪才遭冷眼看待的? 不是。本诗"女娲"以下六句正是铁一般地说明和证明昆山玉碎的音色,是能够惊天地而动鬼神的。只有长安十二门前的朝廷帝王才是麻木不仁,死心塌地地糟蹋昆山片玉这类英俊人才而丝毫不加顾惜的!

⑤ "吴质",实指吴刚,神话中仙人名。传说因学仙有过,被罚斫月中桂树。随斫随合,永无休止。见唐段成式《酉阳杂俎·天咫》。至于为什么要写成"吴质"的? 古今注家都尚未能说出其所以然,容俟下面附识内再行究明。"露脚",犹雨脚,指露水滴到的终点地方。"寒兔",《太平御览》卷四引傅玄《拟天问》:"月中何有? 玉兔捣药。"后因谓月中有兔。夜露湿兔,故叫寒兔。表示爱听和同情昆山玉碎的声调感情,不避寒露。这是继上面紫皇、女娲、神山、神妪、老鱼、瘦蛟等天地鬼神深受感动之后,再从仙人角度补充的一个例证。都是对准"十二门前融冷光"句来落笔的,体现了诗文的言有尽而恨无穷。

"昆山"十句说:李凭的箜篌还可弹出另外的声调感情。例如昆山玉碎,凤凰惊叫,是更可使芙蓉因悲愤而流泪;香兰因崇敬而含笑的。但这在十二门所在地的长安朝廷来看,却不再是夸奖称道,而是冷眼对待,不加理睬的。是否李凭箜篌在这方面的声调感情特别拙劣不堪? 不是。请看这种昆山玉碎、凤凰惊叫的感染力量:它既可使天上的紫皇受到震惊,连女娲所补的天都被震破得又漏雨了。又可使地下的神山、神妪、老鱼、瘦蛟受到鼓舞激动。更可使月宫的仙人吴刚、仙兽玉兔听得专心入神,忘掉休歇,不避寒露。由此可见,独有人间朝廷是麻木不仁,死心塌地地糟蹋昆山片玉这类英俊人才而丝毫不加顾惜的。这才是本诗的真正写作意图,符合李贺横遭排挤,未举进士,怀才不遇,穷愁潦倒的坎坷身世的。

附　　识

本诗可分两段:前四句写李凭箜篌能获朝廷欣赏著闻全国的一般缠绵悱恻的格调心声,后十句写李凭箜篌遭到朝廷冷眼不加理睬的特种悲壮激烈的格调心声。从而对昏暗朝廷麻木不仁,任意摧残优秀人才,表示讽刺。

　　有人每喜把本诗和白居易的《琵琶行》相提并论,其实存有误会。本诗极少正面状声之处,无论是空山凝云、江娥素女、芙蓉香兰、紫皇女娲、神山神姬、老鱼瘦蛟、吴刚寒兔,都是从侧面来反映心声效果的。正因如此,诗文并不是表现李贺直接在听李凭箜篌(诗题没有"听"字的),而是李贺在借题发挥感想,通过假设,讽刺朝廷。

　　本诗把吴刚写成吴质,是在故意飞白(吴质为魏代文人,与音乐没有特殊关系)。这是李贺哑谜诗歌极其普遍的掩盖手法之一。详见第一辑《本论·飞白类》的"一般飞白""辗转飞白""偷梁换柱""张冠李戴""故装拙劣"各条。它的作用原是不一而足的,本诗这里最少可以说明两点:一,它可以扰乱或转移读者视线,特别是不让御用文人轻易识破本诗的讽刺真相;二,它可使有心的读者停留和徘徊在疑难面前,多有可能去接触和寻思到本诗的内在思想。因此之故,这里如果写成了"吴刚",一方面容易使御用文人联系惊天地而动鬼神的内容,去发现"十二门前融冷光"的矛头所向。另一方面不能拉着有心的读者的浏览脚步,多有可能去发现本诗真正的写作意图。再说,李贺所写的哑谜诗歌,都是以讽刺现实帝王为其目的的。它在文字驱遣方面,往往不是真为典故而谈典故的。如《金铜仙人辞汉歌·序》把"景初元年"写成"青龙九年",《上云乐》把"天河"写成"天江",《野歌》把"麻衣黑肥"写成"麻衣黑肥",《春坊正字剑子歌》捏造"鸮"字,《开愁歌》捏造"狋"字,《出城别张又新酬李汉》把"空洞"写成"崆峒",《公莫舞歌》把"横眉粗颈"写成"横眉粗锦",《日出行》把"白日'上'昆仑"写成"白日'下'昆仑",《吕将军歌》把"若溪"写成"赤山",《上之回》把"飘凤尾"写成"挞凤尾"等都是明证,这类例子是不胜枚举的!

第三辑
李贺诗注译

恼　公

一、从语序的大搅乱到语序的真面目

（一）诗文的伪装面貌和作者的写作意图

恼　公

宋玉愁空断，娇娆粉自红。　歌声春草露，门掩杏花丛。　注口樱桃小，添眉桂叶浓。

晓奁妆秀靥，夜帐减香筒。　钿镜飞孤鹊，江图画水荭。　陂陀梳碧凤，腰褭带金虫。

杜若含清露，河蒲聚紫茸。　月分蛾黛破，花合靥朱融。　发重疑盘雾，腰轻乍倚风。

密书题荳蔻，隐语笑芙蓉。　莫锁茱萸匣，休开翡翠笼。　弄珠惊汉燕，烧蜜引胡蜂。

醉缬抛红网，单罗挂绿蒙。　数钱教姹女，买药问巴賨。　匀脸安斜雁，移灯想梦熊。

肠攒非束竹，眩急是张弓。　晚树迷新蝶，残蜺忆断虹。　古时填渤澥，今日凿崆峒。

绣沓褰长幔，罗裙结短封。　心摇如舞鹤，骨出似飞龙。　井槛淋清漆，门铺缀白铜。

隈花开兔径，向壁印狐踪。　玙瑶钉帘薄，琉璃叠扇烘。　象床缘素柏，瑶席卷香葱。

细管吟朝幌，芳醪落夜枫。　宜男生楚巷，栀子发金墉。　龟甲开屏涩，鹅毛渗墨浓。

黄庭留卫瓘，绿树养韩冯。　鸡唱星悬柳，鸦啼露滴桐。　黄娥初出座，宠妹始相从。

蜡泪垂兰烬，秋芜扫绮栊。　吹笙翻旧引，沽酒待新丰。　短佩愁填粟，长弦怨削菘。

曲池眠乳鸭，小阁睡蛙僮。　褥缝篸双线，钩绦辫五鬷。　蜀烟飞重锦，峡雨溅轻容。

拂镜羞温峤，熏衣避贾充。　鱼生玉藕下，人在石莲中。　含水湾蛾翠，登楼漫马鬃。

使君居曲陌，园令住临邛。　桂火流苏暖，金炉细炷通。　春迟王子态，莺啭谢娘慵。

玉漏三星曙，铜街五马逢。　犀株防胆怯，银液镇心忪。　跳脱看年命，琵琶道吉凶。

王时应七夕，夫位在三宫。　无力涂云母，多方带药翁。　符因青鸟送，囊用绛纱缝。

汉苑寻官柳，河桥阂禁钟。　月明中妇觉，应笑画堂空。

——按本诗语序上存有伪装，绝对不能通释全文。必须先作如下辨正：

李贺哑谜诗歌的各篇谜底，都是不敢轻易让人知道的危险内容。换句话说，都是讽刺诅咒现实昏庸帝王唐宪宗的忤逆作品。他不得不运用各种掩盖手法，故意对读者进行困惑缠扰。既不使有顺利读通谜面语言，不遇阻碍的可能；更不使有轻易窥见谜底真相,招至灾祸的发生。但求读者怀疑满腹,徘徊莫释。年深日久,水滴石穿。幸有识破,或未可知。届时时移事变,人事已非。作者墓木可拱,又将何所畏惧! 这是李贺创作哑谜诗歌的根本意图,甚愿读者多加检验。

(二)　哑谜诗歌的掩盖手法

怎样揭穿哑谜诗歌的谜底,关键全在识破掩盖手法的上面。各篇情节内容不同,掩盖手法也就各有差异。五光十色,千奇百怪,不是轻易能够识破的。例如:《李凭箜篌引》的"吴质不眠倚桂树",《章和二年中》的"拜神得寿献天子",《秦王饮酒》的"羲和敲日玻璃声",《吕将军歌》的"赤山秀铤御时英,绿眼将军会天意",《苦昼短》的"谁是任公子,云中骑白驴",《送秦光禄北征》的"屡断呼韩颈,曾燃董卓脐",《公莫舞歌》的"项庄掉箭栏前起",《春访正字剑子歌》的"提出西方白帝惊"……它们所含的掩盖手法,有的是飞白、双关、怪诞、分散,有的是张冠李戴、似是而非,特别是不伦不类、言外见意。凡此情况,极为复杂(笔者在第一辑《五光十色的艺术手法》内曾经试行列举有 32 个具体细目)。李贺就是依仗这些掩盖手法,来层出不穷地表达他的写作意图的。我们读者即使理解了李贺的身世背景、写作意图,但如不能识破具体诗文的掩盖手法,仍然是无法揭穿哑谜谜底的。可以说,无有掩盖手法的识破,就无有诗文真正内容的出现。千方百计地争取识破掩盖手法,正是究辨李贺哑谜诗歌的唯一的关键所在(本诗未被笔者收入第一辑、第二辑,就是因为掩盖手法苦识不破,无法不懂装懂)。

(三)　曲折反复的究辨过程

本诗的表面病灶,在于语言不能承上启下,未免东拉西扯。例如王琦对"无力涂云母"句作注说:"此言闺阁丽治事,而以涂云母入词,似另有解。"又作结语说:"然细读本文,有重复处,又有难解处……读者略其文通其意可也。若句句释之,字字训之,难乎其说矣。"笔者对于"莫锁茱萸匣,休开翡翠笼""无力涂云母,多方带药翁"……亦曾长期进行辨析,总觉牵扯不上。在第一辑、第二辑当中,每遇不可理解之处,一经识破掩盖,便可恍然大悟。独对此篇的掩盖,秘密频年不能有所揭穿,无可奈何,只得搁置起来。最近由于年事更老,风烛堪虞,心有未安,责难旁贷。因萌续写第三辑之意,特下决心,再度突击本诗。除普遍考订冷僻晦涩的词语含义之外,首先感到的是若干医药病痛、避灾神话……为何前后分散,不予集中表现? 其次是苑囿广大,屋宇壮丽,僮婢池阁,设施高级。这究竟是在描写皇家宫苑,还是在体现坊间妓院? 结尾不是明白写着"汉苑寻宫柳,河桥阁禁钟"吗? 再次是笔者自己习作古风诗歌之时,偶有完成之后,又作语序上的前后调动,显得较好一些的情况存在。因而设想这种前后调动,如果故意使它变得较差一些,以便实现伪装,岂非也是可能的事? 最后是王琦、叶葱奇都把"井槛淋清漆",八句看成是李贺由屋外进入屋内大搞花天酒地活动去了。笔者觉得,这不可能。如果把语序颠倒一下,岂非也可变成女主人公由屋内走向屋外吗? 根据尾段"玉露三星曙"直至"应笑画堂空"十六句的主要内容来看,这位女主人公正是寅夜私逃,并有斗争胜利的自豪感情的。至此,笔者本着十分慎重的心情,初步断定本诗是用错乱语序的方法,来构成它的掩盖秘密的。这种甘把写好的成诗,大量颠倒语序,伪装杂乱无章,拿出问世的情况,实为千古之所仅见。李贺这样做的原因,不外他讽诅现实昏庸帝王的忤逆意图,不敢直接明白说出,何年何月才被发现? 有无其人终于发现? 也就只好听其自然。单从个人怀才不遇的愤慨来说,总是有所排遣的。这与第一辑、第二辑里面的数十篇谜底真相,原无二致,只是掩盖手法远离常情,初非局限已甚的笔者意料所及,颇感惭愧。

尽管伪装杂乱的掩盖手法有了恍悟,但还只能算是一个初步收获。尚须提出恢复文字原貌的具体佐证,才可正式解决问题。由于原诗长达足一百句,整理起来,困难很大。几经周折,只得按照每一偶句,剪制并书写一个纸块,共得纸块五十。然后将各种性质相近的语言,依类归纳,结果产生了如下的内容提要:

冷落委屈 ⎫
　　　　 ⎬（一）生活面貌
秀色可餐 ⎭

残酷搜刮 ⎫
　　　　 ⎬（二）政治感触
怨愤载道 ⎭

追求新生 ⎫
　　　　 ⎬（三）斗争打算
密定策略 ⎭

决绝宫苑 ⎫
　　　　 ⎬（四）胜利私奔
星夜出走 ⎭

　　最足令人兴奋的是：就原诗单个句子来看，并无什么锋芒棱角。一经依类集中以后，却自呈现了许多双关语言。水火不容，斗争激烈。这一叛逆女性的形象和行动，是充分体现了李贺大量哑谜诗歌，惯于把自己怀才不遇的愤慨和广大被压迫人民的痛苦，结合起来进行讽刺诅咒的一致精神的。

　　笔者整理出来的这个初稿，在主要线索上虽是可以理通全文的，但在某些细枝末节依违两可的地方，是否全符李贺的原样？尚未敢必。都因这一特殊掩盖，授权后人自排语序，另无蓝本，可凭校正。笔者临深履薄，怎好毫无检验，自以为是！为求脚踏实地，争取另有会心，反复观测，早夜未释。忽然发现李贺埋下了一个声调准则，是供后人整理语序检验错误之用的。原来这首排律，经过李贺打乱语序之后，应当各联之间的平仄关系，也随着不能避免"失黏"现象了。岂知不然，它仍按照每四句的正常格律，循环运转，丝毫未乱。众所周知，古风诗体不是不能传世的呀！李贺在打乱语序的时候，不惜多花一些气力，强调这个格律准则，显然是在向后人故意提明限制、要求！限制、要求得愈严格，歧义滋生的机会就愈减少。所以，这对整理语序上的某些狐疑不决或偏见错误，是可大起作用的——这种排律规格，是按每四句平仄构成的声律单位（本诗计共二十五组），又在循环运转上绝对排除了"失黏"现象，形成的一个整体。一处有错，全盘失色。后人可以调整语序，无权抵触格律。这对保全作者原有的写作意图，就多了一层保障。事实上，笔者依照这个限制、要求，检验所作整理语序的初稿，果然发现几处细节两可的地方，不合规格。立即断然作了调整，克告符合。根据笔者的体会：主要的线索内容，往往易于避免错误；细节两可的微妙之处，反而多要花费一些精力。笔者经过这一发现改正，心情变得踏实多了。深觉李贺这种放得开手，收得扼要的双管齐下掩盖手法，胆大心细，松紧有度，高妙非凡，令人叹服！必须说明，排律是可长可短的。在这种准备"打乱语序"的设计之下，如果写成短仅四句的普通排律，是会容易露馅，难起掩盖作用的。句子愈多，打乱的范围愈广，所起的困惑作用也就愈大。这是李贺要把本诗写成长律，笔者终于多年不能识破秘密的根本原因。笔者疏漏尚多，在在堪虞，目前对于本诗，只能从谜底真相上求其符合李贺众篇一致的写作意图，从排句格律上求其符合李贺声调准则的限制要求。兹将本诗语序调整如下，以利注释。

(四) 诗文的真实语序

恼　公

宋玉愁空断，娇娆粉自红①。　歌声春草露，门掩杏花丛②。

注口樱桃小，添眉桂叶浓③。　月分蛾黛破，花合靥朱融④。

发重疑盘雾，腰轻乍倚风⑤。　陂陀梳碧凤，腰袅带金虫⑥。

杜若含清露，河蒲聚紫茸⑦。　晓奁妆秀靥，夜帐减香筒⑧。

钿镜飞孤鹊，江图画水葓⑨。　密书题荳蔻，隐语笑芙蓉⑩。

醉缬抛红网，单罗挂绿蒙⑪。　弄珠惊汉燕，烧蜜引胡蜂⑫。

蜡泪垂兰烬，秋芜扫绮栊⑬。　鱼生玉藕下，人在石莲中⑭。

含水湾蛾翠，登楼濮马鬃⑮。　肠攒非束竹，胘急是张弓⑯。

短佩愁填粟，长弦怨削菘⑰。　吹笙翻旧引，沽酒待新丰⑱。

晚树迷新蝶，残蜺忆断虹⑲。　古时填渤澥，今日凿崆峒⑳。

匀脸安斜雁，移灯想梦熊㉑。　春迟王子态，莺啭谢娘慵㉒。

细管吟朝幌，芳醪落夜枫㉓。　心摇如舞鹤，骨出似飞龙㉔。

无力涂云母，多方带药翁㉕。　宜男生楚巷，栀子发金墉㉖。

莫锁茱萸匣，休开翡翠笼㉗。　数钱教姹女，买药问巴賨㉘。

桂火流苏暖，金炉细炷通㉙。　符因青鸟送，囊用绛纱缝㉚。

褥缝篸双线，钩绦辫五鬠㉛。　象床缘素柏，瑶席卷香葱㉜。

绣沓襃长幔，罗裙结短封㉝。　蜀烟飞重锦，峡雨溅轻容㉞。

玳瑁钉帘薄，琉璃叠扇烘㉟。　黄庭留卫瓘，绿树养韩冯㊱。

龟甲开屏涩，鹅毛渗墨浓㊲。　曲池眠乳鸭，小阁睡娃僮㊳。

拂镜羞温峤，熏衣避贾充㊴。　黄娥初出座，宠妹始相从㊵。

井槛淋清漆，门铺缀白铜㊶。　隈花开兔径，向壁印狐踪㊷。

鸡唱星悬柳，鸦啼露滴桐㊸。　使君居曲陌，园令住临邛㊹。

玉漏三星曙，铜街五马逢㊺。　犀株防胆怯，银液镇心忪㊻。

跳脱看年命，琵琶道吉凶㊼。　王时应七夕，夫位在三宫㊽。

汉苑寻官柳，河桥阂禁钟㊾。　月明中妇觉，应笑画堂空㊿。

二、《恼公》题解

　　题意为恼恨拥有多个妻妾的夫主。根据诗中起首描写美丽面貌,后段表现星夜出逃,尾内结出"月明中妇觉,应笑画堂空"来看,全诗是在构造一个处在小妾地位的娇好女子,因对夫主无比恼恨,寅夜私逃,终于脱离苦海,胜利自喜。这一刻画叛逆女性的题材,当然不是另无寓意的——夫主为谁? 从通篇的词语内容当中,可以窥见是与宫廷环境密切有关的。屈原之被放逐,惯以"美人"自喻。李贺之受冷落,亦有《美人梳头歌》自叹委屈。只是李贺服膺孟轲"君之视臣如草芥,则臣视君如寇仇"的观点,对于昏庸暴虐的现实帝王,在思想感情上极端对立(已在本书第一辑、第二辑中备加论证),称得上千古诗坛中一大诗变。本篇的这个叛逆女性,无异是在象征李贺自己。她不仅决绝宫廷,断然出走。更严重的是她存有投奔目的和反抗意图。这在她出奔之前的思想活动中,已经表达得非常明朗了。不少人从谜面语言猜测本诗是在反映妓院生活,但又同时承认不能通释全文,难于自圆其说。都因本诗掩盖手法未被识破,才有这种矛盾现象产生出来。现在,可让诗文来作澄清。

三、诗文内容——概属女主人公的思想行动

（一）生活面貌的秀色可餐（包括起头引言）

1. 宋玉愁空断，娇娆粉自红①。歌声春草露，门掩杏花丛②。

①【宋玉】战国辞赋家。相传才情卓越并有美男子的风度。其所著《九辩》首句为"悲哉秋之为气也"广被传诵。因而后世常以之为才高貌美悲秋伤情的代表角色。唐杜甫《咏怀古迹五首》之二有"摇落深知宋玉悲"，更从明代陈所闻《闺思》曲之一"销魂莺燕偏拖逗，不知宋玉何缘独悲秋"来看，足见这种流传观感，是从古以来的客观存在。本诗这里借以象征李贺怀才不遇，潦倒萧索。 【愁空断】犹悲苦万分，一筹莫展。【娇娆】犹娇娃，谓妩媚多姿的女子（亦犹"姑娘""美人"，具有普通名词的性质）。有的词书把娇娆称呼女子的义项，分作"美人名"和"亦指美人"两组，来区分含义。所谓"美人名"，指对象的专有名字。如唐杜甫《春日戏题恼郝使君兄》诗的"佳人屡出董娇娆"句和唐李贺《恼公》篇的"娇娆粉自红"句，认为是姓董名娇娆的专有名字。此外，后人所普遍使用的娇娆人身称呼，才都是泛指一般美人的。由于她不再姓董名娇娆，所以区划之为"亦指美人"，属于普通名词之列。笔者觉得：杜甫诗句是否应作名叫娇娆来理解？特别李贺诗句是否应作姓董名叫娇娆来理解？实有疑问。查《玉台新咏》载有汉宋子侯《董娇娆》诗，依照通常称呼，实即《董娇娃》诗、《董姑娘》诗，并无定要说成"姓董名叫娇娆"诗的根据。何况《董娇娆》诗中，原有"不知谁家子"句，足见只知其为董家村或董家湾的人，并不知其具体的门户和具体的名字。这虽有些见仁见智的不同，但董娇娆在原诗中只是一个因毁损花木遭受责问的对象，诗中另未对她作过任何称道。如果有人把她当作莫愁、罗敷一类人物来加青眼，那是根本出自误会的！杜甫之所以要引用《董娇娆》诗，是作为诗篇篇名来看待的。并非对于无所称道的董女本人存有什么倾倒、钦佩、欣赏、赞扬等类因素在内。主要目的，是在取用该诗诗尾"及时行乐"的主题思想（参见清沈德潜《古诗源》注），来符合杜诗引出王、赵两妓寻欢作乐的追忆需要。说明白些，"佳人屡出董娇娆"的"佳人"，不是在指董姑娘，而是在指杜甫前几次场合中的王、赵两妓。由于《董娇娆》篇的写作意图是"及时寻乐"，所以"屡出董娇娆"，就

是屡次出于及时寻乐。这也表明杜诗对于王、赵两妓的追忆不忘，不是为了贪色好淫，而是为了人生短暂，新陈代谢，无法改变自然规律，只有出于及时行乐一途的。这是涉及哲学境界的问题，宋子侯诗的真正精髓，全在这里。揭穿来说，该诗是个假设题材，也可叫作"张娇娆""李姑娘"的。杜诗诗思高远，援引渲染，正是深厚允当的功力表现，不可以流俗低级的登徒子视之。在他的笔下，除了引用篇名，发扬主题之外，并无肯定专有名字，否定普通名词的意识在内，这总是没有疑问的。后人使用娇娆入诗的，都是没有董姓阴影在内，作为"娇娃""美人"一类普通名词来使用的。例如唐李商隐《碧瓦》诗的"他时未知意，重叠赠娇娆"，明沈鲸《双珠记·助恶谋奸》的"一自遇娇娆，相思日夜熬"……不胜枚举。李贺《恼公》篇的"宋玉愁空断，娇娆粉自红"，原与李商隐、沈鲸的使用性质正相一致，何故独要对它蒙上董姓阴影？事欠近情，必有原因。细究李贺谱写《恼公》，塑造一位叛逆女性，私奔绿林，确与董娇娆之间没有任何瓜葛。如果词书认为上句宋玉有娃，所以娇娆也应交代娘家，以相对衬，这是没有必要的。附带陈明：排律的首联尾联，依规格都是不用对仗的。如果首联用了工整的或稍欠工整的对仗，只要语感效果好，也就可以容许的。至于对仗的格式种类比较繁多，应当力求内容的生动，并不贵在字面的死板。杜甫的"却看妻子愁何在，漫卷诗书喜欲狂""酒债寻常随处有，人生七十古来稀"，以及陆游的"山穷水尽疑无路，柳暗花明又一村"……都是值得回味检验的榜样。李贺的"宋玉愁空断，娇娆粉自红"，也可算作南朝梁刘勰所提倡的上乘对偶，因它是正反对立的格式，生气最足。这里宋玉是位古人，娇娆是代表一个今人的诗中女主人公，这就够了。如果追问她的姓氏，她并不姓董，她实际姓李名贺。因此，我们假使画蛇添足，以词害义，那是既无必要，又非事实的。《辞源》"娇娆"条引李贺本句作"美人"，不作专有名词理解，无论宋子侯诗、杜甫诗，都不例外，原是原则上可以信从的。如果标举"娇娃"，并列"美人"，兼及"姑娘"，使少女壮妇、美好等差，都能概括齐全，则是笔者个人不成熟的看法了。

【粉自红】谓红粉自丽，意气自若，不稍示弱。象征李贺男扮女装，改以本诗女主人公含怒出场。

②【歌声】点明素以歌声见长的出身，联系尾联"月明中妇觉"来看，是个处在小妾地位不受重视的身世，因为家中另有中妇的。【春草露】形容歌声的圆润。【门掩杏花丛】体现所居非同寻常。它屋前既然如此，屋左屋右屋后屋内又是怎样？根据下文五骢、象床、玳瑁、琉璃、曲池、小阁……以及"隈花开兔径，向壁印狐踪""汉苑寻官柳，河

桥阁禁钟"来看,根本不是街道里巷妓院,正是皇家苑囿的宫殿(正宫中妇也住在内面,更是明证)。因此,女主人公的夫主究竟指何人? 也就可想而知了。

【宋玉两联说】宋玉所铺设的悲秋伤情,正是李贺作为大好男儿,不能免于潦倒萧索,一筹莫展的遭遇写照。现在特男扮女装,改以本诗女主人公的娇娆身份,含怒出场,坚持反抗斗争。她是歌艺很好的、地位很低的嫔妾之流,居住在禁苑杏花丛中的宫殿里面。

——点明了人物的身份处境。按本诗的首四句和尾四句,都未打乱语序。这是李贺特意作出的保留。他不得不让后人在规复谜底语序的时候,有个起步止步的正确格局。只有起步有了根据,止步有了方向,进行起来,才易上路。否则茫茫迷雾,无从辨识,一堕泥坑,永难自拔,这是不堪设想的事! 事实上,李贺这个设计非常成功。笔者正是从这首四句看清女主人公的身份"来龙"的,更从尾四句看清女主人公的出宫"去脉",才很容易地掌握了全诗结构,集中精力去专攻内容梳理,收到未走弯路的良好效果的,另就平仄声律来说,本是存有不同格式须费选择的。一脚有错,全盘皆非。反过来说:首句一经有所确立,那么全盘平仄都可顺着推知到底;尾句一经有所肯定,那么全盘平仄也可倒着推知到头。因此之故,笔者得以直接照本宣科,经过顺推倒推,正相符合,并未发生选择问题。李贺尽管把诗中 90% 的句子,打乱得面目全非,却扼要地把首尾两个四句的本来语序保留下来,作用真大。竟然诱导、逼使笔者在情节内容和声律平仄上,都未误走弯路。这一胆大心细的措施,不能不使人惊叫它的神奇!

2. 注口樱桃小,添眉桂叶浓③。月分蛾黛破,花合靥朱融④。发重疑盘雾,腰轻乍倚风⑤。陂陀梳碧凤,腰褭带金虫⑥。

③【注口】涂染口红。《乐府诗集·清商曲辞一·子夜四时歌春歌十一》:"画眉忘注口。"【樱桃】喻女子小而圆润的嘴唇。唐白居易《杨柳枝二十韵》诗:"口动樱桃破,鬟低翡翠垂。"【添眉桂叶浓】女子画眉,自古已然。浓如桂叶,取其清朗。唐江妃《谢赐珍珠》诗:"桂叶双眉久不描,残装和泪污红绡。"

④【月分蛾黛破,花合靥朱融】蛾黛指妇女眉毛上用黛色颜料进行描画。靥朱,指妇女酒涡处用朱色颜料进行点染。两眉如月分破,笑涡似花融合。这里正如王琦所说:"如新月两分于额上,是其蛾眉之描黛;如好花点缀于腮侧,是其笑靥之施朱。'破'

字作分开之意。"

⑤【发重】反映头发多而且长，所以肥重。　【盘雾】谓如云雾向上盘旋。　【腰轻】古贵细腰，所以身轻。　【倚风】谓随风倾侧摇摆。唐李商隐《蜂》诗也有"宓妃腰细才胜露，赵后身轻欲倚风"。

⑥【陂陀】山势倾斜貌，陀亦作陁。《史记·司马相如传·哀二世赋》："登陂陁之长阪兮。"　【碧凤】妇女发髻的一种式样。　【腰裹】摇摆飘荡貌。王琦说"宛转摇动貌"，意趣相同。只是他本有作"娿裹""娿裹"的，实与"娿娜""娿裹"及"娿嬝"同属一词。【带】犹戴，如披戴、插戴。《战国策·齐策一》："齐地方二千里，带甲数十万。"宋李清照《永遇乐·元宵》词也有："铺翠冠儿，撚金雪柳，簇带争齐楚。"王学初校注："'簇带'，宋时方言，插戴满头之意。"　【金虫】甲虫金龟子的俗称，可做妇女髻上饰物。《玉台新咏·梁吴均和萧洗马子显古意》之二："莲花衔金雀，宝粟钿金虫。"唐段公路《北户录·金龟子》："甲虫也。五六月生于草蔓上。"宋宋祁《益部方物略记·金虫》："出利州山中，蜂体绿色，光若金星，里人取之以佐妇钗镮之饰。"王琦说："以金作蝴蝶蜻蜓等物形而缀之钗上。"虽已出意，亦有可采。反正都是妇人的首饰。

【注口四联说】她生就樱桃小口，眉目清秀。两眉画黛如月，笑涡点朱似花。头发肥壮，仿佛一堆云雾。腰细身轻，势将随风飘起。凤髻高耸成山，金虫飞跃满头——按这一人才的长相，可说不算差了！

（二）　生活面貌的冷落委屈

3. 杜若含清露，河蒲聚紫茸⑦。晓奁妆秀靥，夜帐减香筒⑧。钿镜飞孤鹊，江图画水禽⑨。密书题荳蔻，隐语笑芙蓉⑩。

⑦【杜若】香草名。屈原常用香草、美人来象征高尚纯洁的人品性格。《楚辞·九歌·山鬼》："山中人兮芳杜若。"　【清露】洁净的露水。汉张衡《西京赋》："立修茎之仙掌，承云表之清露。"　【河蒲】谓丛生在水中的蒲草。　【紫茸】此指植物的紫色细茸花。南朝宋谢灵运《于南山往北山经湖中瞻眺》诗："初篁包绿箨，新蒲含紫茸。"按蒲草又叫"香蒲"，王琦引《本草》苏颂曰："香蒲处处有之，春初生嫩叶，出水时红白色，茸茸然。至夏抽梗于丛叶中，花抱梗端……"

⑧【奁】古代妇女盛梳妆用品的器具，即俗所谓梳妆台之类。　【靥】本指面颊上的

酒涡。《楚辞·大招》:"靥辅奇牙,宜笑嫣只。"后亦指妇女面颊上涂点的妆饰物。唐段成式《酉阳杂俎·八黥》:"近代妆尚靥,如射月,曰黄星靥。靥钿之名,盖自吴孙和邓夫人也。"王琦说:"靥音叶,妇人面颊上之饰。始自孙吴邓夫人以琥珀屑傅颊伤,及差,而有赤点如朱,视之更益其妍,宫人欲要宠者以丹脂点颊效之,尔后相沿,至唐益盛,或朱或黄或黑,其色不一,随逐时好所尚。"【减香筒】香筒指燃香什,播放香气的薰香器具(多为铜制品)。这里的"减"字非常刺目,具有双关含意,必须仔细玩味。普通人家,入夜减香,原不足怪。但从宫廷来看,他们的香什多得很,并不计较这些。特别是夫主晚间来临,应当欢天喜地,热气腾腾,为什么不用"夜帐'增'香筒"的?因此,从这一个减字当中,可以看出女主人公经常冷冷清清,不受夫主宠爱,夫主是一般不来就寝,辜负了美好人才的情况的。

⑨【钿镜】用金银贝壳等镶嵌器物叫钿,此谓镜背或镜台是镶有花彩的。 【飞孤鹊】《神异经》:"昔有夫妇相别,破镜,各执其半。后妻与人通,镜化鹊飞至夫前。后人铸镜背为鹊形,自此始也。"据此看来,本诗女主人公,除了不受宠爱之外;还在夫主权力控制之下,受着环境监视,没有意志行动的自由的。 【江图】指挂画上所绘的江流图形。 【水簇】水草名。《北齐书·慕容俨传》:"又于上流鹦鹉洲上造荻簇,竟数里,以塞船路。"可见水簇一物,从有心人来看,是可起阻碍,使人不得自由行船的。

⑩【密书】秘密通信。表面指男女情书,实际是政治感触。这些语言,从分散开的个别句子来看,并无什么大了不起的锋芒棱角;一经集中起来,就性质非常严重,现出双关作用来了。 【荳蔻】亦作豆蔻,植物名。白豆蔻国内外都有,红豆蔻却只生于南海诸谷中。南朝梁简文帝诗有"江南豆蔻生连枝"。李贺用此,表面似谈豆蔻年华的恋爱情窦,实际着眼却在红豆蔻出产南国远方。表现不甘示弱的女主人公,她要脱离苦海,去和长安以外的广大苦难百姓密通声息了。 【隐语】指不直说本意,却借他词暗示出来的话。《汉书·东方朔传》:"舍人不服,因曰:臣愿复问朔隐语,不知,亦当榜。"李贺这里使用此词,是个上承"生活委屈",下启"政治感触"的关键所在。下面大量的双关句子,正是根据这个枢纽产生出来的。 【笑芙蓉】谓芙蓉曾是一个古来令人会心发笑的隐语双关例子。由于芙蓉是莲花(荷花)的别名,更由于"莲"与"怜"谐音,古吴声歌曲常用"莲"来表示恋情上的"怜爱"意思。如《乐府诗集·清商曲辞一·子夜四时歌》"乘月采芙蓉,夜夜得莲子",又"芙蓉始结叶,花艳未成莲",又"青荷盖渌水,芙蓉葩红鲜。郎见我欲采,我心欲怀莲",又"泛舟芙蓉湖,散思莲子间",

又"处处种芙蓉，婉转得莲子"……所有这些芙蓉，都是双关隐喻美女的，所有这些莲字，都是双关隐喻怜爱、恋爱意思的。本诗这里将要倾谈政治感触，却因不便明言，不得不别开生面地使用许多恋爱语言，来作外表上的双关掩盖。这从女主人公来说，自然也是可笑的事。

【"杜若"四联说】她像芳洁无比的杜若一样，正自含着清露欣欣向荣；也像河中丛生的蒲草一样，正自抽花茸茸，壮丽非凡。她每天早上总是积极梳妆打扮，努力匀染笑靥；每天晚上照样冷落孤独，消极失望地去减灭香筒。她的周围，如照脸的镜子背面，是绘有监视她的飞雀的。又如壁上挂的图画，更是绘有阻塞江上交通，妨碍行船自由的水簏的。凡此可见，夫主的高压薄幸，一意孤行，到了何种程度？实在令人满腹委屈，大生反感！处此窒息不堪的情况之下，不如设法摆脱苦海，另起炉灶，和外地的广大苦难百姓私通音息，用黑话、隐语等可笑方式，来交流思想认识，寻求奋斗出路。

（三）　政治感触的残酷搜刮

4. 醉缬抛红网，单罗挂绿蒙⑪。弄珠惊汉燕，烧蜜引胡蜂⑫。蜡泪垂兰烬，秋芜扫绮栊⑬。鱼生玉藕下，人在石莲中⑭。

⑪【醉缬】即醉眼缬。醉是沉迷意，眼缬是眼皱文。《辞源》释"缬"为"眼发花"，引北周庾信《夜听捣衣》诗"花鬟醉眼缬，龙子细文红"及李贺《蝴蝶飞》诗"杨花扑帐春云热，龟甲屏风醉眼缬"为例。又释"缬文"为"眼花，形容醉态"，引宋苏轼《美堂和周邠见寄》诗之二"歌喉不共听珠贯，醉面何由作缬文"为例。由此可见，"醉眼缬"或"醉缬"，原是沉迷欣赏、热中爱好的样子。换句话说，正是醉心不已的样子。如更揭穿本诗谜底来说，却是狠心狠意的样子。　【抛红网】网字表面似指对于鸟兽鱼鳖进行捕捉的工具，实际在指对于民脂民膏进行搜刮的苛政。从抛字来看，可见其张大。从红字来看，可见其残酷。　【单罗挂绿蒙】罗是丝织品。《新唐书·地理志》："成都府蜀郡，土贡：锦、单丝罗……"按罗眼很小，谓除了上说的大型辋罟外，还无孔不入地设有各种极其细密的法网。是谁在这样做？这自然应当姑隐其名，让读者自己去想。

⑫【弄珠】表面似说有人玩弄圆珠，实际是说百姓冒险犯死地入海采珠。　【惊汉燕】《尔雅翼》："越燕小而多声，含下紫，巢于门楣上，谓之紫燕，亦谓之汉燕。"表面似说：紫燕畏遭弹击，感受惊慌。但这是不能串释上下诗句的掩盖赘疣，它实际是说惊动

了皇宫,要来搜刮。因为汉朝皇后赵飞燕正是可以表示"汉燕"含义、体现皇家宫廷的。唐李白《清平调》词"借问汉宫谁得似,可怜飞燕倚新妆"。 【烧蜜引胡蜂】胡蜂是不会酿蜜的。表面似说胡蜂抢吃蜜蜂的蜂蜜,实际是说百姓防冬的粮食,横遭皇家如狼似虎的搜刮。

⑬【蜡泪垂兰烬】"蜡泪"指蜡烛的油滴。"兰烬"指烛芯因油被烧完,只剩得余烬,状如兰心。表面虽是这样,实际却指民脂民膏被搜刮得一干二净,点滴无存。 【秋芜】指用秋草做成的扫帚。 【绮栊】大窗叫栊,故绮栊亦即绮窗。晋张协《七命》:"兰宫秘宇,雕堂绮栊。"按表面似指打扫窗台,实际在指搜刮之后,恐有遗漏,还要扫个精光。

⑭【鱼生玉藕下】玉藕下面是泥土,鱼是不能在内继续生存下去的,所以实际是在表现鱼因受有压力的逼迫,正自走投无路了。 【人在石莲中】东晋郑遂《洽闻记》:"永昌年中,台州司马孟诜奏:'临海水下……得石莲理树三株,皆白石。'"本诗实际是说莲心是很苦的,何况海底石莲的苦,不是轻易可以破灭的。因此苦难的百姓,正像上句说的"鱼"一样,承受着法网的高度压榨,痛苦万分。再联系上联来看,一写火热;二写水深,火热水深正是在表现"水深火热"。李贺的隐语,可算昭然若揭了。

【"醉缬"四联说】朝廷醉心搜刮民脂民膏,设置大网小网,真是巨细无遗。例如百姓冒死入海采得的珍珠,却惊动了皇宫,要由皇家来掌握。又如百姓像蜜蜂采蜜地辛苦种出的粮食,都被如狼似虎的皇家爪牙,运用各种法网抢夺去了。百姓被压榨成了蜡油耗尽的枯秆烛芯,官吏爪牙还恐有所漏网,要用扫帚把窗台地面的点点滴滴都扫精光。百姓像鱼一样的被压迫到泥土下面去了,他们的苦况,好比莲心一样的苦涩,并且这个莲心是石头做成的,不是轻易可以破灭的。由此可见,广大苦难百姓,都正处在烛芯火热,石莲水深之中! ——这一"水深火热"的隐语,恰是昭然若揭的。

(四) 政治感触的怨愤载道

5. 含水湾蛾翠,登楼渼马鬃⑮。肠攒非束竹,眩急是张弓⑯。短佩愁填粟,长弦怨削菘⑰。吹笙翻旧引,沽酒待新丰⑱。

⑮【含水湾蛾翠,登楼渼马鬃】"湾蛾翠"犹"皱眉"意。渼音 xùn,"喷水"意。"鬃"音 zōng。本联表面乎不知所云,实际是说百姓由于备受压迫,心生怨恨,因而有的

人皱着眉头，故装没有看见似的，从楼上把水喷洒在统治集团的马鬃上面，聊泄对于统治集团的愤慨心情。

⑯【肠攒非束竹】"攒"是攒痛意，"束竹"是许多竹制的箭。句谓肠子被攒痛得难以忍受，并不是由于中了许多竹箭。言外之意，是由于受了朝廷的大网小网的压迫。
【胘急是张弓】《说文解字》："胘，牛百叶也。"王琦引《韵会》："胘，胃之厚肉，今俗言肚胘。"按就消化食物的胃肚系统来说，两说的本质是一致的。"张弓"比喻紧张。外表上，句意很怪诞，实际是说：百姓迫于饥饿，忍无可忍的情绪，渐渐发展到了极端紧张的程度。

⑰【短佩愁填粟】"短佩"指比较短一些的佩剑。"填粟"指剑柄的花纹细点如同许多粟米填在上面。"愁"，体现怎样观察选择恰当的时机颇费斟酌。句貌未露锋芒，实际在说：时机一熟，即当握起剑柄，进行反抗。　【长弦怨削崧】"长弦"指弓弩（剑、弩都是武器，俗谓剑拔弩张。可证上句是在说剑）。王琦说："崧山，高山也，岂能削之使卑？而怨情之见于弦声者，亦不能削之使平。"按王琦这一维护封建尊严的表态，虽然至足可笑，但它却也巧妙无比地透露了愤怒反抗的客观存在。较之叶葱奇注改崧为菘，认为"菘即青菜。削菘犹削葱。盖指手指而言"，实质上，天渊相隔。本诗这里，却在表现苦难群众怨气冲天，时机一熟，就要拿起良弓强弩，把高高在上的崧山之巅，削平了它。

⑱【吹笙翻旧引】"引"是一种乐调名称。吹笙翻旧调，虽无不可理解之处，但在本诗这里，却体现不出它的具体意义来。因此它只是个谜面形式的掩盖语言。实际这里的"吹笙"，是指吹箫说的，是指伍子胥为报父兄仇恨，曾经在吴市吹箫吃食说的。《史记·范雎蔡泽列传》："伍子胥橐载而出昭关……鼓腹吹篪，乞食于吴市。"这种为了掩盖，根据相近事物，似是而非的换用手法，是李贺在哑谜诗歌内面习以为常的。例如《绿章封事》篇的"榴花"就是实指《桃花源记》中的"桃花"的。笔者曾经称它为移花接木的手法。根据"吹箫"精神来看，关于"翻旧引"也就有了具体的内容。它实际是说：重弹伍子胥引兵捣入楚都的旧有格调。这在本段诗文的组材上面，原是有其必要的。因为由登楼溅马，经过饥饿难熬，发展成为剑拔弩张的，都是水深火热中的苦难群众。乌合不易办事，还须有由恩仇关系前来参加的智谋人才，方能策划行动上的进退取舍，不动则已，动必有成。李贺这类题材很多，请参证《南园十三首》之其八、其十二以及其十三。　【沽酒待新丰】"新丰"是县名，故城在陕西临潼县东北。本秦骊邑。汉高祖七年，因太上皇思乡，遂按丰县街里格式，改筑骊邑。并迁来丰民，故称新丰。见《汉书·

李贺哑谜诗歌新揭

地理志上·周受昌注校朴》……其地素以产酒著名。唐王维《少年行四首》之一:"新丰美酒斗十千,咸阳游侠多少年。"唐李白《春日独坐寄郑明府》诗:"情人道来竟不来,何人共醉新丰酒。"本诗这里,表面似说,买酒等待到新丰去买,这是不无语病的语言。实际是说胜利的祝捷之酒,要等待崭新的、正式的战斗成果的到来。这是符合本段诗文残酷搜刮,怨愤载道的一致精神的。

【"含水"四联说】灾难深重的百姓,有的紧锁双眉,怨气冲天,故装没有看见似的,从楼上把水倾泼在统治集团的马鬃上,借相报复,聊泄愤慨;有的感到肠子内面好似利箭穿刺,肚腹内面真是饥火难熬,甘愿铤而走险,实在迫不及待;有的拿着短剑长弦,怒不可遏,企图推翻最高统治;有的为了报仇雪恨,出谋划策,主张选择适当时机,结出胜利果实,举酒祝捷,建立新的政权。

(五) 斗争打算的追求新生

6. 晚树迷新蝶,残蜺忆断虹[19]。古时填渤澥,今日凿崆峒[20]。匀脸安斜雁,移灯想梦熊[21]。春迟王子态,莺啭谢娘慵[22]。细管吟朝幌,芳醪落夜枫[23]。心摇如舞鹤,骨出似飞龙[24]。

[19]【晚树迷新蝶】王琦说:"蝶向晚,则欲栖树,故曰迷。"按南朝梁沈约《郊居赋》有"晚树开花"句,南朝梁鲍泉《春日》篇有"新燕始新归,新蝶复新飞"句,是有花蝶相恋之意,与下句蜺虹同属一致地象征男女恋情。当然这是表面隐语,实际在指对于上述水深火热中愤怒人群的同情和向往。 【残蜺断虹】蜺虹本雨后天空偶现的彩色弧带,古有视为天地间不正之气,蜺为雌性、虹为雄性的传说。《尔雅·释天》:"蝃蝀,虹也。蜺为挈贰。"疏云:"虹双出,色鲜盛者为雄,雄曰虹。暗者为雌,雌曰蜺。"这里反复表面体现恋情,实是上句的加强表达。

[20]【填渤澥】古传炎帝之女游东海溺死,化为精卫鸟,常衔木石填海,意在泄恨。晋陶潜《读山海经》诗:"精卫衔微木,将以填沧海。"南朝陈张正见《石赋》:"精卫取而填海。"北周庾信《哀江南赋》:"岂冤情之能塞海,非愚叟之可移山。"这里实指对宫廷的含恨,在古时是不易伸雪的。 【凿崆峒】崆峒为山名,承上句从反面体现移山激情,奋斗决心。

[21]【匀脸】指搽粉抹胭。 【安斜雁】王琦注说:"斜雁,吴正子以为厣花之类,曾益

以为首饰,未知孰是。"按句意在表现梳妆打扮,首饰为打扮的重要一面,且"安"字有插上之意,应以曾说为优(此句是在表现女主人公的早起生活)。　【移灯】表现晚上。【想梦熊】谓追求吉梦。古以梦见熊罴为生男佳兆,语出《诗·小雅·斯干》:"吉梦维何,维熊维罴。又大人占之,维熊维罴,男子之祥。"按本诗这里的所谓吉梦,表面似说求生男孩,实际是说要与上述水深火热的愤怒人群紧相结合起来。

　　㉒【春】指象征美好希望的春雷。　【迟】料因时机尚未成熟,迟迟未发。　【王子】实指上述水深火热的愤怒群众。按古有王昌,为艳情场合的著名男士,唐人流行称引,如上官仪《和太尉戏赠高阳公》诗有"南国自然胜掌上,东家复是忆王昌"。崔颢《王家少妇》诗有"十五嫁王昌,盈盈入画堂"。李商隐《待应》诗有"谁与王昌报消息,尽知三十六鸳鸯"。又《水天闲话旧事》诗有"王昌且在墙东住,未必金堂得免嫌"。韩偓《昼寝》诗有"何必苦劳魂与梦,王昌只在此墙东"。大约由于赵宋南渡之际,兵燹毁书,王昌的本事也随着其他不少古籍如《韩诗》《晋阳秋》……一并失传了。但唐代称引的特点,非常明朗,后人并未完全停止使用。记得 1940 年左右,笔者还看见一个叫李乾三的人所作的诗有"天念王昌特多情"句。李贺这里改王昌为王子,是因排律这里要用仄声的关系。余详见清冯浩《玉谿生诗集笺注·代应》内。总之,本《恼公》篇这里,是继"晚树迷新蝶,残蜺忆断虹"及"匀脸安斜雁,移灯想梦熊"之后,借用盼念王昌做幌子,来比喻所要追求的愤怒群众的实质的。王琦说:"曾益曰:王子谓疑之……琦意王子谓东晋时王氏子弟。"笔者觉得曾、王之类的说法,只是出自主观想象,缺乏具体的客观根据。王昌被艳女追恋东墙之举,却是全唐诗人公认的事实,都有诗句可供验证的。【莺哳】莺声缭乱之意。喻身处宫廷内面的是非矛盾日趋紧迫。　【谢娘】本指东晋才女谢道韫,后世亦指妓妾之流。本诗这里借作比喻,实际在指女主人公自己。　【慵】懒得继续敷衍下去了。

　　㉓【细管】箫笛类。　【吟】沉吟,体现心有沉闷。　【朝幌】谓早间在帷幔之前。【芳醪】指酒。　【落夜枫】谓夜间忧愁无眠,只听落枫有声。唐顾况《忆旧游》诗:"悠悠南国思,夜向江南泊,楚客断肠时,月明枫子落。"王琦说"落夜枫未详",实不尽然。

　　㉔【心摇舞鹤】谓心旌摇动,如鹤思舞,难于自已。　【骨出】谓相思瘦损。《乐府诗集·清商曲辞三·读曲歌》:"自从别郎后,卧宿头不举。飞龙落药店,骨出只为汝。"【似飞龙】句意在夸张瘦损的病况,有类飞龙幻化,缥缈恍惚(根本在患政治毛病)。

　　【"晚树"六联说】　花树要恋新蝶,雌蜺要恋雄虹,受损害者要与被压榨者相结合,这是非常自然的道理。古时的冤女只能含恨于无穷,今日的愚公决心要凿开山洞,求得光明。女主人公她早起梳妆打扮,晚上想做吉梦。无赖愤怒群众的春雷迟迟还未发响,宫闱方面的矛盾自己又不能继续敷衍下去了!她日夜无聊吹箫,沉吟不安。饮酒浇愁,难得入眠。她终于患起政治毛病来了:心旌动摇,难于自已。肌骨瘦损,行动恍惚。

(六) 斗争打算的密定策略

7. 无力涂云母,多方带药翁㉕。宜男生楚巷,栀子发金塘㉖。莫锁茱萸匣,休开翡翠笼㉗。数钱教姹女,买药问巴賨㉘。桂火流苏暖,金炉细炷通㉙。符因青鸟送,囊用绛纱缝㉚。

㉕【无力】犹不愿、不便。 【涂】涂抹掩盖。 【云母】矿石名。用途较多,此为药名。王琦注说:"按《本草》:'云母生土石间……方士家制炼以为服食之药;及粉滓(掩盖)面黚,恶疮火疮之类,则用云母粉涂之。'此言闺阁丽治事,而以涂云母入词,似另有解。"按女主人公目前沉吟徘徊,夜不能寐,患有思想上的疑难重症,不是道地药材所能医治的。所以她不愿也不便引用云母等类药物来作涂抹,心病还要心药医,必须另谋特殊诊断,才能解决问题。这与本诗下面的情节,原是正相符合的。王琦依照打乱后的文字进行观察,抵触很大,自为不足奇怪的事。 【多方】想方设法。 【带】犹带进、找来。 【药翁】指跑江湖的医生。实通密书的引线。下面五联即是药翁所作的启发指点。

㉖【宜男】草名。《齐民要术·鹿葱》,引晋周处《风土记》:"宜男,草名……怀妊人带佩,必生男。" 【生楚巷】意谓"不是很好地生长在南方的楚街楚巷吗"? 【栀子】花名。以同心见称。唐韩翃《送王少府归杭州》诗:"葛花满把能消酒,栀子同心好赠人。" 【发金塘】金塘为城名,在洛阳附近。意犹"不是很好地开放在东方的金塘城内吗"?本联启发可由宫廷出奔,此其一点。

㉗【莫锁】意犹取出。 【茱萸匣】茱萸,古锦缎名。晋陵剡《邺中记》:"锦有……大茱萸小茱萸。"匣为箱匣。《玉台新咏九·南朝梁吴均〈行路难〉》之二:"茱萸锦衣玉作匣。"王琦说:"吴均诗:'玉检茱萸匣'……知茱萸匣者,以茱萸锦糊匣也。"此之一说,亦可采用。意谓取出箱匣的金玉珠宝等细软,以便暗中带走。 【休开翡翠笼】翡翠为鸟名,笼为鸟笼。意谓不要打开鸟笼放走翡翠。因为匣中细软取出了,关上匣盖,外表看不出

来。笼中之鸟放走了，外面一看就被发现。所以叮嘱要做得隐蔽一些，此其二点（按本联语言，是笔者感到原文绝对不能通释的首当其冲的关键之一。容当另谋附记）。

㉘【数钱教姹女，买药问巴賨】姹女，指少年婢女。《后汉书·五行志》卷一："姹女工数钱。"巴賨，指男仆。《晋书·李特载记》："巴人呼赋为賨，因谓之賨人焉。"汉扬雄《蜀都赋》："东有巴賨，绵亘百濮。"按本联含义何在？颇费观察。从数钱买药来看，可以推之还有其他更多工作可做。但此时此景，既要女主人公抛弃一切生活享受（包括呼婢使仆在内），私自出奔，忽然写此含义不明的两句，不无原因？这就可以看出：本联意在指点女主人公应在男女婢仆当中，交结好两个心腹之人，以使帮助行事，力量大些。此其三点。

㉙【桂火流苏暖，金炉细炷通】"桂火"，此指熏笼然放香气的火种，状其燃料的贵重。南朝梁费昶（或作吴均）《行路难》诗之一："丹梁翠柱飞屑（一作流）苏，香薪桂火炊雕胡。""流苏"，色彩丝须子，为一般垂饰物。常用以饰帷帐、车马、灯彩等。汉张衡《东京赋》："飞流苏之骚杀。"唐卢照邻《长安古意》诗："凤吐流苏带晚霞。""金炉"，金属香炉。"细炷"，指焚插在香炉内的细而长的炷香。本联意何所指！久有迷惑。后始发觉，是在告诫保持常态，不露痕迹。"暖""通"二字，都是要紧字眼。以上句来看，是要表面上保持室内温暖，气氛依旧。从下句来看，是要内心上祝愿外援昌盛，款曲暗通。两相对照，不动声色。此其四点。

㉚【符因青鸟送，囊用绛纱缝】"符"本道家驱鬼治病的秘密文书，这里指私通外援的往来密书。"青鸟"，西王母的通信使者。汉班固《汉武故事》："忽见有青鸟从西来，上问东方朔，朔对曰：'西王母暮必降真相'……有顷，王母至。"又《搜神记·吴猛》："书符掷屋上，有青鸟衔去。"这里指私通密书的特约人员。"囊用降纱"，本为神话中的避灾方法。南朝梁吴均《续齐谐记》："九月九日，汝家当有灾，宜急去，令家人各做降囊，盛茱萸以系臂，登高饮菊花酒，此祸可除。"这里指出奔的行囊要做掩护。按此联意在最后叮嘱通信千万不要发生失误，行囊也要做好掩护。此其五点。

【"无力"六联说】女主人公不愿也不便使用云母等药来治疗自己思想斗争上的毛病。心病还要心药医，只好多方设法，找来一个贯跑江湖的老年医生。他提出了几项宝贵指示：一、宜男宝草不是很好地生长在南方的楚街楚巷吗？栀子香花不是很好地开放在东方的塘城内吗？你何不离开宫廷，出奔外方呢？二、你可取出箱内细软，把箱盖好。但切莫放走了笼内的翡翠，让人一看便可发觉，工作要做得隐蔽一些啊！三、你应当暗中交结好两个心腹婢仆做你数钱买药特别各项行动上的有力助手。四、你对室内各项设施如熏笼桂火……都要照常保持温暖气氛。你只能在炉香祝愿的内心上暗暗地和外援相通。五、你和外援密通消息的时候，要严密依靠特约人员，千万不可发生失误。你的行囊也要做好掩盖防护，免受损失。凡此叮嘱，务请注意。

（七）　胜利私奔的决绝宫苑

8. 褥缝篸双线，钩绦辫五骢㉛。象床缘素柏，瑶席卷香葱㉜。绣笉褰长幔，罗裙结短封㉝。蜀烟飞重锦，峡雨灭轻容㉞。玟瑁钉帘薄，琉璃叠扇烘㉟。黄庭留卫瓘，绿树养韩冯㊱。龟甲开屏涩，鹅毛渗墨浓㊲。曲池眠乳鸭，小阁睡娃僮㊳。

㉛【褥缝篸双线，钩绦辫五骢】"褥"坐卧的垫具。由于这里是在表现宫中马车的高级，所以褥指车上的坐垫。古又叫车茵，它的质料和制作，原是有精有粗的。《后汉书·王龚传附王畅》："郡中豪族多以奢靡相尚，畅常布衣皮褥，车马羸败，以矫其敝。""缝"音 fèng，指划分坐位，盘绘花纹的路线。"篸"指针线的穿透。"双线"，谓篸出的花纹是吉祥成双的，如双栖双飞……三国魏曹植《种葛篇》："下有交颈兽，仰见双栖禽。"《魏文帝集二·清河》诗："愿为晨风鸟，双飞翔北林。""钩"，钩膺，套于马之胸前颈上的装饰物。用宽带制成，带上有钩，下饰垂缨。《文选·汉张衡〈东京赋〉》"钩膺玉瓖"，三国吴薛综注："钩膺，当胸也。瓖，马带玦，以玉饰也。""绦"，丝带。"辫"，揽有多马缰绳在手，随宜运用之意。"五骢"，骢本青白色的马，此指五马。一般马车，顶多只有四马。汉时太守以上可用五马，显示高贵。《玉台新咏·日出东南隅行》："使君从南来，五马立踟蹰。"唐杜甫《送贾阁老出汝州》诗："人生五马贵，不受二毛侵。"按本联意在通过车茵、钩膺及五马来表现宫中马车的精致、贵重和特殊。确为这里八联生活享受的显著事物之一，列为起头，理有应当。王琦这里虽未看出马车形象，并作了一些不妥引述，但他自己迄未表示明确态度。叶葱奇勇于改字，竟把"骢"字改为"总"字了。其实只要抓紧"五骢"一语，也可看出是马车的。何其轻率失误，一至此极！余详见（附识）。

㉜【象床缘素柏，瑶席卷香葱】"象床、瑶席"，南朝宋鲍照《代白纻舞歌词》之二："象床瑶席镇犀渠。""香葱"，王琦注说："即水葱也，生水中，如葱而中空，可以为席，杜氏《通典》'东牟郡贡水葱席六领'，是也。"按本联意谓床是用贵重象牙和优质柏木制成

的。席是用神仙瑶草和优质水葱织成的。可见华美之至。

㉝【绣沓褰长幔，罗裙结短封】"绣沓"，用各色绣线混合织成的丝带。可作褰（撩起）系帐幔等类之用。《乐府诗集·清商曲辞六·杨叛儿》之八："绣沓织成带，严帐信可怜。""封"，成堆之意。表示罗裙之多，可以集合起来成个不小的堆子。《列子·杨朱》："聚酒千钟，集曲成封。"本联体现了设施周全，依着富足。

㉞【蜀烟飞重锦，峡雨溅轻容】"蜀烟、峡雨"，喻蜀中和三峡一带的著名产品。"重锦"，绸罗名。《左传·闵公二年》："归夫人鱼轩，重锦三十两。"注："重锦，锦之熟细者。""轻容"，薄纱名。亦作"轻裕"。唐白居易《元九以绿丝布白轻裕见寄，制成衣服以诗报知》："绿丝文布素轻裕，珍重京华手自封。"按本联用丝罗轻纱表现其衣裳帷帐的质量，该是何等华丽高级的享受！

㉟【玳瑁钉帘薄，琉璃叠扇烘】"玳瑁"，动物名。甲片可做装饰品，《淮南子·泰族》："瑶碧珠玉，翡翠玳瑁。""帘薄"即帘子。窗户有帘箔，室门亦有垂帘。《庄子·达生》："有张毅者，高门县薄，无不走也。"唐成玄英疏："高门富贵之家也。县薄垂帘也。"《汉武故事》："上起神屋，扇屏悉以白琉璃作之。光明洞彻，以白珠为帘，玳瑁压之。""琉璃"指半透明体的自然矿石或人工烧制成功的透明玻璃。《魏书·西域传·大月氏》："其国人商贩京师，自云能铸石为五色琉璃……""扇烘"，指窗门和灯罩。按本联表现窗帘门帘是用玳瑁装饰的，窗门灯罩是用琉璃制作的。室内光华美丽的景象，更可想见其高级。

㊱【黄庭留卫瓘，绿树养韩冯】"黄庭"喻书法。世传王羲之书黄庭经换白鹅。唐李白《送贺宾客归越》诗："山阴道士如相见，应写黄庭换白鹅。""卫瓘"，晋人，与尚书郎索靖俱善草书，时人号为一台二妙。见《晋书·卫瓘传》（按汉张芝，晋王羲之书法名气更大，由于姓名平仄不合，所以改用卫瓘）。"绿树韩冯"喻奇画。《搜神记·韩冯妻》："宋康王舍人韩冯，娶妻何氏，美，康王夺之。冯怨，王囚之……冯乃自杀。其妻乃阴腐其衣，王与之登台，妻遂自投台，左右揽之，衣不中手而死。遗书于带曰：'王利其生，妾利其死，愿以尸骨，赐冯合葬。'王怒，弗听。使里人埋之，冢相望也……宿昔之间，便有大梓木生于二冢之端，旬日而盈抱，屈体相就，根交于下，枝错于上……"按王琦、叶葱奇所引，文字稍有差异。唯王琦说："韩朋，或作韩冯，或作韩凭，传者不一，止一人也。"本联表现客厅上所挂的字画，字所保存的是卫瓘的草书真迹；画所保存的是韩冯的神奇绿树，该是何等珍贵和高雅！（只是卫瓘是死无下场的人，韩冯是爱情上打击残暴的精

神胜利者。这种附带的讽刺,原是李贺惯用的手法,读者心中有数好了)。

㊲【龟甲开屏涩,鹅毛渗墨浓】"龟甲",指用精致饰物拼制成功的龟状纹路。"屏涩",谓阻碍视线的屏风。汉郭宪《汉武洞冥记》:"上起神明台,上有杂玉为龟甲屏风。""鹅毛",喻轻而且白,可以书写,可以绘画的绢帛或云母。亦为屏风上的惯用饰物。《西京杂记》:"赵飞燕为皇后,其女弟在昭阳殿遗……云母屏风。"王琦注说得好:"帛也。吴均诗:'笔染鹅毛素。'"但叶葱奇注说:"指笔,元稹诗:'对秉鹅毛笔。'"按一说指帛,另说指笔。似乎各有书证,取舍不易。经查鹅毛制笔之说,从未有过。当时现实文化生活中的用笔,不外兔毫、羊毫、鸡毫之类。唐徐坚等《初学记二一·晋王羲之〈笔经〉》:"汉时诸郡献兔毫。"唐段公路《北户录·鸡毫笔》:"番禺诸郡多以青羊毫为笔,韶州择鸡毛为笔。"(按宋代以后始有狼毫笔)唐白居易《鸡距(短锋)笔赋》有:"故不得兔毫,无以成起草之用,不名鸡距,无以表入木之功。"其中更有"染崧烟之墨,洒鹅毛之素"句,显然"鹅毛"一词,是与吴均一样指着绢帛和纸张而言。叶葱奇注所引"对秉鹅毛笔"并非元稹诗句(叶从《佩文韵府》误抄),实是白居易《渭村退居》诗语。这在辨析上就要好办得多,因为白氏既有继承吴均认定是帛是纸之证,就不会更有自相矛盾地凭空认定是笔之说。原来这个"对秉鹅毛笔",本自存有两种歧义的理解:一为"互相对着绢帛或纸张秉笔";另一为"互相秉着用鹅毛做的笔"。白氏本意,属于前者。后者之说,出自误会。再说,李贺本诗是在表现屏风的华丽形象,屏风很大,除一方饰有杂玉龟纹外;另一方在帛上绘有墨卉,这是符合实际的。至于用什么笔去描绘的? 反而远离形象华丽的要求,未免不得要领了!"墨浓",轻而且白的绢帛、纸张或云母之上,是可用墨进行涂绘的(这里的"浓"字与首段"添眉桂叶浓"的押韵重出了)。本联体现厅堂屏风的精致华丽,意很显然,允为女主人公平日的生活享受之一。

㊳【曲池眠乳鸭,小阁睡娃僮】谓庭外引水池内养有幼鸭等类动物,宫旁小阁下房之内住有幼年婢仆。联意表现日常观览活动和呼奴使婢的种种生活享受。用"眠""睡"两字点明时间已是夜晚,也是女主人公对于这些生活享受永相决绝的最后时间到了。

【"褥缝"八联说】于是女主人公对于宫廷日常的所有生活享受,断然进行了决绝。例如:马车的精致、贵重和特殊;室内象床瑶席的华美;丝带的华丽和罗裙的成堆;衣裳帷帐的料子如非名贵的丝罗,就是高级的细纱;窗帘门帘都是明珠玳瑁装饰的;客厅悬挂的字画既有卫瓘的真迹,又有韩冯的奇树;屏风上面,有些杂玉拼成的龟纹,有些是绢帛涂绘着墨卉;庭外还有池水蓄养着幼鸭等类观赏动物,宫旁小阁内更住有婢仆听候呼唤使用……所有这些,全都毫无留恋地抛弃干净,决心自谋奋斗,另找出路。

(八)　胜利私奔的星夜出走(包括结尾回顾)

9. 拂镜羞温峤,熏衣避贾充㊴。黄娥初出座,宠妹始相从㊵。井槛淋清漆,门铺缀白铜㊶。隈花开兔径,向壁印狐踪㊷。鸡唱星悬柳,鸦啼露滴桐㊸。使君居曲陌,园令住临邛㊹。玉漏三星曙,铜街五马逢㊺。犀株防胆怯,银液镇心忪㊻。跳脱看年命,琵琶道吉凶㊼。王时应七夕,夫位在三宫㊽。

㊴【拂镜羞温峤,熏衣避贾充】"温峤",晋人。官至中书令,大将军。《世说新语·假谲》:"温公丧妇,从姑刘氏家值乱离散,惟有一女甚有姿慧。姑以属公觅婚,公密有自婚意,答曰:'佳婿难得,但如峤比云何?'姑曰:'丧乱之余,乞粗存活便足慰吾余年,何敢希汝比?'却后少日,公报姑曰:'已觅得婚处,门第粗可,婿身名宦尽不减峤。'因下玉镜台一枚。既婚,交礼,女以手披纱扇笑曰:'我固疑是老奴!'"贾充,晋人。官至尚书令。《世说新语·惑溺》:"韩寿美姿容,贾充辟以为掾。充每聚会,贾女于青璅中见寿,悦之,恒怀存想,发于吟咏。后婢往寿家具述如此,并言女光丽,寿遂请婢潜修音问。自是充觉女盛自拂拭,说畅有异于常。后会诸吏,闻寿有奇香,是外国所贡,一著人则历月不歇。充计武帝惟赐己及陈骞,馀家无此香,疑寿与女通。取女左右婢考问,即以状对,充秘之,以女妻寿。"联意谓女主人公立即出发,照照镜子,要去会见新的对象了。只是行动上的声响,要做得特别严密一些,不能让异己分子发觉了。

㊵【黄娥初出座,宠妹始相从】"黄娥""宠妹",指牛郎、织女二星。牛郎星亦名黄姑星,李贺飞白活用为"黄娥"意在加强掩盖。织女星并不亦名宠妹,由于它是常与黄姑星相连并用的,所以李贺也就顺带飞白为宠妹了。例如《玉台新咏九·东飞伯劳歌》"东飞柏劳西飞燕,黄姑织女时相见";汉班固《西都赋》"左牵牛而右织女";《文选·三国魏曹植〈洛神赋〉》,注引曹植《九咏注》:"牛郎为夫,织女为妇,牛郎织女之星各处一旁,七月七日乃得一会。"本联意在表示女主人公"星夜出奔"的起始时间(句内用有"初""始"二字,应在上半夜末)。必须理解,黄姑织女之星是与下面"鸡唱鸦啼""玉露星曙"共同具有表达星夜出奔由夜半直到天明的系列关联,不可割开孤立来看的(也不是可以任意另作其他支离破碎的理解的)。

234

李贺哑谜诗歌新揭

㊶【井上淋清漆，门铺缀白铜】谓井上栏杆是淋过清漆的，大门铺首是缀有白铜的。联意表现女主人公的视线接触到了井栏、门铺，已经跨到宫殿外面来了。

㊷【隈花开兔径，向壁印狐踪】"隈"，王琦说："当作偎。"紧靠意。"花"指花圃。"壁"指林苑远处陡峭壁立的山石方面。"开兔径""印狐踪"，谓原无道路，行在其上，如兔开径，如狐印踪。联意表现因系私奔，应避岗哨，亦畏追逐，只得放弃正式道路不走。穿花圃，取捷径，朝向山石壁立的方面前进。

㊸【鸡唱星悬柳，鸦啼露滴桐】联意谓进行了好久，快要天亮了。星悬柳梢，鸡声发唱。露滴桐树，鸦巢初啼。

㊹【使君居曲陌，园令住临邛】王琦注说："使君，用《陌上桑》古词'使君调罗敷'事。然'居曲陌'则无有事实，殆亦凑迫语耶？司马相如为孝文园令，未达时，在临邛以琴心感卓王孙女。"这在表面现象的典实方面，确属如此。只是它的内在含义尚须揭明。本联实际是在表现女主人公已经奔波半夜，急欲获知对象何在？亦即事先约好的外援接应正在何处？迫切把晤。

㊺【玉漏三星曙，铜街五马逢】"玉漏"，古代计时的漏壶。"三星"出自《诗·唐风·绸缪》："三星在天，今夕何夕，见此良人。"古今注家有谓指参宿三星的，有谓指心宿三星的，有谓统指参宿、心宿及河鼓三星的。但有一个未生抵触的传统习俗，认为"三星在天"是男女婚嫁之典。如《全唐诗》卷八六二载有嵩岳诸仙《嫁女》诗："三星在天银河廻，人间曙色东方来。""铜街"，古洛阳有铜驼街。《水经注十六·榖水》："太尉、司徒两坊间，谓之铜驼街。"后人简称铜街，通指闹市。北周庾信《庾子山集十三·周太子太保步陆逞神道碑》："铜街柳市尘起风飞。""五马"，本指贵重人物的特殊马车（见本篇注㉛"五骢内"），本诗这里，却是比喻女主人公的外援对象的。由于天曙相逢，庆获聚晤，不禁油然而生了崇敬心情。

㊻【犀株防胆怯，银液镇心忪】"犀株"，对整副的犀牛角夸称叫株。王琦说："《游宦纪闻》：'犀中最大者曰堕罗犀，一株有重七八斤者。'"传说晋代温峤至牛渚矶，水底有音乐之声，莫测深浅。人云下多怪物，峤乃燃犀角而照之。须臾，见水族覆灭，奇形异状。事见南朝宋刘敬叔《异苑》七。后人因谓明烛事物为燃犀或犀照。似此，犀角具有排除鬼怪防护安全的特异功效。"银液"，指水银。性平衡稳定。《史记·秦始皇本纪》："以水银为百川江河大海，机相灌输。""心忪"，心惊动貌。《文选·王褒〈四子讲德论〉》："（秦时）百姓征徭，无所措其手足。"本联描画女主人公初离宫廷，在出奔路上担

心害怕的曲折心情,可算惟妙惟肖了。

　　㊼【跳脱看年命,琵琶道吉凶】"跳脱",手镯、腕钏之类的臂饰。《玉台新咏一·汉繁钦〈定情诗〉》:"何以致契阔,绕腕双跳脱。""看年命",请算命。"琵琶",指琵琶卜,为占卜的一种。其法对问卜人的疑难,边弹琵琶,边作唱词以答之,为吉为凶,随机应付。唐张鷟《朝野佥载》三:"何婆善琵琶卜……乃调弦柱,和声气曰:'个丈夫富贵'……"联意谓刚出虎口,走到闹市,心有余悸的女主人公,不惜花费跳脱(夸张语)重金,请求术士算命,巫婆唱卜。

　　㊽【王时应七夕,夫位在三宫】"王时",王琦说:"即良时。"按这里这个"王时",是有双关作用的。表面,装着含混不清,似通非通;实际在指前来迎接她的外援力量,一旦时机成熟,树起旗帜,就可称雄而说。如果把这称作"良时",亦无不可。只是王琦的"良时"之内,是绝不容许含有李贺这种忤逆君上的内容的。有之,也要千方百计把它歪曲掉的。事实上,王琦把这里这个"王时"变成"良时",正是在彰明较著地抹掉这个"王"字,维护其民无二王的观点。无奈李贺的世界观同他恰恰相反! 所以王琦所注的李贺哑谜诗歌,无有一篇不是倒置是非的。必须提明,这个创业称雄的含义,正是女主人公为什么要搞"星夜私奔"的真正目的。

　　【"拂镜"十联译文】她照照镜子,心想要去见新人了。她的行动必须十分秘密,绝对不能走漏风声。此刻已是牛郎织女二星刚出来的夜半,她走出门外,看见淋过清漆的井栏,缀有铜铺的大门,决意和它们从此告别了。她不敢走在大路上,恐怕有人发现她。她只得在没有路径的上面,像兔子一样从花圃中自开小径;像狐狸一样朝向山石大壁方面轻印脚踪,一直走到鸡唱鸦啼,星稀柳梢,露湿桐叶,快要天亮的时候,还未晤见她所追求的对象。使君所居的曲陌,园令所住的临邛,究竟在哪里呀! 心很着急。当漏壶计时和三星运转到了天已曙亮的时候,终于在一个闹市之上,和她迫切追求的十分可贵的外援对象喜告相逢了。她此刻的各种心情翻腾不已。她初出虎口,心有余悸:她希望犀角能够防御意外,水银能够镇定心慌。前途祸福怎样? 她不惜花费手镯,请求相命术士谈年命,琵琶巫婆卜吉凶。术士巫婆说得很好:建业称雄的时机,应在七月七日之间。你的对象,高视阔步,正有三宫紫薇吉星高照,大吉大利。

　　10. 汉苑寻宫柳,河桥阁禁钟㊾。月明中妇觉,应笑画堂空㊿。

㊾"汉苑"犹汉宫,代指唐代宫苑。这是飞白手法,与白居易"汉皇重色思倾国"不作唐皇事同一例(这是昭昭在写宫苑,王琦、叶葱奇也无法否定的。宿妓之说,显然自相矛盾)。"官柳",官府栽植的柳树。《晋书·陶侃传》"尝课诸营种柳,都尉夏施盗官柳植之于己门。"王琦注"寻官柳"为"寻春色",这很有用,宫苑目前确是走失了春色,要被发觉的。"河桥",黄河上建桥,始自陕西大荔县,唐代通称蒲津桥。《史记·秦本纪·昭襄王五十年》:"初作河桥。"他如河阳桥……都同样与长安存有较远距离。"禁钟",古无钟表,此指撞击的铸钟。只有禁苑的钟声,才能称禁(寺庙钟声,不能称禁。妓院之内,没有此钟)。"阂",阻隔。由于距离宫苑已远,禁苑内面的钟声,即使敲得再响一些,甚至闹翻了天,女主人公也是听不见的。她完全可以不去管它,安安稳稳地走在自己新辟道路的上面。本联把从宫苑私奔出来的经过情况,可算总结得非常明白了。

㊿【月明中妇觉,应笑画堂空】"中妇",家中的主妇。民间称妻,皇宫称后,这是众所共喻的。《大戴礼记·千乘》:"中妇私谒不行。"孔广森朴注"《毛诗序》曰:'后妃内有进贤之志,而无险诐私谒之心。'"应可理解,其中皇后是居于主要地位的。中妇亦犹中宫,中宫从来就是专指皇后的。如《新唐书·冯元常传》:"尝密谏帝,中宫权重,宜少抑。由是为武后所恶。"本诗这里是在指说妻子,还是在指说皇后?应当根据诗文的情节内容来作决定。宫嫔之流的叛逆女性,由中宫星夜出奔以后,不久将被主管中宫的皇后所发觉,并且进行追查,这是必然应有的现象。再说,这里皇后的出现,上有"汉苑""禁钟"作陪衬,下有画堂(指豪华宫廷)作呼应,显然是女主人公于逃出虎口之后,在对中宫作回顾描画。认为皇后发觉之际,也已奈何女主人公不得了。画堂人空,胜利是属于女主人公的。中宫的一场骚乱,在她看来,应当是冷齿好笑的(这样结尾,情节内容紧凑明白,无懈可击。它是以女主人公开始,以女主人公作结的。对于昏庸国君作了无情的揭露谴责,正是李贺哑谜诗歌众篇一致,举不胜举的写作意图。)。

【汉苑两联说】唐家宫苑走失了春色,唐宫的铸钟,即使撞得闹翻了天,女主人公也已远走高飞到了河桥,听不见它。她可安安稳稳地走在她自己新辟的道路上面。如果皇后天晓发觉不见了她,要作追查,也已奈何她不得了。画堂人空,胜利是属于女主人公的。宫中上下的一场手忙脚乱。在她看来,应是冷齿好笑,高叫"活该"的——女主人公正是立意要对皇宫作这有力反抗,无情打击的啊!

【申议掩盖手法和"中妇"释义】尾联的出现皇后,还与本诗敢于采用"打乱语序"的掩盖手法密切有关。千余年来,无不以宿妓、遇艳等艳情内容看待本诗,亦无不以不能彻底自圆其说为其归宿。笔者本以宿妓相疑，碰壁之后，改按李贺其他哑谜诗歌的通例寻找谜底，无奈千方百计不能有所识破。足见各篇情节不同，掩盖手法也各有异。如果不能揭穿掩盖，必然无法窥见情节。掩盖有其深浅莫测的一面，也有其多寡不定的一面。一般李贺总要留些破绽、马脚……以便年深日久，或有读者可以水滴石穿的。笔者迫处山穷水尽之际，终于获睹恶作剧式的"打乱语序"手法，固属事出侥幸，实是由于李贺所留方便之门，诱导吸引，不得不然的——李贺创作哑谜诗歌，在选择材料之时，先就要考量明白掩盖手法。具体落笔，并不都是从头到尾的。首先得句，是在篇尾、篇中、篇头，或头尾结合……原是各不相同的。本诗经过体验，是以首两联和尾两联首先构成来龙去脉的格局，定准情节内容的基调的。拿四联中的娇娆、歌声、汉苑、禁钟、中妇、画堂一相联系对照，便可看出宫廷背景和皇后宫嫔的不同身份。再拿"粉自红"和"画堂空"一相连贯，更可看出宫廷矛盾的前因后果。无可怀疑，这里离开了皇后其人，这些内在情节是都体现不出的。只要掌握了这一内在情节的基调，即使篇中语言再多一些，也就可以顺藤摸瓜了。必须提明：本诗故意长达百句，并把 90% 的语序打乱得面目全非。这从掩盖保险来说是很稳妥的，但如希望后人规复原貌，显然是不可能的。李贺有鉴及此，特意在这里留下了一个"方便之门"（另还有个"必由之径"，即排序平仄。前已提过，兹不重赘），即是特意留下了首尾四联的原有语序，未于打乱。它对全诗的内容基调和声律上的推移运用，成了笔者辨析道路上的一盏明灯。笔者就是依照这四联的起点落点，顺推倒推，得免误走弯路，幸相符合的。由此可见，皇后一义，和本诗存有内在的必然的血肉联系。它与本诗的生死存亡息息相关，不可随意牵强附会地去作一般民间妻子的奇离误解的。李贺敢于采用打乱语序的办法来作掩盖，也就依靠了这保留原来语序的首尾四联来壮胆试行的。这的确危险，笔者在规复语序的时候，哪些是应当改变语序或保留语序的？笔者事先是全不知道，心中无数的。在将语言按类集中之后，怎么能够特将这首尾四联的语序保存不变？这要归因于李贺造句安排的精妙神奇。在笔者看来，首两联就是像个起头，尾两联就是像个结尾。再经过排律平仄规律的检测：首句一经确立，就可顺着推知尾句的平仄是怎样的；尾句一经确定，便可倒着推知首句的平仄是怎样的。一相符合，便成定局（一有抵触，也就不堪设想）。说实在的，笔者从这首尾四联当中，已经看出了全诗的来龙去脉。所以说，这是李贺留下的"方便之门"，也是李贺敢于"打乱语序"的根本原因。这对"中妇"的释义来说，显然只有释作宫廷皇后，没有释作臣民妻子的可能的。

　　王琦、叶葱奇说：中妇是指李贺妻子的。这是就打乱了语序的诗文，猜测其为宿妓活动，但又自己认为不能完全自圆其说的说法，也就是没有整体情节、段落层次、具体翻译等合理根据的说法。现在诗文的真实语序已经恢复，宫廷叛逆女性的生活面貌、政治感触、斗争打算、胜利私奔等一竿到底的完整情节已经出现，语言的障碍已经逐字逐句作了考订翻译，特别是符合了李贺哑谜诗歌众篇一致的写作意图。它与《香妃》篇的秦娥奔湘，何其相似！也与《秦王饮酒》篇的奴仆怨恨反抗，《章和二年中》的农民大闹天空……同属一母所生的政治矛盾。根本不是在表现李贺闲入妓院大搞宿妓活动，已经没有误疑宿妓活动的余地存在了。王、叶当时未曾恢复诗文的真实语序，作了大量宿妓活动的错误猜测，原是可以理解的。不妨假设一下：我们还没有发现诗文的掩盖手法和宫廷叛逆女性的私奔情节，我们想按照宿妓活动来解说问题，但如引用李贺妻子来注释中妇，仍然是不合逻辑的。因为王、叶所谓李贺宿妓的诗，写了 98 句，怎么最后两句凭空归结到自己老婆身上去的？这是在对妻子表示忌恨嘲笑，还是在表示自我忏悔，未免因由莫明，不伦不类。姑且舍此不论，李贺的妻子住在昌谷乡下，李贺旅居长安宿妓，根本不会产生什么妻子忽然发觉的问题（只有皇后忽然发觉宫嫔逃走了才是现实的事件）。特别"画堂空"一语，是呼应本诗前面皇宫的设施豪华和后面私奔的斗争胜利而说的。乡间村居，并无突然出现什么"画堂空无其人"的严峻景象的可能（这是要害所在）。何况李贺的妻子也并无什么应当感到好笑的地方可以称说。凡此可见，正是王、叶两位想把自己理解未通的文字作为宿妓来解说，由于"中妇"无法交代了，才无可奈何地作出这种凭空牵扯的。好在宿妓之说，王琦自己已经总结过了："然细读本文，有重复处，又有难解处。当是取一时谑浪笑傲之词，欢娱游戏之事，相杂而言。读者略其文通其意可也。若句句释之，字字训之，难乎其说矣。"（不过我们今天改按忤逆封建的李贺化身叛逆女性来作理解，正是句句释之，字字训之，不觉难乎其说的。即此一端，足验是非）叶葱奇态度虽稍失于轻率囫囵，但亦承认本诗存有若干难解之处。虽然王、叶自己都不认为已经完全自圆其说，这个问题，可算已经得到新的解决，没有困惑了。在李贺打乱语序的掩盖手法之下，愈是承认不理解的，正是理所当然的，愈是认为可以理解的倒是极不踏实的。笔者过去久处不能理解之中，实为王、叶两位同其酸甜苦辣。目前水滴石穿，真相大白。宿妓既不成立，中妇在指主管宫嫔的皇后其人。正是这样，才能从言外见意当中，达到讽诅那位始终不曾露面的昏庸国君的真正目的。千秋迷雾，幸归消散。时代所赐，我愧饶舌。

四、《恼公》全篇译文

第一段　生活面貌

第一节　秀色可餐(包括起头引言)

宋玉所铺叙的悲秋伤情,正是我作为大好男儿,不能免于潦倒萧索、一筹莫展的遭遇写照。现在我特男扮女装,改以本诗女主人公的娇娆身份,含怒出场,坚持反抗斗争。她是歌艺很好但地位很差的嫔妾之流,居住在禁苑杏花丛中的宫殿里面。

她生就樱桃小口,眉目清朗,两眉画黛如月。笑涡点朱似花。头发肥壮,仿佛一堆云雾,腰细身轻,势将随风飘起。凤髻高耸成山,金虫飞跃满头。

第二节　冷落委屈

她像芳洁无比的杜若一样,正自含着清露欣欣向荣;也像河中丛生的蒲草一样,正自抽花茸茸,壮丽非凡。她每天早上总是积极梳妆打扮,努力匀染笑靥;每天晚上照样冷落孤独,消极失望地去减灭香筒。她的周围,如照脸的镜子背面,是绘有监视她的飞雀的。又如壁上挂的图画,更是绘有阻塞江上交通、妨碍行船自由的水籰的。凡此可见,夫主的高压薄幸,一意孤行,到了何等程度? 实在令人满腹委屈,大生反感! 处此窒息不堪的情况之下,不如设法摆脱苦海,另起炉灶。她和外地的广大苦难百姓私通音息,用黑话、隐语等可笑方式,来交流思想认识,寻求奋斗出路。

第二段　政治感触

第三节　残酷搜刮

朝廷醉心搜刮民脂民膏,设置大网小网,真是巨细无遗。例如百姓冒死入海采得的珍珠,却惊动了皇宫,要由皇家来掌握。又如百姓像蜜蜂采蜜地辛苦种出的粮食,都被如狼似虎的皇家爪牙,运用各种法网抢夺去了。百姓被压榨成了蜡油耗尽的枯秆烛芯,官吏爪牙还恐有所漏网,要用扫帚把窗台地面的点点滴滴都扫精光。百姓像鱼一样地被压迫到泥土下面去了,他们的苦况,好比莲心一样的苦涩,并且这个莲心是石头做成的,不是轻易可以破灭的。由此可见,广大苦难百姓,都正处在烛芯火热,石莲水深之中(这一水深火热的隐语,恰是昭然若揭的)。

第四节　愤怒载道

灾难深重的百姓,有的紧锁双眉,怨气冲天,故装没有看见似的,从楼上把水倾泼在统治集团的马鬃上,借相报复,聊泄愤慨;有的感到肠子里面好似利剑穿刺,肚腹里面真是饥火难熬,甘愿铤而走险,实在迫不及待;有的拿着短剑长弦,怒不可遏,企图推翻最高统治;有的为了报仇雪恨,出谋划策,主张选择适当时机,结出胜利果实,举酒祝捷,建立新的政权。

第三段 斗争打算

第五节 追求新生

花树要恋新蝶,雌蜺要恋雄虹,受损害者要与被压榨者相结合,这是非常自然的道理。古时的冤女只能含恨于无穷,今日的愚公决心要凿开山洞求得光明。女主人公她早起梳妆打扮,晚上想做吉梦。无奈愤怒群众的春雷迟迟还未发响,宫闱方面的矛盾自己又不能继续敷衍下去了!她日夜无聊吹箫,沉吟不安。饮酒浇愁,难得入眠。她终于患起政治毛病来了:心旌动摇,难于自已。肌骨瘦损,行动恍惚。

第六节 密定策略

女主人公不愿也不便运用云母等药来治疗自己思想斗争上的毛病。心病还要心药医,她只好多方设法,找来了一个贯跑江湖的老年医生。他提出了几项宝贵指示:第一,宜男宝草不是很好地生长在南方的楚街楚巷吗?栀子香花不是很好地开放在东方的金墉城内吗?你何不离开宫廷,出奔外方呢?第二,你可取出箱内细软,把箱盖好。但切莫放走了笼内的翡翠,让人一看便可发觉,工作要做得隐蔽一些啊!第三,你应当暗中交结好两个心腹婢仆,做你数钱买药各项特别行动上的有力助手。第四,你要对室内各项设施如熏笼桂火……都要照常保持温暖气氛,你只能在炉香祝愿的内心上暗暗地和外援相通。第五,你和外援密通消息的时候,要严密依靠特约人员,千万不可发生失误。你的行囊也要作好掩盖防护,免受损失。凡此叮嘱,务请注意。

第四段 胜利私奔

第七节 决绝官苑

于是女主人公对于宫廷日常的所有生活享受,断然进行了决绝。例如,马车的精致、贵重和特殊;室内象床、瑶席的华美;丝带的华丽和罗裙的成堆;衣裳帷帐的料子如非名贵的丝罗,就是高级的细沙;窗帘门帘都是明珠玳瑁装饰的;客厅悬挂的字画既有卫瓘的真迹,又有韩冯的奇树;屏风上面,有些是杂玉拼成的龟纹,有些是绢帛涂绘着墨卉;庭外还有水池蓄养着幼鸭等类观赏动物,宫旁小阁内更住有婢仆听候呼唤使用……所有这些,全都毫无留恋地抛弃干净,决心自谋奋斗,另找出路。

　　第八节　星夜出走(包括结尾回顾)

　　她照照镜子,心想要去见新人了。她的行动必须十分秘密,绝对不能走漏风声。此刻已是牛郎织女二星刚刚出来的夜半,她走出门外,看见淋过清漆的井栏,缀有铜铺的大门,决意和它们从此告别了。她不敢走在大路上,恐怕有人发现她。她只得走在没有路径的上面,像兔子一样从花圃中自开小径,像狐狸一样朝向山石大壁方面轻印脚踪。一直到鸡唱鸦啼,星稀柳梢,露湿桐叶,快要天亮的时候,还未晤见她所追求的对象。使君所居的曲陌,园令所住的临邛,究竟在哪里呀!她心里很着急,当漏壶计时和三星运转到了天已曙亮的时候,终于在一个闹市之上,和她迫切追求的十分可贵的外援对象喜告相逢了。她此刻的各种心情翻腾不已。她初出虎口,心有余悸,希望犀角能够防御意外,水银能够镇定心慌。前途祸福怎样?她不惜卖了手镯,请求相命术士谈年命,琵琶巫婆卜吉凶。术士巫婆说得好:建业称雄的时机,应在七月七日之间。你的对象,高视阔步,正有三宫紫微吉星高照,大吉大利!

　　唐家宫苑走失了春色,唐宫的铸钟,即使撞得闹翻了天,女主人公也已远走高飞到了河桥,听它不见。她可安安稳稳地走在她自己新辟的道路上面。如果皇后天晓发觉不见了她,要作追查,也已奈何她不得了。画堂人空,胜利是属于女主人公的。宫中上下的一场手忙脚乱,在她看来,应是冷齿好笑,高叫"活该"的!

五、附　　识

(一) 语序易位的纷乱程度

兹将本诗各联语序的打乱情况列明于此:1、2、3、8、9、6、7、4、5、10、13、12、31、38、39、16、33、32、17、18、15、42、25、20、47、26、11、14、41、48、35、24、19、36、23、28、27、34、37、30、21、22、29、40、43、44、45、46、49、50。按其中"1""2""49""50"是故意保留原序的。"3"是无意偶未变更原序的。其他打乱原序的情况,可以窥见其大了!

(二) 分歧现象的症结所在

传本语序是否有通释全文的可能? 无论其为宿妓或其他内容,务盼读者先自尽情发挥试验。只要段落结构清楚合理,逐字逐句作出辨析翻译,就可行了。千万不要受了笔者的影响,滋生阻碍。笔者局限已甚,总觉如不调整语序,是绝对不能通释全文的。例如原始语序中的"莫锁茱萸匣,休开翡翠笼"一联,是个叮嘱性语言。女主人公出场后,尽在表现她个人的思想认识、感情波动和反抗活动。在她面前,没有被她可作这样叮嘱的对象。再说,就这一联的事物性质来看,只有别人对女主人公进行叮嘱,才算恰当。无奈并无别人出场在前。所以这联诗句,虽无冷僻怪诞的词语,却可首先断定它在原语序中是不通的。后来在调整语序依类归纳语言材料的时候,才于无意之中发现它的前面已经有了"多方带药翁"的露面。原来李贺把第25联打乱成为后面第47联去了。只有恢复正常语序,它才能起死回生,有血有肉地再度活跃于纸上。还有一点,"茱萸匣""翡翠笼"同属宫室事物,何以一要"莫锁",一要"休开"? 这里必须查出内在思想,不可差以毫厘。李贺诗句,形象丰富,如不揭明意图,仍是无济于事的。本诗既是打乱了90%的语序的,那么它的窒碍难通之处,应有49倍之多,如同上述一例情况存在。笔者已对全诗作了段落结构的划分,逐字逐句的通释,自无继续重复举例之必要。

不过王琦、叶葱奇的宿妓理解,前车可鉴,还须有所提明。从总的来说:王、叶把打乱了的语序当着正常语序看待,以致通篇杂乱无章,既无情节线索,又无段落结构,断章取义,抵牾丛生。自应实事求是地及时加以澄清,以免读者继续蒙受影响。从举例来说:1.宫苑不能看成妓院,诗中许多地方,不是妓院所能具有的。2.如是妓院内容,怎么搞起私奔活动来的？诗中表现《决绝宫苑》《星夜出走》的语言，是大量的。3.《残酷搜刮》和《怨愤载道》两节铤而走险的思想感情，原与宿妓活动是风马牛不相及的。从叶葱奇认定第15联（指新语序，亦即拙注第15，以下仿此）"含水湾娥翠，登楼渷马鬃"这类句子是最难理解的来看，显然是个明证。南辕北辙，自难投合。事实上在打乱语序的手法之下，认为不可理解的地方，正是理所当然的。认为可以理解的地方，倒是急不可靠的。因此要多有一些不能理解的感觉，才更好些。4.长达百句的叙事诗篇，如果划分不清段落层次，交代不出具体情节上的起因、发展、变化、归结，只能含糊笼统地以宿妓二字了之，这是不符创作规律的。5.新的语序，由于依类集中了语言材料，非但消除了不可理解的地方，更其出现了大量的双关手法、激情斗争的场面，这是极其可贵的颠扑不破的真理。这在《追求新生》《密定策略》两节文字内表现得最为突出，它们合情合理、天衣无缝，绝对不是宿妓观点所能再度割裂淹没的（即此已足充分证明传本语序的打乱伪装而有余）。6.李贺诗句，到处都是形象描画，除了理解含义和弄清来源之外，更重要的是要说明它在为诗文主题服务上面的作用是怎样的。拿第28联的"数钱教姹女，买药问巴賨"来说，如果仅把"姹女""巴賨"解释清楚了，而不能联系上下文说明"它在诗文情节中示意联络两个心腹婢仆以便取得帮助"的作用，仍是根本不能解决问题的。所以笔者对于叶葱奇所疏解的"教婢数钱，问仆买药"，颇有未为主题服务之感，这里要花的逻辑工夫是很大的。再说没有患病请医，哪能突然买起药来了？原来"无力涂云母，多方带药翁"句，被李贺打乱语序，移作后面第47联去了。这种拆散手法的痕迹，恰恰正是令人深感惊诧不通，必须调整语序的又一根本原因。7.王、叶注释，自打乱了语序错猜了思想的文字，所有实质，不能不与李贺写作意图南辕北辙、自相矛盾：在第50联中的"中妇"一词，王、叶把帝王的宫廷皇后，释成李贺的山居妻子，非但牵扯不当，违离事实，更把本诗所要反抗的主要对象——借皇后来作暗示的帝王身影，连根被抹杀掉了。这是何等严重的误解，然而有的词书已经引作书证来相流传，影响不堪设想。在第31联中，叶葱奇把"五骢"改为"五总"，"钩膺"释作"帐钩"，以致把皇宫五马之车，变成了帐钩上的五股丝绳。在第23联的"芳醪落夜枫"句中，典事出自唐顾况《忆旧游》诗，王琦说"未详"，叶葱奇竟望文生义地说成"红色的酒"。在第14联的"人在石莲中"句里，"石莲"典事出自东晋郑遂《洽闻记》，王、叶偶失检查，就望文生义说："经秋莲蓬干黑，莲子坚硬如石。"这是不能联系上下语句体现火热水深的社会现实的。凡此抵牾，不一而足……8.王、叶之间也有差异情况：在第17联"长弦怨削崧"句中,王琦注说:"崧山,高山也,岂能削之使卑?而怨情之见于弦声者,亦不能削之使平。"这是故意站在封建立场,运用此地无银三百两的巧妙方法,对读者透露"崧山"和"怨声"的含义。足见王琦对于本诗忤逆封建的地方,不是完全没有看见的(同联的"短佩愁填粟"及第48联的"王时应七夕"都是其例),不过是他身处封建社会,不敢明白说出罢了。叶葱奇注说:"菘即青菜,削菘犹削葱,盖指手指而言。元稹诗'弹丝动削葱'。"又作疏解说:"削菘,指纤指弹出幽怨之声。"经发觉,前面原诗是作"崧"的,怎么后面注疏都作"菘"了?既未说明理由,可能偶有眼花。问题在于叶葱奇编出一套注语疏语,这就令人惊心动魄,难于置信了。对照一下王琦所注,其间差别太大。看来叶葱奇虽然追踪王琦,实际却并非王琦的真正知音。只是王琦的这些正确因素,我们不能反而瞠乎其后。

(三)观感变化和结构图解

笔者在第一次列出整理提纲编成新的语序初稿之后,觉得未经修改,又无蓝本可以对证,是否完全恢复了李贺原样?因缺乏客观根据,心中无底,感到非常心虚。当第二次观察出来了声律要求,对于初稿语序作了检验、修改之后,觉得心情踏实多了。但还只是由总到散观察处理。最后第三次反过来由散到总进行注释的时候,即逐字逐句逐段具体落实的时候,又因内在思想的深入发掘,对第三段的"追求新生"和"密定策略"两节分别作了应有的调整。这样一来,几乎使人要用满怀的信心去代替当初的无比空虚了。如果单从结构方面来作观察,那么首两联女主人公含怒出场是头,尾两联女主人公出走胜利是尾,中腹的所有内容,仍然是有四段八节的。来龙去脉,差可辨析。列图如下,聊备查考。

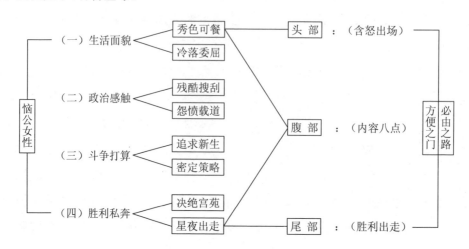

（四）走过一节弯路

事后发觉，有一必然规律，初未直接采用（都因打乱语序，误觉不宜按照排律体裁看待）。即全诗只有尾联不是对偶，这就可以确定尾联语序是应保留不变的。也就可以根据尾联平仄倒推到首联的平仄应是怎样的。可惜笔者虽然不是这样入手的，然而却不谋而合地保留了尾联语序，实属侥幸万分。这一发现，可以有利于证实新的语序的可靠程度，无须犹豫。李贺这个打乱语序的掩盖手法，本身就可算作一个动地惊雷。它所具备的说服力量，该是何等地发人深省！

（五）　变通注释体例

由于本诗词语冷僻怪诞，句子繁冗晦涩，读者不易背诵上口，思路时断时续，前后翻检为难。只得破例改变办法，分按十层重引原文。期能稍减辨析障碍，体现某些分开击破的便利作用，别无他意。

浩　　歌①

南风吹山作平地，帝遣天吴移海水。王母桃花千遍红，彭祖巫咸几回死②。青毛骢马参差钱，娇春杨柳含细烟③。筝人劝我金屈卮，神血未凝身问谁④？不须浪饮丁都护，世上英雄本无主。买丝绣作平原君，有酒唯浇赵州土⑤。漏催水咽玉蟾蜍，卫娘发薄不胜梳。看见秋眉换新绿，二十男儿那刺促⑥！

①【浩歌】纵情放声地唱歌，《楚辞·九歌·少司命》："临风恍兮浩歌。"唐李白《春日醉起言志》诗："浩歌待明月，曲尽已忘情。"本题反映李贺怀才不遇，胸有郁闷，纵情放歌，发泄愤慨。

②【南风】自南向北的风。《诗·邶风·凯风》："凯风自南"，毛传："南风谓之凯风。"按李贺哑谜诗歌当中，往往有向往南方苦难群众的江湖生活。或起义组织等情节，盖以元和天子京都在西北长安，两相对立，并非偶然。因此本句的"南风"一词，从实质上说，是可象征南方苦难群众的。这非但体现了李贺众篇一致的讽诅意图，更与本诗核心句子"世上英雄本无主"和尾上结句"二十男儿那刺促"是紧密呼应，不

可违离的。

【天吴】水神。《山海经·海外东经》:"朝阳之谷,神曰天吴,是为水伯。" 【王母桃花千遍红】王母为神话传说中的一位崇高的女神。唐杜甫《秋兴》诗之五:"西望瑶池降王母,东来紫气满函关。"《汉武内传》:"王母仙桃三千年一开花,三千年一生实。"依照每遍三千年计算,千遍已达三百万年了。 【彭祖】姓篯名铿,封于彭,故称彭祖。传说他自夏至殷末,活了八百余岁。见汉刘向《列仙传》。 【巫咸】古神巫。传为尧时人。晋郭璞《巫咸山赋》序:"盖巫咸者,实以鸿术为帝尧医。"

【南风四句译文】再高的山,也要被风吹成平地的。再大的海,也要被神移变桑田的。从人寿来说,即使是王母种仙桃,寿达三百万岁。彭祖养身有术,寿高八百。巫咸治病有方,多享天年……言外之意,不论势位多高多大,寿命号称多长多久(显然针对帝王万岁而言的),如果拿来和宇宙岁月的从来运行不息,不可计数一相论列,显然渺小短暂到了难以言喻的程度!最终结果,总是逃不了迁化死亡,草木同朽,没有什么了不起的——按李贺这种立言并非一无所指。读者可就本书第二辑《梦天》篇中的"黄尘清水三山下,更变千年如走马。遥望齐州九点烟,一泓海水杯中泻"一加检验,便能了然。

③【骢马】骢为青白杂毛的马,见《说文》。晋郭璞《尔雅注》:"谓之连钱骢,言其花纹如连钱也。"《后汉书·桓荣传·附桓典》:"举高第,拜侍御史。是时宦官秉权,典执政无所回避。常乘骢马,京师畏惮,为之语曰:'行行且止,避骢马御史。'" 【娇春】犹初春、新春。 【杨柳细烟】焕发青春貌。

【青毛两句译文】宝贵年华,不可虚掷,正宜才情用世,焕发青春……言外之意,抱有生不逢时,委屈苦恼之恨——这种省略不全的语言,是种意在言外的手法。当然,从以下文字来看,还是可以从侧面窥知它的本来面目的。特别它是颠倒了语序的。

④【筝人】弹筝的人,即歌妓。特借其口引出心情上无比愤慨,不必视作真在褒妓。【金屈卮】王琦说:"酒器也。据《东京梦华录》云:'御筵酒盏,皆屈卮如菜碗样,而有把手'。此宋时之式,唐时式样亦当如此。" 【神血未凝】指神情血气,激动不平。 【身问谁】谓如身体健康受了损害,找谁负责!

【筝人两句译文】好心的人劝我饮酒忘忧,如果把身体弄坏了,谁来向你负责?言外之意,不要因为委屈苦恼,就让神情血气,过分激动不平。

⑤【浪饮】谓徒徒地、白白地为饮酒而饮酒。浪为副词,意为徒徒地、白白地。唐寒

山诗之七七:"终归不免死,浪自觅长生。"宋苏轼《赠月长老》诗也有:"功名半幅纸,儿女浪苦辛。"【丁都护】亦名《丁督护歌》,本南朝吴声歌曲之名,声甚悲哀,常被用侑酒。唐李白也写有《丁都护歌》。本句意:不要用消极悲哀的歌声劝我徒徒地、白白地为饮酒而饮酒。言外之意,我有实际矛盾需要解决,我已无可按捺心头怒火,要发作了!

【英雄本无主】即本来是没有固定主宰的!这一露骨大胆、怨气冲天的自白,言外无异在说:事业是可另辟蹊径,从头创造的。王侯将相,宁有种乎!这就可以想见李贺的神情血气,该是到了何等愤激不平的程度!　【买丝】买丝线。　【平原君】《史记·平原君列传》:"平原君赵胜者,赵之诸公子也。喜宾客,宾客盖至者数千人。"【赵州土】王琦注说:"《元和郡县志》:'平原君墓在洺州肥乡县东南七里,不在赵州。'而此云'赵州土',以平原君为赵之公子,故云。"按此为本诗铿锵有力的警句,情切意真,愤慨鲜明。言外之意,誓将去国,另起炉灶。古赵、秦为势不两立之国,唐都秦中,贺诗惯于以秦喻唐。本诗这里,亦可窥见其对立情绪,并非止于王琦所说的赵国公子而已。

【"不须"四句译文】请不要用酸楚不堪的歌声,徒徒劝我为饮酒而饮酒。英雄本是没有固定主宰的!王侯将相,何曾有种?伟大事业,都是可以凭人创造出来的。我虽身逢暗世,不得展其才用,但鸟知择木而栖,士为知己者死。我愿买丝去为礼贤下士的平原君绣像,我有了酒,唯一要到赵州去扫平原君的墓……言外之意,我要决心与黑暗朝廷分道扬镳,永相决绝。

⑥【漏催水咽玉蟾蜍】此谓光阴不断流逝,一去不复返。古以漏壶计时,历代制法不一。王琦说:"漏刻之制,以铜为器,贮满清水,上为铜龙口中吐出之,下作蟾蜍张口承水流入壶中,以验时刻。"　【卫娘发薄】汉武帝皇后卫子夫出身歌女,生太子,册皇后,擅宠数十年,是以发美著名的。见《史记·外戚世家》及《汉武故事》。本诗这里说"发薄不胜梳"是感于光阴飞逝之速,高度警觉到卫娘将有发不胜梳的那一天要来临的。所以争取及时有为,最属重要。　【秋眉换新绿】是个含有歧义的语言,可以看成是秋貌永远代替了春颜,也可看成是秋早去了春又来了的时节。从呼应前面"青毛"两句才情用世焕发青春,以及"漏催"两句警惕时光飞逝应争及时有为来看,自应以后者的理解为宜。它可体现短暂人生的少壮年华,无比珍贵,应当百倍抓紧,作出事业。这也正是李贺思想最为根本的矛盾所在。　【刺促】此指犹豫、徘徊,呈现惶惑不安的状态。言外之意,谓男儿贵有果敢精神,应当拿出决断行事,那能久久狐疑不定,惶惑不宁——按"刺促"一词,有的辞书,已设两个义项:一为"忙碌急迫,劳碌不休";二为"惶

恐不安"。这是很好的,可惜将李贺本句书证放在第一义项内了,依照实质来看,应当放在第二义项内才算恰当。因为李贺的矛盾焦点,是在怀才不遇铤而走险的上面。与忙碌不忙碌,没有干涉。它与次列书证,原是正相等同的。如唐权德的《数名诗》:"九歌伤泽畔,怨思徒刺促。"明李在阳《得文……奉答》诗:"闻官饱食太仓粟,使我刺促难为情。"清纪昀的《阅微草堂笔记·如是我闻四》:"君有异念耶? 何忽觉刚气砭人,刺促不宁也。"叶圣陶《倪焕之》十七:"逢到刮风的日子,如果风向与去信或来信刚刚相反,就有一方面要耐着刺促不宁的心情等待。"

【"漏催"四句译文】漏壶上面滴水不歇,宝贵光阴无情飞逝。卫娘的头发虽是美好得出了奇的,但要晓得,转眼晚年一到,就会变成衰落得不堪梳理的样子了。人的生命,原很有限。当他接班前人,步武少壮年华的时候,应当及时有为,果敢行动。哪能犹豫徘徊,呈现惶惑不安的状态!

附　识

本诗可分两段:一、首四句写任何号称高大长寿的人物,都要归于消灭的;二、痛恨摧残人才的家伙,决心另起炉灶去。这就恩怨分明,形象清楚了。只是"青毛"两句的语序,有些疑问。如果把它移到"赵州土"下面去,那就顺理成章,非常妥洽。看来,由于"世上英雄本无主"这个核心犯禁的语言,以及首四句隐隐约约犯禁的形象,都是经不起认真深入地推敲追究的。假若让它们在顺理成章的文字内出现,就很容易暴露目标了。所以才有必要把"青毛"两句搬到前面来的。目的在于制造读者的困惑,扰乱读者的思路,从而适应掩盖的需要。这个情况除已有《恼公》篇的"打乱语序"手法可作佐证之外,再就是把"青毛"两句嵌在"赵州土"下面,既可消除本身省略不周,破碎不全的毛病,更可在承前启后的脉络上收到天衣无缝的效果。显然是个客观事实的存在,读者不妨自行重新加以观察和检验。

本诗非但在掩盖手法上有其雷同《恼公》诗篇的痕迹,即在情节内容上,也有基本相同的趋向。《恼公》篇的女主人公由于不满夫主行动,坚决行反抗斗争,终于摆脱苦海,胜利私奔而去。如拿本诗一相对照,恰是一个小小缩影,不过主人公是个第一人称的男性罢了。如果称呼它们为一母所生的姐弟篇章,或者可算一个相互印证的有趣笔墨——李贺运用掩盖手法所写的诗,往往不是一个孤篇。在拙本《李贺哑谜诗歌新揭》第二辑里面运用捏造生字手法的,就有《开愁歌》内的"秋"字和《春坊正字剑字歌》的"鬤"字。运用颠倒祝词手法的,就有《相劝酒》的用祸祝福和《章和二年中》的用死祝寿……

鲁迅在《鲁迅全集·豪语的折扣》一文内评议李贺"想学刺客了。这应该折成零,证据是他到底并没有去"。这是出自鲁迅的观察,本诗由李贺自身来表现犹豫徘徊刺促不宁的心情,就更体现了当时事实的真相,证明鲁迅的针头是见了血的。至于有无其他什么原因和影响,这不是拙文所要探索的范围了。

帝 子 歌①

洞庭帝子一千里,凉风雁啼天在水。九节菖蒲石上死,湘神弹琴迎帝子②。
山头老桂吹古香,雌龙怨吟寒水光。沙浦走鱼白石郎,闲取真珠掷龙堂③。

① 本诗的每一语言,如从表面看去,似乎并无什么晦涩难解忤逆刺目的地方。但就总体来说,却又缺乏鲜明完整的形象意图,成了脱离实际,无病呻吟,东拼西凑,模糊不清的芜杂文字。其实,这是李贺故意使用模棱两可,双关含混式掩盖手法的预定结果。经过逐层揭开辨析,它是体现了非常严峻的具体矛盾的。

题目"帝子",可以是指天帝的子女的,也可以是指人间帝王的子女的,更可以是指尧女娥皇、女英的,其他奇离说法尚多,李贺并非没有能力把它写得特别确切一些,都因掩盖需要,只得故意写成这个样子。换句话说,所谓天帝子女、帝王子女、帝尧之女……都不过是种烟幕作用,实际目的,在指唐代现实帝王元和天子而说。一因帝王本是来自帝子。二因帝子的"子"字,也可作为词尾看待,如同桌子、蚊子的。三因李贺哑谜诗歌没有一篇不是讽诅元和天子的,否则李贺不要呕心沥血地使用掩盖手法了(《恼公》篇的"打乱语序"手法是个最能说明问题的例子)。四因李贺这类双关含混的题目,非常之多。例如:《秦王饮酒》应为《唐王饮酒》,《章和二年中》应为《元和年代中》……五因本诗的内容确在讽诅元和天子,这是最关重要的所在。基于这些,这个《帝子歌》的题目,非但应当释为"帝王歌",并且为求密切呼应"洞庭……水……掷龙堂"的诗句内容,不妨译作"龙王歌"。语意未变实质,容易照见讽诅。

②【洞庭帝子】谓湖南湖北之间洞庭湖的龙主。王琦说"帝子"一作"明月"。叶葱奇已把"帝子"轻率改成"明月"了。这太欠当,申议于下:

【申议】乍从审美观点来看,似乎明月要比帝子漂亮得多,还可避免和第四句的帝子重复处现,岂非大好! 但在扣题行文上面,取消了帝子以主语出场的形象,是欲盖反损,根本失误的。第四句的帝子只是一个宾语,如果说本诗的主人公是"湘神",那么拿"湘神弹琴迎帝子"句来说,这帝子又指何人? 湘神绝无自己迎接自己的可能,它处在"菖蒲死""老桂香"的中间,也无法说明文气的承接,情节的贯连。换句话说,当我们获知了本诗所存的掩盖用心和诗题应当理解为"龙主"之后,已可窥见首联的精神,是在讽刺非议,并非歌颂赞美。如果采用明月添些美化,非但与"凉风雁啼"衰落气氛的色调不谐,也与"菖蒲"之死的讽诅有违,更何况取消帝子这个诗中主人公的开门见山走出场来,使得全诗各联的谜底情节,全遭淹没,无法展现,其不沦为杂草一堆,不堪入目,反觉怪异! 所以首句这个帝子主语,依照写作目的来说,正是不可更换的。这只要一经看到各联的谜底情节,便可释然。必须提明,李贺是个政治诗人,不宜纯用唯美观点来相看待。况且他有惯于故装拙劣,另寓巧妙的诗风存在。如不实事求是地辨析深透,就将容易陷入泥沼。因此之故,本诗应以有利于揭示模棱两可双关含混的掩盖手法为其根本要图,不可误用"明月",影响实质。

【一千里】犹一统的,有一定局限性的天下乾坤,略带轻讽而不甚露骨(有其宽广感的一面,也有其渺小感的一面。双关含混,恰有分寸)。从世有"八百里洞庭"之称,湘、资、沅、澧四水汇流其中来看,可以见其宽广。如拿《梦天》篇中的"遥望齐州九点烟"的观点相比照,又可见其渺小了。【凉风雁啼】寓秋风扫落叶哀鸿遍野之意。

【天在水】表面似说天色倒映在水内,实际是说昏暗的统治,喜怒都是倒置是非的,措施都是逆理乖方的。因此,它正处在动摇崩溃的当中。 【九节菖蒲石上死】晋葛洪《神仙传》:"汉武帝登嵩山……使董仲舒、东方朔等斋洁思神,至夜忽见有……仙人曰:'吾九嶷之神也,闻中岳石上菖蒲,一寸九节,服之可以长生,故来采耳。'"按李贺本句表现长生之药根本凋死。这对素爱求仙长生,"背有八卦称神仙"(见《拂舞歌辞》篇)的元和龙主,显然是个当头一棒的讽刺打击。特别这个"死"字,体现了本诗与歌颂赞美截然相反的感情。明白指出,长生之药,只是永无希望的一种妄想。

【湘神弹琴】相传舜死于苍梧,其妃娥皇、女英自投湘水而死,遂为湘水之神。弹琴之说,并无其事。足见湘神本非生人,所谓"湘神弹琴",原属子虚乌有的性质。在双关含混的手法上,只是一个表面的掩盖假象罢了。实际真相在指妃嫔宫女的酒色荒淫。龙主非但长生之药不可得到,更于腐化生活之中自速死亡。其为倒行逆施,于此可见一斑。 【迎帝子】犹争拥龙主。

【"洞庭"四句译文】洞庭龙主方圆千里一统自尊的所谓天下，呈现着凉风落叶、哀鸿遍野，天沉水底，倒行逆施的景象。龙主所追求的长生之药九节菖蒲，已经凋死石上，永不可得。妃嫔宫女的酒色泛滥，龙主乐于荒淫无度，无异是在自速死亡。

③【山头老桂】象征兴旺发达的唐太宗祖业。　【吹古香】谓古昔放过馨香，今已无香可闻了。足见这是谁在败坏祖业？　【雌龙】指不得展其才用的雌伏人才。　【怨吟寒水光】怨愤沉吟在寒水的角落。足见这是谁在摧残人才(这是李贺的切身痛苦)？【沙浦走鱼白石郎】谓各种大小鱼类聚众沙浦，在白石郎的带头之下，掀起了惊心动魄的特大风波。元左克明所编《古乐府·白石郎曲》："白石郎，临江居，前导河(亦作江)伯后从鱼。"　【闲取珍珠】闲通"娴"，谓熟娴地利用龙宫珠玉珍宝。　【掷】砸毁。【龙堂】指龙主的锦绣画堂。《楚辞·九歌·河伯》："鱼鳞屋兮龙堂"注："以鱼鳞为盖屋，堂木画蛟龙之文。"这是体现了广大受压迫群众的反抗活动的。

【"山头"四句译文】从兴旺发达的太宗祖业来说，如同山头老桂一样，在古昔放过馨香，现在却完全变质，再也无香可闻了。人才受尽摧残，不得展其才用。饮恨寒水角落，永无扬眉之日。朝廷腐败透顶，黑暗重重，罪恶昭彰，亡可立待。广大水族怒不可遏，在白石郎的带领之下，起义沙浦。他们声势浩大，善于就地利用龙宫的珠玉珍宝，把龙主的锦绣画堂砸它个落花流水。

附　识

一、本诗从声韵上说，可以对半分为前后两段。从结构上说，首两句表现洞庭天下衰落昏暗的总貌。次四句列举龙主迷信求仙，荒淫酒色的劣迹和败坏祖业，摧残人才的罪过。尾两句推断洞庭水族怒不可遏，砸乱龙堂的后果。显然每句都未离开龙主，中心非常明确。起初呈现的芜杂不清现象，全是模棱两可双关含混的掩盖手法在演魔术。只要假象一经揭去，便可看见讽诅面目。再说，诗中所列四点罪状都是历史事实，并无浮夸之处。较之脱离实际无病呻吟的一切理解，自有泾渭可分。

二、本诗的一般语言，都是好作理解的。只有三个要点，必须抓紧：(一)"帝子"问题。出现的三个"帝子"，只有一个加了冠词"洞庭"。实际另两个"洞庭"冠词，是被省略掉了。特别题目"帝子"，是纯粹由于制造混乱才省掉的。如果我们把所有"帝子"一律看成是有冠词的。那就好了。所谓"洞庭帝子"，是与湘神这种尧女式的帝子，表示区别的。今李贺既对"洞庭"有所省略，即对湘神的区别也有所减少。当出现"湘神弹琴迎帝子"这个含混不清句子的时候,如果理解为"自己迎自己",显然不通。但如离开了这,又为封建习惯传统所限,提不出另为何人的确切解答(实际上王琦即使看出来了,也是不敢提明的)。这里,正是李贺所要郑重促请有心的读者开展思考提出答案的地方。王琦、叶葱奇曾经为此大伤脑筋,作过许多互相矛盾不着边际的猜测,都未鲜明完整地自圆其说。其实,只要认清"洞庭帝子"是在象征现实龙主,一切的疑难困惑,就都迎刃可解了。由此可见,用"明月"代替"帝子"的说法,是隔靴搔痒,根本不能成立的。这里非但"帝子"不能取消,并且还要根据这个已有冠词的"帝子",去扩大其他两个"帝子"的冠词。(二)"湘神弹琴"这个形象是何用意? 笔者久感困惑。根据上句"九节菖蒲石上死"的语感来看,明知用意不善,但难体会真相。经过忆及《梦天》篇中"鸾佩相逢桂香陌"的先例,"鸾佩"是雕着鸾凤的玉佩,这里代指女子。但语意含有双关作用:表面似指月宫的仙女,实际是指唐宫帝王的妃嫔。"桂香陌",表面似指月球里面的桂树田陌,实际是指元和龙主享乐腐化的禁院皇宫。笔者这才受到推动,有所恍然。(三)"山头老桂吹古香","老桂"意何所指? 何以要吹古香?虽据上下句子来看,知其必怀贬义,但抓不着它的要领,成了本诗最难理解的堡垒。一度设定为考试制度的变质,但与下句"雌龙怨吟"同穿一条裤子,不够等同论列的分量,显然有摆它不平之势。后经忆及《出城别张又新酬李汉》篇的"华实自苍老"为树大根深的形象,象征元和龙主继承的祖业确是不小的。又《还自会稽歌》篇的"台城应教人,秋衾梦铜辇",谓唐王朝的腐朽破落,只能使人从潦倒愤慨的心情中追梦它兴旺发达的当初。笔者这才确认到本《帝子歌》"败坏祖业"的句意,在李贺其他诗篇内,已是屡有出现的。

三、本诗《附识》原只两条,自写《江南弄》篇后,特再增补本条:本诗尾联所表现的被压迫群众的反抗活动与《恼公》篇的绿林活动,《浩歌》篇向往绿林的语言倾向(详见该篇注②),实际上都是影射农民聚义或起义的性质的。原因见《江南弄》篇《拙附识》内。关于本《帝子歌》以下直至《江南弄》的中间各篇,凡遇江湖绿林活动以及李贺想去有所作为、有所反抗的某些语言倾向,概属对于农民聚义、起义的有意影射。笔者概拟不作增补,以存其真。这将有利于证明笔者的点滴立言,原是归纳自李贺资料才得产生,初非笔者随意构造的。

贵公子夜阑曲①

袅袅沉水烟，乌啼夜阑景。曲沼芙蓉波，腰围白玉冷②

　　①"贵公子"是谁家的？没有表明。是值得赞誉的，还是应当批判的？也未显示出来。在夜阑的时间里，是在做怎样性质的活动？更未交代明白。是否另有其他借古寓今之处？也看不出。只好先对短短的诗句，作些无头无脑的考订，再作观察，再求结论。

　　②【袅袅】缭绕摇荡貌。南朝谢灵运《拟魏太子邺中集诗》之八："平衢修且直，白杨信袅袅。"　【沉水】指沉香木。《太平御览》卷九八二引三国吴万震《南州异物志》："沉水香出日南。欲取，当先斫坏树着地，积久，外皮朽烂，其心至坚者，置水则沉，名沉香。"（按王琦引作"沉水香出日南"）　【乌啼夜阑】《唐书·乐志》："《乌夜啼》者，宋临川王义庆所作也。元嘉十七年，徙彭城王义康于豫章。义庆时为江州，至镇相见而哭。文帝（刘义隆）闻而怪之，征还宅，大惧。妓妾夜闻乌夜啼声，扣斋阁云：'明日应有赦。其年更为南兖州刺史。因此作歌。'"【曲沼】即曲池，为曲折回绕的池水。《楚辞·招魂》："坐堂伏槛，临曲池些。"唐杜审言《和韦承庆》诗："杜若幽庭草，芙蓉曲沼花。"【腰围白玉】指用玉饰的腰带，贵者所服。李贺"玉刻麒麟腰带红"句，是体现现实帝王的（详见第二辑《秦宫诗》篇注）。　【冷】乍看是在感到寒冷，但这种贵人生活，正值荷花开放的夏天，处在炉香缭绕的室内，不会产生什么刺人寒冷的。何况用"寒冷"来做结束语，既看不出它的力量、作用，也无补于表达本诗合情合理的写作意图。这将成为一篇怎样的诗？无褒无贬，无是无非，半个形象尚未画全，一个问题也未解决……未免令人坠入五里云雾中。不过这是把"冷"字当寒冷理解的结果，应当不是李贺的本意。看来本诗最后的这个"冷"字，另还包含有翻天覆地的文章，起死回生的魔力。我们不妨先拿第二句加以探究：《乌夜啼》人物刘义庆当夜的心情应是忧惧紧张，问题没有立即得到解决。是什么力量在压迫着他？再拿第四句一看，显然腰围玉带的不是公子，正是具有压迫权力的现实帝王。怎样才能解除被压迫者的忧惧矛盾？这个"冷"字就可发挥其重大作用了。人的呼吸一经停止，四肢就要变得冰冷。无可置疑，"冷"字即是"死"字的代词，却较"死"字来得含蓄多了。体现了十足的双关含混手法。这对上述的五里迷雾，也可尽驱消散。李贺用字之精，实足令人惊叹——刘义庆的情节，诗内虽

未写明,但也确是诗文提出来的。"乌啼"和"夜阑",是两个表示时间的重复词语。李贺不至这样笨拙运笔。因此笔者盲目选定《乌夜啼》歌来作理解,初未料及李贺正是在此使用藏身探头,引古刺今的掩盖手法。

【译文】香炉内面的轻烟袅袅,求天保佑!更深夜静的忧惧紧张,多么难测。宫廷曲沼的荷花,无比美好,可是手握大权,身围玉带的现实帝王,竟然已经四肢冰冷,归了天国,不能继续作威作福了!

附　识

前两句提出被压迫者的忧惧紧张,后两句诅咒大权在握的现实帝王一命呜呼。矛盾也就随着得到缓解。

题目本可采用乐府古名《乌夜啼》,但使用今题,较有掩盖,可防败露诗文少到无可再少的程度了,没有多少头绪可以辨析。几度想要抛置不理,免得白花气力。终因题目动疑,不能自已,抱着试试看的心情写了这些。看来麻雀虽小,五脏俱全:既有诅咒帝王的写作意图,又有藏身探头,双关含混的掩盖手法,更有压迫者与被压迫者的矛盾情节。他如表达上的心情活动和形象点染,以及反语讽刺……堪称花色齐全。突梯滑稽,恩怨分明。玲珑剔透,可备一格。

致　酒　行①

零落栖迟一杯酒,主人奉觞客长寿②。主父西游困不归,家人折断门前柳。吾闻马周昔作新丰客,天荒地老无人识。空将笺上两行书,直犯龙颜请恩泽③。我有迷魂招不得,雄鸡一声天下白。少年心事当拏云,谁念幽寒坐呜呃④。

① 谓因店主人劝酒而引起的歌行。实际是触动了怀才不遇的心事,在发牢骚。王琦说:"《文苑英华》录此诗,题下有'至日长安里中作'七字。"这很能体现创作本诗的真情实感。"至日"指"冬至""夏至",唐杜甫《冬至》诗有:"年年至日长为客,忽忽穷愁泥杀人。"本诗根据尾段精神来看,李贺可能写于将要辞职离京之年。

② 【零落栖迟】犹潦倒失意。《楚辞·离骚》:"惟草木之零落兮,恐美人之迟暮。"《后汉书·冯衍传》:"久栖迟于小官,不得舒其所怀。"【奉觞】举杯。

　　【"零落"两句译文】潦倒失意的我，只得用杯中之酒来借酒浇愁。店主人却举起酒杯祝我高升长寿，这真反而引起了我无限的感慨！

　　③【主父】汉主父偃，齐临淄人。素困穷，因西入关，由卫青将军荐之武帝，久久未加理睬。见《汉书·主父偃传》。　　【折断门前柳】谓对征人望眼欲穿。古有《折杨柳》歌，《乐府诗集》所集六朝梁、陈及唐人所作《折杨柳》曲 20 余首，既为惜别之什，尤多盼望征人之作。诗文引用中常被省作"折柳"。南朝梁元帝《玄览赋》："已寐歌于折柳，复行吟而采莲。"　　【马周】《旧唐书·马周传》："西游长安，宿于新丰逆旅，主人惟供诸商贩而不顾待周，遂命酒一斗八升，悠然独酌，主人深异之。至京师，舍于中郎将常何家。贞观五年，太宗令百僚上书言得失。何以武吏不涉经学，周乃为何陈便宜二十余事令奏之，事皆合旨。太宗怪其能，问何，何答曰：'此非臣所能，家客马周具草也'……太宗即日召之……授监察御史。"　　【天荒地老】即言历时久远。宋文天祥《己卯十月一日至燕越五日罹狴犴有感而赋》之二，也有："国破家亡双泪暗，天荒地老一身轻。"　　【龙颜】指帝王的颜貌。《史记·高祖本记》："高祖为人，隆准而龙颜。"

　　【申议】叶葱奇疏解说："这首大致是客居洛阳，友人招宴，有感而作。"并说："三到八句（即偃、周故事）是主人劝勉的话。"窃觉稍有疑虑。应以李贺在长安潦倒失意自己寻酒浇愁为便。一因题下原有"至日长安里中作"7 字。二因酒店主人劝客饮酒，是唐代当时的现实习俗。有李贺《开愁歌》："旗亭下马解秋衣，请贯宜阳一壶酒……主人劝我养心骨，莫受俗物相填狭"及《旧唐书·马周传》"宿于新丰逆旅，主人惟供诸商贩而不顾待周，遂命酒一斗八升，悠然独酌，主人深异之"作为例证。三因本诗"空将笺上两行书"句的"空"字，含有轻视否定的色彩，不合主人相劝的口吻。果真主人相劝，应当使用"终"字，才符积极鼓励的词情。此点至关重要，足见诗文所引偃、周二人故事，乃是出自李贺内心的思想触动，不是出自宴客主人或酒店主人的酬对口头。必须说明，李贺引用偃、周两人故事，非但不是作为继续追求榜样的，并且是要决心加以摒弃的。李贺如果仍对偃、周存有醉心向往的思想，他不会在本诗内舍"终"字不用，而使用"空"字的。也不会全不提及后来偃任中大夫、齐相，周任监察御史的得意风光的。李贺由于惨遭元和天子的摧残，不与偃遇汉武帝，周遇唐太宗同其条件，所以他是灰心绝望到了极点的。总归一句，我们倘若违离了这类客观情况，就将无法正确地充分地进一步理解本诗尾四句的核心内容、真切感情了。

　　【"主父"六句译文】人才要能展其所长，不是一件容易的事。汉代主父偃的西游关中,不是长期困顿不堪,累得家人望眼欲穿吗？唐代马周的西趋长安,不是在新丰客栈,被人看得连普通小商贩也不如吗？处在这种形势下面的人才,几乎是永远难有出头之日的。虽然马周绞尽脑汁,单凭几项书面条陈,利用他人力量,触动龙颜喜悦,终于求得一些个人恩泽,但这也是非常可怜的。有些性格高傲的人才,他们还不屑这样卑躬屈节地去做呢！

④【迷魂】犹反常的思想(按实即反偃、周"求恩"之常,愤将辞职)。 【招不得】犹清醒不了,消除不掉。 【雄鸡一声天下白】是个天衣无缝,双关两可的警策妙句。表面似说:雄鸡一声,天色大亮,耳目一新,人心呼快。实际是说:英雄应当趁时而起,登高一呼,扫清人间黑暗,重新整顿乾坤。 【少年心事】指上"迷魂",为执着想做的事。实即扫清黑暗的意志。 【拏云】"拏"通"拿","拏",意为执持。叶葱奇改"拿"为"拏",不必。古词"拏攫",亦作"拏攫",均为搏斗之意。《文选·汉张衡〈西京赋〉》:"熊虎升而拏攫。"注:"拏攫,相搏持也。"唐张彦远《法书要录四·唐张怀瓘〈文字论〉》:"或若擒虎豹有强梁拏攫之形,执蛟龙见蚴蟉盘旋之势。"李贺避免露骨太甚,写成"拿云"(注:现校本改为拏云)。《文苑英华》卷三三六及《佩文韵府》均引作"拏云"。《辞源》释作"犹凌云,比喻意志高远"。这是很好的,因为扫清黑暗的远大意志,与扫清黑暗的奋勇搏斗,是根本分割不开的一件事。意志指它的精神,搏斗指它的实质,其为扫清黑暗,正是没有二致的。 【念】想到。 【幽寒】犹隐忍委屈,与慷慨激烈相反。 【坐呜呃】"呜呃",悲泣声。谓坐甘忍受,徒呈悲泣可怜的状态。

【申议】叶葱奇疏解"雄鸡一声天下白"句说:"惟有当天晓的时候,偶自想开。"这与打破黑暗大放光明的愤慨感情,未免显有违离,差距太大。又叶葱奇疏解"谁念幽寒坐呜呃"句说:"究竟有谁会怜你的幽寒呢？"须知李贺此时的感情,远远不以追求人们哀怜自己的幽寒为目的。在"雄鸡一声天下白,少年心事当拿云"的胸襟之下,他正是愤思雄飞,不愿坐当幽寒呜呃的可怜虫的。叶葱奇所疏,未免适得其反。

【尾四句译文】我有一个反常的思想,固执得很,打消不掉。我认为英雄应当趁时而起,登高大呼,扫清人间黑暗,重新整理乾坤！真正具有血性的青年人,应该立志远大,奋勇搏斗。用慷慨激昂的气概,作赴汤蹈火的行动。无可怀疑,谁还想去做那隐忍委屈,坐自悲泣的可怜虫呀！

附 识

本诗很有可能是李贺将要辞职离开长安的那年至日写的。因它率直陈词,尚未达到呕心沥血,恶毒诅咒的程度(如《春坊正字剑子歌》《送秦光禄北征》……)。然而李贺已对朝廷绝望,准备辞职离开的思想已经确立。所以他要表示:决心走与主父偃、马周相反的道路……(李贺引用这两人,不是为了向他们学习,而是要唱反调)。这虽也很严重,但因"雄鸡一声天下白"这个双关含混的掩盖形象,效果太佳,竟把他的牢骚真相,作了淹没。这个句子,比《章和二年中》的"拜神得寿献天子"句,更有声色。

酒罢,张大彻索赠诗。时张初效潞幕①

长鬣张郎三十八,天谴裁诗花作骨。往还谁是龙头人?公主谴秉鱼须笏②。水行青草上白衫,匣中章奏密如蚕。金门石阁知卿有,豸角鸡香早晚含③。陇西长吉摧颓客,酒阑感觉中区窄。葛衣断碎赵城秋,吟诗一夜东方白④。

① 张彻,唐元和四年进士,为韩愈门生,亦愈侄婿。潞幕,即潞州幕府。潞州在秦为上党郡,北周置潞州。唐以后州治在今山西省长治县(本诗除"公主""水行""吟诗"三句形象作用外,他非难晓)。

②【长鬣】长鬣。《国语·楚语上》:"使长鬣之士相焉。"韦昭注"长鬣,美须髯也"。【三十八】宋本有作"三十一"的,按彻取进士既在元和四年,李贺时仅二十岁。如果彻即派往潞幕工作,而年已三十八岁,是要长贺近十八岁,可以作为贺的父辈了。然观本诗语气、语调亲昵放任有余,谦虚恭谨不足。应以彻年三十一岁,接近平辈,嬉笑怒骂,少所顾忌,较合情理(不过版本不应改动,以防理解有误)。【花作骨】夸饰语。犹有色有香,风格宜人。 【往还】指朋辈中的人们。 【龙头人】指拔尖的、站在前面的人物。三国魏华歆与北海邴原、管宁俱游学相善,时人号三人为"一龙",歆为龙头,原为龙腹,宁为龙尾。见《三国志·魏华歆传》"议论持平"注引《魏略》。 【公主】取譬语。谓像这样的拔尖人才,是值得为公主选作驸马的,如果未有结婚的话(半开玩笑的口吻)。王琦、叶葱奇说"似言以外戚荐引入仕",似未尽然。因张彻是考取进士的人,官又极小,凡此痕迹。再说用公主代表外戚,稍嫌勉强。何况遣秉之权,操在国君之手……

【鱼须笏】笏为朝会所执的手板。《礼·玉藻》："笏,天子以球玉,诸侯以象,大夫以鱼须文竹。"按所谓"鱼须文竹",指在竹版上雕饰鱼须图纹。

【"长鬣"四句译文】美须的张郎正当三十一岁的英俊年华,加之具有文学天才,写出的诗,有色有香,风格特别宜人。在往来的朋辈当中,有谁能赶得上你呀!从你的品貌、才情来说,完全够得上被公主选为驸马,直接派充朝廷的执着鱼须笏的命官啊——言外之意,你本是应当平步青云的,现在初效潞幕,从最低级的职务干起,这是很受委屈的。

③【水行青草上白衫】"青草上白衫",唐时无官人称"白衣",八九品小官着青衣。张彻初入仕途,脱白着青,从起码的职位开始,还够不上七品执笏,这是可以理解的。"水行"一语,存有歧义:一说是往潞途程,为水上行船,两岸草青;一说是"太行"山脉,有草发青,讹写成了"水行"的。按都是着眼青色,都能解释问题,只是为水为山难分轩轾罢了。【密如蚕】指匣中所写的章奏字迹,如同蚕子一样的密密麻麻。 【金门】本为汉宫殿的鲁班门,经汉武帝改为金马门。常延奇才异能的人住在里面,充当待诏。如东方朔、主父偃、严安、徐乐……【石阁】指汉宫藏书的石渠阁。造自萧何,以藏入关所得秦之图籍。甘露年间,诸仟韦玄成、梁丘贺等曾讲论于此。【豸角】指獬豸式的衣冠。《晋书·舆服制》:"或说獬豸,神羊,能触邪佞。(汉杨孚)《异物志》云:'北荒之中有兽名獬豸,一角,性别曲直。见人斗,触不直者。闻人争,咋不正者。楚王尝获此兽,因象其形,以制衣冠。'"唐杜佑《通典·礼》:"法冠,一名獬豸冠,一角,为獬豸之形。御史台监察以上服之。" 【鸡香】指鸡舌香,一名丁子香,汉应劭《汉官仪》上:"尚书郎含鸡舌香伏奏事。"按求其奏事对答,气味芬芳。王琦说:"吴正子注:'香可含,而以豸角连言,似是语疵。'然古书多有此类。如大夫不得造车马,车可造,马不可造。不可以辞泥也。"按承认有点语疵,亦无不可。

【"水行"四句译文】你虽未有直上青云。非常委屈地充当最起码的职务,但你却能热情勃勃,尽力职守。看你匣中所写的奏章文字,密密麻麻,如同蚕子。可见你的废寝忘餐,非同一般!从你这种奉命唯谨的精神来看,你的显身金马门,扬名石渠阁,戴獬豸之冠,含鸡舌之香,是根本不成问题,早晚定要到来的啊!

④ 李贺是河南福昌县昌谷山乡的人,由于他的远祖是出自陇西李广,所以他常自称是陇西后代。 【摧颓】表面似说蹉跎失意,实际是说惨遭摧残。 【酒阑】酒足之后。 【中区窄】表面似说心胸狭隘,气量褊急,实际是说怨大恨深。【葛衣】葛布制成的衣服。俗称夏布。体现了夏秋之交的季节。 【断碎】表面似说破旧敝坏,实际是说

斩断扯碎。体现李贺酒后发疯一样的愤慨激情,竟欲断碎衣服来泄心头之恨。可以想见,张彻所走的道路是与李贺心情根本相反的。实际李贺即使要学张彻,也是没有条件的。因为张彻可以举进士,李贺终其身也是没有这种希望的。由此可知。李贺的被逼想上绿林(见《恼公》等篇),是他不得不然的。他在《致酒行》内与主父偃、马周唱反调,在本篇内更与张彻是南辕北辙的。　【赵城】王琦、叶葱奇说:"县名,在河东道,属平阳郡。贺与彻相会饮酒,盖在其地。"按"赵城"亦可泛指古赵国所属城市而说,如果限定平阳郡的赵城县,反觉与上党潞幕难得完全一致。实际另篇《潞州张大宅病酒遇江使寄上十四兄》有"当知赵国寒"句,李贺正是泛用"赵国"一词来指潞幕所在之地的。

【吟诗一夜东方白】双关妙语。表面似说诗才迟钝,这首诗一直写到了天亮。实际是说:发了一夜牢骚。亦即牢骚满腹,只有扫尽黑暗,才能得到光明——这与《致酒行》篇的"雄鸡一声天下白",正是同一意趣的。真难想到,这种句子还可翻版的。

【"陇西"四句译文】我李贺与你老兄大不相同,我是个被摧残得失掉了自信心的人,我现在喝多了酒,感到气量非常狭隘,怨大恨深,简直要把衣服扯乱成千条万条,发起疯来了。我只得打个哑谜作为本诗的结束:吟诗一夜东方白(谜底同"雄鸡一声天下白"即登高一呼,冲破黑暗,大放光明,重整乾坤)!

附　　识

本诗前八句夸赞张彻,后四句发抒自己的牢骚,颇与《致酒行》篇有相类似之处,不愧是一个炉内出来的产品。

李贺严重忤逆的大量哑谜诗歌,都是在他辞去奉礼郎职务离开长安以后的年月里写出的。他生前不敢轻易让人知道,只在临终之时才交给挚友沈子明代为保管。本篇是生活应酬之作,不能免于公开发表。李贺有鉴及此,特意作了高度的回避含糊。尽管倾向性仍很严重,究属含糊笼统,难抓辫子。要想真正认识到它的应有深度,不遍读其他具体的严重忤逆诗篇(如《春坊正子剑子歌》《送秦光禄北征》《相劝酒》《平城下》……),是根本无其可能的。因此之故,本诗的这个尾句,读者看了之后,是否动疑去猜哑谜? 或能猜成什么样子什么程度? 完全可凭读者自由。反正言外的话,是读者讲的。李贺这种高妙自然的双关语言,辩争起来是会振振有词的。除非读者提出上述《春坊正字剑子歌》……大量具体内容作为指证,那就无言对答了。正因这些篇什都还隐藏在李贺手中,所以李贺内心是没有顾虑的。

通过本诗及另篇《潞州张大宅病，酒遇江使寄上十四兄》诗，可以认定李贺到过山西潞州住有一段时间。这段时间应是在李贺辞职离京之后才有可能的。更据张彻元和四年举进士来看，本诗最早不得写在此年以前。究竟迟于此年多久，但李贺死于元和十一年，又是不可再迟的极限。志此以供有心的读者进一步研究李贺生平。

公 无 出 门①

天迷迷，地密密。熊虺食人魂，雪霜断人骨②。嗾犬狺狺相索索，舐掌偏宜佩兰客。帝谴乘轩灾自灭，玉星点剑黄金轭③。我虽跨马不得还，历阳湖波大如山，毒虬相视振金环，狻猊猰貐吐馋涎④。鲍焦一世披草眠，颜回廿九鬓毛斑。颜回非血衰，鲍焦不违天；天畏遭衔啮，所以致之然⑤。分明犹惧公不信，公看呵壁书问天⑥。

① 汉曲《箜篌引》又名《公无渡河》，写一白首狂夫，由于愤世嫉俗，自投水死。详情见本书第二辑李贺《箜篌引》篇。本诗李贺再就愤世之情，比照《公无渡河》创为《公无出门》之歌，矛头所向，与前正同。王琦引徐文长注："此即《小招》四方上下俱不可往意，故曰'公无出门'，盖有意于弃世违俗也。"按这基本是对的，只是为什么要弃世？要违怎样的俗？还须进一步有所明确。根据诗文尾句来看，显然是在归咎朝廷的黑暗统治，不是在对普通百姓一概进行抱怨。

② 【迷迷】《辞源》释说："不明貌，《韩诗外传》五：'耳不闻学，行无正义。迷迷然以富利为隆，是俗人也。'"本诗这个"天迷迷"，意谓天光（影射现实国君语）非常昏迷。李贺《出城别张又新酬李汉》篇内也有讽刺现实国君的"光明霭不发"句子。 【密密】密为多、稠之貌。《诗·大雅·公刘》"止旅乃密"，宋朱熹《集传》及清马瑞辰《通释》均释作稠密，繁密，较之《毛传》"宁静"之说，要通行得多。《墨子·七患》："然而民不冻饿者，何也？其生财密，其用之节也。"本诗密密迭用，言其多稠之甚而已。所谓"地密密"意即地面的法网（影射朝廷虐政）极其稠密。李贺《恼公》篇的"醉缬抛红网，单罗挂绿蒙"，就是着重谴责朝廷虐政的大小法网的。详见《恼公》注。有的辞书取消"密密"词目的"稠密、细密"义项，只设"紧密、细密"义项，另再专为本诗设一孤证义项叫作"迷茫"。换句话说，有意地让本诗离开"稠密"来作"迷茫"的释义，令人不能无有迟疑？这一释义，古书不曾见过。李贺也不会有此意识。李贺谴责黑暗统治，是有他的具体内

容的。本诗的起首十六个字：点明国君行事非常昏迷的，用"天迷迷"；点明朝廷苛政极其稠密的，用"地密密"；点明残酷地吮吸百姓血液的，用"熊虺食人魂"；点明挥舞钢刀威胁和残害百姓的，用"雪霜（锋刃发亮如雪如霜）断人骨"。这段表现黑暗统治的描画，是个概括完整而又确切允当的文字。如果我们把"朝廷苛政极其稠密"说成"朝廷苛政极其迷茫"，迷茫何解？这自然不是李贺所能认可的。再说如果我们把"地密密"释成"地迷茫"，势必连苛政、法网都反映不出来了。作为一个黑暗统治来说，离开了这个主要内容，是不易窥见黑暗的。事实上李贺百般讽诅现实国君的题材，绝大多数是反映百姓苦难的。他把农民、渔民、士兵、织妇、役夫、奴仆、婢女、小市民、道士……都写遍了。所以"地密密"的反映苛政、法网，正是千真万确的事。因此之故，笔者对于"迷茫"的释义，可以提供几点疑义。一、原辞书前面的单字释义无此义项，不知词目释义时，何故特对贺诗加此突如其来的新义？二、"迷茫"含义不明，与上文"迷迷"易生混淆（本来天光昏迷与地网稠密，是各自分清和代表了各自的具体内容的）。三、缺乏确切有力的根据，似乎无人这样用过？　【熊虺食人魂】"熊"本"雄"字的音吡，但就下面"唁"字的形讹来看，可以窥见是在故意飞白，表示写作动机不是在真谈古文，而是在讽诅现实。"雄虺"一语，意犹恶蛇。《楚辞·招魂》："雄虺九首，往来倏忽，吞人以益其心些。"汉王逸注："言有雄虺，一身九头，往来奄忽，常喜吞人魂魄以益其心，贼害之甚也。"这种非但食人血肉，还要吞尽魂魄的情况，可见贪残以极。【雪霜断人骨】他本有作"雪风"或"霜雪"的，都同叶葱奇一样，当下雪下霜理解。窃谓不然，自然现象不宜当成人为的过失看待。本诗的这个"雪霜"，应指刀剑锋刃的发亮如雪似霜而说。它是统治集团仗以迫害百姓的凶恶武器，也正是它才能断人之骨，雪霜不能断骨的。

　　【"天迷迷"四句译文】天光非常昏暗，地网极其稠密。恶蛇一般的家伙，非但食人血肉，还要吞人魂魄。雪霜一样放亮的刀剑，非但破人肌肤，还要断人骨肢！

　　③【嗾犬】用声音指使犬意。《左传·宣公二年》："公嗾夫獒焉。"按即晋灵公嗾犬咬贤大夫赵宣子之事。　【唁唁】音 yàn，王琦说："唁唁乃狺狺（yín）之讹（按应是有意飞白的）。《楚辞·九辩》：'猛犬狺狺而吠。'《韵会》：'狺狺。犬吠声。'"唐白居易《长庆集·与杨虞卿书》也有："又信狺狺吠声，唯恐中伤之不获，以此得罪，可不悲乎。"　【索索】恐惧貌。《易·震》："震索索"疏："心不安之貌。"　【舐掌】饥饿欲食状。北周庚信《和宇文京兆游田》诗："熊饥自舐掌，雁惊独衔枚。"唐徐彦伯《登长城赋》："蛰熊舐掌，

寒龟缩壳。"宋陆佃《埤雅·释兽》也有:"(熊)冬蛰不食,饥则自舐其掌。"【佩兰客】佩戴香草为饰物,体现立身高洁的士人,《楚辞·离骚》:"纫秋兰以为佩。"王逸注:"佩,饰也,所以象德也,故行清洁者佩芳。"王琦说:"诗意谓恶物害人,偏于修身清洁之士为尤甚。"【帝】指上帝或天帝,与上述"天迷迷"的天,各不相同。上述的天是主宰或统治人世间的,这里的"帝"是主宰天上,象征天神的。实际说来,是种理想上的虚构寄托。

　　【乘轩灾自灭】谓天帝派车来把精魂接上天去,灾祸才可自然息灭。王琦说:"徐文长注:言一死则灾自灭矣,是天厚之,故令其死也。下文引颜、鲍以实其说。帝,天帝。乘轩,谓精魂乘轩而上升。按《真诰》:赤水山中学道者朱孺子,乘五色云车登天。潜山中学道者郑景世、张重华,以云辁白日升天。是仙人多乘云车而去世也。"【玉星点剑】谓佩剑上刻饰有星点,如七星宝剑之类,表示华丽。　　【黄金轭】轭为车上部件,轭头系在辕前脚横木,轭脚驾于马头。饰以黄金,显示贵重。王琦说:"此句言去时服饰之精好,非世间富贵者可比。"按应是标举和黑暗世界相反的美好形象或理想生活,以舒委屈,而示快意。

　　【"嗾犬"四句译文】黑暗统治对于高洁正直的士人,视同眼中之钉,嗾犬狂吠,如同饿虎扑羊,令人心胆俱裂。这种紧张状况,极难摆脱。除非上帝派车到来把士人的精魂接上天去了,才可自然地停止灾难,并且过着得意美好的日子,佩玉剑、驾金车……换句话说:除了一死,没有好日子过的。

　　④【我虽跨马不得还】谓我初由于认识不足,跨马出了家门。现在还家不易,深感苦恼。【历阳湖波大如山】谓陷阱莫测,危机四伏。王琦说:"《搜神记》:'历阳之郡,一夕沦入地中而为水泽。'……《淮南子》云:'历阳之都,一夕为湖。'"南朝陈沈炯《望郢州城》诗:"历阳顿成浦,东海果为田。"　　【毒虬相视振金环】"虬"为传说中的无角龙。《楚辞·离骚》:"驷玉虬以乘鹥兮。"注:"有角曰龙,无角曰虬。"但《说文》训虬为有角的龙子。"振金环",指刀环。《后汉书·舆服志·佩刀》:"诸侯王黄金错环挟半鲛。"【狻猊】兽名。《穆天子传》:"狻猊野马,走五百里。"注:"狻猊,狮子,亦食虎豹。"【貘貐】音(yà、yǔ),传说中的兽名。《尔雅·释兽》:"貘貐类貀,虎爪,食人,迅走。"《述异记》:"貘貐,兽中之最大者,龙头、马尾,虎爪。善走,以人为食。遇有道君即隐藏,无道君即出食人。"　　【馋】叶葱奇说:"为馋之讹。"按馋音 chán,贪食。通馋。唐陆龟蒙《蚕赋》:"逮蚕之生,茧厚丝美……官诞益馋,尽取后已。"

　　【"我虽"四句译文】我初由于认识不足,跨马出了家门,现在还家不易,大感苦恼。

一因到处都有历阳式的陷阱莫测,稍一不慎,危险堪虞。二因恶魔虎视眈眈,操刀寻衅,形势非常险峻。三因野兽乘时肆虐,张牙舞爪,馋涎欲滴……使我顾虑多端,不敢轻出寓门。(余详补议)

⑤【鲍焦】春秋时代的廉士。汉应劭《风俗通义·愆礼》:"鲍焦耕田而食,穿井而饮,非妻所织不衣,饿于山中食枣。或问之:'此枣子所种耶?'遂呕吐立枯而死。"【颜回】孔子弟子。《孔子家语》:"颜回,鲁人,字子渊,年二十九而发白,三十一早死。"【天畏遭啣啮】本诗以"天"字开头,"天"字结尾。全诗四个"天"字,三个是象征现实国君的。只有这第三个"天"字,应是上帝、天帝的"帝"字,而故意使用了飞白手法写成"天"字作为掩盖的。目的在于扰乱读者视线,免被轻易发觉讽诅国君的真相。句意谓上帝恐怕高洁士人鲍颜将来进一步出门仕进,被陷阱恶魔野兽完全吞没掉了。　【致之然】谓特意让鲍颜早死,免遭黑暗统治的灾难。

【"鲍焦"六句译文】例如鲍焦一生睡在草内,苦寒不堪,颜回由于营养不良,29岁就头发发白了。颜回并非年事衰老造成这样的,鲍焦也没有什么违背朝廷之处的。可是他们所受的折磨,已经不小了。上苍怕他们进一步出门仕进,遭受更大的噬吞,所以才让他们都早年短命,离开了黑暗的人间。

⑥【公】清姚文燮《昌谷集注》谓指韩愈而说。虽无不可,但所引"元和十三年,上命裴度讨吴元济,度表愈为行军司马……",查贺已于元和十一年死去,自难相符。本诗题目,本是脱胎自《箜篌引——公无渡河》,内容在"愤慨而死,死比生好"这一点上,也都一样。这个"公"字,不如泛解作"您",也未排掉韩愈,较为合适。　【天问】汉王逸《楚辞章句》:"天问者,屈原之所作也。何不言问天? 天尊不可问,故曰天问也。屈原放逐,忧心愁悴,彷徨山泽,经历陵陆,嗟号旻昊,仰天叹息。见楚有先王之庙及公卿祠堂,图画天地山川神灵,琦玮僑佹,及古圣贤怪物行事,周流罢倦,休息其下,仰见图画,因书其壁,呵而问之,以渫愤懑,舒写愁思。"足见屈原写《天问》的动机和目的,主要是对昏暗的现实国君颠倒是非,迫害贤良……在泄愤慨。李贺本诗正是自始至终在谴责昏庸国君的黑暗统治,他选用屈原《天问》来作结束,以天字开始,以天字结尾,可算确切有力,天衣完好。

【"分明"两句译文】我和鲍颜的两则例子,是个非常清楚的前车之鉴。如果您还不能相信的话,那么请您查看一下屈原呵壁问天的内容,特别是尾部非议昏庸国君的归结语言,那总是种无可置疑的有力证明——事实上通过这样的补充说明,再一次地加

李贺哑谜诗歌新揭

强了国君昏庸的点明作用。

【补议】王琦、叶葱奇和笔者之间,在"我虽骑马不得还"句子的理解上面,存有很大分歧。王琦说:"我虽跨马出门,未得还家,然尚在善地。闻他险阻之处,多有害人恶物。所谓毒虺、狻猊、貘貐,疑指当时藩镇郡守而言。其人必暴戾恣睢,难可与居,长吉知其不可往也,而人将有往者,故作《公无出门》之诗以阻之。"(叶葱奇也说:"虽蹭蹬失意,处在中央,还算好多,要是在各藩镇处,那更苦不堪言了。")这个藩镇说法,是王琦蓄意凭空外加出来,用以转移顶替冒名承担黑暗统治罪过,避免国君受到谴责的。众所周知,本诗引用《楚辞》"雄虺""佩兰客""天问"一类屈原遭受迫害的语言,来表现作者委屈愤慨的心情,目的在于借古刺今,讽诅唐代现实昏庸国君。这在王琦为封建宣教而注诗的原则下,是绝对不能容许出现的。遗憾的是,李贺哑谜诗歌,篇篇都有这个特性。王琦在铁的事实面前,除了推说未详外,就只有出于转移颠倒之一途。即使言之不能成理,亦必在所不惜。本书第一辑、第二辑,自始在作这种辨析。现就本诗来说,诗题《公无出门》与"公无到藩镇割据的地方去"是两个大不相同的概念。前者谓公无论在什么地方都不要出门。后者仅限于藩镇割据的地方不要前去,其他都是可以叫作"善地"的。因而黑暗统治仅指藩镇的割据地方而说,李贺所出入的福昌、洛阳、长安、潞州……都在善地之列,都没有黑暗统治的。这就是王琦改变真相,倒置是非,把讽诅变成歌颂的诡辩逻辑。无奈李贺的诗题分明叫作《公无出门》,并不叫作《公无往藩镇割据的地方去》。这一文不对题的诬枉,显非李贺写诗的本意,应为读者有目所共睹。在第二辑《猛虎行》篇内,为了李贺运用"苛政猛于虎"的故事,王琦说:"不过言虎之伤人累累,与苛政绝不相干。"曾经牵涉藩镇问题,作过较为全面的辨析,详见该篇。当然王琦的这一做法,也不是绝无情有可原的。因为他如直言注释,非但他本身要遭不测,连贺诗及其注稿也要焚烧。倒是经过错乱面目以后,虽于贺意有所歪曲,却有利于保存贺诗。特别有个情况:王琦对于贺诗的讽诅意图,不可能完全无所理解。问题是他理解到了也不能正面说出,只能从反面引起批判……这里存有时代的轸域。王琦如果处在今天的社会主义时代,可能也会实事求是的。我们如果处在封建社会里面,也将难保秉笔直书,或竟搁笔不写了。看来只有叶葱奇过分地步武王琦注释的后尘,是个真正不易捉摸的现象。

因为封建时代的约束,早已不复存在于今天。

附　　识

本诗可分三个层次：一、首八句表现在黑暗统治下面，各种善良正直的人，出得门去，是没有前途可言的。二、中十句表现我的出门遭遇和鲍颜两人的短命而死，都是前车之鉴。三、尾两句表现根本原因，是国君倒行逆施所造成的。

王逸说："何不言'问天'？天尊不可问，故曰'天问'也。"李贺偏说："公看呵壁书'问天'。"可见李贺性格的倔强，嫉恶特甚，有类伍子胥的行事。这在千古诗人当中，确是别具一格，绝无仅有的。屈原既名之曰《天问》，李贺却称之为《问天》，显然也是在飞白。一篇之中，四飞其白。要以变帝作天，所起的混乱影响，较大一些。

李　夫　人①

紫皇宫殿重重开，夫人飞入琼瑶台。绿香绣帐何时歇？青云无光宫水咽②。翩联桂花坠秋月，孤鸾惊啼商丝发。红壁阑珊悬佩珰，歌台小妓遥相望。玉蟾滴水鸡人唱，露华兰叶参差光③。

①【李夫人】是娘家姓李，还是婆家姓李？是汉武帝的李夫人，还是唐元和天子李纯的夫人？李贺故意未说明确。王琦说："必是当时有宠幸宫嫔亡没，帝思念而悲之。长吉将赋其事，而借汉武帝李夫人以为题也。观诗中并不用《汉书·李夫人传》中一事，可见与《秦王饮酒》一章指意相同。"叶葱奇除不明确表示强烈反对外，却谓王琦所说不用传中一事，是个完全疏忽。理由之一：贺诗有"翩联桂花坠秋月"句，汉武悼李夫人赋（见《汉书·李夫人传》内）也有"桂枝落而销亡"句，两相近似。理由之二：贺诗"红壁"四句，也是用汉武赋尾"去彼昭昭就冥冥兮，既（叶本作'即'误）下新宫不复故庭兮"的意思。因此，叶意不如进一步落实贺诗是在真写汉武李夫人，并非借喻之意。笔者经加仔细辨析，觉得王琦没有说错。所谓传中事迹，要以人物直接具有的、有代表性的特殊现象为准。例如《汉书·外戚列传·李夫人》内有"倾国倾城"之歌，生子昌邑哀王，临终不给汉武看容颜，兄李广利为贰师将军，方士少翁设帐致魂魄……至于其他属于人所共有的泛现象，就不足以言特征代表了。"桂花坠秋月"一语，仅与汉武赋文有一"桂"字相同。是否李贺离开赋文就没有能力单独造出这个句子？或者李贺仿造出来的句子是应横受限制，不能移用到任何非汉武李夫人身上去的？再说赋文具有的

特殊性、代表性又是怎样的？这些都有疑问。特别是,赋文是汉武写的,传文是班固写的,王琦未说未用赋中一语,王琦只说"未用传中一事",这是清楚正确,界限分明,并无若何疏忽的。叶葱奇不能举出传中一事,来作有力反证,这倒是个不言而喻的差池之处。关于李贺诗尾四句是用赋文尾两句意思的说法,这只能算是叶葱奇独有的奇异逻辑。现在赋文两句"去彼昭昭就冥冥兮,既下新宫不复故庭兮"和诗文尾四句都在这里,究竟诗文说的什么内容？实情怎样？与赋文有何风马牛的相涉？留待读者于辨析诗文尾四句之后,自去衡量。

王琦的借喻之说,也还余有问题。因他把话只说了一半,还有主要的部分没有说全(即借喻之后,矛头最终指向何人)。不管他是没有看出,还是看出来了不得不故作回避,他总是不能辞其责任的。笔者认为有个先决问题,必须弄清。李贺为什么要写这篇歌诗？或他写这篇歌诗是要达到怎样的目的？如说他是单纯为汉武李夫人而创作的,未免心血来潮得不近人情了。如说他是借汉武李夫人的短命来替唐代现实国君哭妃嫔的,这虽有所联系现实,较前已有进步,但从李贺大量的忤逆唐宪宗的哑谜诗歌来看,情绪上根本水火难容,正如孟轲所说:君之视臣如草芥,则臣视君如寇仇。哪有同休戚、共呼吸的丝毫可能！更重要的是诗内运用掩盖手法写有严重的诅咒诗句未被识破。不知王琦是被认识所局限,还是知而不敢明言。现在只有让诗文来驱散云雾,显露真相。不过诗题《李夫人》的双关两可性质,是可先予说清的:表面从娘家姓指汉武的李夫人而言,实际从婆家姓称唐代现实国君李纯的夫人。

李纯不必真有死去夫人的事实,但可借此引出李纯来,实现本诗讽诅国君的写作目的,这是可以求得证明的。

②【紫皇】传说中天神的最高领导,亦犹天帝。《太平御览·秘要经》:"太清九宫,皆有僚属,其最高者称太皇、紫皇、玉皇。"【琼瑶台】用美玉筑成的楼台。《诗·卫风·木瓜》"报之以琼瑶",毛传:"琼瑶,美玉。"唐杜甫《冬到金华山观因得故拾遗陈公学堂遗迹》诗:"上有蔚蓝天,垂光抱琼台。"——按李贺的"紫皇""琼瑶台"都具有双关含混性质:表面分明是指天上的最高领导和琼楼玉宇,表示夫人已死,灵魂飞上天去了。但这与下面的句子组织不能相容。一、与下句"何时歇"的语调发生抵触。王琦、叶葱奇所解"余香未歇",远非"何时歇"的含义。两者存有凿枘不通现象。换句话说,余香未歇的含义,不能用"何时歇"来作表达的。这是两个相反的语调,一定要认真到底,彻底摆脱不懂装懂马虎了事的说法。只有这样,才有通释全诗的可能。二、妨碍和取消了

"青云"句谴责作用（详见下注）的发挥。三、使得"翩联"句"红壁"句陷入重复累赘，无法与"孤鸾"句"歌台"句理清思路避免杂乱无章的现象。四、影响了讽诅目的的体现。因此之故，首联夫人死去之说，只是一个假象的、困惑读者的掩盖手法。实际真相，是用"紫皇"象征唐代现实国君，用"琼瑶台"体现人间现实皇宫的。所谓"夫人飞入"，是由民间选入皇宫了。这样对于以下句子，非但可以顺理成章通释无阻，并且生前死后的结构层次，非常清楚完好。笔者初对首联久走弯路，后因无法合理通释全文，被迫改弦更张，幸告符合。料想任何读者都将无法不蹈覆辙，特此预为列明四个难点以供检验（因为首联的双关掩盖，不减"雄鸡一声天下白"句的效果，辨析多艰）。如能缩短读者某些辨析过程，宁非奢望之一。

【绿香绣帐何时歇】谓国君醉心贪爱夫人香风柔情没有休歇。　【青云无光宫水咽】谓云天昏暗无光，朝政腐败不堪，宫水空自鸣咽。

【"紫皇"四句译文】　天子宫殿重重开，夫人从民间选进瑶台来。绿香绣帐贪女色，早晚何曾知休歇。云霄朝政一派黑，空教宫水自鸣咽。

③【桂花坠秋月】秋月桂花正茂，何故反见凋落？喻夫人年方少华，忽然短命死去了。　【孤鸾惊啼】喻国君猝受震惊，悲痛万分。　【商丝发】谓丝弦随着奏起了哀乐。商音为五音之一，亦指旋律以商调为主音的乐声。其声悲凉哀怨。晋陶潜《咏荆轲》："商音更流涕。"按贺诗这里是个双关语言，表面是国君在为夫人发奏哀乐，实际是宫廷在为国君发奏哀乐。因为国君在震惊号泣之下，突然心脏发病，已经呜呼哀哉（这是主要的咒诅所在了）。怎么见得？是从"歌台"一句看出来的。应俟理解该句之后，便可了然。【红壁】用朱砂涂饰的板壁。《楚辞·招魂》："红壁沙板（一作版）。"王逸注："以丹沙画饰轩版。"　【阑珊】衰落、残尽之意。唐白居易《长庆集五四·咏怀》诗："白发满头归得也，诗情酒兴渐阑珊。"贺诗这里有遗留、遗挂之意。　【悬佩珰】珰为耳环，谓壁上遗留悬挂有耳环饰物。　【歌台小妓遥相望】上句谓夫人死后有遗物，此句谓国君死后有遗言。这个两相对照的句子，特别需要注意其构造的作用。所谓"歌台小妓"，指魏武帝曹操遗命诸子曰："吾死之后，葬于邺之西岗上，妾与妓人皆著铜雀台。台上施六尺床，下缲帐，朝晡，上酒脯粮糒之属。每月朔十五，辄向帐前作伎。汝等时登台望吾西陵墓田。"见《乐府诗集·南朝陈张正见〈铜雀台序〉》及《邺都故事》。"遥相望"，即指铜雀台遥望西陵墓田一语而说——这是本诗最为核心动疑的句子，它并提出有死后继续统治宫女，不让得到解放的残酷要求。诗文如果单纯在写汉武李夫人的短命而

死,怎么会有魏武遗嘱的出现?这是一个无可躲闪的铁的事实。经加回顾原来"飞入琼瑶台"不是在表现汉武李夫人死掉了,而是在表现现实国君李纯的新夫人选进了皇宫。从而引出现实国君沉迷女色,败坏朝政的罪过。当桂花坠落体现新夫人短命而死的时候,现实国君由于过分震惊号泣,也就随着一命呜呼,奏起了哀乐。先死的新夫人留有遗物在壁,可凭想念。后死的现实国君立有魏武帝式的遗嘱下来,殊堪切齿。他要继续维持死后统治,不让宫女们得到解放。显而易见,本诗是以咒死和讽谴现实昏庸无道国君……为其真正目的的。这与李贺所有哑谜诗歌的写作意图,初无二致。叶葱奇面对魏武这个遗嘱,装未看见,故不提明。然而这是回避不了的。台从何来?妓从何来?望从何去?下面还有尾联要作讽谴呼应的。再说本诗的句子组织,笔者在首联注释下所提四个疑问,也都需要解决。如果认为单纯地在写汉武李夫人,那么非但写作动机无病而呻,众多的杂乱语言也就无法扫清障碍得到通释了。所以在主张立言要联系现实这一点上,笔者觉得王琦要优越得多。王琦的解说虽不能全无出入,但他承认魏武遗嘱,这是事实。魏武遗嘱,是南朝谢朓、何逊都有讽谴篇什的,详见李贺《追和何谢铜雀妓》篇。因此叶葱奇是应当知道的。叶葱奇被本诗首联的"死去"掩盖,先入为主,摆脱不了。既不能从班固传文中找出具有代表性的汉武李夫人具体事迹,来抵制借喻之说。更不能承认魏武遗嘱,来帮助证明借喻之说是正确的。竟把本诗尾四句体现魏武遗嘱的内容,说成是体现汉武赋文尾两句的意思。查赋尾两句的原文已见上述注①里面,读者不妨与本诗尾四句一加对照,非但文字上没有任何相似之处,精神上尤其背道而驰。赋句是在表现汉武对李夫人的悲思,诗句是在表现魏武的无道和宫女们的怨愤。截然两事,相去甚远。很难想象,对于汉宫李夫人的发抒悲思,是可用"歌台小妓"来代表汉武本人的!显然并非赋尾两句的本意,其为格不相入,可以想见。须知所谓"台""妓""望"三者,是结合起来表现魏武遗嘱,并为千秋谢、何以及李贺所公认,何况反对借喻之说,是不能通释全诗的句子组织的。

【玉蟾滴水】指古代计时的漏壶,参阅《浩歌》篇拙注。 【鸡人唱】古宫廷报晓之吏。唐王维《和贾舍人早朝大明宫之作》诗:"绛帻鸡人送晓筹。" 【露华兰叶参差光】谓从铜雀台遥望魏武坟地,只有露珠草叶参差不齐地发些冷光,并不见有统治者的什么神灵。这对深锁禁宫的宫女来说,分明是种残酷迫害,饮恨无穷。历代文人,多鸣不平。李贺尤多谴责,要以《将进酒》为最深刻。惊人名句"桃花乱落如红雨",就是出自该篇的。

【"翾联"六句译文】桂花调秋月,夫人妖华年。天子肠为断,崩驾响哀弦。夫人香消犹有遗物悬红壁,天子驾崩如同魏武留遗言。堪怜铜雀妓,何日脱锁链?长夜眠不得,鸡人又报晓。舞罢望陵墓,露珠闪荒草。

附　识

本诗可分两段来看:一、前四句写统治者生前贪爱女色,败坏朝政;二、后六句写统治者死后犹作威福,坑害宫女。从而讽诅无道,诅咒死亡!简洁合理,毋庸自扰。

掩盖手法上,首联的双关含混,效果极高。诗题的娘家之姓与婆家之姓,也多妙趣。奏哀乐的咒死表达,更属骑墙滑稽。

追和何谢铜雀妓①

佳人酒一壶,秋容满千里。石马卧新烟,忧来何所似?歌声且潜弄,陵树风自起。长裙压高台,泪眼看花机②。

① 王琦注说:"《乐府诗集》:铜雀台一曰铜雀妓。《邺都故事》曰:魏武遗命诸子曰:'吾死之后,葬于邺之西岗上,妾与妓人皆著铜雀台。台上施六尺床,下缲帐,朝晡,上酒脯粮糒之属。每月朔十五,辄向帐前作伎。汝等时登台望吾西陵墓田。'按:铜雀台在邺城,建安十五年筑。其台最高上有屋一百二十间,连接榱栋。侵彻云汉。铸大铜雀置于楼颠,舒翼奋尾,势若飞动,因名为铜雀台。《乐府题解》曰:后人悲其意而为之咏也。何逊、谢朓皆有《铜雀妓》诗。何诗曰:'秋风木叶落,萧瑟管弦清。望陵歌对酒,向帐舞空城。寂寂檐宇旷,飘飘帷幔轻。曲终相顾起,日暮松柏声。'谢诗曰:'缲帷飘井干,樽酒若平生。郁郁西陵树,讵闻歌吹声?芳襟染泪迹,婵娟空复情。玉座犹寂寞,况乃妾身轻!'长吉美其诗,故追和之。"笔者觉得根据南朝何、谢诗文来看,不是后人在讥功业、颂德政,乃是后人在讥遗嘱、悲宫女。因此之故,李贺写诗的动机,就以类相属,借古讽今而已。果真要追究一下特殊原因,那就是目的在替另篇《李夫人》"歌台小妓遥相望"句写作注脚,促使读者意识到"魏武遗嘱"确为李贺所要表达的客观佐证。至于王琦所说的"后人悲其意",乃悲宫女之意,非悲魏武之意。"长吉美其诗",乃美同情宫女之诗,非美醉心技巧之诗。本意所在,宜避含混。

② 【佳人】指众妓妾。　【一壶酒】即朝晡上酒……之意。　【秋容满千里】王琦、叶

葱奇都说姣妓上酒之际,因而瞻望西陵,但见一派秋色。这本无所不可。只是下句的
"新烟",王、叶都释作"新草",这就有些矛盾了。转思妓妾上酒,原是四季都有,并不限
于秋天的。这个"秋容"根本应当结合妓妾的愁颜,天空的愁云,释作愁苦的气氛,不受
季节的限制,才算妥恰。【石马】代指墓道上的各种石兽和石人。【卧新烟】王、叶都释
新烟为新草,既无根据,也欠确切。经查唐杜甫《清明二首》之一"朝来新火起新烟",及
唐刘长卿《清明后登城眺望》"百花如旧日,万井出新烟",从烟的升起与冒出来看,都是
指烟本身,不是指草说的。再说,诗中的"卧"字,王、叶还未圆满作出解说,不宜多画蛇
足,反而作茧自缚。例如王琦说:"古墓荒坟,石兽倾倒者多如所谓'苑边高冢卧麒麟'
是也。若曹氏正当盛时,茔中石马,宁有倒卧之理? 盖其蹲立草中,寂然不动,有似卧,
然不可作卧倒解。"叶葱奇也说:"卧,指静立丛草中,如蹲卧般。"可见这里的立与卧,是
既曰立,又曰卧,自相矛盾,没有得到合理解决的。笔者认为:李贺所说的分明为"卧新
烟"三字,不须"新草"来做蛇足。"卧"字应作倒卧解,亦须承认。王、叶所说曹氏正
盛……是种"现在式"的固定说法。李贺不然,是种"将来式"的展望说法。这个语言,
应当联系下句"忧来何所似"来作观察。王、叶都说:是在表现宫女忧思沉重难以言喻。
并且渲染有加。笔者紧跟在后,毫无异感。及至辨析受阻,发现将来式的关系之后,始
觉我们都中了李贺的掩盖圈套而不自觉。这是个如同《李夫人》篇"夫人飞上琼瑶台"
的双关句子。表面似说宫女看了石马风烟,心头忧愁难以言喻(只有一个"卧"字难得
其解,正是在显阻碍妙用)。实际是说:石马一朝倒卧在新的兵燹劫火之内,统治者的
祸殃灾忧,将会成为怎样的下场——这样一来,即可符合"卧"字"烟"字的本意,又可符
合李贺哑谜是诗歌的诅咒精神,更可避免与上句"秋容"的宫女愁苦,发生重复……所
有的困惑,都归消逝了。

　　【潜弄】祭祀要求严肃,歌舞自有定格。今即出自统治压力,难免口不应心,潜弄
失敬之声,如同《秦王饮酒》篇的"花楼玉凤声娇狞"句一样。(注见该篇) 【陵树风
自起】表面谓陵墓无知,不过风吹树响罢了。实际是说:坟树自会遭到风浪摧毁的。

　　【长裙压高台】裙指衣袖。谓众多妓妾,舞满台上。叶葱奇说:"《通鉴》注:'凡诸帝
升遐,宫人无子者悉遣诣山陵。供奉朝夕,具盥栉,治衾枕,事死如事生。'" 【泪眼】
王琦说:"曾谦甫注:'泪眼看儿,非哭老瞒(魏武),正自伤薄命耳。'"【花机】机通几,
小桌。《易·涣》:"涣奔其机。"花机,谓供有花瓶的几案。这里王、叶均谓为供灵之
桌,自属可行。因为供灵供花,可能都在一桌。只须明了,宫人的视眼,是因花而发

生伤感的。

【译文】佳人共进酒一盅,愁云朵朵黯长空。石马卧倒劫火起,祸殃终教难譬比。歌声且潜异样唱,坟树自会遭风浪。舞袖满台似黄鹅,桃花红雨泪痕多!

附　识

本诗一方面为《李夫人》篇做注脚,一方面自身也有哑谜掩盖的设置。如就双关含混手法来说,性质原属众篇一致。如就"现在式"语式上安放一个障碍,使之不得不改按"将来式"的语意才能理解来说,似也有其特色可说。

译文尾句原为"花几低昂泪痕多",为求更深刻的切合身世痛苦,所以改用"桃花红雨",语出李贺《将进酒》篇,不知当否?

走　马　引①

我有辞乡剑,玉锋堪截云。襄阳走马客,意气自生春②。朝嫌剑花净,暮嫌剑光冷。能持剑向人,不解持照身③。

① 古乐府琴曲名。晋崔豹《古今注·音乐》:"《走马引》,樗里牧恭所作也。为父报怨,杀人而亡,藏于山谷之下。有天马夜降,围其室而鸣。夜觉,闻其声,以为吏追,乃奔而亡去。明旦视之,马迹也,乃惕然大悟曰:'岂吾所居之处将危乎?'遂荷衣粮而去,入于沂泽,援琴鼓之,为天马之声,号曰《走马引》。"按此原为报怨杀人,亡命他乡之作,李贺有动于中,发为奋勇反抗,不畏牺牲之声。

② 【辞乡剑】谓带着宝剑离开故乡。　【玉锋堪截云】谓宝剑的锋利光芒,能够冲上天去割断云层。王琦说:"截云,即《庄子·说剑篇》'上决浮云'之意。"按这里李贺所说的"辞乡""截云",应是含有永别念头和刺杀活动的寓意的。【襄阳走马客】"襄阳"为古代南北交通要道,北通长安朝廷,南接绿林江湖,恰是朝廷与江湖之间进退往来的咽喉所在。特别是西汉绿林起义,就在襄阳邻地的当阳。后世所称绿林豪客,即是沿此而起。李贺《吕将军歌》篇也有"绿眼将军会天意"句(注详第二辑)。再说,襄阳、当阳,字全谐音。所以襄阳一词,实即当阳亦即绿林的掩盖说法。"走马客"指亡命江湖敢于反抗斗争的人。亦即李贺《恼公》篇所说"短佩愁填粟,长弦怨削菘",连王琦也不能不承认的人(详见拙注。即被压榨得如处水深火热之中的愤怒百姓)。【意气自生春】谓互

相间的患难呼吸,意气投合,情感温暖——关于本联,王琦注说:"指豪侠之子。"叶葱奇也说"指游侠少年",并谓"首句'我'字即襄阳客自谓"。笔者觉得:一、绿林聚众,与游侠行径,性质大异。李贺哑谜诗歌,故意把农民、渔民、役夫、织妇、士兵、奴仆、小市民、道士、穷书生……都写遍了。其中绝大部分是表现各式各样的反抗斗争的。单是有关刺客方面的,在第二辑里面就有九篇之多(鲁迅在《豪语的折扣》一文里曾对李贺想学刺客作过评论)。说明李贺的忤逆反抗思想,原是根本存在的。换句话说:李贺发泄心中不平,可以浮想各种反抗,但与游侠行径,毫无渊源。二、游侠行径,如果冠以"幽并"字样,这是有典可稽的。今所冠既为"襄阳",又无旁证作出说明,仅凭臆度定为游侠,未免无根无据。何况把第一人称的"我"字当作第三人称的襄阳客来看待,使得李贺离开本位,不是在直接发抒自己高度愤慨的真情实感,而是另在表现一个襄阳客。这襄阳客为何许人也? 何缘何故用他写诗? 势必陷本诗于脱离实际的境地,并且不能通篇自圆其说。例如"辞乡剑"一语,用于亡命外出,没有疑问。用于游侠行径,就并不尽然。因为居乡也可游侠,不必定要辞乡的。未免用语方面,发生凿枘了。可见"我字即襄阳客自谓"之说,难于成立。"我"即李贺自己,"襄阳客"为绿林亡命群众。更就本诗尾句来看,也根本不是在说游侠。

【"我有"四句译文】我带着一把宝剑离开故乡,它的锋利光芒,可以上冲九霄,割断云层。我要参加到绿林亡命之客的当中去,我们同呼吸,共患难,非但意气投合,并且情感温暖。

③【剑花净】谓宝剑很洁净,没有沾染血迹。【剑光冷】谓宝剑很冰冷,没有砍斗发热。【能持剑向人】谓只知一心持剑向前击人。 【不解持照身】表面似说不考虑用剑来保护自身,实际是说不避牺牲或甘作牺牲。这是绿林亡命必死无畏,拼死决斗的精神。古代刺客如专诸、豫让、聂政、荆轲,都是以持刃杀人,不畏牺牲,求达目的的。它与救人急难、不顾利害的游侠行为各为一事。王琦注说:"若但能持剑向人而杀之,不解持之以照顾自身,误矣! 语意深切,特为襄阳走马客痛下一针。"叶葱奇也注说:"这种豪侠只知道拿剑威吓人,却不想到用剑光来照照自己。这是讥讽一般人明于责人昧于责己的。"按从"不用剑照顾自身"来说,王、叶并未说错。但他们都要故装马虎,若无其事。一方面绝对回避这种拼死决斗的精神作用而不谈,另一方面作些不问是非的劝阻警告和毫不相干的非议讥讽。他们为了讳言封建秩序的犯上作乱,乐于提出游侠来作转移。其实诗内并无游侠字样或游侠灵魂,李贺生平也无游侠条件,更无因由去对

别人的游侠行径进行劝阻警告,非议讥讽。这种张冠李戴的现象,无异注家代替李贺在写诗。从叶葱奇要把代表李贺的"我"改变解说来加辨析,事实正是这样抛开李贺的。必须提明,李贺哑谜诗歌所自具有的题材内容,倒是他自己的枉遭摧残和广大百姓的处在水深火热之中。王、叶两人,不会全不知道的。归结一句,笔者与王、叶两位的出入之处,在于本诗的写作意图:究竟是在表现李贺投奔绿林进行反抗的思想浮动,还是在无缘无故地批评一个空中掉下的所谓游侠,竟然不懂明哲保身,值得教训? 这是最为重要的所在。

【"朝嫌"四句译文】我的报怨心情,蠢蠢欲动。我早嫌剑花还未染血,晚嫌剑光还未发热。我能持剑勇往直前地向人进击,我不懂得什么叫作害怕牺牲!

附　　识

全诗用第一人称直抒心情。前四句写我要离乡去当绿林亡命,后四句写我要拼死决斗,不畏牺牲。语言方面,把绿林亡命说成"襄阳走马",把不畏牺牲说成"不解自照身",引起读者自去观测,实为"重话轻说"的掩盖手法。如果原句直接写成"绿林亡命客"和"决不怕牺牲",虽要简明多了,但非李贺所敢落笔。哑谜诗歌的特点,也就正在这里。版本方面,他本有"襄阳"一作"长安"的,"不解持照身"一作"解持照身影"的。显然历来读者在这里受够了辛苦,多谢王琦坚不改字,他的版本还是较能经得起考验的。

感 讽 五 首^①

其一

　　合浦无明珠,龙洲无木奴^②。足知造化力,不给使君须^③。越妇未织作,吴蚕始蠕蠕。县官骑马来,狞色虬紫须^④。怀中一方板,板上数行书。"不因使君怒,焉得诣尔庐^⑤?"越妇拜县官:"桑牙今尚小,会待春日晏,丝车方掷掉^⑥。"越妇通语言,小姑具黄粱。县官踏飧去,簿吏复登堂^⑦。

　　① 这五首诗是个有意安排的组诗。正因标明"感讽",反而不敢滥肆锋刃。许多讽谴的地方,须安读于言外去领会它的深度。叶葱奇说:"吴汝纶说:'后四首与第一首似非同时之作。'所说很是。五首非但不同时,也不同地。"笔者经加究辨,颇觉不然。这个组诗,一、表现滥施压榨的国君;二、表现糟蹋人才的帝王;三、表现鬼样世界的首

都;四、表现贤良逃避的市朝;五、表现作者终老岩穴的决心。显然是个层次连贯、矛盾清楚的完整作品。它既体现了朝廷现实的政治面貌,又表达了个人切身的痛苦遭遇。语言锋芒虽多含蓄,感情愤慨至为强烈。

②【合浦无明珠】谓合浦原无现成的明珠堆集在那里,可凭官家随时无条件地取之不尽的。《后汉书·孟尝传》:"尝迁合浦太守,郡不产谷实,而海出珠宝。与交趾比境,常通商贩贸籴粮食。先时,宰守并多贪秽,诡人采求,不知纪极,珠遂渐徙于交趾郡界。于是行旅不至,人物无资,贫者死饿于道。尝到官,革易前弊,求民利病。曾未岁余,去珠复还,百姓皆反其业,商贾流通,称为神明。"【龙洲无木奴】谓龙洲原无现成的大量果树自然生长在那里。《三国志·吴志·孙休传》"丹阳太守李衡",裴松之注引晋习凿齿《襄阳记》:"衡每欲治家,妻辄不听。后密遣客十人于武陵龙阳洲上作宅,种甘橘千株。临死敕儿曰:'汝母恶吾治家,故穷如是,然吾州里有千头木奴,不责汝衣食,岁上一匹绢亦可足用耳。'衡亡后二十余日,儿以白母。母曰:'此当是种甘橘也。汝家失十户客来七八年,必汝父遣为宅。汝父恒称太史公言:江陵千树橘,当封君家。吾答曰:人患无德义,不患不富,若贵而能贫方好耳,用此为?'吴末,衡甘橘成,岁得绢数千匹,家道殷足。"后因称甘橘为"木奴",亦可泛指果树。

③【造化力】指劳动果实的创造,是要经过劳动人民的繁殖栽种和一定时间的生长过程,才能实现的。 【不给使君须】谓不是可让使君任意需索,随时都有的(如果平时不知保护生产,到时是不会产生劳动果实的)。 【使君】双关含混性的词语。表面似指刺史、太守一类的地方长官;根据下面"不因使君怒"句来看,实际在指国君。该句应当译为"派我前来的国君发了震怒"。因为官家收租,本身体现朝廷政策,全由国君负其责任的。吏人催租,只在为国君办事。再说,催租一事,向有专吏,本诗为何却用县官亲自出马? 说穿了,目的即在便于引用"使君"这个词语,双关含混,难抓辫子。这是李贺哑谜诗歌的特点之一(余详见下注"方板")。

④【越妇,吴蚕】泛指南方劳动妇女。 【蠕蠕】虫微动貌。 【狞色虬紫须】点染凶恶面貌。

⑤【方板】指方纸写的诏书。《后汉书·杨赐传》"割用板之恩"李贤注:"板,诏书也。"南朝宋鲍照《转常侍上疏》:"即日被中曹板转臣为左常侍……谬被拔擢,实为光荣。"王琦说:"陈开先注:板,纸也。"按诏书本是可用纸写的。足证下句的"不因使君怒",确是把矛头指向国君的。李贺在《猛虎行》篇的"泰山之下,妇人哭声。官家有程,

吏不敢听"，也是在说：皇家收租，定有规程。小吏催收，是不敢听从妇人哭声，擅自有所减免的。这种把矛头集中指向国君的用心，正是在深刻揭露国君的无道。李贺哑谜诗歌的写作动机，不外把个人的怀才不遇和广大百姓的灾难痛苦，结合起来百般讽诅现实帝王。如果只知有个人遭遇的愤慨，不对广大被压榨百姓有同情，那是既非正义，又无力量可言的。所以篇复一篇的哑谜诗歌，只要明确了狙击对象就可联系配合，同声控诉了。不妨这样地说：无道国君既能无理压榨百姓，就能无理摧残人才。何况人才的所谓智愚贤不肖，是要贵在符合百姓利益的。吴汝纶不明此义，用孤立的观点，把第一首诗割裂起来看待。须知这首诗的内容表现，正是全组诗的"无道基因"。一切的滋生情况，并非毫无关联的偶然事件。再说，列举控诉，原可笔不停挥，隔时之说，义何所取？未免陷入凿枘了。至于叶葱奇所说"也不同地"，要领何在？更堪惊诧（参见后面附识）。　【诣尔庐】到你屋。

⑥【桑牙】指小桑叶。　【春日晏】晏为晚意，此指春末。　【掷掉】掷为跳跃貌，掉为回转貌，指丝车的运转现象。

⑦【小姑】言外反映家中男丁都被征走，苦难深重。　【具黄粱】犹烧饭菜。黄粱为粟之一种，《楚辞·招魂》："挐黄粱些。"　【踏】应为"舌沓"字的形近相讹。唐韩愈《曹成王碑》："舌沓随光化，捾其州。"王大伯音释引祝充曰："舌沓，大食也。"又古河南人常笑河北人好食榆叶，《魏书·上党王天穆传》："（邢泉）众逾十万，劫掠村坞，毒害民人，齐人号之为舌沓榆贼。"　【簿吏】官府分类主管的佐治人员。此间应指比县官高一级的官府。　【复登堂】言外之意，陆续不断。

【译文】合浦原无现成的明珠堆集在那里，龙洲也原无大量的果树自然生长在那里。足见这些劳动果实的创造，是要依靠劳动人民的繁育栽种和一定时间的生长过程才能实现的。不是可让国君无条件地随时须索，随时都有，并且取之不尽的。例如南方劳动妇女的养蚕织帛，如果当蚕子尚未长大的时候，县官就骑马到来，凶颜恶色，从怀中拿出国君诏书，上面写着几行文字。并且口头声明：不是因为派我前来的国君发了震怒，我怎得来到你家里来（言外之意，自知时节尚早，有些不合情理）！农妇只得恳求他说：实在桑叶也还很小，必须等到春末，才能转动丝车，开始取丝……农妇绕着县官求情，小姑就烧饭菜供食（言外可见，男丁均被征走，家境困苦不堪）。好不容易，县官狼吞虎食而去，府里的主管官佐又到来了（言外之意，来去不已。国君非但平时损害劳力，毫不保护，反而超前骚扰，无理威胁。农家所遭之殃，既然如此，其他方面，也就可以想见）！

——表现了"滥施压榨的国君"。掩盖手法以双关含混和言外之意为较突出。

其二

奇俊无少年，日车何躃躃①。我待纤双绶，遣我星星发②。都门贾生墓，青蝇久断绝③。寒食摇扬天，愤景长肃杀④。皇汉十二帝，惟帝称睿哲⑤。一夕信竖儿，文明永沦歇⑥！

①【奇俊】犹奇异的英俊，对少年才华的美称。　【无少年】谓不能长远都是少年不变白头的。王琦所引"吴正子注：谓奇俊之人不能常少年"是正确的。　【日车】指不断飞速运行的太阳车轮。《庄子·徐无鬼》："若乘日之车而游于襄城之野。"《古诗源》载有汉李尤《九曲歌》：年岁晚暮时已斜，安得力士"翻日车"。【何躃躃】"何"与曷同音，有"何不""何妨"之意。《书·汤誓》："时日曷丧，予及汝偕亡。""躃"字根据《礼·王制》"喑、聋、跛、躃、断者"译作"躃，两足不能行也"来看，并按躃躃选用的作用和诗文前后语气的呼应贯通来作观察，应是含有与快速顺利，不断前进相反的意思的。具体地说：句谓日车何不暂时停停不前，或慢慢前进，好让上述奇俊少年，得以展其才用，做番裕国利民的事业。这样，才可既承上文，又启下文。词源把本诗"躃躃"译作"行走缓慢貌"与语气上的愿望，正是相符的。叶葱奇说："这里作前进不停解。"这未免与语气的本意和句子的逻辑适得其反。试想，"两足不能行"的躃躃，怎有解作"前进不停"的可能？在感叹"奇俊不能常是年轻"的句子之下，如果幻想日光暂时止步不前，正是合乎逻辑的。否则文思舛乱，非但不能承接上句，并且要在启下方面遭到下面"我待纤双绶，遣我星星发"两句的明显抵触，严峻抗拒。

②【我】指奇俊少年（当然，也是象征下文贾生，隐喻李贺自己的，不过那是言外之意了）。【纤】佩带。【双绶】谓不止一个印绶，显示兼有官职。又《唐书·舆服制》有"大双绶……小双绶……"的制度，均指等差不同的贵官。【遣我】犹使我，即日车的流光使我之意。【星星发】喻生出了少量的白头发。《宋书·谢灵运传》："青青不解久，星星行复出。"

③【都门】指首都长安。　【贾生墓】谓汉文帝时的奇俊少年贾谊早已遭谗进了坟墓。《史记·屈原贾生列传》："贾生名谊，雒阳人也。年十八以能诵诗属书闻于郡中……孝文帝悦之，超迁，一岁中至大中大夫……天子议以为贾生任公卿之位，绛、灌、东阳侯、冯敬之属尽害之，乃短贾生曰：雒阳之人，年少初学，专欲擅权，纷乱诸事。于

是天子后亦疏之，不用其议。乃以贾生为长沙王太傅。"　【青蝇】蝇能点污洁白，喻进谗害贤的坏人。汉王充《论衡·商虫》："谗言伤善，青蝇污白。"　【久断绝】指坏人也早已不在人世了。

④【寒食】节令名。在农历清明前一或二日。　【摇扬天】春风荡漾的天气。唐张说《清明日诏宴宁王山池赋得飞字》："摇扬花杂下，娇啭莺乱飞。"句谓在这春风荡漾的时节里。　【愤景】令人可恨的目前景象。　【长肃杀】谓仍然长期象秋冬般的凋残萧条。

⑤【十二帝】王琦、叶葱奇说："西汉高帝、惠帝，到文、景、武、昭、宣、元、成、哀、平共十一帝，这里说十二帝，是连吕后的少帝也计算在内。"笔者觉得，根据《汉书》十二帝纪来看，是缺少了帝纪三的"高后纪"。高后立过两个少帝，以及霍光所立昌邑王都未立过纪，不应计入。　【睿哲】义为圣明。古对皇帝的敬称。句谓汉代只有文帝算是最高明的了（言外之意，其他都是不高明的，不堪言状。实际，谴责不高明的帝王，才是李贺的真正目的。指桑骂槐，借古刺今而已）。

⑥【竖儿】鄙骂语，义犹"小子"。　【文明】指朝廷的政治光辉。《书·舜典》"濬哲文明"疏："经天纬地曰文，照临四方曰明。"【沦歇】即沦没、消歇，扫地无余之意。

【译文】奇异的英俊，不能长远都是青春不老的。流水一般的日光啊！何不停停你的飞逝。为了做番裕国便民的事业，我该多么地需要佩带印绶，充任要职。然而无情的你，却不知不觉地使我头上白白添了几根银发！汉文帝时代的奇俊少年贾谊，早已遭谗进了坟墓。那些像青蝇一样诬害贾谊贤能的坏家伙，也早就不在人世了。怎么在这春风荡漾的时节里，令人可恨的目前景象，仍然长期存在着秋冬一般的凋残萧条！西汉总共十二个皇帝，唯有文帝要算最为高明的。一朝相信了坏家伙们的谗言，政治光辉就永远扫地无存了（借沟出水，切齿良深）！

——表现了"糟蹋人才的帝王"。以指桑骂槐，借古刺今，锋刃不露，言外见意为其掩盖手法。

其三

南山何其悲？鬼雨洒空草①。长安夜半秋，风前几人老②！低迷黄昏径，袅袅青栎道③。月午树立影，一山惟白晓④。漆炬迎新人，幽圹萤扰扰⑤。

①【南山】指西安所在地的终南山峰，实即在指唐代的首都。李贺《相劝酒》篇的

"箕距南山",也是此意。 【何其悲】犹多么可悲呀! 【鬼雨洒空草】谓总的面貌,只似鬼雨在洒荒草。言外之意,阴惨不堪,一切光明、温暖,在这里都是丝毫感受不到的。正与李贺《出城别张又新酬李汉》篇的"李子别上国,南山崆峒(空洞)春"即死气沉沉,没有生气是一致的(参见第二辑该篇拙注)。

②【长安夜半秋】谓昏暗的长安,无异黑漆的秋夜。 【风前几人老】谓在凄厉寒风的呼啸欺凌之下,能有几人毛骨不悚,心胆不裂,呼吸不促,容颜不老。

③【低迷黄昏径】低迷,模糊不清貌。唐元稹《红芍药》诗:"受露色低迷,向人娇婉娜。"句谓一派黄昏小径,陷阱堪虞。似耶非耶,模糊不清。 【袅袅青栎道】"袅袅",摇荡不定貌。《文选·南朝宋谢灵运〈拟魏太子邺中集诗〉》之八:"平衢修且直,白杨信袅袅。""青栎",无用的栎木。《庄子·人间世》:"以为舟则沉,以为棺椁则速腐,以为器则速毁,以为门户则液樠,以为柱则蠹,是不材之木也,无所可用,故能若是之寿。"(实寓讽刺之意,愈是美材,愈遭摧残。愈是无用,愈能长寿)句谓道上只有无用的青栎,尚在摇曳着枝条。

④【月午】月正当头。 【树立影】树少有影之际。 【一山唯白晓】谓满山只呈现着阴冷惨白的鬼蜮气氛。

⑤【漆炬】犹漆灯、漆烛。为棺柩近旁的照明设置。唐李商隐《玉谿生诗集笺注·十字水期韦潘侍御……》诗:"漆灯夜照真无数。"冯浩笺注:"《述异记》:'阖闾夫人墓中,周围八里,漆灯照烂如日月焉。'《史记正义》:'帝王用漆灯冢中,则火不灭。'"又据宋龙衮《江南野史》:"沈彬居有一大树,尝曰:吾死可葬于是。及葬,穴之,乃古冢。其间一古灯台上有漆灯一盏,圹头铜牌篆文曰:佳城今已开,虽开不葬埋,漆灯犹未爇,留待沈彬来。"《汉语大词典》引宋宋忏《采异记》所载情节内容,与龙衮所述,基本相同。只是"漆灯"是作"漆烛"的。尽管词目各异,实质乃属一致(按《史记正义》作者张守节为唐开元年代人。所述一节,已查明《史记·秦始皇本纪·三十七年》:"以人鱼膏为烛,度不灭者久之。"《正义》注文无误。远较李贺李商隐为早。叶葱奇释作"漆炬指磷火未免失误")。

【译文】首都终南山多么可悲呀!它总的面貌,只是鬼雨在洒荒草。置身昏暗的长安,无异置身黑漆的秋夜,在凄厉寒风的呼啸欺凌之下,能有几人毛骨不悚,心胆不裂,呼吸不促,容颜不老? 模糊不清的黄昏小径,动摇不定的无用栎树,有时月亮越是当头,树影越是缩小,什么也遮掩不住了。满山都是幽寂而又惨白,令人毛发森然的鬼蜮气氛。漆灯点火迎接新人,大有应接不暇之势。墓穴上面的飞萤扰扰,好不匆忙(言外之意,首都促人妖寿,制造死亡,许多善良的人,都被折磨得进了坟墓)!

——表现了"鬼样世界的首都"。谁的原因造成这样的?正是上述滥施压榨、摧残人才的国君帝王。本诗夜气深沉,鬼样实足,李贺被后人讥评为"鬼才",应是与此也分不开的。实际都是在深恶痛绝地讽谴当道,并非才中真正有鬼。悠悠之口,初未揭破哑谜真相,有以致之。在表现手法上,只是点染了若干词根,诸从言外见意,亦属掩盖需要,不得不尔。

其四

星尽四方高,万物知天曙。已生须已养,荷担出门去①。君平久不反,康伯遁国路②。晓思何诜诜,阓阛千人语③。

①【星尽】表示星光收尽,白昼开始之际。与上面"长安夜半秋"的鬼样世界,存有前因后果的紧密呼应。 【万物】犹大众、大家。 【已生须已养】叶葱奇说"自己生的儿女,应该自己抚养"。似亦可作"自己的生存,须由自己来供养"理解。因为前者没有包括本身和妻室在内,后者可以包括及于全家。稍有差别,聊备一格。 【荷担】挑着担子,显然是个郊乡劳动人民。 【出门去】谓向首都"市朝"上走去。

②【君平久不反】谓贤良人士竟然离去,不再返回鬼样市朝了。西汉高尚隐士严君平,曾在成都市上卖卜为生,导人为善,日得百钱,足以自养,就垂下门帘,讲授老子,并著书自娱。后进名士扬雄,早年曾从君平游学,极为佩服。会雄友人李彊受命为益州最高长官,彊因自喜地说:"我可把君平请到我的官府当官了。"扬雄答说:以礼相待,可交朋友,充任手下官职,恐难如愿。已而果然。君平年九十余不仕而终(标得一个不降其志的人)。事见《汉书·王吉传·序》。王琦、叶葱奇所注,节略了君平较最重要的不肯做官的事迹,是对李贺意图存有明显隔膜的。 【康伯遁国路】谓隐逸高人逃避做官,不愿进入鬼样市朝。《后汉书·韩康传》:"韩康字伯休(诗文写作康伯了)……博士公车连征不至,桓帝乃备玄纁之礼,以安车聘之。使者奉诏造康,康不得已,乃许诺,辞安车,自乘柴车,冒晨先使者发,……康因中道逃遁,以寿终。"——按这两个故事,都是逃离市朝,不愿与朝廷合作的。至于原因如何?情调怎样?自然原是人各不同的。李贺引用的目的何在?更应有他特殊用心,非是无的放矢的。观王琦、叶葱奇引述严君平故事,节略扬雄、李彊情节和君平终老不仕特点,是对李贺意图缺乏理解的。说明白

些,诗文的"久不白"三字,书传不曾载有这一情况,是李贺于根据上述情节、特点之外,按照自己感讽需要创加上去的。李贺这一做法的用意,只要联系前三首诗的内容一作观察,便可洞若观火地发现是在表示逃离市朝,体现朝廷的十分不得人心。

③【晓思】呼应起首的"星尽",指市朝人们清晨的思议。 【哓哓】(náo)喧嚷争辩,热烈议论之声。汉扬雄《法言·寡见》:"呱呱之子,各识其亲。哓哓之学,各习其师。"【阛阓】指商业市场。晋崔豹《古今注》:"阛,市垣也。阓,市门也。"《文选·晋左太冲〈魏都赋〉》:"班列肆以兼罗,设阛阓以襟带。"本诗这里代指首都市朝。

【译文】星光收尽,四方高朗。大家都已晓得,天发亮了。由于家中人口的生活问题,必须自己出去谋求供养。于是挑起担子,朝向首都的市朝走去。呀! 夜来的传说可多着:正直饱学的严君平已经离开原处,一去不返市朝了。高尚纯洁的韩伯休也已中途逃跑,坚决不来市朝做官了。还有⋯⋯他们都是才德兼备,素孚众望的楷模,怎么会这样的? 可能有些什么原因吧! 清晨的市朝人群,思议不已,争论纷纭——按诗文言止于此(后人词句:"新来瘦,非干病酒,不是悲秋",亦有类似),势须读者于言外自去见意。只是这种见意,仍要以作者诗文为其滥觞,不宜另作抵牾、凿柄的随意浮想。笔者根据前三首诗来看,显然这是在体现滥施压榨、糟蹋人才的无道国王已把首都变成了鬼样世界,国之不亡,是无天理。所以一切正直贤明的人,都已感到黑暗不堪,愤慨万分。因而弃绝朝廷,逃避岩穴。誓与不得人心的国王分道扬镳,永不同流合污。简而言之,本诗的主旨,是在表现贤良逃避市朝。同时也是产生下面第五首诗的根本原因。叶葱奇疏解说:"后四句说古来隐于市廛的严君平、韩伯休那种高人现在哪里还有呢? 早晨一片喧哗。扰人清思的,只是都市中俗恶人的争竞之声而已。"笔者觉得,这与前三首和国王矛盾对立的精神全脱节了。未免片面欠当,难符逻辑。在封建社会里,政治上的光明黑暗,主要是与掌握大权的统治者的善恶贤愚有极大关系的。今把矛头避开国王不提,一味责怪社会没有高人。迹近隔靴搔痒违反李贺本意。此其一。所谓现在没有高人了,恐怕也非事实。应当说,古今好坏对立的存在,都是一直没有间断过的。何况这种不为国家工作的所谓高人,如无正当理由,并非社会百姓之福。假使只是为清高而推崇清高,那就难免流于无的放矢了。本组感讽诗的第一首就表滥施压榨的国君,理由是很正当的。此其二。李贺对于被统治的普通百姓,总是深表同情,从无轻视厌恶语言的。叶葱奇注疏这种俗而且恶的说法,是与李贺感情相颠倒,无法挂钩的。此其三。"晓思"指的是阛阓千人纷纭不已的"清晨思议",叶葱奇所释"扰人清思"，成了荷担者的清思受到阛阓千人的干扰了。这是理解上的分歧所在。谁是符合前三篇思想逻辑的，暂不管他。单就本句来说，果真按照荷担者来作理解，下文是不能写作"何诿诿"的。因为诿诿是对客观群众现象的描述，如果表达主观个人的状态，那就不好使用"诿诿"了。此其四。余详附识。

——表现了"贤良厌恶黑暗统治，逃避市朝"。手法上侧重言外见意。

其五

石根秋水明，石畔秋草瘦①。侵衣野竹香，蛰蛰垂叶厚②。岑中月归来，蟾光挂空秀③。桂露对仙娥，星星下云逗④。凄凉栀子落，山瞿泣清漏⑤。下有张仲蔚，披书案将朽⑥。

①【石根秋水明，石畔秋草瘦】根据前三首诗的思想感情，结合本诗的山村景色和李贺的身世遭遇，设定本诗主旨为"终老岩穴的决心"。但当开始注释这个首联时，觉得选用"石根石畔秋水秋草"的具体思路在哪里？竟然久久无从落笔。后才发现它不仅是在泛写山乡景色，更其是在精心表现"岩穴"二字。"岩穴"本为山洞，古称隐居深山不出用世的贤能之人叫"岩穴之士"。本诗这里不愿直说"岩穴"。特用"石下秋水，石旁秋草"来对岩穴特点，开始作些侧面景物的点染。有此一端，以下许多难于捉摸真相的语句，也都可以迎刃解决了。因为全诗都是扣准"岩穴"二字进行侧面表现的。这种不明提"岩穴"而又处处不离开"岩穴"的笔法，自是值得注意的。

②【野竹】岩穴非同园林、田亩，所以只有野生的竹。【蛰蛰】多盛貌。《诗·周南·螽斯》："宜尔子孙，蛰蛰兮。"竹叶厚垂，对岩穴可起隐蔽作用。

③【岑】山峰、山顶。晋陆机《猛虎行》："静言幽谷底，长啸高山岑。"【月归来】谓月亮照临在岩穴所在的山顶上面。　【蟾光】即月光。　【挂空秀】谓挂在天上空自发光。

④【桂露】指秋季桂花开时，夜凉生露而说。《汉武洞冥记》："元封二年，郅遏国献能言龟……东方朔曰：惟承桂露以饮之。"南朝梁吴均《秋念》诗："箕风入桂露，璧月满瑶池。"唐李商隐《玄微先生》诗："夜夜桂露湿，村村桃水香……"按"桂露"一语，笔者初作"月中有桂"理解，无法具体通释全诗精神。经查资料，凡是结合构成词语使用的"桂露"，都是表现"地面桂花秋露"的，没有表现"月中桂树"的。这反有利于全诗精神的具体说明了。　【仙娥】嫦娥，指月光。　【星星】小光，实喻岩穴的萤火。　【逗】兜引，

撩拨。

⑤【栀子落】喻香消玉碎,怀才不遇,万念俱灰之意。　【山璺】璺音(wèn),指岩穴的裂纹。《方言》第六:"器破而未离谓之璺。"　【泣】悲感。　【清漏】指岩穴裂纹的滴水,有似漏壶计时的不停。

⑥【下有】指山峰、桂露的下面,亦即月亮照射不到的"岩穴"。　【张中蔚】后汉扶风人,少与同郡魏景卿隐身不仕。明天官,学问泓博,尝好为诗赋。所居蓬蒿没人。载见后汉赵岐《三辅决录》晋挚虞注内。书已佚,有清张澍、茆泮林辑本。收在《二酉堂丛书》及《十种古佚书》。　【披书】开卷阅书。唐王绩《策杖寻隐士》诗:"置酒烧枯叶,披书坐落花。"【案将朽】谓书案久久将归朽烂,人何堪问!

【译文】岩穴下面的秋水,是虽小而很清洁的。岩穴旁边的秋草,是虽瘦而很强劲的。岩穴口上所生的野竹非但清香暗溢,袭人的衣衫,并且垂悬着密密层层的竹叶,起着意想不到的隐蔽岩穴的作用。　岩穴山顶月亮照临的时候,月亮只能挂在天上空自发光,照不到岩穴里面去的。月光虽能显现岩穴上面桂露,月光却不能显现岩穴里面的人物。黑暗的岩穴内面,只有一些小小的萤火,像星星一样地兜人撩人,闹个不休。伤情得很。岩穴附近的栀子花已经凋落,香消玉碎,万念俱灰,终老岩穴,此志不移。岩穴山石的裂纹,可算知人最深了!它滴淌清泪,日夜相伴,不避心酸,足慰生死。我发誓步武汉代张仲蔚的后尘,把我毕生所要追求的锦绣前程,完全埋葬在这个默然而息的岩穴内面!岩穴内面的披书几案,久久是要归于朽烂迁化的。人非金石,何劳再问!

——表现了"终老岩穴的决心"。手法上有其别具一格的"明藏暗写"特色,与《猛虎行》篇的表现"人虎"有相类似。

附　识

《其四》这首诗除第五、第六两句有其一定的实质外,其他都是可有可无的配合性语言。

而此五、六两句的含义,又太模糊不清,离开了前面的三首诗是无从见意的。由于它是第五首诗的开路先锋,所以它是前三后五之间的一座桥梁。既显示了不得人心分崩离析的大势所趋,又构成了血肉相连一杆到底的文体组织。吴汝纶所说第一首似非同时之作。叶葱奇所说五首非但不同时也不同地。不外认定五首之间,是各不相干,风马牛不相及的。事实上依照五首之间层次安排线索贯通来看,正是一列联系紧密的讽谑组诗。这里存在的抵牾,关系到了基本精神的理解。要想不发生"扰人清思的,只是都市中俗恶人的争竞之声"一类的误解(已详注内)根本是不可能的。

　　《其四》篇中的"康伯",王琦、叶葱奇都说是"伯休"的误写,虽也可行。但仍以作为飞白理解较符实际。因为诗中列举两个古人,李贺同样存有掩盖用心的。君平的"久不反",既属飞白捏造。伯休的变成康伯,也是一种飞白伪装。

湘　妃①

　　筠竹千年老不死,长伴秦娥盖湘水②。蛮娘吟弄满寒空,九山静绿泪花红③。离鸾别凤烟梧中,巫云蜀雨遥相通④。幽愁秋气上青枫,凉夜波间吟古龙⑤。

　　①《湘妃》与另篇《帝子歌》都是假象题目,表面好像都是在指舜帝的二妃,实际情节却都不是这样的。特别本诗使用了"似是而非"的掩盖手法,与本书第二辑表面似为项伯翼蔽沛公的《公莫舞歌》情况正相一致。《公莫舞歌》大量涉及了与鸿门宴的有关词语,却根本不是在表现鸿门宴的故事,本诗从"湘妃""筠竹""素娥""湘水""九山""泪红""烟梧"……来看,好像都有一些涉及舜帝二妃的趋向和意味,果真就作舜帝二妃来理解,尾上三句又完全脱了节。所谓"巫云蜀雨""上青枫""波间吟古龙",究是何意?无法构成一个明确完整、自圆其说的中心思想。这自然不是不懂装懂、自欺欺人所能了事。何况本诗如作湘妃情节理解,首先遭到的严重抵触,就是首联开宗明义表现的不是在写湘妃(详见下注②)。我们没有理由可以违反李贺这一真实意图。本诗语言很少,又无明显堡垒可攻,究竟表现了一个什么情况? 笔者多方碰壁,几度报废。总算事有侥幸,终于得窥门径。容俟在下面词语注释中,逐一和读者共同进行辨析,当可有所了然。不过,有个情况,不妨事先提明一下。李贺哑谜诗歌曾把讽谑唐帝饮酒的内容题为《秦王饮酒》;诅咒唐帝荒淫、死亡、坑害宫女的内容题为《李夫人》;揭露唐帝宫廷罪过生活的内容题为《秦宫(嬖奴)诗》;幻想亡命江湖反抗朝廷的内容题为《走马引》……本诗更把某种疾风暴雨的形势内容题为《湘妃》了。既是文不按题,题多假象的哑谜幌子,又是掩盖手法似是而非的有效使用。都因谜底真相不敢直接说明,只得迷离恍惚,多翻花样,让有心的读者自去按照逻辑推理,水滴石穿,慢慢作出领会。

②【筠竹,秦娥】"筠竹",指青竹。《礼记·礼器》:"其在人也,如竹箭之有筠也,如松柏之有心也。"疏:"筠是竹外青皮。"后人引申为竹之别名。唐韦应物《韦江州集·闲居赠友》诗:"青苔已生路,绿筠始分箨。"可见筠或筠竹,均指青竹而说,没有混成斑竹的先例。李贺正因不要表现斑竹才写成筠竹的。换句话说,李贺的故意不写"斑竹",就是在暗示本诗的情节内容,不是真的表现"湘妃"。此之一点,开宗明义,非常要紧。不然的话,李贺决不会舍"斑竹"不用而去错用"筠竹"的。事实上诗文主题,也确非表现湘妃的。它与《公莫舞歌》的不曾表现鸿门宴,正属相同。"秦娥"为北方对于一般美女的通称。特别本诗是根据唐李白《忆秦娥》词而来的。原词为:"箫声咽,秦娥梦断秦楼月。秦楼月,年年柳色,灞陵伤别。乐游原上清秋节,咸阳古道音尘绝。音尘绝,西风残照,汉家陵阙。"本诗这里不用"湘妃",是体现了李贺不要表现"湘妃情节",特意选用"秦娥情调"的用心的。这与上述"斑竹""筠竹"的情况,完全一致。只有确认了这种"似是而非"的手法,才有通释下文的可能。总之,本诗不要表现湘妃,是李贺的真实意图。它与《公莫舞歌》的不要表现鸿门宴,正是一母所生的。如果我们轻以己意擅改版本,那就走进死胡同去了——王琦注说:"《博物志》:'尧之二女、舜之二妃曰湘夫人。舜崩,二妃啼,以泪挥竹,竹尽斑。'言自二妃挥泪之后,始有此种斑竹,迄今数千年之久,其种相传不绝,长伴二妃之灵,盖映湘水之地。《说文》:'筠,竹皮也。'《方言》:'秦晋之间,美貌谓之娥。'此以筠竹称斑竹,秦娥称二妃,殊不可解,或字之讹也。"叶葱奇注说:"《篇海》:'(筠)竹肤之坚质也。竹无心,其坚强在肤。'斑竹竹皮特殊,所以称为筠竹。'神娥',旧本秦娥注神娥,甚是,以秦娥称二妃,理不可通,今径改正。"笔者认为:王琦在这里承认"殊不可解",体现了他所具有的修养水平,无何不懂装懂之处。叶葱奇根据《篇海》产生"斑竹所以称为筠竹"的说法,显然《篇海》并无此意,仅是叶葱奇主观上的勇敢臆造。这与王琦的理解,也是两有抵触的。特别叶葱奇改变版本"秦娥"为"神娥"一事,贻害后人,殊非浅鲜。王琦有个优良性格,凡有意见注释出来,决不改变版本。笔者在辨析李贺哑谜诗歌的过程当中,对于此点,每有谢天谢地之感。不意叶葱奇别具风格,醉心改字,有时一篇之中改掉四字之多。由于叶葱奇未识哑谜谜底,所改大量的字,凡为管见所及,全有误解存在。迷雾不开,寸步难行。必须恢复原貌,才可剖析诗文真相,获睹作者意图。本诗这个"秦娥"本是呼应题目应写"湘妃"的地方,正因李贺不要表现湘妃,所以才写成了秦娥。秦娥与湘妃不是一人,叶葱奇改为"神娥",硬要当作湘妃看待(果尔,何不径用湘妃呢),显与李贺意图大相违背。既难为

诗文逻辑思维所接受，更封死了诗文谜底真相的出现。笔者不避荒唐，大胆献言：这个"秦娥"，是李贺用来影射唐元和年代一位失意伤情的美好人才的。《忆秦娥》中所谓"箫声咽，秦娥梦断秦楼月"，是可用来象征他对长安完全破灭了美好希望的。所谓"年年柳色，灞陵伤别"，是可用来象征他辞职离开长安的实际行动的。所谓"乐游原上清秋节，咸阳古道音尘绝"，是可用来象征他对长安一刀两断的决绝感情的。所谓"西风残照，汉家陵阙"，是可用来象征他对长安灭亡在即的诅咒写照的。此人为谁？姓李名贺。是他在畅想着投奔南方，得到筠竹的掩盖，参加活动，出入湘水之上。他接触到了一些什么？正是通过他的所见所闻，描述了下面六句严峻的场面。这也即是本诗极为简明的情节结构。笔者得以窥见端倪，有赖《忆秦娥》词的启发力量。这个"秦娥"的象征性格，自与"湘妃"无何相似之处。李贺借湘妃做幌子，并不要写湘妃，却要写个秦娥的原因，全部也在这里。如果轻信叶葱奇把"秦娥"改成"神娥"了，宁非不折不扣地走进了死胡同！

③【蛮娘】指湘中村落妇女。　【吟弄满寒空】表面似说笛唱满天，怡乐自得，实际是说呻吟遍地，苦寒不堪。都因家无男丁，忧患重重，何因至此，详见下注。　【九山】指九嶷山脉。《山海经·海内经》："南方苍梧之丘，苍梧之渊，其中有九嶷山，舜之所葬，在长沙零陵界中。"郭璞注："其山九溪皆相似，故云九疑。"本诗这里表面指舜死之地，实际是指不堪压榨者聚众反抗的根据处所。　【静绿泪花红】表面似说草绿花红，实际"静绿"即尽绿，指广大绿林豪杰；"泪花红"指众多的赤眉好汉（由于赤了眉，所以才泪红）。绿林、赤眉，都是西汉农民起义队伍的名称。本诗这里的佐证怎样？笔者试陈数点于次：一、根据本诗尾上四句，特别是"秋气上青枫，波间吟古龙"的严重实质（详见下注）来看，这是必然的唯一答案。二、根据第二辑《吕将军歌》："赤山秀铤御时英，绿眼将军会天意"来看，李贺同样用了赤眉、绿林，（详见第二辑拙注）不是孤例。三、根据拙作另篇《走马引》"襄阳走马客"句是指江湖绿林亡命之客说的来看。四、根据拙作另篇《恼公》表现女主人公脱离宫廷私奔绿林来看，都只是同一内容的反复出现罢了。五、根据第二辑《春坊正字剑子歌》……行刺活动的恶毒诅咒来看，反非本诗所能企及。归总一句，全部哑谜诗歌，无一不是李贺把个人怀才不遇和广大百姓灾难痛苦结合起来讽诅现实昏庸帝王的忤逆作品。因此之故，本诗的表现绿林、赤眉，正是习以为常的，丝毫不足奇怪的事。

④【离鸾别凤】表面似指湘妃和舜帝，实际是指蛮娘和绿林、赤眉式的丈夫。　【烟

梧中】指苍梧地区。　【巫云蜀雨】即战国宋玉《高唐赋·序》所说的巫山云雨,后世多指男女幽会之事,应与湘妃蛮娘无关。由于它带有地下色彩,并处在绿林、赤眉语句之下,可以看出川鄂一带的绿林力量说的。这就形势很好,大有可为了。【遥相通】实与川鄂地下力量呼应联络,克期发难。

⑤【幽愁】指被压榨者被迫害者的深仇大怨。　【秋气】秋日肃杀之气。此指战场上拼死决斗的冲天杀气。李贺《雁门太守行》篇的"角声满天秋色里",也是这个意思(详见第二辑该篇拙注)。　【上青枫】秋天枫叶应是火红的,不是青色。此指战场上将要大开杀戒,血流成河。所谓"上青枫"即要用鲜血染遍青枫之意。既是重话轻说言外见意的掩盖手法,又是象征取譬不同于现景写实的巧妙笔墨。这一形象至为鲜明。王琦装未看见,囫囵过去,可能碍于封建宣教,故作回避? 叶葱奇因袭影响,也作疏说:"只见一片忧思愁郁之气,笼罩在青枫上边。"这显然是当作现景写实看待的。且不说忧思愁郁有无"气体"可见,即如把仇恨、拼杀两事说忧思愁郁一事,非但重复累赘,更其囫囵真相。何况秋日并非青枫,李贺分明在诗文环境安排上面,运用重话轻说言外见意手法,极意渲染着鲜血拼命的作用,岂可故装马虎地抹杀了事! 再说这个"上青枫",是与下文"吟古龙"存有紧密呼应无法抹杀的。　【波间】暗示绿林江湖。　【吟古龙】龙为传说中的灵异动物,史前早已经绝种。倘如叶葱奇在现景写实所疏"到了夜间也只听见水下老龙的吟声",自是欠符事实,亦近自欺,无法取信于人的。笔者认为:龙是可以象征武器宝剑的。古有龙渊之剑,更有剑化为龙之说。《越绝书·越绝外传·记宝剑》:"楚王……令风胡子之吴见干将,越见欧冶子……作剑三枚:一曰龙渊,二曰太阿,三曰工布。"《晋书·张华传》:"雷焕为丰城令,得……双剑,送一……与华,留一自佩。焕卒,子……持剑行经延平津,剑忽于腰间跃出堕水,使人没水取之,但见二龙各长数丈。"李贺《雁门太守行》有:"提携玉龙为君死。"又《吕将军歌》有:"剑龙夜叫将军闲。"因此本诗这个"吟古龙",也是指宝剑而说的。实与李贺《开愁歌》篇的"衣如飞鹑马如狗,临歧击剑生铜吼",和《恼公》篇的"短佩愁填粟,长弦怨削菘",同样具有剑拔弩张一触即发切齿愤怒不可遏止的敌视感情的。这是本诗幻想武力反抗的核心语言,它结合拼死决斗血染枫林的誓愿,并联合川鄂地下力量作呼应,壮声势……自然是与湘妃情节背道而驰,天壤之别的。必须提明,李贺写湘妃情节,意又何在? 李贺写反抗心情,正是众篇一致的共同内容。

【译文】青竹不畏风霜,富有战斗精神,能够千年不死。当秦娥由长安奔到湘水之后，它们掩护秦娥立稳脚跟，日夜活动在湘水之上。如问湘水百姓的生活情况怎样？秦娥说出了如下的所见所闻：村姑忧叹，苦寒不堪。都因朝廷残酷压榨，男丁全到了九嶷山当了绿林、赤眉。他们离鸾别凤，扎根在苍梧一带，并与巫蜀的地下力量暗通呼吸，遥连声势。大家仇深恨大，杀气冲天，预计不久的将来，就要血染所有青枫了。江湖午夜，剑龙怒吼，翻天覆地，迫在眉睫。

附　识

一、诗文的内容和诗题的实质：本诗以湘妃为其假象题目，通过代表李贺的秦娥，表现辞职入湘的行动，说出对于湘中百姓的所见所闻，显然秦娥也是参加其中的一分子。这是被压榨者和被迫害者共同愿望的表现，因此本诗的真实题目，应是"反抗"二字。笔者如在注①内首先提出，恐有突如其来之嫌，所以俟在辨析词语之后，再行附识出来。

二、申论某些欺人之谈和李贺性格特点：王琦评说："妃思舜而不得常见……此诗措辞用意，咸本《楚骚》。"叶葱奇也跟着绘声绘色地说："这首诗意境，幽冷缥缈，趣味格调神似《楚辞》。"笔者骨鲠在喉，吐出为快。本诗在立意造句格调安排上根本没有摹做《楚骚》《楚辞》的痕迹，哪有什么"咸本""神似"的可能？王琦拘守封建宣传，由于尾段不能自圆其说，只得借重楚骚来把问题圈囵过去。叶葱奇离开封建社会已久，不意轻信王琦，误上了王琦不懂装懂之当，至足可惜。李贺的许多性格，不妨多留探索余地。独有追踪屈原一事，要算绝无可能了。他虽与屈原同受昏庸暴君的折磨摧残，但他所作出的反应是与屈原分道扬镳适得其反的。他在《箜篌引》篇说："屈原沉湘不足慕，徐衍入海诚为愚。"李贺所有大量的哑谜诗歌，全是对于现实无道国君，百般进行恶毒诅咒的。足见李贺屈原之间，另还存有冰炭不相容一面。是非臧否，很难断言。从社会制度说，封建社会是喜忠顺到底的；在社会主义社会，是反对无理压迫的。从古时理论来说，既有"乱臣贼子人人得而诛之"的一面，也有"君之视臣如土芥，则臣视君如寇仇"的一面。记得笔者幼年读书至伍子胥故事，昏暴无道的楚平王要想诱杀伍尚、伍子胥兄弟。伍尚甘心赴死，伍子胥奔吴终报父兄被杀之仇。谁优谁劣，在封建社会内不曾有过定论，即在社会主义社会内也还没有清理到这里来。所以这种优劣是非，尚待人民来作新的评估。

三、词语的倒推理解和蒙混逻辑：本诗运用似是而非言外见意重话轻说等手法，使得笔者屡受挫折,历尽艰辛,可算发挥了非同一般的掩盖效用。例如核心词语"吟古龙"和"上青枫",虽有深厚的含义可挖,但毕竟没有招惹耳目的锋芒棱角。至于"静绿泪花红",要不是先理解了"吟古龙""上青枫",是绝对不会获睹他们的庐山面目的(当然,笔者同时回忆到了《吕将军歌》表现赤眉、绿林的先例,也是一个很大的动力)。他如"巫云蜀雨"的排除两性问题,也是非常险巇的事。如非先确认了核心词语含义,显然是联想不到的。从李贺来说,分明写的"巫云蜀雨",并非"巫山云雨"四字。谁教读者不自细心,误作两性问题理解? 如果要表现两性问题,那么,为什么舍现成的"巫山云雨"而不用呢? 这显然是个客观存在极其有趣的逻辑问题——凡此词语理解,加上《忆秦娥》的流传词句,笔者就不得不然地得出了本附识一的整个结果。然乎否乎,写此志实。

贾公闾贵婿曲①

朝衣不须长,分花对袍缝②。嘤嘤白马来,满脑黄金重③。今朝香气苦,珊瑚涩难枕④。且要弄风人,暖蒲沙上饮⑤。燕语踏帘钩,日虹屏中碧⑥。潘令在河阳,无人死芳色⑦。

① 王琦、叶葱奇注说:"按《晋书》:贾充字公闾,官至太尉。前妻李氏,生二女:一名荃,为齐王攸妃;一名裕,未详所嫁。后妻郭氏,生二女:一名时,为晋惠帝后;一名午,为韩寿所窃而后嫁者。寿官至散骑常侍,河南尹。此云贾公闾贵婿,殆谓韩寿。"笔者认为"殆谓韩寿"之说,殊不可从。一因李贺为韩寿而写此诗,迹近无病呻吟,没有意义或作用可言。王、叶后面所做结语,都持狐疑态度,猜测不定。既有理解失真,又难自圆其说,这就暴露出来了问题。二因不符逻辑情理。诗题分明标作贾婿,贾婿可得而说的有三:即晋齐王攸、晋惠帝、晋韩寿。果真意在单指韩寿其人,那就未符题意,诗题应当取消贾婿字样,换上韩寿名字。再说三婿之中,从身份最贵、影响最大来说,自应是晋惠帝。何故反而回避干净,略而不谈(这是核心问题所在)? 韩寿虽有贾午暗里偷香之传说,惠帝更有贾时淫乱宫廷的秽闻。王、叶舍大取小,避重就轻,破绽难掩,欠合情理。

基于上述两个原因,笔者觉得本诗既有讽刺暗里偷香的幌子,又有揭露宫廷丑恶的真相。用幌子掩盖真相,借古人鞭挞当今,才是李贺的本来面目。不然,李贺没有把题目写成这样的理由。至于王、叶为何违背逻辑,终遭碰壁。这在王琦,是因封建宣教,帝王神圣。凡有不敬,均应回避。而在叶葱奇却是"误信王琦说教,忽视封建时代已经过去"所致。

②【朝衣】双关语。群臣上朝与帝王坐朝所穿之衣,都可以叫朝衣。 【分花对袍缝】缝音(fèng),名词。谓裁缝精细,不惜材料,对好花纹。

③【嘤嘤】本为鸟和鸣声。引申为清脆、清细的声音。汉陈琳《神女赋》:"鸣玉鸾之嘤嘤"。叶葱奇说"指马铃声",似可得用。 【白马】犹出色良马。 【满脑黄金重】谓马头装饰的贵重,极言乘骑的奢豪。《古诗源·汉乐府歌词·鸡鸣》:"黄金络马头,颍颍何煌煌。"

④【香气】表面似指韩寿、贾午偷香之意。见《恼公》篇"熏衣避贾充"注(即注⑪)。实际在指晋惠帝感到贾后的脂粉香气。 【珊瑚涩难枕】指用珊瑚做的枕头。王琦注说:"香气本甜而云苦,珊瑚本滑而言涩,以见富贵骄奢之态。二句言不安家居而骑马出游之故。"按王琦批评虽无不当,但他本意在指韩寿而说,他是绝对不肯失敬帝王的。李贺本诗故作含混,

实际是在揭露晋惠帝的昏庸腐朽,从而达到借古刺今的目的。

⑤【弄风人】风本牛马牝牡相逐之意,此间表现邀同歌女野外去搞花天酒地的腐朽活动。表面好像在说贾婿、韩寿,实际是在表现贾婿晋惠帝。 【暖蒲沙上】指野外草沙之地。

⑥【日虹】指天地间的淫气。雄曰虹,雌曰霓。详见《恼公》篇"残霓忆断虹"注(即注⑧)。联意谓自身外出腐化,家中原配也搞幽会,丑秽不堪。

⑦【潘令在河阳】谓美男子潘岳要不是远在河阳为令,定会遭殃(这只是个夸张陪衬的说法,重心在下句)。 【无人死芳色】谓首都方面的面首都被贾后玩弄后置之死地,几乎没有可充面首的人还活着。亦即够得上因有男性芳色而死去的面首角色,大感缺乏,无以为继了!《晋书·惠贾皇后传》:"后遂荒淫放恣……洛南有盗尉部小吏,端丽美容止,既给厮役,忽有非常衣服,众咸疑其窃盗,尉嫌而辩之。贾后疏亲欲求盗物,往听对辞。小吏云:'先行逢一老姬,说家有疾病,师卜云宜得城南少年厌之,欲暂相烦,必有重报。于是随去,上车下帷,内簏箱中,行可十余里,过六七门限,开簏箱,忽见楼阙好屋。问此是何处,云是天上。即以香汤见浴,好衣美食将入。见一妇人,年可三十五六,短形青黑色,眉后有疵。见留数夕,共寝欢宴,临出赠此众物。'听者闻其形

状,知是贾后,惭笑而去,尉亦解意。时他人入者多死……唯此小吏,以后爱之,得全而出。"——按传说中所说"时他人入者多死",即诗文"死芳色"的亲生母亲。足见李贺这个"面首因男性芳色而死"的造句,是根基非常深厚,源流极其分明的。它的巧妙作用在于:它既不是男性因追女性芳色而死(贾后并无芳色),也不是女性因追男性芳色而死(贾后玩弄面首后自己并不死去),特别离开了《晋书·惠贾皇后传》这段故事根本没有作出合理解说的可能。因此李贺只用"死芳色"三字代表"面首因有男性芳色而死"的含义,便可成功深刻难揭的哑谜。这等于在说:读者自去阅读《晋书》,便可明白。事实上笔者被迫吃尽苦头,无路可走,终于不得不查阅到了《晋书》。足证这"死芳色"三字的逻辑魅力,何等强大! 此其一也。贾后这个荒淫实例,远较贾午偷香严重得多。李贺使用言外见意手法把它暗示出来,目的在于揭露晋惠帝的昏庸腐朽,并无神圣不可侵犯的足言,从而实现借古刺今发泄愤慨的用心,此其二也。本诗既以贾后罪恶作结,那么,诗题不在表现韩寿而在表现晋惠帝一节,恰恰彻底得到证明了。此其三也。

【申议】——这个含混不清的"无人死芳色"句子,是李贺身处封建社会内,不得不对读者作出的残酷折磨。它包含着多种多样的误解,但如离开了《晋书·惠贾皇后传》,是根本不能自圆其说地解决问题的。因为它是《惠贾皇后传》的特有产物,不与一般现象同其类型。王琦注说:"诗意谓如潘岳之才貌,宜为贵族所择而以为婿者也。乃远在河阳,无人为其芳色而心死,盖深薄乎目中所见之狂且也。……其借贾公闾之名以立题者,或以其妇翁之姓相同,或以其婿结缡之先,有类午、寿所为者,故因之而有所讽耶?"叶葱奇注说:"贵婿既像潘岳的翩翩自喜,满县种花,家中自然也无人肯死守芳姿,贞洁自持了。这首必有所刺,故特隐晦其词。"笔者觉得:王、叶起始释题不惜轻于违背逻辑,结尾却产生如许之多的怀疑语言。非但不能自圆其说,并且互相抵牾。特别有些断章取义的猜测说法,显然是欠合逻辑,不能成立的。例如王琦所说"谓如潘岳之才貌,宜为贵族所择而以为婿者也。乃远在河阳,无人为其芳色而心死",这是说得一些什么语意? 它与上文"燕子""日虹"的家中妻子活动怎么接得起来? 是谁人不为谁的芳色而心死? 这里逻辑的混乱,正是未能自圆其说的。叶葱奇所说,本身仍是欠符逻辑的。贵婿只有三人,最小的韩寿也官散骑常待、河南尹,不是小小县令所能望尘的。何况诗中真正主人公是晋惠帝,怎么反转来向潘岳效法?"满县种花"是个美政,它与花天酒地的挟妓活动,大不一样,怎能说成是妻子不守贞洁的原因? 上文的"燕子""日虹"现象,已经表明原因是"且要弄风人,暖蒲沙上饮",怎么结尾又重出一个"满县种花"不成其为原因的原因？这在结构安排上，既是轻重倒置的，又是无中生有的。凡此逻辑混乱的地方，自是对于诗文理解存有误会的表现。

王、叶两位都疑本诗另有所刺，只是他们猜不出来。笔者窃难同意，因为事实摆得已极清楚，根本用不着乱费疑猜。只要：一、重视客观逻辑，端正对于诗题的轻率误解。二、尾句依照历史记载去作理解，欢呼特殊含义找到特殊娘家。既是证据确凿的，又属心安理得的。除此之外，再也没有问题存在了，何用猜疑！

【译文】晋惠帝坐朝的衣服长短适度，衣服合缝的地方，花色恰符原样，真是华美，晋惠帝骑着嘤嘤白马出得宫来，马头络子和饰物都是用大量黄金做的，何等高贵！今朝对于后妃们老一套的香风有些厌倦，感到光滑的珊瑚枕头并不光滑，因此特地另邀些歌女来到温暖草平沙上面，饮酒作乐，从而在享乐腐化上翻些新的花样，岂知宫内将有燕子踏入窗帘，屏风上面将要出现雄虹雌霓的淫乱活动。根据《晋书》记载：贾后性格是极其荒淫凶残的。潘岳美男子要不是远在河阳为令，定会遭殃。首都方面所有的面首，几乎没有不被贾后玩弄之后置于死地的。时日既久，贾后难免感到后继乏人，发生"无人可死芳色"亦即无人可充面首的浩叹！

附　识

本诗首四句写帝王衣服、乘骑的奢豪，次四句写帝王花天酒地的享乐，尾四句写皇后的极端荒淫凶残。体现了朝廷的昏庸腐朽，荒淫无耻……从而借古刺今，发泄愤慨。

尾句既不是男性因女性芳色而死，也不是女性因男性芳色而死，它的特殊含义乃是面首因男性芳色而死。从而体现皇后的荒淫无耻，极端凶残。实非笔者意料能及，笔者一方面不甘心中途罢战，垂手投降；另一方面不愿意囫囵吞枣，自欺欺人。只得硬碰硬地碰得头破血流。在走投无路当中，屡忆幼时阅读《资治通鉴》，贾后是个武则天式人物。有何淫乱事件？记不具体。终于抱着无望心情，作了盲目试探。当查阅《晋书·惠贾皇后传》至小吏入宫一事，至"时他人入者多死"一句，不禁大为震惊。竟然找到了"死芳色"三字的真正娘家。经加深入辨析，原来它是"既不""又不"两种含义以外的特殊含义（已见上述）。只有《晋书》才是它的唯一答案。于此可见，李贺造句功力之深，作用之妙，能不令人为之绝倒！回顾笔者的查阅《晋书》，如无李贺的贾婿诗题，如无诗文的帝王花天酒地，如无皇宫"燕语踏帘钩，日虹屏中碧"的诗文……笔者能否单刀直劈《惠贾皇后传》？显然是不会的。足见李贺布置的各种逻辑条件，是对有心读者的敦促力量。一切的李贺哑谜诗歌,实质上都是类此设计的。只要坚持真理,总可水滴石穿。王琦为了封建宣教,不得不故作一些歪曲回避,这是可以理解的。我们身处社会主义时代的人,自应大不一样,岂能盲目信从封建欺骗,以讹传讹!

昌谷北园新笋四首①

其一

箨落长竿削玉开,君看母笋是龙材②。更容一夜抽千尺,别却池园数寸泥③。

① 李贺是河南福昌县昌谷山乡的人。所谓"北园新笋",谓因笋起兴,发而为诗。根据《其四》"茂陵归卧叹清贫"句来看,是李贺仕途幻想破灭,辞去长安奉礼郎小职,回到家乡后所写。内容在感慨身世,浮想反抗。语多双关,实为借题泄愤之作。

② 【箨】音(tuò),笋外之壳。　【长】生长意。　【削玉开】指笋的本身,脱开外壳,乃是白色,长竹以后,才渐变绿变青。　【母笋】因竹是从笋中长出的,所以称它母笋。王琦说:"母笋,大笋也。"似欠合理。　【龙材】古竹的异名繁多,有叫"钟龙",一作"鐘笼""鐘龙",又作"龙钟"的:《古文苑·汉扬雄〈蜀都赋〉》:"其竹则钟龙笒篁,野筱纷邑。"《文选·汉张衡〈南都赋〉》"竹有鐘笼、篁篠……"注:"鐘笼,竹名也。"《文选·汉马季长〈长笛赋〉》:"惟鐘笼之奇生兮。"晋戴凯之《竹谱》:"鐘龙之美,爰自昆仑。"北周庾信《邛竹杖赋》:"每与龙钟之族,幽翳沉沉。"也有叫竹为"箨龙"的,唐卢仝《寄男抱孙》诗:"叮咛嘱托汝,汝活箨龙不?"后人宋苏轼《和文与可洋川园池》诗也有:"汉川修竹贱如蓬,斧斤何曾赦箨龙。"本诗引龙说竹的"龙材"所指,实喻大有作为的人才之意。

③ 【更容】倘能容许意。　【一夜抽千尺】尽情顺利地发展壮大之意。　【别却】离开意。　【池园数寸泥】犹故乡的小天地。意谓定能展翅为朝廷、百姓热情做一番高远事业。叶葱奇释说:"那一定可以远离泥土了。"按上句已有"一夜抽千尺"存在,岂非前后凿柄,难通,也不能体现"别却"之意! 因此之故,"数寸泥"正是应作"小天地"理解的。

【译文】笋壳脱开,竹竿长出,初像白玉一样,后再逐渐变绿变青。请看母笋孕育出来的龙竹,该是何等的优秀! 倘能让它尽情顺利地发展壮大,它是一定能够高耸云汉,有声有色地为朝廷、百姓做一番光辉事业的啊!

——表现了李贺个人原始的美好愿望。

其二

斫取青光写楚辞，腻香春粉黑离离①。无情有恨何人见？露压烟啼千万枝②。

①【斫取青光】"斫"为刀斧劈砍，"取"犹取来，"青光"指古记载文书的竹简。意谓砍来青竹制成竹简。叶葱奇注说："斫取犹刮取。青光，指光泽的青竹皮。"按"斫"有砍断斩断之意，"刮"大相反，只是磨光罢了。李贺如无断开之意，怎肯使用"斫"字？李贺如从磨光出发，怎可使用"斫"字？足见李贺本意是在为了断开。所谓"斫取"，正是表示取竹回家制成竹简。如说取得竹皮回家，这是毫无意义可言的。可见"刮取"一语违背"断开"本意，根本不能成立。因为我们理解文字，只能探索紧跟作者本意，切忌遇有困难，就轻按己意从事。

【申议】——这个"斫取""刮取"的含义相去很远，王、叶并非真不知道。其所以要偷换概念取而代之，是因对于下文第二、四两句存有误解，不得不然。这要实事求是，不能由于下面存有窒碍，就先作些歪曲来谋缓解。从事辨析工作的人，就是要步步认真，全面合理。一切的苟且将就，都是在埋藏祸根。即使下文被认为都是合理的，也不容许上面存在一个歪曲。何况下面的所谓困惑，是不是出自误会，还是一个疑问？所以思想上畏难退缩不得，一到全面爆炸的时候，仍须作出从头改正，这是毫不容情的事。说明白些，本诗这里存在一个问题：究竟是砍取竹子来制成竹简，准备坐着运笔写文章，还是站在活竹面前，刮取一些青皮，准备露天立着在上写些文章？笔者不避荒唐，认为只有前者才是正确的。李贺所用"斫取"一语，并无任何不当之处。王、叶两位由于对第二、四两句存有误解，特别认为"千万枝"三字，是指活竹说的。所以才改"斫"为"刮"，希望成立站在活竹面前抒写文章的说法，来相统一。这是违背李贺意图的。它非但篡改了"斫取"的词义，也湮没了"腻香春粉"的身世形象，更进入了"千万枝"张冠李戴的死胡同里。不难辨析，活竹的枝叶细小，不宜写字，自古只有竹简记事，没有活竹书文。即使是粗壮的活竹主干，除了游览胜地偶有"某人放生""某人某年月日游此"的一言半语零星字样外，不曾传说过有人立于活竹面前在活竹身上写出何种文章。长篇累牍的文字，怎可不坐着写了出来？这是铁的事实，也是铁的逻辑。因此之故，在活竹枝叶上写字的说法，如叶葱奇所疏"把它们一一写在竹上"，又有何人相知相赏呢？无非在千枝万叶中，给露滴烟蒙罢了。王琦所注"俱题竹上，无人肯寻觅观之，千枝万干,惟有露压烟啼而已",都是根本不能成立的。李贺《南园十三首》有"舍南有竹堪书字"句,也是在指"竹简"说的。有王琦所注"舍南有竹,斫取作简"可资证明。王琦并非健忘,他有时难免要在暗中,故意透露相反消息的。这个情况,以李贺《恼公》篇的"长弦怨削菘"注文为最典型(参阅该篇注附识),可资查证。所以叶葱奇过分天真地信奉王琦,有时难免反而不是王琦的本意,这是值得注意的。至于"千万枝"三字究竟在指什么? 那是另一回事。既不能因无所指就改变此间的应有定论,更会有花朵人才的身世遭遇呈现出来消失疑问的。

【楚辞】表面似指汉刘向所辑,以楚贤臣屈原遭谗流放,发抒苦痛的《离骚》等类骚体文章为首的《楚辞》一书,实际在指李贺自己怀才不遇,惨遭压抑,感到天昏地暗,写些发泄愤慨的哑谜诗歌。 【腻香春粉】似春花吐艳,喻美人光华,指英俊人才。叶葱奇说:"腻香,犹浓香。"须知"腻"有细嫩肥泽之意,宜于释作花朵美人。如果单单在表示香气的程度,李贺何故不用"浓香"? 正因主题是要表现英俊人才,所以用花朵美人来作象征。这是上句要写《楚辞》的原因所在,不可看成真的在写竹香。叶葱奇把腻香释成浓香,非但欠切无据,并且抵牾了写作意图。有的词书已受影响,需要慎重。叶葱奇还说:"春粉指竹皮上的白色粉末。"按花粉、脂粉、竹粉都可说粉,这是实情。只是前面如有"春"字,稍以花粉脂粉为优。问题仍在于本四首组诗的写作意图,是要借竹子做幌子。表现英俊人才怀才不遇的愤慨心情,并不是真的要写竹子。这是最居首要的鲜明标志,不可轻有抵牾发生。否则成为无病呻吟的作品了。 【黑离离】表面似说竹上所写的字迹黑密的,实际是说朝廷黑暗不堪,把许多花容玉貌的英俊人才,折磨成了形容枯槁面目黧黑的落拓样子。

②【无情有恨】谓没有感情,只有怨恨。极言怨恨深刻。这是诗文赤裸裸的怀才不遇泄愤语。是谁迫使花玉貌的人变成面目黧黑的? 显然不言而喻。王琦注说:"其句或出于无心,或出于有意。"叶葱奇紧跟着作疏说:"有的并无深寄,不过是一时闲咏;有的则确有所慨。"按把李贺对于国君的"没有感情",说成是"出于无心"和"并无深寄,不过是一时闲咏",把李贺对于国君的"怀有怨恨",说成是"出于有意"和"确有所慨",显然是一种避重就轻、文不对题、不肯实事求是的遁词。这种搪塞性质的辩解,要不是受了封建习惯传统影响,维护国君的尊严,何至有此"此地无银三百两"的自我表白。必须提明,无情就是无情,有恨就是有恨。如果对这明白无误的语言都不能实事求是加以正视,要作歪曲,那么下面其三、其四两首更加隐晦而又严重的内容,又将怎样去对

待它？应是可想而知的。

【露压烟啼】"露"是"怒"的音讹飞白。"烟"是"咽"的形讹飞白。喻受欺压摧残的形象。　【千万枝】喻千万枝花朵，千万个人才。

【译文】砍来青竹，制成竹简，抒写自己惨遭摧残怀才不遇的身世痛苦和心情愤慨。本是花容玉貌春风满面大有前程的英俊人才，奈何成了形容枯槁面目黧黑走投无路的狼狈样子！要问此中深刻怨恨谁能知道？只有同受欺压摧残的千万朵花枝、千万个人才。

——表现了李贺怀才不遇的深刻怨恨。

其三

家泉石眼两三茎，晓看阴根紫陌生①。今年水曲春沙上，笛管新篁拔玉青②。

①【家泉石眼】指山村家中的泉流石缝。　【茎】本植物主干，此做量词，犹"株"意。【阴根】竹子的根可在土内爬行很远，随处生笋出竹，故名。　【紫陌】词章家常以紫垣、紫宫、紫宸、紫庭……称呼帝王居处，因而也以"紫陌"称呼帝京内外的原野道路。例如：唐李白《南都行》："高楼对紫陌，甲第连青山。"唐贾至《早朝大明宫》诗："银烛朝天紫陌长，禁城春色晓苍苍。"李贺本诗意在表现普通道陌，何故误用紫陌？这在他的哑谜诗歌内面，是另有他的"飞白"作用的。说具体些，是在暗示下联语言的帝京方向。

②【水曲】表面是在泛指一湾之水，实际是在指说江湖。有了江湖水湾，就可联系绿林，这是应当注意的。　【春沙】是繁衍竹笋的地理上有利条件。　【笛管新篁】笛管，喻竹制的棒形用具。新篁，指竹田的活竹。《史记·乐毅列传》："蓟丘之植，植于汶篁。"集解引徐广："竹田曰篁。"语谓竹林大量生长，派何用处？本诗这里似乎未露锋芒，实际在说这是大有利于江湖百姓揭竿起义的（余详见下面《申论》尾段）。　【拔玉青】拔为拔除。玉指玉门、玉帝。《楚辞·汉刘向〈九叹·怨思〉》："背玉门以奔骛兮。"注："玉门，君门。"唐王维《金屑泉》诗："翠凤翊文螭，羽节朝玉帝。"青指青门、青帝。汉长安城东南门，俗呼青门。后泛指京城城门。《梁书·昭明太子传·王筠哀册文》："辚青门而徐转。"《史记·封禅书》："秦宣公作密畤于渭南，祭青帝。"由此可见，所谓"拔玉青"，表面似乎在说挺起竹竿，实际是说拔掉玉门玉帝，青门青帝。

【申议】——叶葱奇总结说："这首诗只是因园竹的滋长而感到欣快，并无其他深寄。"笔者的看法，适得其反。当然，这是可以各执一词的。不过，笔者可以列举若干理由,用备读者共同来作辨析。一、本诗是一种组合诗篇,一般地说,它应与前后诗篇的脉络相通,步调一致,如同《感讽五首》一样。二、李贺的忤逆哑谜,我们已经揭开了大量而又严重的事实,可作充分证明。三、根据《其二》的"无情有恨"来看,本诗没有无病呻吟的丝毫可能。四、"拔玉青"如不作拔除玉帝、青帝来理解,而当作竹子去解释,势必成了"笛管新篁挺竹子",未免累赘拙劣,缺乏生气与力量。五、拔与挺各有其不同作用。表现竹,应用挺。表现帝,应用拔。用了拔就是帝。未用挺,就不是竹。这是用字确切与否的逻辑问题,马虎不得。

——叶葱奇说:"'拔玉青',指它颜色像一根青玉似的从土中挺拔出来。"按这就"笛管"来说,显然不合。因为笛管一类的器具,不是活竹,都是黄色,没有可能像青玉的。李贺心细,选用笛管,就预防发生叶葱奇这类误解的。说实在的,笔者一直疑心笛管的选用,只能看出它是代表可作武器使用的锄头扁担一类器具,初未发觉它在句中,本身就起着否定"青玉为活竹"说法的作用。直到写完申论才看出来。早知如此,笔者不必多费上述五点申论了。

【译文】山村家中泉流石缝的旁边,长有两三株竹子,今早看见,它的阴根已经从土内延伸到道陌上面冒出笋尖了,真是发展得好快呀!看来今年江湖满地,将可增添大批新的竹竿竹棒,加上旧有的锄头扁担,有利于处在水深火热当中的老百姓们揭竿而起,把那昏庸残暴的帝王连根拔掉!

——表现了李贺忤逆昏庸残暴的思想浮动。

其四

　　古竹老梢惹碧云,茂陵归卧叹清贫①。风吹千亩迎雨啸,乌重一枝入酒樽②。

　　①【古竹老梢】犹陈旧的一竹一梢,体现久经折磨、正直不曲的形象。实喻李贺的身世遭遇,并以诗中主人公身份走了出来。　【惹碧云】犹高摩碧霄。　【茂陵归卧】汉司马相如,成都人。早年曾客梁王,梁孝王卒后,归成都而家贫甚。通过临邛令王吉恋得卓文君驰回成都,家徒四壁立。此后奉使西南夷,卓王孙补分大量钱财,相如又充任长安孝文园令,早就不贫困了。最后相如以病去职,居家长安茂陵,不久死去。见《史记·司马相如列传》。按相如的落拓贫困时期是在成都,晚居茂陵,并不潦倒。显然要把茂陵改为成都,才符事实。但细究本诗,李贺写成茂陵,是完全有其必要的。它是暗

与下面的"迎雨啸""入酒樽"存有紧密呼应的。这种差误的出现,正与《其三》中"紫陌"的飞白作用,适相等同的。读者于明了史实之外,径直认为相如落拓贫困在长安茂陵好了。

②【风吹千亩】"风"是狂风暴作。"千亩",指大面积的卷入。这是呼应前诗"水曲春沙""笛管新篁拔玉青",亦即江湖满地揭竿而起的形势的。 【迎雨啸】"雨啸"指急雨发啸(本句,是在化用"狂风急雨")。"迎"是迎接起义队伍狂风急雨般的到来。这自然是立足长安的活动,无法说成都的。所以这个"迎"字,是与上面茂陵关联得很紧密的。 【鸟重一枝】鸟指诗中主人公,谓受到起义队伍同病相怜的看重,安插了一个席位。 【入酒樽】谓加入来到长安的起义队伍行列,自然说不上是成都的。因此这个"入"字,也同样是紧密前面茂陵的。

【译文】久受折磨正直不曲的光杆竹梢,独自孤零零地高摩碧霄。自从归到长安茂陵以来,潦倒落魄,困苦不堪。终于盼来了铺天盖地的狂风急雨,不禁热泪滚滚,倒屣相迎。自念才能薄弱,谬被看重安置席位加入战斗行列,争取扩大胜利,共同举酒祝捷,真是无比高兴!

——表现了李贺迎接起义加入行列的想象场面。

附　识

一、本组诗首篇表现李贺个人原始的美好愿望;《其二》表现怀才不遇的深刻怨恨(本是仇恨,为了便于接受,改用怨恨也行);《其三》表现李贺忤逆昏庸残暴的思想浮动;《其四》表现李贺迎接起义加入行列的想象场面。这就构成了一个逐步变化发展的完整情节。它是在王琦、叶葱奇截然相反的偏见误解之下,严格按照客观原文的社会性科学性来展示语言逻辑,形象思维,从而得出的敌视昏庸帝王的无情诅咒。一切以讹传讹的现象,应可实事求是地知所恍然了。

二、本组诗值得回味的词语,如"数寸泥""斫取""腻香""黑离离""露压烟啼""千万枝""紫陌""水曲""笛管""玉青""茂陵""风吹""雨啸""鸟重一枝""入酒樽"等,笔者所遭的困难,是寸步多艰的。在"试行错误法"的大量反复观察之下,除周密细致查证根据以外,更参合了形象思维、逻辑推理的努力,来点点滴滴地进行突破。此中既有苦楚,也有乐趣。特别"笛管"否定"玉青"一面的作用,是在最后寻找理由时才发现的,令人回味不已。"紫陌"和"茂陵"的飞白作用,也是辨析李贺哑谜诗歌当中的重要环节。

由于历代文人的使用飞白手法,只是偶尔有之,不为大家注意,甚至忘掉了它。而李贺这种特殊诗歌,又恰恰不使用飞白手法的篇章是极少数的。这就障碍大了(飞白手法的种类很多。请参阅本书第一辑《五光十色的艺术手法》)。尚请读者留意。总起来说,笔者虽然克尽努力,但也不会绝无错误的。只是既经通释全文(不是断章取义的)出现了整体的生动形象,所有词语的探索理解,就大大增加了可靠性能。不足之处,唯有依靠后之来者,不断完善!

三、关于"露压烟啼"为"怒压咽啼"一事,本是笔者弯路走尽,吃苦最大的所在。起初就"压""啼"来看,只知它为遭受欺压摧残的形象,却不懂得要用"露""烟"两字的原因何在?当然,"露压"为"怒压"的同音飞白,很易理解。问题是"烟啼"在同音上面,就难找答案了。后从反复玩味当中,悟出李贺换用了"形近"飞白的咽啼,才得如释重负。深感李贺的灵活多变,自愧板滞太甚。现在把它写了出来,主要另外说明一个情况:尊重版本,有意见注明出来,决不轻易改字,这是非常要紧的一个环节。王琦做得很好,笔者每有谢天谢地之感。叶葱奇做得相反,笔者屡有以讹传讹之叹。即如"烟"字,在王本作"烟",在叶作"煙"。照说"煙"为"烟"的异体字,原可混用。笔者因有尊重版本的成见,总觉叶葱奇所写的"煙"字看不顺眼。岂知毛病果然出在这里,当笔者拿着叶葱奇版本观察时,始终观察不出任何苗头来。当笔者拿着王琦版本观察时,最后终于悟出"烟""咽"形近,可以飞白的道理来了。一个是声音相同的"怒压",一个是字形相近的"咽啼",正是被欺压摧残的形象。由此可见,李贺不写作"煙",要写作"烟",是有其飞白需要,不可违背的。我们对于版本的忠实,应当做到怎样的程度?于此可以窥见其一斑。总之,有意见注明出来,无何妨害,不必轻改版本。何况叶葱奇所改,全多有误解,此之一例,能不警惕?

四、王琦、叶葱奇对于"无情有恨"的理解,是否奇特异常,尚请读者多加检验。

神 弦 曲①

西山日没东山昏,旋风吹马马踏云②。画弦素管声浅繁,花裙綷縩步秋尘③。桂叶刷风桂坠子,青狸哭血寒狐死④。古壁彩虬金帖尾,雨工骑入秋潭水⑤。百年老鸮成木魅,笑声碧火巢中起⑥。

①指古《神弦歌》。《乐府诗集·清商曲辞四·吴声歌曲四》列有神弦歌十一调,共

十八首古辞。叶葱奇说："王琦云：'神弦曲者，乃祭祀神祇，弦歌以娱神之曲也。此诗言狸哭狐死，火起鸮巢，是所祁者，其诛邪讨魅之神欤？'"查"娱神"古辞，并无诛邪讨魅之意，李贺本诗，意亦不在神灵。李贺描画了五组形象，总的精神，极为含糊。究竟是在表现天上的神祇，还是在表现人间的黑暗统治？应当深入辨析，勿为掩盖手法所误。叶葱奇继承王琦观点在疏解内说："神听了祈求，刮起一阵大风，来驱除妖怪……"须知"桂叶刷风桂坠子"句的桂树，并非妖怪，怎好囫囵吞枣地含混过去？笔者根据李贺哑谜诗歌众篇一致的写作意图来看，自是认为表现黑暗统治的。但亦顾虑某些读者犹有怀疑不安之处，难于一致。兹幸发现紧接下面的两篇诗文，正是对症下药的有力佐证。下面的《神弦》和《神弦别曲》，都是特意针对本诗要害来作注释的。前篇着重否定神祇，后篇着重肯定女色和强调桂树。这样一来，就大有助于本诗表现黑暗统治的理解，不至于再有徘徊余地了。这种一篇两注的形式，也是李贺哑谜诗歌掩盖手法又一新的创例。换句话说，后两篇诗，不是在重复不当，而是在阐明要害。虽然各立门户，实属骨肉一家。容俟注完本诗，即当续注后面两篇。

　　由此可见，本诗题目，具有双关性能；表面借用乐府诗题做个掩盖幌子，实际所谓"神"是在讥讽统治者的权势地位，所谓"弦"是在指责统治者的黑暗统治！

　　②【西山日没东山昏，旋风吹马马踏云】含有双关作用：表面似在表现天昏地暗、旋风乱云，将有神鬼出现的环境气氛；实际首句是在表现统治者的日光昏暗没落，次句是在表现恶风乱云，马蹄狂踏的一团糟政治现象。合起来说，是个黑暗统治。

　　③【画弦素管】指乐器。　【浅繁】犹浅俗繁杂，低级得很。【花裙】自是女人。但究竟指美女抑或巫婆？应当联系全文，有所区分。　【绰缭】象声词，衣服摩擦声。《文选·晋潘安仁〈籍田赋〉》："绡纨绰缭。"按古用此词，多为高级丝织品的质料，未见指布衣说的。因此它是不宜看成普通巫婆的衣服声音的。由此可以推知，"花裙"一词，也是偏指美女服装说的。这是值得我们留意辨析，作为参考旁证的。　【步秋尘】表面指舞蹈。实际"步"为践踏。"秋尘"为秋日尘土。即把美女当作尘土践踏。句意亦含双关作用：表面似如叶葱奇、王琦所说："天神降临了，于是女巫吹弹起舞来娱神。"实际是在表现黑暗统治者荒淫无度，贪好声乐和摧残美女。属于罪过行为的指责，根本不是巫婆在迎神。

　　④【桂坠子】是人才遭受摧残的形象。叶葱奇由于要把后六句说成神在驱除妖怪，对此显非妖怪的桂树，无法交代，只得装作未看见，避而不谈。然而这是不能解决问题

的,必须正视客观存在,联系下句内容,另起炉灶地来作合适理解,才能水落石出。

【青狸哭血寒狐死】这是个深动非凡的句子,它的本意何在? 笔者曾经久堕雾中,吃苦不小。后因忆及本书第二辑《梦天》篇的"老兔寒蟾"以及《秦王饮酒》篇的奴仆不堪奴役内容,幸得恍然有悟。原来狸和狐,都是动物,也不是妖怪,天神要来清除它们,仍是不合情理的。当然前注①内已经说过了:本诗始终不是在表现女巫迎接天神,而是在体现黑暗统治。统治者除了荒淫声色之外;他还残酷地摧残人才,并且虐使奴婢。所谓"青狸寒狐",即是老少奴婢,与《梦天》篇的"老兔寒蟾"同一拟人手法。它们都是不堪奴役的。哭而且死,何等深刻! 记得屈原《九歌》篇的"乘赤豹兮从文狸",也不是真豹真狸,是指统治者马前车后穿着卒勇军服的御人和卫队而说的。再说本诗"桂坠子"正是含有一定的人格性能的。因此这五、六两句,恰为表现摧残人才,虐使奴婢的黑暗统治而作的。

⑤【彩虹金帖尾】讽刺统治者不是真龙,只是壁上画的假龙。 【雨工】雷神类。唐李朝威《柳毅传》:"毅过泾阳,见有妇人牧羊于道畔,曰:'妾洞庭龙君女也。'毅曰:'子之牧羊何所用哉? 神祇岂宰杀乎?'女曰:'非羊也,雨工也。'曰:'何为雨工?'曰:'雷霆之类也。'数复视之,则皆矜顾怒步,饮龁甚异,而大小毛角则无别羊焉。"本联谓真正兴妖作怪的乃是假龙,雷神将要把他除掉的。

⑥【百年老鸮】鸮谓鸱鸮,又作鸱枭,俗称猫头鹰。性凶恶,传说食母祸人。《诗·豳风·鸱鸮》:"鸱鸮鸱鸮,既取我子,无毁我室。"《文选·贾谊吊屈原赋》:"鸾凤伏窜兮,鸱枭翱翔。"所谓"百年老鸮",亦喻万岁暴君。 【木魅】传由老树变成的妖魅。南朝宋鲍照《芜城赋》:"木魅山鬼,野鼠城狐。"句意体现兴妖作怪,祸害人民。 【笑声碧火巢中起】"笑声"指不见形象的狞笑鬼声。"碧火"指忽闪忽灭的青绿鬼火。"巢中起"指统治者的巢穴之中亦即朝(巢朝同音飞白)廷之中发出来的。句意于兴妖作怪之外,着重指出为鬼为祟的根源所在。鬼本无形,极难表现,李贺点染得如此鲜明生动,令人不禁拍案叫绝。说实在的,笔者坚持要把本诗辨析出来,就是为了此句。至于有人评论李贺是个鬼才,这也欠当。例如"桃花乱落如红雨""酒酣喝月使倒行""拜神得寿献天子""雄鸡一声东方白"……都是李贺诗才的表现,初不限定于鬼类。

【译文】日落西山,天昏地暗。恶风急云,马蹄乱踏,成了一派黑暗统治。昏暴统治者醉生梦死,只知贪爱声乐,玩弄女色。对于国家的优秀人才,却像风折桂树一样,冷酷无情地进行摧残。至于奴仆护卫当中的男女老少,他们所经常遭受的无理压迫,就更血泪斑斑,血债累累,悲惨不堪言状了。其实罪恶的统治者,不过是一条描画出来的假龙,他是应当受到处理和消除的。大家必须认识清楚,只有昏暴的他,才是兴妖作怪为鬼为祟的祸害总根子!

附　　识

本诗首联表现黑暗统治的总貌,第二、三联谴责昏暴统治者的罪行,第四、五联揭示罪恶统治者的丑恶实质。写作手法以双关含混和拟人想象为较突出。

语言方面,以"青狸哭血寒狐死",特别是"笑声碧火巢中起",最为生动有趣。

详情详证见《神弦》篇及《神弦别曲》篇。

神　　弦①

女巫浇酒云满空,玉炉炭火香鼕鼕②。海神山鬼来座中,纸钱窸窣鸣飙风③。相思木帖金舞鸾,攒蛾一睫重一弹④。呼星召鬼歆杯盘,山魅食时人森寒⑤。终南日色低平湾,神兮长在有无间⑥。神嗔神喜师更颜,送神万骑还青山⑦。

① 继《神弦曲》篇之后,对巫婆的迎神习俗,作个揭露否定,以利于正确理解《神弦曲》篇的本文。亦即阻止用天神观点去解说《神弦曲》篇。因此之故,本诗等于是《神弦曲》篇的补注之一。参见《神弦曲》篇的拙注①。

② 首联王琦注说:"女巫浇酒以迎神,而神将降止,遂有云满空中,于是焚香击鼓以迓之。鼕鼕,鼓声,然与上五字不合,疑有讹文。"按所疑有理,句文可能为"玉炉焚香鼓鼕鼕"之讹。

③ 【纸钱】古时迷信,凿纸为钱,祭祀时烧化给鬼神或死者。唐白居易《寒食望吟》诗:"风吹旷野纸钱飞,古墓累累春草绿。"【窸窣】音(xī sù)。象声词,细碎的声音。唐杜甫《自京赴奉先县咏怀五百字》诗:"河梁幸未坼,枝撑声窸窣。"【飙风】飙音(xuàn),即旋风。

④ 【相思木帖金舞鸾,攒蛾一睫一重弹】王琦注说:"《太平广记》载:店妇以子中恶,令人招一女巫至,焚香弹琵琶召请。盖唐时巫师之状,大率相同如此诗所云。以相思木为琵琶,而金画舞鸾之状于其上。攒蛾者,蹙其眉也。睫音'接',多言也。一睫一重

弹者,每出一言,则弹琵琶一声以和之也。……刘渊林《三都赋》注:相思,大树也。……按:今相思木多出广东,他处亦间有,其木多文理,作器皿可玩。子如大豆而赤,谓之相思子。亦谓之红豆者是也。"按所说大都正确,只是把"唼"字释作"多言",窃有献疑。唼,本鱼和水鸟用嘴吞取食物之义,其声音是不够响亮明确的。巫婆装神弄鬼,语言原是含含糊糊、吞吞吐吐的。如果抛开张闭嘴唇的形象,而片面着重从声音方面释作"多言",未免在形音之间,轻重有所倒置了。这样,容易使人误会成流畅明白,滔滔不绝的语言,有悖于巫婆含混吞吐的丑态。事实上巫婆其所以要弹琵琶,就是在利用时间头脑中考虑应对词语。从诗文的攒眉作态,特别是"一唼一弹"来看,显然不是痛快流利,不可遏止的腔调。因此,为求符合实况起见,不如把"多言"改作"动唇",从形象上去作理解。既未抹杀吞吐词语的一面,也可不至滋生其他过分的误会(有的辞书未加究辨,专为王琦这一不够确切的孤证,对"唼"字条目,创设了一个新的"多言"义项,这就成了问题)。

⑤【歆】享用,专指神灵。 【山魅】指精怪一类。 【人森寒】令人毛骨悚然。本联谓设置的杯盘,本是为了供奉星神亲鬼享用的,他们是否真地被邀请来了呢? 万一来的是些精怪,血口吞食,岂非令人毛骨悚然(体现李贺故意于此发生了怀疑)!

⑥【终南】唐首都在终南山头,所以用终南象征首都。 【日色低平湾】显示唐代国运已与当初兴旺发达,日正当空的景象适得其反,没落到了奄奄一息,和地面水湾相平的地步。

【神兮长在有无间】意谓哪里真有什么神灵的存在?

⑦【嗔】怒。 【师更颜】谓都是女巫师在更换面孔,欺骗人们。 【还青山】犹送还老家,归葬坟墓。由于我们大家看穿欺骗,再也用不着她耍这些把戏了。

【译文】女巫浇酒在地,仰望上空表示邀请,香炉内面的香烟袅绕,鼓声也随着鼕鼕发响,说是山海神灵已经降临。纸钱更烧得窸窣作声,并且还有热气旋风哩! 于是女巫抱起相思木作的描金琵琶,挤攒着眉毛,一忽儿动唇唱念,一忽儿拨弹弦丝。

供桌上所有的各色杯盘,本是作女巫邀请各种神灵来享用的,不知神灵真的来了没有? 假使来的是些山精野怪,岂不令人毛骨悚然!

终南山的国运,已经低落到了和地面水湾相平的奄奄一息地步,哪里有什么真正神灵的存在? 所有神的喜怒,都是女巫在变换嘴脸,欺骗人们。还是把一切的所谓神灵,送回老家去埋入坟墓吧! 人们是再也不会相信有神的。

附　识

本诗前六句表现当时女巫利用迷信骗人的活动情况,中间七、八两句,表现李贺发生了疑问,尾四句评论国运没落,揭露神是欺骗。这样一来,就可阻止读者用神灵迷信观点去阅读《神弦曲》篇,有利于读者用政治观点去辨析《神弦曲》的诗文内容。所以说本诗是《神弦曲》篇的注文之一,本诗没有使用另外艰于理解的掩盖手法,原因也在于此。反过来说,如果有人把《神弦曲》篇的内容当作女巫迎神去看待,那是根本错误的。因此,王琦、叶葱奇的某些理解,是应加以澄清的。

神 弦 别 曲①

巫山小女隔云别,春风松花山上发②。绿盖独穿香径归,白马花竿前子子③。蜀江风淡水如罗,堕兰谁泛相经过④? 南山桂树为君死⑤,云衫浅污红脂花⑥。

① 继《神弦》篇之后,更对《神弦曲》的"花裙",肯定其为美女(不是巫婆)遭受了玩弄摧残的。并且强调"桂树是象征才士",同样遭到了摧残牺牲的。从而有利于读者正确理解《神弦曲》的黑暗统治。因此本诗实际等于《神弦曲》的注文之二。参见《神弦曲》篇的拙注之①。

②【巫山小女】即战国楚宋玉《高唐赋》所记楚王所梦见的巫山女神。后人附会其事,在巫山上建有神女之庙。诗文写成"小女",意在避用"神"字,表示是个实际美女。【隔云别】谓被玩弄践踏之后,遭返到遥远的巫山故乡去的。

③【绿盖】指所乘车上张有伞盖。　【独】指与残忍的统治者分别开了。　【白马花竿】指伴随上路的前驱行色。　【子子】特立出众貌。唐张说《赠陈州刺史义阳王碑》:"子子三旒,连舳归飞。遥遥百越,经途瞻叹。"本诗这里,反映外表上好像还不差池,实际心情上却是非常悲惨的。

④【蜀江风淡水如罗】王琦注:"巫山之下即蜀江也。风恬浪息,水纹细如罗縠……"必须理解,这是比较长安的政治风波而说的。　【堕兰】指衰败零落的兰花,喻遭受了摧残归到山庙的美女身世。王琦、叶葱奇都认为在指堕落蜀江水面的兰花景物,失据。　【谁泛相经过】谓凄凉寂寞,没有谁来相过从的。言外表现美女的悲惨下

场。叶葱奇疏解说："谁即指神，因为不能确知有无，所以说'谁'。"非是。须知李贺已在《神弦》篇否定"神"了。

　　⑤【南山】指首都终南山。叶葱奇在疏解内看作巫山附近的山头，非。　【桂树】指《神弦曲》篇的"桂叶刷风桂坠子"而说。实喻优秀才士。　【为君死】双关含混语。表面似说桂树才士要追求花裙美女，实际是说才士也和美女一样，被黑暗统治者——国君横施摧残，作了牺牲。王琦释死为"喜杀"，叶葱奇释死为"枯朽"，俱有差误。

　　⑥【云衫】指美女的衣服，特别是花裙之类。　【浅污】有些污染。　【红脂花】双关含混语。表面指红色桂花，王琦注说："桂花有三色：白者曰银桂，黄者曰金桂，红者曰丹桂。"实际是指才士被摧残牺牲时所流的鲜血而说。由于当时美女尚在长安，所以衫裙之上的红花，可能就是象征斑斑血迹的污染的！这个结尾两句，非常明确有力。无论美女才士，都是遭受摧残迫害的同病相怜之人。

　　【译文】巫山美女遭受昏暴统治者玩弄践踏之后，横被遣返路途遥远的故乡。正当春风吹放山上松花的时候，出发上路。独自随着遣返人员张起伞盖，穿行山野之中。我们一行，外表上虽有白马花竿，引人注目。实际我惨遭遗弃，心灵都已彻底破碎。尽管蜀江那里风平浪静，比较安定，但我这个忧患余生，如同衰败了的兰花一样，还有谁来理睬我呀！我的寂寞愁苦，永远也是摆脱不掉的。

　　回忆首都如同终南山上桂树一样的可贵才士，竟然被昏暴统治者无理摧残，夺去了他的生命。我的衫裙上的许多红花，就是污染有他的斑斑血迹的具体象征。我们都是含冤之人，何其命运相似，仇恨共深。

附　　识

　　本诗前六句，肯定美女被遣返巫山，尾两句强调才士被摧残至死。这就继《神弦》篇否定有神之后，更把《神弦曲》篇的"花裙""桂树"作了肯定和强调，扫清了《神弦曲》所有可生歧义的疑云。可见本诗实际等于《神弦曲》篇的补注文字之二。

　　如果注家对于《神弦曲》篇的美女才士遭受摧残，不及发现，就可根据李贺本诗，理通逻辑，大白真相。换句话说，王琦、叶葱奇的某些抵牾注释，只有根据李贺本人的写作意图，具体合理地求得澄清之后，才能逐渐消减以讹传讹的严重影响。事实上，数十篇的李贺哑谜诗歌，我们与王、叶两位之间，无一不存适得其反的矛盾问题。事非偶然,情难获已,除拙书《李贺哑谜诗歌新揭》第一辑已作过详细论述之外,只有热盼读者来共同参加辨析!

瑶　华　乐①

穆天子,走龙媒。八辔冬珑逐天回,五精扫地凝云开②。高门左右日月环,四方错镂棱层殷③。舞霞垂尾长盘珊,江澄海净神母颜④。施红点翠照虞泉,曳云拖玉下昆山⑤。列旂如松,张盖如轮。金风殿秋,清明发春⑥。八鸾十乘,蠹如云屯⑦。琼钟瑶席甘露文,元霜绛雪何足云?薰梅染柳将赠君⑧,铅华之水洗君骨,与君相对作真质⑨。

① 王琦说:"《楚辞》:'折疏麻分瑶华。'王逸注:'瑶华,玉华也。'《拾遗记》:'周穆王即位三十二年巡幸天下,驭黄金碧玉之车……有书史十人记其所行之地,又副以瑶华之轮十乘,随王之后,以载其书也'……此篇专咏穆王事,而题曰《瑶华乐》,殆采记中瑶华轮事以立名耶?曾谦甫曰:'当为《瑶池乐》',其说应是。"叶葱奇未说理由地说:"瑶华乐即采取瑶华轮事以立名。"按替穆王记事,不用穆王黄金碧玉之主车名篇,而用书史瑶华副车立名,欠近情理。王琦自知理亏,难以站住脚。所以终于从猜测不定的语气,转到大相径庭的"瑶池"上面去了。叶葱奇本无定见,顺着王琦的猜测交代了事。然而,这和其他哑谜诗篇的大量诗题一样,另有符合诗文内容的具体含义,须待揭示出来。

　　笔者根据诗文内容的究辩来看,本诗表现穆王周游是假,表现替统治者送葬及扫墓是真。通篇使用似是而非的双关手法。但从金风、清明、甘露文、元霜绛雪、薰梅染柳、铅华、君骨,特别是"作真质"来看,显然在对统治者进行讽诅。

　　王逸释"瑶华"为"玉华",这是本意。诗题借以表现白色的花,从而象征居丧吊丧的白衣白花的色调与形象,是其真正含义。古荆轲出发刺秦王时,势无生还可能,燕太子及宾客皆白衣白冠以送之。见《史记·荆轲列传》。又《后汉书·皇后纪下》:"董卓令帝出奉常亭举哀,公卿皆白衣会。"李贤注:"有凶事,素服而朝,谓之白衣会。"古人会葬,素车白马。今人哀悼,亦佩素花。因此,诗题表面似写周穆王旅游情节,实际是写现实统治者丧葬和扫墓的场面。是个讽刺泄愤的咒死作品,并非脱离现实的无病呻吟。题尾所加"乐"字,正是深含讥讽意味的。

②【穆天子】含混语,既可明指周穆王,又可比照国君地位,暗指别的国君(楚国就

有个楚穆王),特别是唐代现实帝王。这与《秦王饮酒》篇的究竟是哪个秦王,《梁台古意》篇的究竟是哪个梁王,有相近似之处。李贺并非没有办法把它表现得确切无疑,而是哑谜诗歌特意要制造这种双关含混,本诗一方面故意想方设法引诱读者倾向周穆王的故事,另一方面却又绝对回避周穆王的真实事迹,真凭实据。例如下文把"八骏"写成"八辔","王母"写成"神母",都是在体现似是而非的作用。这个首语"穆天子",假使写成"周穆王",正是确切无疑的。但李贺就是不能使用,根本原因,非常明显:原来李贺的写作意图,自始就不是要无病而呻地表现周穆王故事的。首语"穆天子"没有"周"字,事实上成了一个诱人入歧的假象幌子。在"八辔""神母"等没有一件是符合周穆王事迹的情况之下,王琦说"此篇专咏穆王事",未免失误太大。我们只要寻找一下,表现周穆王故事的具体情节在哪里,便可真相大白了。这里,也可看出前注①叶葱奇所附和的"瑶华轮"之说,除了一个"穆天子"似是而非的空幌子名词之外,真正的具体情节是没有作出交代的。相反,诗文替唐代现实帝王送葬、扫墓的活动,倒是表现得极其明确的,这就可以知所取证了。

【走龙媒】"龙媒",指良马。谓与神龙相类的良马。语出《汉书·礼乐志·天马歌》:"天马徕,龙之媒。"唐杜甫《昔游》诗:"有能市骏骨,莫恨少龙媒。"值得特别注意的,这是周代不曾有过的马名。"走"本急趋意,此间为马拉着车子前进貌。不难想象,一个被汉代以后龙媒拉着前进的车辆,上面所坐的或所载的,必定不是真正的周穆王。必须正视,这是专为推翻周穆王这个假象幌子而设置的巧妙语句。否则与下面"八辔"同样指马,成了重复不堪的赘瘤。由此可见,诗文"穆天子"不是真指周穆王的说法是李贺早就提出过的,并非笔者一厢情愿的穿凿。王琦、叶葱奇对诗题诗文所作的大量解说,在这铁的逻辑面前,可以想见其以讹传讹的危害。说实在的,笔者原是根据诗文后段扫墓语言,对证哑谜诗歌众篇一致的讽诅唐代现实帝王的写作意图看出问题的,怎样取信于读者?极感吃力。当三易其稿的最后时刻,从诗文写马的重复感觉中,才得发现李贺自己这个彰明较著的推翻周穆王幌子的可贵铁证,至感兴奋!句意是说:周穆王,乘龙媒,不合理,是假的。如果我们今人说"周穆王,乘飞机",显然同样不是真实的。因此之故,"走龙媒"的谜底,就是"是假的"三字的声明。假使我们还是硬要当作真的去看待诗文,自属故意违反李贺写作意图,理应错误百出,难圆其说。

【八辔】"辔"为马缰,一马两辔。"八辔"应指四马,李贺虚拟周穆王的八骏,故意似是而非,是以八辔代表八马的。相传周穆王有八匹骏马,《穆天子传》卷一:"天子之骏,赤骥、盗骊、白义、逾轮、山子、渠黄、华骝、绿耳。"李贺一方面用"八銮"影射"八骏",诱惑读者。另一方面又坚决不肯使用"八骏"一语,以免误认为周穆王故事,不利于体现唐代现实帝王灵柩的载运出发。 【冬珑】象声词,指马的鸾铃声。 【逐天回】谓蹄轮驰骋运转于天衢大道之上。 【五精】指开路前导。在天喻五方之星,汉张衡《东京赋》:"辨方位而正则,五精帅而来摧。"在人喻五百前卒,《后汉书·曹节传》:"五百妻有美色。"注:"韦昭《辨释名》曰:'五百字本为伍(伯)。伍,当也;伯道也。使之导引当道陌中以驱除也。'"笔者儿时目击一隆重葬仪,犹有大队纸人纸马纸楼……上路。其最前驱者为开路神,应即诗文"五精扫地"之遗意。 【凝云开】谓雾障都被排开了。这个首节语句,表面表现周穆王出游,实际表现唐代现实帝王的灵柩被马拉着运行在康庄大道之上,其队伍的最前面,有纸扎的开路神扫清地面的一切云雾障碍。

③【高门】指高大的楼房。 【日月】指帝王用的日月旗,即古帝王仪仗中绘有日月图像的旗帜。《穆天子传》卷六:"日月之旗,七星之文。"郭璞注:"言旗上画日月及北斗七星也。" 【错镂】谓错彩镂金,雕饰工丽。南朝梁钟嵘《诗品》中:"谢(灵运)诗如芙蓉出水,颜(延之)诗如错彩镂金。" 【棱层】山势高峻貌。唐岑参《出关经华岳寺》诗:"开门对西岳,石壁青棱层。" 【殷】盛大之意。南朝宋鲍照《芜城赋》:"板筑雉堞之殷。"句谓继五精开路神之后,还有许多纸扎的奠物:有的是悬有皇家旗帜的高大精致的楼房。

④【舞霞】指飞禽。 【垂尾】指走兽。 【长盘跚】"盘跚"为行路缓慢貌。由于飞禽走兽是纸扎物,不能高飞远走,只能由人抬着盘跚前进。 【江澄海净】表现纸扎人物不能随时波动神情(此语与"长盘跚"同一妙用,体现了李贺刻画水平)。 【神母】指神母纸像。表面诱人当作王母看待,以便散播周穆王的烟幕。实际又不愿有心的读者不作葬送现实帝王理解,误成周穆王的故事,所以坚决不能写成"王母"。这种既要引诱又要否定的作用,显然是一种双关含混,似是而非的特殊手法,然而也是李贺哑谜诗歌的常用手段。

⑤【施红点翠】犹搽胭抹粉,穿红戴绿。指会葬观葬的妇女人们。 【照】照耀满地。 【虞泉】本作虞渊,古神话谓为日入之处。《淮南子·天文》:"日入于虞渊之汜。"本诗这里以"日入之处"喻帝王的死归黄泉。既避高祖之讳,更含黄泉之意。 【曳云】曳为穿着、牵引意。云指云霞、霓裳。《楚辞·九歌·东君》:"青云衣兮白霓裳,举长矢兮射天狼。"只得注意的是,衣裳并非偏指女服而言。唐白居易《送毛仙翁》诗:"肌肤冰雪莹,衣服云霞鲜。"李贺《绿章封事》篇,"青霓扣额呼宫神"的青霓,也是对男性道士的

道袍而说的。

【拖玉】指佩带玉饰。更不是偏指女性说的。《礼记·玉藻》："古之君子必佩玉。"又"君子在车,则闻鸾和之声,行则鸣佩玉"。《左传·哀公二年》："大命不敢请,佩玉不敢爱。"《后汉书·左雄传》："九卿位亚三事,班在大臣,行有佩玉之节,动有痒序之仪。"……都是指的男性。本诗这里是继上句会葬观葬的女性人群之外,更在指出会葬观葬的男性人群。 【下昆山】指灵柩放入墓穴后,帮助下土堆成高大坟山。按这只是送葬过程最后的一种撮土示意礼节,实际坟山还是由专门劳力随后筑成的。这个送葬场面的描画,是达到了精简、扼要、充实、热闹的目的的。它的能被发现,实与本诗下半篇扫墓文字的露骨表现,大大地分不开的。

【申议】王琦注说:"穆王升昆仑之邱,及观日之所入,与宾于西母,原是三事。诗意似谓偕王母以往观虞渊上昆仑也,故用'施红点翠''曳云拖玉'等字。红翠,谓妇人装饰。云,云衣也。玉,佩玉也。"叶葱奇也照本宣科,推行此说。须知这是王琦用"似谓"语调表达的猜测不定之词。非但他自己心中有数,信心不足。客观文字也确大不尽然。一、本两句中没有"王母"字样,前文的那个"神母",是与飞禽走兽、高楼旗帜并列出来的纸扎祭物,都非真身,专为一类,已告段落。本两句换了表达材料,描画会葬观葬男女人群的活动热闹,原是送葬场面必不可少的主要内容。由于李贺玩弄双关含混手法,致令王琦大上其当,看成了本两句是前文"神母"的谓语部分。既是飞禽走兽句落了单,不合咏律,又是三句语言表现一个"神母"名词,何其累赘,更是抵触了送葬扫墓的具体情节,违离了李贺的写作意图。二、王琦把"施红点翠"和"曳云拖玉"都看成是表现王母妇装的,忽略了"曳云拖玉"更多地是表现男装的性能。致使矛盾增生了一层无谓枝节。足证不曾抓准核心意图,难免还要滋生意外误会的。三、本两句并无体现周穆王故事情节的明确证据,我们不能说"施红点翠""曳云拖玉",就是周穆王特有的故事情节,何况"虞泉"一词是喻帝王黄泉的,"下昆山"一语是与穆王行动"升昆仑"恰恰相反的!如果我们就不写"八骏"写成"八辔",不写"王母"写成"神母",特别是不写"赤骥"……写成"龙媒"来看,显然可以反证出李贺用心,正是不要表现周穆王故事的——叶葱奇未及究辩至此,师从王琦犹豫不定之说,是个误信。

⑥【列斾如松】斾为旗帜,谓会葬人群的队伍旗帜如林。 【张盖如轮】谓人们所张的伞盖,如一个一个的车轮一样。这是对送葬总貌的回顾文字。 【金风】指秋风。《文选·晋张景阳杂诗》之三"金风扇素节"注:"西方为秋而主金,故秋风即金风也。"

【殿】末尾意。句谓下葬之日,时值秋末。　【清明发春】指旧历春季踏青扫墓的清明时节。唐薛逢《君不见》诗:"清明纵便天使来,一把纸钱风树杪。"句意谓转眼到了清明时节。本节文字,是个承上启下、交代时间,由送葬活动转到扫墓活动的过渡结构。明白如话,与周穆王故事毫不相干。单从"清明"一词,也可看出咒死亡的更有用心。叶葱奇继承王琦疏解说"秋风殿在行列的后面,春气领在行列的前边",欠合逻辑。

⑦【八鸾】皇家之车有鸾铃,故以鸾名。如鸾舆、鸾驾……都是此义。字亦作鸾,《诗·大雅·烝民》:"四牡彭彭,八鸾锵锵。"　【十乘】十辆鸾车。　【矗】长直貌。【云屯】如同云气的聚集。北周庾信《哀江南赋》:"冀马云屯。"句谓宫眷出发,对死王进行扫墓活动。叶葱奇疏解说:"这是神仙的行列,仙风灵气簇拥前后。"非。

⑧【琼钟瑶席】王琦说:"琼钟,玉杯也。《楚辞》:'瑶席兮玉镇。'王逸注:'瑶玉为席也。'"按所引甚是,只是这种精致高级的琼瑶台面,是对死王墓前在摆供桌,与诗题《瑶华乐》同样具有讽刺意义,自是王、叶两位所不曾具有同感的。　【甘露】佛教语。喻佛陀教法,涅槃佛性。《法华经·药草喻品》:"为大众说甘露净法。"南朝梁萧统《东斋听讲》诗:"既参甘露旨,方欲书缙绅。"佛教更有"甘露门""甘露饭""甘露寺"……诸说,这里的"甘露文"正是在指和尚做法事、念佛语。下面两句,即为法事上超度魂灵的内容。

【元霜绛雪】双关语:表面指仙药名称,《初学记·汉武帝内传》"仙家上药有玄霜、绛雪",实际指坟墓上难免飞霜下雪。　【何足云】犹不须怕。　【薰梅染柳将赠君】谓将在坟墓上栽梅种柳,抗御霜雪。

⑨【铅华之水】"铅华",妇人搽脸的粉。《文选·三国魏曹植〈洛神赋〉》:"铅华弗御。"注:"铅华,粉也。"这里"铅华之水",指后妃哭坟的泪水,是个露骨讽诅的证明。【洗】夸张泪水之多。　【君骨】指坟内国君的尸骨。　【与君相对】谓后妃面对坟内的死骨。　【作真质】"真质"指活人,谓处于生死异路的境地,君王已成死骨,而未亡人自己却还是个苟延残喘的活人。真是痛不欲生! 这就达到了诅咒死亡的写作目的。

【申议】这个尾联,从明白晓畅的妇人泪水来看,是体现了李贺的露骨意图的。从故装拙劣的"作真质"三字来看,是蕴藏了李贺的掩盖用心的。大凡语言的色调晦涩,味觉反常,就应提防多式多样的曲折内涵,进行不屈不挠的攻坚战斗。笔者过去浏览本诗,收索哑谜,每每失于浅尝辄止。近下决心进行全面彻底地究辨,实是由于"作真质"这三个字久久横塞脑海,心不安,理不得,不愿继续忍耐下去了。通过这个不能使人心安理得的双关含混、故装拙劣式的语言,可以清楚地看出李贺是个文才很高的政治诗人,并不是什么唯美主义者。

【译文】我写穆天子,实在是假的。何人与何事? 读者推敲去。请看八匹壮马,拖着一个特殊车辆,蹄轮不断运转在康庄大道的上面。整个队伍,非常之长。前面有开路神在开路,接着是纸扎的高楼,悬有皇家的日月旗帜。楼房四面精雕细刻,一层一层多么壮观! 随后又有纸扎的飞禽走兽,被人抬着慢慢前进。更后还有纸扎的人物故事如神母圣像等。会葬观葬的女性们,一个个搽胭抹粉,一直送到帝王的黄泉之地,真是光彩照人。会葬观葬的男性们,一个个穿袍佩玉,一直送到帝王的墓穴所在,下土堆山,完成了送葬过程的最后礼节,可算郑重非凡。

回顾这次送葬,队伍旗帜如林,人们所张的伞盖,如同一个一个的车轮,何等热闹! 这个时光,是在秋末。转眼之间,已是次年春天的清明扫墓时节了。请看另一番扫墓活动:

十辆皇家銮车,像云彩一样列成长队,来到墓前。高级的酒盅,丰盛的祭品,摆满供桌。还有和尚做法事、念佛经,并且超度魂灵说:"坟上打霜下雪的时候,不要害怕。今后将要在坟上栽梅种柳,帮助君王抵抗霜雪的。"后妃们的泪水,洒向君王的墓骨,几乎可以流动了;她们与君王生死两隔,实在不忍面对君王的死骨,而自己还苟延残喘地活着。该是何等的痛不欲生!

附　　识

根据送葬,扫墓的诗文内容来看,所谓《瑶华乐》的诗题,显然只是大撞丧钟、饱含讽诅的代表辞令。

送葬内容的得到发现,实由露骨特甚的扫墓文字的反射结果。

本诗以周穆王故事作引诱,以现实诅咒为目的。因而采用双关含混、似是而非的表现手法,这是势所必然的。

关于"走龙媒"的逻辑运用,以及用"长盘珊"刻画纸扎的飞禽走兽,用"江澄海净"形容纸扎的神母圣像,都是值得反复玩味的非凡妙笔,有趣极了。王、叶两位未曾究辩及此,至为扼腕。

南园十三首①

其一

花枝草蔓眼中开,小白长红越女腮,可怜日暮嫣香落,嫁与春风不用媒。②

①【南园】指李贺河南福昌县(唐代以前元代以后均名宜阳县)昌谷山居的所在。根据《其四》诗文"三十未有二十余"句来看,是李贺仕途惨遭折磨,愤而离京回乡之后的作品。他是二十七岁去世的,晚年虽患肺病,但头脑清楚,写了许多哑谜诗歌。从这十三篇诗中,也可充分窥见他遭时不偶、气愤填膺的激烈情怀。

②【草蔓】蔓为蔓生植物的枝茎,木本曰藤,草本曰蔓。故草蔓,实即泛指草类之意。【小白长红】犹红白相间,有红有白。　【越女】指越地少女。　【腮】脸颊。　【嫣香】娇艳芳香意。　【嫁与春风不用媒】表面似可及其强勉地说:光阴易过,身被春风吹得无影无踪。实际是说:仕途惨遭坎坷,如同少女出家未成。居今之计,甘愿投嫁一种能量强大、利害与共,并且一拍即合、不用媒人的夫家而去。这种夫家,竟为何人? 作用何在? 读了以下各篇,自会了解。

【译文】花儿草儿,生满眼前。大小长短,白的红的,开得像越地女郎的脸颊一样,非常出色。可惜光阴无情,日暮之后,原有的娇艳芳香,就要变得萎缩凋落了。我决定抓紧时间,马上投嫁给能量强大、利害与共、一拍即合、不要媒人的夫家而去。

——表现了怀才不遇,误尽青春的"愤慨"思想。

其二

宫北田塍晓气酣①,黄桑饮露窣宫帘②。长腰健妇偷攀折③,将喂吴王八茧蚕④。

①【宫北】指福昌宫的北面。另一篇李贺《昌谷诗》内,王琦注第(二三)说:"《唐书·地理志》:河南府福昌县有故隋福昌宫,显庆二年复置。《一统志》:福昌宫在河南府宜阳县西坊郭保,隋炀帝建。"　【田塍】塍音(chéng),即田埂。唐刘禹锡《插田歌》:"田塍望如线。"【酣】饱满充足貌。唐崔融《和宋之问寒食》诗:"遥思故园陌,桃李正酣酣。"

②【黄桑】指带黄色尚未变青的初生嫩桑叶。　【窣宫帘】"窣"音(sū),拂拭而有微声意。"宫"表面指福昌宫,实际影射宫廷帝王。"帘"表面指窗帘,实际体现闭着眼睛,无动于衷。漠视新生事物的美好成长,丝毫不加关心爱护。这与第二辑《堂堂》篇"禁院悬帘隔御光"句的谴责帝王隔着窗帘,看不见唐国家腐朽没落的深重危机,是同一旨趣的,本诗这里的"黄桑饮露"是象征新生人才的,"窣宫帘"是体现帝王深居高楼,摈弃人才,未加接纳的。

③【长腰健妇】体现急需桑叶,求之不得的被压榨的劳动人民。所谓"长腰",是对

边远地区的夸张暗示。如此之长,妙语新铸! 这不是在指昌谷妇女,有下面的"吴王""八茧"两语可作佐证。 【偷】既显示主权是属于官家的,又表示思想感情是恰恰相反,处于对立地位的。

④【吴王】指距离长安较为偏远的江浙地带。然不说"吴地",要说"吴王",实含对立之意(诗文未写唐王。古之称吴王者很多,如汉代的吴王濞,就是个和中央闹对立的角色)。否则上句的"偷"字,就仅限于个人的偷摸,不能涉及大面积的政治斗争了。必须提明,李贺的忤逆诗篇,很多是结合苦难人们在边远地区的聚众反抗来体现的。如《湘妃》《恼公》……是其证明。本组诗的"吴王""桂洞"……其至"越女""越佣"都有把目光注视边远地区的倾向。李贺弃绝长安,须有出路,浮想联翩,势或必然。【八茧蚕】谓一岁八熟的蚕。《文选·左思〈吴都赋〉》:"乡贡八蚕之绵。"李善注引《交州记》曰:"一岁八蚕茧,出日南。"按汉日南郡属交州,更在边远,其能一岁八熟,特因气候暖和。这在河南昌谷,自是不可能的。

【译文】福昌宫北面的田内,朝气非常充足,吸饮露水的嫩黄桑叶,成长得多么美好! 可他只能被摒在窗墙外面,宫中主人垂下帘子,根本无动于衷,不加理睬。要晓得,边远地区的穷苦妇女,该是何等需要这种桑叶? 她们将要想方设法,大大地伸长自己的身腰,把昌谷这种宝产,暗中转移过去,发展她们吴中的业务,厚实她们日南的力量。到了那时,你宫中主人,只有追悔莫及、自取灭亡的可耻下场,供作享受了!

——表现了不得其用,弃暗投明的"反抗思想"。

其三

竹里缫丝挑网车①,青蝉独噪日光斜②。桃胶迎夏香琥珀③,自课越佣能种瓜④。

①【竹里】指竹林附近。 【缫丝】煮茧取丝。 【挑网车】转动网样车轮,把丝理好。

②【青蝉】指初生小蝉。王琦注:"《通志略》:蝉五月以前鸣者,似蝇而差大。青色,或有红者。夜在草上,日在木上,声小而清亮。"

③【桃胶,琥珀】桃树枝干上夏月溢出的胶状树脂,形似琥珀。

④【越佣】指江浙一带的佣工。值得注意的是李贺身处河南,他却想象着置身吴越。这与《湘妃》篇的弃绝长安,投奔到湘江苦难群众当中,去搞对立反抗活动,不能说它不是一致的思想倾向。 【种瓜】除了象征自力更生,另起炉灶外,更主要的是着重

诅咒了唐代现实腐朽朝廷的灭亡。《史记·萧相国世家》："召平者,故秦东陵侯。秦破为布衣,贫种瓜于长安城东,瓜美,故世俗谓之东陵瓜,从召平以为名也。"这里召平的种瓜,是与秦亡存有关联的。今李贺如果种瓜,是否与唐亡存有关联? 从"能种瓜"的能字来看,显然是个针对唐亡的表态(如,你唐亡了,我还能够种瓜为活),正是讽诅唐亡的歇后语。李贺为了避免露骨起见,未敢写出"召平"字样。但他在《安乐宫》篇内,已经巧妙地表明了召平种瓜的故事。凡此,可见他隐讳诅咒的用心。笔者初被蒙混过去,未深究辨。后因翻译本诗,发现前三句都是重复表现种瓜时间的可有可无语言,全诗只有最后一句才是真正实质的所在。在这类似金蝉脱壳式的章法之下,重心就不得不落在"种瓜""越佣"两语上面了。换句话说,对"种瓜""越佣"两语的深加究辨,就特别凸显出来了。它们究竟含着一些什么用意? 首先发现了种瓜故事的如上讽诅意图,接着证明了要用"越佣"一语的内在原因,原来李贺既不便露骨写成长安种瓜,也嫌昌谷种瓜不能深刻地表现讽诅感情,所以才要选用"越佣"。从越字说,是与长安所在地的秦字,本就存有对立不通休戚的历史性质的。唐韩愈《争臣论》："若越人视秦人之肥瘠,忽焉不加喜戚于其心。"从佣字说,是兼含着起义精神的。《史记·陈涉世家》："若为佣耕,何富贵也? 陈涉太息曰:嗟乎,燕雀安知鸿鹄之志哉!"由此可见,这个用"越佣""种瓜"构造的句子,是大大含有对立、反抗的讽诅作用,与《湘妃》《恼公》……同出一炉的。

【译文】在这竹林旁边煮茧取丝,转动着网样纺轮的时候;在这青蝉还未壮大,每当日光偏西,偶有个别叫声的时候;在这桃树为了迎接夏季,溢出胶脂,如同琥珀一样的时候;正是大好种瓜的季节。一定要加紧努力,争取早日种出独特的、具有"越人视秦""佣耕反秦"深厚味道的亡秦大瓜来! 从而大快人心,告慰寸衷。

——表现了及时种瓜,另起炉灶的"咒亡"思想。

【申议】叶葱奇在《其二》内疏解说:"这一首和下一首纯是描写田园琐事,并没有什么深意。"看来"吴王""八茧""越佣""种瓜"都是含意很深,性质严重的内容,无奈叶葱奇放松逻辑要求,都被视若无睹地未加追究。特别是没有识破本诗的谋篇章法,当作诸多等同琐事看待,最关要害。李贺是个政治诗人,轻估不得。事实上都不是以田园生活为目的的。

其四

三十未有二十余,白日长饥小甲蔬①。桥头长老相哀念,因遗《戎韬》一卷书②。

李贺哑谜诗歌新揭

①【小甲蔬】指蔬菜初生的弱芽。

②【桥头长老】指汉张良少游下邳圯(桥)上,遇黄石老人授以太公兵法一书,并说读此可为王者师,十年就可发达起来了的故事。见《史记·留侯世家》。 【戎韬】王琦说:"即太公六韬也。"按《六韬》为兵书名,旧题周吕望撰。

【译文】我二十几,落拓不得意。整日挨饥饿,瘦得像个小甲蔬。黄石老仙觉得我这孺子还可教,因而送我太公兵书一整套……

——表现了改习兵法,倾向起义的"从戎"思想。

【申议】本诗明白如话,无何真正难懂之处,全貌已见译文。关于黄石老人赠送兵书一事,是李贺根据《史记·留侯世家》写了出来,并无任何歪曲,且为王琦、叶葱奇所共知道的。照理诗文既无过分不当或可生疑问之处,王琦、叶葱奇和笔者之间的理解,应是容易破例地达到一致的。退一步说,王、叶即使真有疑问,也可明白提了出来,不必故弄玄虚,堕入五里云雾中。

王琦注说:"桥头长老,哀其以少年而受饥困,故以兵书遗之,劝其从军奋迹。此首疑咏一时实事,与张子房游下邳圯上,遇老人授太公兵法,正绝相类。……盖当元和年中,频岁征讨。一时文士受藩镇辟召,效力行间,致身通显者,往往有之,宜长吉之心驰而神王也。读者不会其故,只以用史、汉故事视之,意味索然,有如嚼蜡。"叶葱奇全盘接受,加强说:"按《史记》张良尝游圯上,遇一老父,授以一篇书,乃《太公兵法》也。这里不是用这个典故,只是用字面来说乡间老人劝他习武。……藩镇武将气焰不可一世,即参加内幕的文人,也往往通显。"

王、叶两人的这些说法,使人读后产生许多疑问:他们的目的何在?他们是在顾虑什么?何故不能直截了当地把话说出,却要远绕弯子?何故要滋生一些不相伦类的假设?何故要把一湖明净的秋水,搅成黑浪滚滚的风波?他们存有什么不便出口而又难以罢手隐衷?……这在这究辨李贺哑谜诗歌的当中,也可算个较为典型的例子。这要依靠读者的共识,才能洞悉全部的真相。目前按照笔者不完全、不成熟的看法来说:王琦不是在反对桥头长老赠送兵书,而是在居心排除张良其人,因为张良是起义领袖的佐命功臣,王者之师。在秦汉以后封建统治日益加固的情势之下,特别是清代文字之狱的影响之下,王琦怎敢在李贺诗歌内标榜张良这种起义人物?尽管诗文没有提明张良,也无起义字样,但李贺的伍子胥式的危险性格,正是王琦深有体会,洞若观火的。一旦李贺诗被揭露,王琦如何辞卸责任?这是很要紧的。所以王琦心内抱有非常沉重的冷病,而又不敢明白说出。只得故装糊涂,采用此地无银三百两的办法,说什么不是在使用《史记》故事,而是另外有个乡人在送兵书。从而对于读者进行欲盖弥彰的欺诳搪塞,实现其排除张良的真正目的。王琦为了多尽努力,取信封建,就更假设出来了"文士受藩镇辟召,效力行间,致身通显者,往往有之,宜长吉之心驰而神王也"的违理强奸说法。众所周知,李贺的悲不遇人,脱离长安。写了大量的诅咒死亡,恶毒行刺、投靠苦难群众共图起义反抗的诗篇。即在《致酒行》篇内,也曾明确表示:不愿去向龙颜请恩泽,要去雄鸡一声天下白。他是在仕途幻想彻底破灭之后,才辞职离开长安的。他只有投靠苦难群众去搞反抗活动的思想,没有间接去为朝廷继续效力的可能。果真按照王琦的逻辑观察问题:那些不能安居乐业,亡命深山大泽,图谋反抗的大量苦难群众,也都是在效忠朝廷了。难怪王琦竟把《章和二年中》农民咒死帝王的"七星贯断姮娥死"句,偏会颠倒说成是在祝寿天子万寿无疆的(详见第二辑该篇拙作),这只能算是王琦自己的独特逻辑。

当然,王琦身处封建社会,对于李贺这类思想的诗歌,不能不全部把他颠倒歪曲、回避转移。否则直言注释,定遭不测之祸。因此我们后世读者,是可理解他的原因的。叶葱奇身处社会主义时代,何故要紧跟王琦的讹误而再讹误(详见第一辑《引论》内),并且有些是明知其非而故蹈其非的。如本诗的"桥头长老"注文,也算一个明证。笔者未悉其因,作为特殊情况,留待读者共同究辨。

其五

　　男儿何不带吴钩①? 收取关山五十州②。请君暂上凌烟阁③,若个书生万户侯④?

　　①【吴钩】兵器,形似剑而曲,春秋吴人善铸钩,故名。后亦泛指利剑为吴钩。晋左思《吴钩赋》:"器械兼储,吴钩越棘。"唐卢殷《长安亲故》诗:"楚兰不佩佩吴钩,带酒城头别旧游。"

　　②【五十州】古有"五十弦瑟"为弦音之最多者。又有"每五每十"分组计数之法,亦为处理多量数目的一种手段。这里的"五十州",实为"多数"或"大量"河山的意思。作为雄心壮志来说,是既不宜拘泥于具体数目的,也不宜于限制某几处特定河山为其范围的。当然,这是站在除旧更新的立场来立言的。如果站在抱残守缺立场,自会截然相反的。作者李贺在表现哪一方面的思想感情? 单就本十三篇诗来说,读者自会明白

的。可是王琦、叶葱奇注说:"指当时(叛逆)藩镇所居之五十余州也。"这就显然违背了李贺意图,淹没了诗文的谜底真相。请看下句所标榜的是哪一方面的人物,便可得到有力的证明。

③【凌烟阁】指封建帝王悬挂起义功臣图像的地方。唐刘肃《大唐新语·褒扬》:"贞观十七年,太宗图画太原倡义,及秦府功臣……二十四人于凌烟阁,太宗亲为之赞,褚遂良题阁,阎立本画。"按这些太原倡义及秦府功臣,都是除旧更新的起义人物。本诗的核心意图,端在标榜改天换地的起义精神!与抱残守缺的思想领域,未共休戚。

④【若个】犹那个。 【万户侯】侯中之大者。《史记·李将军列传》:"文帝曰:惜乎,子不遇时,如令子当高帝时,万户侯岂足道哉。"

【译文】有出息的男儿,何不腰带武器,收取广大河山?请看本朝太宗凌烟阁上,都是一些除旧更新、改天换地的起义人物。哪有一个不参加起义的白面书生,能够封到万户侯的!

——表现了除旧更新,改天换地的起义思想。手法方面,全是依靠双关含混作出表达。

其六

寻章摘句老雕虫①,晓月当帘挂玉弓②。不见年年辽海上③,文章何处哭秋风④?

①【寻章摘句】搜求摘取片段文句。指读书或写作,只知偏重文字技巧的推求。《三国志·吴志·吴主权》:"屈身于陛下是其略也。"裴松之注引《吴书》:"(孙权)志存经略……不效书生寻章摘句而已。" 【雕虫】对文字技巧的贬称或谦称。《隋书·李德林传》:"至如经国大体,是贾生晁错之俦;雕虫小技,殆相如子云之辈。"

②【玉弓】喻残月形象。

③【辽海】渤海,也泛指辽东滨海之地。古时文化不够发达,常有烽火战斗。唐高适《燕歌行》所谓"汉家烟尘在东北",盖指此方地带。

④【哭秋风】战国楚宋玉的文才,以"悲秋"著名,故用"哭秋风"三字以相引喻。意谓战场上只要硬拼武器,这些文事是毫无用处的。

【译文】咬文嚼字地老是把自己沉浸在雕虫小技当中,这是没有出息的。仰望当窗的晓月,不是像玉弓一样吗?应当拿起武器来及时走上战场去。要晓得年年辽海战场上，谁曾依靠口诵美妙悲秋的文章，就把敌人打败了的！

——表现了弃文就武，挺身上阵的"拼命"思想。

其七

长卿牢落悲空舍，曼倩诙谐取自容。见买若耶溪水剑，明朝归去事
猿公。

原文注释，特别是鲁迅先生认为行刺思想的论证……都已详见本书《李贺哑谜诗歌新揭》第二辑《南园十三首其七》里面。兹补译文于下：

【译文】司马相如从梁藩归到成都的时候，家徒四壁，困苦不堪。东方朔在长安宫内，不敢直言匡谏帝王过失，只能装作滑稽态度，微微流露某些意识倾向，以免激怒主人，保持自己区区职务，亦属可悲得很。不才如我李贺，惨遭无理摧残，更属不堪言状。每自腐心切齿，如坐针毡，孟轲说过："君之视臣如土芥，则臣视君如寇仇。"我誓购买一柄若耶溪出产的名剑，明朝回到长安做刺客去（李贺时已辞职回到昌谷南园写作诗篇，从原诗"明朝归去"来看，显然是想再回长安去行刺的。这里恰是李贺运用双关手法，隐藏行刺思想的一个铁的证明）！

——表现了不甘屈服，誓求报复的"行刺"思想。

其八

春水初生乳燕飞①，黄蜂小尾扑花归②。窗含远色通书幌③，鱼拥香钩
近石矶④。

①【乳燕】幼燕。南朝宋鲍照《采桑》诗："乳燕逐草虫，巢蜂拾花萼。"表面与春水体现春天的季节，实际在显示苦难群众新生力量的发展活跃。

②【黄蜂】似指蜂群，实喻苦难群众。　【小尾】指蜂尾有毒，在采蜜的时候，受到侵犯，是可进行反击的。　【扑花归】谓经过斗争，获得了果实胜利而归。这里"扑"不作"采"要算本诗最较引人注目的第一个可疑字眼，他实藏有打斗作用在内。

③【窗含远色】谓李贺从自己的窗看到上述两句斗争情况了。当然，不是拘泥于目光的直觉，而是表示了解到了。　【通书幌】"幌"为窗帘，"书幌"即指书屋。"通"谓苦难人民的上述斗争情况，是和李贺书屋事先事后都有通连的。从而表现李贺根本就是一个间接参与者。

④【鱼】喻所追求的目的物。这里实指敌人。 【香钩】应指钓饵。但钓饵不能溢香,可以联系采蜜活动,是以采蜜活动为其钓饵的。 【近】走近、靠近意。 【石矶】指埋伏有大量歼击力量在背后的山崖石壁等,意谓打了一场诱敌深入的好胜仗。这里"拥"不作"涌","石"不作"钓",以及"钩"上用"香",都是含有深刻暗示的字眼。事实上这是一场山野战斗,并非真在水上钓鱼。

【译文】在春水初涨、幼燕新飞的季节里,苦难群众的新生力量,也像春天一样,发展得极其活跃。若干年轻伙伴,故意暗藏武器,外出进行黄蜂采蜜式的生产活动,当他们遭到统治力量的侵扰的时候,就发射蜂毒,开展有谋有勇的战斗,终于获得战斗成果,胜利归来。

我在家中窗前,完全了解他们这些作战经过。因为他们事前事后,都是和我取得通连的。这次战斗,是以采蜜活动为诱饵,吸引敌人深入山崖石壁的面前,然后遇伏遭到歼灭的,根本是个引鱼上钩的策略。

——表现了依靠群众,开展反抗的"战斗"思想。手法上除双关含混外,要以字眼飞白为最突出。

【申议】本诗用春水乳燕、黄蜂扑花、窗色书幌、鱼钩石矶来做材料,非如《其二》《其三》之内,有"吴王""越佣"刺入眼帘,难理逻辑。因此,叶葱奇说:"这首诗也是写田园小景的。"笔者初亦觉得却属实在,并无误会。因为反复经过观察,迄未发现重大障碍,也是事实。最后只有两个不安情况:一、看不出四个分散材料之间的整体串连;二、抵牾了本组合诗篇中的一致情调。两者虽然都很重要,但亦无可奈何!

当在草写译文的时候,如何着笔连成一个整体,遭到了极大的困难。第一、二句容易连贯,但和下两句就无法搭界。第三句和第四句又各不相干,特别第四句冒出了若干疑云。只得怅然搁笔,寝食不安了数日数夜。计于前三句连成一片之后,尾句成为赘瘤,久处迷雾当中。幸经山穷水尽,终睹柳暗花明。深感"香""石""拥"三字,帮忙很大。有的版本改"石"为"钓"局部感觉,似较明朗。但全诗精神,遭到抵牾,成了断章取义的典型误解。喜得王琦坚不改字,得以证实不是真在水上钓鱼。

笔者益感觉究辨李贺这类哑谜诗歌,最好进行全文翻译。这在某些艰于理解的地方,既是具体负责的表现,也可及时改正自己认识的不足。笔者在无可奈何的情况之下,如非翻译本诗,串连全部材料,清理整体线索,是不会终于苦苦发现谜底情节的。由于本诗讽诅精神至不明显,笔者一度对于叶葱奇所持看法,不无同感。及至用白话译出真相之后，始知叶葱奇有个原则态度，是应提明辨析的。叶葱奇在其《李贺诗集·凡例》倒第三款说："若通首用白话迻译，很容易损伤、破坏原作的情趣和精神，故本编只采用撮要疏解的方法……而不逐句解说。"须知，这是流弊很大的！许多不曾理解或理解有误的地方，势必都可不须自圆其说，就能囫囵含混过去了。笔者总觉究辨李贺这种特殊作品，如连自圆其说的起码要求都不具备，将是很难想象的事！

我们如不相信白话是能够表达任何已经发现的道理的，是否须要参用若干浅近文言？须知，任何已经发现的道理，都是要用语言作出说明才成立的。没有语言，也就没有道理流传了。尽管语言是有巧拙之分的，但如不及表现道理的百分之一百，而能表现道理的百分之八九十……都比挂漏不全以及因噎废食的措施要踏实得多。因此之故，语言只有精益求精之说，没有贬入冷宫之理。所谓"损伤、破坏原作的情趣和精神"，应是无一事例可供指证的。因为我们能够说出感想的时候，已经成功了语言的表达。足见这种顾虑，非但并不现实，反而易于被人利用为不求甚解的一盏绿灯。事实上，例如《恼公》一篇，打乱了语序的百分之九十，竟然有人还说大致都能理解，要不是理解上存有囫囵含混，哪有得出这种奇怪结论的可能！

其九

泉沙耎卧鸳鸯暖①，曲岸回篙舴艋迟②。泻酒木兰椒叶盖③，病容扶起种菱丝④。

①【泉沙耎卧鸳鸯暖】"耎"音（ruǎn），柔软意。体现了幸福美好，无比温暖的环境气氛。指着何处而说？故未表明。根据下面三句推理是在表现苦难群众反抗组织的所在地点。

②【曲岸回篙】谓绕着弯曲河岸，迂回撑篙而来，兼喻经过了长安冷酷之地才来的意思。"回"为投归之意。　【舴艋】音（zé měng），一种小船。　【迟】自觉投归得太迟了。

③【泻酒】犹引酒、拿酒。　【木兰】喻女兵。湖北黄陂县有木兰山，为大别山南麓高峰之一，自古有荆楚名岳之称。山以唐初朱姓女子代父从军，晋封将军，死后葬此而得名。见《黄陂县志》。唐黄州刺史杜牧于唐会昌三年登山游览，曾有《题木兰庙》诗："弯弓征战作男儿，梦里曾经与画眉。几度思归还把酒，拂云堆上祝明妃。"王琦说木兰是香叶，叶葱奇说木兰是酒名，非也。　【椒叶盖】在酒器上面，还用花椒叶子盖着，保

持酒香。

④【病容】指李贺的抱病身躯。【扶起】犹被扶助、照顾。　【种菱丝】菱的初生,根在水底,叶浮水面,其茎很长,荡漾如丝,性较柔弱。这里语喻书生的文弱性格。

【译文】苦难群众聚义处所的环境气氛,好比泉沙软卧鸳鸯一样的美好幸福、无比温暖。我经过了弯弯曲曲的道路,撑着小船投归到了这里,自悔何必长安几年,早就应该来的。这里像木兰一样的女战士们,拿出酒来欢迎我,酒器上面还盖着花椒树叶,保持香气,多么热情。他(她)们对我这个带病的文弱书生,竭尽了扶助照顾……的能事,真使我感激万分! 我誓站在他(她)们一边,出谋划策,摧毁暴政,雪我心头之恨。

——表现了铤而走险,另谋出路的"投奔"思想。手法上双关含混,达到了对象不清、身份不明、情节不露的高难程度。不妨抛开拙注,另作其他任何理解,它能出现什么情节? 这是很有趣味的事。深愿读者不厌反复,多加检验。这样茫无头绪、故弄玄虚的文字,王琦、叶葱奇不曾理解谜底真相,应属情有可原。笔者吃尽苦头,初受阻于"木兰",偶得黄陂资料,克告缓解,终于连带解开了"种菱丝"的症结,出现了全诗完整的"投奔"形象。可向读者勉作交代的地方,不外依靠:一、"试行错误法"展开多种设想,踏实求证。二、"全文翻译法"排除断章取义,囫囵吞枣。当然,即使笔者不厌水滴石穿,错误仍是在所难免的。只有希望广大读者不吝匡正,使得逐渐趋于完善。

其十

边让今朝忆蔡邕①,无心裁曲卧春风②。舍南有竹堪书字③,老去溪头作钓翁④。

①【边让,蔡邕】边让为后汉陈留人,少辩博,能属文。议郎蔡邕曾向大将军何进推荐其才堪大用,见《后汉书·边让传》。本诗是以蔡邕喻恩师韩愈,以边让喻李贺自己的。

②【裁曲】犹制曲,亦犹写歌诗。　【卧春风】谓文辞美妙,春风得意。

③【堪书字】谓能写《楚辞》一类的作品,来泄幽愤。

④【老去】指年龄变老之后,因当时李贺尚仅二十几岁。　【钓翁】似指一般的钓鱼老翁,实际在指姜太公钓鱼磻溪,得遇周文王的故事。这句不作"终身溪头作钓翁",要作"老去溪头作钓翁",差距是很大的。因为它把太公这个军师形象暗含进去了。

【译文】我像边让不忘蔡邕一样地感念韩愈、皇甫湜两位老师不已。只是我已无心想从文章出众当中去求出路了。我自辞职回乡以后，我家南园的许多竹林，足以够我写些抒发隐恨的文字了。我决心直到老年之后，前往溪头做个姜子牙式的钓鱼老翁（非只是在表现自嘲，更其是在表现衔恨）！

——表现了断绝幻想向往叛逆的"衔恨"思想。重心词语"钓翁"，安排在诗的最后；与《其三》篇中的"种瓜"一语，情况正相等同。互作验证，相得益彰。

【申议】本诗无论浅作"自我解嘲"或深作"衔恨逆反"来理解，文字总是完整明白，没有窒碍的。王琦却说："吴正子谓是感忆韩公、皇甫之相知，假边、蔡以为喻。在首二句则是矣，于末二句全不贯络。"按诗文从感恩写到衔恨，是一种仕途上坎坷不平的回顾作品。感恩愈深，衔恨愈切，衔恨愈切，感恩愈深。怎有说成"全不贯络"的可能？根据李贺身世来看（或联系其余十二首来看），重点应落在衔恨上面。王琦是有水平的人，不会昧于这些浅显的道理。其所以不敢对尾二句明白强调辨析，却要对首二句平白无故的提出违理疑问，是另外有他不便明白说出的苦衷和原因的。

细窥王琦之意"感恩"他是乐于承认的。"衔恨"由于事涉帝王昏暗，就很复杂了。一方面必须维护帝王尊严，不让真相明白出现；另一方面遇有某些真相，不易为读者理解或易于为读者忽略，而又为王琦之所洞悉，意欲告知读者，只是不便明白说出。此时，王琦就不得不故弄玄虚地使用违反常理的暗示手法，促使读者自去理解。如《其四》篇的排出张良办法，《恼公》篇"长弦怨削嵩"的反语注释（而怨情之见于弦声者，亦不能削之使平），即是其例。

就本诗来说，王琦能够看出《其四》篇中的张良，桥头问题，就必然能够看出本篇的太公钓鱼问题。他既不敢公然揭示出来，又疑惑读者将会忽略过去。想告知一下，苦于不能明说，只得从其他角度，提个上下不相连贯的故装马虎的疑问，来作笼统性的启发暗示。引起读者自去深究尾上两句，究竟存着什么奥秘？总归一句，王琦所谓的"于末尾二句全不贯络"本身就已证明了：末尾二句非但不是感恩，并且含有与感恩相反的严重性质，不过不便明白说出，应由读者自去深思。由此可见，王琦的注释，除了主要的不得不颠倒真相，推行封建宣教之外，间或也有故意透露消息，引人深思的地方，不可一概抹掉。正因这样，有时叶葱奇的观点反而落到王琦的后面去了。即如本诗太公钓鱼问题，王琦作了如许露骨的暗示，并未唤起叶葱奇的警觉。从实质上说，王琦是知而不敢明说的，叶葱奇是能够明说惜未相符的。

叶葱奇在《其四》篇的排除张良问题上，虽然跟踪王琦很紧，但王琦掀起风浪的真正动机，并未为叶葱奇全面理解。起码在引人深思这一点上，王琦反而不能认为叶葱奇是位真正的知音。

其十一

长峦谷口依嵇家①，白昼千峰老翠华②。自履藤鞋收石蜜③，手牵苔絮长莼花④。

①【峦】狭长的山。《尔雅·释山》："峦，山堕。"郭璞注："山形狭长者，荆州谓之峦。"【谷口】指山中夹沟或深穴的口上。唐杜甫《十六夜玩月》诗："谷口樵归唱。"【嵇家】犹嵇山。按嵇山有二：一在今河南修武县；二在今安徽宿县。都被传说是晋嵇康住过的地方。修武之说见《嘉庆一统志·怀庆府》记载。宿县之说见《晋书·嵇康传》记载。并说嵇康本姓奚。后改姓嵇。据此看来，嵇山与嵇康是早就存有历史渊源的。嵇康为竹林七贤之一，自司马氏掌管魏代朝政，山涛为选曹郎，举康自代，康复书拒绝，自说不堪流俗，而非薄汤武。景元中遭钟会诬陷，为司马昭所杀。这可看出嵇康的政治斗争是非常激烈并为后世所寄予同情的。本诗这里的嵇家，实际是指嵇山嵇康惨遭诬害的身世而说的。

②【白昼】体现日光，兼喻光阴。【千峰老翠华】谓众山原本青翠光华，被改变成衰老不堪的样子了。

③【藤鞋】中华鞋史上是由伊尹的草鞋，周文王的麻鞋，逐渐演变而来的。鞵是鞋的异体字，后世因有棕鞋、芒鞋、笋鞋、线鞋、丝鞋、锦鞋……此为山中比较简朴的一种藤制的鞋。【石蜜】高山崖穴间野蜂所酿的蜜，又叫崖蜜。唐杜甫《发秦州》诗："充肠多薯蓣，崖蜜亦易求。"王琦说："陈藏器曰：崖蜜出南方崖岭间，房悬崖上或土窟中，人不可到，但以长竿刺令蜜出，以物承取，多者至三四石。味醶色绿。"句意谓甘愿不食王禄，要到边远南方去另图发展……

④【牵手苔絮长莼花】王琦说："苔絮，水中青苔初生如乱发，积久日厚，状如胎絮。水草为其罩网，多抑而不生，故牵去之，令莼花得长。《韵会》：'莼，水葵也。'今文通作'蓴'。"叶葱奇说："江浙两省湖泽中甚多……可作羹汤，清滑可口，夏日开红紫色小花。"按王、叶这些都无讹误。独惜故不点明有关典故，不能揭示本诗主题。须知河南昌谷并不产莼，李贺是在借用晋张翰思吃蓴羹鲈鱼，弃官离开首都遄返江南家乡的行动（见《晋书·张翰

传》),来比譬李贺自己的境况的。实彼此都是对现实统治存有不满情绪的。

【译文】昌谷这一带狭长的山岭和幽深的谷穴,遥遥通连着嵇康住过的嵇山,令人感慨得很。无情的白日,把无数青翠光华的山峰,都变得衰颓不堪了。真是可恨!

我断然弃绝长安,誓往南方另图发展:我甘愿穿着藤鞋,到山崖上面去搜寻石蜜,不怕危险,不辞劳苦;我决心把南方水上的苔絮清除得干干净净,让莼菜长得又多又好,吸引更多的人离开长安,迅速壮大南方苦难群众的声势。

——表现了恼恨黑暗、瓦解朝廷的"敌视"思想。

其十二

　　松溪黑水新龙卵①,桂洞生硝旧马牙②。谁遣虞卿裁道帔③,轻绡一匹染朝霞④。

　　①【松溪黑水】犹莫测深浅的丛林恶水,指苦难群众的聚义所在。　【新龙卵】龙是习俗中可以象征人主的,又相传龙为卵生,故"新龙卵"即"新龙子"之意。语谓聚义群众中将有新的领袖要酝酿出来,如同《史记·陈涉世家》中众所猜指的"陈胜王"一样。王琦说:"龙卵或是蜥蜴之卵。"叶葱奇说:"黑水龙卵,或指荸荠,或指鸭卵。"非是。特别把黑水释成荸荠的说法,迹近戏谑了。

　　②【桂洞】指鞭长难及的越桂、湘桂山区之地。　【生硝旧马牙】硝,矿物名。硝石原作消石,可入药。有朴硝、芒硝、马牙硝之别。但它与硫磺又是制造火药的原料,因而在战斗威力上更能显示其作用。后世所谓的弹雨硝烟,亦此之由。本诗李贺表面似指药名,并借"马牙"对仗"龙卵"来迷惑读者的视线,实际是在表现苦难群众的反抗气氛。王琦说了大套煎炼马牙硝的疑问,自属误会。叶葱奇却说"马牙硝"是指"马齿苋"一类蔬菜的。这太牵扯不上,未免惊雷震耳。这与《恼公》篇"削菁"一语,被叶葱奇变作"削菘""削青菜""削葱"同出一辙,实难想象。

　　③【虞卿】这是本十三首中李贺捉弄读者最大的一个难点。据《史记·虞卿列传》:"(虞卿)游说之士也,蹑蹻担簦,说赵孝成王,为赵上卿……既以魏齐之故,不重万户侯卿相之印,与魏齐间行,去赵,困于梁。魏齐已死,不得意,乃著书……世传之曰《虞氏春秋》。"王琦注说:"与长吉生平无一相似,……且与全首文意亦了不相干,何以忽入此古人姓名?"叶葱奇只好王顾左右而言他了。笔者觉得,王琦所说,确属实在。但是奥秘何在? 如何解决问题? 我们总不能见难而退,甘心罢手,让它永成悬案! 俗话说,

"螺蛳不大便,总有出路的"。

事之不明,只有反求诸己,不宜轻怪作者,轻疑版本。因此,我们不妨多作一些设想,多求一些证验。具体地说,能否换上一个情节较相符合的人,一作观察?记得《绿章封事》篇中"石榴花发满溪津"句,王琦认为未详,叶葱奇也未能有所揭破。实际它是"桃源花发满溪津"的飞白,由于避免露骨刺目,所以才故意变得隐晦一些的。笔者曾称之为移花接木手法。详见第二辑该篇拙注,特别是该篇《附识》。本诗这里的使用"虞卿",有无等于《绿章封事》篇使用"石榴"的情况存在?根据本诗尾两句文字来看,显然是在另外表现一个热情立功,不愿接受高官厚禄,只是云游河山的人。其所以选用"虞卿"来掩盖他,是因为他与虞卿之间,确也存有身份、职业、才智、性格……相同的一面。例如石榴花是花,桃花也是花。虞卿是有名的游说之士,他也是有名的游说之士。当然,他有哪些值得李贺利用的主张、特点,以及值得李贺向往的愉快风格,却正不是虞卿所有的,这才能够解决问题。战国当时,有无这样一个游说高士或者此人为谁?先请读者掩卷一思,倘能像上述《桃花源记》一样跳了出来,那是最好(实际多次试验,十有八九成功)。这种飞白手法,在本诗不必称为移花接木,可以算为走马换将,原是很有趣味的。笔者窃自认为:其人姓鲁名仲连,简称鲁连。他有"义不帝秦"的主张,和劝降聊城燕将的事迹,并且坚辞封赏,高蹈而去(见《史记·鲁仲连列传》)。都是值得李贺效法的。这与李贺本诗的思维逻辑:参加苦难群众组织,在"义不帝唐"的目标之下,策反城池,摧毁长安,功成身退,遂意消恨。凡此畅想,正相符合。因此之故,诗句"谁遣虞卿裁道帔"正是"谁遣鲁仲连裁道帔"的飞白运用。我们读者应当明加辨析,勿为哑谜掩盖深所愚弄。至于诗文后两句与前两句"了不相干"的问题,这是前两句酝酿起义的形势气氛,被王琦看成了蜥蜴、芒硝等中药名称,被叶葱奇说成了荸荠、鸭蛋、马齿苋蔬菜的结果。是一种甚为惋惜的理解。

【道帔】指高人隐士不同于朝服、官服的云游服装。帔音(pèi)。

④【轻绡】丝织品。 【朝霞】喻色彩。

【译文】恶林黑水之内,正在孕育着新的龙子。桂岭洞穴之间,旧的芒硝、马牙,都已制成了新的爆破火药。我已参加苦难群众的行列,誓当发扬鲁仲连"义不帝秦"的精神,实现"义不帝唐"的目标。策反城池,摧毁长安。功成之后,我将谢绝禄位,云游山野,追踪鲁仲连的高风而去。请谁为我选用一匹像朝霞花色一样的轻绡,预先制成我的云游服装,以备我能到时应用!

——表现了"义不帝唐",功成身退的"除暴"思想。飞白手法,是本诗的最大特色。

其十三

小树开朝径,长茸湿夜烟①。柳花惊雪浦,麦雨涨溪田②。古刹疏钟度,遥岚破月悬③。沙头敲石火,烧竹照渔船④。

①【茸】指草,与小树对称。舍草用茸,在调平声,因是律诗。　【朝径,夜烟】谓每天生活在荒僻地区。

②【雪浦,溪田】均指乡野景象。

③【刹】楚语"刹多罗"的省称,指寺庙。实际本诗这里是在借寺庙幌子表现朝廷庙堂。　【疏钟】有气无力的零落钟声。　【遥岚】岚为山林雾气。南朝宋谢灵运《晚出西射堂》诗:"晓霜枫叶丹,夕曛岚气阴。"这里的"遥岚",隐喻遥远长安终南山的上空。【破月】象征破败朝廷的衰微。

④【沙头敲石火,烧竹照渔船】表面似说水边渔船敲石取火,烧竹煮饭;实际是说:反抗力量进到河岸,炸药有声,战火高烧,黑暗统治要完蛋了。余详见译文。

【译文】苦难群众的反抗力量,开始对长安进行袭击。白天潜伏着像小树一样冒出头来探索道路,晚上进行在草湿地上衔枚无声。他们像柳絮一样地盖遍水边,像麦雨一样地充满溪田。黑暗统治方面,无异一座朽烂的寺庙,偶尔有气无力地撞击几下零零落落的钟声,随风飘了出来。遥望终南山头的上空,只有一弯残破不堪、摇摇欲坠的月色挂在那边。原来昏暗统治者沉醉酒色,坐在鼓里。当河边火药炸响、战火高烧之际,他还认为是渔船在烧饭吃,是因烧的不是木柴而是竹子,由于竹节多含油水,所以颇有响炸之声。昏庸透顶,真是活该!

——表现了昼伏夜行,乘其不备的"袭都"思想。双关手法,掩盖太深,如非进行翻译,实难出现真相。叶葱奇是按渔人烧竹炊饭的乡间晚景来理解尾联的。他未考虑这样说法,怎有贯串全体诗文情节的可能? 须知孤立的断章取义,是不能解决问题的。如要进行全文翻译,就将无法自圆其说了。

附　　识

本组诗南园十三首,在讽诅现实帝王的写作意图之下,从愤慨、反抗、咒亡、从戎、起义、拼命、行刺、战斗、投奔、衔恨、敌视,写到除暴、袭都。虽有许多田园素材,但都不是以表现田园情趣为目的的。总的情节背景,是在表现苦难群众在南方边远地区的聚义反抗活动。双关含混,飞白比喻,隐晦到了对象不清、身份不明、情节不露的高难程度。回顾虞卿、木兰、嵇家以及种瓜、钓翁、桥头、凌烟、莼花、猿公……历史典故,其中不乏困惑艰险之处,思之犹觉苦笑不已。

马诗二十三首①

其一

龙脊贴连钱,银蹄白踏烟②。无人织锦韂,谁为铸金鞭③?

① 马诗第二十至二十三首,因是一个貌似分立、实为组合的哑谜诗篇,已在本第二辑单独作了注释。现查第一至十九首的陪衬作用和哑谜含蓄,尚多未尽之处,应更逐一揭明真相,以见全貌。

② 【龙】此指骏马。《周礼·夏官·廋人》:"马八尺以上为龙,七尺以上为騋,六尺以上为马。"【脊】背脊,指马身。 【贴】犹披上。 【连钱】指所披障泥,其花斑有如连钱。《世说新语·术解》:"王武子(济)善解马性,尝乘一马,着连钱障泥,前有水,终日不肯渡。王云:此必是惜障泥。使人解去,便径渡。"《乐府诗集·南朝梁萧绎〈紫骝马〉》:"长安美少年,金络锦连钱。"唐刘复《春雨》诗:"晓听钟鼓动,早送锦障泥。"按据此看来,"连钱"在指障泥的斑色,亦即在指障泥(所谓障泥,为马腹两旁下垂的布,其精致者才用锦绣)。王琦、叶葱奇及笔者,原都认为"连钱"是马的毛色,现在客观资料既是在指障泥,又觉马的俊劣,并非一定要按毛色来做标准,所以理应打消成见。 【银蹄白踏烟】按不说"踏白烟",而要说成"白踏烟",这里的差别是很大的。前者形容疾走,明白晓畅,但不能体现李贺的委屈身世,后者重复累赘,难成话说,却可埋藏李贺的忤逆牢骚。这种故装拙劣的掩盖手法,在李贺哑谜诗歌内原是不足为奇的。所谓"白踏烟",实际"白"指自己清白纯洁,光明磊落;"踏"即踏入;"烟"指昏暗朝廷乌烟障气。句犹谓生不逢时,明珠暗投。这就为产生下面两句,准备好了有力的情节。

③ 【锦韂】韂音(chàn),即障泥。见《广韵·五十五艳》。所谓"锦韂",指高级锦绣的障泥。 【金鞭】用黄金做的马鞭。南朝陈沈炯《建除》诗:"陈王装脑勒,晋后铸金鞭。"唐李白《相逢行》:"金鞭遥指点,玉勒近迟回。"按这些高级装饰,是可反映骏马主人高度重视骏马和热爱骏马的。连用"无人""谁为"两个反问语调,就充分显示出李贺

怀才不遇的切齿愤慨了。

【译文】骏马的背脊上面，是值得披上高级连钱的服饰，以示矜宠的。无奈它那银蹄的白色，踏入了昏暗的烟雾，正是找错了主人的。在这种明珠暗投的情况之下，自然是无人肯为它织作锦绣障泥的，又有何人肯为它配备贵重金鞭呢？看来，它的怀才不遇，几时能有扬眉吐气之日啊！

——表现了明珠暗投的愤慨心情。手法上以"故装拙劣"为其特色，参见本书第一辑《本论·五光十色的艺术手法》。

其二

腊月草根甜，天街雪似盐①。未知口硬软，先拟蒺藜衔②。

①【腊月】指严寒季节。　【草根甜】寒天没有可食的草叶，只剩草根了。草根本苦涩，但在饥饿迫切情况之下，也就反觉其甜了。骏马一经把本不可吃的草根当着宝贝一样看待，就可看出骏马所遭的厄运到了何等狼狈的程度！　【天街】掩盖语。表面指露天街道，实际在指朝廷。按街道是用石板面地，并无草根生存的。街上加天，指的是京城街道。唐高适《酬裴员外以诗代书》诗："自从拜郎官，列宿焕天街。"此外，笔者另还觉得"天街"是"天阶"的谐音运用。"天阶"指帝位，汉张衡《东京赋》："登圣王于天阶。"总之，李贺是指朝廷帝王而说的。　【雪似盐】晋谢安寒雪日尝内集，天骤雪，安曰："白雪纷纷何所似？"侄朗曰："撒盐空中差可拟。"侄女道蕴曰："未若柳絮因风起。"见《世说新语·言语》。李贺这里用"雪似盐"，存有双关含义：一方面表示草根埋在雪里；另一方面借没有"柳絮因风起"字样，暗讽朝廷是没有温暖春天的。

②【口硬软】谓草根埋在雪下，看它不见。用口去咬，究竟是草根，还是其他硬的软的东西，不得而知。假使碰上其他硬铁硬石，那是要受伤的。　【蒺藜】王琦说："郭璞《尔雅注》：蒺藜布地蔓生，叶细，子有三角，刺人。"句谓事先作好思想准备，如同嘴唇在衔有刺的蒺藜，只能轻轻试探，不可用力咬嚼。这种酸楚情况，体现骏马的饥寒交迫，到了何等的不幸程度。

【译文】在严寒的气候里，木叶凋尽，连草根都成了好吃的东西。朝廷冷酷无情，飞雪像撒盐似的，毫无柳絮春意。骏马想寻草根，并非容易的事。因它不知雪里掩盖的是些什么硬的软的东西，只能作好思想准备，当作长有尖刺的蒺藜轻轻试唇，不敢用力地咬嚼下去,防受伤害。

——表现了惨遭冷遇的内心隐恨。"天街"一句,为双关飞白兼有言外见意的手法。

其三

忽忆周天子,驱车上玉山^①。鸣驺辞凤苑,赤骥最承恩^②。

①【忽忆】追思古往。这是续前两首"明珠暗投""惨遭冷遇"的牢骚心情之后,从反面想起古代之事,以相对照。所以要用"忽忆"起头,显示今之所无,体现生不逢时。【周天子】指周穆王姬满。他曾西征犬戎,得四白狼四白鹿以归。见《史记·周本记》。其后《穆天子传》因而演述为穆王乘八骏西行见西王母的故事。 【玉山】山名。《山海经·西山经》:"玉山是西王母所居也。"清毕沅认为地在肃州。《穆天子传》:"天子……癸巳至于群玉之山。"

②【鸣驺】当显贵出行,随从的骑卒吆喝开道,叫鸣驺。《文选·南齐孔德彰〈北山移文〉》:"及其鸣驺入谷……" 【凤苑】指宫苑。 【赤骥最承恩】"赤骥"为骏马之名。相传周穆王有八匹良马,名称各书记载不同,《穆天子传》作"赤骥、盗骊、白义、逾轮、山子、渠黄、华骝、绿耳"。按本诗这里的"赤骥"是代表"八骏"区别于一般凡马的。不是与内部七骏之间互分高下、互争赏遇的。李贺其所以要把"八骏"写成"赤骥",是在玩弄哑谜掩盖。因为直用"八骏",嫌太露骨。不如写作"赤骥",既可举一反八,并不排斥其他七骏;也可扰乱视线,不落痕迹地引人深思。

【译文】我这明珠暗投,惨遭冷遇的不幸者,忽然想起古代周穆王发车巡狩西王母的玉山故事来了:吆喝开道的车马队伍,离开了京城宫苑,浩浩荡荡地前进着。天子所乘的"八骏"之马,快蹄如飞,最受宠用,真堪羡慕。嗟我潦倒落魄,一筹莫展,何其生不逢时!

——表现了生不逢时的无限感慨。其中"赤骥"的运用,实质上是以点代面的用法。

其四

此马非凡马,房星本是星^①。向前敲瘦骨,犹自带铜声^②。

①【房星】星宿(xiù)名,为二十八宿之一,古以之象征天马。《晋书·天文志上》:"房

四星……亦曰'天驷',为天马,主车驾。"【本是星】谓本是像星相家所说的:天上闪光的星宿,亦即象征世间人物本命的星神。晋葛洪《抱朴子·塞难》:"受气结胎,各有星宿。"近人郭沫若《我的童年》也有:"你的星宿高,硬把丁丁儿克死了。"又马烽、西戎合著的《吕梁英雄传》:"巫婆、神官到处造谣说:'……有星宿下凡啦!'"都是古今通例。

②【瘦骨】骏马瘦骨居多,利于奔跑。唐杜甫《房兵曹胡马》诗:"胡马大宛名,锋棱瘦骨成。"【带铜声】犹发铜声。按用"敲瘦骨""发铜声",来表现骏马铜筋铁骨,神奇无比的优良品质,不是一般普通笔触所能梦想得到的。才人警句,于此可见!

【译文】这个骏马非同一般的凡马,天上的房星是象征它侧身立命的星神。不妨试敲一下它的瘦骨,将会听到铜铁般的坚硬响声,令人心折的。可惜啊! 他是个生不逢时的人。

——表现了骏马骨珍的卓越实质。

其五

大漠沙如雪①,燕山月似钩。何当金络脑②,快走踏清秋。

①【大漠】指我国西北部一带的广大沙漠地区。汉班固《燕然山铭》:"经卤碛,绝大漠。"唐王维《使至塞上》诗:"大漠孤烟直。"【沙如雪】南朝梁萧绎《玄览赋》:"看白沙而似雪。"唐李益《夜上受降城闻笛诗》:"回乐峰前沙似雪,受降城外月如霜。"【燕山】指燕然山。为汉永元元年车骑军窦宪领兵大破北匈奴,出塞三千余里,克石勒功,由班固作《燕然山铭》处。见《后汉书·窦宪传》。据《辞源》说:"即今蒙古人民共和国境内的爱杭山。"不知确否? 反正,本诗的燕山,不是在指河北蓟县的燕山是可肯定的。唐吴融《绵竹山四十韵》:"勒铭燕然山,万代垂芬郁。"又唐李益《统汉峰下》诗:"只今已勒燕然石,北地无人空月明。"都是从建功立业方面着眼的。 【月似钩】南朝梁简文帝《乌栖曲》"浮云似帐月如钩"。

②【何当】犹何日、何时。 【金络脑】指金饰的马笼头。南朝宋鲍照《结客少年场行》:"骢马金络头,锦带佩吴钩。"按李贺本诗,意谓受到"重用"。 【快走踏清秋】谓在天色高朗的季节里,尽情畅快地施展才能,该是何等的舒心。

【译文】大漠的飞沙如雪,燕山的明月似钩,正是需要大好身手为国家建功立业之际。我何日能够受到朝廷重用,扬眉快意的尽情地施展才能!

——表现了志在千里的原有愿望。

其六

饥卧骨查牙，粗毛刺破花①。鬣焦朱色落，发断锯长麻②。

①【查牙】同"杈枒""槎枒"。喻骨瘦如柴，无异树木仅剩槎枒突出之状。唐曹唐《病马》诗："失云龙骨瘦查牙。"　【粗毛刺破花】俗有马瘦毛长之说。这里谓饥马的毛色粗糙枯槁，不及肥马的毛色来得光华柔软……所谓"花"是因唐人喜将骏马鬃毛修剪成瓣以为饰，分成五瓣者称"五花马"，亦称"五花"。唐杜甫《高都护骢马行》："五花散作云满身，万里方看汗流血。"仇兆鳌注引郭若虚曰："五花者，剪鬃为瓣，或三花，或五花。"唐无名氏也有："五花马踏白云衢，七香车碾瑶墀月。"其义相同。可见本诗的"刺破花"，不是指毛色的天生花纹，而是在指鬃毛的人工瓣饰。余详见下注。

②【鬣焦朱色落】"鬣"（音 liè），兽类颈领上的毛。王琦、叶葱奇注说："《山海经》：'犬戎国有文马，缟（白）身朱鬣。'朱鬣二字本此。"笔者窃有所疑，因《山海经》的成书，据各辞书考证，其最早部分，应不超过战国年间。但在春秋时代，笔者已经看见了"朱鬣"字样，王、叶之说，实不尽然。这种孰先孰后的比较，似无多作争议的必要。只是此中存有一个关键的问题。依照《左传·定公十年》"宋公子地（地为公子之名）有白马四。公（宋景公）嬖向魋，魋欲之，公取而朱其尾、鬣，以与之。地怒"及《后汉书·舆服志》"马亦如之，白马者朱其髦尾，为朱鬣云"两例来看，显然白马尾鬣的朱色，都是人工染成的，这里有两个"朱"字都是使动词，不是原来天生的。如果拿《山海经》一例来看，则没有限定是染成还是天生。它在王琦、叶葱奇眼里，正是被误看成只有天生一面存在的。然而李贺本诗无论是"花"字"朱"字都不是在指天生而是在指人工。否则将是不得其解的。回顾上述仇兆鳌注，特别是《左传》《后汉书》两例，是其明证。

【申议】有的辞书侧重于王琦天生之说，有的辞书侧重于仇兆鳌人工之说，但都不做肯定结论，成了悬案。有趣的是：同一杜诗"五花散作云满身"句，双方都曾引它作为侧重书证。事实上应当重视科学、唯物主义，有了确切无疑、无法否定人力加工的《左传》《后汉书》两证，和无人见过天生五花之马，确有人工瓣饰之俗的仇兆鳌引注，应可不使此事再成悬案了。记得《猛虎行》篇的"驺虞"一词，有说是"天生仁兽"的，有说是"人的职称"的。其实从古无人见过驺虞形象，职称才是社会现实，优劣已可判定了。详见本书第二辑。

②【焦】犹枯槁。　【朱色落】谓人工所染的朱色已退落了。　【发断锯长麻】王琦注说："马之长毛在领上者谓之鬣，在额上者谓发……发断者，因长麻为络头粗恶不堪，

发遭其磨落,若锯而断之者。"按王说甚是。这一狼狈形象的刻画,良足窥见李贺诗笔的功力。

【译文】岂知事与愿违的我,竟然成了饥卧在那里的一匹瘦骨突出之马,鬃毛粗糙枯槁,结起辫花来,也是毛刺刺的,极不光华。它一度颈鬛上渲染的朱色已经褪落了,它额上的长髮更被粗恶不堪的麻绳络头锯断得参差不齐,不成样子了!

——表现了潦倒不堪的意外坎坷。

其七

西母酒将阑,东王饭已干①。君王若燕去,谁为拽车辕②?

①【西母,东王】南朝梁陶弘景《真诰·甄命授》:"昔汉初有四、五小儿路上画地戏,一儿歌曰:'着青裙,入天门,揖金母,拜木公。'……所谓金母者,西王母也;木公者,东王公也。"按西王母在玉山接待周天子的故事,是有《穆天子传》可作查考的。关于东王的"饭已干",则没有记载根据,应是李贺的哑谜语言。本诗处上篇骏马潦倒不堪之后,笔者认为所谓"东王"明指神话传说的木公,实指宾于西王母的东方天子周穆王。因为周穆王西见王母的故事里面,本是没有东王木公其人的,却又不可没有周穆王出场的。否则就不能表明这个故事了。由于穆王处在王母的东方,所以也可戏称东王。这是李贺为了避免露骨,特意使用的含混曲折。

②【君王】指李贺当时的元和天子。 【燕】古通宴,即宴饮、宴会。《穆天子传》:"甲子,天子宾于西王母……乙丑,天子觞西王母于瑶池之上。" 【谁为拽车辕】暗示没有骏马拉车去赴宴,因为周穆王是使用了八骏之马,才得达到目的的。

【译文】西王母摆设的酒宴早告残尽了,宾于西王母的周天子也把饭用毕了。他们这次的活动,是很脍炙人口的。你这唐代的元和天子,如果也想效法周穆王赴宴瑶池,那是可以理解的。只是有个问题,你没有周穆王的八骏之马,谁为你拉车前去呢?言外之意,你一向摧残骏马,自话伊戚!

——表现了自挠栋梁的昏庸行径。手法上运用了"双关含混"和"言外见意"办法。

其八

赤兔无人用,当须吕布骑①。吾闻果下马,羁策任蛮儿②。

①【赤兔】骏马名。《三国志·魏志·吕布传》"布有良马名曰赤兔"注:"时人语曰:

人中有吕布,马中有赤兔。"【无人用】犹无人赏识,不被重用。　【当须】应要。　【吕布】后汉人,常骑赤兔良马,武勇绝伦。然性格逆反,充丁原部属时曾杀丁原,充董卓义子时曾杀董卓。见《后汉书·吕布传》。李贺哑谜诗歌内,常引吕布、伍子胥、姜维、专诸、荆轲等人,表现逆反思想。本诗这里正是在说:你不用我有用之才,横加摧残。我只得去发扬孟轲"君之视臣如土芥,则臣视君如寇仇"的理论,让那些具有吕布性格的人,来用我进行逆反活动了。李贺的非议屈原,标榜伍子胥,是个客观事实。我们怎样全面辩证地分析批判这种思想? 笔者限于水平,只能留待读者公议。这是笔者在第一辑《前言》里面,已经郑重声明过的。

②【果下马】矮小的马。因其可行于果树之下,故名。《汉书·霍光传》"召皇太后御小马车"注引张晏:"汉厩有果下马,高三尺,以驾辇。"　【羁策】羁指马络,策指马鞭。

【任蛮儿】"蛮儿"犹马童。语谓听从马童的任意摆布,即使是虐待。言外之意,这在骏马是不能容忍的。

【译文】著名的赤兔骏马,无人能够赏识,不能展其才用。看来只有让吕布来骑在身上,去痛痛快快地干一番逆反事业了。我想只有像果下那种小马,才愿接受马童的任意施以笼络和鞭策,哪怕是极不合理的虐待! 言外之意,骏马将要相反的。

——表现了情甘忤逆的抱怨打算。

其九

飂叔去匆匆,如今不豢龙①。夜来霜压栈,骏骨折西风②。

①【飂叔】飂,(音 liú),古国名。《左传·昭公二九年》"昔有飂叔安,有裔子曰董父,实甚好龙"注:"飂,古国也。叔安,其君名。"　【豢龙】豢(音 huàn)。传说舜时有董父,能蓄龙。见《左传·昭公二九年》。按古人多以好马比龙,因此本诗拿养龙来喻养马。

②【栈】指养牲畜的棚栅。《庄子·马蹄》:"连之以羁馽,编之以皂栈。"　【折西风】犹寒风中受折磨。

【译文】古代精心豢龙的飂叔,早已成为过去的历史,现今的当道,却盲目不养骏马了。骏马只得在夜晚的棚栅内面,充分经受霜露寒风的欺压折磨!

——表现了困顿风尘的苦恼情怀。

其十

催榜渡乌江,神骓泣向风①。君王今解剑,何处逐英雄②?

①【榜】船桨。《楚辞·九章·涉江》:"齐吴榜以击汰。"【乌江】水名,指今安徽和县的。　【神骓】指楚项羽的骏马。叶葱奇、王琦注说:"《史记·项羽本纪》:骏马名骓,常骑之……项王乃欲东渡乌江,乌江亭长舣船待,谓项王曰:'江东虽小,地方千里,众数十万人,亦足王也。愿大王急渡,今独臣有船,汉军至,无以渡。'项王笑曰:'天之亡我,我何渡为? 且籍与江东子弟八千人渡江而西,今无一人还。纵江东父老怜而王我,我何面目见之? 纵彼不言,籍独不愧于心乎?'乃谓亭长曰:'吾知公长者。吾骑此马五岁,所当无敌,尝一日行千里,不忍杀之,以赐公。'……乃自刎而死。"经笔者查核《史记》,认为无误(按此时实亦无误可指)。

②【解剑】叶葱奇说:"犹言死去,指项羽解剑自刎。"王琦大致相同。

【申议】笔者初自觉得:项羽自刎,总是不错的。李贺何故不用"解鞍""解辔""解柄"或者"自刎"等比较圆熟的词语,而要使用别扭不堪的"解剑"? 未免怪诞可疑,此其一。全诗为表现项羽骓马而写骓马,异于他各篇《马诗》的讽诅意图,足资警惕,此其二。于是在百寻掩盖不得其门之中,准备非议李贺用词上不如改为"解辔"较妥,其余悉与王、叶相同。随后又因笔者转而思之,李贺文笔卓越,岂不如我笔者区区;终于心有未安,狐疑不定。只得拿着《项羽本纪》反复观察,多日未休,已自陷入茫然状态。忽然感到王、叶两注文字大致相当,但叶葱奇在"乃自刎而死"前面多个省略号。从我们三人的读史概念来看项羽败走乌江,赐马亭长,然后自刎的次序,相互间并无矛盾。关于被省略的文字,有无什么蹊跷存在? 深感困惑的笔者,唯有用姑一试之的心情继续去观察《史记》。然而一时也看不出什么门道来。经过反复检验诗文,进行沉思之后,果然发觉叶、王"自刎"之说是个违背事实、不合逻辑的严重问题! 兹将节文补全如次:"乃令骑皆下马步行,持短兵接战,独籍所杀汉军数百人,项王身亦被十余剑,顾见汉骑司马吕马童曰:若非吾故人乎? 马童面之,指王翳曰:此项王也。项王乃曰:吾闻汉购我头千金,邑万户,吾为若德(乃自刎而死)。"

由此可见,项王赐马亭长之后,并未随即自刎。诗文所说"君王今解剑",并非项王今自刎。亭长和骓马都未看见过项王自刎的。他(牠)们渡江之后,项王另去展开步兵战斗了。这一铁的事实,既是不可违反的,也是李贺故钻空子,引人入彀的手段。诗中所说的"催榜",并非亭长在催,所说的"神骓"并非项王的骓马。一句话,根本没有项王出场,都是李贺在借项王的故事故作假象,实际上他是在表现忤逆元和天子的"行刺诅咒"。所谓"解剑""英雄"都另有所指,容俟从头改注于下:

①【催榜】"榜"为桨,亦可代船。催者为谁?既非亭长,亦非骓马,更非项王,指当时唐宫的禁卫军。详见下面各注。 【乌江】水名。有二:一在四川;二在安徽。按在安徽的才与项羽有关,李贺并未指明。 【神骓】指说唐代当时的骏马。项羽的骓马并不叫"神骓",不可误会。 【泣向风】谓在船中情急流泪地向着河水上空。这是禁卫军的情急状态,不可认为是项羽的骓马在流泪(叶、王之说有误)。

②【君王】指李贺当时的元和天子。如果把"君王"与项羽等同起来,那是没有根据,不合逻辑的。 【今解剑】谓新近被宝剑支解了身体。这是刺客突然干出的事,与自刎行动毫不相干。刺客本领很高,已经逃跑了。禁卫军罪责很大,所以要情急流泪,四处出动,进行捉拿。李贺特地点明乌江,意在引读者,误作项王战事理解,以便掩盖谜底。 【何处】犹四处。 【逐】追逐捉拿。 【英雄】象征神奇的刺客。古荆轲、聂政……都是被人当作英雄看待的。本《马诗》第二十一首的"仙人上彩楼"句,竟把飞檐走壁的高超武技比喻成"仙人"般了。至于本《马诗》的尾四首,全部都是在写刺客,已见本书第二辑注释。卷二内的行刺诗篇,正更多着,要以《春坊正字剑子歌》为最典型。

【译文】唐宫的禁卫军们,骑着"神骓"快马,情急流泪地来到乌江船上,催着船工快快摆渡。因为元和天子现在被宝剑支解了身体,刺客却已逃跑无踪,我们罪责很大,所以特地出来四处捉拿。必须擒获这个神出鬼没的万恶家伙,早日归案法办。

——表现了刻骨恼恨的恶意诅咒。

——手法上侧重双关掩盖,似是而非。所有"催榜""乌江""神骓""君王""解剑""英雄",都是具有明暗两面含义的。由于表面故事太现成了,内在情节又全在言外,所以它是几乎没有可能为人揭露,或揭示不易说清理由,甚或难为读者所首肯的。笔者虽然专以"新揭"为职志,但落笔之初,经过多方斟酌,仍然只有按照表面故事进行之一途,无法主观凭空地编造出一个情节来,这是事实(为了保存真相,利于体现过程,本书特地破例未废初笔)。本拟无风无浪,照本宣科过去,多谢"解剑"一语,引出了表面故事不合逻辑的情况,从而扩大一系列词语的双关辨析,证之以《马诗》第二十首至第二十三首的行刺内容,始得出现谜底。这不是笔者主观上可能捏造出来的,否则落笔之初就可提出,何至俟"解剑"一语发生矛盾,才起风波!如果问我谜底情节是从何而来的?我将答以"解剑""神骓""君王""催榜""乌江""英雄"的内在含义,加以追捕刺客,原是宫廷禁卫职责,这些都是客观事实。必须说明,这个"解剑"正是李贺故意安排下来,以便后人水滴石穿的一个机关。它妙用非凡,令人绝倒!同一"解剑",笔者始则指责为"用词欠妥",现则歌颂为"妙用非凡",腐朽神奇,忽天忽地。文字有灵,感愧无既(这种掩盖艺术,局部兼含"故装拙劣"之意,参见本《马诗》第一首"白踏烟"注,及其译文后的手法结语)。平情而论,诗文并无"项羽"字样,顶多只有"乌江""神骓"两语,乌江既不只一条,也不能认为他人不能引用乌江的。"神骓"毕竟与"骓马"字样有异,为什么不能认为是唐时对骏马取的新名呢?事实俱在,应可恍然。当然,笔者也并未说李贺绝无利用项羽来作掩盖之意,不过谜底确为另一回事。至于笔者为什么一定要遇到"解剑"的迷惑才能引起风波?这里足证笔者凡揭李贺哑谜,都是从客观根据出发,不让主观愿望用事的。舍此之外,必将徒劳无益,不会具有丝毫说服力的。总之,本诗在表现手法上是做到了"似是而非"的标准规格的。这一方法,曾在《公莫舞歌》篇内大显神通(见本书第二辑),比较起来,本诗来得干净利落,简明易懂一些。味道浓缩在"解剑"一语内面,尚请读者共加赏鉴。

其十一

内马赐宫人,银鞯刺麒麟①。午时盐坂上,蹭蹬溢风尘②。

①【内马】指皇宫禁苑内面养的马。　【银鞯】指衬托马鞍的银色坐垫。《乐府诗集二五〈木兰诗〉》:"西市买鞍鞯。"　【刺麒麟】绣有麒麟花色。

②【午时】指太阳正烈、汗流浃背的时间。　【盐坂】指骥服盐车埋没贤才的典事。《战国策·楚策四》:"汗明曰:君亦闻骥乎?夫骥之齿至矣,服盐车而上太行……漉汁洒地,白汗交流,中坂迁延,负辕不能上。伯乐遭之,下车攀而哭之,解纻衣以幂之。骥于是俯而喷,仰而鸣,声达于天。"按"盐"指盐车。"坂"通阪,意为山坡。骥负盐车在山坡中途爬不上去,反映耽误了骥马的黄金时代未曾加以重用,让它在平凡工作之中老而且疲,埋没了它的特犹才能,这是非常值得惋惜的事。《楚辞·汉贾谊〈吊屈原赋〉》:"腾驾罢牛兮骖蹇驴,骥垂两耳兮服盐车。"都是其例。王琦由于所见的《战国策》为宋鲍彪版本(异于通行版本),其中"中坂"一语误成了"外坂"。不能理解,所以他曾经滋生过一些不必要的歧义,应属误会。　【蹭蹬】困苦不振貌。唐高适《送蔡山人》诗:"我今蹭蹬无所似,看尔崩腾何若为!"　【溢风尘】"溢"掩盖意。《楚辞·离骚》"溢埃风余上征"注,"溢"犹掩也。李贺本诗意犹被埋没于尘土之中。王琦说:"溢,依也。"不切。

【译文】皇宫内面养的许多凡马,赐给宫人们去使用,无论性能如何低劣,劳务如何简单,总是美食美装,极尽了养尊处优、尸位素餐的能事!但是那些民间的真正麒骥,既没有尽量发展它们才能的机会,又特地对它们加重摧残和折磨,不公不正,莫此为甚;它们除了长年和烈日、盐车、山坡打交道,在困苦不振的心情中,默默无闻地被埋没于尘土之下外,还有什么道路可走呢?

——表现了不平则鸣的委屈控诉。手法侧重对比。

其十二

批竹初攒耳,桃花未上身①。他时须搅阵,牵去借将军②。

①【批竹,攒耳】"批",剖削意。"批竹"指马耳偶有是像竹筒削成的样子。王琦说:"《齐民要术》:马耳欲得小而促,状如斩竹筒。"冯至《杜甫诗选・房兵曹胡马》诗"竹批双耳峻,风入四蹄轻"浦江清等注:"唐太宗描写他的好马说:'耳根尖锐,杉竹难方。'两耳像削竹,是千里马特征之一。""攒",插意。唐袁郊《甘泽谣・红线》:"梳乌蛮髻,攒金凤钗。"叶葱奇释作攒聚,非。 【桃花】指桃花马的毛色。唐杜审言《戏赠赵使君美人》诗:"红粉青娥映楚云,桃花马上石榴裙。"唐岑参《玉门关盖将军歌》:"桃花叱拨价最殊,骑将猎向城南隅。"关于这种毛色的具体特点,各现行辞书多谓指白中带有红点的。王琦注说:"《尔雅》:'黄白杂毛驳。'""郭璞注:'今之桃花马。'"按亦可备一格。 【未上身】谓驹马尚在幼稚之中,毛色尚未完全形成。

②【他时】将来。 【搅阵】搅乱敌人的阵线,亦犹冲锋陷阵。 【借将军】谓家主人同意暂时提供将军检验一番。实喻文坛巨星韩愈、皇甫湜遄访神童式的李贺命作《高轩过》大加赞赏之举。本《马诗二十三首》为李贺惨遭长安打击后回到故乡之作,壮志未遂,坎坷良深。苦恼之余,回忆生世遭遇。此写头角初露之际,以下还有三首,应可了然。王琦说:"'借'字煞有深意,盖不忍没其材而不见之于一试;又不欲其去已,而竟属他人,以见怜惜之真至。"叶葱奇说:"借,助也。王琦作以物借人之借解,说转迂曲。失诗意。……必能帮助将军成就功烈。"按王琦的借供使用之说,虽还有待进一步求其具体明确,但方向未错。叶葱奇的帮助将军之说,却似未符诗文本意。从"初攒耳""未上身""他时须"等尚未具备正式去帮助将军的条件来看,这"牵去"下面的"借"字,只可能是临时暂时让将军去检验考验一番的。事实上李贺初露头角写《高轩过》的故事,确实也是这样的。不然的话,诗文为什么不写成"牵去'助'将军"呢?足见李贺用字,原是有其必要的。王琦《李长吉歌诗汇解・首卷・事纪》引《太平广记》记载李贺此事是这样说的:"会有以晋肃行止言者,二公(韩愈、皇甫湜)因连骑造门请其子,总角荷衣而

出。二公不之信,因面试一篇。贺承命欣然,操觚染翰,旁若无人,仍目曰《高轩过》,二公大惊。遂以所乘马命联镳而还所居,亲为束发。"似此,正与诗文相符。足见诗文并非帮助将军之意,乃是暂时提供山斗深入检验之意。在本书第一辑、第二辑里面,叶氏不大抵牾王琦,但自本书第三辑书稿以来,间有发现,惜乎往往未曾超越王琦。

【译文】蹭蹬不堪的骏马,不禁回忆起过去的身世:当头上初插削竹般的两个尖耳时,当桃花毛色尚未完全形成时,是个出类拔萃、大有前途的良驹。人们都预感到它将来长大之后,一定会在战场冲锋陷阵上大显神威的。有一次,主人曾经把小驹临时提供给将军去作过一回声誉卓著的检验。实际是说,接受过文坛巨星韩愈、皇甫湜两公的往访,写作《高轩过》诗,联镳前往所居的往事。历历在目,岂料而今……

——表现了头角初露的儿时回忆。按这是感慨身世的四篇之首。

其十三

宝玦谁家子? 长闻侠骨香①。堆金买骏骨,将送楚襄王②。

①【宝玦】指珍贵的佩玉。三国魏曹丕《与钟繇书》:"邺骑既到,宝玦初至。捧匣跪发,五内震骇。"唐杜甫《哀王孙》诗:"腰下宝玦青珊瑚。" 【侠骨】旧指勇武仗义的性格或气质。晋张华《博陵王宫侠曲》之二:"生从命子游,死闻侠骨香。"唐王维《少年行》之三:"纵死犹闻侠骨香。"本诗的宝玦侠骨,是象征李贺的一往热情可贵的韩门师兄皇甫湜的。

【申议】按李贺举进士入京,遭受无理谤议的时候,正当元和天子主政并亲抓特种考试的前后年代。韩愈写《讳辩》争之不能得,应是元和天子受了谗言包围的结果。在特种考试的出尔反尔案件上,充分体现了元和天子的昏庸不堪。李贺此次的遭受无理对待,非但终身无举进士之望,连李贺子孙也都成了问题。谬裁是非,谁尸其咎? 究辨李贺哑谜诗歌,自可了然。李贺不举进士之后,曾经充任过长安奉礼郎小小公职。这是谁人促成的? 据刘瑞莲《李贺·洛阳—长安》说:"有可能得到韩愈的荐引。"又说:"诗中(指《仁和里杂叙皇甫湜》)回顾了他曾得到韩愈和皇甫湜的荐引。"傅经顺《李贺传论·做奉礼郎》说:"因为韩愈等人的延誉起了一些实际作用。"笔者觉得,总会不外韩愈、皇甫湜两人的。不过《仁和里》诗题是标明了"杂叙皇甫湜"字样的。本《马诗·其十三首》的"宝玦谁家子,长闻侠骨香"句,如从身份、性格,以及同蜀韩门师兄弟(湜为韩门大弟子,仅长于李贺十三岁,韩愈则长于李贺三十二岁)的关系来看,也显然是用平辈口吻(谁家子)对准皇甫湜亲切而又生动落笔的。

②【堆金买骏骨】《战国策·燕策一》:"郭隗先生曰:臣闻古之人君,有以千金求千里马者,三年不能得。涓人(国君宫内侍臣)言于君曰:请求之。君遣之,三月得千里马。马已死,买其首五百金,反以报君。君大怒,曰:所求者生马,安事死马而捐五百金? 涓人对曰:死马且买之五百金,况生马乎? 天下必以王能市马,马今至矣。于是不能(到)期年,千里马之至者三。"这是战国时郭隗以马为喻劝燕昭王招罗人才的一个奇妙故事,本诗用来比喻皇甫湜推荐李贺充当太常寺的奉礼郎,马骨虽无多大用处,但如使用得当,也可起些好的影响。再说皇甫湜的此举,无论对朝廷和李贺都是出于良好愿望的。既可为朝廷罗致人才,也可为李贺谋个出路。无奈客观条件上存有下句诗文的情况。王琦注说:"旧注引《战国策》涓人以五百金买千里马骨事,恐未当。"按"恐未当"的原因何在,王琦未便明白说出。叶葱奇和笔者都是坚持《战国策》故事的,王琦也并未推翻《战国策》故事,只不过认为故事是个比喻,另还存有具体人物须当深入理解。此人非他,乃是笔者上面所说的皇甫湜。叶葱奇没有联想到此,所以对王琦多所凿枘,详见下句注释。 【楚襄王】即楚怀王之子楚顷襄王,亦即楚文人宋玉当时的国王。宋玉为襄王写过许多楚辞,应当说襄王是个只对文学有着一定爱好,另无爱好骏马事迹的人。更应理解襄王是个放逐屈原的昏庸无道之君。皇甫湜把李贺这匹骏马推荐朝廷供职,本是出于好心。无奈元和天子是个楚襄王式的人物,非但毫不爱马爱才,反而冷酷异常,久不调迁,迫得李贺只好弃职返乡。这是皇甫湜的遗憾,也是李贺的不幸。

【申议】王琦注说:"诗言佩玦者,未知谁氏之子,素闻其豪侠之名,必有知人知物之鉴,乃堆金市骏马而送之楚襄王。夫襄王者,未闻有好马之癖,虽有骏骨,安所用之? 毋乃暗于所投乎? 吴正子疑楚襄王为误者,非也。不送之于襄王,而送之于爱马之君如秦穆、楚庄之流,则马得所遇矣,非此诗本旨。"叶葱奇注说:"……愤慨世无识马爱马的人,于是不惜重金买骨赠给襄王的鬼魂。因为襄王能梦见神女,于是设想他的英灵或许也会赏识骏马。……吴正子疑楚襄王为讹误,王琦说楚襄王并不好马,把马送襄王是明珠暗投的意思。两说都很牵强。这实在是从反面来说的,意思是:世无爱马之人,不如以骏骨赠鬼。"

按王琦所说,虽然正面反面绕了许多弯子,但实质上是与笔者一致的。他的唯一缺点,就是没有把皇甫湜和元和天子直接指明。这是他在封建社会内,有其不得不维护国君尊严的苦衷,迫之使然的。叶葱奇所说,未免迹近唯心无据,令人瞠目结舌,难于置词。须知王琦的所谓"此诗本旨",不外以"宝玦""侠骨"喻皇甫湜,以买骏骨喻荐充奉礼,以襄王喻元和天子。叶葱奇离开李贺这些具体身世,客观环境,无边无际地随意扯说襄王的鬼魂,于义云何? 逻辑安在? 很难设想:人死是有鬼魂存在的;本诗本旨不是在指责襄王为无道昏君,而是在向往襄王梦见神女的高妙本领;"宝玦""侠骨"不是在指着一个具体人士的;充任奉礼郎,不是明珠暗投,也不是李贺生平一件突出的事……

在本书第一辑里面,对王琦歪曲李贺许多彰明较著的忤逆国君语言,已经大量作了揭明。现在续写第三辑,发现李贺忤逆国君的谜底虽然照样存在,可是隐蔽得非常深刻,不易看见露骨文字。这种情况,王琦是没有开展曲解的必要或可能的,只有揭穿真相的一途。当然王琦迫处封建宣教的要求,公开进行揭穿,他是绝对不敢的。但他可以在字里行间,运用迂回方式,暗示出许多真相出来,启发读者。这是我们应当特别注意,不可一概忽视的。笔者就打乱语序的《恼公》篇"长弦怨削嵩"句内,曾经郑重作过说明(详情见该篇《附识》)。叶葱奇把表现苦难群众反抗思想的"削嵩"一语说成是青菜,是削葱,是妓女弹琴。实与本《马诗》这里的"襄王"一词被说成是鬼魂,是神女,是英灵识马,正相类似。限于理解嫌欠慎重,有损水准。

【译文】最可宝贵的一位同情者,一向以好义急难的性格著称。他像古时燕国涓人买骏马骨头一样地把我设法推荐给朝廷当个奉礼郎小职,希望有个前途可以逐渐去争取。可惜他把我送错了主人! 这个元和天子并不是个爱马爱才的秦穆公、楚庄王,乃是一个昏庸无道,放逐屈原的楚襄王。我的过分遭受冷酷,始终不予调迁,直被视同土芥一般,并不是一件偶然的事。

——表现了荐非其主的不幸遭遇。按这是感慨身世的四篇之二。

其十四

香襆赭罗新,盘龙蹙镫鳞①。回看南陌上,谁道不逢春②?

①【襆】指襆头,亦作幞头,实即头巾。北朝周武帝曾经有所改创。又古人叫冠,今人叫帽。此外襆的另一含义为包袱,与襆头异用。本诗这里,王琦、叶葱奇是作包袱理解的,笔者未敢苟同。因为本诗是李贺在回忆身世中指着一个具体人物的乌纱帽而说的,前面有个香字加以修饰,义即在此。余详见以下注释。　【赭罗】赤色罗衣。【新】谓其人纱帽罗衣都是新的,是个新贵,未免小人得志。

【申议】王琦注说:"襥即幞。用以覆鞍鞯上,人将骑,则去之,又谓之帕。"叶葱奇与此相同。值得注意的是:王琦未说本诗讽刺何人? 叶葱奇却说:"讥诮侥幸得意的人。元稹明经擢第后,欣然去拜访贺,贺憎恶他的巧于趋附沾沾自喜,拒不接见。"按叶葱奇此说,非常可贵。独惜措辞方面,还可稍加斟酌。尤其是受王琦影响,误把首句当马理解了。兹将王琦《李长吉歌诗汇解·首卷·事纪十二则》所引唐康骈《剧谈录》有关此事原文节抄部分于次:

"时元相国稹年少,以明经擢第,亦工篇什,常愿结交贺。一日,执贽造门,贺揽刺不答,遽令仆者谓曰:'明经擢第,何事来看李贺?'相国无复致情,惭愤而退。其后自左拾遗制策登科目,当要路,及为礼部郎中,因议贺祖祢讳晋,不合应进士举。贺亦以轻薄为时辈所排,遂成辗轲。"

按元稹仅长李贺十一岁(公元 779 年生),以元和初年举制科第一。李贺时为青少年,出入韩愈师门,少不经事,抑或有之。元稹曾任左拾遗、河南尉、监察御史等职,早期反对权贵宦官,后转而依附宦官,竟得一度拜相。但这是长庆年间的事,李贺早在元和年间就逝世了。因此叶葱奇所说"憎恶元稹巧于趋附"一节,应是李贺不曾看见过的,可以不写,免生差误。总之,本诗首句不是在写马匹,正是在写元稹新充任左拾遗或监察御史职务,小人得志的形象。李贺所以要写本诗,当然由于他是散播空气,阻挠李贺举成进士的主要敌人之一。本诗的表现元稹,是通过纱帽、罗衣和马匹三个材料来实现的。首句说了帽、衣,次句才是说马。此外,另有一个情况应当提明一下:即韩愈、皇甫湜的命写《高轩过》,皇甫湜的荐充奉礼郎,元稹的破坏举进士,都是社会客观的流传,也确是李贺身世的要点,现在更从《马诗》内看到了李贺自己逐一所作的证明,这就可以减少许多不必要的分歧了。

有人怀疑元稹散播流言破坏李贺举成进士的故事,是否真实? 认为元稹明经及第,是在德宗贞元九年,那时长吉还只三岁多些,当然没有拒见元稹的可能。须知贞元九年的明经,原是可以迟至元和年代去见李贺的,不必一定要限制在贞元的当年。笔者初亦有些犹豫,现经李贺自己写成了诗,可以信得过了。

【盘龙】龙喻马匹。犹跨马盘旋,得意不已。 【蹙】踏意。 【镫鳞】指马腹两旁的踏脚。

②【南陌】谓南面田间的道路。《乐府诗集·梁武帝〈河中之水歌〉》:"莫愁十三能织绮,十四采桑南陌头。"唐卢照邻《长安古意》诗:"北堂夜夜人如月,南陌朝朝骑似

云。"【逢春】犹得意。

【译文】有人戴着新的乌纱香帽,穿着新的赭红罗衣,跨上高头大马,脚踏两镫,极尽了装腔作势之能事。他顾盼南面田间的道路上说:谁说世上还有怀才不遇的人呀!这真可算小人得意,不识羞耻。我的不举进士,虽然权操元和天子之手,但此人正是制造流言,恶意陷害我的死对头。他叫元稹!

——表现了小人得志的心头隐恨。按这是感慨身世的四篇之三。

李贺与元稹的斗争,虽是以李贺的失败而告终的。但李贺死后元稹拜相的时候,却是裴度硬把他弹劾罢职的。正邪不两立,裴度是与韩愈同一立场的。政治上的蛛丝马迹,正是耐人寻味的!

其十五

不从桓公猎,何能伏虎威①? 一朝沟陇出,看取拂云飞②。

①【桓公】指春秋五霸之首齐桓公。　【何能伏虎威】《管子·小问》:"桓公乘马,虎望见之而伏。桓公问管仲曰:今者寡人乘马,虎望见寡人而不敢行,其故何也? 管仲对曰:意者君乘駮马而洢(尹知章注:洢古盘字)桓迎日而弛乎? 公曰:然。管仲曰:此駮象也,駮食虎豹,故疑焉。"叶葱奇引述此事把三个"駮"字都改成"驳"字了。查"驳"虽全可通"駮",但"駮"不是全可通"驳"的。具体地说,在駮的"食虎猛兽"义项上,不是可用"驳"字代替的。这里的第一个"駮"表现杂色的马,是可与"驳"相通的。第二、第三个"駮"都是表现能食虎豹的猛兽,不能改用"驳"的,这就出了问题。再说既经认为相通的字,也就没有必要改变原文了。王琦所引原是正确的,他从不轻易改字,叶氏相反,影响堪虞。

②【沟陇】指别于朝廷的山沟草野。　【拂云飞】犹腾跃飞冲,犹风卷残云之意。

【译文】你觉没有怀才不遇的人了。我看怀才不遇的大有人在哩。试问,骏马如果不受国君重用,怎么能够发挥出它的特有才能? 请你不要看不起人,有朝一日另起炉灶,骏马从山沟草野奔腾出来,让你细细领教他风卷残云的力量吧!

——表现了另起炉灶的拼斗决心。按这是感慨身世的四篇之末尾结语。

其十六

唐剑斩隋公,卷毛属太宗①。莫嫌金甲重,且去捉飘风②。

①【唐剑】指唐高祖,唐太宗的武装起义。　【斩隋公】含混语,实即灭隋帝,夺隋

业。 【鬈毛属太宗】王琦注说:"《长安志》:太宗所乘六骏石象在昭陵(太宗墓)后。鬈毛骊,平刘黑闼时所乘,有石真容自拔箭处。……有中九箭处。玩诗意鬈毛骊必隋之公侯所乘者,其人既为唐所杀,其马遂为太宗所得。虽事逸无考,而诗语甚明。"按首句兴唐灭隋,究竟指隋帝,还是指隋之公侯而说? 一看便知。王琦讳言隋帝而假设公侯,是从形式上回避以下犯上的故弄玄虚。实际上王琦还是希望读者有所理解的,只不过本诗的主题是在标榜起义创业,王琦不敢承担这个责任罢了。叶葱奇未究此理,照样搬用,是个误会。也并不是符合王琦私衷的。这个情况在《恼公》篇的"长弦怨削嵩"内,已经更突出地辨析过了,可以参证。又字据《汉语大词典·毛部》说:《改并四声篇海》引《类篇》音毛。鬈按与"拳"异。但他书所引多作"拳毛"。为存真计,仍用"鬈毛"。尊重作者,有话注出,不必改字,这是原则。

②【捉飘风】"飘风"即旋风。《诗·大雅·卷阿》"飘风自南传":"飘风",回风也。"捉"逐意。语谓如疾风之扫落叶。李贺敢于提出武装起义的观点,是因为举的是唐太宗的例子,唐人是不敢反对的,这是李贺的辣手处。

【译文】唐高祖、唐太宗的武装起义,推翻了隋炀帝的腐朽朝廷。

鬈毛骊良马,因而属之太宗所有了。莫嫌太宗身上的金甲太重,且去趁热打铁,如同秋风扫落叶般地统一河山!

——表现了起义创业的理论根据。举唐太宗为例,是个辣手。

其十七

白铁剉青禾,砧间落细莎^①。世人怜小颈,金埒畏长牙^②。

①【白铁】指刀具。 【剉】铡切、斩剁意。汉赵晔《吴越春秋·句践入臣外传》:"夫斫剉养马。"即铡切草料之谓。 【青禾】指田里青色的稻禾和青色的庄稼。 【砧】砧板或砧石。 【莎】指莎草,多年生草本,多生于河边沙地。唐李白《忆旧游寄谯郡元参军》诗:"浮舟弄水箫鼓鸣,微波龙鳞莎草绿。"

②【世人】指一般的人。 【怜】爱意。 【小颈】《尔雅》"小领盗骊"邢昺注:"领,颈也;盗骊,骏马名也。" 【金埒】指马场周围的矮墙垣。南朝宋刘义庆《世说新语·汰侈》:"(王)济好马射,买地作埒,编钱匝地,竟埒,时人号曰金埒。"注"沟亦作埒"。【长牙】王琦说:"《齐民要术》:'相马之法,上齿欲钩,钩则寿;下齿欲锯,锯则怒。牙欲去齿一寸则四百里,牙剑峰则千里。'琦按:长牙者,盖谓马之锯牙善啮者也。逸群之

马,多不伏羁络,生人近之,往往踶啮。然乘之冲锋突阵,多有奇功。"

【译文】选用青禾在白铁石砧之间,像切细莎一样地制成食料,用来养马,这是有利于马的健壮的。不过,一般的人只知道侧重观赏,喜爱玲珑小巧的马。即使是官家,也只知道喜爱那些性情驯服,肯听任意摆布的马。对于长牙烈性,敢忤非分约束,如同汉武帝所说的"泛驾之马",却是心怀畏惧而不敢蓄养的。其实,这是御之不以其道的结果,怎能归咎奇才异能的出现! 因噎废食,世无此理。俗话说:其身正,不令而行;其身不正,虽令不从。

——表现了咎在驾驭的根本道理。

其十八

伯乐向前看,旋毛在腹间①。只今捭白草,何日蓦青山②?

①【伯乐】春秋秦穆公时人,以善相马著称。他认为一般良马"可形容筋骨相";相天下绝伦的千里马,则必须"得其精而忘其粗,在其内而忘其外"。见《列子·说符》。此外,《庄子·马蹄》:"及至伯乐。"陆德明释文:"伯乐姓孙名阳。"又引《石氏星经》:"伯乐,天星名,主典天马。孙阳善驭,故以为名。"　【旋毛在腹间】天生作旋涡状的毛发叫旋毛。《尔雅·释畜》:"回毛在膺,宜乘。"郭璞注引樊光曰:"伯乐《相马法》,旋毛在腹下如乳者,千里马也。"

②【只今】犹如今。　【捭】音(bó),减意,亦犹虐待,克扣。　【白草】马的食料。《汉书·西域传》:"(善鄯)国出玉,多……白草。"颜师古注:"白草似莠而细,无芒,其干熟时正白色,牛马所嗜也。"　【蓦】忽然跃腾意。

【译文】一匹往遭遗弃、困顿不堪的千里之马,由于它的腹间长有旋毛,竟被伯乐发现出来了。于是大为惊叹地说:这是在糟蹋良才,怎么这样克扣它的食料,让它面临饥饿掩蹇,有气无力? 它将何年何月才能跃腾起来,驰骋河山!

——表现了糟蹋良才的盲目无知。

其十九

萧寺驮经马,元从竺国来①。空知有善相,不解走章台②。

①【萧寺】佛寺。唐李肇《国史补》卷中:"梁武帝造寺,令萧子云飞白大书'萧'字,至今一'萧'字存焉。"后因称佛寺为萧寺。其实佛之在中国有寺,早在东汉洛阳就已有

过了。 【驮马经】王琦说:"《魏书·释老志》:'后汉孝明帝……遣郎中蔡愔、博士弟子秦景等使于天竺,写浮屠遗范,得佛经四十二章及释迦立像。愔之还也,以白马驮经而至,汉因立白马寺于洛城雍门西。'"【竺国】即天竺国,为印度的古名。

②【善相】佛家强调慈悲,不强调斗争。所谓善相,即和平良善的形象。 【章台】战国时咸阳秦宫有章台,西汉时长安首都都有章台街,东汉时洛阳城门有章台门,总起来说,是象征政治权力中心的朝廷所在地的

【译文】一匹驮着寺庙佛经的马,原是远从印度佛国来到我们东土的,它只知道慈悲为怀,阿弥陀佛。根本不理解什么奔走权势,阿谀逢迎!

——表现了不屑钻营的本色面目。

其二十至二十三

这四首诗合起来是一首诗。表现行刺活动的畅想过程,从而对昏庸国君进行惩罚嘲讽。所有注释,已见本书《李贺哑谜诗歌新揭》第二辑里面。兹按原文补写译文于下:

其二十原文

重围如燕尾,宝剑似鱼肠。欲求千里脚,先采眼中光。

【译文】遥想宫中厅堂卧室间的重重帷("围"是同音飞白手法)帐,挂了起来的时候,就像一个个燕子尾巴。准备行刺国君的宝剑,如同古时专诸刺僚王的鱼肠剑一样,已经物色好了。刺客距离长安很远,打算选择一匹千里马出发。至于如何进入深邃宫廷去的办法,也已事先设定好了具体的门径和妥善的眼线。

——表现了事前准备的具体打算。

其二十一原文

暂系腾黄马,仙人上彩楼。须鞭玉勒吏,何事谪高州?

【译文】刺客到达长安之后,先把所骑腾黄骏马系在附近之地。他的飞檐走壁本领,真像神仙一样地飞上皇宫雕龙画凤的高楼。于是他揪着国君("玉勒吏"为"国君"的借代语)进行怒责:你为什么把正直贤良的人,往往无辜贬谪到遥远的南方边地高凉州去了?

——表现了怒斥昏庸的行刺活动。

其二十二原文

汗血到王家,随鸾撼玉珂。少君骑海上,人见是青骡。

【译文】流血(汗血的双关语)的事件,终于发生在皇宫里面了,亦即国君被刺了。刺客当时冲破了皇宫的保卫秩序就逃走了。后来传说刺客骑马海上,逍遥法外,有些古代李少君的神奇味道。并且有人仿佛看见他腰间网络里面还盛有一个挽着青螺(骡为飞白)髻的头颅呢!

——表现了溅血远逃的行刺结果。

其二十三原文

武帝爱神仙,烧金得紫烟。厩中皆肉马,不解上青天。

【译文】元和天子真可耻笑,一向像汉武帝一样追求长寿成仙,可是金丹并未烧成,却被刺流血,短命早死。马房里平日所精心豢养的,都是凡马之流,一个也不真的懂得飞升成仙之术。因此,很对不起,无人随你帝王到那九天云霄上去了!

——表现了可耻下场的殊堪嘲笑。

附　识

本马诗二十三首,都是借马说人的。亦即怀才不遇,讽诅国君的。各篇的内容,既是各自独立的,又是有些关联的。有的关联得比较紧密,有的关联得比较松散,无论紧密松散,各自有其必要,有其作用。紧密的利于表达,松散的利于掩盖。因此之故,应当全面辩证地进行观察。紧密其所应当紧密,松散其所应当松散。根据笔者初步不成熟的看法,本诗是按六个四首写作的(即二十四首),其中第三个四首为了减轻尾上第六个四首(即行刺活动)的凸显暴露,就只写了三首,或写好四首之后故意删去一首的。这样的设想,没有什么流弊,最少是有利于清理二十三首的线索,不至感到杂乱不清的。兹姑按组标列各首内容于下:

写遭遇:1.明珠暗投。2.惨遭冷遇。3.生不逢时。4.骏马骨珍。

写思想:5.志在千里。6.潦倒不堪。7.自挠栋梁。8.情甘忤逆。

写处境:9.困顿风尘。10.刻骨恼恨。11.不平则鸣。

写身世:12.头角初露。13.荐非其主。14.小人得志。15.另起炉灶。

写认识：16.起义创业。17.咎在驾驭。18.糟蹋良才。19.不屑钻营。

写行刺：20.事前打算。21.怒斥昏庸。22.溅血远逃。23.可耻下场。其中写身世的四首，关联比较紧密，应与写行刺的4首同样作为一篇诗来看待。其他如写遭遇、写思想、写处境、写认识等都可据以理清线索，有利于观察辨析。

关于写法技巧方面，以《其十》篇的双关两可，似是而非，引人入彀，滑稽多趣，为最呕心沥血。语言方面，如："向前敲瘦骨，犹自带铜声。""无人织锦韂，谁为铸金鞭。""腊月草根甜，天街雪似盐。""鸣驺辞凤苑，赤骥最承恩。""何当金络脑，快走踏清秋。""鬣焦朱色落，发断锯长麻。""赤兔无人用，当须吕布骑。""夜来霜压栈，骏骨折西风。""君王今解剑，何处逐英雄。""批竹初攒耳，桃花未上身。""堆金买骏骨，将送楚襄王。""不从桓公猎，何能伏虎威？""唐剑斩隋公，毳毛属太宗。""空知有善相，不解走章台。""重围如燕尾，宝剑似鱼肠。""暂系腾黄马，仙人上彩楼。""少君骑海上，人见是青骡。""厩中皆肉马，不解上青天。"凡此，意味深厚，形象鲜明，音韵响亮，气势流畅，各自有其特色。

王濬墓下作①

人间无阿童，犹唱水中龙②。白草侵烟死，秋荠绕地红③。古书平黑石，神剑断青铜④。耕势鱼鳞起，坟科马鬣封⑤。菊花垂湿露，棘径卧干蓬⑥。松柏愁香涩，南原几夜风⑦！

① 题意若何？王琦、叶葱奇说，"《太平寰宇记》：'虢州恒农县有王濬冢。濬仕晋，平吴有功，卒葬于此。'《晋书·王濬传》：'濬卒，葬柏谷山大营茔域，葬垣周四十五里，面别开一门，松柏茂盛。'"王琦大约为慎重计，另无评议。叶葱奇却另作疏解说："这是吊古之作，并无深寄。"笔者反复究辨诗文，觉得如果正视到了它的寄意深刻的一面，看到了它的现实生动、扣人心弦的内容，将不会感到它是吊古之作。看情况，李贺又在玩弄双关两可，似是而非的掩盖手法。单拿诗题来说，一般的人，标用"游王濬墓"就可以了。李贺不用"游"字也无不可，却在尾上加了"下作"两字，这是不可能的。第一，这基本上是篇排律，雕镂形象，排比音色，远非古风绝句之类可比，不是立刻能够成就的。因此李贺这个说法，实际是在自我否定，是在正告读者："我不是真的在王濬墓下为王濬写诗。"事实上，诗文对王濬生平的功绩事业如带水军灭吴受孙皓降……根本没有

提到。由此可见,李贺不是真的在吊王濬之古。第二,"濬"字为疏导河道,挖掘泥土之意。诗题的内在含义,可以释作"在君王自掘坟墓的形势之下而写此诗",或"为君王的自掘坟墓的形势而写诗"。如同李贺《秦宫诗》一题,表面似写汉代梁冀嬖奴的姓名,实际在写秦地长安的唐宫天子的生活。这就非但没有怀古吊古,并且都是讽今谴今了。叶葱奇未辨及此,难免误会。本诗六韵,绘有六种形象,容俟逐一辨析于下。

②【阿童】三国吴孙皓天纪年间的童谣有:"阿童复阿童,衔(亦作御)刀浮(一作游)渡江。不畏岸上虎,但畏水中龙。"见《晋书·五行志》。王琦注说:"(晋)羊祜闻之曰:'此必水军有功,当思应其名者耳。'会益州刺史王濬征为大司农,祜知其可任,濬又小字阿童,因表留濬监益州诸军事,加龙骧将军。密令修舟楫为顺流之计。"按后来王濬果建平吴之功,这就成就了王濬平吴的美丽故事。细观本诗这个首联,李贺立足中唐末期,分明在说世间早已没有阿童存在了,怎么还有人在强调水中之"龙"呀? 无可讳言,本诗这里这个"龙"字,已经具有双关含意:既表示不是在指阿童这位龙骧将军,又表示与《苦昼短》篇的"斩龙足,嚼龙肉",《五粒小松歌》篇的"细束龙髯铰刀剪",《将进酒》篇的"烹龙炮凤玉脂泣",《公莫舞歌》篇的"座上真人赤龙子",《平城下》篇的"烟雾湿画龙"……同其意图,对准元和天子落笔的。这虽是本联语调所明白确定的,更由于下面五联内容,都不曾赞扬阿童王濬,都多方谴责元和天子,事实昭在,原是无可回避的。因此之故,童谣内面所说的"畏龙不畏虎",李贺这里碰巧正好断章取义地加以利用,把它曲解成为"龙恶于虎"的新含意。这一"龙恶于虎"的形相,才是本联表现和讽诅元和天子的本意之所在。它与下面五联,恰是一脉相通的。

③【白草】指兽类可作食料的草。　【侵烟死】喻被烟火烧死了。实寓赤地千里之意。　【秋藜绕地红】"藜"指蒺藜,秋日性老,刺最刺人。"绕地"犹到处。"红"表面指蒺藜秋日梗泛红色,实际喻它刺人流血。租税迫人,人们是不易从中寻觅生活资料的。本联表现元和年代民生凋敝方面的形象。

④【古书平黑石】表面似指墓碑文字已被磨损难识了,实际在喻朝廷的文治乖方,昏暗不堪,颠倒错乱,一塌糊涂。　【神剑断青铜】表面似说良剑可以斩断青铜,实际在喻朝廷把良剑当作破铜烂铁看待,不加重用。亦即不用良将统兵而用宦官挂帅(详见《吕将军歌》和《雁门太守行》。至于淮西之平,那是李贺死后的事)。本联表现了元和年代文衰武颓方面的形象。

⑤【耕势】表面可以看成农民耕地,实际在喻农民起义。《史记·陈涉世家》:"陈涉

少时,尝与人佣耕,辍耕之垄上,怅恨久之曰:'苟富贵,无相忘。'……" 【鱼鳞起】众多貌,犹纷纷起义。 【坟科】谓坟墓的形状种类。 【马鬣封】坟墓上封土的一种形状。《礼记·檀弓上》:"吾见封之若堂者矣,见若坊者矣,……见若斧者矣,从若斧者焉,马鬣封之谓也。"唐白居易《哭崔二十四常侍》诗:"貂冠初别九重门,马鬣新封四尺坟。"李贺这里意谓斗争激化,死人很多。本联表现了元和年代反抗纷起的景象。

⑥【菊花】兼有晚景、妇孺、瘦弱……多种含义,意在象征老弱妇孺。 【垂湿露】露为露天,更其含有泪水满面的形状。联系上文来看,是种乱世流民,实即农民流散的样子。 【棘径】犹野外小路。 【卧干蓬】枯槁的蓬草,喻野有饿莩的样子。本联表现了元和年代难民盈野方面的形象。

⑦【松柏】喻大有作为的人才。 【愁香涩】以青香不得发扬为忧愁。按"涩"为"很不通畅"之意,叶葱奇疏作"传出一阵涩涩的幽香"。显然把"涩"字理解反了,难成话说。 【南原】犹南郊。 【几夜风】谓还能经受多少夜晚的风浪摧残!按与王濬无关,叶葱奇疏说:"王濬长眠地下,不知已经过了多少岁月了。"欠合文意,果真要查岁月,还是容易推算的,主要是意不在此。须知这里的寓意,是结合到了李贺自身的切肤之痛的。本联表现了元和年代人才沉沦方面的形象。

【译文】晋代初年,那位名叫阿童的龙骧将军早已不存在了,怎么还有人在强调水中之龙呀?哦,我明白了,是在另外指说现代的人间之龙元和天子。现在我们就来欣赏一下这位唐代元和天子的业绩吧!确实的,他也有个从反面巧合吴谣的特征,他是道道地地的龙恶于虎的。请看:一、赤地千里,寸草不生,蒺藜当路,动辄流血。这种民生凋敝的景象,到了何等严重的程度!二、施政乖方,昏暗不堪。良剑不用,宦官挂帅。这种文衰武颓的情况,到了何等腐败的程度!三、农民揭竿,此起彼伏。斗争无情,新坟累累。这种反抗纷起的现象,到了何等激烈的程度!四、老弱妇孺,含泪流浪,饿莩载道,奄奄一息。这种难民盈野的状况,到了何等悲惨的程度!五、栋梁之材,弃置不用,抑郁潦倒,人寿几何?这种人才沉沦的实况,到了何等荒唐的程度!总结一句:元和天子简直是在自掘坟墓啊!

附　识

本诗以首联"龙恶于虎"为经,以下面五联"民生凋敝""文衰武颓""反抗纷起""难民盈野""人才沉沦"为纬,突出了"为君王自掘坟墓而作"的题意。结构层次,至为简明。外表上掩盖得非常周密,滴水不漏,全是依靠似是而非的双关手法表现出来的。

叶葱奇疏解"神剑断青铜"句说:"坟中的铜剑想来也已锈断了。"这非但是一种不符谜底的无据设想,并且它本身也还存有欠合实际之处。因为诗文分明写作"神剑",并非"铜剑"。古代干将莫邪之类的名剑,都是精钢百炼,从无锈断传说的。叶葱奇改"神"为"铜",显然是在偷换性质,难于成立。当然,坟内是否真的有一把宝剑?这更大成问题。依照谜底来看,李贺是在讽刺元和天子把神剑当破铜烂铁看待,不肯加以重用,根本与锈烂字样两不搭界的。此外,附带提明一句,这个"神剑断青铜"的句子,从气概、力量、感情、音色上来看,它是本诗的一个警句。它奇特异常,利落非凡,尚请读者细加品味。

沙　路　曲①

　　柳脸半眠丞相树,佩马钉铃踏沙路②。断烬遗香裛翠烟,烛骑蹄鸣上天去③。

　　帝家玉龙开九关,帝前动笏移南山④。独垂重印押千官,金窠篆字红曲盘⑤。沙路归来闻好语,旱火不光天下雨⑥。

　　①【沙路】即沙堤,亦称沙道。唐李肇《国史补》卷下:"凡拜相,礼绝班行,府县载沙填路,自私第至于城东街,名曰沙堤。"唐杜甫《遣兴》诗之三:"府中罗旧尹,沙道尚依然。"唐白居易《官牛》诗:"绿槐阴下铺沙堤,昨日新拜右丞相。"总之,词义为唐代对宰相上朝通行车马所筑的沙面大路。李贺只不过利用它作为借题发挥的一种手段而已。

　　【曲】表面为歌曲的曲,实际为弯曲的曲。题意谓:不要由沙路直上朝廷拜见人主。可绕弯子到天上去,面向天帝奏上一本,取消唐帝,改朝换代。

　　②【柳脸半眠】犹柳貌困眠。《三辅故事》:"汉苑中,有柳状如人形,曰人柳,一日三眠三起。"按柽柳异名很多,既可叫人柳,又可叫三眠柳,更可叫观音柳……所谓柳眠,指柔弱枝条在风中时时伏倒之貌。本诗这里是另有特殊含义的。根据尾句的"旱火不光"及第二句的"断烬""烛骑"来看,它是受了炎日酷热(象征国君苛政)的困苦状态。换句话说,这个"柳脸",是体现了黎民百姓焦头烂额的灾难痛苦的。叶葱奇改"脸"为"睑",欠当。　　【丞相树】由于沙路是为丞相而铺的,所以沙路两旁所栽的柳树,也可叫作丞相树了。　　【佩马】谓马的羁络钩膺上是饰有玉珂的,此指丞相的马。　　【钉铃】为"叮咛"一词的飞白手法,等于《公莫舞歌》把"横眉粗颈"写成"横楣粗锦",参见第一辑

《五光十色的艺术手法》。谓众多的苦难柳树,对丞相出发进行叮嘱。　【踏沙路】这是"叮咛"的内容,意谓不要沿沙路最终去朝拜人间暴君,你可绕个弯子向天上去叩见天帝,反映苦难百姓的要求(这就是上述诗题《沙路曲》的内在含义,亦即诗文谜底线索的开端)。

　　③【断烬遗香】"香"指炷香,"烬"是焚烧的结果,古用炷香灼人,是种酷刑。本诗这里喻受炎日酷热,苛政压榨的痛苦心情。　【袅翠烟】"翠烟"指柳树,喻柳众都已气息奄奄。　【烛骑蹄鸣】上句以炷香之热为喻,本句以烛火之热为喻,谓马蹄受热,叫喊痛苦,忍耐不了。　【上天去】双关语,表面似上朝廷去,实际是离开地面,到天帝那里解决问题去。

　　④【玉龙】指天帝左右的服役者,兼喻飞雪消热气氛。　【九关】指九重天上的城门。《楚辞·招魂》:"魂兮归来,君无上天些。虎豹九关,啄害下人些。"王逸注:"言天门凡有九重,使神虎豹执其关闭。"　【动笏】:"笏"指古代臣朝君时所执的记事手板,"动笏"意谓奏上一本。　【移南山】核心双关语。所谓"南山"表面泛指普通山岳,实际是指首都所在地的终南山,它是象征元和朝廷的。所谓"移",即搬掉。意谓元和天子为害人间,黎民百姓要求改换唐李朝代。李贺在谴责元和朝廷的《感讽五首》之三内,也有:"南山何其悲,鬼雨洒空草。长安夜半秋,风前几人老。"这是明证,王琦、叶葱奇把"南山"释作普通山岳,有误。

　　⑤【独垂重印】表面似说腰悬相印,辅佐天子。实际是说腰悬国印,独自做君。【金窠】王琦注说:"《资治通鉴·唐纪》:以祠部郎中袁滋为册南诏使,赐银窠金印,文曰:'贞元册南诏印。'……所云银窠金印者,是以金为印,而印文空白之处,以银为之也(即包金印)。金窠则以纯金为印(最高级)。"　【篆字红屈盘】指印文的字体和盘屈的状态。按本联这个金印形象的描画,实是一颗新颁的国印,联系上文柳众要求改朝换代的情节来看,显然是在表现天帝核准所请,并且封相为君。这是魏晋南北朝以至隋唐转移政权的常见惯例,李贺忤逆元和,并且想入非非,应是可以理解的。再说,朝廷上面是用君印的地方,相印是在相府使用的。诗文并无"相印"字样,不宜滥相凑合地误作体会。何况说成丞相佩带相印,只不过是个没有必要、可有可无的赘语。说成天帝颁发新的国印,才正是答复了黎民百姓焦头烂额的情节要求的。两相比较,相去悬远,实事求是,应可恍然。

　　⑥【沙路归来】指丞相从天帝那里归来。　【闻好语】指柳众听到了改朝换代的好

消息。　【旱火不光】"旱火"指制造旱灾的太阳,实喻元和天子。"不光"谓生命完结,再也发不出炙热的火光了。　【天下雨】谓将有新的国君降下滋润心田的甘霖。按这个尾句,是李贺故意制造的含混别扭、露骨讽诅的典型哑谜语言,它与《章和二年中》篇的"七星贯断姮娥死",《上之回》篇的"地无惊烟海千里"……同其类型。本诗的能够揭开谜面掩盖,看到谜底情节,最主要的还要归功于这个困惑读者的奇妙尾句。是它,特别是"旱火"才能联系"断烬""烛骑"证明"柳脸""南山"的。

【申议】王琦说:"好语,谓民间称颂之语。旱火不光天下雨,喻言苛虐之政不兴,而膏泽广被于天下也。"叶葱奇也说:"朝罢归来,路上只听见人民称颂,因为风雨及时,一点没有水旱的凶灾。"这些都是违背当时农户流散的客观历史和作者刻骨讽诅的客观感情的。很明显,本诗的歧义,在于一说是歌颂朝廷的;另一说是咒骂朝廷的。一说是丞相朝罢元和天子归来的;另一说是丞相代表黎民上告天帝归来的。须知一是似是而非、无血无肉的凑合内容;另一是细致生动、线索分明的具体情节。哑谜诗歌虽是有其谜面谜底两个方面的,但真正体现作者意图的,无疑只是谜底而不是谜面。王、叶两位囿于习惯传统,从来不以揭露谜底为己任,这里是有佐证如山、日益增多的新揭诗篇,可供读者逐一检验,共证视听的。

【译文】在丞相出入必经的沙路上面,两旁种有许多柳树。它们由于受了炎日的酷热,个个都愁眉苦脸,有气无力了。它们叮嘱骑马出发的丞相说:希望你不要再去朝见元和皇帝了,请你绕个弯子到上空天帝面前替我们告状去吧!我们如同被炷香烧灼得疼痛难忍一样,已是气息奄奄了。试看,你的马蹄也被地面的高温烫得发叫了呀!于是丞相采取行动,上到天庭。天帝的侍从玉龙在满含清凉气氛之下,开门接入。丞相当即叩见天帝,奏上一本,要求对人间改朝换代。结果,天帝核准所请,并颁发金质国印一颗,由丞相升任国君,管理百官,独主人间。柳众得知丞相带回的这一圆满消息之后,大喜过望,感到酷日完蛋,再也放不出炙热的火光来了。清凉世界,即将普降甘霖。

附　识

本诗以柳众要求为贯穿全文的线索。要求是柳众提出的,痛苦是柳众申诉的。欢喜也是柳众表态的。使人不能不想起《野歌》篇的"寒风又变为春柳,条条看即烟蒙蒙"句子,原来李贺以柳树比喻黎民百姓,并不是个孤立偶然的事。

由于诗中运用了飞白、双关的掩盖手法，多年以来，不曾看出它的谜底。然而始终未曾放弃探索的原因，实是由于尾句文字和"移南山"一语，如同两盏明灯一样，给了笔者以希望。获得根本转机的地方，是"断烬遗香""烛骑蹄鸣"和"旱火不光""柳脸半眠"的联系理解，才得出现全文矛盾是在高温酷虐和柳众困苦的上面。

许公子郑姬歌（郑园中请贺作）①

许、史世家外亲贵，宫锦千端买沉醉。铜驼酒熟烘明胶，古堤大柳烟中翠②。桂开客花名郑袖，入洛闻香鼎门口。先将芍药献妆台，后解黄金大如斗③。莫愁帘中许合欢，清弦五十为君弹。弹声咽春弄君骨，骨兴牵人马上鞍。两马八蹄踏兰苑，情如合竹谁能见！夜光玉枕栖凤凰，袷罗当门刺纯线④。长翻蜀纸卷明君，转角含商破碧云。自从小鬲来东道，曲里长眉少见人⑤。相如塚上生秋柏，三秦谁是言情客？蛾鬟醉眼拜诸宗，为谒皇孙请曹植⑥。

① 根据诗文内容来看，是在影射国君好酒贪色，以败坏国政的郑袖为皇后，强夺有夫之妇莫愁，霸占王昭君等宫女的青春……更其是文学之士如司马相如之类不获重用，要想求得出路，除非刘汉亡国、曹魏代兴之后再说！这是在诅咒哪个国君？读者可拿《秦宫诗》篇、《金铜仙人辞汉歌》篇……一加对照，便可了然。因此之故，诗题及注文，都是李贺在写好诗文之后，故意加上的假托之辞、哑谜掩盖。其所以姓"许"，是要牵扯到"外亲"一词。其所以姓"郑"，更是非此不可的。因为郑袖其人，直指流放屈原的国君，太露骨了，必须别生枝节，力求分散注意。这与《秦宫诗》篇的诗题和注文，显有异曲同功之妙。

② 【许、史世家】指汉宣帝时的许、史两家外戚。《汉书·盖宽饶传》："上无许史之属，下无金张之托。"颜师古注引应劭曰："许伯，宣帝皇后父。史高，宣帝外家也。"【外亲贵】外戚、外亲义虽相近，但《史记》只有"外戚世家"，不叫"外亲世家"。这一差别，如果李贺没有别的用意，也就罢了。事实上，李贺正是别有居心，故意飞白的。这是一个双关含混的句子，表面似说："许、史世家是以国君的外戚而显贵的。"实际是说："许、史世家的外亲是极其高贵的国君。"依照许、史为国君的外戚，国君为许、史的外亲的关系来看，本是对等分明，无何不可的。但前者的中心词语为许、史，后者的中心词

语为国君,这就差别极大了!究竟本诗是在表现许、史,还是在表现国君?也就不能不依照诗文内容来作取舍了。这是通释全诗的一把钥匙,笔者多年不得其门而入,近日窥察出来这个双关句子之后,始难自己于言。叶葱奇说"许公子当是唐室的外戚,所以拿许、史相比。"王琦亦有此说,均非是。诗文根本不是许公子在玩妓女,郑袖、莫愁、明君都绝对不是象征妓女的。

　　【宫锦】指宫中特制或仿造宫样所制的锦缎。唐岑参《胡歌》:"葡萄宫锦醉缠头。"
　　【千端】犹千匹。《资治通鉴·汉献帝初平二年》:"遗布一端。"胡三省注:"古以二丈为端。"　【沉醉】指迷恋女色,花天酒地。　【铜驼】即以铜铸的骆驼。多置于宫廷外围。因亦可以象征帝王和朝廷所在之地。《太平御览》卷一五八引晋陆机《洛阳记》:"汉铸铜驼二枚,在宫南四会道相对。"《晋书·索靖传》:"靖有先识远量,知天下将乱,指洛阳宫门铜驼叹曰:会见汝在荆棘中耳。"本诗这里,正是影射宫廷皇家的。历代注家,在把铜驼释作酒器或街名的上面,大费犹疑,强下断语,其实都是不得要领的。酒器固无确证,街名亦嫌局限太甚。根据首两句讽诅帝王的意图来看,"宫锦"和"铜驼"分明都是影射皇家的。　【酒熟】指皇家所酿熟的大量的酒。有人改熟为热,不可。
【烘明胶】王琦注引邱季贞注:"酒色莹彻而厚也。"【古堤大柳】这虽随处都有的,但联合首三句的意图来看,是指言宫苑内在景色的。李贺《恼公》篇有"汉苑寻官柳"句,就是指言宫苑之内的柳树的。　【烟中翠】表面表现柳丝如烟,实际在说乌烟瘴气。特别这个"翠"字,是个褒性词色,体现国君在醉生梦死的生活当中,还觉自鸣得意似的哩!

　　【首四句译文】许、史世家的外亲,是高贵无比的国君。他在生活当中,不惜花费成千匹的宫制锦缎,去对女色进行迷恋和溺爱。皇家所新酿的大量的酒,色既透明,浓度又高,真像胶汁一样。国君整天在宫苑的古堤大柳之间好酒贪色,乌烟瘴气,还觉自鸣得意似的!

　　③【桂开客花】谓桂树离开故乡,开花异域。因所引郑袖,并非京洛之人,所以称为"客花"。　【郑袖】战国楚怀王夫人。

　　【申议】"郑袖"二字,笔者初入眼帘,不禁大吃一惊。这是彰明较著咒骂昏庸无道国君的炸弹式语言!是她勾结张仪败坏楚国政事,使之趋于灭亡的。是她勾结子兰迁流屈原,使之投江而死的。只要看到她的姓名,就可窥见国君昏庸无道的程度,李贺怎敢提了出来的!当然,李贺这类露骨语言,都另施有补救办法,即用哑谜掩盖极力搅乱读者的视线。本诗如同《秦宫诗》等许多篇一样,题目和自注都是假托的。特别"郑姬"

354

李贺哑谜诗歌新揭

"郑园"两个郑字,都是为了冲淡、分散、转移郑袖的身世影响才使用的。王琦身处封建社会之内,可能知而不敢明言。叶葱奇身处社会主义社会,不知何故视若未睹。笔者迟迟未注本诗,是因首句的双关含义尚未识破,无法通释全文,有以致之。

【鼎门】洛阳城门名。《后汉书·郡国志·河南》:"周公时所城雒邑也……东城门名鼎门。"刘昭注引《帝王世纪》曰:"东南门,九鼎所从入。"本诗这里表面似说郑袖入洛住在鼎门,香名大噪,实际是说郑袖的被迎来宫中,如同周武王迁九鼎于洛邑一样,国君大为倾倒,竭尽了隆重能事。 【黄金大如斗】指帝王册封皇后,颁发紫绶金印。《后汉书·皇后纪论》:"六宫称号,惟皇后贵人,金印紫绶。"《世说新语·尤悔》:"王大将军(敦)起事……周曰:今年杀诸贼奴,当取金印如斗大系肘后。"王琦说:"解黄金所以恣其用,大如斗者,盖侈言之。"叶葱奇附和着说:"大如斗者,极言赠金之多。"俱非是。

【"桂开"四句译文】昏庸无道的帝王,首先的一个具体罪过是他迎娶败坏朝政的郑袖式的女人来做皇后。她是从东南外地来的倾国之花。帝王对于她的能被迎来,无比倾倒,较之周武王迁九鼎入洛邑礼节还要隆重得多。先将芍药献给她的妆台,后把斗大的金印册封她为皇后——须知定鼎洛邑是开国气象,册封郑袖是亡国行径。

④【莫愁】古民间美丽妇人。南朝梁武帝《河中之水歌》:"河中之水向东流,洛阳女儿名莫愁……十五嫁为卢家妇,十六生儿字阿侯。" 【许合欢】王琦注说:"谓许其来作欢会也。"叶葱奇说:"谓许其来作欢宴。"按莫愁为有夫之妇,突然许人在家中欢会欢宴,太不现实,自无可能。但当帝王调戏的偶上门来,慑于威势,不得不耐心忍性地强以礼貌相接待,请其坐下吃茶,从容央求,这是有其可能的。"许"为同意的表示,如果是营业妓女,就根本不存在什么同意不同意的问题了。"合欢"本为联欢的意思。《礼记·乐记》:"故酒食者,所以合欢也。"汉焦赣《易林·升之无妄》:"二国合欢,燕齐以安。"后又多指男女性生活说,王琦、叶葱奇意即在此。须知李贺本诗却是按照"联欢"即恼怒在心而不撕破面皮来说的。这有下面的诗句情调,可资佐证。 【清弦五十】《史记·封禅书》:"太帝使素女鼓五十弦瑟,悲,帝禁不止。"含义正是针对国君的调戏威胁体现苦楚情调的。 【为君弹】"君"犹"您"意,实亦兼指国君而言。 【弹咽香】咽为悲泣之声,语意谓一面弹出凄楚情调,一面作出哀求国君打消调戏的口头表示。【弄君骨】"弄"有显现之意,这里意犹摆出来提供裁夺。"君骨"指君的品格风骨。【骨兴】指君的执拗兴头。 【牵人马上鞍】谓反而强迫民妇上马入宫。 【兰苑】南朝齐王融《谢武陵王赐弓启》:"摛藻蕙楼,畅艺兰苑。"这里指国君的宫苑。 【情如合竹】

"情"指男女之间的爱情。"合竹"为附着坚固,亦即结合牢靠之意。汉李尤《弹铭》:"以丸为矢,合竹为朴。"《周礼·冬官考工记序》:"不朴属,无以为完久也。"郑玄注:"朴属犹附着坚固貌也。"

【申议】按古谓未经最后加工成器的材料叫朴。古代的弹弓或箭弓,都是由坚木附着以竹片经过胶粘的合成材料制成的。竹附木上,坚固异常,亦为古代朴之一种。李尤"合竹为朴"之说,其为附着坚固,意至明显。李贺本诗用来喻言男女爱情结合的坚固情况,原是有感而发的。例如战国宋康王夺走韩凭妻子何氏,何氏心怀不愿,后来终于跳台自杀了。这就是附着并不坚固的明证。叶葱奇由于不曾查明"合竹"的出处,便以己意断之为"符竹",从而作注说:"《说文》:'符,信也。汉制以竹,长六寸分而相合。'合竹,指如符竹的结合。"按这似嫌轻率一些。诗文本为"合竹",怎可随意改作"符竹"看待? 按照"符竹"解说? 合竹的取义为附着坚固或结合牢靠,符竹的取义为凭证足信谨防假冒。律之以上述宋康王与何氏一例,除了何氏不肯"附着坚固"之外,还有什么信诈问题可以提得出来? 特别叶葱奇所说的"指如符竹的相合",究竟何种事物是如符竹相合的,未据说明。皮之不存,毛将焉附! 笔者觉得男女性生活是天生条件的配合,不经人为制作的,没有信陵君窃符救赵的可能的。因此"符竹""合竹"两个词语在取义上是各有实质并不相同,不宜混为一谈的。当然,李贺的大量哑谜诗歌,都是讽诅唐代元和天子的忤逆内容。王琦、叶葱奇不曾揭露一篇谜底,要想他们的注释不发生这样那样的失误,自是不可能的。问题是新近辞书上以讹传讹的现象,至是惊心。一般辞书上未立"合竹"词目,某一辞书上虽然有这个词目,但未发现汉李尤的原始书证,仅仅收了叶葱奇的孤证,一字不漏地如上所引。叶葱奇勇决有余,精审堪忧。他在疏解李贺《南园十三首》之十二"松溪黑水新龙卵,桂洞生硝旧马牙"句说:"黑水龙卵,或指荸荠,或指鸭卵。马牙或指一种蔬菜如马齿苋之类。"又对《恼公》"长弦怨削嵩"句作注说:"嵩即青菜。削嵩,犹削葱,盖指手指而言。"凡此诗作境界的猜测,笔者局限已甚,为之胆寒。叶葱奇之于王琦,一如孔颖达之于郑玄。可是称引上除书证外,所有王琦的语言,几乎都被说成是叶葱奇的见解了。依理说来,这是大失孔颖达的风度,有损清誉的。例如《恼公》篇的"中妇"一词,叶葱奇注说:"指其(李贺)妻。"辞书上也就照作书证。其实这是王琦说的。这种把国君皇后说成是李贺妻子的差误,将给读者增加多大的阅读障碍……笔者近年来陆续发现辞书上所引李贺哑谜诗篇的解说,绝大多数是根据叶葱奇注疏违反谜底情节的。笔者亦为辞书的主要编纂人之一,既感辞书的功效和权威性,也觉辞书没有这样那样的误差是根本不可能的。若干地方还须读者发挥独立思考,补所不足。连带及此,以俟来者。

【谁能见】犹谁晓得,为一否定式的反诘语。它体现了作者的确切感情,违离不得。

【明珠】指可贵的珍珠。汉班固《白虎通义·封禅》:"海出明珠。"【玉枕】指玉制或玉饰的枕头。《晋书·王澄传》:"澄手尝抓玉枕以自防,故王(敦)未之得发。"凡此珠玉饰物,体现国君寝宫设施的一派奢豪。【栖凤凰】讥讽国君沉迷女色。【裌罗】《汉书·匈奴传上》:"服绣裌绮衣。"颜师古注:"裌者,衣无絮也。绣裌绮衣,以绣为表,以绮为里也。"这里指国君所穿丝罗夹袍。【当门】犹挡着门。《尔雅·释宫·屏谓之树疏》:"屏,蔽也。树,立也。立墙当门,以自蔽也。"《左传·昭公二十年》:"使祝蛙置戈于车薪以当门。"【刺纯线】双关语,表面似说国君的裌袍上面绣有丝线花朵,实际是说无道国君必将遭到刺死下场。因为刺纯的"纯",正是元和天子的名字。

【"莫愁"八句译文】其次的具体罪过,是他夺占民间美妇,拆散美好婚姻。他到有夫之妇家中,先以轻薄语言进行调戏,民妇按着心头怒火,强以礼貌地请他坐下吃茶,并弹一曲悲瑟,诉说自己苦衷,央求终止调戏,保全美好家庭。不料国君兴头非常执拗,反而把她拉上马鞍,弄到宫苑里面去了。外表上两马八蹄,男女成双;实际上民妇是否心甘情愿地从此永嫁国君?那不见得;证之以古代宋康王抢夺韩凭妻子何氏的故事,何氏就是不甘屈服的。目前尽管皇家设施豪华,生活享受。将来这个民妇,可能在时机成熟之后,要把这个身着丝罗夹袍的国君,刺死在寝宫门前的。

⑤【长翻蜀纸卷明君】"长"为长期。"翻"为推翻改变原状意。《隋书·李密传》:"守将郑颋为部下所翻,以城降世充。""蜀纸"古时蜀地产纸有名。王琦在《湖中曲》篇作注说:"《国史补》:'纸则有蜀之麻面、屑末、滑石、金花、长麻、鱼子十色笺。'知蜀中笺纸自古见称。""卷"犹枉遭废弃。"明君"即西汉王昭君。为今湖北秭归人。本名嫱(亦作墙或樯)。字昭君。晋代为避司马昭讳改称明君。汉元帝时以良家女被选入宫为宫女。相传元帝后宫既多,不得常见。使毛延寿等画工图形,按图召幸。诸宫女皆赂画工,独王嫱不肯,遂被点疵画像,虚掷春光,终不得幸。竟宁元年,匈奴呼韩邪单于求和亲,昭君只得违离父母之邦出嫁绝域了。临行之时,元帝召见,貌为后宫第一,善应对,举止闲雅。帝甚悔之,而又不便背信易人,终乃穷治其事,毛延寿等诸画工俱弃市。事见《西京杂记》卷二,参阅《汉书·匈奴传下》《后汉书·南匈奴传》。唐杜甫《咏怀古迹五首》之三:"千载琵琶作胡语,分明怨恨曲中论。"

【转角含商】角、商均为宫商角徵羽五音之一。不同的乐器，在备具五音的上面，是有多寡不同的。古七弦琴第一弦为宫，次为商，次为角，次为羽，次为徵，次为少宫，次为少商，共七声。隋唐燕乐根据琵琶的四根弦，作为宫商角羽，只有四声。就乐调来说，其中任何一声为主，均可构成一种调式。凡以宫为主的调式称宫，以其他各声为主的调式称调，统称宫调。关于商调的音色，是种含有悲愁的情调。《文选·阮籍〈咏怀诗〉之十》："素质游商声，凄怆伤我心。"晋陶潜《咏荆轲》："商音更流涕，羽奏壮士惊。"

【破碧云】"破"犹打破，破除。"碧云"象征天朗气清，花好月圆的美好景象。句谓长期埋没忧愁，看破了国君昏庸，没有美好前途的。只有勇跳火坑，出嫁给匈奴了事。【小鬟】幼年女孩，为回顾明君幼年之语。　【来东道】谓明君是由东南楚地被选入洛的。　【曲里】指民间的乡曲乡里。汉司马迁《报任少卿书》："长无'乡曲'之誉。"《后汉书·刘盆子传》："（杨音）与徐宣俱归'乡里'，卒于家。"【长眉】借指美女。汉司马相如《上林赋》："长眉连娟。"南朝梁何逊《离夜听琴》诗："美人多怨态，亦复惨长眉。"【少见人】害怕选为宫女。

【申议】叶葱奇因袭王琦说："破碧云"是响遍行云的意思。"曲里"是指妓女住的地方。并谓"小鬟"指郑姬。"长眉"指其他妓女。须知昭君根本是良家女子，并非妓女。这里是在借昭君的苦痛遭遇，表现国君宫廷宫女制度霸占大量女子的春光不让自由结婚的严重罪过。这在《将进酒》《秦宫诗》等篇内，李贺都曾特别强调过谴责。关于本诗的"破碧云"，原与驻碧云性质相反，不便随意说成响遏行云的。"小鬟"如果指郑姬，那就昭君的影响不能完成，莫愁的情节无法连串，显然线索大乱，不成文理。"曲里"如果指妓女所居之地，所引唐孙棨《北里志》材料：一因只有"平康里"字样并无"曲里"字样；二因原书内容是回忆录，记从唐宣宗年代开始发生直抵唐禧宗年代的情况。书成于禧宗中和四年（见《辞源》北里志条），去李贺之死约七十年之久了。显然不能用来作证。"长眉"说指妓女，是上了李贺诗题和自注的当，并对本诗首句的双关实质，不曾识破所致。

【"长翻"四句译文】其次的具体罪过是强选民间少女充当宫女，误尽结婚机会。例如王昭君改变了原貌的纸上画像，长期卷在那里，不得召见。致使她的情调痛苦忧伤，终于破除了起初天朗气清月圆花好的向往，只得远离父母之邦，嫁给风沙苦寒的绝域异国去了。这就婚事来说，是个带有悲酸色彩的过程。自从昭君幼年选为宫女，由楚地来到京都，民间乡曲乡里的长得美好的女子，都因害怕被选不敢轻于露面见人了。

⑥【相如冢上生秋柏】"相如"指汉司马相如,为汉高级文人。"冢上生秋柏"喻人才不受重用,长期埋没而死(实喻李贺自己)。　【三秦】《史记·秦始皇本纪》:"灭秦之后,各分其地为三:名曰雍王、塞王、翟王,号曰三秦。"后因指今陕西一带地区为三秦。本诗实指京都所在地的长安。　【谁是】犹没有。　【言情客】表面似指谈情说爱的嫖客,实际在指长安的人主国君。因为人才的雄飞与埋没,权力操在国君的手中。　【娥鬟】犹婢女,象征怀才不遇的小职员。　【醉眼】犹眼头不亮,或瞎着眼睛。　【拜诸宗】四处奔走于国君亲族之门。　【为谒皇孙】意谓要想投靠皇孙寻求出路。按司马相如曾辞武骑常待小职,投靠过梁孝王,后终落得家徒四壁。　【请曹植】意谓只有等待汉朝灭亡之后,去请魏朝的曹植。按这个曹植的提出,并不亚于郑袖的刺目。显然是个恶毒的诅咒。

【"相如"四句译文】国君除了上述好酒贪色罪过之外,另还有个具体罪过是埋没人才。例如司马相如是位高级文才,他却枉被埋没,未加重用(实喻李贺自己)。试问京都之中,谁是知人善任的国君呀!一般怀才不遇的小职员,瞎着眼睛,妄想依靠国君亲族,获得一些发展,那呀,只有静待汉朝的灭亡、魏朝建国之后,去向曹植进行请求——实是一个咒亡冷语。

附　识

一、首四句写国君好酒贪色、乌烟瘴气的昏庸总貌。次四句具体谴责迎娶郑袖式女人做皇后。次八句具体谴责强占莫愁式的民间有夫之妇。次四句具体谴责强征昭君式的民间少女做宫女,霸占青春,误尽婚事。尾四句着重谴责国君埋没人才,定遭三国之祸!

二、诗内的郑袖、莫愁、明君都不是妓女。诗内没有许公子其人,只有楚怀王、宋康王、汉元帝……的踪影。人才埋没,是李贺的切身痛苦。借古说今,讽诅唐代元和天子。

高　轩　过

韩员外愈、皇甫侍御湜见过,因而命作①。

华裾织翠青如葱,金环压辔摇玲珑,马蹄隐耳声隆隆。入门下马气如虹,云是东京才子,文章巨公。二十八宿罗心胸,元精耿耿贯当中;殿前作

赋声摩空,笔补造化天无功②。庞眉书客感秋蓬,谁知死草生华风;我今垂
翅附冥鸿,他日不羞蛇作龙③。

①　王琦注说:"《摭言》:李贺年七岁,名动京师。韩退之、皇甫湜览其文曰:'若是古
人,吾曾不知。若是今人,岂有不知之理?'二公因诣其门。贺总角荷衣而出,二公命面
赋一篇,目为《高轩过》。琦按:元和三年,皇甫湜以陆浑尉应贤良方,正直言极谏举,指
陈时政之失,为宰相李吉甫所恶,久不调。其为侍御必在此年之后。韩为都官员外郎
在元和四年,约其时长吉已弱冠矣。恐《摭言》七岁之说为误,否则本诗前一行十五字
乃后人所增欤?"叶葱奇除因袭此说之外,并于疏解后进一步说:"《摭言》所记:'总角荷
衣而出,二公命赋一篇'云云,当然是出于附会。"笔者觉得:一、《摭言》所记,与《新唐
书》《太平广记》等都相一致。李贺自幼文才出众,引起二公远道造访,这本身就是一个
世所共知的明证;李贺自己也提出了《高轩过》的诗篇。叶氏把这说成当然出于附会,
未免缺乏理由,太无根据了。二、王琦在七岁与弱冠(二十岁)之间,存有疑问,这是颇
有卓识的。不过也有些明显的误会,例如《摭言》所说"李贺年七岁,名动京师"与《新唐
书》的"七岁能辞章",《太平广记》的"贺年七岁,以长短之歌名动京师",都未曾说《高轩
过》是七岁写的。究竟名动京师,经过辗转,几年以后才发生造访命作之事的? 应以
《太平广记》所载"总角荷衣……亲为束发",亦即青少年时期为近情理(距离弱冠还有
好多年)。因此,《摭言》七岁名动之说,并无差错。王琦用静止观点来作理解,是个误
会。三、王琦所说:约其时长吉已弱冠矣……否则此诗前一行十五字乃后人所增欤?
这是非常正确扼要的。不过,这不是王琦在封建社会内所能解答的。笔者多年以来,
一向不把本诗当作哑谜诗歌看待,近始发觉它的前十句是青少年时期所写的原貌,尾
四句却是最终辞职离开长安后所更换或添补的内容。诗题自注的十五个字,乃是李贺
自己后来故意加上的。这种出人不意的哑谜掩盖,正是李贺层出不穷的奇妙手法。余
详见以下诗文注释。

　　【高轩过】犹贵宾枉驾过访。"高轩"是对贵宾的敬称,意同大驾、尊驾,不一定要如
叶葱奇氏说成坐车来的。据《太平广记》所载:"二公因连骑造门请其子……遂以所乘
马命联镳而还所居,亲为束发。"足证是骑马,不是坐车的。诗文内面亦只有"马蹄隐
耳""入门下马"等字样。　　【韩愈、皇甫湜】俱中唐进士,尤以韩愈为当代一大文豪。韩
长于李贺三十二岁,皇甫湜长于李贺仅十三岁。皇甫湜为韩门大弟子,后来与李贺为

师兄弟关系。余详见上述王琦原注。

②【华裾】裾指衣襟,谓穿着光华耀眼的衣服。 【玲珑】玉声,亦即清润的声音。《三辅黄图》卷二:"黄金为璧带,间以和氏珍玉,风至,其声玲珑然也。" 【隐耳声隆隆】谓由远闻的细声变成近听的大声。 【气如虹】气度宏伟貌。三国魏曹植《七启》:"慷慨则气成虹霓。"【云是东京才子,文章巨公】王琦说:"一本无'云、是、巨'三字。"叶葱奇改"巨"为"锯"按锯非巨的繁体字,只是通用字,最好遵守李贺原样,不要轻改,再说这种由简改繁,不与由繁改简同科,更是毫无必要的。记得叶葱奇有一次改烟为煙,似无差异,岂知无巧不成书,辨析上大生障碍,教训良深。详见《昌谷北园新笋四首》。特再吁请不轻改字! 【二十八宿】我国古代天文学家把周天黄道(太阳和月亮所经天区)的恒星分成二十八个星座。《淮南子·天文训》:"二十八宿"高诱注:"东方:角、亢、氐、房、心、尾、箕;北方:斗、牛、女、虚、危、室、壁;西方:奎、娄、胃、昴、毕、觜、参;南方:井、鬼、柳、星、张、翼、轸。"本诗这里喻所包罗的万象世界。 【元精】汉王充《论衡·超奇》:"天禀元气,人受元精。"《后汉书·郎颤传》:"元精所生,王之佐臣"李贺注:"元为天精,谓之精气。"按这所谓的天之精气,在本诗这里,实指孕育在英杰身上的可以用来经天纬地宏扬创造的原动力。 【耿耿】犹发光发热,有声有色。 【贯当中】犹满腹经纶,道贯古今。 【声摩空】谓铿锵有力之声可以上摩天空。《晋书·孙绰传》:"尝作《天台山赋》,辞致甚工。初成,以示友人范,荣期云:'卿试掷地,当作金石声也'。"【造化】此指自然界的发生发展。 【天无功】谓使得自然界大为逊色。反衬了哲人贤士的创造功绩,文彩风流。

【首十句译文】尊贵的二公穿着光华的衣服,颜色青翠得像葱叶一样。二公所骑的马,辔头上都有全玉饰物,动摇起来,可以发出清润悦耳的声音。二公马蹄到来的声响,是由远处的隐约细声变成近处的得得大响,令人深感庆幸的! 二公入门下马,气度宏伟。承告一是东才子,一是文坛宗师。二公博学多识,包罗万象。经天纬地,能量无穷。发光发热,有声有色,道贯古今,着手成春。殿前作赋,金石声音上摩云霄;宏扬造化,文采风流,巧夺天工!

【申议】上述内容,作为一个总角荷衣的青少年来说,应可说是合乎情理的。只是尾上当年可能还有几句联系青少年的结束语言被李贺后来删改掉了。

③【庞眉】粗大的眉毛。唐李商隐在《李长吉小传》内说:"通眉,长指爪。"应属李贺长相的特色。王琦、叶葱奇认为代指李贺自己,信然。 【书客】读书人,较之书生要老

气一些,有些风霜经历了。唐张籍《和左司元郎中秋居》之五:"书客多呈帖,琴僧与合弦。"【秋蓬】秋季的蓬草,已变干枯,容易随风飘飞不定。汉桓宽《盐铁论·非鞅》:"譬若秋蓬被霜,遭风则零落。"本诗这里喻言潦倒失意状态。　【死草生华风】王琦注:"蓬蒿至秋则败而死矣,今得荣华之风吹之而复生。"按这个有类死灰复燃的死草复生解说,极有见地。问题在于这个"华风"究竟指何种人物而言? 必须及时加以究明。

　　【申议】就"书客感秋蓬""死草生华风"以及下面"垂翅附鸣鸿""不羞蛇作龙"来看,非但截然不符总角荷衣的青少年身份,显然可以断定是举进士碰壁,任奉礼郎失败,终于辞职离开长安之后的潦倒愤慨作品。这一时期,约当李贺二十四岁至二十七岁之际,正是他大写哑谜诗歌的年代。他利用童年旧有的事迹和原题原诗,更换尾上的四句,加上自注"韩愈员外皇甫侍御湜见过因而命作"十五字样,暗示含有末年的语言情节、思想感情,不可忽视。这就构成了巧妙的哑谜格局。王琦发现员外、侍御称呼上和儿童时代的客观矛盾,叶葱奇转而否定"总角荷衣,二公命赋一篇"之说(须知这是否定不了的,已见上述注①)。其实诗文既有童年的天真语言,也有末年的愤慨幻想。必须不加偏废,才符辩证逻辑——李贺末年有些什么愤慨幻想? 这与再生死草的华风存有密切关系。这一定要用李贺自己的资料来作证明,决不能由我们后来之人随意外加。李贺自举进士遭到无理摧残,复因任奉礼郎连年不予迁调,愤而辞职,诀离长安,身患肺病,日以百般讽诅元和天子为其生活。除遣责好酒贪色,迫害人民,措施乖方,亡国在即……外,还有两类突出的幻想:一为行刺咒死;二为投奔绿林。单就投奔绿林来说,如《恼公》《湘妃》《南园十三首》(除第七首外,计有十二篇),《浩歌》《帝子歌》《致酒行》《酒罢》,张大彻索赠诗。时张初效潞幕《走马引》《昌谷北园新笋四首》《马诗二十三首》(其十五、其十六两首),计已二十五首,并不减于行刺咒死的幻想。真相历历,无可回避。因此,本诗的"死草生华风""垂翅附冥鸿""不羞蛇作龙"都是指投靠绿林起义而言的。是体现了李贺寻求思想出路的作用的。读者如肯逐篇加以检验,定将期期于怀,一吐为快,无待笔者多所饶舌。因为:一篇固应怀疑,两篇应加正视,三篇以上至二十多篇,如果还不心安理得,那就抵触逻辑常识,远离客观事实了。这种哑谜诗歌,本是封建社会的产物,李贺由于没有言论自由,只能作些模棱两可的示意,经过多篇反复之后,从而奠定客观事实的逻辑。笔者妄为"一篇两篇多篇"之说,愿供读者参考。

　　【垂翅】鸟翅下垂,不能飞举,比喻人受了挫折。《后汉书·冯异传》:"始虽垂翅回谿,终能奋翼黾池,可谓失之东隅,收之桑榆。"本诗喻李贺自己正处挫折潦倒之际。　　【冥鸿】"鸿"为鸿雁,"冥"指远空。谓高飞远空的鸿雁,是控制之所不及的。汉扬雄《法言·问明》:"治则见,乱则隐,鸿飞冥冥,弋人何篡焉。"注:"君子潜神重玄之域,世网不能制御之。"本诗喻绿林群众,李贺想去投靠。 【蛇作龙】谓使草莽陋蛇变成风雷飞龙。

【尾四句译文】我这惨遭摧残的粗眉书客,深感潦倒失据,无路可走。岂料绝处逢生,死草得遇华风,再生有望,庆幸何如! 我虽像个负伤垂翅的小鸟,体弱力微,但我附着在大雁身上远飞高空,将来一定可以建功立业,使这草莽陋蛇加速变成风雷飞龙。除旧更新,大快生平!

附 注

一、本诗共十四句,前十句与后四句分为两个不同时期的语言。前者应为《高轩过》的原貌,是李贺长于七岁以后几年,总角荷衣处于青少年时期未脱稚气的天真应对。后者应为李贺备受挫折,年约二十四岁左右,辞职离开长安以后,愤慨满腹幻想变天的忤逆发泄。如果承认前者否定后者,或者承认后者否定前者,都是不符事实、违背情理、不能自圆其说的。题目下面的注文十五字,是李贺自己加上去的。这样就"天真应对"有题目,"忤逆法泄"有题注。王琦所提写作年龄上的矛盾,彻底得到解决了。

二、李贺这一利用实际生活题目及其原有诗文做幌子,来掩盖诗尾忤逆谜底的做法,笔者不禁大吃一惊。因为笔者的本书和正在续写中的文稿,都是一些远离现实生活的题目。今既发现现实生活题目中也有哑谜诗歌,则笔者可以开垦的地域,岂非大需扩张? 风烛瓦霜,能不心惊。有生力量,曷兴乎来!

蝴 蝶 舞①

杨花扑帐春云热②,龟甲屏风醉眼缬。东家蝴蝶西家飞,白骑少年今日归。

① 他本有作《蝴蝶飞》的。李贺哑谜诗歌的题目,往往是带有各式各样或明或暗的假托性质的。现在这个《蝴蝶舞》,看上去似乎无假可说了。不过,根据《庄子·齐物论》"不知周之梦为蝴蝶与? 蝴蝶之梦为周与?"看来,是可释作"梦想舞"的。更根据诗文政治斗争的情节来说,也是正符合李贺哑谜诗歌谜面谜底的格局的。

②【杨花】即柳絮,不算名花。李贺常用杨柳表现广大备受迫害的劳苦群众。如《野歌》的"寒风又变为春柳,条条看即烟蒙蒙",《沙路曲》的"柳脸半眠丞相树"……

【扑帐】"扑"犹踊跃参加、奔腾涌现之意。"帐"乃苦难群众的聚义营帐。何以见得？一因李贺写投奔绿林起义的诗篇已有二十五首先例（见《高轩过》篇注③的"申议"）可资佐证了。二因与下句相对照，尤其与所有下面三个句子用词立意相呼应，非此不足以揭开谜底，符合李贺的思想境界……这与《马诗》其十"催榜渡乌江"句，是谁在催榜的倒装情节，正是一母所生的。甚幸读者如以检验，定有感触。　【春云热】谓像春云一般涌向帐前，热气腾腾。　【龟甲屏风】汉郭宪《汉武洞冥记》（有人疑为六朝人的假托，但亦为唐代以前较为流行的作品）："上起神明台，上有……杂玉为龟甲屏风。"屏风虽不是皇家才有，但用玉料制成的具有龟甲纹路的珍贵屏风，却只有皇家这样一个明文记载。足证笔锋已经转到表现皇家方面，无比明确，不可回避。这是体现了皇家求仙好神奢侈享受，腐朽一端的。　【醉眼缬】谓皱着眼皮极力盯视之貌，体现热衷爱好，醉心不已的意思。参阅《恼公》篇"醉缬抛红网"注⑩。

　　【申议】王琦对《恼公》篇"醉缬抛红网"的"醉缬"作注说："韵会"："缬，系也，谓系缯染为文也。《广韵》：结也。《韵缯》：文缯也。……庾信诗：花鬟醉眼缬……琦按：醉缬即醉眼缬，单罗即单丝罗，皆当时采色缯帛之名。"笔者认为：作系作结时是动词，作文缯时是名词。王琦断为后者是有失误的。姑就"花鬟醉眼缬"句来说，醉眼下加个名词"缬"，这怎便于通释呢？再说庾信诗的题目为《夜听捣衣》，"花鬟"应是捣衣的使女，她哪有醉酒衣缬的可能？有之，也是不属于"夜听捣衣"的连想范围的。何况王琦把"抛红网"理解为"当时妇女衣佩之饰"，根本是错误的。应请读者便就《恼公》篇进行深入检验。《辞源》可能在某些情况上存同感，所以它在"缬"字条目内，除名词性的丝品外，增设一个动词性的"眼发花"义项，并把庾信《夜听捣衣》的诗句和李贺本诗的"龟甲屏风醉眼缬"收作书证。这就可以证明王琦的名词性断语是不宜采用的。笔者对于"眼发花"这个动词性提法，基本上是可以理解的，只不过更求表达得鲜明确切一些，所以按照人们共有的实际生活感觉，改写为"皱着眼皮极力盯视之貌，体现热衷爱好，醉心不已的意思"。附带提及：有的辞书，采用王琦的丝织品名词性说法来作解说，自与《辞源》矛盾，属之失误，不再重赘。但有一个可怪现象应当指出，就是同一庾信"花鬟醉眼缬"书证，在"缬"字条目内列在第②义项"眼发花时出现在眼前的星星点点，多用于形容醉眼"之中；但在"醉眼缬"的词目内，同样拿庾信诗句作书证，却引用王琦丝织品名词性作解说。依照该辞书"缬"字义项来看，显然又在实质上放入第①义项"染有彩文的丝织品"之中去了。究竟应属第①义项，还是应属第②义项？似应统一明白，以免自相抵牾。细观第②义项原文,具有很大的骑墙性质:既可说成名词性,又可扯上动词性;既未明文赞成《辞源》的说法,也未完全脱离《辞源》的说法。笔者认为:《广韵》所释为的那个"结"字,放松不得。结者不让滑了过去,加强重视之意。上古结绳而治,即是其例。还有"醉眼缬"的"醉"字,应该当作"醉心"理解,不宜当作饮酒理解,理由已如上面所述。总之,一切要以能够符合诗文的逻辑真相,特别是谜底情节,为其依归。否则必然不能自圆其说,最后要碰壁的。

【东家蝴蝶西家飞】谓东方绿林群众的聚众起义,胜利进取,无比美好;西方朝廷的求仙好神,享乐腐化,走向灭亡。"蝴蝶"体现美好胜利的梦想景象。"飞"作飞到西家理解,原无不可。只是这是个比较句子,东家既是美好胜利,西家又怎么样呢? 对曰:"非",正在走向美好胜利的反面。"非"之与"飞",按秦之始封祖名非子,善御马(见《史记·秦本纪》)。《文选·晋卢子谅〈赠崔温〉》诗:"恨以驽蹇姿,徒烦非子御。"注:"非与飞古字通。"这样就含义更丰富,掩盖更巧妙了。 【白骑少年】王琦注说:"白骑,白马也。《典略》曰:黑山黄巾诸帅,谓骑白马者为张白骑。"按白骑之为白马,不作解说也能理解。书证很多,王琦独选冷僻不堪的黑山黄巾来作解说,用意何在? 再说李贺的"白骑少年",本是根源于"白马小儿"的改写。《南史·贼臣传·侯景》:"先是大同中童谣曰:'青丝白马寿阳来'……景乘白马,青丝为辔,欲以应谣。"后人因称侯景为"白马小儿"。唐李白即有《金陵歌送别范宣》"白马小儿谁家子",经王琦在注李白诗内说:"白马小儿谓侯景。"李贺之改字面,是取逆反之意,但不标榜贼臣。王琦之引黄巾不引侯景来注本诗,意在暗示逆反,并不揭穿李贺谜底。都因李贺谜底在封建社会内是不宜揭穿的。总之一句话,这个"白骑少年"是指梦想参加绿林的李贺自己形象的。 【今日归】指李贺昔日辞职离开长安,现在又随同绿林攻回来了。

【译文】既像杨花闹,又似春云兴。起义争死生,热气正腾腾! 当今何腐朽,享乐更好神。作威斯作福,租税断人魂。东师节节歌胜利,美好蝴蝶难比譬。西廷江河日下势,分明"非"字非"飞"字。我跨白马亲戎行,扬眉吐得意绪长。旋将长安访古常,快哉昏庸鉴下场!

附　识

一、首两句的对比形式,是本诗的实质所在。也是李贺惯用的手法。如《开愁歌》的"秋风吹地百草干,华容碧影生晚寒"即是其例。关于语言应求准确鲜明,李贺高才,并非不知;但他为了讽诅元和天子,写起哑谜诗歌来,总是反其道而行之。我们后人要识破他的谜底,必须在"试行错误法"的逻辑道路上,反复吃尽苦头,才能获睹真相。本诗不应说成已经打破了长安,而是正在走向长安的胜利道路上,是通过了许多曲折的检验,才得符合全文脉络的。事实证明,本诗与《南园十三首》其十三的袭都情节的基本精神,正是一致的。

二、叶葱奇说:"上二句说春风烂漫中,闺人独处,字面上却不明写出,只描绘屏风、彩衣,而其实人绰约可见。下二句是拿蝴蝶比浪游的少年,说他东游西荡,今日才归来。"按这是哑谜诗歌的谜面掩盖,非但与谜底情节南辕北辙,并且要遭遇阻碍不能通释全文的:(一)这种闺人独处怨怪丈夫浪游少年的说法,自是属于民间一般情况的。龟甲屏风却是只有长安宫中才有的,这怎样符合得起来?必须明了,李贺故意在屏风前面限制"龟甲"二字,就设定了条件,不让这种民间怨妇之说克告成立。是则是,非则非,即此一端,已足冰释叶氏之说而无疑了。何况为什么要用杨花而不用其他各种娇艳的花?为什么要用白马而不用其他各色的马?……凡此,叶葱奇之说,都是不能适应的。(二)李贺是个政治诗人,他的哑谜诗歌,篇篇都是针对元和天子的大是大非,不与流俗同伍的。如果引用低级庸俗的尺度来衡量李贺诗歌的精神境界,无论李贺是否感到委屈,宁非不伦不类!(三)叶葱奇基本上是信奉王琦的。但他不理解王琦的苦衷,有时一味顺着王琦的趋向,作些加强的表态,反而不是王琦内心所欢迎的。即以本诗而论,王琦虽然不使用"白马小儿"触穿李贺的谜底,但也并未提到民间闺人的任何一个字。叶葱奇以为王琦是在节省笔墨,所以大作一番如上所述的表态。试想,王琦对此,怎能同意?因为他不是对"龟甲屏风"和"白马小儿"两个典实缺乏深刻认识的人。从他所精心提出的"黄金·白马"来看,正是暗示了"逆反"含义的。他无片言只字涉及闺人怨怪的情况,丝毫不是为了节省笔墨。由此可见,叶葱奇反而落到王琦后面去了。像这样的情况正还多着。王琦有些隐约暗示的地方,千万忽视不得。他虽有其观点局限的一面,但也有其不敢明言的一面。要以《恼公》篇"削嵩"一语的解说,为最典型。从叶葱奇不能理解王琦来说,要以《马诗》其十三的"襄王"一词为最奇特。详见《马诗》其十三拙注②的《申议》里面。

梁公子①

风采出萧家,本是菖蒲花②。南塘莲子熟,洗马走江沙③。御笺银抹冷,长簟风窸斜④。种柳营中暗,题书赐馆娃⑤。

　　① 根据是诗文的情节内容,并比照《还自会稽歌》篇中"湿萤满梁殿"和《梁台古意》篇中"梁王台沼空中立",经拙注两个"梁"字实际都是体现唐字的先例来看,本诗是在讽诅唐代元和天子荒淫腐朽,定将亡国。诗题"梁公子"是个假幌子,实即"唐天子之谓"。

　　②【风采出萧家,本是菖蒲花】《梁书·太祖张皇后传》:"初,后尝于室内忽见庭前菖蒲生花,光彩照灼,非世中所有。后惊视,谓问侍者曰:见否?对曰:不见。后曰:尝闻见者当富贵。因遽取吞之,是月产高祖(即梁武帝)。"王琦注说:"所称梁公子必萧姓,以其为萧梁后裔,故谓之梁公子耳。"叶葱奇疏解说:"这首所指当为率领军队的宗室。吴汝纶说:'此刺诸王绾兵而淫纵也'所说很是。"足见王、叶二人都认为梁公子是真有其人的。菖蒲花就是象征他们的。按这无可能。

　　【申议】一、根据历史记载,只有因母亲吞了菖蒲花而降生的人,才叫菖蒲花(即使萧衍母亲所生的萧衍以外的兄弟姊妹,也不能叫作菖蒲花)。王、叶两位把萧衍后代的众多子孙竟都叫作菖蒲花,须知众多子孙的母亲都是未曾吞过菖蒲花的,所以逻辑的小前提抵触了逻辑的大前提,无法成立。二、依照下面六句的诗文情节来看,都与萧梁事迹绝不相干。足见诗作对象另有所指,首联两句,仅在刻画"国君"二字,何朝何帝?须自揣度。三、试就诗文"御笺"以及"馆娃"一加观察,分明是在表现帝王身份,并非宗室官员。四、再拿远道出行,经过种柳武昌,抵达馆娃苏州来说,这个朝廷的所在地点,应当排除六朝建康,多有可能是指汉唐长安(经河南厉武昌顺流而下江东)。五、更就帝王出行目的一加追究,寻找采莲之人,醉心馆娃之宫。李贺的讽谴意图,于此可以恍然。

　　③【南塘莲子熟】清沈德潜《古诗源·梁诗·西洲曲》:"采莲南塘秋,莲花过人头……南风知我意,吹梦到西洲。"按本诗这里的"南塘",有"南边池塘"兼含"唐代南方"之意。所谓"莲子熟"实寓必有采莲美女出现的涉想。如唐王勃《采莲赋》就有"吴娃越艳"的联想和铺写。　【洗马】洗刷和整理马匹设备,将作远行。　【江沙】指唐代南方的长江一带,下文的"种柳""馆娃"即是其处。是谁在进行这样的活动?正是首二句所体现的"国君"。必须明了,这位国君,并不是梁武帝,梁武帝只不过是个象征国君身份的假幌子,实质上结合李贺生活矛盾来说,是指唐代元和天子的。只有元和天子正是立足西方长安,遥向江沙展开活动的。倘若就梁武帝来作设想,他本身就建都在江沙之边的南京,他的南方应是粤桂闽赣了,与南塘莲子熟的地点也不适应,何况没有绕道武昌再达苏州的走法,可见是有抵牾的!

④【御笺银沫冷】"御"为封建社会对于皇帝的特有敬称,凡皇帝的所作所为以及所用的一切物件,都须加上一个"御"字以示特别。这不是诸宗室、诸公子所可随意滥用的。因此御笺一词,是明白体现了国君处理政务发号施令时所专用的纸张的。"银沫"显示纸张很精致,上面洒有银屑的。"冷"为不勤心处理国政的冷漠态度。 【长簟】床上竹席。王琦注说:"潘岳诗:'长簟竟床空。'是'长簟'乃床上所施之簟。" 【凤窠】王琦说:"唐时有独窠绫、两窠绫。所谓窠者,即团花也。凤窠,织作团花为凤凰形者耳。"按这是对的,笔者还可补明一个书证:唐卢纶《会文诗》:"花攒骐骥栿,锦绚凤凰窠。"只是此外据《佩文韵府》引唐冯贽《云仙杂记》有"姑臧太守张宪,使娟妓戴拂壶中锦仙裳,蜜粉淡妆,使侍阁下,曰凤窠群女"之说。笔者联系本诗"床簟"来看,无论"凤窠"作为花绸或侍女出现,总与女色有关,可无疑虑。 【斜】为邪斜,不正之貌。本诗这里有倾心女色醉心女色之意。与上句冷字相对,正是一冷一热,活画出来了国君冷漠国政,醉心女色的昏庸状态。

⑤【种柳营中】王琦注说:"《晋书》:陶侃镇武昌,尝课诸营种柳。"按本诗这里表现国君出巡到了江夏武昌。 【暗】体现国君对于武昌的军民政事漠不关心,无所明示。

【题书赐】即题字相赠之意,体现了一拍即合的醉心倾倒。 【馆娃】指春秋吴国的馆娃宫,乃吴王夫差为西施所造。地点在今苏州灵岩山上,灵岩寺即其旧址。王琦说:"《太平寰宇记》:《越绝书》云,吴人于砚石山置馆娃宫。刘逵注:《吴都赋》引扬雄《方言》云,吴有馆娃宫。"晋左思《三都赋》云:"幸乎馆娃之宫中,张女乐而宴群臣。"笔者按沉迷西施的吴王夫差为一亡国之君,本诗结尾的言外之意,分明是在讽诅昏庸国君的亡国行径。比照众篇一致的谜底形象,何疑之有!

【译文】生来机会好,吞过菖蒲花。无须多猜测,是个帝王啦!得知南方莲子熟,定有美女荡轻舟。整理马匹和行装,即日远作江南游。国家政事懒管得,"御笺"暂让入冷宫。床席且自舞鸾凤,得意春风乐无穷。身临武昌心不在,军民疾苦两茫茫。顺流东下寻西子,不惜亡国学吴王!

附　识

本诗于首联提出主人公"帝王"之后,即写出游江南,经由武昌抵达苏州。情节极其简单,思想特别昏庸。诗题所谓"梁公子",如与另篇《许公子郑姬歌》一加比照,同属子虚乌有,照例讽诅元和。客观矛盾,岂可磨灭!

后园凿井歌①

　　井上辘轳床上转：水声繁，弦声浅②。情若何？荀奉倩③。城头日，长向城头住。一日作千年，不须流下去④。

　　① 诗题可视作现实生活之一种，但诗文里面，绝无凿井之事。即使略有取水动作，也仅处于边缘地位。王、叶都引汉乐府辞《淮南王》篇"后园凿井银作床"句来相联系，然都说明不出确切意义。笔者根据诗文主要内容来看，诗题具有哑谜性质：表面利用《淮南王》诗句做幌子，实际是说帝王在自己的后园里自掘坟墓。所谓凿井，非掘饮水之井，乃掘葬身之井（俗所谓打井下棺）。它与《王濬墓下作》诗题（译国君自掘坟墓下作），可算无独有偶了。

　　②【辘轳】井上汲水利用轮轴原理制成的起重装置。南朝宋刘义庆《世说新语·排调》："顾曰：'井上辘轳卧婴儿。'"　【床】露天的井上木架，室内的坐卧之具，都可叫作"床"。这里从通释全诗出发，应作后者理解。当然即使从造句的紧凑和奇特出发，也不便采用前者的理解的。因为"井上辘轳转"已经简明完成了句意，没有重复加上"床上"二字的必要。既经加了二字，露天呀？室内呀？必须加深辨析。　【水声繁】即酒声繁多之意。"水"为"酒"字的飞白使用。这与上句床为室内坐卧之具是配合一致的。足知"井上辘轳"只是一个表示酒多的夸饰比喻，并非真的在室内架起辘轳来了。【弦声浅】叶葱奇改"弦"为"丝"，不可。按这里的"弦声"，是指弦外百事之声的。意谓一入醉乡，百事归于不闻不问，省得烦心。原是对于不务正业者错误态度的暴露。足见本节文字，都是在围绕"酒"字的作用而落笔的。这是本诗的第一层内容。

　　③【情若何】犹问心情是怎样的？　【荀奉倩】王琦注说："裴松之《三国志》注：荀粲字奉倩。常以妇人者，才智不足论，自宜以色为主。骠骑将军曹洪女有美色，粲于是聘焉。容服帏帐甚丽，专房欢宴。历年后，妇病亡，傅嘏往唁粲，粲不病而神伤。嘏问曰：'妇人才色并茂为难。子之娶也，遗才而好色，此自易遇。今何哀之甚？'粲曰：'佳人难再得。顾逝者不能有倾城之色，然未可谓之易遇。'痛悼不能已，岁余亦亡。"见《荀彧传》。叶葱奇注说："《世说新语》：荀奉倩（荀粲）与妇至笃，冬月妇病热，乃出中庭，自取冷，还以身慰之。妇亡，奉倩后少时亦卒。"按王、叶所取内容，各不相同：一重在色；另一重在情。就本诗精神来说，应以王说的"色"字大大为优。这是本诗的第二层内容，

如联系第一层内容的"酒"字来看，便是嗜酒而又贪色。这在说谁？值得深思！

④【城头日】日为太阳，太阳是可象征国君的。城头之日，就是住在皇城的国君。【长向城头住】即乐意长久地住在皇城养尊处优。　【一日作千年】即好景难得，一天要当一千年地过，慢慢享乐。　【不须流下去】"流下"意犹运转。这是个哑谜双关句子。表面似说太阳不要落下去；实际是说：千年只当一日，所谓万岁，由于好酒贪色，才不过还可活得短短的十天左右就要死亡不能运转下去了。讽刺诅咒，昭然若揭。国君为谁？众篇一致。

【译文】辘轳汲清波，樽前酒更多。百事最好醉乡过！好色如不及，生死非所惜！皇城有太阳，酒色两癫狂。"一日千年想非非"，万岁十日不知悲！

附　识

本诗第一层写嗜酒；第二层写贪色；第三层写国君的后果，情节至为简明。其所以多年不曾揭明，都因文字过于简短，没有刺目词语，加之王琦所注似尚能够勉圆其说，无多漏洞可找。近因感到诗题远离现实，复从《梁公子》篇得到一些鼓舞，试图硬用死盯观察法，希能有所突破，经过一天半的呆板观察，终于从"城头日"和"不须流下去"句，打开了缺口。然后借王琦注荀粲的持论特点理解贪色内容，随即获睹了首三句的嗜酒劣迹。由此可见，本诗的中心思想，是在"讽诅帝王嗜酒贪色，不得永年"。后园凿井之说，只是一个虚幌子。王、叶"夫妻长相厮守"之论，亦属两不相干。必须提明，王琦在其注（一）里面所说："盖为夫妻之相爱好者，思得长相依也。"其中这个"盖"字，表示了他的一定的怀疑成分。而他又把荀粲的论点注明得如此准确详尽，是否他在封建社会内存有失敬帝王的顾虑（事实上他是绝对不敢作此揭明的），应于保留。

仙　人①

弹琴石壁上，翻翻一仙人②。手持白鸾尾，夜扫南山云③。鹿饮寒涧下，鱼归清海滨④。当时汉武帝，书报桃花春⑤。

①"仙人"表面指所谓神仙，实际指刺客。喻其飞檐走壁的武技神奇若仙。李贺《马诗·其二十一》"暂系腾黄马，仙人上彩楼"是其明证（详见本书第二辑）。按李贺的

行刺题材，并不在少。要以《春坊正字剑子歌》《秦光禄北征》《马诗·其十二至十三》《马诗·其十》以及本《仙人》篇，为较典型。

②【弹琴石壁上】"弹琴"是一种从容安详的活动，"石壁上"是一种惊险万分的处境，比喻武技飞檐走壁、履险如夷。　【翻翻】喻刺客身体翻越攀登之貌。倘指神仙，李贺是会使用"翩翩"的。叶葱奇说"翻翻犹翩翩"，须知毕竟还是有些差别的。　【一仙人】指刺客，根据已见上注。王、叶都只认为是方士。按帝王好仙，不写帝王，而写方士，又无姓名与具体明确、完整自然的情节。已属不大近情，难圆其说。更就语言串连来看，怎能充分符合上承首句惊险武技的作用，下启第三、四句行刺活动的展开？

③【手持白鸾尾】李贺《春坊正字剑子歌》："先辈匣中三尺水……鸊鹈淬花白鹇尾，直是荆轲一片心……提出西方白帝惊。"王琦（叶葱奇基本相同）注说："以鸊鹈膏淬剑刃，则光彩艳发如白鹇之尾。"足见王琦确有白鹇尾象征宝剑的认为。本诗这里的白鸾尾正是比照白鹇尾而产生的，实为手持宝剑之意。不料王琦偶生健忘，却又不认为是宝剑了。此一事物，如有差误，那么全诗谜底就无从揭明了。　【夜扫南山云】"扫"为扫除之意。因是行刺，所以不便在白天行动，要在夜里进行。"南山云"指终南山顶，象征长安最高统治。

④【鹿饮寒涧下】"鹿"在这里，象征统治权，亦即帝位。《史记·淮阴侯列传》："秦失其鹿，天下共逐之。"《集解》引张晏曰："以鹿喻帝位也。"语谓唐廷失鹿，鹿因出饮寒涧之下，天下可以共作追逐。　【鱼归清海滨】"鱼"在这里指《庄子·外物》任公子用五十条牛为饵所钓的最大之鱼。因此它是表现追求上的最大目的物的。在本诗这里亦即等于上句的"鹿"字含义一样。实际李贺在《苦昼短》篇里就曾用大鱼象征过元和天子（详见本书第二辑《苦昼短》注⑥及其《附识》的）。语谓大鱼又回到了清海之滨，大家可以共争垂钓。按本联鹿、鱼两事，显示了朝廷归于灭亡，政权将为新的能者所有的现象。自与上联行刺活动，正是存有因果关系的。

⑤【当时汉武帝】"当时"指作者李贺的当时，王、叶说成汉武帝的当时，那是不符历史事实的。当然，李贺的当时并无汉武帝，这个所谓的汉武帝究竟是象征何人的？不言而喻，他是象征身份相同的唐代元和天子的。换句话说，是李贺故意用汉武帝表现唐宪宗的。

【申议】王琦说："（方士）当汉武帝之时，闻其志慕神仙……而上书以报桃花之春。"叶葱奇也说："（方士）一听到汉武帝好神仙，便忙忙地来报告桃花开放了。"按没有此事,这是王琦自己由于无法自圆其说似是而非地杜撰出来的。查汉武帝的方士都是有名有姓的,典籍上并无这种报桃花的记载。这种杜撰出来的内容,怎有可能体现李贺生活矛盾,说明李贺写作目的? 我们所提"用汉武帝表现唐宪宗"的说法,是有所根据的。例如李贺在《梁公子》篇内,就拿因母亲吞过菖蒲花而生的梁武帝,来表现过唐宪宗(详见本书第三辑《梁公子》篇拙注)。也与李贺用吴质表现吴刚(见本书第二辑《李凭箜篌引》),用虞卿表现鲁连(见本书第三辑《南园十三首·其十二》)……事同一律。由此可见,本《仙人》诗王琦所作的杜撰,非但自身没有完成一个令人可信的明确形象,更其损毁、湮没了李贺飞白掩盖的巧妙手法和处心积虑的讽诅意图。读者如果还有怀疑,不妨这样检验一下:唐白居易为何把"唐皇重色思倾国"写成"汉皇重色思倾国"的?(见《长恨歌》)。唐高适为何把"唐家烟尘在东北"写成"汉家烟尘在东北"的?(见《燕歌行》)……足证李贺把唐宪宗写成梁武帝、汉武帝,把吴刚写成吴质,把鲁连写成虞卿,都只是修辞上的飞白手法的运用,并不是什么特别奇怪的事。由于这个问题是本诗困惑读者的最大因素,特此不厌反复地申议及之。至于王琦有无故装拙劣,从反面促露真相的用心? 这将又当别论了。容俟下面《附识》内再行斟酌。

【书报】谓公私文书正式证实真相了。　【桃花春】双关语:表面为桃花开放,不知所云;实际为流血殒命,大快人心。因为花颜色主红,经过"春"字乔装打扮,宜于象征鲜血不至轻被发觉,且可发泄嘲讽感情。显然,从结构上来看,这是呼应"仙人(刺客)"诗题及"手持白鸢尾,夜扫南山云"诗句,体现刺刀见红的画龙点睛之笔。由于行刺难保无误,所以要作必不可少的点明。这与《马诗》其二十至二十三内用"得紫烟"语象征帝王流血殒命,呼应前面"宝剑似鱼肠""仙人上彩楼""随鸾撼玉珂"等句的作用,正是一母所生的(详见本书第二辑)。

【译文】飞檐走壁技堪惊,刺客腾身快且轻。手持三尺鸢尾剑,夜袭长安蓬莱殿。唐廷失鹿能者追,大鱼何妨钓竿垂。公私书报彰真相,元和血染桃花放!

【补议】历史上用桃花作为政治斗争中的鲜血象征的,最低限度,在王琦之前是有清初孔尚任的《桃花扇》传奇存在的。王琦杜撰出来的所谓方士向帝王报告桃花的无稽之说,自无代替本诗政治矛盾的丝毫可能。王琦对于哑谜诗篇,是只有谜面理解,没有谜底发掘的。我们辨析哑谜,是既揭谜面掩盖,更显谜底真相的。彼此之间,自始以此为根本鸿沟。"桃花"一语,涉及面非常之广,王琦把它外加"王母"两字,等同于"王母桃花"来相看待,这是偷换了诗文的原有概念,改变了诗文的本来面目的。律之以李贺的写作目的,逻辑上未免太有违离。说实在的,笔者多年愚不可及,深自囿于这个死胡同里,头破血流,言之汗颜。近因"仙人"触动刺客,"鸾尾"分明是剑,"鹿鱼"一目了然,终于忆及"梁武帝"的飞白作用,特别觉醒到"桃花"前面并无"王母"字样,这太重要。庆幸之余,内咎良深。

附　识

一、本诗首联写刺客武技;次联写行刺活动;三联写行刺影响;尾联写行刺成果。层次简明,结构完整。

二、王琦明知"白鹇尾"是象征宝剑的,却在本诗内不拿宝剑来解说"白鸾尾",是否存有知而不敢明言的忌惮? 这很难言,由他罢了。但王琦注说:"以鸾尾为帚,故可以扫云。作麈尾解者,非是。"是王琦也要反对所谓方士的麈尾形相,而以扫帚代之。扫帚粗劣污秽,宁非远离现实,丑化装束! 王琦有无仍然暗示"非指宝剑不可"之意? 值得我们多加徘徊。回顾自写本书第三辑以来,由于篇章类别不同,雷雨深藏,风云不作。王琦失所凭依,每自流露迂回说法。如果无视这些可贵见解,势必归于委屈沉沦。总起来说,王琦的局限错误,肯定是很多的;王琦知而不敢明言不得不曲折表达的正确地方,也肯定是不少的。似此只有用实事求是的标准来作区别对待,免得流为偏见。再说,保存注家这种可取之处,也是促使谜底真相健康露面的有力保证。应当尽力而为,不可简单放弃。

三、李贺在《将进酒》篇,表现宫女们横被帝王霸占青春,不得回家自由结婚,因而虚度光阴,切齿痛恨。其中诗句有"况是青春日将暮,桃花乱落如红雨"。有人在桃花象征男性女性上存有歧义,认为是指男性说的。须知这个"桃花乱落如红雨"的名句,它是符合客观全面事实,深入到了女性特有的生理经血的。自然在确切性能上,优于男性之说多多了。由此可见,本"仙人"诗的桃花象征鲜血,并不是李贺笔下的孤立事件(此之一节,亦可反过去作为本书第二辑《将进酒》篇的一个补充)。

答　赠

　　本是张公子,曾名萼绿华①。沈香熏小像,杨柳伴啼鸦②。露重金泥冷,杯阑玉树斜③。琴堂沽酒客,新买后园花④。

①【张公子】《汉书·五行志中之上》：“成帝时童谣曰：‘燕燕尾涎涎，张公子，时相见。……燕飞来，啄皇孙，皇孙死，燕啄矢。’其后帝为微行出游，常与富平侯张放俱称富平侯家人，过河阳公主作乐，见舞者赵飞燕而幸之。故曰：燕燕尾涎涎，美好貌也。张公子谓富平侯也。……后遂立为皇后，弟昭仪贼害后宫皇子，卒皆伏辜。”就故事情节来看，是不能离开帝王汉成帝的。王琦、叶葱奇却抛开整个故事不管，孤立地拎出“张公子”三字，说是比喻唐代一位贵公子的。这种截然回避帝王的办法，原是王琦一贯故意的行径。他自有其苦衷，我们也已揭明一百多首哑谜谜底，不感惊诧。且不问所谓贵公子名姓若何，其为王琦臆造，无所根据，这是显然可见的。诗句所说“本是张公子”，是站在汉成帝立场而发言的。意谓“我本是张公子的假扮家人”。为了掩盖马脚起见，使用省略手段，未把下半句说了出来(李贺利用省略观念来钻读者漏洞的另一事例，详见本书第三辑《马诗》其十。注，亦很精妙)。亦因帝王的身份语气已经在上半句言外见意地有所显示了，读者不应轻易发生误认。揭穿来说，目前注者之间的矛盾，正是争夺诗中主人公的问题。诗文是在表现所谓不知名姓的贵公子，还是在表现众篇一致的元和帝王？这只有让下面诗文、特别是尾联形象来作确切无疑的说明。

【萼绿华】传说中的女仙名。南朝梁陶弘景《真诰·运象》：“萼绿华者，自云是南山人，不知是何山也。女子，年可二十上下，青衣，颜色绝整，以升平三年十一月十日夜降羊权家。自此往来，一月之中，辄四五过来耳。云：本姓杨……云是九疑山中得道女罗郁也。”这当然是可象征神秘色情的。以帝王而流连神秘色情，本不足怪。

②【沈香】指沈香木，可以焚烟熏香。　【小像】指焚香熏炉之类象兽者。王琦说：“‘像’字当是‘象’字之讹。”叶葱奇改“像”为“象”，谓从宋本。按叶氏改字，每多使人感不安。但此处与《金铜仙人辞汉歌·序》的改“元”为“九”，两从宋本，没有失误，实属难得。不过如果不改而加说明，更属上策。　【杨柳伴啼鸦】王琦注说：“《古乐府》：‘暂出白门前，杨柳可藏乌，欢作沉水香，侬作博山炉。’长吉演作对句，以喻相依而不能离之意。”唐白居易《别杨柳枝》诗：“两枝杨柳小楼中，嫋嫋多年伴醉翁。”联意表现帝王寻花问柳之情。

③【露重】谓日继以夜，夜漏已深。　【金泥冷】语有双关：表面指经过金粉金线作为绘饰的衣服，因夜寒感到身冷了。唐孟浩然《宴张记室宅》诗：“玉指调筝柱，金泥饰舞罗。”就是指衣服而说的。实际在指：朝廷每于颁发重要文书之上加封用印的由水银、金粉制成的合成之物金泥，由于多日不用，形同虚设。帝王热衷女色，冷漠朝政，荒淫误国，可想而知！晋王嘉《拾遗记·前汉上》：“卫青、张骞、苏武、傅介子之使，皆受金

泥之玺封也。"这里的"金泥",就是指封印合成物而说的。　【杯阑】表面犹酒宴已残,实际含有薄待之意。　【玉树斜】亦双关语。外表指俊美男女的酒醉状态,如唐杜甫《饮中八仙歌》:"宗之潇洒美少年,举觞白眼望青天,皎如玉树临风前。"实际在说:优秀的青年人才,遭受冷遇虐待,弄得潦倒不堪,东倒西歪。优秀后生之称"玉树",更有以下情况可资佐证。南朝宋刘义庆《世说新语·语言》:"谢太傅问诸子侄:'子弟亦何预人事,而正使其佳?'……车骑答曰:'譬如芝兰玉树,欲使其生于庭阶耳。'"后因以"玉树"称美佳子弟。唐杜甫《题柏大兄弟山居屋壁》诗:"叔父朱门贵,郎君玉树高。"凡此可见,正是切合李贺怀才不遇的身世矛盾,非同偶然的。此外,玉树在本诗里面,还是照射尾句的一个极关重要的伏笔,丝毫忽视不得。

④【琴堂沽酒客】"琴堂"一语,王、叶都是释作汉司马相如的。笔者一因司马相如在本诗内没有战略作用可言,无法揭明诗文谜底。二因李贺为何不直接写成琴台?事有可疑。三因"琴堂"另自有其辉煌典故,不可抹杀。所以不得不实事求是地进行深入探索:查孔子学生宓子贱,远比司马相如时代为早。《吕氏春秋·察贤》:"宓子贱治单父,弹鸣琴,身不下堂而单父治。"后遂称州、府、县署为琴堂。唐韦应物《送唐明府赴溧水》诗:"到此安甿俗,琴堂又宴然。"这一各地州、府、县署的出现,无异拨云见日地敞开了迎接谜底形象到来的大门(详见尾句注)。不管称谓有无发展变化,总应首重原始,查证时效,比较作用,符合诗句的内在含义。试看下注:【沽酒客】本为一般琴歌酒赋的正常联系。南朝齐孔稚圭《北山移文》:"琴歌既断,酒赋无续。"本诗这里指各地官署及私人琴室由于循例购买朝廷乐章(详见尾句所注)而出动的人员。王、叶都说是司马相如,因为他是卖过酒的。须知"沽酒客"一语,从"沽酒"说,虽是买酒、卖酒都可叫沽的,但从中心词"客"字来看:是只能表现买方,不能表现卖方的。因此把司马相如的卖酒主人说成是买酒客人,这在逻辑上是截然不能成立的。这是诗句自身作出的否定,应是没有争议的!　【新买】指对朝廷下面新出乐章的购买。　【后园花】即"后庭花"的飞白掩盖。联系上句"玉树"来看,实即"玉树后庭花"之谓。这是南朝帝王陈后主叔宝所作的著名亡国之音。《陈书·皇后传·后主张贵妃》:"后主每引宾客对贵妃等游晏,则使诸贵人及女学士与狎客共赋新诗,互相赠答。采其尤艳丽者以为曲词,被以新声……其曲有《玉树后庭花》《临春乐》等大指所归,皆美张贵妃、孔贵嫔之容色也。"唐李白《金陵歌别范宣》诗:"天子龙沉景阳井,谁歌玉树后庭花?"(宋司马光《咏史》诗之三,也有"醉中失陈国,梦里入隋军。玉树庭花曲,凄凉不可闻"。)由于陈朝时代,它是

要被之新声,广为流传的,所以与各地的公私瑟堂琴室,存有密切的联系往来。这是对于昏庸亡国之君何等严重的谴责? 如果把琴堂的含义改为司马相如,宁非驴头不对马嘴,又何从去体现作者李贺的生活矛盾!

【译文】本是张家乔装客,风尘寻访神仙色。铜像雾中吐沉香,昏鸦暗自藏绿杨。夜深朝政抛脑后,何妨土芥视新秀。各方忧国又忧家,怕读玉树后庭花!

附　识

一、本诗以讽谴元和帝王为目的,但诗文根本没有"帝王"字样,只有两处言外见意地涉及了,这就是首尾两句。然而各又施有艰难非凡的掩盖手法在上,一为"省略",一为"飞白",可算严密之至。加之又无任何刺目词语暴露目标(与本书第二辑所注各篇大异),所以笔者一向对它无从着力辨析。近因试行"硬盯观察"的设想,即不待有何情节苗子便深入开展究辨。虽在中途屡萌放弃之念,但因选点无误,终于侥幸从"琴堂司马相如"之说,打开了王、叶两位的缺口所在。旋又顺利发现《玉树后庭花》的形象。最后以揭露首句的省略手段而告竣工。此次得到一个新的感受:只要境界无误,当观察不出情节苗子的时候,不必气馁。可以对于所有的词语,一本公允无偏的精神,进行全面而又多样的从头认识,重新审量,总会出现意想不到的收获的。

二、题目《答赠》,迹近无题。但从生活矛盾来说,似有反馈对方之意。孟轲说:"君之视臣如土芥,则臣视君如寇仇。"因此拟以"自取灭亡"的讥评称之,不知当否?

铜　驼　悲①

落魄三月罢,寻花去东家②。谁作送春曲? 洛岸悲铜驼③。桥南多马客,北山饶古人④。客饮杯中酒,驼悲千万春⑤。生世莫徒劳,风吹盘上烛⑥。厌见桃株笑,铜驼夜来哭⑦。

① 铜驼为王朝产物,王朝有盛有衰,铜驼也随着有欢有悲。因此,题意应为"铜驼的悲哀",是涉及了帝王之家的。只是这种哑谜诗歌,另外有一套似是而非的表面情节掩盖在上,必须作些排除搅扰的思想准备,才能扼要以图的揭明谜底。

②【落魄】潦倒落拓,体现李贺穷困失意的情态。　【三月罢】暮春之际,体现美景

消逝。　【东家】表面泛指东邻之家,实际在指弃绝西都长安,回到东都洛阳,从而因铜驼起兴,抒写自己的狼狈行径与讽谴元和的愤慨心情。

③【送春曲】犹伤春调。本是寻花去,却遇伤春者。　【洛岸】洛水之边。实指洛阳。　【铜驼】王琦、叶葱奇都说:"晋陆机《洛阳记》:'铜驼街有汉铸铜驼二枚,在宫之南四会道……'"查相符合,只是李贺诗文写作"铜驼",没有"街"字,应当运用有度,不可失当。

【申议】依理来说,是先有王朝的"铜驼"出现,后才形成百姓的"铜驼街"的。由于这两个不同的概念,不宜看成是正相等同的一个实质。换句话说,诗题是在表现"象征王朝的铜驼之悲",不是在表现"游乐百姓的铜驼街之悲"此之一点,如果立足不稳,发生动摇,下文就要滋生误解的。必须说明,以下八句,就是《送春曲》的具体内容,都是在表现铜驼的感受,铜驼才是唯一而又真正的诗中主人公。它与铜驼街的性质,在本诗内,是两不相干,混淆不得的。

④【桥南】指洛水之南,即宫廷所在之处。不宜看成铜驼街南。　【马客】双关语,表面似指普通百姓,实际在指宫廷作威作福的人。　【北山】指洛阳的洛水北面。【古人】作了古的人,实指坟墓。

【申议】叶葱奇疏说:"铜驼街的桥南,尽是骑马游乐的人;街北的山上,尽是垒垒的坟墓。"这是把"铜驼"当作"铜驼街",把"桥南宫廷"当作"街面桥梁",把"宫廷威福者"当作"普通百姓"的说法。须知:一、李贺诗文并无"街"字。二、根据陆机所说,铜驼在宫之南。可见铜驼之北,乃是广大宫廷所在。叶葱奇所说街北山上坟墓累累,未免想象欠当。三、铜驼所要指责的,究竟是宫廷的作威作福者,还是游乐的普通老百姓? 这是辨析本诗实质的要害之处,也是体现李贺生活矛盾的根本所在。如说游乐百姓是应大加鞭笞的,人生如梦,不如消极颓废,早自毁灭。显然,无论从铜驼或李贺身上,都无法找出这种世界观的丝毫根据来圆其说——以下诗文,更是这一矛盾的继续深化。

⑤【客】即上联的马客,亦即威福者。　【悲千万春】"千万春"指王朝千秋的宗庙社稷。意谓个别威福者他日自食恶果虽不足惜,但如消亡宗庙社稷,就太可悲了!

⑥【身世】为"声势"的谐音飞白。谓王朝威福者胡作非为的权高力大。　【莫徒劳】犹休要陶醉,休要空费。　【风吹盘上烛】谓很快就要完蛋的,不会为恶多久了!

⑦【厌见桃株笑】"桃株"为"梼杌"的谐音飞白。"梼杌"为传说中的凶兽、恶人。《神异经·西荒经》:"西方荒中有兽焉,其状如虎而犬毛……搅乱荒中,名梼杌,一名傲

狠,一名难训。"《左传·文公十八年》:"舜臣尧,宾于四门。流四凶族浑敦、穷奇、梼杌、饕餮。"又:"颛顼氏有不才子,不可教训,不知话言,告之则顽,舍之则嚚,傲很明德,以乱天常,天下之民谓之梼杌。"杜预注:"谓鲧。"按句谓对于凶而且恶的威福者的昏庸无知,残暴狞笑,感到了极大的厌恶、痛恨!叶葱奇却把桃"株"改为桃"花",失误太大,贻害堪忧。 【铜驼夜来哭】谓铜驼到了夜晚,不禁为之痛哭流泪。足知铜驼之所哀者,是因王朝宗社出现亡国之兆而怆然不能自已的。按这是大是大非的政治内容,不宜误为百姓的游乐生活,彰彰明甚!

【译文】潦倒三春暮,寻花东都去。谁在惜兴亡,铜驼发悲凉;王朝历来威福客,尽变北山坟上柏。客今享乐为所为,驼忧千秋社稷颓。声势且慢空陶醉,风烛转眼难回避。厌闻梼杌狞笑声,铜驼午夜泪倾盆。

附　识

一、首四句写李贺身入洛阳,尾八句写铜驼之悲。悲在宗社将亡,都因当今的作威作福者情同恶兽凶人,有以致之。铜驼所谱的这一伤春曲调,冠以"引言"在上,结构方面,可算简明之至。

二、全诗无一刺目词语。用"桥南马客"表现"宫廷帝王"。用"千万春"表现"宗庙社稷",更其用"身世"代替"声势"。特别用"桃株"代替"梼杌"。如果我们不把诗题精神实事求是地理解正确,不把李贺生活矛盾牢牢掌握,不体验李贺各式各样飞白手法的习惯运用,要想揭明谜底,自是无其可能的。不难辨析,假设尾句不让出现的"梼杌",即使把"桥南马客"说成"宫廷帝王",把"千万春"说成"宗庙社稷",把"身世"说成"声势",也难看出当前帝王的实质究为何等人样? 既无引起铜驼悲哀的有力根据,也难证实"宫廷帝王""宗庙社稷""声势"等的确凿程度。由此可见,尾句的出现"梼杌",表明恶兽凶人,突出憎恨感情,加强全诗活力,正是非此不可、势所必然的点睛之笔,缺少不得。应当说,这是写作过程上的先得之句,不是最后偶生出来的。李贺才高,把它用"桃株"掩盖起来。加之叶葱奇贸然改为"桃花",这使笔者所吃的苦酒,就一言难尽,思之胆寒了。

尽管如此,不知读者对于李贺飞白手法,是否犹有疑虑? 这种掩盖,虽然难度最高,并非没有规律可循。尚请读者查阅本书第三辑《仙人》篇第⑤注的《申议》,及《南园十三首》其十二篇第③注。应可释然,也很有趣。

花游曲并序

寒食诸王妓游,贺入座,因采梁简文诗调赋《花游曲》,与妓弹唱①。

春柳南陌态,冷花寒露恣。今朝醉城外,拂镜浓扫眉②。烟湿愁车重,
红油覆画衣。舞裙香不暖,酒色上来迟③。

① 李贺哑谜诗题之有序言的,无一不是假托之辞。本序更不例外。依据诗文情节
来看,是在表现对立双方发展变化上的不同情态。它与《蝴蝶舞》篇正相类似,但远比
《蝴蝶舞》篇掩盖深刻,理解为难。当然,诗序方面并非全无作用可言,其中"诸王"一词
就是牵涉了长安皇家的。

② 【春柳】柳树又遇春天了。李贺常用杨柳表现广大备受迫害的劳苦群众,如《野
歌》的"寒风又变春柳,条条看即烟蒙蒙",《沙路曲》的"柳脸半眠丞相树"。《蝴蝶舞》的
"杨花扑帐春云热"……都是其例。 【南陌】南面的郊野。 【态】指忍受不了水深火
热式苛政的愤怒反抗态度。 【冷花】指被任意摧残,视同土芥不如李贺之流。 【寒
露】谓甘愿吃辛受苦,不避风寒雨露。 【恣】为"姿"字的同音飞白。指要求抱怨雪愤
的反抗姿态。叶葱奇改"恣"为"姿",是对飞白手法的缺乏理解。 【今朝醉城外】表面
似说诸王妓女在首都郊外喝醉了酒,实际是说上述"春柳""冷花"两种抱有愤怒态度的
人,迫近到了长安城外,要翻天覆地地闹事了。 【拂镜浓扫眉】表面似说妓女画眉毛,
实际是说起义群众浓画赤眉,要乘胜进攻长安,推翻朝廷了。按赤眉、绿林,为汉代著
名的起义队伍。李贺在《吕将军歌》篇内,就曾用过"赤山秀铤御时英,绿眼将军会天
意"。详见本书第二辑——按这首四句,是在表现起义群众方面的发展情态。

③ 【烟湿】谓处此烟雨紧张,变化莫测之际。 【愁】实指元和天子发愁。 【车重】
按为本诗艰于理解的最大焦点。王琦、叶葱奇都无只字提及,是把它当"车的重量"理
解过去的。笔者总觉难成话说,一度终止辨析。后经查明它有专门词语的性质,意为
"辎重"或"辎重车",即外出时携带的物资。《史记·秦本纪》:"景公母弟富,或谮之,恐
诛,乃奔晋,车重千乘。"李贺注:"重,辎重也。"足见元和处此情急之中,首先发愁的是
财物珍宝。 【红油覆画衣】王琦注说:"杨士佳注:红油,幕也。画衣,妓女之衣,以红
油幕覆之,防雨湿也。"叶葱奇说:"红油指红色油衣,如今之雨披。"按既无妓女,也非真

在下雨,而是元和感到山雨欲来风满楼之际,怎样更好地保护宫中美女出逃? 是他尤为发愁的一件大事。 【舞裙香不暖】谓宫中的舞裙虽香,并不温暖。因为处此惊慌失措当口,歌舞是已停止活动的。 【酒色上来迟】谓元和吓得周身发冷,面无人色了。王、叶所说"春气尚寒……酒色上脸也上得很缓慢",这与诗文紧张万分的情节,实在违离太远了——按这尾四句,是在表现元和天子穷途末路、面无人色的情态。

【译文】春柳卷怒涛,冷花挺戈矛。今日长安外,个个赤眉毛。珍宝愁装箱,美女愁遭殃。风雷消残梦,面色特张皇!

附　识

本诗前四句写起义群众,后四句写昏庸帝王。两相对比,他无杂语。全诗并无帝王字样,幸赖序言"诸王"点明长安皇家,稍具端倪。掩盖方面,除飞白外;要以双关含混为其主流。"车重"一词,险象环生。由于选点无误,克告揭明。回顾一向不曾究辨此诗,今特以其诗序可疑,姑一试之,益信李贺对于唐宪宗的生活矛盾,有其由来。

京　城

驱马出门意,牢落长安心①。两事向谁道②? 自作秋风吟③。

①【牢落】犹潦倒孤寂。晋陆机《文赋》:"心牢落而无偶。"唐张九龄《自彭蠡湖初入江》诗:"牢落谁相顾,逶迤日自愁。"

②【两事向谁道】"两事"指功名事业。王琦注说:"'两事'未详所指何事。徐文长、姚经三俱以功名当之,恐亦未确。"按王琦此说,大有道理。表面好像认为未详,实际是说详而不敢明言。观他不敢注释下句的"秋风吟"一语,是其明证。他的所谓"恐亦未确",其实不是在否定功名事业两事,而是在说于功名两事之外,还有更为重要的东西须当留心。他因不便明说,所以借此示意。这对笔者是个极大的推动,笔者久为"两事"的含义深感困惑,"未确"之说,意图何在? 于是提高警觉,全面考量。及至笔者辨析"秋风吟"以后,始大有所恍悟。叶葱奇说"两事即指'出门意'和'牢落心'",按这是一件事的起头结尾,不好说成两件事的。用王琦的话来说:"始也驱马出门之时,意气方壮,以为取富贵如拾芥。乃羁旅长安,牢落无味,非复前日之心矣。"此中"羁旅长安"四字,如用笔者的话来说,应改为"被谬裁避讳,阻举进士。充

奉礼郎又久不调迁"十八字。由此可见"两事"之为功名事业,并无不洽。"向谁道"为双关语,表面似说"向谁人诉说",实际是说"归罪于何人"？前者正是可向家人甚或至亲好友说及,如果说得稍有分寸,这种深受委屈的阻举进士、久不迁官两个内容,并非绝对不可说的,事实上他是非说不可的,所以这种无处诉说的提法,根本是不能成立的。后者为归罪谁人的问题,它与下句"秋风吟"要发生关联的,这才是王琦所绝对不敢明言的。叶葱奇疏说:"这样的心情可以向谁诉说？"显然是与谜底情节的理解两不相符的。

③【自作秋风吟】"秋风吟"指汉武帝所写的《秋风辞》,见《古诗源·汉诗》。本诗这里借喻帝王,影射当代元和天子。"自作"一语,表面指李贺自己,实际指写《秋风辞》的帝王自己。这是李贺精心安排的双关手法,不宜含糊。换句话说,本句是对上句"归罪于谁人"的一个答复,可以释作"帝王本人"。王琦对于本句独缺注释,自是故意在作回避。详情已见上注。叶葱奇疏说"只有愁吟自遣而已",显然是把"秋风吟"不作汉武帝看待的。这与李贺众篇一致的敌视元和的积极态度,未免存有违离了。

【申议】不难辨析,王琦对于《秋风吟》的放弃注释,是由汉武影射元和天子的顾虑造成的。如果应作李贺愁吟自遣理解,王琦毫无顾虑可言,决无放弃不注之理。王琦不敢明言此情,特借"两事"的注释,发个既不干脆否定,又不干脆肯定,又更引出徐、姚旁证,终以"恐亦未确"表示怀疑的议论,企图引起读者全面深思,迎接下文。这是王琦的苦衷所在,也是他的高明之处。由此可见,在这一问题上,王、叶两位是互不一致的。无论从李贺敌视愤慨的感情来说,或从双关手法的去轻取重来说,或从哑谜诗歌的偏重谜底来说,或从李贺哑谜诗歌全以讽谴帝王为其目的来说……都是应以王说为优为妥为符事实的。

【译文】策马离乡意,潦倒京都心。两事安归罪,昏庸谴当今！

附　识

一、诗题《京城》,按照诗文内容来看,可以写成《京城帝王》。原文省略"帝王",具有含蓄掩盖的作用。

二、王琦对于"两事"的假说"未详",与他在《仙人》篇中对"白鸾尾"的假说"扫帚",正相类似。可以互作参证。足知封建注家,确自存有苦衷。

塘　上　行①

藕花凉露湿，花缺藕根涩②。飞下雌鸳鸯，塘水声溘溘③。

① 表面为"池塘之上的歌行"，实际为"唐廷当今皇上的罪过行为"。这种双关含意，与本书第二辑的《上之回》《堂堂》及第三辑的《王濬墓下作》等篇的命题，正是类似。王琦、叶葱奇注说："按王僧虔《技录》：'《塘上行》乃《相和歌清调六曲》之一。'吴正子注：'《塘上行》又曰《塘上辛苦行》……陆机亦有此曲……此歌乃魏文帝后甄氏为郭后所谮，赐死，临终时作也……'长吉此篇与陆机作皆本古意。"笔者认为：李贺亦本古意之说，未免误解。李贺哑谜诗歌使用乐府古题的地方很多，从无一篇是用古意来作内容的。本篇讽谴元和天子摧残人才，沉迷女色，原是现实生活中的具体矛盾，根本未曾涉及甄后情节，应让诗文来作说明。

②【藕花】指通常应时而开的荷花。　【凉露湿】露水无论在春、夏、秋季，都是由近地面的水气，夜间遇冷，才凝结于物体之上成为露珠的。"凉露"即指这种夜间遇冷的演化过程而说，语谓正常滋润、湿润着花朵。按句中以花朵加上露水，无疑不是要表示年老色衰、萎缩不堪的意图；最低限度，也应看作正常成长、颇有生趣的现象。事实上这里正是象征李贺人才成长、竞取进士的身世的。　【花缺藕根涩】花朵的自我凋谢与被人残缺，藕根的成熟时味甜与未成熟时味涩，其中存在的差别，是非常之大的。本诗今以未成熟的涩味，被暴力惨施残缺，自属遭受摧残的典型形象（具体打击为：永被无端排除竞选进士，及任奉礼郎故不循例予以调迁……终于决绝长安，腐心切齿）。远与甄后年老色衰牵扯不上。由此可见，这两句诗，是在谴责昏庸国君恣意摧残新生人才的罪过行为。

③【飞下雌鸳鸯】讽刺元和天子醉心女色，唯色是好。　【塘水声溘溘】"塘水"表面指池塘之水，实际指唐廷朝政。因为"塘"与"唐"谐音，可以代用。既含双关，又寓飞白。"溘溘"本象声词，应为流水之声。但池水与沟流之水不同，它是静而无声的。因而这种理解，在逻辑上是不能成立、应予否定的。细观"声溘溘"乃"浑浊浊"的谐音飞白。承接上句的沉醉女色，体现朝政的腐朽黑暗，允属讽谴元和的又一内容。摧人才，损国脉；贪女色，败朝政。这算什么国君！由此可见，王、叶的甄后色衰之说，显然两不相干。

【译文】新荷催玉立，花缺藕根涩。女色醉天乡，唐廷浑浊浊！

附　识

一、本诗与本书第三辑《果公子》《后园凿井歌》《答赠》……各篇讽谴国君贪色嗜酒、败坏朝政的内容，极相类似。大可互为参证。

休　洗　红①

休洗红，洗多红色浅②。卿卿骋少年，昨日殷桥见③。封侯早归来，莫作弦上箭④。

①【休洗红】表面为近代无名氏古诗的题目，含有不要轻让红布洗退了颜色的意思。见清沈德潜《古诗源·晋诗·休洗红二章》"休洗红，洗多红色淡。不惜故缝衣，记得初按茜。人寿百年能几何？后来新妇今为婆"及"休洗红，洗多红在水。新红裁作衣，旧红翻作里。回黄转绿无定期，世事返复君所知"。实际李贺本诗的内容，是在表现行刺见血，暂时外逃的忤逆浮想。这就又一次证明了李贺哑谜诗歌的古题，只不过是个虚假的幌子而已。王琦注说："长吉盖拟其调而意则殊也。"应当说总的方向是正确的，只不过所谓的"而意则殊"没有说明殊在哪里罢了。王琦是否知而不敢言？或有可能。叶葱奇疏解："这首说岁月消磨，红颜易老。彼此相逢的时候，你正自矜年少……"根据诗文"昨日殷桥见"来看，只有一日之隔的事件，叶葱奇之所云云，未免措辞失伦，难自圆其说。谜底情节究为怎样，且让诗文来作辨析。

②【休洗红，洗多红色浅】在古诗原文内，"红"是当作红布颜色理解的；在李贺本诗内"红"应改作鲜血的颜色来看待。由于红血是斗争胜利的成果，所以有了不要把它洗淡的愿望。这样的说法，是从何产生的？是否能够通释全文？说实在的，全诗的语言，几乎百分之九十八都是一目了然的，一切问题集中表现在似通非通的"殷桥"一语的锁钥上面。容俟下注续作辨析。

③【卿卿】爱称，犹可敬可爱的你。　【骋】犹逞，有放胆施展之意。　【少年】指其具有血气方刚疾恶如仇的特点。　【昨日】显示站在今日时间说话的。这是很为精心奥妙、不可忽视的安排和交代。　【殷桥】是个特意新造出来使人困惑不安、艰于理解的词语。全诗只有这是一个顽固堡垒，不首先攻下它，是无法揭明谜底的。笔者走

过许多弯路,终于从"殷"字表现血色的上面不禁忆及本书第三辑《仙人》篇中刺客用桃花表现鲜血的事例,又因忆及《史记·刺客列传》豫让行刺赵襄子时就是伏身"桥"下的,从而联系本诗少年血气方刚、嫉恶如仇的特点,观察出本诗首句是可当作红血理解的。更就本诗尾联一看,分明是说昨天在桥头作了行刺当今的案子,今天要暂时逃往外方去躲避躲避。所谓"封侯早归来,莫作弦上箭",不过是个不便说实情、应付一般读者的掩盖语言(详见下注)。至此,全诗的谜面掩盖已被揭穿无遗了,都是这个"殷"字产生出来的。王琦对"殷桥"作注说:"地名,未详所在。"笔者觉得除此之外,王琦没有任何错误言论。而这个过分简单的表态,也是他必然应有的现象。因此,王琦与叶葱奇的许多失误疏解大不相同,他是否也不曾看出本诗谜底,笔者难下断论,留待读者共同解决。

④【封侯】含离乡外出之意。　【弦上箭】犹不复返之意。

【译文】休要洗红血,留血照光泽。嫉恶敢如仇,昨天当刺客。暂栖远水云,早圆故桥月!

附　　识

王琦"殷桥"之注,使人疑其简单反常。然亦说不出他的弦外之音。只得原情认为必然应有的现象。顷再细加玩味,自觉惭愧得很。王琦虽然未曾说明殷红血色、豫让桥下……刺客形迹,但是刺客的这些形迹如果架空概括起来,说成"地名,未详所在",事实上是并无错误的。因为揭明了刺客形迹之后,仍然不能否定"地名,未详所在"的。足知这里正是王琦知而不敢明言的弦外之音,王琦对于本诗的刺客谜底应已有所理解的。特予补明。

绿　水　词①

今宵好风月,阿侯在何处②?为有倾人色,翻成足愁苦③。东湖采莲叶,南湖拔蒲根④。未持寄小姑,且持感愁魂⑤。

①【绿水】古舞曲名,一名渌水。《淮南子·俶真训》:"足蹀《阳阿》之舞,手会《绿水》之趋。"高诱注:"绿水,舞曲也。一曰古诗也。"南朝宋鲍照《白纻歌》之五:"古称《渌水》今《白纻》,催弦急管为君舞。"李贺本诗借用古乐府舞曲之名为题,却实际另在表达

一个民妇被统治者抢去之后的苦楚思想。

②【阿侯】根据南朝梁武帝《河中之水歌》"河中之水自东流,洛阳女儿名莫愁。十五嫁为卢家妇,十六生儿字阿侯"来看《辞源》释说:"传为莫愁子……唐人诗中泛指少年。唐李贺歌诗编四《绿水词》:'今宵好风月,阿侯在何处?'"《汉语大词典》释说:"传为古代美女莫愁的女儿……元龙辅《女红余志·阿侯》:'语曰:欲知菡萏色,但请看芙蓉。欲知莫愁美,但看阿侯容。'后泛指美女。唐李贺《春怀引》:'阿侯系锦觅周郎,凭仗东风好相送。'又《夜来乐》:'五色丝封青玉鬼,阿侯此笑千万余。'"

【申议】按这里既有分歧,又有牵涉。只得抽笔辨析两点如下:一、阿侯究竟为儿子,还是女儿?笔者觉得,应以儿子为优。一因"阿侯"是个男孩不类女孩的名字,二因原诗不是写作"十六生女字阿侯"的。当然如果坚不统一,各执一词,也无不可。但绝不能如叶葱奇所引"吴汝纶注'阿侯,妓也'"来相看待。这种为了妓女而争"阿侯"是女性的说法,非但李贺以前阿侯从无这种身份传说,更与本诗的谜底情节大大发生了矛盾。因为首联出场说话的诗中主人公,谜底情节上是阿侯的母亲莫愁,并不是一个寻花问柳如吴汝纶、叶葱奇所想象的无聊男子。须知莫愁是个有夫之妇,何故阿侯不在她的身边?谜底情节的奥妙,就在这里深深包含着静待揭明。依照诗文"未持寄小姑"来看,莫愁根本被迫离开了家中的。在封建社会里,战国宋康王夺走韩凭妻子何氏的故事,是众所周知的。李贺《许公子郑姬歌》内,就指控有统治者强占民妇莫愁的罪过,详见本书第三辑。由此可见,阿侯为男为女,可凭理解。但抛开和取消全诗唯一女主人公莫愁,就无从揭明哑谜谜底了。文字之间,也要互生抵牾不通、不能圆说(另详辨析)的现象的。

二、按元龙辅后于李贺时代已远,其所称引,不能据以抵牾李贺诗编,自无疑问。《汉语大词典》所引李贺《春怀引》《夜来乐》两诗诗句,这是必须郑重对待,辨明因由的。查《李长吉歌诗汇解·杜牧叙》有"离为四编,凡二百三十三首"句。王琦注说:"但今世所传本,有二百一十九篇者,有二百四十二篇者,与序中所载之数不合,恐亦不能不为后人淆乱矣。"叶葱奇在《李贺诗集·凡例》内说:"现在四卷里只有二百一十九首,比杜序少十四首。若加入外集的二十二首,又多出八首。……其中遗失和赝杂当然在所难免。"似此,王、叶两位已把问题揭示得相当正确了,笔者如欲有所补充,顶多重复一句,两类版本的第一到第四卷,都是二百一十九首。大家看法,完全一致。关于所缺的十四首,应是杜牧写叙之后,沈子明付印之际,嫌其露骨太甚者,临时抽掉了,或者由于其他原因,均不足怪。这里需要共同明确一个情况,凡属四卷二百一十九首以内的诗篇,才有可能是李贺交给沈子明的原稿。此外所谓的外集二十二篇以及王琦在外集内补遗的两篇,就都不能称作李贺的手交原稿。特别不能与原稿同等看待,既不能与原稿相抵牾,更不能与原稿争真伪。这从外集为外集之称,不属李贺的真正"卷五"来看,顾名思义,理所当然。众所周知,李贺哑谜诗歌,是有谜面谜底双重情节的。谜面作用在扰乱读者视线,谜底目的在讽诅唐代元和天子。千余年来,受封建习惯传统的影响,许多封建注家由于种种原因,不曾揭明过一篇完整的谜底情节。而好事者流,都以赝杂作品混淆其间。虽标明《外集》无隐,仍难免鱼目混珠。诚如王琦、叶葱奇两位之所论断,最是王琦在《外集》所自补遗的两篇注说:"二诗见郭茂倩所编《乐府诗集》,而元人所选《唐音遗响》亦载其《少年乐》一首,似皆后人所拟作,非长吉锦囊中所贮者。至《锦绣万花谷》《海录碎事》所引断句数则,尤不类,故弃而不录。"笔者曾用谜面、谜底的哑谜条件作为检验《外集》的真伪标准,结果认为《外集》各篇,都不是李贺作品,已见本书第一辑《是赞扬歌颂还是讽刺诅咒》的尾节里面。凡此可见,这种《外集》诗篇,是不宜肯定当作李贺诗篇来作称引的。只要它与四卷原诗一生抵牾,它便立不住脚,应当让路。现查《汉语大词典》所引的《春怀引》《夜来乐》两个书证,都是属于《外集》里面的。而它们又与属于四卷原诗的本《绿水词》发生了矛盾:一方是有谜面谜底的政治哑谜诗歌;另一方是没有这种特色的。真伪已见,取舍分明。因此之故,本《绿水词》在辨析研究上面,是应当尽量排除来自《外集》的错误干扰,针对李贺生活矛盾,按照行程上已有一百多首的庞大哑谜诗歌先例,来实事求是、合情合理、小心谨慎、坚定不移地继续揭明谜底的。看来,等待水滴石穿的篇什,还有不可低估的数量存在着! 这里还须附带一笔,叶葱奇不与王琦相同。叶葱奇在《凡例》中谈该篇数问题时,怀疑《外集》存有赝杂,是最正确的。但在本诗内采用吴汝沦注"《春怀引》云'阿侯系锦觅周郎',阿侯妓也",是对李贺《春怀引》的《外集》身份失掉了警惕的,以致在疏解方面作了许多根本失误的说法,容俟以下继续进行辨析。

　　总之,本诗首联,是莫愁出场在说话。因她以民妇身份被统治权力强占去了。所以今宵想起家人如丈夫、阿侯、小姑来了。诗中故意回避掉了丈夫,是怕泄露被占马脚,追究作诗责任。

　　③【为有倾人色】谓因为具有令人倾倒不已的极其美丽的女性姿色。《汉书·外戚传上·孝武李夫人》:"延年侍上起舞,歌曰:'北方有佳人,绝世而独立。一顾倾人

城,再顾倾人国。'" 【翻成足愁苦】"翻成"即"反而造成了"之意。"足愁苦"即"大愁苦"之意。何谓大愁苦? 联系上联来看,显然是指与家中亲人生离死别的痛苦,非是一般泛泛的事情。从莫愁思想来看,要是自己不长得这么美丽,反而不会遭到这个不幸。叶葱奇由于不曾理解李贺哑谜诗歌的规律,不认为诗中主人公是莫愁,却自认为是个寻花问柳的男子,是个嫖客在想念阿侯妓女。所以他疏解本联说:"她长得实在太艳丽了,反而叫人苦念不已。"试想,去掉"反而"两字,岂非通顺明白? 加上"反而"两字,岂非语言不合逻辑? 当然,这个"反而"是从诗文"翻成"译来,去掉不得的。足证作莫愁的痛苦遭遇理解,语言是生动鲜明,恰到好处的。作嫖客的无聊思念理解,语言是违背逻辑,不能自圆其说的。倘要追问具体因由,不妨再一加以检验:莫愁的痛苦遭遇,是一种"好事变成坏事"的典型结果。嫖客的无聊思念,并不是什么情势逼人的真正苦恼。既然要说阿侯是个妓女,原可随时前往寻欢作乐,又有谁在发生阻梗呢? 这就可以看出诗中"翻成"二字,是为一定的情节实质服务的。用在莫愁的身上,是曲尽情理,天衣无缝的。用在嫖客的身上,是无病呻吟,文气不通的。从而可以证实叶葱奇的说法,是与李贺意图大异其趣的。

④【东湖采莲叶,南湖拔蒲根】这是莫愁对于阿侯生活行动的猜想。显然是个道道地地的学习劳动生产的幼孩形象,怎有看成妓女的丝毫可能? 封建流毒,肆意污蔑,竟然一至此极地贻误读者! 如果这能证明阿侯是个妓女,尚何学术探讨之足言(走笔至此,特再检阅王琦注文,果然并未提及"妓女"一词,也未引用《外集》诗句,这是大大值得注意的)。

⑤【小姑】指丈夫的妹妹、阿侯的姑妈,原与莫愁住在家中时是朝夕相处的,所以提及。这也巧妙地证明了莫愁是被迫离开了家庭的。叶葱奇疏说"(阿侯)所采的先不要赠给姊妹们",这种故意把"小姑"歪曲为"姊妹"的说法,其目的不外要诬说阿侯为妓女群中的一员。无如这不是李贺的语言,未免过分地不够严正了。 【且持感愁魂】本谓拿来安慰我,但不说"我",要说"愁魂",这是因为莫愁自被抢来处在禁区之内,阿侯是不能来见面的。所以只能抽象地空洞地说安慰我的愁魂。这就显示了要想见一面是不可能的。这种被迫无奈的悲惨心境,可算表达到了无比深刻的程度! 也可看出李贺的遣词命意,往往是极其精妙有力的。

【译文】莫愁含泪倚深宫,遥怜阿侯在何处? 都因我貌能倾城,反而招来离别苦。料你东湖采莲叶,或在南湖拔蒲根。且慢回家报女叔,默默祝我慰愁魂。

附　识

一、本诗初看上去，似未涉及帝王之家。实际是在运用"意在言外"的手法，引起读者自去构思。例如，一、《河中之水歌》是出自梁武帝之手。二、倾国倾城的典故是涉及汉武帝的。三、莫愁和阿侯不能见面，生离死别，是隔于权势禁地的悬殊形势而造成的。四、这种强占民妻的行为，没有受到朝廷的干涉，可以设想是统治者所为的。五、已有一百多篇哑谜诗歌都是在讽诅元和天子，可以推知是照例一色的。六、在另篇《许公子郑姬歌》内，李贺已经运用莫愁的名字，控诉过统治者抢占民妻的行动。这种用另篇相互印证的办法正是李贺惯用的手段之一……

二、阿侯是个幼孩，是个学着劳动的孩子。其所以被后人争说是女孩，诬说是妓女，完全脱离莫愁而孤立地肆意绘声绘色，除了不明李贺哑谜诗歌的写作意图或创作规律以外，是否存有某些下意识的……非所感知了。

三、王琦不说阿侯是妓女，也不引用《外集》诗句，更不设想诗中主人公是嫖客，显然是认为诗中主人公为莫愁的。然而如果明白提出莫愁来，势必涉及统治者强占民妻的劣迹，这又是他所绝对不敢的。处在这种知而不明言，言而不敢尽意形势之下，他有一节骑墙妙注，摘录出来，以飨读者："美色可以娱人，今爱而不见，使我心痗。是倾人之色，适以酿成愁苦耳。"其中的"爱而不见"指莫愁或嫖客都无不可。而"是倾人之色，适以酿成愁苦耳"则是隐隐有些偏向莫愁的味道。他不可能同时备具两种立场，从他排除妓女和《外集》诗句等情况来看，他的莫愁观点正是非常明确的。

江　南　弄①

江中绿雾起凉波，天上叠巘红嵯峨②。水风浦云生老竹，渚暝蒲帆如一幅③。鲈鱼千头酒百斛，酒中倒卧南山绿④。吴歈越吟未终曲，江上团团贴寒玉⑤。

① 为古乐府《清商曲》名。南朝梁武帝改西曲，制有《江南弄》等七曲。李贺本诗表面借用古题进行掩盖，实际内容是在表现江湖苦难群众反抗长安黑暗统治。所谓《江南弄》者，寓有江南绿林弄兵之意，与古代原曲无关。

② 【江中绿雾起凉波】谓江湖绿林发生了风波。　【天上叠巘】巘音 yǎn，"叠巘"指

山顶,语意象征长安最高统治。 【红嵯峨】"嵯峨"为山的高峻之貌,"红"是夕阳的表现,语谓日落西山了。

③【水风浦云】王琦注说:"《广韵》:'《风土记》曰:大水有小口别通曰浦。'"语谓浦水上面,广大不堪水深火热的劳苦群众,如同风卷云聚一般地起来了。 【生老竹】意谓利用就地所生的老竹揭竿而起。 【渚暝】指水中的小块陆地和其水边。"暝"为日暮。谓当水际傍晚时间。 【蒲帆】用蒲草编织的船帆。王琦注说:"《国史补》:舟船之盛,尽于江西,编蒲为帆,大者为数十幅。" 【如一幅】"幅"指布帛的宽度,或宽度并长度的规格而说。《汉书·食货志下》:"布帛广二尺二寸为幅。""幅"又具有量词性质,如一幅、两幅、数十幅。语谓日暮远望过去,显与军事行动上的大小旗帜混同一色。

④【鲈鱼】指晋张翰因不满朝政,借口想吃鲈鱼,辞官归江南的故事。见《世说新语·识鉴》。本诗这里结合李贺生活矛盾,象征辞职离都的落拓书生参加到了起义行列。 【鱼千头酒百斛】显示众人的豪情壮意。 【酒中倒卧南山绿】谓要从盛酒器中把终南山头的山色倒映下来,亦即要扳倒终南山头长安的昏庸统治。这是王琦所不敢明言的。于是王琦作注说:"酒中,饮酒方半也。倒卧者,酒酣倒地而卧也。南山绿者,悠然见南山之说也。徐文长以为山影入酒斝者,意似巧而反觉味短。"

⑤【吴歈越吟】吴越口音所唱的歌声。《楚辞·招魂》:"吴歈蔡讴。"王逸注:"歈、讴,皆歌也。" 【未终曲】自从安史乱后,李贺出生以前,浙江临海曾有袁晁农民起义,有众20万人,攻占过浙东衢、温、明等州。后虽遭到镇压,余波一直犹存。见范文澜《中国通史》第三编第二章第八节。本诗所谓"未终曲",即言又在发展壮大之中了。【江上团团贴寒玉】"寒玉",王琦注:"喻月初出。"实即新出之意。按根据"团团来看,实指江上新天地的新日月而言的"。

【申议】按王琦的所解所评,全是不得已而为之的违心之言:一、"酒中"与"酒半"是两个不同的概念。"酒中"谓"酒的内中",如要说成"饮酒方半也",何故不用"酒半",而要如此错乱舛误? 再说比照"杯弓蛇影"的汉代成语来看,并无使用"酒半"概念的丝毫可能。况且"酒半"距离"酒酣倒地"的程度尚远,牵扯不当,未免自相凿枘。尤其酒中所倒映的是终南山头的政治象征,如果回避客观事实,生硬地支离破碎地说成饮酒众人都酒未过半就醉卧倒地了,都想起陶潜诗句的南山来了,这将怎能合乎逻辑情理?须知这与"鲈鱼"的政治色彩也有违离,这将无法联系所有前后诗句来体现李贺特有的生活斗争。当然,以王琦的修养水平,何至这样颠倒错落。回顾本书第一辑、第二辑的数十篇当中,王琦之所歪曲其事者,何止十百倍的更为严重。都因他处封建社会之内,确自有知而不敢言的苦衷存在。我们不宜简单对待,以免抹杀客观事实。

二、按徐文长的"山影入酒罍"之说,是很平易而又正确的。王琦批评"短味"是假,故意流露真相启发读者是真。否则他会节约这些隔靴搔痒、画蛇添足的语言的。这与王琦对《恼公》篇"长弦怨削嵩"句用反语口吻所注"嵩,高山也。岂能削之使卑? 而怨情之见于弦声者,亦不能削之使平"的故意流露解说,具有异曲同工之妙。叶葱奇未谙王琦知而不敢明言之情,往往自认为是在继踵王琦进行发挥,实际都是王琦至不欢迎,认为适得其反的。这种情况,普遍存在。要以另篇《蝴蝶舞》为最典型,详见该篇的注、附识。

【译文】江湖绿林起大风,长安日落西山中。劳苦群众争揭竿,旗帜出没浦渚间。落拓书生参戎行,昏庸摧毁黑庙堂! 吴越歌声遍地春,江天日月颂崭新!

附　　注

一、首联对比江南绿林与长安统治的发展变化,次联写劳苦群众的揭竿举旗,三联写落拓书生的参加戎行,尾联写起义歌声的日益壮大和新辟天地的日月高悬。

二、鉴于李贺所写江南苦难群众酝酿起义文字篇复一篇,无有已时。不禁想起贺死四年之后,唐宪宗即为宦官所杀。唐王朝便进入了农民大起义的晚唐时代。显然李贺所描画不休的,乃是客观形势的反映和预见,并非全出浪漫设想的诅咒。事实上在李贺以前,已经有过浙江农民的袁晁起义。在李贺以后,更陆续出现了浙东裘甫、山东黄巢……规模空前的起义浪潮。

房　中　思①

新桂如蛾眉,秋风吹小绿②。行轮出门去,玉鸾声断续③。月轩下风露,晓庭自幽涩④。谁能事贞素? 卧听莎鸡泣⑤。

① 谜面似为浪漫妇人不贞思想,谜底乃是委屈书生的反抗感情。因此只是关在房内的暗中想法,不便打开窗户昭告路人的。

②【新桂如蛾眉】"新桂"为新生的桂枝,象征新出的人才。《晋书·郤诜传》:"举贤良对策,为天下第一,犹桂林之一枝,昆山之片玉。"后因喻科举考试中出类拔萃的人。本诗这里却是体现怀才不遇的李贺自己的。依理优秀人才应得重用,李贺的遭遇却是

颠倒其事的。

【申议】笔者认定本诗为李贺哑谜诗篇之一,是因尾联的关键词语"贞素"确实具备哑谜作用才下决定的。并未发觉首联也有重点哑谜词语需要揭明。王琦引唐玄宗梅妃《谢赐珍珠》诗句"桂叶双眉久不描"作注,笔者觉得理所当然。叶葱奇疏说:"新桂如蛾眉是反讲,其实是说蛾眉像新生的桂叶。"笔者更其觉得明白妥洽,要算叶氏难得的正确创见了。这都说明笔者的"桂叶"倾向,原是非常浓厚的。不意落笔起草之际,忽又觉得何故要用反讲?反讲的作用何在?怎么不能作出说明?诗文何故没有"桂叶"字样?再说新桂放在首句,是以新桂为主语的。如果蛾眉放在首句,就是以蛾眉为主语了。其间反差极大,怎好轻易颠倒?更就新桂等于桂叶来看,显然是与语言逻辑大相违背的。因为新桂还可以指说桂花,不一定单说桂叶的。李贺不用桂叶,要用新桂,岂是无因而然?律之以尾联的"贞素"一词,谁是相配合一致的?凡此种种,笔者只得按照谜面谜底的规格,进行通篇的检验。幸得水落石出,有所恍然。这个首句,非但不是什么反讲,并且是个不折不扣的正讲。它是只可理解为新桂如蛾眉(指婢妾),不可理解为蛾眉如桂叶的。因为这里新桂的谜底是在表现书生,不是在表现妇女的眉毛。诗文的所谓"如蛾眉",正是在体现他不是真正蛾眉的本身,只不过在身份地位上有些像婢妾蛾眉罢了。众所周知,在帝王独尊的封建社会里,无论大官小吏,都是帝王的臣妾之流。何况李贺只曾充任奉礼郎小职,备受轻贱,如妾如婢,正属确当。李贺在《赠陈商》篇内,就有形容自己的诗句说:"臣妾气态间,惟欲承箕帚。"又在《宫娃歌》篇内,也有比譬自己的诗句说:"愿君光明如太阳,放妾骑鱼撇波去。"更在《恼公》篇内,塑造一个嫔妾之流的叛逆女性——"娇娆"形象,来发泄自己"怀才不遇、投奔绿林,大反元和天子的愤慨激情",由此可见本诗的蛾眉一词,不过是对潦倒书生身份地位的一个形容,并不是男征女逐、欲海沉沦的真人真事。王琦身处封建社会,既有其思想局限的一面,又有其知而不敢明言的一面,事很难说。叶葱奇和笔者都是脱离了封建社会,进入了社会主义社会的人,可惜在辨析李贺问题上,存有根本性质的差别。一方主张揭开谜面看谜底;另一方认定谜面假象就是真相,从不去讲求谜底的发掘。以致凡遇女性的比譬的歧义语言,都千篇一律地把李贺说成一个沉迷欲海的低级趣味者。这与李贺写诗的世界观,未免过于背道而驰了。这个问题不是不可通过全面辩证来作有根有据的剖明的,即如本诗"新桂""桂叶"的纠葛,既是存有语言逻辑不可逾越的,也是反映李贺身世遭遇抹杀不掉的。如果硬说本诗是在表现一个真的女人暗想私通男子,那又有什么值得写诗的意义呢？李贺岂是心血来潮为一无名无姓、无门无户、无因无由、无思无怨的妇人而作无病呻吟的？更何况语言辨析上存有逻辑矛盾，泾渭分明，不容丝毫不够严肃的！显然，这是李贺根据自己的处境，按照哑谜规格作出的有意安排。叶氏及笔者原始的"桂叶"看法，都是有失慎重，未够深入的。　【秋风吹小绿】"小绿"承上指桂树新生的枝、叶、花而说，句谓在秋风吹拂之下的小绿，本是生长得颇为良好的。这里象征着李贺自幼能文、名动京师……详见《高轩过》及《马诗·其十二》的注。

③【行轮】指车马。　【玉鸾】对车铃的美称。《楚辞·离骚》："鸣玉鸾之啾啾。"朱熹集注："鸾铃之着于衡者。"本联意谓李贺成长后整装乘车前往长安竞考进士。满以为春风得意，探囊可以取物的。李贺在《京城》篇内也有近似这样的语句："驱马出门意，牢落长安心。"这类涉及身世的情节，原是李贺自己用不同词语大同小异地、参差不齐地、不止一次地写过的；不是出于笔者的随意想象。特别笔者所说的春风得意、探囊取物，是根据王琦在《京城》篇所作注语的一个翻版。应请查阅《京城》篇的注全文，当可释疑。倘再参阅一下《马诗》其十二、《高轩过》……的谜底轮廓，事更了然。叶葱奇疏解说："首二句描绘含愁的少妇……次二句是说男子出门而去，只听见銮铃声断续渐远。后四句说残月晓风，空庭幽冷，谁能长耐孤寂，独听悲唧的虫声呢？"按这种把虚拟比譬的妇女色彩，当作真人真事的诗中主人公来相看待的说法，未免反客为主、倒置冠履了。再说，这种用妇女因丈夫出门暗想私通男子的肮脏下流情节，抹杀李贺横受摧残怀才不遇的愤慨斗争真相的说法，显然张冠李戴、隔靴搔痒了。无论其在写诗的世界观或文理逻辑上，都是根本无法成立的。详情已见上注②《申议》里面，兹不重赘。

④【月轩下风露】"月轩"指窗外高空的月亮。这里象征朝廷的国君。"下风露"即施风露，对臣民进行爱护之意。这是显示了李贺初到长安之际，满怀天子光明伟大的心情的。　【晓庭自幽涩】"晓庭"与上句"月轩"相对衬，转写白天来了。对象也换了梦幻觉醒后的李贺自己。"幽涩"为冷落倒霉的意思，显示事实上的李贺，岂料遭受了严重的摧残打击，即无理阻举进士和充奉礼郎小职又故不按期迁调。

⑤【贞素】为忠贞纯洁的合成词，用以褒称人物的性格、品质、操守……的。本诗这里，在谜底上是指臣妾对于帝王的忠贞的，在谜面上是指妇人对于丈夫的忠贞的。叶葱奇既把本诗作为真的妇人在想私通男子的真的情节来相看待，又觉妇人不用贪爱男子的积极内容而用不守"贞素"字样来贬议和丑化自己，欠近情理，难圆其说。只得创以己意释作"指幽静寂寞"。这太轻率，影响所及，不得不辨。

【申议】按李贺如果是要表现幽静寂寞,为何不用"幽静寂寞"字样而要使用"贞素"字样? 何况本诗上句的"幽涩"一词,已经表现过了幽静寂寞,岂非重复窒碍,不合文理? 查真素的释作幽静寂寞,非但王琦没有此说,古今的任何作品之内,也无此种用法。兹录历代若干书证如下:

《三国志·吴志·是仪胡综传论》:"仪清恪贞素。"魏阮籍《咏怀诗》:"外厉贞素谈,户内灭芬芳。"《晋书·阮咸传》:"山涛举咸典选曰:'阮咸贞素寡欲,深识清浊,万物不能移。若在宫人之职,必绝于时。'"《晋书·刘寔传》:"弟智,字子房,贞素有兄风。"《南史·蔡樽传》:"袁昂曰:当今贞素简胜,惟有蔡撙。"

南朝梁陆倕《拜吏部郎表》:"阮咸贞素,屡荐未登。"唐常建《古意》诗:"富贵安可常,归来保贞素。"唐顾况《拟古诗》:"吾惟抱贞素,悠悠白云期。"《宋史·真宗纪》:"赐泰山隐士秦辨号贞素先生,放还山。"元张雨《赠惠山僧天泽》诗:"吴下多名淄,上人特贞素。"明贝琼《贞素堂记》:"贞莫尚于石,素莫尚于雪。"明陆粲《赠别王直夫》:"相期保贞素,岁晚同金兰。"清钮琇《觚剩·云娘》:"妾以一妇人,奋卫长途,迄于安吉,所以报公子者至矣。乃恣行不义,玷我贞素耶?"

由此可见,都是在对人物的性格、品质、操守……进行褒称,不是表现环境气氛上的幽静寂寞的。叶氏不曾自以揭明李贺哑谜诗歌的谜底为首务,这类违离情节,舛连词语的情况,随处出现,难怪其然。只是影响所及,有骇听闻。即如这个"贞素"词目,在某种词书上,鉴于历代没有幽静寂寞的释义,只得专为叶氏的孤证创设一个"指幽静寂寞的生活"的义项。这对千秋辨析李贺哑谜诗歌的读者来说,无疑是贻误非浅的。特别辞书上对于李贺哑谜诗歌这类的失误采用,同样是个屡见不鲜的客观存在。视听所关,影响堪虞。正本清源,敢辞晓舌——李贺在本诗使用"谁能事贞素"一句,是在昭示他倾向伍子胥式的忤逆心情。这是他所有哑谜诗歌众篇一致无可回避的本来面目,有心的读者只要细一沉思,便可发现他的愤慨感情。至于他应该受到如何的评价? 这是另一回事。笔者只做发掘工作,并无抑扬成见。

【卧听】犹不曾起而有所作为。 【莎鸡泣】"莎鸡"虫名,又名络纬,俗称纺织娘。《诗·豳风·七月》:"六月莎鸡振羽。""泣"无声或低声流泪貌。语谓软弱者的哭泣。联意归结说:谁肯向昏庸无道的国君保守忠贞。谁肯(甘受摧残)、徒徒效法弱者的哭泣,而不起而有所作为呀! 言外之意,要去进行忤逆活动。显然,这是李贺"君之视臣如土芥,则臣视君如寇仇"的思想感情在翻浪涛。他在《致酒行》篇尾联所说的"少年心事当拿云,谁念幽寒坐呜呃",以及《浩歌》篇尾联所说的"看见秋眉换新绿,二十男儿那刺促"……都是同一个样要起而有所作为的忤逆意思。

【补论】由此可见,这是李贺自己的反复表现,不是出自笔者的凭空构想。笔者辨写本书,始终不敢不以李贺的客观存在为其根据。每遇歧义当前,严防主观用事,力争按照李贺意图来作裁决。其具体契机,也就体现在本诗这类引证作用的上面来了。至于李贺要想"起而有所作为"的内容是些什么? 根据李贺的大量哑谜诗歌来看,除了行刺活动外更多的是向往南方苦难群众的起义反抗活动。如:《恼公》《湘妃》《蝴蝶舞》《花游曲》《南园十三首》其八、其九、其十二、其十三……举不胜举。这是逼着续写第三辑书稿以来所感到的最大特色。这是反映了唐代自安史动乱之后,军费浩繁,农户流散(高达百分之七十五),浙东曾有农民起义的社会背景的。请参阅《江南弄》篇拙《附识》。足知李贺怀才不遇,却要朝夕向往南方农民起义活动,是有其必然的原因的。这也就是李贺末年还想有所作为的思想出路。

【译诗】新桂如同卑妾流,从小窈宛寡其俦。竞考进士赴朝堂,车上铜铃响叮当。方期光明照人寰,那堪昏庸肆摧残。谁向无道守忠贞,徒学弱者把声吞?

附　识

一、本诗写对元和天子的愤慨,未用帝王字样。写自己坎坷的身世,未作情节叙述。如果仅凭"贞素""新桂"两个词语,要想出现谜底译诗,自是存有很大难度的。然而,译诗毕竟得以出现了,既是鲜明完整的,也是合情合理的。铁样事实,愿供究辨。必须声明,这绝不是笔者善于构想,有以致之的。李贺本诗的语言倾向,都是李贺在其他哑谜诗篇内说过的。笔者在辨析本诗的过程当中,已经随处都作了引证说明。即如"新桂"一语的最后作为"桂枝"看待,其运用倾向仍然是牢牢根据李贺的说法而贯通一气的。因为李贺在《李凭箜篌引》篇内,有"昆山玉碎凤凰叫"句,是表现昆山片玉所受的打击的(详见本书第二辑该篇拙注)。而本诗这里的新桂,同样是表示桂枝遭受摧残的。片玉与桂枝,是同出于郤诜用以象征新生人才的一个典故,李贺在《李凭箜篌引》篇内使用昆玉,在本诗内使用新桂,遭打击与摧残的命运,同出一辙。李贺于此的心情,正是昭然可见的! 总之,笔者没有任何创见在内,如果离开了一百几十篇日益扩大的《李贺哑谜诗歌新揭》的辨析内容,笔者将是白纸一张,一言难发的。

二、辨析本诗的人,如果不对"贞素"一词有所表态,这是不近情理的。王琦偏要付之阙如,显然他是在知而不敢明言。因为"谁能事贞素"这个句子,过于抵触帝王尊严,他有顾忌的。不特这样,关于"行轮出门去"一句,是王琦在《京城》篇"驱马出门意"句下作过李贺赴长安竞考进士的注释的。但在本诗的语言环境下,由于贞素句子太露骨了,不好交代,王琦只得一并缺作注释了。不难看出,王琦的顾虑是分明存在的。特别王琦不同于流俗无病呻吟的观念,不曾认定本句为妇人的丈夫出门去了,足证王琦对于本诗愤慨元和天子的意图,正是真有认识的。

三、笔者试拟的《译诗》,实质上是排除掉了谜面掩盖成分,纯按谜底情节直接表达出来的思想感情,只不过文词有欠工整。因此它是李贺哑谜诗歌的真实形象或本来面目,不妨换一句话来说,即把李贺特有的哑谜诗歌变成了古今诗人共有的非哑谜诗歌,实即普通诗歌了。希望有利于读者在究辨当中,对于哑谜非哑谜的问题,能够有所对照比较,从而检验李贺抒写哑谜诗歌的具体作用,理解它是一种战斗武器。千秋诗人当中,只有李贺是个独特的哑谜诗人。

夜 坐 吟①

踏踏马蹄谁见过?眼看北斗直天河②。西风罗幕生翠波,铅华笑妾顰青娥③。为君起唱长相思,帘外严霜皆倒飞④。明星烂烂东方陉,红霞稍出东南涯⑤。陆郎去矣乘斑骓⑥!

① 李贺哑谜诗歌的题目,是不敢按照诗文内容明白标出的。多数借用古乐府诗题来作掩盖,并不真正表现乐府原诗的内容,本题即其一例。王琦注说:"乐府有《夜坐吟》,始自鲍照。"按李贺本诗谜面虽似表现妓人坐盼狎客,谜底却是李贺盼望绿林起义胜利发展,促使黑暗朝廷迅速归于瓦解的。

② 【踏踏马蹄谁见过】此中文字并无深奥难懂之处,前后两个半句也一望便可分清。只是逻辑思维上存有矛盾。既有杂踏众多的现实马蹄做主语,怎好谓语上却用"谁见过"来否定掉它?这种刚提出就取消的情况,实际等于自相矛盾的一句废话,根本不能成立的。再说踏踏马蹄属何性质?应是各种各样的。果真笼统地不加分辨,硬照句文译成"大家都未见过踏踏马蹄的",这是常识之所难容,因为大家都不是不曾见过踏踏马蹄的。如果为求自圆其说,勉强改译为"只听见街上马蹄声,不见人至",这虽初看上去,似乎可以。但也抵牾很多,不能成立。首先"街上"这个说法,不是李贺明文

提出的。只不过后人在无可奈何中作过这种比较粗糙的猜测，实质上是与本诗谜底情节正相矛盾的（详见以下各注）。其次这个街上说法，是要把"谁见过"译成"未见人至"的，须知两者之间存有差距，不可等同看待。何况"谁见过"是个否定性质的答问口语，本诗只有一个主人公出场，并未点明还有他人在坐，无问作答，足见与语言实际的客观环境未相符合。最后更根本地是抵触了本诗关键尾句"陆郎去矣乘斑骓"讽谴亡国之君的主要精神。说实在的，本诗的谜底讽谴，集中体现在尾句身上。笔者正是从尾句看破谜底面貌，认定其为哑谜诗歌的。本诗其他的句子，都应和尾句配合一致。只有尾句才是露骨点明了帝王目标的。换句话说，首句的"踏踏马蹄"，决不是指妓院生活、妓院街上而说的。根据第三辑书稿截至目前为止，正面表现和侧面反映绿林群众聚义起义的诗篇，已有 30 首之多（如《恼公》《浩歌》《帝子歌》《致酒行》《酒罢，张大彻索赠诗。时张初效潞幕》《走马引》《湘妃》《昌谷北园新笋四首》《南园十三首》《王濬墓下作》《沙路曲》《高轩过》《蝴蝶舞》《花游曲》《江南弄》《房中思》《夜坐吟》，尚请参阅《江南弄》篇《附识》及《房中思》《补论》）来看，倒是比较容易地看出绿林人马（实即农民聚义起义人马）的形象。因为他们的矛头，同样是对准亡国之君的。由此可见，本诗的谜底面貌，已很了然。亡国之君的罪行，总也不外一方面造成人民水深火热的灾难，一方面嗜酒贪色，荒淫无度……话虽如此，关于"谁见过"三字的含意若何？笔者仍然无法翻译。囫囵含混，又是笔者素所反感。自念李贺该有多少诗句，尤其起头诗句，骑墙突兀，异想天开，都被笔者逐一揭明过了，可以复按。怎么独对"谁见过"一语，牛角尖愈钻愈深，距离上越来越大！几度灰心罢手，几度鼓勇重来，最后只得改按全诗脉络观察此处应用什么意思才算圆满？结果觉得以"暗通消息"为宜。这有李贺《南园十三首·其八》"窗含远色通书幌，鱼拥香钩近石矶"，以及《恼公》篇"符因青鸟送，囊用绛纱缝"的暗通绿林（详见各篇注），可作明证，初非笔者之所臆造。最可笑的，笔者直至此时，还未彻底悟及"谁见过"的真正奥秘，不知读者有何发现？原来这是一个歇后语的变体形式，不妨叫它歇前语。也可叫它谜面语或隐语。所谓"谁见过"，乃是"暗通消息"的表面形象。所谓"暗通消息"，乃是"谁见过"的具体实质。它们同是一个事物，说此即彼，说彼即此。正因为这里的消息是暗通的，外人不知道的，所以称之为"谁见过"。如果要明白解释这里的"谁见过"，那就只有用"暗通消息"。"黄鼠狼给鸡拜年"等于"假情假意"，"假情假意"也等于"黄鼠狼给鸡拜年"。"泥菩萨过江"等于"自身难保"，"自身难保"也等于"泥菩萨过江"。省去一半，只说一半，这就构成歇后歇前的作用了。总之，本诗的"谁见过"是"暗通消息谁见过"的下半句,是上半句"暗通消息"的隐语。"暗通消息"等于"谁见过","谁见过"也等于"暗通消息"。这虽不易为一般人所理解,但却符合李贺不敢明言的需要。特别除了"暗通消息"之外,是无从有根有据,合情合理地按照李贺意图通释全诗的。逼去逼来,最后只有出于"暗通消息"之一途。这比《秦王饮酒》篇中"羲和敲日玻璃声"的"玻璃声"三字(详见该篇注)更要神秘多了。李贺高才,呕心沥血。笔者迟迟不能领悟,甚至踏上了他的道路,还在犹豫徘徊,不曾自觉,深感惭愧。

【北斗直天河】《晋书·天文志上》:"北斗七星在太微北,……为人君之象,号令之主也。"南朝梁沈约《夜夜曲》:"河汉纵且横,北斗横复直。"语谓高天权力正在转移改变之中。这与上句绿林人马杂踏声势,是有紧密呼应的。

③【西风罗幕生翠波】谓西都宫廷大起波动。 【铅华笑妾】"铅华"妇女化妆用的铅粉。《文选·三国魏曹植〈洛神赋〉》:"芳泽无加,铅华弗御。"这里指后妃贵妇。"笑妾"指一向笑脸迎人的婢妾之流。"颦青娥"谓皱着娥眉发愁的样子。本联谓黑暗朝廷的上下受到震动,忧心忡忡。这是由于首联绿林马蹄日益壮大的必然结果。

④【为君起唱长相思】谓我李贺的内心,渴望你们人马胜利到来,已有很久了,今得实现愿望,真是欢喜欲狂! 【帘外严霜皆倒飞】犹谓我的热情激发,热气腾腾,吓得窗外深夜的寒意,都遁逃消失得无影无踪了。这本是表现李贺高兴万分的一个夸饰警句。

⑤【明星烂烂东方陲】"明星"象征绿林(实即农民)起义组织。"烂烂"光芒闪耀貌,亦即闪闪发光貌。晋张华《博物志》卷七:"夏桀之时,费昌之河上,见二日:在东者烂烂将起;在西者沉沉将灭。"(按王琦舍此东西两方对比消长之证不用,却去引用隋无名氏《鸡鸣歌》"东方欲明星烂烂"作证,应是意在避免夏桀帝王的刺目,殊不知李贺的目的正是要讽谴帝王的)"陲"为边境地区。句谓我遥望东方边地上空光辉灿烂的起义形势,多么欣慰! 【红霞稍出】指日光初露。 【东南涯】指东南海边。依理应是出自东方,所谓"东南",显然寓有起义组织之意的。句谓夜色将亮,绿林人马正从东南海边酝酿着旭日东升的兴旺景象,势不可当,行将当空。按凡此呼应首联起义人马天空争权、蒸蒸日上的形势,为尾句点明"亡国之君"作好了充分准备。

⑥【陆郎去矣乘斑骓】谓好酒贪色的南朝陈后主叔宝,是有一群同流合污的臣子的。他们鉴于国势已非,不如策马弃暗投明而去,谁还愿伴亡国之君醉唱"玉树后庭花"之类的亡国之音呀! 按李贺本句,是从乐府《明下童曲》"陆郎乘斑骓"句脱胎而来。

除借用点明陈后主外,句意并无因袭,概属李贺的讽谴渲染。这个完整句意,是要包含两个句子的。李贺为求具有掩盖作用,把话只说了一半,另一半保留在言外见意之中,成了一条腿的形式。如果把译诗写成"谁将玉树唱后庭,策马弃暗去投明",那就是歇前语。如果把译诗写成"策马弃暗去投明,谁还玉树唱后庭",那就是歇后语。总之,这是李贺讽谴当时元和天子的根本意图。

【申议】尾句为本诗讽谴元和天子的核心句子,以上各联都只处在陪衬地位。李贺哑谜诗歌,篇篇都以讽谴元和天子为其意图,这是进程已近一百二十首之多的共同证明,不可一刻或忘的。李贺对于元和天子,由于不能直接指明身份,只得有时借用古代帝王如秦始皇、汉武帝、魏武帝、梁武帝……来作象征。然而借用得太多了,是要暴露目标的。于是大量使用侧面点染的办法,来作表达。本诗即其一例,借用南朝著名荒淫女色亡国之君陈后主陈叔宝来作影射,诗文却未表现陈叔宝本身出场,只是点染了经常与陈叔宝在一起大搞玩弄女色活动的狎客之流一笔,来作代替。李贺在《答赠》篇所说的"杯阑玉树斜……新买后园花",也是引用陈叔宝《玉树后庭花》亡国之音的故事,来讽谴元和天子的。详情见该篇注④,兹不再赘。因此之故,本诗尾句的核心作用,非常鲜明。王琦注说:"乐府《明下童曲》:'陈孔骄白赭,陆郎乘斑骓。'陈孔,谓陈宣、孔范;陆郎谓陆瑜。皆陈后主狎客。《说文》:'骓,马苍黑杂毛也。'"这些都是对的。特别王琦所自加出的"陈宣、孔范、陆瑜、陈后主、狎客"等补充,分明是在告诉读者:这是一群好酒贪色的亡国君臣。可惜王琦在串讲本诗时,却因维护帝王尊严,不得不违心地说:"此句是回念前此去时之况,因其不来而追思之。"这种谬把"去矣"语言随意颠倒成为"盼来"意思的诡辩逻辑,本是王琦一贯假装马虎,故作歪曲的应变方法。本书第二辑里面,揭露王琦这类"违心之言",已是习以为常,无足惊异的事(笔者自写第三辑书稿以来,反不多见,这是另有原因的)。本诗按照"妓女盼客"的文理来说,尾句只有写成"陆郎来矣真开心"或者"陆郎不来太失望"才算合适。今既违离线索,无头无脑地写作"陆郎去矣乘斑骓",显与谜面"妓女盼客"的文理,大大发生了抵触。必须明了,李贺哑谜诗歌的谜面,除个别情况外,都是故意设置有违离情节、大小不同的障碍在上的。这个尾句,正是体现这种障碍的作用。不通就要承认不通,迷途知返,促使我们放弃妓女观点,迅速改按讽诅意图,回到"谜底情节"上来。如果我们忽视客观事实,另要作些违背文理的歪曲说法,那是必然要碰壁的。试想,王琦所说"回念前此去时之况,因其不来而追思之",李贺诗文并无这种字样!显然是王琦自己无根无据地加上去的。

我们辨析李贺诗歌,应以李贺意图为准,怎好凭空加以己意在上? 这一症结所在,岂待多作争议。李贺哑谜诗歌的写作意图,是要以"李贺生活"为其根据,"谜底情节"为其依归的。一切无的放失的谜面假象,都将水落石出,大白于世,不容有所歪曲了。王琦于此,受到后人的任何谴责或纠正,都是应该的(应当说,也是王琦所盼望的,他本来就是不得已而作的违心之言)。但如完全认为王琦出于思路混乱、水平粗糙,这也不符事实,存有重大枉屈。因为他身处封建社会,知而不敢明言,又无法交代过去,不作某些故意歪曲怎么能行呢? 倘能通过歪曲,一方面激起读者反感提高正面认识(这类苦肉计在第二辑里最多,必须正视),一方面乘机泄露某些有用知识,岂非同样是作贡献! 正因如此,王琦的某些歪曲说法,后人愈附和发扬,王琦的在天之灵将要感到愈加皱眉摇头的。这是笔者续写第三辑书稿以来,一直发现未停屡有说明的。请检阅《蝴蝶舞》篇《附识》中对于叶葱奇氏所作《疏解》的辨析,可以了解典型事例的一斑。总起来说,客观情况非常复杂。如果不用全面辩证的观点来相看待,自是不易达到公允妥洽的程度的。复按本《夜坐吟》诗,王琦有其颠倒歪曲的一面,也有其正确有用的一面,这将如何统一? 其实否定其前者,采用其后者,另再认真落实其知而不敢言的特点,作出不偏不倚的衡量,也就可以体现实事求是的精神,不再存有何种重大困难了。王琦与叶葱奇氏情况不同,叶氏在本诗中,除了全面继承王琦的歪曲一面并加强补充外,对于王琦所提的正确材料如陈后主亡国君臣,却被删节掉了。使之成为纯粹妓女盼望冶客丝毫也不触及亡国之君核心的诗篇。叶葱奇对于李贺写诗的动机何在? 世界观是怎样的? 可能辨析未周,有以致之,这是不足为怪的。只是王琦所作的许多故意歪曲,实由封建时代的压力造成。叶氏没有封建压力在身,何必效发王琦故意行事、这是笔者所要继续摸索领会,或由读者共同来作发现的。

【译诗】绿林人马暗通风,眼看北斗改天空。西都统治动摇中,妃嫔忧心正忡忡。盼君已久放歌声,寒霜逃遁热血腾。东南闪闪耀明星,寻见朝阳起地平。谁将玉树唱后庭,策马弃暗去投明!

附　识

一、本诗首四句对比绿林形势的发展和西都统治的动摇,次四句叙说李贺感情的激动和起义胜利的来临。尾句表现腐朽统治的瓦解。从而体现讽谴帝王——元和天子的目的,层次线索是很清楚的。

二、表现方法上，首八句都是双关语言。既引人入彀，又泾渭分明。尾一句特立独行，似惊雷乍响，近画龙点睛。最大的特色，端在于首尾两句分别藏有歇后语形式省略语和省略句。尤以"谁见过"妙用非凡，似是而非，非非而是，太恶作剧了！回顾笔者对于尾句，一经触及陈后主，便百疑都明，未多费力。对于首句大不尽然，竟至认识到了"暗通消息"，还不知道"谁见过"怎么解释。此外，这个"暗通消息"的能够认识出来，更可想见李贺逻辑的周密安排，到了何等神奇的程度！笔者虽吃尽苦头，但也倍感兴奋。

三、从王琦故意列明陈后主……来看，更从王琦在《恼公》篇解释"长弦怨削嵩"句为"怨情之见于削嵩者"的绿林活动来看，王琦对于本《夜坐吟》的讽谴帝王意图，肯定是明了的。他所作的故意歪曲，也应肯定他是违心之言。只是他对"谁见过"有否认识，笔者颇难轻易相许。一因难度太大，二因王琦在这点上不曾流露过马脚。

四、注②的文字如果直接写作"暗通消息"四字了事，岂非简明？这有苦衷，只好特殊情况特殊处理。这种骇人听闻的内容，非但复杂微妙，不易说明，而且首当其冲的问题是将要误被疑为穿凿武断。只有修辞立其诚，全盘过程公开，倘能引起读者某些共鸣，则幸甚矣。

五、关于王琦迫于封建压力不得不作违心之言的问题，兹补简例数则于次，以消疑云：(一)王琦把农民想要捣毁天空的"七星贯断姮娥死"句，违心说成农民在祝寿天子万寿无疆（见《章和二年中》篇拙注）。(二)王琦把饥寒士兵"不惜倒戈死"的怨言，违心说成甘愿为黑暗王朝战死前线而让戈去自倒于地（见《平成下》篇拙注）。(三)王琦对李贺讽谴元和朝廷压榨农民，运用苛政猛于虎的故事所写的"泰山之下，妇人哭声"句，违心注说"不过言虎之伤人累累，与苛政绝不相干"（见《猛虎行》篇拙注）。(四)王琦对李贺讽谴元和天子将遭亡国之祸的"入郢莫凄凄"句，违心作注说"入郢事未详"。王琦岂未读过《史记》伍子胥五战入郢掘楚平王墓鞭尸三百的故事？显然天大狂言（见《奉和二兄罢使遣马归延州》篇拙注）！

巫　山　高^①

碧丛丛，高插天，大江翻澜神曳烟②。楚魂寻梦风飔然，晓风飞雨生苔钱③。

瑶姬一去一千年，丁香筇竹啼老辕④。古祠近月蟾桂寒，椒花坠红湿云间⑤。

① 王琦注说:"《宋书》:汉《鼓吹铙歌》十八曲,有《巫山高》曲。《四川省志》:巫山在夔州巫山县东三十里,形如巫字。"按即现今川鄂交界三峡大坝建设工程地区。《古诗源·南朝齐王融〈巫山高〉》:"想象巫山高,薄暮阳台曲。烟霞乍舒卷,猿鸟时断续。彼美如可期,寤言纷在瞩。怃然坐相思,秋风下庭绿。"意在感慨楚怀王梦见神女之事。李贺本诗,谜面上也装着在咏神女,谜底上却是在讽谴国君,从而无情地忤逆元和天子。核心语言藏在尾联。

②【碧丛丛】写众多山峰的聚合状态,"碧"字不宜作草木颜色理解,笔者到过巫峡,突兀非常,不是满目绿芜。如作"血化之石"理解,才是李贺真实意图。《庄子·外物》:"苌弘死于蜀,藏其血,三年而化为碧。"这是笔者第四次发现李贺使用此典,要以李贺《秋来》篇内的"恨血千年土中碧"为最明朗。本诗这里出人意外地用"碧"来影射众多山峰是由许多正直人士遭受残害的鲜血变成,可算深刻有力。事实上李贺是把碧当名词使用,不是当形容词使用的。这个情况,大有助于尾句的呼应对照,我们不可被双关含混手法掩盖掉了! 【高插天】指山形,兼寓势位高大之意。 【大江翻澜神曳烟】表现江山烟水的特有风貌。王琦注说:"陆放翁《入蜀记》:过巫山凝真观,谒妙用真人祠。真人即世所谓巫山神女也。祠正对巫山,峰峦上入霄汉,山脚直插江中。"按李贺虽未到过巫山,放翁亦为李贺后代之人,但山川形势的客观现象,还是可作一定参考的。只不过本诗就"翻澜""曳烟"的用力翻曳(特别是"曳"字)来看,含有对山体存在矛盾斗争的相持状态,这是有关写作目的、谜底精神的体现的,必须重视及之!

③【楚魂寻梦】战国宋玉随楚襄王游云梦台馆所作《高唐赋》序:"昔者先王(指楚怀王)尝游高唐,怠而昼寝,梦见一妇人曰:'妾巫山之女也,为高唐之客。闻君游高唐,愿荐枕席。'王因幸之。去而辞曰:'妾在巫山之阳,高丘之阻,旦为朝云,暮为行雨,朝朝暮暮,阳台之下。'旦朝视之,如言,故为之立庙,号曰朝云。"后因用为男女幽会的典实。本诗这里表现国君昏庸好色的思想。 【风飔然】犹风飒然,指阵风吹过的声音,体现没有具体收获的徒劳。【晓风飞雨生苔钱】喻寻梦不着,空费气力,其结果顶多产生几点毫无价值的苔钱罢了!因为用苔做的钱,是不能拿去换取实物的。

④【瑶姬】神女名,也作姚姬。《文选·战国楚宋玉〈高唐赋〉》序:"妾巫山之女也。"注引《襄阳耆旧传》:"赤帝女曰姚姬,未行而卒,葬于巫山之阳,故曰巫山之女。"余详注③。 【一去一千年】谓早已死去久矣,不复存在!体现对于好色寻梦的昏庸国君的棒喝。 【丁香筇竹啼老猿】"丁香"有两种:一属桃金娘科常绿乔木,原产印度尼西亚,我

国广东广西也有栽培,又名鸡舌香。另一为我国所产木犀科灌木紫丁香的花蕾,南唐二主李璟《浣溪沙》有"丁香空结雨中愁"。王琦注说:"丁香树生交、广南番,非蜀地所产,恐是今之紫丁香耳。"　【筇竹】"筇"音 qióng,一作邛。王琦注说:"刘渊林《蜀都赋》注:邛竹出兴古盘江,似南竹,中实而高节,可以作杖。《史记正义》:邛都邛山出此竹,因名邛竹,高节实中可为杖。按《史记》《汉书》言邛竹事皆作'邛',后人加竹作'筇'。筇竹、邛竹一也。"　【啼老猿】唐李白《朝发白帝城》诗:"两岸猿声啼不住,轻舟已过万重山。"北魏郦道元《水经注·江水二》:"故渔者歌曰:巴东三峡巫峡长,猿鸣三声泪沾裳。"李贺本联诗句,是在正告好色寻梦的昏庸者:瑶姬早不存在了,只有丁香、筇竹和老猿等待着你来! 特别"老猿"这个提法,貌似泛指一般猿猴,实际在指历史上一位具有刺客性能的特色猿猴。前者是个烟幕弹,后者是为尾联预设埋伏,以便到时有所呼应的。汉赵晔《吴越春秋·句践阴谋外传》:"越有处女将北见于王,道逢一翁,自称曰袁公,问于处女:吾闻子善剑,愿一见之。女曰:妾不敢有所隐,惟公试之。于是袁公即杖箖箊竹,竹枝上颉桥,末堕地,女即捷末,袁公则飞上树,变为白猿。"后因以袁公代表剑术高明的隐逸奇侠。李贺《南园十三首》之七:"见买若耶溪水剑,明朝归去事猿公。"鲁迅在《豪语的折扣》一文里,曾经明白指出:"李贺想当刺客了。"当然,本诗这里还要取决于尾联的核心内容来作印证。

⑤【古祠近月】谓神女之庙在高山之巅,几乎靠近月亮了。足知这里是人烟冷僻之所。　【蟾桂寒】主要意思,指剑光寒,即宝剑光芒使人胆寒之意。自古传说月中有蟾有桂(唐段成式《酉阳杂俎·天咫》:"旧言月中有桂有蟾蜍"),人们因用蟾桂代表月光(如唐罗隐《旅梦》诗:"出门聊一望,蟾桂向人斜")。而月光又是可以象征剑光的,从何见得? 李贺《春坊正字剑子歌》的"隙月斜明刮露寒,练带平铺吹不起……直是荆轲一片心……神光欲截蓝田玉",其中的"隙月斜明"就是门缝射进的斜长月光有类剑形,因以相喻的明证(详见本书第二辑《春坊正字剑子歌》注)。读者如果尚有徘徊,且俟获睹下面尾句的流血情况,定可释然。"蟾桂寒"一语,另还有个附带意思:唐代的人称科举进士及第叫"蟾宫折桂"。李贺曾受昏庸帝王无理摧残,终身不得竞举进士(详见本书第一辑《李贺怀才不遇的生平》)。因此"蟾桂寒"三字,又是含有李贺科举场中的冤屈仇恨的。不过就全诗的情节翻译来说,应以主要意思的"剑光寒"为准。关于冤屈仇恨,读者理会到心中有数就行了(因为下句的流血结果,就是具体体现了报复行动的)。

【椒花坠红湿云间】"椒花"如作花椒树理解,王琦注说:"《图经本草》:'四月结子,无花,但生于枝叶间,颗如小豆而圆,皮青紫色。'据此则椒无花也。所谓椒花坠红,即是指其红实耳。"按椒树没有红花可坠,这是事实。如谓指其红实而说,李贺何故不肯写成椒实坠红?岂非显有疑问!特别从下面"湿"字的液体现象来看,根本没有说成固体果实的任何可能。这个"湿"字,是李贺故意安排的节骨眼。它一定要表现液体事物的。但它又不是下雨,它只坠落在高天云间,这红色液体究为何物?联系李贺大量行刺篇章一作比照,无疑是权高势大的昏庸寻梦者在冷僻高山上遇到仇人而头破血流。必须提明,本诗的"椒花坠红"根本不是在表现椒树和其果实。这个"椒"字,除释作树木、蔬菜外,另有一个独立含义就是"山顶"。例如《汉书·外戚传·孝武李夫人》:"释舆马于山椒兮。"注引孟康曰:"'山椒,山陵地也,置舆马于山陵地也。'"南朝宋谢庄《月赋》的"菊散芳于山椒"以及宋叶适《梁父吟》的"泰山之椒既风雨又艰险兮,乃登封以告类",都是明证。笔者查过几种辞书,都有这个"山顶"义项。李贺故意使用这一冷差很大的"山顶"义项,来出人不意地设下障碍,掩盖真相。用心虽巧,未免害苦了后代读者!总之,这个尾句,是在表现仇人相逢,血溅山顶。所谓"椒花"就是在山顶上皮肉开花,所谓"坠红"就是流血。联系上面的猿公、剑光……来看正是一个行刺情节。它与本书第二辑的《春坊正字剑子歌》、《马诗》其二十一到二十三、《将进酒》,本书第三辑的《休洗红》《仙人》等篇同唱一个调子。它们是怎样在"血"字上竭尽巧妙大显神通的?尚望读者周加对照,彻观真相。

【译诗】碧血群峰耸九霄,风掀浪打度朝朝。昏庸好色寻仙娇,烟云缥缈唤徒劳。神女玉殒早香消,余有猿公在林梢。高天剑光手中操,山顶溅血湿周遭!

附　识

一、本诗前半篇写昏庸寻梦,后半篇写报仇雪恨,结构简明。表面咏巫山故事,实际在借古刺今,忤逆元和天子。

尾联以上,虽含隐讽,但均不足认作哑谜。只有尾联的尾句,才是笔者发现谜底的核心所在。由于笔者熟悉李贺意图,并未感到多大困难就认识到了"山顶流血"这个谜底形象。但这并不等于枝节上全无问题,笔者在交代"蟾桂寒"三字的时候,就弄得灰心丧气,历时两个多月,不得通过。笔者明知这里要是"宝剑"才好,因为这里上有猿公,下有坠红,只需宝剑。可是要把"蟾桂"说成宝剑,岂非风马牛不相及!特别"蟾官折桂"的附属含义混杂其中,当时主从未明,难理端倪。笔者一向力主通释全诗,逐句翻译,杜绝含混过关的欺世之弊。宁可报废,不背初衷。只得闲向棋友童国英诉说困惑,童君答说:可向"光"上探索。当然也是在指剑光,经过一番审量,由于没有有力根据,终于商定搁浅起来。这是在已经理解到谜底核心之后,因受梗于枝节阻碍不得不作放弃的破例之举。三日以后,童君这个"光"字,竟然使笔者的脑海清醒过来:用过月光象征剑光的人正是李贺。笔者昏聩忘事,一致此极! 李贺本诗本应写成"古寺近月剑光寒"改用"蟾桂",一可避免"剑"字泄露天机,利于掩盖。二可兼含科举夙恨,含义要更丰富一些。

二、本诗故意在含混不清的语言环境里,碧字用其冷门的"碧石"含义,椒字用其冷门的"山头"含义,是在向读者施设强大的引诱,严重障碍。而一篇之中两用冷门来显神奇,要算是个掩盖特色。如果说它是个"冷门发迹"法,未始不可。这种手法,稍不经心,易上圈套。笔者对于椒字,虽受湿字牵制,圈套未能上成。对于碧字,却是完全上过当的。直至译诗最后定稿之时,才再回过头去改正它的初注的。

秋　来①

桐风惊心壮士苦,衰灯络纬啼寒素②。谁看青简一编书,不遣花虫粉空蠹③? 思牵今夜肠应直,雨冷香魂吊书客④。秋坟鬼唱鲍家诗,恨血千年土中碧⑤。

① 李贺自从仕途遭受元和天子无理压抑,进士永不能举,职务延不迁调,愤而辞职之后,潦倒不平,大写讽谴诗篇,切盼农民起义。后因贫病交加,势将油干灯熄,为了表示做鬼之后,还要永远仇视不休,特写本诗,名曰《秋来》,既非露骨,也寄实情。

②【桐风惊心】意谓秋风落叶,生命危浅,使人惊心。　【壮士】显示斗争不屈的强者气概。　【苦】苦从何来? 根据下面"青简一编书"来看,是指对讽谴诗篇的苦苦呕心而说的。　【衰灯】昏暗灯光,兼喻油干灯熄之意。　【络纬啼寒素】"络纬"虫名,即"纺织娘",一名"莎鸡"。它被经常喻作伴同织妇夜间织布的。李贺不是织妇,所以它在这里变为伴同李贺夜间写诗了。这虽有些掩盖效用,但也须知李贺写诗原是要费机杼的。所谓"机杼",不是仅指"织布机件"了事,它还可指"文章的精巧构思"而说的。《魏书·祖莹传》:"文章须自出机杼,成一家风骨。"这就把络纬和李贺写诗的关系,有根有据地统一起来了。足证李贺这些细小的地方,也是有他原因,不宜疏忽

的。 【寒素】指卑微无官的家世和家道清寒的人。《晋书·李重传》："司徒左长史荀组以为：寒素者，当谓门寒身素，无世祚之资。"《魏书·文苑传·温子昇》："（恭之）家世寒素。"本诗这里指李贺自身。句谓衰灯、络纬伴着夜间写诗的潦倒不堪的自己。是种深沉的感喟。

【申议】"寒素"一词，古今之所通晓，世俗之所习用。各种主要辞书都有共识。记得笔者不曾识字的母亲，她也能在口头上正确使用"寒素人家"一语。如说王琦是不及笔者母亲的，这是绝对不可能的……不意王琦注说："络纬，莎鸡也。其声如纺绩，故曰啼寒素，或曰络纬。故是蟋蟀鸣则天寒而衣事起，故又名趣织。《诗疏》'趣织鸣，懒妇惊'是也。啼寒素，犹趣织云。"这是说的什么意思？初看上去，含糊不明。细观此中的两个"啼寒素"，都好像不是把"寒素"当作"家道清寒的李贺"来理解的，有些"寒天布匹"的倾向。然而这种"好像"有些也不能等于就是王琦的真实认识。因为他并没有明白说出"寒布"，他可以不负"寒布"责任的。实际上这里王琦正是存有他的"碍难之处"的。在这样情况之下，叶葱奇便大上王琦之当，大入王琦之彀了。叶葱奇误以为这是王琦真意，于是在疏解内说："纺织婆札札织着'寒天的布'。"

叶葱奇对于李贺的怀才不遇，原是有所认识的。可惜在本诗词语理解上失误较多，难奏功效。他的这个"寒天的布"，显然是对"寒素"一词抹掉了"家道寒微"的传统含义的结果。李贺如果举成了进士，他就不算家道寒微了。正因为他受元和天子的无理压制，他才贫病交加，生命危浅，一息尚存，写诗泄愤。"寒微"一意，原是他生活斗争真实现象。一经改作"寒天的布"，宁非文不对题？试查千秋文史，有谁曾把"寒素"当作"寒天的布"使用过的？……语言是有社会性的，总要经得起考验才好。王琦饱学之士，他岂不知"寒素"的真正含义！他所感到的碍难之处，在于他处身封建社会不敢明言李贺深受元和迫害。他不得不假装糊涂，表面暗示"寒布"误解，借作遮掩。实际他却绝口不说"寒布"二字，因为"寒布"不是他的本意，他是不愿负其责任的。他之所以不把整段注文写得更为明确一些，是因他在故设障碍。他希望读者停步不前，多多观察这里的语言真相，用意还是可取的。只是这段注文所引起的影响，可能是王琦初料所未及的：第一叶葱奇将假作真了。第二是造成《李贺诗歌集注》本把中间两个标点弄错了。其更重要的是使得有种辞书的"寒素"条目，把传统的正宗含义释说得极其正确全面之外，却另增一个蛇足似的独立义项，名之为"指寒衣"，书证抄用王琦上述注文，是个孤证。足知这是王琦一手造成的并且是出于王琦本人意料的重大误会。由此可见,李贺哑谜诗歌,在未揭出谜底以前,一般不宜采作书证。否则必然违离诗意,适得其反。影响所及,反添遗憾。笔者屡有发现,无法回避,这算又一次了。

③【谁看】就本联语气上关联下面"不遣"一词来看,是在指说特定范围内的"绿林群众"无不皆然。如拿长安朝廷方面来说,将是个皆然,适得其反的。这种离开本词仅凭代词来作抽象掩盖的方式,极难发现它的真相,影响通释,莫此为甚! 特别本诗这里,首联写了苦写讽谴诗篇之后是在转入切盼农民起义的谜底情节。李贺不便使用本词来作表达,因用代词代替绿林群众。害得笔者于领会中间四句情节之后,到处找不着"绿林"字样,直到苦头吃尽,穷追线索,才得发现它躲藏在"谁看"内面! 简而言之,这个句子的前面,是省掉了同位语"绿林群众"的,应当当作"绿林群众谁看……不遣……!"来看待,这就正确了。它与《夜坐吟》篇的"谁见过"一语,正是异曲同工的。李贺精巧用心,真是层出不穷。必须说明,李贺自从仕途潦倒,除大写哑谜诗歌讽谴元和之外,思想上的最大期望,就是南方绿林群众发展农民起义,迅速推翻无道统治。涉及这类的正面侧面内容,笔者在写《夜坐吟》篇时作过统计,已有 30 篇之多。详见该篇注②。事实上《夜坐吟》是个畅想绿林起义的内容,对照本诗这里,正好是个有力明证。

【青简】竹简。古无纸张,写书时,曾用竹片,因以为言。《后汉书·吴祐传》:"恢(吴恢)欲杀青简以写经书。"【一编书】犹一本书。《汉书·张良传》:"出一编书曰:读是则为王者师。"颜师古注:"编,谓联次之也。联简牍以为书,故云一编。"本诗这里,是在象征李贺呕心沥血所写的控诉元和罪行的讽谴诗歌一书,如同圯上老人之书一样。它应是绿林之所欣赏,朝廷之所反对的。王琦由于不敢抵触封建秩序,注文只说"出一编书",故不言明圯上老人和张良,从而回避圯上老人推动张良去搞起义活动的刺目。意在让给读者去自作查阅。不料叶葱奇氏除袭用王琦文字之外,并未作出深入查阅的应有反应。　【不遣】犹不驱除。笔者原拟作"不教""不使""不让"理解,对王琦注说"遣,驱逐也",感到离奇堪惊。后因联系前面"谁看"来作通释,才得认为王琦说是有理的,并且悟到他不说"驱除"而说"驱逐"是在避免过分刺目。足知他对本联的谜底真相,原是真有认识的。余详见下注。　【花虫】指花蛇,喻无道昏君。李贺《五粒小松歌》的"蛇子蛇孙鳞蜿蜿……细束龙须铰刀剪",就是把人中之龙讽刺为蛇的。　【粉空蠹】表面似说蠹鱼蛀蚀竹简,实际在指祸害人民的巨大蠹虫,为毒蛇国君的同位语。《左传·襄公二十二年》:"不可使也,而傲使人,国之蠹也。"《后汉书·虞延传》:"尔人之巨蠹。"《陈书·宣帝纪》:"弗弘王道,安振民蠹。"

由此可见,联意分明在说:"绿林群众谁个看了揭发元和罪行的讽遣诗歌一书,不要去驱除毒蛇般的无道国君——这个祸害人民的巨大蠹虫呀!"王琦、叶葱奇都说"花虫指蠹虫"。须知蛇也是虫,身上有花,乃是道道地地的花虫。关于把蠹虫叫作花虫的说法,倒是未之前闻过的事。从王琦把"遣"字当作"驱逐"来看,他在这里是存有封建顾忌不得不作违心之言。从叶葱奇没有封建顾忌来说,他可能是受王琦违心之言的影响较多,有以致之。不管怎样,本联已经由苦写讽诗转入新的"绿林起义"的谜底情节上面来了。那些认为本联担心无人看书,空被虫蛀的说法,是上了李贺双关手法的当。在本哑谜诗歌的谜面掩盖中误走弯路的。李贺由于绿林情节是不能公开露面的,所以他挖空心思写得非常隐晦。但它是李贺晚年的思想出路,最关要紧。这个情节,共有四句,余见下联。

④【思牵今夜】谓辗转床席盼望绿林起义的队伍胜利到来。这在已被发现的李贺哑谜诗歌有关绿林起义的数十篇当中,是个俯拾即是的内容。例如《昌谷北园新笋四首》其四篇的"风吹千亩迎雨啸,鸟重一枝入酒樽",《蝴蝶舞》篇的"东家蝴蝶西家飞,白骑少年今日归",都是表现绿林队伍胜利攻向长安,自己于欢迎之余,也加入了队伍中间的。李贺在遣词命意上妙趣横生,应请查阅各该篇拙注。再说《夜坐吟》篇的"为君起唱长相思,帘外寒霜皆倒飞"更是一个明显的对于绿林队伍的盼望警句,都可以供佐证。 【肠应直】"肠"指肠内存有委屈和思怨,"直"为伸张、昭雪之意。 【雨冷香魂】谓自己病重,将不能等待绿林的到来,就要雨冷魂飘赍志以殁了(王琦注说:"《文苑英华》香魂作乡魂")。 【吊书客】即供人凭吊,不复存活之意。

⑤【秋坟鬼唱鲍家诗】谓由于委屈未伸,死后做鬼还要继续吟哦讽遣诗篇。所谓"鲍家诗",在唐代以前姓鲍的诗人,只有南朝宋鲍照最有大名。他有怎样的讽遣作品是与李贺的身世感触相类的?《芜城赋》虽有讽刺当朝不会万世一君之意,但它是赋体,且不说它。兹录一首历来众所公认的鲍照代表诗篇《拟行路难》第六首原文如下:"对案不能食,拔剑击柱长叹息。丈夫生世会几时,安能蹀躞垂羽翼?弃置罢官去,还家自休息。朝出与亲辞,暮还在亲侧。弄儿床前戏,看妇机中织。自古圣贤尽贫贱,何况我辈孤且直!"

中国社会科学院文学研究所《中国文学史》评说:"充满着怀才不遇的牢骚和愤懑不平的感情……表现出强烈的不满现实的情绪。"朱东润主编《中国历代文学作品选》也评说:"表现诗人怀才不遇和被压抑的激愤心情,以及对当时不合理社会的强烈不满。"显然这与李贺辞去奉礼郎职务,回家大写讽谴诗篇,原是同出一辙的。王琦饱学,宁不知此。但他因在封建社会知而不敢明言,非唯未便提及唯一大名的鲍照,并且违心作注说:"鬼唱鲍家诗,或古有其事,唐宋以后失传。"这与他在《奉和二兄罢使遣马归延州》篇内,对伍子胥五战入郢掘楚平王墓鞭尸三百的故事诳说"不详"毫无二致(详见本书第二辑该篇拙注)。也与本《秋来》前面的"寒素"一词回避传统含义是故伎重演的。这只足证明他对本诗敌视元和的谜底真相,正是完全理解的。叶葱奇作注说:"梁鲍照作有《蒿里吟》,蒿里是古来丛葬地,这里即用鲍照来泛指古诗人。"按鲍照并非梁人,所谓《蒿里吟》未举具体诗句,不能说明问题。早在曹操也有《蒿里行》(它是写的战争内容,与贺诗无涉),关于"泛指古诗人"之说是又离开鲍照了,显然理解上未得要领。

【恨血千年土中碧】《庄子·外物》:"苌弘死于蜀,藏其血,三年而化为碧。"李贺本诗,表示对元和怨大仇深,即使作鬼,永不消恨。

【译诗】桐叶秋风吞声处,无边讽谴费机杼。谁道绿林看此书,不除花蛇这巨蠹?巴望起义伸郁悒,惜我魂灵设吊席。死犹作鬼吟鲍诗,恨血千年化碧石!

附　识

一、本诗结构上:首联为饮恨之头,中两联为饮恨之腹,末联为饮恨之尾。就哑谜性质来说,写牢骚诗篇是谜面,写盼望绿林是谜底,如果仅能认识谜面倾向,不能认识谜底真相,那将引起许多毫不现实的理解,并且无法圆满地通释全文。观测它的要害手法,在于暗藏主语:究竟谁看青简? 谁作鬼唱? 使人歧路亡羊,实是故弄玄虚。

二、王琦、叶葱奇都未揭明谜底,但从王琦注释词语上所流露的大量马脚来看,应当认为他对本诗的谜底真相,是在知而不敢明言之中的。

大　堤　曲①

妾家住横塘,红纱满桂香②。青云教绾头上髻,明月与作耳边珰③。莲风起,江畔春;大堤上,留北人④。郎食鲤鱼尾,妾食猩猩唇⑤。莫指襄阳道,绿浦归帆少。今日菖蒲花,明朝枫树老⑥。

①【大堤】为堤名,在今湖北襄阳县附近。《湖广志》:"大堤东临汉江,西自万山经

澶溪、土门、白龙、东津渡,绕城北老龙堤,复至万山之麓,周围四十余里。"《大堤曲》为乐府西曲歌名。与《雍州曲》皆出南朝宋随王诞《襄阳曲》。梁简文帝,《雍州曲》有以大堤为题的。为唐《大堤曲》《大堤行》所本。《乐府诗集·清商曲辞五·襄阳乐一》:"朝发襄阳城,暮至大堤宿。大堤诸女儿,花艳惊郎目。"唐李白《大堤曲》:"汉水临襄阳,花开大堤暖。"总之,李贺本诗并不是以表现古乐府内容为其目的,只不过利用乐府情节,作些掩盖幌子,实质上仍在讽诅元和天子,尾联是其谜底核心。

②【姜家住横塘】"塘"为唐字的谐音假借。李贺在《塘上行》篇及《送秦光禄北征》篇都曾把塘字当作唐字使用,详见各该篇拙注。本句意谓家住横暴无道的唐都近区。王琦注说:"横塘与大堤相近,其地当在襄阳,非金陵沿淮所筑之横塘也。"按不采用金陵之说,未尝不可,然用想当然的口吻,认为就在大堤附近,李贺并无这样说法,未免太无根据。特别是这种说法,与李贺的生活斗争两有违离。 【红纱满桂香】"红纱"指纱窗,"满桂香"指书房,俗所谓书香人家。语谓李贺本是一个出色的书生。

③【青云教绾头上髻】谓仕途坎坷,头上没能获得乌纱帽戴。 【明月与作耳边珰】用明月作耳珰,宁非空想! 显示进士不让举成,关在门外,功名全落空了。

④【莲风起,江畔春】谓春夏之季,江南风光大好。实指绿林群众的活动有声有色而言。详见《江南弄》《夜坐吟》……各篇拙注。这是李贺晚年主要的思想出路。 【大堤上,留北人】谓李贺畅想来到大堤上,经绿林群众欢迎挽留,劝阻北返。必须说明,襄阳为古代南北交通要道,北通西安朝廷,南接江湖绿林。是朝廷与江湖之间进退往来的咽喉所在。特别是西汉绿林起义,就在襄阳邻地的当阳。后世所谓绿林豪客,实即缘此而起。

⑤【郎食鲤鱼尾,姜食猩猩唇】谓猩猩唇较之鲤鱼尾要更高级多了,主方损己待客,情真意切。

⑥【莫指襄阳道,绿浦归帆少】谓主方日暮指着襄阳说,愿意再回北都的人是很少的啊! 【今日菖蒲花,明朝枫树老】"菖蒲花"指帝王家。《梁书·太祖张皇后传》:"初,后尝于室内,忽见庭前菖蒲生花,光采照灼,非世中所有。后惊视,谓侍者曰:见否? 对曰不见。后曰:尝闻见者当富贵,因遽取吞之。是月产高祖(梁武帝)。"王琦在李贺《梁公子》篇内注言凿凿,并非不知,但在本诗这里,由于语言环境大不相同,难作掩饰,便知而不明言,改作"菖蒲花不易开"来相搪塞了。叶葱奇没有知而不敢明言的封建时代的顾忌,却对王琦的违心之言紧跟不舍,未免误会。 【明朝枫树老】

谓枫叶一老,全呈红色,象征血肉崩溃。李贺在《香妃》篇内的"幽愁秋气上青枫"句,就是表现血染枫林的。详见该篇注⑤。本诗这个尾联是主方的继续劝留语言,意谓不要回北方去了,北方的无道朝廷,今天虽是个神气活现的帝王统治,但很快就要血肉崩溃,被绿林武装彻底摧毁掉的。这是讽诅元和天子的核心谜底,与上篇《巫山高》尾联的流血现象,可算异曲同工。

【译诗】家住暴君乡,书生自芬芳。仕途落拓无纱帽,蟾宫折桂阻高墙。绿林好,游兴豪。大堤上,喜相邀。食鱼宁克已,殷勤献山肴。长安浮戾气,谁肯作归计? 今日虽帝王,明朝血满地!

附　　识

一、本诗就王琦来说,他是知而不敢明言的。因为他如果把菖蒲的帝王出典在本诗内注明出来,则尾句的"明朝枫树老"就难于进行掩盖了。因此王琦不得不改用违心之言来作搪塞。我们如果附和王琦的违心之言,王琦将要皱眉摇头的。

画 角 东 城①

河转曙萧萧,鸦飞睥睨高②。帆长摽越甸,壁冷挂吴刀③。淡菜生寒日,鲥鱼漤白涛④。水花沾抹额,旗鼓夜迎潮⑤。

① 从表面上看,诗题的画角与东城,是两个比较美丽和善的词语,从诗文的内容来看诗题为"东南地方的军号声音",是在反映一次农民起义的事变——即唐代自发生安史之乱以后,兵连祸接,费用浩繁,农户不堪租税压榨,大量流散,爆发过建国以来第一次的袁晁为首的浙东农民起义。拥有二十万人,攻占过浙东的衢州、温州、明州等地。虽终遭到官兵镇压,但是余波犹存,不断酝酿着后续的裘甫以及黄巢等更大规模、覆亡唐朝的起义浪潮。这是李贺所处的时代背景和形势趋向,参见范文澜《中国通史》第三篇第二章第四节及第八节。

李贺在愤慨元和天子昏庸寡道之际,除了讽谴罪过,诅咒死亡幻想行刺……之外,其晚年主要的思想出路,就是希望农民起义速掀高潮。有关这个方面的正面侧面哑谜诗句,截至目前为止,既感数量是最多的,又是本书第一辑、第二辑所不曾发现过的。笔者初自以为出于李贺讽诅感情上的凭空设想,后始进一步认识到这是客观存在的李贺时代背景和形势趋向。尚请读者检阅《江南弄》篇注⑤和附识,更再参阅《夜坐吟》及《房中思》两篇注定可了然。

【申议】王琦、叶葱奇都说:"曾益注:全首与画角无涉,'角'字误,当是'画甬东城',犹'画江潭苑'之意也。《左传集解》:甬东,越地,会稽句章县东海中洲也。《史记集解》:贾逵曰:甬东,越东鄞甬江东也。韦昭曰:句章,东海口外洲也。《元和郡县志》:明州鄮县翁洲入海二百里,即《春秋》所谓甬东地也。越灭吴,请吴王居甬东,其洲周环五百里,有良田湖水,多麋鹿。琦按:今浙江之定海县是其处。"笔者按:曾氏之意,认为诗题是在绘画甬东城市(即定海县城)的市容,并说"全首与画角无涉",显然不是事实!诗中的曙色、睥睨(女墙)、越甸、吴刀、抹额、旗鼓……都与画角存有密切关系,因为军中的军号作用,正是报晨昏、戒防守、厉冲锋……的。曾氏视而不见,不能领会李贺的写作意图,这是可以理解的。但想改变版本"角"字来削足适履,未免公然枉屈李贺原意,存有根本性的错误。余俟附识再行酌议。

②【河转曙萧萧】"河转"指星河运转。"曙"谓天色初晓。"萧萧"为象声词,所象颇多,此指象乐器(包括画角在内,画角实为军中乐器)的凄清声音。唐刘长卿(《王昭君歌》):"琵琶弦中苦调多,萧萧羌笛声相和。"足知本诗的首句就是在指军营生活中画角报晓的声音。　【鸦飞睥睨高】"睥睨"指城上凸凹形的短墙,亦叫女墙。唐杜甫《南极》诗:"睥睨登哀桥。"杨伦《杜诗镜铨》引《古今注》:"女墙,城上小墙。亦名睥睨,言于城上睥睨人也。"又唐刘长卿《登馀干古县城》诗:"官舍已空秋草绿,女墙犹在夜乌啼。"本"鸦飞睥睨高"句,以破晓之际乌鸦离巢飞向城头,喻言士卒听到画角萧萧之声立即起床整装开始全日的军事活动。

③【帆长】谓水军的船队很长。　【摽】高举貌,亦通标,此指帆桅高耸。　【越甸】谓所在地区属于越境。《左传·襄公二十一年》:"罪重于郊甸。"注:"郭外曰郊,郊外曰甸。"【壁冷挂吴刀】"壁"指军队住守的营垒。《史记·项羽本纪》:"诸侯军救钜鹿下者十余壁,莫敢纵兵。"　【冷】为清闲冷落之意。唐杜甫《醉时歌赠广文馆博士郑虔》诗:"诸公衮衮登台省,广文先生官独冷。"本诗的"壁冷挂",犹壁不挂之意。句谓不让吴刀挂在壁上,而要操在手中去进行军事活动。这是李贺回避锋芒,故意使用的一个言外见意语言。

④【淡菜】用海产黑壳贻贝的肉经过烧煮曝晒而成的干制食品,味殊鲜美,以其煮、晒时不曾加盐故名。唐韩愈《孔公墓志铭》:"明州贡海虫,淡菜、蛤蚶。"　【生寒日】日不应寒,此指暴君。亦犹寒天,使人穷困。语谓沿海以业渔为生的起义群众,恨大仇

深,誓与暴君统治作殊死斗争。他们发展壮大,奋力争取生存。　【鲴鱼】小鱼苗。《文选·张衡〈西京赋〉》:"撇昆鲴,殄水族。"薛综注:"昆,鱼子,鲴,细鱼。"　【潠】音 sùn,喷吐水沫意。《后汉书·方术传上·郭宪》:"含酒三潠。"李贤注引《埤苍》:"潠,喷也。"【白涛】雪白的汹涌浪涛。句谓休要看不起极小之鱼,它的数量特多,而且日益壮大的趋势,是无法可以阻挡的。因此它将终于掀起滔天大浪,把罪恶多端的残暴统治,彻底予以吞没,完全进行埋葬。

　　【申议】按这是个"群众力量大无敌"的观点,唐太宗曾经说过,水可载舟,亦可覆舟。李贺《秦王饮酒》篇的"羲和敲日玻璃声"句,就是体现奴仆力量是无敌的。李贺《古悠悠行》篇的"海沙变成石,鱼沫吹秦桥"句,就是体现细沙可以变成巨石,鱼沫可以吹毁秦桥的。李贺本诗内的鱼沫可以"潠白涛"句,更其是在体现众多的小鱼细沫是能够掀起滔天大浪的。王琦并非真不理解,他因知而不能明言,就故意避开笔者所引的张衡书证,装未看见,而作注说:"《说文》:"鲴,鱼子也……鲴鱼能潠白涛,则非鱼子也?"这个疑问的真正目的,显然是在启发读者认清白浪与群众力量之间的关系,并不是在计较鱼子与小鱼的区别,或小鱼究竟有多大? 不料叶葱奇并未理解王琦的本意,误自以为王琦嫌鱼小了,于是作出疏解说:"大鱼喷着白涛,在海里游泳。"这把逻辑条理错乱到哪里去了? 相信王琦也要感到惊惶失错的。

　　⑤【抹额】束在额上的头巾,也称抹头,古武士用之。唐杜牧《上宣州高大夫书》:"娄侍中师德亦进士也……以红抹额应猛士诏,躬衣皮袴,率士屯田。"本诗这里指起义战士的头上服式。　【旗鼓】这是军事活动的常用标帜,它与画角(军号)同是队伍当中的客观设备。　【夜迎潮】"迎潮"犹破浪。"夜"色呼应首句的"曙"色。语谓出勤了一天,晚上又胜利地回到了宿营地点。这是表现了一部分起义队伍一天的军事生活的。他们敌视无道统治的思想感情,正是李贺所馨香祷告,盼望不已的,足知我们辨析李贺哑谜诗歌,是绝对不可离开李贺的身世矛盾的。

　　【译诗】破晓号音鸣,整装迅出征。船排越水畔,手握利刀行。苛政除当道,鲴群莫敢撄。不辞挥血汗,旗鼓正新兴!

附　识

　　一、本诗写部分起义队伍一天的军事生活,由早晨带刀乘船出发,经过敌视无道统治,自信生存斗争的历程,晚上胜利回到原防,情节原是完好而又简明的。回顾笔者在认定哑谜性质的过程上,是以首联、次联及尾联为其根据的,对于第三联尚乏透彻的成算。现在看来,这个第三联正是全诗核心思想之所在。足见方向性如果没有失误,非但不会中途碰壁不通,反可发现重大的意外收获。有了第三联真相的出现,益足证明其他三联的组合是天衣无缝的。

二、王琦在注尾作评说:"姚经三訾曾注,改'角'字作'甬'字为谬。夫全首无一字言及画角……曾氏之说居八九矣。"按姚说是正确的,王琦的抑扬评论,只不过是在违心表态。(一)王琦的赞成曾说,只是"居八九矣",还留有一个不赞成的尾巴在上面。(二)在注释鲡鱼句上,王琦放弃张衡书证,装未看见。须知王琦博闻强记,非同一般,《文选》上面的文章,他是背诵得烂熟了的,与其说他没有看见,适足证明他是别有用意的。事实上这里存在一个"鲡鱼虽小,但数量极多,它们可以和能够掀起滔滔白涛"的道理,王琦知而不能明言,如果引用张衡书证说鲡鱼是众多的小鱼,也还未有完全解决问题,需要补充"它们可以和能够掀起滔滔……"的说明,这是王琦所绝对不敢做的。因此王琦在无法之中,就索性放弃张衡书证,故意对《说文》的出入提出评议,引起读者自去更作广泛深刻的思考。这种办法,本是李贺所常用的。王琦具有同样的苦衷,自然也只有出于这一途。由此可见,王琦的真正目的,是要突出和领悟"……可以掀起和能够掀起……"的道理。并非计较鱼子与小鱼的区别……足证王琦对于本诗的主要精神,正是有所理解的。(三)王琦绝口不谈李贺绘画或题画的事,并非出于偶然的现象。叶葱奇不曾真正理解王琦,他在注尾作评说:"这是题画的诗。"显然这是误解了王琦的违心表态和接受了曾益的参差影响,有以致之。

三、李贺尽力模糊读者视线,从他把吐白涛说成潥白涛,把城墙说成睥睨,把手操白刃说成壁冷挂刀,以及把统治者说成寒日,把起义群众说成鲡鱼……来看,究竟存有多大的不可理解的奥秘,恐怕并不见得。一切诗心、手法,总有逻辑可寻!

黄 头 郎①

黄头郎,捞梐去不归。南浦芙蓉影,愁红独自垂②。水弄湘娥佩,竹啼山露月③。玉瑟调青门,石云湿黄葛④。沙上蘼芜花,秋风已先发⑤。好持扫罗荐,香出鸳鸯热⑥。

① 表面指船务劳动者,《史记·佞幸列传》:"(邓通)以濯船为黄头郎。"裴骃集解:

"徐广曰：着黄帽也。"人虽有据，但未说明活动。诗文内容：表现黄头郎们组织起义，即将出发，送别会上，致词祝愿（唐代浙东曾有袁晁农民第一次起义在先，余波犹存，并非全出假托）！

②【捞栊】亦作捞龙，此指摇橹行船的活动和声音。　【去不归】意谓不是时去时回的业务活动，而是必须一拼到底的起义斗争。　【南浦】指送别之地。《楚辞·九歌·河伯》："送美人兮南浦。"南朝梁江淹《别赋》："送君南浦，伤如之何！"　【芙蓉影】指送别的诗中主人公。　【愁红独自垂】表示惜别之情。

③【湘娥佩】指娥皇女英所在地的清可见底的潇湘。　【竹啼】谓起义军是揭竿而起的。　【山露月】体现陆地山区地域。本联意谓起义队伍是西向长安进军的，水路与潇湘相连，陆路要翻越皖豫重山峻岭，长途跋涉，辛劳可敬。

④【玉瑟调青门】"玉瑟"为贵重乐器。"青门"指长安。《三辅黄图·都城十二门》："长安城东，出南头第一门曰霸城门。民见门色青，名曰青城门，或曰青门。……召平为秦东陵侯，秦破为布衣，种瓜青门外。"三国魏阮籍《咏怀》之六："昔闻东陵瓜，近在青门外。"唐玄宗《送贺之章归四明》诗："独有青门饯，群僚怅别深。"凡此可证，青门是长安的东南城门。句谓黑暗朝廷方面，方自沉溺于声色享乐之中。

【申议】王琦说："青门，疑是曲名。"无根无据，显然违心之言。叶葱奇说："青门，曲名。"根据毫无，误信王琦所致。这是本诗的第一个要害处所，必须辨析清楚，不可稍存含糊。因为长安城门，是要象征长安朝廷的。如果改作曲名理解，就可任意转移方向，避免直接抵触朝廷。这是王琦真正苦衷的所在，所以他在曲名前面加有"疑是"两字，充分为他保留退路。这与上篇《画角东城》内王琦评论曾益之说为"居八九矣"，同属一个违心手法，可资互相验证。叶葱奇竟连"疑是"两字也勇敢地取消掉了，颇堪惋惜。

【石云湿黄葛】指越王勾践麻痹和愚弄吴王夫差的故事。相传越王自吴还国，劳身苦心，悬胆于户，出入尝之。知吴王好服之被体，使国中男女入山采葛，作黄纱之布以献之。吴王乃增越之封，越国大悦。采葛之妇伤越王用心之苦，乃作《苦之何》诗，一作《若何歌》，又名《采葛妇歌》。参见《吴越春秋·句践归国外传》。后因以黄葛立言。北周庾信谢赵王赉《白罗袍裤启》："永无黄葛之嗟，方见青绫之重。"明代夏完淳《大哀赋》也有："乌衣则披纶挥羽，黄葛则悬胆卧薪。"都是用的同一典故。本诗句谓对付昏庸统治者，还可兼采某些类似入山采葛的麻痹愚弄办法，攻其不备。这是本诗的第二个要害所在，不可忽视。

⑤【沙上蘼芜花】"沙上"表示扎根不深,根基不强,喻统治者是不得人心的。 【蘼芜】草名。《本草纲目·草部三》:"其茎叶蘼弱而繁芜,故以名之。"显示朝廷虚弱不堪,根本没有强劲实力。 【秋风已先发】谓起义风暴先声夺人的声势,如同秋风扫落叶一样,不可抵挡。

⑥【好持扫罗荐】"罗荐"指华丽的丝罗簟褥,显示了寝宫设备。"持"为对上联无坚不摧的能量进行保持和依仗。"扫"为继续来个一扫而光的活动。这个能量的具体形象是怎样的?这就是无比强大的秋风。它在本句饱含着不曾明说,目的不外掩盖尾句的真相。当然事实上也还增添了尾句的许多魅力的。 【香出鸳鸯热】这是本诗第三个难于理解的要害,笔者久经观察,幸得认识它的双关性能。从谜面上看:正如王、叶两位所说,是在鸳鸯形状的香炉里面焚烧沉香。可惜这种罗荐炉香的设施,根本与黄头郎的生活实际无法联系起来。何况首联分明交代"去不归",不是时去时回的。送行的女性也并未点明是黄头郎的妻子,我们没有理由说未成家的女青年是不能参加送行集会的,以及青门、黄葛、蘼芜、秋风……都是不能合理圆说的。更重要的是抹杀了李贺写诗的身世斗争,不能成立的。

如果我们从谜底方面来看,显然大不相同:"香出"就是烟出。香固有烟,烟非香出,未可混为一谈。"热"就是焦。热原有大有小,焦为大热结果,诗文是在表现炽烈灼毁的状态,不可闲情逸致地看待。"鸳鸯"就是宫闱主人龙凤。这次起义出发,目的就在消灭他们。自是前后呼应紧密确切无误了的。这个双关警句,上句有风,本身有烟有焦,只待读者自觉地点明一个火字,就可轻易地活跃起来,一扫而光了。本联的风火二字,都被安排在言外见意之中,故意逼请读者自己说了出来。这虽是哑谜性质的需要,但也增添了语言的风趣和魅力,不能不承认李贺的妙用!果真读者故开玩笑,不予提明火字,也不要紧。反正李贺的客观文字,从呼应全诗脉络来看,已经有始有终地交待得非常清楚,没有什么疑问存在了。

【译诗】起义黄头郎,征战无反顾。芙蓉一片心,惆怅送别处。水连潇湘远,竿揭芒砀高。长安溺声色,黄葛试暗刀。蘼芜乏劲节,秋风逞英豪。宫闱一把火,烟卷龙凤焦!

附　识

一、首联暗示黄头郎们组成水上起义队伍,将要进军长安。次联表现主人公芙蓉影出席送别集会。以下四联全为芙蓉影发表的一篇《祝愿讲话》的内容,结构至为简明。祝愿内容比较充实,组材角度,尤合情理。当黄头郎们出发之际,一以出打天下为务,不以回乡享乐为念,这是符合起义精神的。足知"去不归"一语,原是分寸恰当,不可另生误解的。

二、王琦对"青门"用"疑是"作注,对"黄葛"避作解说,把鸳鸯说成香炉(未之前闻),亦嫌勉强。凡此可见,王琦是在违心立言。叶葱奇未曾理解王琦本意,滋生失误。

古 悠 悠 行^①

　　白景归西山,碧华上迢迢。今古何处尽? 千岁随风飘^②。海沙变成石,鱼沫吹秦桥^③。空光远流浪,钢柱从年消^④。

　　① 表面慨叹时间观念永无穷尽;实际盼望浙东水上起义群众再卷高潮,消灭无道。

　　②【白景】即白日,指太阳和阳光。《文选·陆机〈长安有狭邪行〉》:"轻盖承华景。"李善注:"华景,日也。"本诗这里,从李贺的双关手法来看,实际是指国君而说的。【归西山】谓走向黑暗。　【碧华】指碧血。《庄子·外物》:"苌弘死于蜀,藏其血,三年而化为碧。"表现残暴国君所欠人民的血债。　【上迢迢】"迢迢为高远之貌。"语喻遍地累累皆是。　【今古何处尽】表面似叹客观的时间长河永无穷尽,实际是说朝政的治乱演变,将要恶化成怎样境地!　【千岁随风飘】"千岁"表面为年代久远,实际指帝王万岁,为求避免过分刺目,特言千岁。这是针对首句日光黑暗而说的。"随风飘"奚落语。谓千岁万岁都是假的。失掉了百姓的拥护,随风飘荡,摇摇欲坠!

　　③【海沙变成石】谓不要看细小的海沙不起,它可变成巨大的石块。这个观点,至足玩味:既可经过亿万年的自然变化而形成,更可经过人力把散沙组成集体而实现。句意实指唐代浙东第一次袁晁农民起义的余波犹存,他们正在重新酝酿高潮。详见本书第三辑《画角东城》篇注①。　【鱼沫吹秦桥】"鱼沫"指鱼在水中用口吐出的水泡,其能量和作用,乍看上去,是很微弱的。"秦桥"为传说中秦始皇东游时所筑的海上石桥。王琦注说:"《初学记》:《三齐记》曰:青城山,秦始皇登此山筑城,造石桥,入海三十里。"唐武则天时沈佺期《登瀛洲南楼寄远》:"北际燕王馆,东连秦帝桥。""吹"字本来含有吹使消散、吹使熄灭之意。如晋王嘉《拾遗记·晋时事》:"石虎于太极殿前起楼,高四十丈……时亢旱,春杂宝异香为屑,使数百人于楼上吹散之。"唐杜甫《移居公安山馆》诗:

"山鬼吹灯灭。"因此李贺本诗从配合上句通释全诗来看,实为吹使毁坏之意。哑谜诗歌虽贵含蓄,但逻辑分明,未可误解。本句意谓不要看不起鱼吹泡沫的能量微薄,它集结无数的微薄成功一个万钧雷霆,连坚固特甚的秦王桥梁,也可被它吹使毁坏。这与《画角东城》篇的"鲔鱼溅白涛"句,正是一双孪生兄弟(详见该篇注)。即此已是充分证明而无疑。何况本联是在连贯表示起义群众的信心和威力,正因海沙终将变成巨石,所以鱼沫终能吹毁桥梁。文理浅显明白,并无窒碍存在。唐太宗所说的水可载舟,亦可覆舟,其道理也在这里。

④【空光远流浪】"空光"指宇宙天地,句谓农民起义,可以掀起翻天覆地、无边无际的滔滔巨浪。 【铜柱】指汉武帝宫内所造。《史记·孝武本纪》:"其后则又作柏梁、铜柱、承露仙人掌之属矣。"王琦注说:"柱上有铜仙人舒掌捧铜盘……至曹魏时,为明帝所毁。"按本诗这里是在借铜柱象征长安帝业,从而讽诅元和天子。这是王琦苦于不能明言的。 【从年消】犹随着时间的变化而消逝。句谓长安的黑暗无道,转眼难逃消亡下场!

【申议】哑谜诗歌本是有其双重情节的,一为谜面假象,另一为谜底真相。假象方面,总是设有窒碍在上的(绝大多数是严重不通的,但偶尔也有是比较不通的,极个别的甚至是勉强可以鱼目混珠的)。只是无论情况怎样,一经摆在真相面前,一律应以谜底情节为其依归。这自无待繁琐饶舌,便可获得一致公认。本诗谜面情节的窒碍程度,处在上述"偶尔比较"与"个别勉强"之间。说明白些,谜面表现帝王好神求仙,谜底表现帝王黑暗无道,引起了农民起义。前者可以曝光,后者曝光不得。王琦知而不敢明言,不得不违心认为帝王好神求仙。叶葱奇因袭王琦,增饰其说。兹略择三点,辨析于次:

一、"碧华"的碧,是表示被害者的血仇,实即国君所欠的血债的。典出《庄子·外物》,李贺曾多次使用此典,如:"剑光照空天自碧""恨血千年土中碧""碧丛丛,高插天"……都是表现元和血债的。王琦回避要害,违心注说:"夜云之碧色者"典出何处?作用何在?它与求仙有何血肉关系?为什么要是夜云和碧色?其他的时光和颜色又怎么样?……凡此可见,王琦是在随意搪塞,经不起公开追究的!须知本诗这个"碧血",李贺把它写成碧华,一方面可起一些掩盖作用,另一方面如实体现鲜血变成了光亮的碧土,仇恨永不磨灭的。它在谜底情节上,占有极其重要的地位。它的产生,原是上承国君黑暗而来的。它的影响,更是下启农民起义而去的。有血有肉,事实俱在。

如谓王琦是在故意流露窒碍,启发读者自去思考,这倒有些合乎情理。因为王琦的文理水平,我们不能轻易低估。他在《恼公》篇"长弦怨削嵩"句所作注释,足释此疑,确是明证。

二、"海沙""鱼沫"两句,本为受害农民不忘血债,酝酿起义。与好神求仙之举,两不搭界。在好神求仙之中,只有炉火炼丹一类宣传,没有什么细沙变成巨石说法的。特别王琦注"鱼沫"句说:"秦王造桥之处,又见群鱼吹沫其间。桑田沧海,洵有之矣。"试想桥是造在水上的,新桥建成之日,始终桥下就是有水有鱼的,怎么能说"又见群鱼吹沫其间"?显然思路混乱,逻辑欠通,根本不能成立。王琦这类欠通语言,笔者在第二辑里面,已经揭示得够多了。

千万不要疑心王琦文笔太差,都因他有话不能明说(如说本诗影射农民起义,那他怎敢)。只得留些语言缺憾,窒碍读者,引起读者自去思考。这也是他模拟李贺的手法之一。

三、"铜柱"是象征长安帝王事业的。句谓起义群众一旦到来,元和天子就要难逃消亡了。王琦当然只能强调好神求仙,不能如笔者一样直言。王琦所引用的《汉书》书证,与笔者所引用的《史记》书证精神都是一致的,但他在注尾加了一个自己的按语:"至曹魏时,为明帝所毁。"按这与好神求仙根本没有关系,王琦显然是在示意读者,帝业是可吹使毁坏的,水是可以覆舟的。足知王琦对于李贺的写作意图,并非实际毫不理解。叶葱奇惯于因袭王琦违心说法,不曾透视王琦的真正本意,所以难免总要发生失误。

总起来说,元和天子有其好神求仙的一面,也更有其残酷搜刮农民,引起农民酝酿起义的一面。前者是可曝光的,后者是曝光不得的。李贺本诗谜底情节,正是属于后者,不是属于前者的。王琦的注释,有些违心之言,有些是启发读者思考的。不可低估了他的水平,忽视了他的本意。他在《恼公》篇透露起义群众的(即"长弦怨削嵩"句)那个巧妙注释,是个不可磨灭、至足宝贵的明证。读者一旦检阅,实可恍然。

【译诗】朝廷日益趋黑暗,血债累累遍四方。治乱演变何处尽,万岁摇摇随风飏。海沙终将变巨石,鱼沫终能毁桥梁。玄黄滔滔飞激浪,长安帝业笑消亡!

附　　识

一、前四句写朝廷黑暗,血债累累,摇摇欲坠;后四句写农民起义,高潮再卷,消灭无道。从而讽诅元和天子,结构至为简明。

二、王琦所注"又见群鱼吹沫其间"虽是不合逻辑的。但其中的"群"字,是他另外加上去的。足证他对起义群众的力量是看到了的。他所说的"桑田沧海"是"翻天覆地"的掩饰语。由此可见,王琦的不合逻辑,原是别有用心的。如果我们不看出他是在违心立言,我们就要步叶葱奇的后尘,大上其当,倒置是非了。这种情况,再一次证明了王琦知而不敢明言的苦衷。今后更应加强注意。只是这样一个"群"字,引出这多埋伏,未免使人感到不寒而栗了!

莫 种 树①

园中莫种树,种树四时愁。独睡南床月,今秋似去秋②。

① "种树"在本诗含有双关作用:一为动宾结构,专指种树而说。如晋潘岳《闲居赋》:"筑室种树,逍遥自得。"另一为联合结构,即把"种"和"树"都当作复合词组的组合动词来看待,意犹种植、栽树,没有宾语的。如《史记·李斯列传》:"所不去者,医药、卜筮、种树之书。"即是泛指栽种,并非单对树木所说。这种把"树"当栽种动词的用法,如唐李白《赠间丘处士》诗:"如能树桃李,为我结茅茨。"亦是其例。从前者来看,是个生长成材的现象,从后者来看,是个庄稼生产的现象。前者可以象征李贺怀才不遇,潦倒不堪。后者可以象征农户流散四方,无法生活。所以无论从前后任何一方来说,所谓"莫种树",都是表现不满朝政的愤慨感情的。只不过字面比较含蓄,不太露骨罢了。更就前者一定程度的可以曝光,后者绝对不能曝光来说,本诗的谜底情节应是属于后者的。换句话说,本诗的核心思想,是在表现浙东农民再度酝酿起义高潮的愤怒感情。

② 【种树】表面为动宾短语,实际为复合动词。 【四时愁】表面愁成材无出路,实际愁租税搜刮人。 【独睡】表面指李贺自身,实际指独夫国君。 【南床月】"南床"意犹南窗。"南床月"表面指李贺住房,实际指东南方面水深火热的农渔群众(详见《画角东城》篇注①)。 【今秋似去秋】表面指李贺潦倒又潦倒,实际指农民切齿又切齿。

基于上述双关情况,按照可以曝光、不可曝光的分水标准,本诗的谜面掩盖,可以释为:"园中莫要勤种树,成材反愁无用处。独卧南窗对明蟾,连年潦倒仍如故。"本诗的谜底真相,应如下面所译:

【译诗】田中莫要搞栽种,催租骂声难迎送。独夫竭泽渔东南,连年凶残加凶残!

附　　识

一、依照李贺对于元和天子的百般讽谴讥讪,诅咒行刺等类情况来看,本诗连"潦倒"二字都未明白说出,其为经描淡写的掩盖作用,显然可见。

二、"独睡"的独,作李贺自身理解时,有一定窒碍。因李贺是有妻子的,穷朋友也不少,何况潦倒不就等于孤独。所以对他称独,并不一定是很合适的。如果作为国君独夫理解,倒觉符于暴君统治,把自己的奢侈享乐,建筑在农民的痛苦之上,恰如其分,无惭可击。因此只故,后者的说法,应当认为大大优于前者的说法的。

三、王琦对于本诗,除提明"南床,二姚本作南窗"外,不曾发表他自己的一言半语。他对唐代农户流散、农民起义的情况,自《恼公》等数十篇以下,一直流露着马脚,他根本是理解的,读者可以随处加以检验。他对本诗默无一言,全是由于知而不便明说,绝不是认为李贺未具深意所致。只有叶葱奇在实质上是对王琦多所误会的!

将　　发①

东床卷席罢,护落将行去②。秋白遥遥空,日满门前路③。

① 表面不知谁要出发、目的何在？无头无脑;实际是说李贺要去参加东南方面浙东农民掀起的起义,加速推翻残暴国君。

② 【东床】表面为东床选婿的典故,实大不然。李贺所说的"东"或"南"或"东南",往往是指浙东农民再度掀起起义高潮而说的。本篇摆在《莫种树》篇之后,是李贺的故意安排之一。应当比照该篇的"南床"理解为"东窗",即李贺日夜在窗口盼望的东南农民起义高潮,再度到来。详见该篇及《画角东城》篇注。　【卷席】即席卷之意。表示对一定地区的全部占有,并且迅猛异常。《战国策·楚策一》:"席卷常山之险。"汉贾谊《过秦论》:"席卷天下,包举宇内。"本诗这里,表现起义再掀高潮、迅猛异常之意。【护落】本为"瓠落",亦作护落、濩落。语出《庄子·逍遥游》:"魏王贻我大瓠之种,我树之成而实五石,以盛水浆,其坚不能自举也。剖之以为瓢,则瓠落无所容。非不呺然大也,吾为其无用而掊之。"陆德明译文:"瓠,户郭反。"司马(彪)音护。简文云:"瓠落,犹廓落也。"按所谓廓落,即瓠瓢大于水缸不能落入水缸内面取水之意。总起来说,瓠落

虽大,未符实用,致遭弃置。既可自谦大而不当,也可自憾怀才不遇。本诗这里喻怀才不遇的李贺自身。 【将行去】将出发前往,参加其中。

③【秋白】犹秋色、秋气,含有萧杀之意。《汉书·礼乐志》:"秋气肃杀。"本诗表现农民起义,势必有其诛求对象,斗争目标。 【遥遥空】意为天空最高处。不难想象,那里存有什么值得诛杀的东西? 【日满门前路】意谓太阳被击,因从天上坠到地面,大家都可对它进行践踏,不可宽饶了它。这种象征无道国君的说法,并非出自随意的想象,《尚书·汤誓》:"时日曷丧,予及汝皆亡。"本诗尾两句的作用,正是在刻画"时日曷丧"四个字。它是汤伐夏桀的誓言翻版,可算典雅庄重了。

【译诗】东南起义卷高潮,驽马飞蹄往效劳。扳倒高空无上者,大家践踏不宽饶!

附　识

一、本诗在未揭穿"东床"和"秋白"两个真相以前,显然无头无脑,不知所云。但一经揭穿以后,也就情节简单,无何怪异之处了。

二、王琦:(一)对"东床"故不作注,对"卷席"注为"束装而行也",是在回避起义风暴,不敢明言。二、对"护落"作注说:"《魏书》:已护落而少成,又臃肿而无立。漠落、护落同义。"何因未把最根本的、原始的"瓠落"也写进同义内面? 显由"瓠落"一看便可知其为李贺所致,只得回避。三、对遥遥作注说:"一作'逍遥',非。"但未把正面的太阳所处的最高空作出说明。这既是他的巧妙之处,也是他知而不敢明言的一个确切明证。他对"时日曷丧"的典实,要比我们更为熟悉得多了(他所说的遥遥不是逍遥,道理就在这里)。叶葱奇对于(一)点照样因袭王琦的表面现象,却不曾具有王琦不敢明言的内在观点。这自失去了正确理解本诗的根本可能,并为王琦所不能表示同意的。对于(二)点增出了"瓠落"也属同义之列,这是很为难能可贵的。可惜他在释义上说"寥廓无依貌",显与简文所云"犹廓落也"即廓而欲落之意相去颇远。"落"字无着,"依"从何来? 以释瓠落,格格不入;以生歧义,势所必然。简文廓落之说,虽可精益求精,但无实质错误。笔者儿时曾受《庄子》解说于先兄观民,水缸之喻,已见上注,应可释疑。对于(三)点由于不曾理解王琦的本意,竟把"日"字改成"月"满门前路了。未免违离《汤誓》典实,抵触王琦"逍遥"非议。一字之差,面目全非! 依此推求诗篇写作真相,无异缘木求鱼。叶葱奇惯于轻以一己欠够深入的理解,大量改变版本字样,失误累累,殊欠妥善。

代崔家送客①

行盖柳烟下，马蹄白翩翩②。恐送行处尽，何忍重扬鞭③！

① 本诗字数极少，内容极寡，又有尾两句居辅助性质……换句话说，只有"柳烟下"和"马蹄翩翩"，可以象征山野地区和出色才华。要想体现一个谜底情节，自是难上加难。除非它含有什么历史典故，费人寻思。例如《将发》篇的"时日曷丧"，《湘妃》篇的"《忆秦娥》词"……总之，就题目文字和笔者探索经历来看，极大可能是藏有哑谜在内的。但如提不出具体根据来，这是不能解决问题的。王琦除犹豫徘徊于版本错字之间外，未发一言。其为有意无意，不易猜测。

诗题何以是崔家而不是张家李家？笔者自始疑有引线作用含在其中。因为李贺《南园十三首》之十一有"长峦谷口倚嵇家"句，谜底情节是指嵇康典实而说，并非泛指无据的。笔者于百无办法之中，不得不把希望寄托在这个崔字上面。崔姓在唐代以前，其历史人物，大多偏在北魏，格格难入。清姚文燮《昌谷集注》说："其亦睹袁稹《会真记》而拟此别曲乎？"这虽可以看出同样是在崔字上找出路（即崔莺莺），但未免过于风马牛不相及了（且不说元稹是李贺的死对头）。看来，要想符合李贺怀才不遇，热盼投靠浙东农民起义，以及重新组合乾坤日月……特点，只有崔州平与诸葛亮的故事，才是恰如其分的。《三国志·蜀志·诸葛亮传》："亮躬耕陇亩，好为梁父吟。身长八尺，每自比于管仲乐毅，时人莫之许也。惟博陵崔州平、颍川徐庶元直与亮友善，谓为信然。"因此之故，诗题《代崔家送客》，原是假托之辞，通过崔州平的言语行动，体现诸葛亮似的雄伟才略，才是实际情况。

②【行盖】表面指车上的伞盖，实际指人品的冠绝、高超。【柳烟下】犹乡野地区，与市朝相反。【马蹄白翩翩】喻人才的漂亮出色。联意表现诸葛亮高瞻远瞩，策划形势，了如指掌，是识时务者的俊杰。按崔州平为汉西河太守崔钧之弟，崔钧曾附袁绍起兵山东，对抗过董卓……是则崔州平之赞赏诸葛亮的政治才华，原是有其纵横捭阖的鉴赏基础的。李贺运用这个典故，来象征自己"怀才不遇，热烈盼望浙东农民起义再卷高潮，从而投身其中，施展政治抱负"的斗争愿望。为求避免狂肆，特用崔州平的言行来写此诗，这也就是诗题《代崔家送客》的具体由来。换句话说，所谓"代崔家送客"，就是代崔州平送诸葛亮之意。

【恐送行处尽】他本有作"恐随行处尽"和"恐随送处尽"(叶葱奇改作前者了)的,其实都不如原文准确鲜明。再说即使优于原文,也应保存原貌,有意见注明出来就行了,免滋错误。 【何忍重扬鞭】体现肝胆相照,不忍分别之意。按首联崔州平"谓为信然"的语言内容,是有传记可考的。尾联崔州平肝胆相照的行动踪迹,是情理之所应有的。它的作用,在于有人支持,得到鼓舞,充实了上联内容的发展、结果,构成了谜底情节的首尾整体。

【译诗】凤毛麟角野山中,管乐才情赞卧龙。风雨飘摇分袂日,博陵肺腑壮行踪。

附　识

一、崔州平毕生事迹之见于文字流传者,只有此赞赏诸葛亮才情之一端。李贺举以为例,自是有其易于凸显效果的一面的。李贺目的在说诸葛亮才情用世,崔州平只不过是个引线罢了。怀才不遇和渴望投身浙东农民起义高潮的李贺,他要效法诸葛亮的管乐才华,新天日月,亦属情理之所或然。李贺的大量哑谜诗歌,事实俱在。然耶否耶? 愿与大方读者共策辨析。

二、诸葛亮的策划目标,重在三分割据。李贺的奋斗愿望,重在农民起义。从历史的检验来看,都是符合了形势的发展的。唐代后来的亡国,主要是由于浙东裘甫的农民起义以及陆续不断的河南王仙芝起义、山东黄巢起义……最终由起义出身的朱温结束了唐朝的政权。

摩多楼子①

玉塞去金人,二万四千里②。风吹沙作云,一时渡辽水。天白水如练,甲丝双串断。行行莫苦辛,城月犹残半③。晓气朔烟上,趑趄胡马蹄④。行入临水别,陇水长东西⑤。

①古歌曲名。《乐府诗集·杂曲歌辞》收有此作,未载原始作者姓名。王琦注一说"乐府曲名,莫详所自。大抵言从军征戍之事"。按"征戍"一词的色彩,偏于表现朝廷方面的军事活动。本诗的谜底情节适得其反,却是表现浙东农民起义再卷高潮,队伍绕道进军长安,力求报仇雪恨,摧毁罪恶朝廷的(根据另详尾部辨析)。

【申议】要对本诗揭明上述谜底情节,难度非常之大。即如王琦注六所说"行人临水而别,而水亦东西分流,不能同归一处,以见触景伤心之意。凡山脊之上有泉流出,东出者则归于东,西出者则归于西,势必然也(按在暗示东西对立双方势不两立),不仅陇山之分水岭为然。且陇山地在中土,不在边塞(按在暗示"金人"是指长安说的)。此诗所谓陇水者,指所见冈陇之水而言,不谓陇头之水也(按在暗示陇水是指起义群众而言的)。又玉门关与休屠右地,相去未必有二万四千里。而辽水远在东北,与西域了不相干,乃长吉连类举之若在一方者(按为借沟出水地强调不通),盖兴会所至,初不计其道路之远近而后修词,学者玩其大意可也(按为十足的违心之论)"。这里既有可算正确的一面,又有显属错误的一面。既有知而不敢明说的违心之处,又有故露马脚对读者进行启发之处。情况复杂,容俟下面词语注释中逐步进行验证和解决。总之,李贺本诗决不是什么"兴会所至"的不通之作。用这种观点来看待李贺哑谜诗歌,自是无法窥见谜底情节的。王琦并非不曾识破谜面掩盖的人,他是在作违心之论,也是在对读者进行启发……

　　②【玉塞】表面指古通西域的甘肃玉门关,实际指唐代农民起义的浙东地区。因当时的起义群众,很多原是水上渔民。水可喻玉,如"玉沼""玉波"……所以李贺本诗把他们安营扎寨,舟船往来的根据地,美称之为"玉塞"。既非露骨,自难识破。容俟以下逐步进行验证。　　【金人】含义很广,本诗表面似指《史记·匈奴列传》:"汉使骠骑将军去病将万骑出陇西(按指玉门关)过焉支山(按属甘肃山丹县)千余里击匈奴……破得休屠王祭天金人。"裴骃《集解》:"匈奴祭天处,本在云阳甘泉山下,秦夺其地,后徙之休屠王右地。"张守节《正义》:"金人即金佛像,是其遗法,立之以为祭天主也"……而说,但这根本不能成立:一因在距离上本诗下句标明为二万四千里,与《史记》所载"过焉支山千余里,显不相容"。二因方向错误,休屠右地在西域,辽河远在东北,西域没有辽河。显与本诗下面"一时之渡辽水"句,成了驴唇不对马嘴。这些情况,王琦完全明了,并且作了指出。可他还要设法维护这个说法,劝人"玩其大意可也"。这并非王琦治学态度不严肃,而是他不敢把正确的谜底情节摊了出来,只能用违心之言敷衍了事。当然正确的东西,隐藏在他的脑子里面也很难过。于是王琦往往要制造一些奇怪问题,引起读者自去思考。本诗这里,王琦在注二内说:"金人当作休屠右地解,然'人'字终恐是书写之讹。"按《史记》《汉书》注解俱在,笔者已经扼要录明如上,这里并无问题。王琦节外生枝,无因无由,目的何在? 哦,明白了,王琦是在吁请读者止步莫前,多对"金人"另作思考。足知王琦对于正确的谜底情节,原是确有理解的。话说转来,金人

实际的正确理解,应是这样的:秦始皇并吞六国后所铸的金人十二是在咸阳,汉武帝所建金铜仙人承露盘是在长安。咸阳、长安,一水之隔,都属秦中,象征朝廷。王琦注六内所说:"陇山地在中土,不在边塞。"就是在故意暗示长安方向。由于唐都长安,东南水上起义群众的矛头,总是向它进军的。李贺本诗行军路线的特色,是从浙东海上出发,绕道东北渡辽河,穿过大漠捣向长安,全程估计大约在二万四千里之间。它与西域休屠右地,根本两无关涉。所以各种假象,都是李贺故意制造的掩盖。这对正确理解"玉塞"的含义来说,无疑是个有血有肉、呼吸与共的天生佐证!

③【风吹沙作云】象征起义群众人多势大。　【一时渡辽水】犹很顺利地登岸成功,并渡过了辽水。　【甲丝双串断】"甲"为战士身披的战甲,"双丝断串"体现艰苦行军的生活。　【城日犹残半】表现星夜兼程前进。

④【晓气朔烟上】点明北地大漠清晨的寒冷气候。【趑趄胡马蹄】"趑趄"据《文选·张衡〈东京赋〉》:"狭三王之趑趄。"薛综注:"局小貌也。"本诗这里表现队伍中所用的胡马,由于通夜行军之后,疲困已极,跨步细小,走不动了。

⑤【行人临水别,陇水长东西】这是辨析本诗过程上难度最大的所在。老实说,"玉塞去金人"句,虽然艰于理解,但由于李贺表现浙东农民起义的诗篇,截至目前为止,约略达到 40 余篇之多,笔者司空见惯地未费太多气力就已识破了它。本个尾联,却因字面上和前面诗文完全脱节,无法贯通……当然,事实上尾联是在表现起义群众坚决摧毁罪恶朝廷,以求报仇雪恨的愤怒心情。这得要从古代《陇头歌》说起:汉乐府和南朝梁乐府都有《陇头歌》其二,全文为:"陇头流水,鸣声幽咽。遥望秦川,肝(按一作心)肠断绝。"(见清沈德潜《古诗源》所载)足知汉、梁之际,流传久远。其中所谓"肝肠断绝",感情上究属何种类型? 根据唐于濆的《陇头吟》"借问陇头水,终年恨何事",以及宋苏泂《雨中花·怀刘改之》词"陇水寂寥传恨,淮山宛转供愁"来看,词文是在表现被迫害者深刻无比、坚定不移的仇恨感情。如果李贺运用"遥望秦川,肝肠断绝"的字样来写本诗尾联,自是正相符合,易于理解的。问题在于李贺需要制造各种呕心沥血的假象手法,从而加强他的掩盖作用。这就苦了我们读者,难免要堕五里雾中。揭穿来说,尾联"行人临水别,陇水长东西",是在表现《陇头歌·其二》的前两句"陇头流水,鸣声幽咽"。这不是诗作的目的所在,这只是目的所在的一个代表或者媒介罢了。《陇头歌·其二》的后两句"遥望秦川,肝肠断绝(即仇恨无比),才是诗作二万四千里艰苦行军的根本感情。李贺用前两句内容来言外见意地引发后两句的内容,从常规上说,这太异

想天开、一厢情愿了。但在情况特殊的李贺哑谜诗歌里面，却属习以为常，毫不奇怪的事。

【申议】例如李贺有时用"虞卿"代表"鲁仲连"，用"任公子"代表"张果老"，用"榴花"代表"桃花"，用"玉勒吏"代表"帝王"，用"玻璃声"代表"粉碎"，用"屡断呼韩颈"代表"诳报战功"，以及用"天江"代表"天河"，用"吴质"代表"吴刚"……凡此千奇百怪，都是有它必要的作用而不得不然的。特别李贺有时把语意只说一半或一小半，歇前歇后，要读者自去补充。更或伪装平淡无奇，毫无痕迹地影射典故、熟语、词章……即如《夜坐吟》篇的把"暗通消息谁见过"简说成"谁见过"，《将发》篇的"时日曷丧"敷说成"秋白遥遥空，日满门前路"，这些何曾是轻易能够理解的？然而毕竟都被理解出来了。原因在于李贺的身世斗争比较单纯。他的所谓哑谜诗歌，其目的不外讽诅元和天子。题材方面，诸如揭罪过、讽昏庸、咒死亡、行刺杀，最多的要算浙东农民起义的浪潮。本《摩多楼子》"绕道进军长安，坚持报仇雪恨"的情节，虽觉有些曲折隐晦，但如随意把《画角东城》《江南弄》《夜坐吟》《黄头郎》《将发》《大堤曲》《花游曲》《蝴蝶舞》以及《湘妃》《恼公》……集合起来，一加印证，都是一色农民起义的火花。我们要想视而不见，已非逻辑常识所能容许。由此可见，只要掌握了李贺身世斗争的根本精神，便有战胜他的文字障碍的最大可能。重要的是必须依照"恰如其分"的程度进行揭明，既不"过"，也不"不及"，绝对不可妄以己意混杂其间。笔者战战兢兢，深虞未符，还仗读者多匡失误！

【译诗】浙东春雷走长安，二万余里绕大弯。海上风云蔽天日，一举飞渡辽河间。大漠无边际，铁甲断双丝。凌厉莫畏苦，月夜争及时。朔气泛晓寒，马蹄思水草。切齿望秦川，仇恨知多少！

附　识

一、浙东袁晁农民起义的具体情况，详见《画角东城》篇注①、②两条。

二、本诗只有首句和尾句是两个难于理解的重点。首句是指玉门关和休屠右地，还是指浙东地区和长安，已有"二万四千里"句明裁是非，无可置疑。尾句究属热爱感情或者仇恨心情？除已有于濆、苏洞的佐证外；按照首句已经确立的浙东长安起义行动来看，恩怨更为分明。

三、王琦知而不敢明言，不得不作违心之论，这是可以肯定的。叶葱奇不曾深入理解王琦，未免滋生误会。

补 充 说 明

李贺哑谜诗歌,是一种性质特殊的作品。加之数百年来,又受到王琦的特殊曲解,因此,对它进行阐述和注释,不能不采用比较特殊一些的方式方法。有个友人提问得好:能否按照一般注释方式先把语词释尽,然后再集中进行辨析和阐述? 我答:"惜不可能。例如李贺把'项庄舞剑'写成'项庄掉箭',这一不伦不类的捏造词语,势必无法落笔注释了。"——每篇哑谜诗歌,都存在这样一些类似问题。由此可见,注释李贺哑谜诗歌,除要弄清词语来源之外,还要牢固掌握李贺的写作意图(注意:决不能杂有注者的任何主观成见在内)。然后结合起来边辨析、边批谬、边论证,才能得出它的确切含意来(只有篇章结构的作用,才能放在注后《附识》内去进行)。

什么是李贺哑谜诗歌的写作意图? 这就是第一辑《引论》所首先提出的核心要求。一句话,所有的哑谜诗歌,都只是"讽诅昏庸国君唐宪宗"的一个写作意图。这一客观存在,既是可以发人深省的,也是具有无上说服力量的——王琦的封建曲解,应是无法继续站得住脚了的。

第一辑的《涉论》《本论》,是对《引论》这个核心问题,从时代背景和艺术手法两方面进行论证的应有组成部分。因这一问题复杂而又特殊,所以勉力写得比较深透一些。《散论》是对核心问题的几个比较零星的补充证明。这就构成了第一辑揭论部分由《引论》《涉论》《本论》到《散论》的整个内容。

我的写书目的,在使李贺哑谜诗歌的庐山真貌,大白于世(千年埋藏,堪称奇案)。不厌反复,力求实现。文字工拙,非所偏重。但错漏不当之处,料所难免。务恳尽情指正,免生贻误!

致　谢

本书在写作过程上，妻冯亚兰长期不辞辛劳，反复清缮稿件，先后不下八十万字，书法秀丽工整，堪资珍视。并且经常指正草稿错字，成为质疑问难、商讨观点当中不可一日缺少的依靠力量。此外，本书的形成，另还受有各方极其珍贵的鼓舞帮助：

一、董孝闵老师当年鼓舞支持，开展辨析，每周必到，实奠础石。

二、陈淑文副教授反复逐篇讨论，力主增写《涉论》，体现唯物辩证精神。

三、陈百先医师、陈凯先博士在语言上反复指出瑕疵，加工润色；内容上设问设答，去粗取精。

四、钱丰秘书、卜浚明教练、陈为瑀编撰、姚大荣同学，经常讨论辨析，多所促进。

五、陆邦枢老师、陈泽庚老师、周子亮老师、湛惟鲲老师、陈绮君老师，不嫌简陋，策励始终，永足纪念。

图书在版编目(CIP)数据

李贺哑谜诗歌新揭/陈苍麟著.—上海:上海书
店出版社,2017.10
ISBN 978-7-5458-1542-9

Ⅰ.①李… Ⅱ.①陈… Ⅲ.①李贺(790—816)-唐
诗-诗歌研究 Ⅳ.①I207.22

中国版本图书馆 CIP 数据核字(2017)第 226189 号

李贺哑谜诗歌新揭

著　　者	陈苍麟
题　　签	匡亚明
责任编辑	杨柏伟　邢　侠
特约编辑	管志华　龚维才　郭伟涵
装帧设计	杜壹一
技术编辑	吴　放
出　　版	上海世纪出版股份有限公司上海书店出版社
发　　行	上海世纪出版股份有限公司发行中心
地　　址	200001　上海福建中路 193 号
	www.ewen.co
印　　刷	上海展强印刷有限公司
开　　本	710×1000　1/16
印　　张	27.5
版　　次	2017 年 10 月第一版
印　　次	2017 年 10 月第一次印刷
书　　号	ISBN 978-7-5458-1542-9/I·406
定　　价	70.00 元